BASTEI
LÜBBE
TASCHENBUCH

Geisterthron-Trilogie:
Die Assassine
Die Regentin
Die Kämpferin

Ley-Trilogie:
Stadt des Lichts

(als E-Book erhältlich)

Über den Autor:

Joshua Palmatier wurde in Coudersport, Pennsylvania, geboren und lebte als Jugendlicher in diversen Staaten der USA, da sein Vater beim Militär war. Er ist promovierter Mathematiker und unterrichtet an einer Universität in New York. Palmatier schreibt seit seiner Jugend und hat bereits viele Fantasy-Romane veröffentlicht, darunter sein vielfach beachtetes Debüt DIE ASSASSINE, Auftakt der erfolgreichen Geisterthron-Trilogie.

JOSHUA PALMATIER

DIE GEFALLENE WELT

Roman

Aus dem Amerikanischen von
Michael Krug

BASTEI
LÜBBE
TASCHENBUCH

BASTEI LÜBBE TASCHENBUCH
Band 20945

Dieser Titel ist auch als E-Book erschienen

Vollständige Taschenbuchausgabe

Deutsche Erstausgabe

Für die Originalausgabe:
Copyright © 2016 by Joshua Palmatier
Titel der amerikanischen Originalausgabe: »Threading the Needle«
Originalverlag: By arrangement with DAW Books, New York

Dieses Werk wurde vermittelt durch Interpill Media Ingo Stein e.K.,
Hamburg

Für die deutschsprachige Ausgabe:
Copyright © 2019 by Bastei Lübbe AG, Köln
Textredaktion: Dr. Frank Weinreich, Bochum
Titelillustration: © Maciej Drabik
Umschlaggestaltung: Guter Punkt, München | www.guter-punkt.de
Satz: hanseatenSatz-bremen, Bremen
Gesetzt aus der Minion Pro
Printed in Germany
ISBN 978-3-404-20945-3

Sie finden uns im Internet unter
www.luebbe.de
Bitte beachten Sie auch: www.lesejury.de

Dieses Buch ist meiner Autorenkollegin, Mitredakteurin und treuen Freundin Patricia Bray gewidmet. Sie hat all meine wilden Träume ausgehalten, von den Anflügen der Fantasie, aus denen die Bücher geworden sind, die du gerade liest, bis hin zum Kleinverlag Zombies Need Brains.

TEIL 1:
ERENTHRALL

EINS

Kara Tremain kniete auf den Steinen am Ufer. Sie streckte die Hände mit dem Hemd aus ins eiskalte Wasser und schrubbte kräftig. Böschungen aus Stein und Sand erhoben sich zu beiden Seiten des Baches. Vor ihr erstreckte sich ein großer Tümpel, in dem das Wasser langsamer floss und tiefer war. Ein paar der jüngeren Kinder von Muld plantschten darin, beobachtet von ihren Müttern oder Vätern, die am Ufer an ihrer eigenen Wäsche arbeiteten.

Kara zog das Hemd aus der Strömung, wrang es aus und warf es in den Korb zu ihrer Linken, bevor sie nach dem nächsten griff. Es handelte sich um eines von Cory, das nach seinem Schweiß roch. Sie atmete seinen Duft ein, ehe sie es in Wasser tränkte und kurz innehielt, um es in der Mitte mit etwas getrockneter Seife zu besprenkeln, bevor sie wieder zu schrubben begann.

Nach dem ersten Waschtag hatten ihre Schultern anschließend eine Woche lang geschmerzt. Mittlerweile hatten ihre Arme sowohl Sonnenbräune angenommen als auch Muskeln entwickelt. In Erenthrall vor der Zersplitterung hatte sich immer jemand anders ihrer Wäsche angenommen – ihre Mutter, als sie jünger gewesen war, und nachdem ihre Eltern durch die Kormanley gestorben waren, hatte sich stets einer der Diener der Lumagierschule darum gekümmert. Dasselbe galt für all die Ley-Knoten, in denen sie danach gearbeitet hatte. Damals war es ihr nicht einmal aufgefallen, wenn jemand gekommen war, um die Wäschekörbe zu leeren oder die saubere Kleidung zurückzubringen, waren die Bediensteten doch nahezu unsichtbar gewesen.

Natürlich hatte man bei der Wäsche in Erenthrall auf die Hilfe der Ley zurückgreifen können, und die Arbeit war sehr viel leichter gefallen.

Instinktiv streckte Kara die Sinne danach aus. Doch anders als in Erenthrall wartete die Ley hier in Muld nicht, stand nicht bereit, um durch einen bloßen Gedanken benutzt zu werden. Es gab weder einen Nexus noch irgendwelche Knoten zur Verstärkung ihrer Macht. Vorhanden war die Ley aber dennoch.

Kara war es – mithilfe der anderen Lumagier in ihrer Gruppe – gelungen, sie in einem eigenen Netzwerk zu stabilisieren, womit sie den Wünschen einiger Bewohner von Muld zuwidergehandelt hatte. Die Ley floss stark genug, um die Flüchtlinge der Zersplitterung während der härtesten Wintermonate mit Heizsteinen für ihre Zelte zu versorgen. Kara vermutete, dass viele sonst nicht überlebt hätten, vor allem während der unnatürlich bitteren Kältewelle, die zum Ende des Jahres fast zwei Wochen lang angehalten hatte. Sie hatten trotzdem zwei Menschen verloren, und ein Dutzend andere hatten Erfrierungen erlitten.

Mit einem Schütteln löste sich Kara aus der Ley. Eines der Kinder spritzte sie nass, und sie schnippte voll gespielter Verärgerung mit dem Hemd nach dem Mädchen. Die Kleine ergriff quiekend durch das Wasser die Flucht. Lächelnd ließ Kara das Hemd in den nassen Korb fallen, griff nach dem nächsten Kleidungsstück und stellte fest, dass sie fertig war.

Die anderen Bewohner von Muld riefen ihr zu, als sie sich den Korb an die Hüfte klemmte und den steilen Hang erklomm, der hinauf zur Hauptgruppe der Gebäude führte. Sie wischte sich Schweiß von der Stirn, während sie sich unter den Ästen der Bäume ringsum hindurch duckte. Als sie oben ins Sonnenlicht gelangte, bog sie nach links zwischen zwei Hütten ab, wo Frauen und Kinder in den kleinen Kräutergärten arbeiteten. Einige Hunde bellten ihr zu und trabten ein Weilchen neben der jungen Frau einher, bevor sie zurückblieben. Das kleine Dorf lag nahezu verwaist da, denn die einheimischen Bewohner befanden sich zusammen mit den Menschen, die nach der Zersplitterung hier Zuflucht gesucht hatten, bereits draußen auf den Feldern, um den Rest der Frühjahrsernte zu säen.

Kara konnte nicht nachvollziehen, warum sie sich die Mühe machten. Sie hatte vor, die Verkrümmung zu beseitigen, die Erenthrall derzeit umhüllte, und anschließend zurückzukehren, um zumindest einen Anschein der Stadt wiederherzustellen, in der sie aufgewachsen war. Verlassen hatte sie ihre Heimat nur, weil es dort zu gefährlich geworden war. Gewalttätige Gruppen von Überlebenden hatten begonnen, wahllos zu töten, während gleichzeitig Rudel wilder Halbwölfe durch die Straßen streiften. Und die Beben, die unberechenbaren Ausbrüche der Ley sowie die willkürlich auftretenden Himmelslichtstürme vergrößerten die Gefahren nur zusätzlich.

Es war sicherer gewesen, sich nach Muld zurückzuziehen.

Als ihre Wagen damals auf dem schmalen Feldweg angehalten hatten, der einzigen Straße von Muld, hatten die Dorfältesten – Paul und Sophia – sie bereits erwartet. Sophia, über ein halbes Jahrhundert alt, was ihr dünnes, weißes Haar, ihre Runzeln und die Altersflecken bewiesen, war damals sofort auf Allan zugegangen, um ihn mit einer Umarmung und einem Kuss auf die Wange zu begrüßen. Gleichzeitig hatte sie dabei eine Hand ausgestreckt und auch Allans Tochter Morrell in die Umarmung gezogen. Morrell war in Tränen ausgebrochen und hatte sich an Sophia festgeklammert. Die hatte ihr zuerst übers Haar gestreichelt, bevor sie den Blick stechender, intelligenter Augen auf den Rest der Ankömmlinge gerichtet hatte.

II

»Und wen haben wir da, Allan? Gäste?«

»Ich fürchte nein. Das sind alles Flüchtlinge aus Erenthrall.«

Sophia schleuderte ihm einen harten Blick entgegen. »Erenthrall?«

Allans Schultern sackten herab. »Der Ort ist Geschichte. Zerstört.«

»Geschieht ihnen allen recht«, fauchte Paul. »Das hat die Nutzung der Ley über sie gebracht. Wir sollten sie nicht nach Muld hereinlassen. Sollen sie doch alleine mit den Folgen ihres Tuns zurechtkommen.«

»Still, Paul.« Sophias Stimme klang sanft, doch in ihrem Kern schwang Eisen mit, und Kara erkannte auf Anhieb, dass man hier bereits über Erenthrall Bescheid wusste. Sie mussten die Zersplitterung sogar hier in den Hügeln, mehrere Wochen beschwerlicher Reise nordwestlich, gespürt oder gehört haben.

Paul verstummte, behielt jedoch ablehnend die Arme vor der Brust verschränkt.

»Wir haben nicht vor zu bleiben«, meldete sich Kara zu Wort.

Die ältere Frau musterte Karas zerfledderte, von der Reise fleckige purpurne Lumagierjacke, dann begegnete sie ihrem Blick. »Ich denke, wir können noch Platz für einige weitere Menschen schaffen.«

Der Anflug von Erleichterung, der von der Wagenkolonne hinter ihr ausging, war geradezu mit Händen greifbar. Als Kara damals in Dankbarkeit ihren Kopf geneigt hatte, standen brennende Tränen in ihren Augen. Dann hatte Cory den Arm um ihre Mitte geschlungen, und sie hatte sich an ihn, an seine Stärke angelehnt. Sie hatte ein Schluchzen vernommen, als Sophia, Paul und eine Handvoll weiterer Dorfbewohner, die das Geschehen aus der Ferne beobachtet hatten, herbeikamen und die Neuankömmlinge zu einer weitläufigen Wiese im Westen führten, die nur einen kurzen Fußmarsch abseits des Dorfes lag.

Nun ging Kara zwischen Hütten hindurch, deren Bewohner sie mittlerweile alle namentlich kannte. Schließlich gelangte sie zu dem Grünstreifen, der Muld von jener Wiese trennte. Wenig später trat sie zwischen den Bäumen hervor.

Über die gesamte Länge der Grasfläche waren Zelte aufgeschlagen. Im hinteren Bereich errichtete eine Gruppe von Karas Flüchtlingsgefährten gerade eine Reihe von Hütten, kleiner als jene in Muld selbst, dennoch wesentlich solider als die Zelte. Zwei waren bereits fertiggestellt, eine dritte stand kurz davor, und von zwei weiteren standen zumindest schon die Gerüste aus Stützbalken und Trägern. Sie hielten keinen Vergleich mit den Gebäuden von Erenthrall aus, wirkten aber dennoch *dauerhafter, verwurzelter*, als es Kara lieb war.

Mit einem Schulterzucken verdrängte sie den Gedanken und steuerte auf das Zelt zu, das Cory und sie für sich beanspruchten. Kara schob den Korb mit der nassen Kleidung durch die Klappe, bevor sie selbst hinterherkroch. Dann stellte sie den Korb zur Seite, berührte den breiten, abgerundeten Heizstein und entsandte ihre Sinne nach der Ley. Der Stein begann, sich unter ihren Fingern zu erwärmen. Sie summte bei sich, als sie die Kleidungsstücke nacheinander auf Wäscheleinen hängte, die sich über dem Stein durch das Zelt spannten.

Als sie das letzte der Hemden aufgehängt hatte, bemerkte sie aus dem Augenwinkel durch die Zeltklappe eine Bewegung. Sie kniff die Augen zusammen und schirmte sie mit einer Hand ab.

Ihr Herz setzte einen Schlag aus, als sie Cory erkannte. »Warum hilfst du nicht auf den Feldern, Cory?« Er bewegte sich zwar schnell, rannte aber nicht ganz. Max, das Hündchen, das Kara nicht mehr von der Seite wich, seit sie es aus einer

Verkrümmung gerettet hatte, preschte hinter Cory her. Beide hielten geradewegs auf sie zu.

Sie entsandte erneut die Sinne in die Ley, doch die verriet ihr nichts, und wenn es einen Unfall gegeben hätte, würde Cory nicht sie aufsuchen, sondern Logan oder Morrell.

Womit nur eine andere Möglichkeit blieb.

Kara warf die unbenutzten Wäscheklammern in den Korb und verstaute ihn im Zelt. Dann griff sie sich ihre purpurne Lumagierjacke, schlüpfte rasch hinein und schnappte sich einen Wasserschlauch.

Cory sah sie warten und winkte. Max bellte und raste ihm voraus. Kara kniete sich hin, als ihr der kleine Hund in die Arme sprang und ihr das Gesicht zu lecken versuchte. Sie wehrte ihn mit einer Hand ab. Sein Schwanz wedelte so wild, dass er sich nur verschwommen abzeichnete.

»Es geht um die nach Erenthrall entsandte Gruppe, nicht wahr?«, fragte sie, als sich Cory nah genug befand, um sie zu hören. »Allan, Bryce und die anderen sind zurück.«

»Die Wachposten melden, dass sie in Kürze hier sein werden. Sophia fand, du solltest dabei sein, um sie zu begrüßen, wenn sie Muld erreichen.«

Kara reichte ihm den Trinkschlauch. »Bist du den ganzen Weg von den Feldern gerannt?«

Cory trank ausgiebig, dann wischte er sich mit dem Handrücken den Mund ab. »Natürlich.«

Kopfschüttelnd ergriff Kara seinen Arm. »Du kommst besser mit mir. Ich bin sicher, man hat Paul, Hernande und Sovaan bereits rufen lassen.«

Sie bahnten sich zwischen den Zelten hindurch den Weg nach Muld und gelangten auf den Pfad, der knapp außerhalb des Dorfes durch die Felder führte. Sophia wartete bereits mit Sovaan und Hernande an der Seite. Die ältere Frau hob die Hand, um sich ein paar verirrte Strähnen hinter ein Ohr zu klemmen, als sich Kara und Cory näherten.

14

»Schön, dich zu sehen«, sagte sie. »Ich dachte, du wärst auf den Feldern, aber ich bin froh, dass Cory dich gefunden hat.«

»Heute ist Waschtag.«

»Das Wäschewaschen endet nie.«

Sie blieben neben Hernande stehen, Corys Mentor, der zum Gruß nickte. Sovaan, ein weiterer Mentor von der Universität, legte nur die Stirn in Falten. Kara hatte nie herausgefunden, woher die Abneigung zwischen Sovaan und Hernande rührte. Die beiden Männer hatten sich schon vor der Zersplitterung nicht verstanden, und Hernande hatte Karas Frage nach dem Grund damit abgetan, dass es sich um einen alten, unbedeutenden und dummen Groll handelte.

»Wie geht die Arbeit an den neuen Hütten voran?«, erkundigte sich Sophia.

»Zwei sind fertig, eine wird es bald sein. Zwei weitere entstehen gerade. Es wird den größten Teil des restlichen Frühjahrs und des Sommers dauern, bis sie alle stehen.«

»Solange sie nur vor dem Winter bewohnbar sind«, warf Sovaan ein. »In diesen Zelten wäre ich beinah erfroren.«

Kara dachte an die beiden Menschen, die erfroren waren, verkniff sich jedoch eine Erwiderung.

Plötzlich fing Max zu bellen an und erschreckte sie damit, bevor er von der Gruppe weg losstürmte, die zerfurchte Straße entlanglief und zwischen den Bäumen verschwand. »Max!« Kara stieß einen leisen Fluch aus, als ihr der Hund keine Beachtung schenkte. Er geriet außer Sicht, sein Kläffen konnte Kara jedoch weiterhin hören. Der mit einem Knurren unterlegte Laut klang zunächst beschützerisch und zornig, schlug dann aber plötzlich in Aufregung um, und alle in der Gruppe entspannten sich.

Gleich darauf konnten alle das Knarren eines Wagens und die Rufe und Flüche derer hören, die nach Erenthrall aufgebrochen waren, um in den Überresten der Stadt Vorräte zu plündern. Eine Gestalt kam zwischen den Bäumen hervor und rannte auf sie zu. Dringlichkeit stand dem Mann ins Gesicht geschrieben.

»Das ist Jasom«, stellte Sovaan fest.

Sobald der sie erblickte, brüllte er: »Holt Logan! Wir haben Verwundete!«

Sophia wirbelte herum, aber Cory war bereits losgestürmt. »Er ist auf den Feldern!«, rief ihm die betagte Frau hinterher.

Der Rest des Trupps lief mit dem Wagen in der Mitte die Straße hinunter auf Jasom zu. Der Rüde Bryce hielt mit grimmiger, harter Miene die Zügel, hinter ihm auf der Ladefläche hielten sich zwei andere Leute fest. Sobald Bryce sie erblickte, zog er an den Zügeln, befahl den Pferden mit einem Ruf anzuhalten und sprang vom Wagen, noch bevor das Gefährt vollständig zum Stehen gekommen war.

»Wer?« Die Gruppe hatte mindestens fünfzehn Mitglieder umfasst, allerdings konnte Kara außer Jasom nur drei andere sehen. »Wer ist verletzt?«

»Claye. Ein paar andere auch, aber nicht schwer. Terrim ist tot.«

Bryce führte sie zum Heck des offenen Wagens. Zwei Männer mit blutigen Händen und blutdurchtränkter Kleidung beugten sich über Claye und pressten auf eine Wunde an seiner Seite, um die Blutung zu stillen. Knapp unterhalb des Brustkorbs ragte ein Pfeil aus seinem Körper.

Sophia fluchte, als ihnen der durchdringende Geruch von Blut in die Nasen stieg, dann hievte sie sich auf den Wagen. »Haltet ihn weiter fest. Haltet den Druck aufrecht.«

»Was ist passiert?«, fragte Sovaan.

Bryce wischte sich mit einer Hand über das zernarbte Gesicht. »Wir sind an den Ausläufern der Ebenen angegriffen worden, kurz bevor wir die Hügel erreicht haben.«

16

»Von wem?«

Bryce zuckte mit den Schultern. »Sie sind auf Pferden aus nordöstlicher Richtung gekommen, haben uns schwer getroffen und versucht, den Wagen zu erbeuten. Terrim war tot, bevor wir überhaupt wussten, wie uns geschah. Er hat den Wagen gelenkt. Eh ich mich versah, musste ich mich gegen zwei von ihnen zur Wehr setzen, während ein dritter auf die Pferde einpeitschte und versuchte, den Wagen wegzuziehen. Claye und Allan haben von der Seite angegriffen und es geschafft, hinten drauf zu klettern, während der Rest von uns die anderen abgewehrt hat. Kaum haben sie gesehen, dass Claye und Allan ihren Mann getötet und den Wagen zum Stehen gebracht hatten, haben sie den Angriff abgebrochen, die Flucht ergriffen und auf dem Rückzug Pfeile abgefeuert. Dabei haben sie Claye getroffen. Er war ein leichtes Ziel, weil er auf dem Wagen gestanden hat.«

Alle beobachteten, wie Sophia behutsam die Haut um den Pfeil herum abtastete. Claye stöhnte und krümmte sich unter ihrer Berührung, und Sophias Kiefermuskulatur verhärtete sich. Sie setzte sich zurück.

»Ich kann nichts tun. Wir brauchen Logan.«

»Wo ist er?«, verlangte Bryce zu erfahren.

»Cory ist losgerannt, um ihn von den Feldern zu holen. Aber wir können Claye zu Logans Hütte bringen und ihn auf dem Tisch dort vorbereiten.« Sophia kletterte vom Wagen. »Hernande, hol frisches Wasser vom Bach. Sovaan, mach ein Feuer an. Und Kara …«

»Sauberes Leinen.«

Sophia nickte. »Los. Ihr anderen, schafft den Wagen so nah wie möglich zu Logans Hütte und helft mir dann, Claye hineinzutragen.«

Sophia erteilte weiter Anordnungen, doch Kara rannte bereits hinter Sovaan her Richtung Logans Hütte. Sie stürmten durch die Eingangstür in den Innenraum, wo die überwältigenden Gerüche von zerstoßenen Kräutern und Arzneien vorherrschten. Sovaan ging um den Tisch in der Mitte des Raums herum zum Kamin und brummte dabei leise vor sich hin. Kara bog nach links und schwang die Haupttüren des großen, an einer Wand stehenden Schranks auf. An einer Seite stapelte sich das Leinen. Sie zog die ersten paar gefalteten Tücher heraus, schüttelte sie auseinander und begann, den Stoff in Streifen zu reißen. Flüchtig spürte sie ein von Sovaan ausgehendes Ziehen im Geflecht, dann breitete sich vom Kamin der Schein von Feuer aus.

Kara hatte einen ansehnlichen Haufen Verbände beisammen, als sich die Tür öffnete und Sophia in den Raum geeilt kam. Sie hielt die Tür auf, während Bryce und die beiden anderen Männer Clayes erschlaffte Gestalt hereintrugen und auf den Tisch legten. Der Rüde stöhnte, doch Kara merkte ihm an, dass er beinah bewusstlos war. Sophia scheuchte Bryce beiseite und befahl den anderen, weiterhin Druck auf die Wunde auszuüben. Kara reichte ihr sofort die zerrissenen Streifen, bevor sie damit weitermachte, aus dem Stoff noch mehr Verbände anzufertigen. Nach der Menge an Blut zu urteilen, die sie hier sah, würde Logan sie brauchen. Sowohl Sovaan als auch Bryce waren zurückgewichen, standen mit den Rücken an der Wand und schienen nicht recht zu wissen, was sie tun konnten, um zu helfen.

»Wo sind die anderen?«, fragte Kara.

Bryces Blick blieb auf Claye geheftet. »Welche anderen?«

»Allan, Glenn, der Rest der Leute, die mit euch aufgebrochen sind.«

Bryce starrte Kara einen Herzschlag lang an, als hätte er sie immer noch nicht verstanden, dann blinzelte er und schüttelte sich. »Wir haben ihnen einen Teil der Vorräte zu tragen gegeben, um auf dem Wagen Platz für Claye zu schaffen, bevor wir in aller Eile vorausfuhren. Sie sollten bald in Muld eintreffen.«

18

»Sind euch die Angreifer gefolgt?«

»Das habe ich Allan und den anderen Rüden überlassen. Frag ihn.« Er wandte sich der Tür zu.

»Wohin gehst du?«, fragte Kara. Am Eingang hielt der Rüde inne und drehte sich halb zurück. »Jemand muss Terrims Frau sagen, dass er tot ist.«

Damit verschwand er, und der helle Sonnenschein der Mittagszeit drang ungehindert in die Hütte.

Kara stand stocksteif und regungslos da, während ihr ein heißer Stich durch die Brust fuhr. In ihrer Eile, Claye zu helfen, hatte sie Terrim völlig vergessen.

Hernande erschien an der Tür. Er hievte zwei Eimer mit Wasser auf einen kleineren Tisch neben dem Eingang, wobei ein Teil auf den Boden schwappte. Er keuchte schwer, und seine ohnehin dunklen Züge hatten sich zu einem tieferen Rotton verfärbt.

»Geht gleich wieder«, brachte er mühsam hervor. »Ich hätte die Eimer einzeln herbringen sollen.«

Kara blieb keine Gelegenheit, etwas zu erwidern, da gleich darauf Logan eintrat. Mit einem schnellen Blick erfasste er die Lage.

»Alle hinaus«, befahl er mit tiefer, dröhnender Stimme. Gefolgt von zwei Leuten trat er an den Tisch. Eine war Morrell, Allans Tochter. »Du auch, Sophia. Von hier an übernehme ich. Du würdest nur im Weg stehen.«

Sophia schleuderte Logan einen eindringlichen, harten Blick zu, dem er jedoch keine Beachtung schenkte, da seine Aufmerksamkeit bereits dem Patienten galt. Schnaubend zog sie sich zurück und überließ Logan und Morrell ihren Platz. »Wir warten in der Versammlungshalle.« Damit scheuchte sie die anderen hinaus und schnappte sich unterwegs eines der von Kara nicht benutzten Tücher, um sich die Hände abzuwischen. Morrell nahm mit besorgt gerunzelter Stirn Karas Platz ein.

19

Kara ergriff ihre Hand und drückte sie. »Bryce hat gesagt, deinem Vater geht es gut.«

Morrell schenkte ihr ein flüchtiges, erleichtertes Lächeln, bevor sie begann, den Stoff in weitere Verbände zu reißen.

Kara trat hinaus ins Freie und stieß einen rauen Atemzug aus, als die Anspannung von ihren Schultern abfiel. Sovaan, Hernande und Sophia standen bei Cory und warteten auf sie. Ein paar andere Bewohner von Muld hatten sich eingefunden, um zu sehen, worum es bei dem Tumult ging.

»Wird er wieder gesund?«, fragte Hernande leise und strich sich mit einer Hand über den zottigen Bart, während er nachdenklich die kleine Hütte betrachtete. Durch die offene Tür drang ein abgehackter Schrei heraus, und Kara zuckte zusammen.

»Schwer zu sagen. Der Pfeil ist nicht sehr tief eingedrungen. Zum Glück hat er ihn nahe seiner Flanke getroffen. Da war zwar eine Menge Blut, aber er hat noch nicht das Bewusstsein verloren, und das ist ein gutes Zeichen. Es wird davon abhängen, ob Logan den Pfeil entfernen und die Blutung stillen kann.«

»Wo ist Bryce hin?«

»Er ist los, um Sara zu sagen, dass ihr Mann tot ist.«

»Und die anderen?«

»Zurückgelassen. Sie kommen zu Fuß nach.«

Hernande nickte. »Dann können wir nichts weiter tun, als zu warten.«

»So ist es.« Sophia hielt inne und ließ den Blick über die beobachtenden Bewohner von Muld wandern, bevor sie verkündete: »Die Expedition nach Erenthrall wurde auf dem Rückweg angegriffen, und Claye ist verwundet worden. Logan kümmert sich gerade um ihn. Falls ihr euch nützlich machen wollt: Ich bin sicher, Jasom könnte Hilfe beim Abladen der neuen Vorräte vom Wagen gebrauchen.« Bedeutungsvoll zog sie eine Augenbraue hoch. Die Versammelten zuckten

20

leicht zusammen, einige sichtlich vor Schuldgefühlen. Dann löste sich die Menge auf.

Sophia schüttelte den Kopf und murmelte bei sich: »Allesamt Gaffer und Klatschmäuler.« Sie setzte sich in Richtung des langen Steingebäudes in Bewegung, das als Versammlungshalle des Dorfes diente. Kara und die anderen folgten ihr. »Mir gefällt die Neuigkeit nicht, dass sich eine Gruppe so nah beim Hügelvorland herumtreibt, die anscheinend mit Pfeil und Bogen umzugehen versteht.«

»Das kennzeichnet eine Änderung der Taktik«, pflichtete Hernande ihr bei.

»Und eine Verlagerung weg von der Stadt.«

»Wie meinst du das?«, fragte Sovaan, als sie die Versammlungshalle betraten. Sonnenlicht strömte in Bahnen durch die Fenster herein und offenbarte in der Mitte des Raums verteilte Sitzreihen, an die Wände geschobene Tische und eine erhöhte Plattform am gegenüberliegenden Ende. Von den mehrere Monate zurückliegenden Erntefeierlichkeiten war noch etwas Schmuck zurückgeblieben – Getreidegarben mit Bändern, ein paar Kürbisse, Maisstängel, einige getrocknete Blumen. Die Holzdielen knarrten unter ihren Füßen, als sie sich durch die Mitte des großen Raums in Richtung der Plattform bewegten.

Sophia begann, Holzstühle zu einem groben Kreis zu ziehen. »Nach der Zersplitterung sind die meisten Menschen, die in Erenthrall gelebt hatten, trotz aller Gefahren in die Stadt zurückgekehrt. Oder sie sind in die umliegenden Ortschaften geflohen, die an die Ley-Linien in der Nähe der Stadt angeschlossen waren. Fast alle von euch sind von der Universität gekommen oder waren früher Lumagier. Ihr seid ursprünglich aus eurem Zuhause, von euren Familien und den vertrauten Umgebungen weggeholt und zum Lernen in die Lumagierschule oder in die Universität gebracht worden, wo ihr ständig neuen Dingen, neuen Ideen ausgesetzt wart. Die meisten Bewohner von Erenthrall jedoch sind in nur wenigen Bezirken aufgewachsen und haben ihr ganzes Leben dort verbracht. Für sie muss es furchterregend gewesen sein, dass sie gezwungen waren, alles aufzugeben und ihre vertraute Umgebung zu verlassen.«

»Ja, ja.« Sovaan schwenkte ungeduldig eine Hand. »Sie sind also nach Erenthrall zurückgekehrt. Oder zumindest so nah, wie sie konnten. Worauf willst du hinaus?«

Sophias Mund bildete eine verärgerte, schmale Linie. »Ich will darauf hinaus, dass sie jetzt offenbar wieder von der Stadt wegziehen. Warum tun sie das?«

»Es gibt nicht genug zu essen.«

Alle drehten sich den immer noch offenen Türen zu, wo sich Bryce als Umriss abzeichnete, bevor er eintrat. Seine gesamte Körpersprache strahlte Anspannung und Gefahr aus. Er erinnerte sie an die Rüden, die vor der Zersplitterung die Straßen von Erenthrall durchkämmt hatten und den Lumagiern, unter anderem auch Kara, gefolgt waren.

»Die gesamte Stadt hat sich verändert. Sie ist in Abschnitte unterteilt, die jeweils von eigenen Gruppen beherrscht werden – die Temeriten-Enklave im Nordosten, die Gorrani im Südwesten und andere. Die Halbwölfe sind in neue Gebiete vorgedrungen. Gegen Ende unserer Reise haben wir sie gehört. Allan wurde gejagt und konnte nur entkommen, indem er in die Verkrümmung gegangen und sich dort drin versteckt hat.«

»Geht es ihm gut?«, fragte Kara.

»Ein paar Kratzer und blaue Flecke, nichts Ernstes.«

»Und wie ist die Expedition gelaufen?«, erkundigte sich Sophia.

»Es wird immer schwieriger, irgendetwas von Wert zu finden, vor allem Lebensmittel. In den Teilen der Stadt, auf die noch niemand Anspruch erhoben hat, gibt es kaum etwas, das nicht längst verdorben ist.«

»Was der Grund ist, warum die Menschen aus Erenthrall abreisen«, warf Hernande ein. »Wenn sie nicht einer der Hauptgruppen angehören, gehen ihnen allmählich die Vorräte aus. Sie sind gezwungen zu gehen. Genau wie wir damals.«

»Und der Angriff auf unseren Wagen in der Nähe des Hügelvorlands beweist, dass es nicht nur in der Stadt gefährlich ist. Die Bedrohungen breiten sich auf die Ebenen aus.« Bryce ließ sich auf einen Stuhl sinken und beugte sich vor. »In den Ortschaften rings um die Stadt beginnen die Leute, größere, besser organisierte Gruppen zu bilden. Unsere sichere kleine Zuflucht hier in Muld ist nicht mehr so sicher, wie sie einmal war. Wir müssen uns Verteidigungsmaßnahmen einfallen lassen. Wir müssen uns schützen.«

»Wir haben Wachleute …«, setzte Sophia an.

»Vier!«, fiel ihr Bryce frustriert ins Wort. »Vier Mann, die bloß die offensichtlichen Wege ins Tal beobachten! Das wird nicht reichen. Wir müssen uns etwas Besseres überlegen – Späher, Patrouillen, eine Erweiterung der Kämpfer über die wenigen Rüden meiner Gruppe hinaus. Wir müssen uns schützen, bevor uns eine dieser Banden findet und hier auf dem eigenen Gebiet angreift!«

Niemand rührte sich. Alle sahen sich gegenseitig über den Kreis der Stühle hinweg an.

Dann verlagerte Sophia das Gewicht betreten von einem Bein aufs andere. »Das wird den ursprünglichen Muldern nicht gefallen. Und wir haben uns hier niedergelassen, um der Gewalt und dem Missbrauch von Macht zu entgehen.«

»Wäre dir lieber, dass uns die Diebe und Räuber überrennen?«

»Wir befinden uns tief genug im Vorgebirge, dass ich denke, wir müssen uns nicht sofort den Kopf darüber zerbrechen«, meldete sich Hernande zu Wort, als sich Sophia sichtlich versteifte. »Aber es ist schon etwas, worüber wir nachdenken müssen, da die Menschen zunehmend verzweifelter werden. Bryce hat recht: Dieses Tal lässt sich nicht leicht verteidigen.«

Sophias gesamte Körperhaltung blieb angespannt, doch sie sagte kein weiteres Wort. Für Kara stand fest, dass es Widerstand von den ursprünglichen Muldern geben würde.

»Was ist mit der Verkrümmung?«, fragte Kara.

»Was soll damit sein?«

Kara schleuderte Bryce einen stockfinsteren Blick zu. »Hat sich die Verkrümmung in Erenthrall irgendwie verändert? Lassen sich Anzeichen dafür erkennen, dass sie schwächer wird? Wir können nicht zurückkehren und die Stadt wiederaufbauen, wenn die Verkrümmung in sich zusammenfällt und alles in ihr vernichtet, bevor wir eine Möglichkeit finden, sie zu reparieren.«

»Woher bei den Höllen soll ich das wissen? Ich bin kein verdammter Lumagus.«

Draußen vor der Versammlungshalle erhob sich Geschrei.

»Klingt ganz, als wäre der Rest der Expedition zurückgekehrt«, brummte Bryce.

Beinah hätte Kara wegen ihrer Fragen über die Verkrümmung nachgehakt, dann jedoch entschied sie kopfschüttelnd, es gut sein zu lassen. Stattdessen erhob sie sich und ging zusammen mit Hernande und Cory zur Tür. Draußen schleppte sich der Rest der Teilnehmer der Expedition nach Erenthrall ins Dorf. Einige trugen die Vorräte, die Bryce vom Wagen geworfen hatte, um Platz für Claye zu schaffen, andere halfen Verwundeten. Die Leute von Muld eilten vorwärts, nahmen ihnen die Vorräte ab und legten sie beiseite oder boten den Eintreffenden Trinkschläuche mit Wasser an. Ein paar Teilnehmer der Expedition brachen auf der zerfurchten Straße zusammen. Die Erschöpfung zeichnete sich deutlich in tiefen Linien in ihren Gesichtern ab.

Die Letzten wankten gefolgt von Allan und zwei anderen Rüden herbei. Kara entspannte sich vor Erleichterung.

»Ich hole Allan.«

Hernande hielt sie am Arm zurück. »Nicht nötig. Er ist schon unterwegs hierher.«

Der ehemalige Rüde hatte sie an der Tür stehen gesehen. Nachdem er etwas zu den zwei anderen Rüden gesagt hatte, steuerte er auf die Versammlungshalle zu. Unterwegs ließ er sich von einem der Jungen einen Trinkschlauch reichen.

»Claye?«, fragte Allan, sobald er in Hörweite gelangte.

Hernande nickte in Richtung der Hütte des Heilers. »Logan versorgt ihn gerade. Bryce hat Sara bereits wegen Terrim Bescheid gesagt.«

Allans Schultern sackten herab. Er sah erschöpft aus, hatte dunkle Ringe unter den Augen. Kara fielen einige neue Verletzungen in seinem Gesicht auf, die meisten schon verheilt. Hinzu kamen die gelblichen Überreste verblasster Blutergüsse.

»Ist euch irgendjemand gefolgt?«

»Nicht, soweit ich es beurteilen konnte. Die Angreifer haben sich auf die Ebenen im Osten zurückgezogen.« Sein Blick schwenkte über Karas Kopf hinweg zu den anderen, die drinnen warteten. Er streckte das Kinn vor. »Wir sollten zu ihnen gehen.«

Sie kehrten zurück in den Raum.

»Haben sie noch einmal angegriffen?«, fragte Sophia sofort.

»Nein, und es ist uns auch niemand ins Vorgebirge gefolgt.« Er schaute zu Bryce. »Hast du ihnen schon von der Stadt erzählt?«

»Von den Halbwölfen, ja. Ich hab versucht, sie davon zu überzeugen, dass wir unsere Verteidigung verstärken müssen, aber sie sind stur.«

Sophia schäumte sichtlich vor Zorn.

Allan griff sich einen Stuhl und ließ sich bei den anderen nieder. Die Tasche, die er über einer Schulter trug, stellte er auf dem Boden ab. »Was ist mit den Beben?«

Hernande und Cory sahen sich gegenseitig an.

»Beben?«

»Sie haben nicht aufgehört. Hier habt ihr sie vielleicht nicht wahrgenommen, aber in und um Erenthrall setzen sie sich fort. Auf dem Weg aus der Stadt haben wir eines erlebt, das stark genug war, um ein paar Gebäude einstürzen zu lassen.«

»Wir dachten, die Erde würde sich setzen, sich stabilisieren.«

»Das glaube ich nicht.«

Hernande beugte sich vor. »Wir werden uns noch einmal die Sande ansehen und überprüfen müssen, ob die Ley aufgewühlt worden ist.«

»Spielt das eine Rolle?«, fragte Sovaan. »Wenn es in der Stadt keine Vorräte mehr gibt, warum sollten wir dann dorthin zurückkehren wollen?«

Und damit kam der Punkt zur Sprache, den Kara seit Beginn dieser Unterhaltung gefürchtet hatte.

»Wir *müssen* zurück.«

»Warum?«

»Weil wir die Verkrümmung reparieren müssen. Es ist unsere Pflicht, den Schaden zu beheben, den wir verursacht haben.«

Sovaan straffte beleidigt die Schultern. »*Wir* haben diesen Schaden nicht verursacht. Der Nexus ist wegen des Barons, seiner Ober-Lumagier und der verfluchten Kormanley explodiert. Wir leiden lediglich unter den Folgen. Ich sage, wir überlassen die Stadt den Halbwölfen und den Plünderern – sollen sie sich doch gegenseitig zerfleischen. Wir können hier von vorn anfangen. In Muld gibt es alles, was wir brauchen.«

Sophia kam Karas Erwiderung zuvor. »In Muld hatten wir im vergangenen Winter kaum genug zu essen, um diejenigen zu versorgen, die schon ursprünglich hier gelebt haben. Jedenfalls hatten wir nicht genug für diejenigen von euch, die wir aufgenommen haben. Überlebt haben wir nur durch das, was in Erenthrall geplündert wurde.«

»Ich dachte, dafür sind die neuen Felder angelegt worden«, konterte Sovaan. »Um genug Nahrung für uns alle anzubauen.«

Sophias Augen verengten sich zu Schlitzen. »Die Erträge der Ernten sind alles andere als sicher. Das Wetter, eine Seuche, eine Dürre – irgendetwas in der Art könnte alles vernichten. Wir brauchen die Vorräte aus der Stadt. Außerdem kann ich mich nicht erinnern, dass wir überhaupt zugestimmt haben, euch langfristig hierbleiben zu lassen.«

Allan griff nach seiner Tasche. »Die Stadt bietet mehr als nur Lebensmittel. Das hier habe ich in einer Apotheke gefunden.« Er holte einige kleine Fläschchen hervor und reichte sie herum.

Sophia sog scharf die Luft ein, als sie bei ihr ankamen. »Logan würde allein für dieses Fläschchen Seranin töten. Und mir war die Trampelklette schon vor der Zersplitterung ausgegangen.« Sie drückte sich die kleine Ampulle an die Brust. »Sie hilft gegen die Arthritis in meinen Händen.«

»Das verstehe ich nicht«, ergriff Kara das Wort. »Ich dachte, ihr hättet bereits alle Apotheken in den nicht kontrollierten Bereichen der Stadt geplündert. Woher habt ihr das hier dann?«

»Aus einer der Scherben.«

Es dauerte einen Herzschlag lang, bis Kara die Bedeutung von Allans Antwort ins Bewusstsein sickerte, doch dann weiteten sich ihre Augen. »Du hast sie aus der Verkrümmung geholt?«

»Die Halbwölfe hatten mich in der Nähe der Verkrümmung in der Falle. Die einzige Möglichkeit, ihnen zu entkommen, bestand darin hineinzugehen. Aber der Anführer des Rudels – ein halb verwandelter Mann, so wie Hagger – hat die Halbwölfe um die Scherbe herum Wache halten lassen. Sie haben darauf gewartet, dass ich wieder herauskam. Ich war gezwungen, tiefer in die Verkrümmung einzudringen, um die Wölfe zu umgehen. Dabei bin ich auf die Apotheke gestoßen.« Er holte ein Glas mit Pfirsichen aus der Tasche. »Und auf das hier. In dieser einen Scherbe waren genug Lebensmittel, um uns ein paar Tage zu versorgen, vielleicht sogar eine ganze Woche. Und in Erenthrall kann niemand außer mir sie erreichen.«

Hernande kaute mittlerweile auf dem Ende seines Bartes und hatte den Kopf nachdenklich zur Seite geneigt. »Gibt es irgendeinen anderen Weg, Zugang zu diesen Vorräten zu erlangen?«

»Ich kann jemand anderen mit in die Verkrümmung nehmen, nur wäre der Eintritt und Austritt für denjenigen sehr unangenehm.«

»Das habe ich nicht gemeint. Wir haben schon darüber gesprochen, wie man die Verkrümmung reparieren könnte. Wir sind uns alle einig, dass wir nicht genug Lumagier oder Mentoren haben, um alles auf einmal zu beseitigen. Aber was wäre, wenn man immer nur eine einzelne Scherbe auf einmal in Angriff nimmt?«

Kara holte Luft, um sich dagegen auszusprechen, dann jedoch bremste sie sich. Darüber, die Verkrümmung Stück für Stück zu reparieren, hatten sie tatsächlich noch nie nachgedacht.

Sie schaute zu den anderen auf. Alle wirkten erwartungsvoll, als sie sagte: »Das könnte klappen. Nur wären wir nie in der Lage, auf diese Weise die gesamte Verkrümmung zu reparieren. Es sind Hunderte Scherben, wenn nicht gar Tausende. Das würde zu lange dauern.«

»Was könnte schiefgehen?«

»Verkrümmungen sind heikel. Jede Veränderung in ihrer Zusammensetzung könnte ein Ungleichgewicht verursachen. Schon das Entfernen einer Scherbe mag dafür ausreichen. Wir würden vielleicht unwissentlich ihre Schließung auslösen.

Und dann könnte alles und jeder, die zu der Zeit darin gefangen sind, getötet oder ausgelöscht werden. Wir wären nie in der Lage, den mittleren Teil von Erenthrall wiederherzustellen.«

Die Stimmung der Gruppe wurde bedrückt.

»Spielt keine Rolle«, meinte Bryce schließlich abrupt. »Wir dürfen nicht unsere gesamte Hoffnung auf die Felderträge setzen. Und wir können uns auch nicht darauf verlassen, dass wir hier im Vorgebirge versteckt bleiben – nicht, wenn sich diese Gruppen bewaffnen und hinaus auf die Ebenen wagen. Wir brauchen die in der Verkrümmung steckenden Vorräte, und wir müssen damit anfangen, hier in Muld an Verteidigungseinrichtungen zu arbeiten.«

»Was schlägst du vor?«, fragte Sophia.

Bryce stand auf und streckte die Hand nach der Tasche aus, die Allan immer noch hielt. Der ehemalige Rüde reichte sie ihm.

»Wir müssen einige der Lumagier mit Begleitern für ihren Schutz nach Erenthrall schicken, um herauszufinden, ob sie an die Vorräte in den Scherben gelangen können. Was Muld angeht, habe ich nicht genug Rüden hier, um den Ort vollständig zu schützen. Wir müssen damit beginnen, einige der anderen zum Kampf auszubilden. Mit Schwertern, Bogen, allem, was wir finden können. Die Felderträge sind wertlos, wenn wir überfallen und ausgeplündert werden.«

Er schlang sich die Tasche mit Arzneimitteln und Essen über die Schulter und steuerte auf die Tür zu. »Ich übergebe das Logan, dann gehe ich in mein Zelt. Es sind ein paar lange, bittere Tage gewesen.«

Die anderen beobachteten, wie er ins Freie trat, nach links abbog und verschwand.

»Er hat recht«, räumte Allan widerwillig ein. »Der Angriff auf den Wagen betont nur, was wir in der Stadt gesehen haben. Wir brauchen bessere Verteidigungseinrichtungen.«

29

»Das wird Paul nicht gefallen«, meinte Sophia. »Ebenso wenig wie einigen der anderen. Sie werden behaupten, dass wir allein deshalb in Gefahr schweben, weil wir euch aufgenommen haben. Sie werden fordern, dass wir euch sofort verstoßen.«

»Diese Räuber wären so oder so gekommen, unabhängig davon, ob wir hier sind oder nicht. Wollen Paul und die anderen lieber darauf warten, bis ihnen eines Nachts, wenn diese Plünderer Muld finden, im Schlaf die Kehlen aufgeschlitzt werden? Denn das wird letztlich passieren.«

Bei dem schauerlichen Bild verzog Sophia unwillkürlich die Lippen. »Nein, ich denke nicht.«

»Dann schlage ich vor, ihr fangt an, den Leuten beizubringen, wie man ein Schwert führt und mit einem Bogen umgeht.«

Die ältere Frau wirkte immer noch widerwillig. »Ich lasse unsere Fährtensucher beginnen, diejenigen auszubilden, die sich fürs Bogenschießen interessieren. Zur Not können wir sie später auch immer noch als zusätzliche Hilfe bei der Jagd gebrauchen. Und den anderen sage ich, sie sollen sich an die Rüden wenden, um sich im Schwertkampf ausbilden zu lassen. Wenn sie das wollen.«

»Gut.« Allan wandte sich an Kara. »Du musst mit den Lumagiern reden. Ihr müsst euch überlegen, wie man einzelne Scherben reparieren kann. Ich will nicht zu lange mit der Rückkehr in die Stadt warten.«

Kara drängte einen Anflug von Erregung zurück. Ihrer Ansicht nach waren sie hier in Muld zu selbstzufrieden geworden. Sie mussten mit der Arbeit an der Rückgewinnung Erenthralls beginnen, bevor sich diese Selbstzufriedenheit weiter ausbreitete und zu tiefe Wurzeln schlug. »Ich setze mich sofort mit ihnen zusammen. Daran zu arbeiten, ein paar einzelne Scherben zu heilen, könnte uns auf eine Idee bringen, wie man die gesamte Verkrümmung reparieren kann – irgendetwas, woran wir bisher noch nicht gedacht haben. An Freiwilligen wird es nicht mangeln, auch wenn es in Erenthrall immer noch gefährlich ist.«

»Es *ist* immer noch gefährlich. Vielleicht sogar gefährlicher als vor der Zersplitterung.«

ZWEI

Kara lag in der Dunkelheit des Zeltes, das sie sich mit Cory teilte, und lauschte Corys tiefer Atmung und der völligen Stille der Nacht. Das Morgengrauen stand kurz bevor. Sie konnte den Tau in der frostigen Luft schmecken. Zuvor hatte sie gehört, wie Leute aufgestanden waren, um die von Bryce aufgestellten Patrouillen abzulösen. Er hatte je einen seiner Rüden mit einem der Fährtensucher aus Muld und einem unausgebildeten Mann oder einer unausgebildeten Frau zusammengespannt.

Jede Dreierformation schritt in vorgegebenen Zeitabständen den Rand des Tals ab. Es patrouillierten ständig mindestens drei solche Mannschaften – und zwar zusätzlich zu den zwei Wachposten zur Beobachtung der Pässe, an denen der Bach in das Tal eindrang und es verließ. Kara wusste, in einer Stunde würde sie das Klirren der Männer und Frauen hören, die sich am anderen Ende der Wiese im Schwertkampf übten. Um die dumpfen Einschläge von Pfeilen bei den Schießübungen wahrnehmen zu können, lag ihr Zelt zu weit entfernt.

»Kannst du nicht schlafen?« Corys Atem hauchte warm auf ihre Wange.

»Nein. Ich liege schon seit Stunden wach.«

Er küsste sie in den Nacken, dann rollte er sich mit einem Seufzen weg. Sie drehte sich ihm zu.

»Machst du dir Sorgen wegen der Reise nach Erenthrall?«

»Ja. Ich mache mir Sorgen wegen der Verkrümmung und unserer Versuche, sie zu reparieren. Was, wenn wir dadurch auslösen, dass sie in sich zusammenfällt? Ich weiß, wir können Erenthrall nicht vollständig wiederherstellen, nicht nach allem, was passiert ist. Aber wir könnten zumindest eine Zuflucht daraus machen, einen sicheren Ort für die Überlebenden. Denk nur an all die Menschen, die derzeit darin gefangen sind. Ein paar haben wir gerettet, aber wenn die Verkrümmung einstürzt …«

»Diese Leute würden wollen, dass ihr versucht, sie zu befreien. Hast du nicht auch gesagt, selbst wenn ihr keine einzelne Scherbe reparieren könnt, würde euch schon der Versuch weitere Erkenntnisse darüber liefern, wie die Verkrümmung insgesamt aufgebaut ist?«

»So ist es auch. Und mir ist bewusst, dass wir es versuchen müssen. Trotzdem … die Verkrümmungen sind so instabil.«

»Die ganze *Welt* ist instabil. Nach dem Angriff auf den Wagen glaube ich auch nicht, dass es hier in Muld noch lange sicher sein wird.«

Kara hörte ein Rascheln aus einem nahen Zelt, gefolgt vom klatschenden Laut einer Zeltklappe, die geöffnet wurde, dann setzte wieder Stille ein. Cory verharrte regungslos, und beide lauschten. Jemand gähnte und schüttelte sich, bevor das Klirren von Metall auf Metall ertönte und sich die Geräusche entfernten.

»Schwertübungen«, murmelte Cory leise.

Von draußen drangen weitere raschelnde Laute herein, als weitere Leute aufstanden und den Weg zum Übungsplatz antraten.

»Ich bin seit der Zersplitterung nicht mehr in Erenthrall gewesen«, sagte Kara. »So, wie Allan und die anderen es beschreiben, dürfte es ja nicht einmal mehr annähernd so sein wie früher. Konflux, Eld, Stän, sogar Grass und Kupfar. Ich bin mir nicht sicher, ob ich die Stadt so erleben will. Ich will den Schaden gar nicht sehen, den die Lumagier angerichtet haben.«

Cory setzte sich auf. »Nicht die Lumagier haben die Zersplitterung verursacht. Das waren der Baron und die Kormanley.«

33

»Ist das wirklich so? Ich weiß, dass Marcus irgendwas gemacht hat, um den Ausfall der Ley unmittelbar vor der Zersplitterung herbeizuführen. Was, wenn er im Nexus etwas durcheinandergebracht hat? Was, wenn das die Ursache der Explosion war?«

»Du weißt doch gar nicht, ob es Marcus war, der den Ausfall herbeigeführt hat. Du weißt nur, dass es jemand in Eld war, weil du es in den Sanden gesehen hast, bevor die Rüden dich mitgenommen haben.«

»Es *war* Marcus. Ich weiß es.«

Cory ließ ein erschöpftes Stöhnen vernehmen – dieses Gespräch hatten sie schon viele Male geführt. »Das spielt doch jetzt keine Rolle mehr, oder?« Kara konnte hören, wie er im Zelt herumkramte und sich anzog. »Der Nexus ist zerstört. Wahrscheinlich werden wir nie genau erfahren, was die Ursache war oder wer sie herbeigeführt hat – Marcus, die Kormanley oder der Baron. Wir müssen uns mit dem auseinandersetzen, was jetzt passiert.«

Kara spannte den Körper an, wappnete sich dafür, das Streitgespräch fortzuführen, dann jedoch sah sie davon ab. Marcus, der Baron – sie alle waren mittlerweile tot. »Wohin gehst du?«, fragte sie stattdessen, als sie sah, dass Cory Anstalten machte aufzustehen.

»Zum Übungsplatz.«

Jäh setzte sich Kara auf. »Zum Übungsplatz?«

»Ich muss lernen, wie man ein Schwert benutzt. Zumindest die Grundlagen.«

»Natürlich.« Sie war nicht einmal sicher, was genau sie beunruhigte. Abgesehen davon, dass es, wie die entstehenden Hütten, ein weiteres Zeichen dafür war, wie sich ihr Leben weiter und weiter von Erenthrall entfernte.

Sie streckte die Hand aus und ergriff in der Dunkelheit Corys Arm. »Geh heute nicht.«

»Wieso nicht?«

»Weil …« Krampfhaft suchte sie nach einem Grund. »Weil du mir noch einmal mithilfe der Sande das Ley-System in Erenthrall zeigen musst.«

»Das wird nichts bringen. Die Ley verändert sich zu schnell. Bis ihr die Stadt erreicht, wird sie nicht mal mehr annähernd gleich aussehen.«

»Ich weiß.«

Cory schwieg, bevor er schließlich seufzte. »Dann zieh dich an.«

Kara warf die Decke beiseite und schlüpfte rasch in ihre Kleidung. Dabei berührte sie den Heizstein, um ihn auszuschalten.

Als sie hinaus in die Düsternis vor dem Morgengrauen traten, verschlug die frostige Luft Kara den Atem. Sie rieb sich die Arme, während Cory die Zeltklappe wieder zuzog und sicherte. Dann traten sie den Weg zum Dorf an, wo bereits viele Bewohner auf den Beinen waren und ihrer Arbeit nachgingen.

Sie erreichten die Scheunen, wo aus dem letzten der von Stein gesäumten Ställe Licht schimmerte. Als Kara und Cory um die Ecke bogen, fanden sie Hernande und Artras über die Sandgrube gebeugt vor, in der sie eingehend die sich bewegenden Sande beobachteten. Beide schauten auf.

»Kara!« Artras erhob sich steif aus ihrer gebückten Haltung. Die ältere Lumaga zog Kara in eine innige Umarmung, dann sah sie ihr in die Augen und hielt sie auf Armeslänge vor sich. »Bist du bereit, nach Erenthrall zurückzukehren?«

»Nein. Aber ich möchte unbedingt herausfinden, ob wir nicht doch endlich etwas gegen die Verkrümmung unternehmen können.«

»Ich auch. Nicht alle von uns wollen wie Sovaan dauerhaft hier in Muld bleiben.« Sie deutete auf die Sandgrube. »Ich habe Hernande gebeten, mir vor unserem Aufbruch den Zustand der Ley zu zeigen. Du hattest wohl dieselbe Idee, vermute ich.«

»Deshalb sind wir hier.«

»Dann wirf mal einen Blick darauf.« Artras kauerte sich an den Rand der Grube. Cory gesellte sich zu ihr. Kara ging mit Hernande zur anderen Seite herum.

»Das Chaos der Ley-Linien ist ziemlich interessant.« Hernandes Tonfall klang ganz nach dem eines Mentors der Universität. »Ich bin überzeugt davon, dass sich darin ein Muster verbirgt. Die Natur neigt in der Regel nicht zu völliger Unordnung. Die Ley-Linien werden versuchen, ein neues Netzwerk auszubilden.«

Kara sank mit den Knien auf den Steinsims, den sie benutzt hatten, um den Boden von der Grube abzugrenzen. Die Sande darin waren bereits auf Erenthrall eingestellt und bewegten sich in Wirbeln und Strudeln, einige langsam, andere schneller. Linien verschmolzen miteinander und flossen bald hierhin, bald dorthin. Gelegentlich schoss ein Strahl Sand wie ein kleiner Geysir nach oben. Die Bewegung der Sande ließ ein beständiges leises Rieseln ertönen, das Kara meistens beruhigend fand. An diesem Tag jedoch zehrte es an ihren Nerven.

In der Mitte der Grube rührte sich fast nichts. Die aktiven Ley-Linien wurden von der Verkrümmung in einem perfekten Kreis abgeschnitten. Innerhalb des Kreises, wo die Realität zersplittert war, gab es nur wenige, kleine Bereiche, in denen sich die Sande verlagerten. Das waren Anzeichen für Scherben, in denen sich die Zeit noch vorwärtsbewegte, so dass die darin gefangene Ley versuchte, sich neu auszurichten. Kara, Hernande und die anderen waren sich alle darin einig, dass die Ley in jenen Scherben ein eigenes Netzwerk bilden wollte, doch in den meisten reichte die Menge nicht aus, um sich zu organisieren. Ein paar der Scherben waren vollständig gefüllt und wiesen deutlich abgegrenzte Kanten auf, als wäre etwas gerissen und hätte den Bereich geflutet.

Hernande zeigte auf die Verkrümmung. »Aufgrund der

Beschreibungen, die uns Allan liefern konnte, glaube ich, dass dies hier der Abschnitt ist, in dem er von den Halbwölfen in die Verkrümmung gezwungen wurde.«

»Die Scherben dort scheinen nicht viel Ley zu enthalten.«

»Nein«, pflichtete ihm Artras bei. »Und das ist gut so. Ich vermute nämlich, dass eine Scherbe, die aktive Ley enthält, schwieriger zu reparieren sein dürfte als eine ohne. Zum Beispiel würden wir nicht die Wände einer mit Ley gefluteten Scherbe einreißen wollen, weil sie sonst ungehindert in einen Abschnitt der Stadt fließen könnte, der unter Umständen besetzt ist.«

Kara schauderte bei der Vorstellung. In ihrem natürlichen Zustand war die Ley harmlos, aber in geballter Konzentration konnte sie tödlich sein. Sie erinnerte sich an die Geschichten über die Aussaat der Türme in Grass vor der Zersplitterung. Damals waren einige der Lehnsherren und Lehnsherrinnen der Stadt und der umliegenden Gebiete das Risiko eingegangen, der Ley ausgesetzt zu werden, um das Schauspiel von ungeschützten Balkonen aus zu verfolgen. Sie waren dabei umgekommen – die Ley hatte ihre Körper förmlich verschlungen.

Und dann war da noch die Zersplitterung selbst. Als der Nexus explodiert war, hatte die Ley alles Organische, das nicht in irgendeiner Weise geschützt war, innerhalb eines bestimmten Radius vollkommen ausradiert. Kara und die meisten anderen Lumagier in Muld hatten nur deshalb überlebt, weil sie zu dem Zeitpunkt in Zellen unter dem Bernsteinturm eingesperrt gewesen waren. Dasselbe galt für Allan, Morrell und die Rüden in ihrer Gruppe. Hätte sich Kara draußen auf den Straßen befunden und ihre Runden als Lumaga gedreht, wäre auch sie getötet worden. Die meisten anderen Überlebenden, die sich erst zur Universität und dann nach Muld durchgeschlagen hatten, waren ebenfalls in irgendeiner Weise geschützt gewesen.

Kara verdrängte den schaurigen Gedanken daran, was geschehen wäre, wenn die Rüden sie nicht verhaftet hätten, und verlagerte ihre Aufmerksamkeit auf den Rest der Ley. »Sieht so aus, als hätten sich die zwei Flüsse in neue Verläufe gefügt.«

»Sie fließen jetzt durch ehemalige Straßen. Gebäude und das Geröll, das sich um ihre Ränder angesammelt hat, bilden die Ufer. Aber achte mal auf die beiden Bereiche hier und hier.« Hernande zeigte auf zwei Stellen außerhalb der Verkrümmung. »Es scheint sich um stabile Punkte im allgemeinen Chaos der Ley zu handeln.«

»Woher weißt du das?« Sie schienen sich nicht vom Rest der Ley zu unterscheiden.

Die Antwort lieferte Cory. »Wir beobachten sie seit mehreren Monaten. Alles andere ist in Bewegung, ordnet sich neu an, aber diese zwei Stellen rühren sich nicht.«

»Also versucht die Ley, um die Verkrümmung herum ein neues System zu bilden. Genau, wie wir dachten«, stellte Artras in schroffem Ton fest.

»Warum hat sie sich dann noch nicht stabilisiert?«

Artras zuckte mit den Schultern. »Wer weiß schon, wie lange es dauern wird? Wir haben ja keine Anhaltswerte. Das Ley-System, das wir benutzt haben, war schon immer da. Wir Menschen sind ja erst unlängst so hochmütig geworden, es zu manipulieren und zu verändern. Und seht, wohin uns das gebracht hat.«

Kara musterte den strengen Gesichtsausdruck der älteren Frau. Einen Herzschlag lang hatte sie wie Ischua geklungen, der Hüter, der Karas Talent entdeckt und sich nach dem Tod ihrer Eltern um sie gekümmert hatte.

Kara deutete in Richtung der Karte. »Ich sehe rings um den Bereich, den Allan entdeckt hat, nichts, was uns Probleme bereiten könnte. Dort scheint die Ley vergleichsweise stabil zu sein.«

»Ja«, pflichtete ihr Hernande bei. »Aber denk daran, dass sie sich trotzdem ständig verändert. Bis eure Gruppe dort eintrifft, könnte sie unbeständiger sein. Vor allem, wenn sich diese Erdbeben weiter fortsetzen. Natürlich behalten wir die Lage hier im Auge, aber wir können euch nicht benachrichtigen, falls sich etwas tut.«

»Ich weiß.« Kara richtete sich auf. »Allan und die anderen sind inzwischen wahrscheinlich bereit. Wir sollten besser unsere Sachen holen.«

Nun, da sie das Ley-System gesehen hatte, waren die Ängste und Sorgen, die Kara zuvor geplagt hatten, zurückgewichen und von Entschlossenheit abgelöst worden. Es war dieselbe Entschlossenheit, die sie verspürt hatte, nachdem sie von Allan aus der Verkrümmung geholt worden war, auf jenem Gebäude gestanden und die gleißenden weißen Lichter der noch nicht entfalteten Verkrümmungen über Tumbor, Farrade und anderen Städten in der Ferne gesehen hatte. Während der letzten Monate hatte Kara die Gedanken daran beiseitegeschoben, gezwungen, das Augenmerk auf das nackte Überleben zu richten, nun jedoch wurde sie wieder davon erfasst.

Bei dem betroffenen Ausdruck in Corys Gesicht biss sie sich auf die Unterlippe, doch sie wandte sich ab und ging mit Artras. Die ältere Hüterin ergriff ihren Arm, sobald sie sich außer Sicht befanden. »Er kommt schon zurecht. Ihr seid bloß die letzten Monate nie weiter als ein paar Minuten Fußmarsch voneinander getrennt gewesen. Er wird sich daran gewöhnen.«

Kara traute ihrer Stimme nicht ausreichend, um etwas darauf zu erwidern.

Artras und Kara eilten zur Wiese der Flüchtlinge. Die ältere Frau löste sich von Kara und steuerte ihr eigenes Zelt an, das sie sich mit Dylan teilte. Kara schlug die eigene Zeltklappe zurück und fasste hinein, um das bereits auf sie wartende Bündel zu ergreifen. Sie zog es zu sich und wollte schon zurück hinaus in die tauschwere Luft treten, hielt jedoch inne.

Im Inneren des vom Heizstein noch warmen Zeltes roch es nach Cory. Sein Duft, der an eine erdige Mischung aus Lehm mit leichter Gewürznote erinnerte, stieg ihr kitzelnd in die Nase. Kara atmete ihn ein, prägte ihn sich ein, dann blies sie den Atem aus und schloss die Zeltklappe wieder. Schließlich wirbelte sie auf den Fußballen herum, schob die Arme durch die Riemen ihres Bündels und rückte es auf ihrem Rücken zurecht, während sie sich zwischen den Zelten hindurch den Weg zurück zum Dorf bahnte.

Kaum war sie um Logans Hütte gebogen, erblickte sie Cory, Hernande, Artras, Allan und den Rest der Gruppe, die um den einzigen Wagen standen, den sie in die Stadt mitnehmen würden. Man hatte ihn bereits mit den wenigen Vorräten beladen, die sie nicht in ihren jeweiligen Bündeln bei sich trugen. Zwei vor den Wagen gespannte Pferde scharrten mit den Hufen, als könnten sie es kaum erwarten, sich in Bewegung zu setzen.

Kara bemerkte vier Rüden, die eine Gruppe um Allan bildeten. Abgesehen von Artras begleiteten sie noch zwei weitere Lumagier: Dylan und ein jüngerer Bursche namens Carter. Zwei Männer aus den Rängen der Flüchtlinge und zwei weitere ursprüngliche Bewohner von Muld – die Kara beide nicht gut kannte – würden ihnen beim Einsammeln der erbeuteten Vorräte helfen, sobald sie aus der Scherbe geborgen wären.

Ihr fiel auf, dass Morrell dicht bei ihrem Vater stand. Sie beobachtete, wie das Mädchen – die junge Frau, wie Kara plötzlich klar wurde – die Hände ausstreckte und den Vater innig umarmte. Schließlich löste sie sich wieder von ihm. Allan streichelte ihr langes, goldenes Haar und hielt sie an den Schultern fest, als sie sich zurückziehen wollte. Mit ernster Miene sagte er etwas zu ihr, das Kara nicht hören konnte. Morrell nickte, und Allan tätschelte ihr den Kopf, bevor er sich bremste.

Sowohl Sophia als auch Paul standen ein Stück daneben, Paul wie üblich mit mürrischem Gesichtsausdruck.

Allan sah sich um. »Wir sind alle hier. Lasst uns jetzt auf-

40

brechen, damit wir die Ebenen noch vor Einbruch der Nacht erreichen.«

»Geh keine Wagnisse ein.« Sophia ergriff Karas Hände. »Wir brauchen dich hier dringender als die Verkrümmungen, die du reparieren willst.«

Hinter ihr ließ Paul ein verächtliches Brummen vernehmen.

Hernande entfernte sich auf taktvollen Abstand, als sich Kara zu Cory umdrehte.

»Ich werde vorsichtig sein.« Sie schlang die Arme um seine Mitte und zog ihn an sich. »Und mir wird nichts passieren.« Kara küsste ihn, dann löste sie sich rasch von ihm, bevor ihre Fassade der Zuversicht Risse bekommen konnte.

Ein Rüde und ein Mulder hatten bereits auf dem Kutschbock Platz genommen und lenkten die Pferde zum Rand des Waldes. Die anderen trotteten hinterdrein oder marschierten vorneweg. Artras wartete, bis Kara zu ihr aufschloss. Sie verlor kein Wort, als sich Kara mit den Ärmeln über das Gesicht rieb.

Dann geriet die Gruppe in die Schatten der Bäume und ließ Muld hinter sich zurück.

***

»Sollen wir das Lager innerhalb der Baumgrenze aufschlagen? Wir haben nur noch ungefähr eine Stunde bis zur Abenddämmerung.«

Allan starrte hinaus zum leicht hügeligen Rand der Ebenen. »Wir werden tagelang über die Wiesen reisen. Wenn da draußen jemand ist, der nach uns Ausschau hält, wird man uns so oder so sichten, ob wir nun jetzt weiterziehen oder später.« Er begegnete dem Blick des anderen Rüden. »Sei auf der Hut.«

Glenn nickte, eine knappe Geste, mit der ein Rüde eine Anweisung von seinem Vorgesetzten bestätigte. Dann zog er sich in den Wald zurück, um den Wagen und die anderen zu holen.

41

Allan hatte befürchtet, die anderen Rüden könnten Bryces Geringschätzung für ihn übernehmen und sich ungehorsam gebärden. Da Bryce aber nicht hier war, um sie anzustacheln, hatten sie sich in die vertraute Ordnung gefügt, die innerhalb der Rudel vor der Zersplitterung bestanden hatte. Es war wie früher im Hort mit Hagger. Damals war Allans ehemaliger Partner der Anstifter gewesen und hatte diejenigen um sich geschart, die sich ihm bereitwillig unterordneten. Aber Bryce war nicht halb so schlimm, wie Hagger es gewesen war.

Allan ließ den Blick weiter suchend über den Horizont wandern, bis er hörte, wie der Wagen von hinten angerumpelt kam. Glenn und Adder tauchten am Rand seines Sichtfelds auf, und er winkte sie hinaus auf die Ebenen, einer auf jeder Seite. Sie trotteten die nächstgelegene Erhebung hinauf und schirmten mit den Händen die Augen gegen die Sonne ab, bevor sie das Zeichen gaben, dass alles in Ordnung war.

Allan richtete den Blick auf Gaven, der den Wagen lenkte. »Alle bleiben dicht beim Wagen. Wir sehen zwar keinen Menschen, aber das bedeutet nicht, dass niemand da ist. Tim und Kent, ihr bildet die Nachhut. Glenn, Adder und ich übernehmen die Spitze.«

Gaven schnalzte mit den Zügeln, und die Pferde zogen den Wagen aus dem Schutz der Bäume. Allan wartete, bis sich Tim und Kent ein Stück hinter der Hauptgruppe eingereiht hatten, dann setzte er sich in Bewegung, um zu Glenn und Adder aufzuschließen, die bereits in die Ferne davonzogen.

Als die Sonne eine Stunde später auf den Horizont zu sank, ließ er den Tross in einer kleinen Senke anhalten, die ein wenig Deckung bieten würde. Mit spürbarer Erleichterung schritt die Gruppe zur Tat. Die Mulder und die Rüden begannen sofort, das Lager aufzuschlagen, luden die spärlichen Vorräte ab, die sie dabeihatten, und errichteten einen Schutzkreis von Wachposten. Gaven machte die Pferde los und führte sie davon, damit sie grasen konnten. Die Lumagier wirkten ratlos.

Als Allan zum Wagen zurückkehrte, trat Kara vor. Die anderen Lumagier reihten sich hinter ihr auf.

»Was können wir tun?«

Allan überlegte. Ihm fiel auf, dass die Mulder bereits einen Platz für das Feuer geräumt hatten. »Könnt ihr hier draußen einen Heizstein erschaffen? Man kann das Lager zwar von den Ebenen aus nicht direkt sehen, trotzdem wäre ein Feuer riskant.«

»Wir können es versuchen.«

»Tut das. Sonst helft ihr beim Kochen. Die Zelte verwenden wir heute Nacht nicht, nur Pritschen.« Er deutete in den klaren Himmel.

Kara wandte sich den anderen zu, gab ihnen bereits Anweisungen. Sie teilten sich auf. Zwei steuerten dorthin, wo die Mulder das Gras in einem groben Kreis niedertrampelten, Kara und Artras hielten auf die Stelle zu, an der man das Gras beseitigt und eine Grube für das Feuer ausgehoben hatte. Beide kauerten sich hin und schlossen die Augen, nachdem sie einem der jüngeren Mulder aufgetragen hatten, nach einem großen Stein zu suchen.

Als eine lange Weile nichts geschah, außer dass sich ihre Gesichtsausdrücke kaum merklich veränderten, schüttelte Allan den Kopf, drehte Runden durch das Lager und sah nach den Rüden.

Als die Sonne blutrot schillernd untergegangen war und am Himmel die Sterne funkelnd den Halbmond säumten, hielten Kara und Artras mit einem selbstgefälligen Grinsen in den Gesichtern die Hände über den leuchtenden Heizstein. Die Lumagier und Mulder stellten bereits ein Dreibein mit einem Haken darüber auf. Getreidespelzen wurden angefeuchtet und auf den Stein gelegt. Darüber wurde Wildbret verteilt, und schon bald erfüllte der Duft von bratendem Fleisch die Senke.

Allan wahrte Abstand zum Heizstein, da er wusste, dass

43

seine Nähe dessen Wirkung nur stören würde. Er begab sich zum Rand des Lagers und kam in der Dunkelheit an Glenn vorbei. Schließlich ließ sich Allan im knöchelhohen Gras auf einer Erhebung nieder und starrte in die Ferne zu der grellen Kuppel der Verkrümmung in Erenthrall.

Die vielschichtigen Lichter der Scherben schienen hell wie der Mond zu pulsieren, dabei strahlten sie in Farbtönen zwischen Rosa und Orange, gesprenkelt mit Schlieren hellerer Grün- und Purpurtöne. Weiter rechts und tief am Horizont konnte er einen schwächeren, sternähnlichen Lichtpunkt ausmachen: die über Farrade schwebende Verkrümmung. Weiter im Westen sah er das wesentlich hellere, weiße Licht der Verkrümmung über Tumbor. Der Ort lag nur geringfügig näher als Farrade. Dass die Verkrümmung dort dennoch so viel heller leuchtete, konnte nur bedeuten, dass sie erheblich stärker als jene in ihrer Schwesterstadt sein musste. Wenn sie sich entfaltete …

Allan streckte die Hand aus, um am Gras vor ihm zu zupfen. Er pflückte einen Halm und steckte ihn sich in den Mund, kaute auf dem zarten Ende. Wenig später hörte er, wie sich ihm jemand von hinten näherte. Füße bewegten sich raschelnd durch das Gras, dann ließ Kara sich mit untergeschlagenen Beinen neben ihm nieder. Der Mond und die ferne Verkrümmung spendeten gerade genug Licht, um ihre schattigen Züge auszumachen.

»Wunderschön, nicht wahr?«, meinte Kara.

»Und tödlich.«

»Das weiß ich besser als die meisten. Trotzdem ist es ein wunderschöner Anblick. Ich erinnere mich noch, wie ich zum ersten Mal in Erenthrall eine Verkrümmung gesehen habe, als ich jünger war. Sie ist in der Luft erblüht, vor mir und Cory und …« Ihre Stimme stockte. Schließlich fuhr sie fort: »Sie ist einfach mitten auf der Straße erschienen, nicht größer als meine Faust. Ich wollte die Hand ausstrecken, um sie zu berühren, sie zu reparieren, rein instinktiv. Damals war ich noch keine Lumaga. Aber die Erwachsenen in der Nähe haben mich davon abgehalten.« Ein schiefes Lächeln krümmte ihre Lippen. »Zu dem Zeitpunkt sind wir gerade vor Rüden weggerannt.«

Allan sah sie mit hochgezogenen Augenbrauen an, und sie brach kopfschüttelnd in Gelächter aus.

»Nicht, was du denkst. Wir haben auf einem Platz Distelschnappen gespielt, als die Rüden gekommen sind, um eine Wohnung in der Nähe zu stürmen. Wir haben die Flucht ergriffen, obwohl sie nicht hinter uns her waren. Wir waren Kinder.«

Allan wollte sie wegen des Namens fragen, den sie zuvor hinuntergeschluckt und nicht ausgesprochen hatte, entschied sich jedoch dagegen. »Wenn die Lumagier schon so früh von den Verkrümmungen wussten, warum haben sie dann nichts unternommen, um sie aufzuhalten?«

»Ich glaube, sie wussten nicht, wie sie das hätten tun sollen. Alles, was wir tun konnten, war, sie zu reparieren. Und die Ober-Lumagier? Keine Ahnung, was die vielleicht wussten. Selbst wenn Ober-Lumagus Augustus die Ursache gekannt hat – und ich vermute, sie hatte mit dem Nexus und der Überbeanspruchung des Ley-Systems zu tun: Glaubst du wirklich, Baron Arent hätte zugelassen, dass er sie beseitigt hätte, wenn das seine Kontrolle über die Ley und die anderen Barone bedroht hätte?«

Allan dachte an seine wenigen Begegnungen mit dem Baron und dem Ober-Lumagus zurück. »Nein, hätte er nicht. Aber Augustus war besessen vom Nexus. Wenn er instabil gewesen wäre, hätte er versucht, ihn zu reparieren.«

»Wenn er dazu in der Lage gewesen wäre, hätte er das sicherlich getan.«

»Vielleicht waren es gar nicht die Lumagier oder die Ober-Lumagier. Vielleicht musste der Nexus nicht repariert werden.«

Kara sah ihn an, die Hälfte des Gesichts in Schatten. Ihr Körper versteifte sich. »Spielst du auf die Kormanley an?«

»Sie haben jedenfalls genug Verwüstung angerichtet, bevor ich nach Muld gegangen bin.«

Karas Hand zupfte wild an dem Gras vor ihr. Allan rechnete damit, dass sie eine Schimpfkanonade darüber anstimmen würde, wie zerstörerisch diese Gruppierung gewesen war, doch sie überraschte ihn.

Sie hörte auf, das Gras auszureißen, und blickte in Richtung Erenthrall. »Findest du, wir verdienen es?«

»Wie meinst du das?«

»Einige der Menschen in Muld glauben, dass die Zersplitterung eine Strafe war, die Rache der Götter, die wir durch unseren Missbrauch der Ley selbst über uns gebracht haben.«

»Das war kein Akt irgendeines Gottes. Die Schuld liegt bei Ober-Lumagus Augustus' Hochmut und Baron Arents Gier. Ich war im Bernsteinturm. Ich habe es gesehen.«

»Und einige von ihnen – nicht bloß die Mulder, sondern ein paar der Flüchtlinge, die mit uns gekommen sind – glauben, dass es die Schuld der Lumagier war.«

»Das sind Narren.«

»Aber wir *haben* die Ley missbraucht. Die Verkrümmungen, die Ausfälle der Ley – das waren alles Anzeichen dafür, dass wir das Netzwerk überbeanspruchten. Trotzdem haben wir nicht aufgehört. Die Natur hat uns zu warnen versucht, und wir haben nicht auf sie gehört. Und jetzt sieh, was passiert ist.«

Sie deutete in Richtung der Ebenen und der fernen, schillernden Kuppel der Verkrümmung. Eine Weile saßen sie schweigend da. Die Stille der flachen Weiten wurde nur von den Geräuschen der Leute im Lager unterbrochen.

Schließlich meinte Allan: »Alles hat sich völlig verändert. Und ich meine damit nicht nur Erenthrall. Bei meinen Reisen in die Stadt vor der Zersplitterung, um Vorräte für Muld zu beschaffen, habe ich oft auf den Hügeln gesessen und den Ort aus der Ferne betrachtet. Von der Stadt aus haben sich Ley-Linien wie ein Spinnennetz in alle Richtungen zu den Ortschaften und Dörfern erstreckt, die sich über die Ebenen verteilen. Dieses Netz ist jetzt verschwunden. Die Ebenen sind dunkel.«

Kara wandte ihre Aufmerksamkeit dem Rest der flachen Weiten zu. In der Nähe der Stadt sprenkelten vereinzelte Lichtpunkte außerhalb der Kuppel die Umgebung – das waren Stellen, an denen das Ley-System unversehrt, aber offensichtlich wild war. Im Osten flackerte weißes Licht. Allan wusste, dass dort ein Strahl der Ley Hunderte Schrittlängen hoch in den Himmel schoss. Fast direkt auf dem Weg zwischen Muld und der Verkrümmung hatte sich in einer Niederung, in der sich einst ein Dorf befunden hatte, ein weitläufiger See aus Ley gebildet. Der Turm der aus Stein errichteten Versammlungshalle der Ortschaft ragte aus der Mitte des Sees, auch die Dächer einiger der größeren Gebäude zeichneten sich darin ab. Neben stecknadelkopfgroßen, weißen Ley-Lichtern an verschiedenen anderen Stellen konnten sie ein paar Leuchtkränze von Feuern ausmachen – wiederum alle nah bei der Stadt.

Kara zeigte zum hellsten der von Feuerschein beleuchteten Abschnitte. »Was ist das?«

»Die Temeriten-Enklave. Die Temeriten haben sich unmittelbar nach der Zersplitterung organisiert. Sie haben einige Bezirke beschlagnahmt, die nicht ganz so schlimm beschädigt waren wie andere, und sich darin eingemauert, indem sie die Steine von eingestürzten Gebäuden benutzten. Der Schein, den du siehst, stammt von Dutzenden Leuchtfeuern auf den Mauern. Sie lassen sie brennen, damit ihre Patrouillen Plünderer erkennen und fernhalten können. Das kleinere Feuer weiter südlich gehört zum Lager der Gorrani. Es gibt Gerüchte über einen Zusammenschluss von Menschen vom Archipel auf der gegenüberliegenden Seite der Verkrümmung.

Und natürlich sind dazwischen verschiedene andere Gruppen verstreut. Aber vor der Zersplitterung haben sich Ley-Lichter drei- bis viermal so weit auf die Ebenen heraus erstreckt, vor allem entlang der Tiana und des Urate und in südlicher Richtung nach Farrade und Tumbor. All diese Gemeinden und Dörfer sind jetzt dunkel.«

»Die Ley ist immer noch vorhanden und fließt durch diese Orte. Sie wird lediglich nicht mehr vom Nexus verstärkt wie früher.«

»Hast du das vor, falls es dir gelingt, die Verkrümmung zu reparieren? Ein neues Netzwerk erschaffen?«

»Nicht so, wie es der Baron und Ober-Lumagus Augustus getan haben«, gab Kara barsch zurück. »Sie haben die Ley missbraucht, um ihre Macht zu bewahren. Aber die Welt braucht einen sicheren Ort, an den man reisen kann. Einen Ort, an dem die Ley stabil ist und der einfach geschützt werden kann. Wenn es uns gelingt, die Verkrümmung zu reparieren, können wir aus Erenthrall wieder ein Zuhause machen – ohne den Baron, die Rüden und die Lumagier, die alles kontrollieren.«

»Und du denkst, das können wir schaffen? Also, diejenigen von uns in Muld?«

»Wieso nicht? Wir haben dich und die Rüden. Uns werden Ressourcen zur Verfügung stehen, wenn die Verkrümmung erst beseitigt ist. Und wir haben Lumagier.«

Allan wollte gerade darauf hinweisen, dass sich Erenthrall zu stark gewandelt haben könnte, um die Stadt wiederherzustellen, als plötzlich einer der Wachleute eine Warnung brüllte.

Noch bevor sich Kara auch nur umdrehte, hatte er sich bereits mit gezogenem Schwert in Bewegung gesetzt und stürmte durch das aufgescheuchte Lager. Ohne bewusstes Zutun achtete er darauf, wer vor Schreck erstarrt war und wer nach Waffen griff. Dann erblickte er Tims in Schatten gehüllte Gestalt und verlangsamte die Schritte. »Berichte.«

48

»Im Nordosten ist etwas auf den Ebenen.« Tim zeigte in die Richtung von Dunmara und den Weiten. »Sieht nach einer Art Feuer aus.«

Allan erspähte das schwache, flackernde Licht weit draußen in der Dunkelheit. Er war erstaunt, dass Tim es überhaupt bemerkt hatte. Die Muskeln in seinem Rücken und seinen Schultern entspannten sich, als er erkannte, wie weit entfernt sich das Feuer befand – zu weit, als dass die Unbekannten dort ihr Lager gesehen oder gehört haben könnten.

Gaven, Carter und Artras tauchten mit gezückten Messern und Schwertern hinter ihm auf.

»Sind das die Plünderer?«, wollte Gaven wissen.

»Nein. Jedenfalls sind sie nicht nah genug, um eine Bedrohung für uns zu sein.«

Gaven wirkte beinah enttäuscht.

»Was sollen wir tun?«, fragte Artras.

Allan steckte das Schwert zurück in die Scheide. Seinem Beispiel folgend senkten auch die anderen ihre Waffen. Er gab Kent und Adder ein Zeichen. »Wir marschieren los und sehen uns das an.«

»Ich komme auch mit«, kündigte Gaven an und trat vor.

Allan bremste ihn mit einem kräftigen Griff an die Schulter. »Ich brauche dich hier, Gaven.« Allan sah dem älteren Wagenfahrer in die Augen. »Ich weiß, du willst ihnen heimzahlen, dass sie Terrim getötet haben, aber wenn drei Rüden weg und Jack und Cutter unterwegs zum Jagen sind, brauche ich dich, um die anderen zu beschützen.«

Gaven starrte zwar mürrisch zum entfernten Feuer, nickte aber.

Allan, Kent und Adder setzten sich in stetem, schnellem Lauf über das Grasland in Bewegung. Das Lager blieb hinter ihnen zurück, und schon nach wenigen hundert Schritten verdeckte die Senke den Schein des Heizsteins. Allan konzentrierte sich auf den schwachen Schimmer des Feuers weit vor ihnen. Die Flammen flackerten so kraftlos, dass ihr Licht ab und an völlig verschwand. Als sie jedoch näher hingelangten, verstärkte sich der Schein zu einem steten Feuer, größer als das, was man in einem gewöhnlichen Lager unterhalten würde. Qualm stieg als dicke Säule den Sternen entgegen, von unten durch zornige, orange-rötliche Flammen erhellt. Ein Windstoß trug ihnen den beißenden Geruch von Rauch und den Gestank von verbrannten Körpern zu. Allan schluckte schwer, als ihm das Aroma in die Nase stieg, dann gab er den zwei Rüden ein Zeichen.

Kent und Adder hielten in schrägem Winkel auf Allan zu, als er die Schritte verlangsamte. Vorsichtig rückten sie weiter vor. Der Wind drehte erneut und blies den Rauch von ihnen weg. Alle drei sanken zu Boden, als sie den Rand einer Erhebung erreichten. Erst auf Händen und Knien, dann auf den Bäuchen bewegten sie sich weiter vorwärts, das Gras als Deckung nutzend.

Zehn Wagen säumten das Bachbett unter ihnen. Derzeit floss in der Mitte nur ein schmales Rinnsal, doch zu beiden Seiten zog sich eine deutlich breitere Flutschneise über die Ebenen. Vier der Wagen standen in Flammen. Das Feuer knisterte und knackte, als es die Seitenwände und Dächer aus Holz verzehrte und unter den kleinen Traufen hervorwallte. Mindestens zwanzig Männer warfen durch kleine Türen am Heck Truhen und Fässer auf die Ladeflächen von vier der verbliebenen Wagen. Ein paar andere schleppten weitere Vorräte von den restlichen zwei Wagen herbei. Fünf weitere Gestalten hielten zwölf Männer, Frauen und Kinder in der Nähe der Mitte des Lagers gefangen. Einige der Frauen schluchzten. Eine schrie, während sie von zwei Männern festgehalten wurde und verzweifelt versuchte, zu einem nicht weit entfernt liegenden Körper zu gelangen. Weitere Leichen lagen über das Bachbett verstreut. Es handelte sich offensichtlich um die zu den Wagen gehörenden Männer, die getötet worden waren, bevor sie eine vernünftige Verteidigung auf die Beine stellen konnten.

Plötzlich wirbelte der Anführer der Gruppe herum. »Stopft dem Miststück das Maul.« Als sich niemand rührte, trat er mit zwei langen Schritten auf die Frau zu und schlug ihr wuchtig ins Gesicht, schleuderte sie gegen die sie haltenden Männer, die mit ihr zu Boden gingen. Beide rappelten sich mit zu Fäusten geballten Händen wieder auf die Beine, aber die fünf Männer, die sie bewachten, sprangen mit gezückten Schwertern vor, und sie wichen zurück.

Der Anführer der Plünderer – ein großer Mann mit breiten Schultern und erhabenem Auftreten, dessen Züge auf einen Temeriten schließen ließen – wandte sich ab. Sein Blick schwenkte über die Umgebung, wanderte über Allans Position, ohne innezuhalten, bevor er sich auf jene Männer heftete, von denen die unruhigen, vor die vier Wagen gespannten Pferde festgehalten wurden. »Wo sind Ghent und Harrison? Sind die immer noch nicht mit den Gäulen zurück, die ausgerissen sind?«

Jemand antwortete auf die Frage, aber Kent zupfte an Allans Hemd. Der Rüde zeigte auf einige der Leichen, dann deutete er mit dem Kopf zu den Rändern des ausgewaschenen Bachbetts.

Allan brauchte einen Herzschlag lang, um zu begreifen, dass die Männer von Bogenschützen getötet worden waren. Keiner von denen in der Gruppe, die sich um die Vorräte und die Pferde kümmerten, hatte einen Bogen.

Was bedeutete, dass die Bogenschützen das Geschehen vermutlich aus der Dunkelheit oberhalb des Bachbetts beobachteten und absicherten.

Er reichte die Erkenntnis an Adder weiter. Sie hatten Glück gehabt, dass sie unterwegs nicht über die Schützen gestolpert waren. Der Rauch musste sie in der Dunkelheit zusammen mit dem Gras verborgen haben, als sie sich langsam den Weg die Erhebung hinauf gebahnt hatten.

Adder bedachte ihn mit einem fragenden Blick und legte

den Kopf schief, um auf die Finsternis hinter ihnen zu deuten, doch Allan schüttelte verneinend den Kopf. Er wollte nicht das Wagnis eingehen preiszugeben, wo sie sich befanden, zumal sie nunmehr wussten, dass sich hinter ihnen noch andere Plünderer aufhielten.

Unten rief einer der Männer, der von einem der Wagen kletterte: »Er ist leer!«

»Abfackeln.«

Drei Männer traten mit Brandfackeln vor. Einer warf einen Gegenstand aus Glas mit genug Wucht in den Wagen, dass Allan hörte, wie er zerbarst. Die anderen schleuderten ihre Fackeln hinterher. Mit einem wilden *Wusch!* züngelten Flammen durch die Tür heraus, und die Männer zogen die Köpfe ein, als sie zurückwichen.

Allan beobachtete eingehend den Anführer, achtete auf dessen Bewegungen. Der Temeriten-Lehnsherr hielt sich aus dem eigentlichen Treiben heraus, bewegte sich aber von einer Position zur nächsten, hatte immer alles im Blick und unter Kontrolle. Die Männer gingen effizient und planvoll vor, sprachen lediglich in knappen Sätzen miteinander. Niemand lachte oder scherzte. Der Anführer ergriff nur selten das Wort. Alle wussten, was sie zu tun hatten.

Schließlich war der sechste Wagen geleert. Der Mann im Inneren sprang heraus, nur wenige Augenblicke, bevor das Gefährt wie die anderen in Brand gesteckt wurde. Der Anführer brüllte Befehle. Die Männer arbeiteten schneller, als die letzten Vorräte auf die verbliebenen Wagen verladen wurden. Allan spürte, wie Kent den Körper anspannte, als sich die Männer unten neu formierten. Zwei der mit Beute gefüllten Wagen begannen, vom Bachbett in nordöstlicher Richtung davonzurollen. Die Männer, die ihn beladen hatten, umzingelten die Gefangenen. Ihre Blicke wanderten zu denjenigen, die ihre Schwerter bereits gezogen hatten.

Allan legte Kent eine Hand auf die Schulter. Der Mann

hatte die Augen zu gefährlichen Schlitzen verengt. Allan schüttelte den Kopf. Kent versuchte, sich loszureißen, aber Allan verstärkte seinen Griff, drückte den Rüden flach ins Gras und beugte sich dicht zu ihm, als sein Gefährte anfing, sich zu wehren.

»Es sind zu viele. Wir würden bloß selbst getötet werden.«

»Von wegen«, spie Kent zornig hervor. Allan warf einen schnellen Blick zum Bachbett, um zu sehen, ob jemand sie gehört hatte, dann verstärkte er den Griff weiter, bis sich Schmerzen in Kents Gesicht abzeichneten.

»Willst du, dass sie unser eigenes Lager finden?«, zischte Adder von Allans anderer Seite. »Oder Muld?«

Kent wehrte sich noch kurz, dann hörte er auf. »Die Menschen da unten haben keine Chance.«

Allan lockerte den Griff. Seine Finger schmerzten bereits. »Die waren alle in dem Augenblick tot, als diese Gruppe sie entdeckt hat.«

Unten rief jemand einen Befehl und klatschte mit der Hand hinten auf den letzten Wagen. Er rollte los und entfernte sich, nachdem ihn drei der Männer angeschoben hatten. Da blieb eines der Räder im sandigen Untergrund stecken.

Kaum hatte er sich in Bewegung gesetzt, hob der Anführer eine Hand und gab ein knappes Zeichen.

Von sechs verschiedenen Positionen schossen Pfeile aus der Dunkelheit hervor. Jeder traf ein Ziel unter den Gefangenen. Vier fielen ohne einen Mucks, darunter beide Kinder. Schäfte ragten aus Brüsten, aus einem Hals, aus einem Auge. Zwei andere schrien auf. Einer hielt sich den Arm, der andere den Bauch. Doch bevor der Rest der Gefangenen sich auch nur rühren konnte, schlugen weitere Pfeile ein. Die wenigen Überlebenden sprangen auf. Männer brüllten, Frauen kreischten, und die Angreifer, die sie umzingelt hatten, rückten vor. Es wurde ein Gemetzel, das innerhalb weniger Herzschläge endete.

Der Anführer beobachtete das Geschehen teilnahmslos und schweigend. Sobald der letzte Körper schlaff zu Boden gesackt war – eine Frau, die noch im Fallen am Arm ihres Angreifers krallte –, befahl er: »Zurück nach Anfurt.«

Die Männer traten von ihren abgeschlachteten Opfern zurück und steuerten auf den Rand des Bachbetts zu. Unterhaltungen brachen aus, und vereinzelt wurde gelacht, als die abrückenden Plünderer die gegenüberliegende Böschung erklommen. Allan schmeckte bittere Galle in der Kehle.

»Was ist mit Ghent und Harrison?«, fragte jemand.

Der Anführer ließ den Blick durch die Dunkelheit wandern. »Die werden uns unterwegs schon finden.«

Allan, Adder und Kent sanken noch tiefer, als die sechs Bogenschützen aufsprangen, um sich ihren Gefährten anzuschließen. Innerhalb weniger Augenblicke blieben im Bachbett nur die Toten und die sechs brennenden Wagen zurück. Das Knistern der das Holz verzehrenden Flammen hörte sich laut in Allans Ohren an. Neben sich hörte er Adder trocken würgen.

»Verschwinden wir?« Kent befreite sich mit einem Ruck von Allans Hand. »Ich denke, das Gemetzel ist vorbei.«

»Noch nicht. Wir wissen nicht, ob alle abgerückt sind.«

»Sie sind weg.«

Alle drei rappelten sich hastig in sitzende Haltung. Allan gelang es, seine Klinge zu ziehen und auf die über ihnen stehende Gestalt zu richten, doch eine Pfeilspitze zielte auf seinen Kopf.

»Es ist Cutter.«

Kent fluchte leise, als Cutter den Bogen senkte. Der Fährtensucher ließ den Blick durch die Dunkelheit wandern und heftete ihn schließlich auf die Toten. »Sie sind alle nach Nordosten gezogen.«

»Auch die zwei, die hinter den Pferden her waren?«

Cutter nickte, und Allan erhob sich in geduckter Haltung.

»Dann lasst uns ins Lager zurückkehren. Cutter, du folgst ihnen unauffällig und findest heraus, wohin sie gehen.«

Cutter zog eine Reihe an einen Strick geknüpfter Hasen von seinem Gürtel und reichte sie Allan. »Ich bin zurück, bevor ihr das Lager abbrecht.« Damit verschwand er in die Finsternis.

»Was ist mit den Toten?«, fragte Adder, der ins Bachbett hinabstarrte.

»Wir haben keine Zeit, sie zu beerdigen.«

»Dann können wir wenigstens für sie beten.«

»Mach das unterwegs.«

DREI

Morrell beendete das Beschriften der letzten Arzneiflaschen und stellte sie zurück in den Holzschrank in der Hütte des Heilers. Die Holztür knarrte, als Morrell sie schloss und die Schnur über den Knauf wickelte, um sie zu sichern. Sie drehte sich um und wollte das kleine Schneidbrett von den staubigen Überresten zerstoßener Wurmwurzel befreien, aber ein Stöhnen hielt sie davon ab.

Rau sog sie vor Schreck die Luft ein, doch dann fiel ihr wieder ein, dass sie sich ja nicht allein in der Hütte aufhielt. Claye war immer noch hier.

Sie ging um den Tisch in der Mitte herum, auf dem Logan den Pfeil aus Clayes Seite geschnitten hatte, und betrat den kleinen Nebenraum, in dem der Rüde auf einer schlichten Pritsche unter einer Decke lag. Seit dem Tag, an dem er in aller Eile in die Hütte gebracht worden war, fieberte er bewusstlos. Sie kniete sich neben sein Lager und legte eine Hand auf Clayes erhitzte Stirn. Er versuchte, ihr auszuweichen, und ein Arm rührte sich matt unter seiner Decke.

»Aufhören.«

»Was …« Seine blutunterlaufenen, verkrusteten Augen hefteten sich kurz auf die ihren. Verwirrung sprach aus ihnen, aber kein Erkennen. Dann schnellte sein Blick von ihr weg und wanderte durch den Raum. Der Atem rasselte verschleimt tief in seiner Brust. Die Haut fühlte sich heiß an.

Morrell nahm ihre Hand weg und runzelte die Stirn. »Du bist in Logans Hütte. Du wurdest angegriffen und bist von einem Pfeil getroffen worden. Erinnerst du dich?«

Panische Züge zerfurchten sein Gesicht. »Logan? Angegriffen?«

»Ihr wart mit dem Wagen auf dem Rückweg aus Erenthrall. Banditen haben versucht, ihn sich zu holen.«

Claye sog die Luft ein und hielt sie an, dann jedoch ereilte ihn eine Erkenntnis, und er sank schlaff zurück auf die Pritsche. »Ja. Ja, jetzt erinnere ich mich. Sie haben Terrim getötet.« Ein Hustenanfall schüttelte ihn.

Morrell griff nach dem feuchten Tuch in einer kleinen Wasserschale neben der Pritsche und benutzte es, um die klebrigen Krusten um seine Augen abzuwischen. »Du bist in die Seite getroffen worden.«

Er packte sie am Arm. »Bryce? Die anderen?«

»Allen anderen geht es gut.«

Kurz flatterten seine Lider und schlossen sich erleichtert.

Morrell wusch weiter sein Gesicht, bevor sie das Tuch beiseitelegte. Dann hob sie einen seiner Arme an – er fühlte sich seltsam leicht an, als wäre er hohl. Sie zog die Decke zurück, um die um seine Brust gewickelten Verbände zu überprüfen. Frisches Blut hatte den Stoff an drei Stellen durchnässt. Unter seinen fahrigen Bewegungen hatten sich die Wunden wieder geöffnet. Am meisten Sorgen jedoch bereitete ihr der faulige Geruch.

»Wie schlimm ist es?«, fragte Claye unverhofft und erschreckte sie damit. Morrell hatte gedacht, er wäre zurück in Bewusstlosigkeit gesunken.

»Die Wunde eitert. Logan hat getan, was er konnte.«

Clayes Kopf sank zurück auf die Pritsche. Einen Herzschlag später kicherte er. »Umgebracht von einer Infektion. Wie dumm.«

Morrell zog die Decke zurück, dann richtete sie sich auf.

Claye hatte genug Kraft zurückerlangt, um ihr Handgelenk zu packen. »Wohin gehst du?«

Sie befreite sich von seinen Fingern. »Ich schicke jemanden los, um Logan zu holen. Danach wechsle ich deine Verbände. Ich komme gleich zurück.«

Sie eilte erst hinaus in den anderen Raum, dann durch die Eingangstür in den hellen Sonnenschein. Als sie die Augen zusammenkniff, erblickte sie Jasom, der gerade über die zerfurchte Straße in Richtung der Scheunen lief.

»Jasom, komm her!«

Normalerweise hätte Jasom ihr keine Beachtung geschenkt, aber der strenge Ton ihrer Stimme ließ ihn innehalten.

»Was ist? Ich bin beschäftigt.«

»Glaub ich dir aufs Wort. Claye ist bei Bewusstsein. Hol Heiler Logan. Er wird ihn sich ansehen wollen.«

Jasoms Augen weiteten sich. »Ich glaube, er ist auf den Feldern. Ich bringe ihn sofort her!«

Morrell kehrte in die Hütte zurück und machte sich rasch ans Werk. Sie setzte einen Kessel mit Wasser über den Kohlen in der kleinen Feuerstelle auf, dann holte sie frisches Verbandszeug. Nachdem sie das Wasser von den Kohlen genommen hatte, überprüfte sie die Temperatur, bevor sie in Clayes Zimmer zurückkehrte und mit einem Fuß einen Hocker näher zu seiner Pritsche zog. Claye beobachtete sie unsicher.

»Solltest du das wirklich tun, ohne dass Logan hier ist? Ich weiß, du arbeitest mit ihm zusammen, aber …«

»Ich bin fast dreizehn, und ich wechsle deine Verbände schon seit mehreren Tagen.«

»Oh.«

Morrell unterdrückte einen Anflug von Schuldgefühlen, weil sie nicht erwähnte, dass sie es noch nie *allein* gemacht hatte, und ließ sich auf dem Hocker nieder. Claye schluckte und starrte an die Decke.

Als sie den Verband aufwickelte, brachte sie der Fäulnisgeruch beinah zum Würgen. Claye stöhnte und versteifte den Körper, als der Stoff kurz an seiner Haut festklebte, bevor er sich löste. Aus der Wunde darunter trat ekliger, gelblichgrüner Eiter aus, die Haut um die Ränder hatte sich sichtlich entzündet.

Morrell beugte sich näher. Das eigenartige Gefühl, losgelöst von ihrer Umgebung zu sein, überkam sie dabei. Sie streckte die Hand aus und drückte mit den Fingern behutsam zu beiden Seiten der Wunde unmittelbar unter Clayes Brustkorb. Eiter quoll aus dem Loch, troff die Flanke des Rüden hinab und besudelte den Verband darunter. Clayes Hände umklammerten die Ränder der Pritsche, als er versuchte, sich nicht hin und her zu werfen, doch Morrell verstärkte den Druck. Ihre Finger bewegten sich über den entzündeten Bereich, kneteten das Gewebe, pressten so viel Eiter wie möglich heraus. Claye wand sich, während sein Körper instinktiv versuchte, sich wegzudrehen. Ein weiteres Stöhnen entrang sich seiner Kehle.

»Ruhig. Ich muss diese Wunde so gut wie möglich reinigen.«

Blut mischte sich in den Eiter, dennoch hörte Morrell nicht auf. Während sich ihre Finger um die Wunde herumbewegten, stellte sie fest, dass sie die Infektion *fühlen* konnte. Eine Empfindung, als erspürte sie Flecken aus Dunkelheit in Clayes Fleisch. Ihre Fingerspitzen kribbelten, während sie arbeitete, als würden sie von Tausenden winzigen Nadeln gepiekt, doch sie empfand das Gefühl gar nicht mal als unangenehm.

Die Entzündung hatte sich strahlenförmig in die umliegende Haut ausgebreitet. An der Oberfläche zeigten sich rote Ranken, aber Morrell konnte fühlen, dass sich die Infektion auch tiefer in Clayes Körper eingenistet hatte. Eine bösartige Tasche hier, eine tief vorgedrungene Verästelung da. Die Infektion bahnte sich den Weg in seinen Blutkreislauf und durch das Gewebe um seinen Magen. Sie brachte ihn langsam um.

Und sie saß zu tief. Logan würde nie in der Lage sein, sie herauszuschneiden. Aber Morrell konnte sie fühlen. Direkt unter ihren Fingern. Wenn sie nur hineinfassen und sie herausziehen könnte, heraus aus Clayes Körper, und zwar gleich, bevor die Entzündung irgendetwas Lebenswichtiges erreichte.

Ihre Fingerspitzen flammten auf, das Kribbeln verstärkte sich schlagartig. Es brannte wie Feuer. Morrell japste und zuckte zurück. Ein Wabern lebendiger Farben umhüllte Clayes Wunde.

»Was ist das? Was ist gerade passiert?«

Morrells Mund wurde trocken. Die Zunge klebte ihr am Gaumen. Sie starrte auf ihre Hände. »Nichts. Nichts ist passiert.«

»Ich habe etwas gespürt. Wie ein Ziehen.«

»Ich hab nichts gemacht.«

Claye begegnete ihrem Blick. Schweißperlen überzogen seine Haut. Dann schaute er zu seiner Flanke hinab. »Tja, was immer du auch nicht gemacht hast, es tut nicht mehr so weh.« Damit sackte er schlaff zurück auf die Pritsche. »Versteh mich nicht falsch, es schmerzt immer noch gemein, aber es pocht nicht mehr so wie vorher.«

Morrell erwiderte nichts. Stattdessen beugte sie sich erneut nach vorn über die Wunde. Sie legte die Finger neben das klaffende Loch. Weiterer Eiter sickerte heraus und in den benutzten Verband darunter, aber das gelbliche Grün hatte sich in eine bräunliche Brühe verwandelt. Es erschien kein neuer Eiter, als sie weiter um die Ränder der Wunde drückte. Sie blutete, aber nur als träges Rinnsal. Claye zuckte auch nicht mehr so stark zusammen wie vorher, und Morrell fiel auf, dass die Haut um die Verletzung nicht mehr so entzündet aussah.

Als sie die Wunde weiter betastete, kehrte das Kribbeln in ihre Fingerspitzen zurück, aber sie konnte die Infektion nicht mehr erspüren.

»Morrell?«

Sie zuckte so heftig zusammen, dass der Hocker unter ihr schaukelte. »Hier drin!« Morrell tastete nach einem Tuch, tauchte es in das warme Wasser und begann, das Tuch über

60

der Wunde auszuwringen, um so viel Blut wie möglich wegzuwaschen. Die vertrauten Abläufe zum Reinigen der Wunde als Vorbereitung für einen neuen Verband trugen wenig dazu bei, sie zu beruhigen.

Als Logans Schatten über sie fiel, wollte sie aufstehen, aber er legte ihr eine Hand auf die Schulter. »Arbeite weiter. Du machst das gut.« Er streckte die andere Hand aus, um Clayes Stirn zu berühren. »Das Fieber ist gesunken. Schön zu sehen, dass du wach bist, Claye. Ich dachte schon allmählich, du würdest nie zu uns zurückkehren. Wie fühlst du dich?«

»Miserabel. Aber besser als vorher, als ich aufgewacht bin.«

Logan verrenkte sich so, dass er die freiliegende Wunde sehen konnte. Morrell zog das nasse Tuch zurück.

In den verkniffenen Gesichtsausdruck des Heilers trat Verwirrung, und Morrells Mut sank. »Was hast du gemacht?« Er schob Morrell beiseite.

»N-nichts. Ich habe den Verband entfernt. Dann habe ich so viel Eiter wie möglich herausgedrückt. Es ist mehr herausgekommen, als ich gedacht hätte, und es war nicht alles gelblich-grün. Am Ende war es braun. Und dann hat es zu bluten angefangen.«

Logan presste hartnäckig gegen die Ränder der Wunde und gab dabei leise gemurmelte Geräusche von sich.

Schließlich wich er zurück, ließ die Hände an die Oberschenkel sinken und behielt den Blick auf der Wunde, bevor er erst Claye ins Gesichts sah, dann Morrell.

»Ich weiß nicht, wie das geschehen konnte, aber die Infektion ist verschwunden.«

»Das ist doch gut, oder?«, fragte Claye.

Logan starrte Morrell an. »Ja. Ja, das ist gut. Ich hätte nicht gedacht, dass die Packungen und Salben, die ich benutzt habe, tatsächlich wirken würden, aber anscheinend habe ich mich geirrt.«

Die Aussage hing in der Luft. Morrell erwiderte den durchdringenden Blick des Heilers mit einem Ausdruck, von dem sie hoffe, dass er großäugige, unschuldige Verwunderung vermittelte.

Weiteres Blut tröpfelte über Clayes Flanke hinab und sammelte sich in dem längst von Eiter und Blut befleckten Verband darunter. Logan griff nach einem der neuen Tücher, die Morrell mitgebracht hatte, und benutzte es, um die Wunde zu säubern, ganz der erfahrene Heiler.

»Ich denke, ich kann die Wunde jetzt bedenkenlos verschließen. Morrell, hol mir die Nadel und etwas Faden. Und mach die Nadel keimfrei. Ich will nicht, dass die Infektion zurückkehrt.«

Morrell sprang vom Hocker auf, und Logan nahm ihren Platz ein. Sie eilte hinaus in den äußeren Raum, griff sich Nadel und Garn und hielt die Nadel anschließend in eine Kerzenflamme. Als sie in die Kammer zurückkehrte, hatte Logan die Wunde an Clayes Seite schon vorbereitet. Der Heiler nahm Nadel und Faden entgegen und begann zu arbeiten. Claye zischte jedes Mal, wenn Logan die Nadel durch sein Fleisch zog.

»Such Sophia, Morrell. Sie wird über die Neuigkeit Bescheid wissen wollen.«

Morrell wich rücklings aus der Kammer zurück. An der Tür zögerte sie, als Claye spitz aufschrie und fluchte. Logan entschuldigte sich, ohne innezuhalten. Da wandte sich Morrell ab und flüchtete.

Das Licht der Sonne blendete sie, als sie über die Straße, zwischen den Gebäuden von Muld hindurch und hinunter zum Bach rannte. Im Matsch am Ufer fiel sie auf die Knie und tauchte die Hände in das eiskalte Wasser. Sie schrubbte ab, was an Eiter und Blut noch an ihr haftete. Danach schrubbte sie weiter, bis sich ihre Hände wund anfühlten. Ihre Atmung beschleunigte sich, als sie an das Kribbeln in ihren Fingern dachte und an den Lichtschimmer, den sie gesehen hatte, nachdem sie die Hände von der Wunde zurückgezogen hatte. Diese lebhaften Farben waren ihr schon früher untergekommen. Sie erinnerten Morrell an die furchteinflößenden Himmelslichter, die Erenthrall und die umliegenden Ebenen seit der Zersplitterung heimsuchten.

Morrell presste sich die Hände an die Brust und beugte sich vor. Als sich eine fremde Hand auf ihre Schulter senkte, schrie sie auf, rutschte auf den glitschigen Steinen am Ufer des Baches aus und landete halb im frostigen Wasser.

»Morrell, ich bin's! Cory!«

Morrell robbte einige Schritte rücklings das Ufer entlang, bevor ihr seine Worte ins Bewusstsein drangen. Dann blinzelte sie im Sonnenlicht, bis sie Cory erkannte. Er hielt die offenen Hände in ihre Richtung ausgestreckt, als versuche er, ein erschrockenes Tier zu beruhigen.

»Alles in Ordnung?«

»Es geht mir gut.«

Er richtete sich leicht auf und ließ die Hände sinken. »Dann solltest du wohl besser aus dem Wasser. Sonst holst du dir noch eine Erkältung.«

Erst da wurde Morrell bewusst, dass sie sich auf den Ellbogen stützte und ihr linker Arm halb untergetaucht war, die eine Körperseite völlig durchnässt. Ihr Arm fühlte sich bereits taub vor Kälte an.

Sie rollte sich aus dem Wasser. Cory half ihr zurück ans Ufer.

»Nur ein paar Kratzer, nichts Ernstes«, murmelte er, als er ihren Arm untersuchte. Er hielt inne, als er bemerkte, dass sie sich die Hände wund gescheuert hatte.

»Es geht mir gut.«

»Sieht aber nicht so aus.«

»Ehrlich, es geht mir gut. Es ist nur …« Sie schwenkte eine Hand. Tränen drohten, sich von ihren Augen zu lösen.

Cory wandte den Blick ab. »Ich habe auch zu kämpfen. Ich

mache mir Sorgen. Um sie alle.« Er drehte sich zurück zu ihr. »Aber ich weiß, dass Kara bei deinem Vater ist, und er wird dafür sorgen, dass ihr nichts passiert. Das ist das Einzige, woran ich mich aufrichte. Er wird sie zurückbringen. Und er *wird* zurückkommen, Morrell. Das hat er immer getan!«

Sie starrte ihn an und erkannte, dass er dachte, sie wäre aufgebracht, weil ihr Vater unterwegs nach Erenthrall war. Spontan beschloss sie, seine Vermutung als Gelegenheit zu nützen. »Ich weiß, dass er zurückkommen wird. Nur … es überwältigt mich trotzdem manchmal. Ich habe gerade geholfen, Claye zu versorgen, und da …« Plötzlich weiteten sich ihre Augen erschrocken. »Claye! Ich sollte ja Sophia holen!«

Sie wandte sich ab und stürmte die Uferböschung hinauf, zwischen den Bäumen hindurch und hinein nach Muld. Cory rief ihr hinterher, aber sie achtete nicht darauf. Morrell wusste nicht einmal, wie viel Zeit verstrichen war, seit sie sich auf den Weg gemacht hatte.

Sie hastete gerade an Logans Hütte vorbei, als sie von drinnen Sophias Stimme vernahm. Dann aber ergriff Logan das Wort, und Morrell erstarrte unmittelbar vor der offenen Tür.

»Ich glaube, es war Morrell.«

»Wie meinst du das? Wie könnte es Morrell gewesen sein?«

»Ich weiß es nicht. Sie hat behauptet, sie hätte nur die Wunde gereinigt und den Eiter ausgedrückt. Aber ich habe die Wunde erst heute Morgen untersucht, und da war sie noch hochgradig entzündet. Ich wüsste nicht, wie sich dieser Zustand so schnell umgekehrt haben könnte. Morrell *muss* irgendetwas gemacht haben.«

»Was vermutest du?«

Morrell rückte näher zur Tür.

»Ich vermute, dass sie ihn irgendwie geheilt hat.«

Auf einmal fühlte sich Morrells Brust hohl an, leer. Was würden die Mulder jetzt von ihr denken? Sie verabscheuten die Ley und alles, was damit zu tun hatte. Und es *musste* etwas mit der Ley zu tun haben. Immerhin hatte Morrell die schimmernden Himmelslichter gesehen.

Sie schob sich die Wand der Hütte entlang bis zur Ecke, dann preschte sie zu den Bäumen dahinter, rannte durch Logans geliebten Kräutergarten. Unterwegs streifte sie eine der Pflanzen. Der durchdringende Geruch grüner Minze folgte ihr.

Dann gelangte sie zwischen die Bäume und erkämpfte sich den Weg durch das Unterholz. Sie wusste nicht, wohin sie wollte, sie wusste nur, sie musste weg, um zu entkommen, um *nachzudenken*.

***

Janis trat vom Rand der Bäume hervor auf den Felsausstrich, der die Hügel südlich von Muld überblickte. Die Sonne war bis knapp über die schartigen Gipfel der Berge im Westen gesunken. Die grellen Farben der Verkrümmung über Erenthrall funkelten am Horizont. Sophia hatte sie in der Hütte aufgesucht, die sie sich mit Allan und Morrell teilte, und ihr berichtet, was mit Claye geschehen war. Sie hatte sich besorgt darüber geäußert, dass Morrell sie belauscht haben und weggerannt sein könnte, doch Janis hatte ihre Befürchtungen zerstreut. Mittlerweile hatte sich in ihrer Brust aber das bange Gefühl eingenistet, Sophia könnte vielleicht doch recht gehabt haben. Sie hatte bereits an allen anderen Stellen nachgesehen, an die sich Morrell sonst zurückzog, wenn sie aufgebracht war.

Dann hörte sie das leise Rascheln von Stoff, der über Stein schabte. Sie trat weiter auf den Felsausstrich hinaus und fand Morrell. Sie saß auf dem Boden, ihr Rücken lehnte an einer granitenen Erhebung, während sie in die Ferne starrte.

In Richtung Erenthrall.

Morrell rührte sich nicht, als sich Janis neben ihr niederließ. Tränen glänzten auf den Wangen des Mädchens. Morrells Hände ruhten mit den Handflächen nach oben auf ihrem Schoß.

Zehn Minuten lang saßen beide schweigend da, bevor Morrell sagte: »Sie haben es dir erzählt, nicht wahr?«

»Natürlich haben sie das. Sie waren besorgt. Sie dachten, du wärst weggerannt.«

Morrell stockte der Atem. »Wohin hätte ich denn wegrennen sollen?«

»Ach, mein liebes Kind.« Janis schlang den Arm um Morrells Schultern, und zu ihrer Überraschung spürte sie, wie sich das neuerdings so eigenwillige und unabhängige Mädchen, das großzuziehen Janis geholfen hatte, an ihre Seite schmiegte. Sie streichelte das seidige Haar, und ein jäh vor ihrem geistigen Auge auftauchendes Bild der halb so alten Morrell versetzte ihr einen scharfen Stich ins Herz. Sie gab beruhigende, bedeutungsleere Geräusche von sich und blickte in die Ferne, ohne wirklich etwas wahrzunehmen. Die Sonne sank näher auf die Berge zu, die Schatten der Bäume wurden länger, dünner und diffuser, die Lichter von Erenthrall heller.

»Hast du gedacht, Logan und Sophia und die anderen würden dich aus Muld verstoßen?«

Schniefend nickte Morrell, eine Bewegung, die Janis mehr an der Brust spürte, als sie zu sehen.

»Warum sollten sie das tun? Sie kennen dich schon, seit du ein Kleinkind warst.«

»Weil sie die Ley nicht mögen und auch niemanden, der sie beeinflussen kann. Überleg doch nur, wie Kara und die anderen Lumagier von Paul behandelt werden.«

»Der Baron und die Ober-Lumagier haben Paul gezwungen, sein Land zu verlassen, und sie haben seiner Familie wehgetan. Er ist verbittert. Das hat nichts mit dir zu tun. Deinen Vater hat er doch auch akzeptiert, oder?«

»Das ist anders«, gab Morrell hitzig zurück, löste sich von Janis und setzte sich aufrechter hin. Ihr gerötetes Gesicht war verquollen vom Weinen. »Mein Vater setzt die Ley außer Kraft, blockiert sie irgendwie. Natürlich mag ihn jeder in Muld.«

Janis verengte die Augen. »Manchmal bist du schlauer, als gut für dich ist.« Sie änderte ihre Taktik. »Es spielt keine Rolle. Paul wird nicht erfahren, was du getan hast. Logan, Sophia und ich haben vereinbart, Stillschweigen darüber zu bewahren.«

»Sie werden es niemandem erzählen?«

»Warum sollten sie? Und was könnten sie schon sagen? Sie wissen ja nicht einmal, was du da gemacht hast.«

Morrell blickte auf ihre Hände hinab. »Ich habe ihn nur berührt.«

»Logan zufolge hast du ihn geheilt. Oder zumindest seine Infektion beseitigt.«

»Aber ich weiß nicht, wie ich es gemacht habe.«

»Genau das meine ich. Warum sollten sie jemandem davon erzählen, wenn sie nicht einmal sicher sind, ob du es wiederholen könntest?«

»Ich *werde* es nicht wieder tun. Ich weigere mich.«

Janis' Haut kribbelte vor plötzlichem Unbehagen. »Wieso? Du hast doch damit Clayes Leben gerettet, oder?«

»Ja. Aber als es passiert ist, da konnte ich sehen, wie …«

Abrupt schloss sich Morrells Mund.

Janis berührte sie am Arm, lenkte die Aufmerksamkeit des Mädchens von den entfernten Ebenen, die nun überwiegend in Schatten lagen, zu ihren Augen.

»Was hast du gesehen?«

Mit leiser Stimme – und gar nicht kindlich, sondern erwachsen; erwachsener als alles, was Janis während ihrer gesamten Unterhaltung von Morrell gesehen oder gehört hatte – sagte sie: »Lichter. Ich habe Himmelslichter gesehen. Wie jene, die wir manchmal auf den Ebenen beobachten.«

* * *

»Wird es uns treffen?«, fragte Allan.

Kara entsandte die Sinne zur Ley, als sie mit einer Hand die Augen abschirmte und eindringlich zu dem wabernden Himmelslicht starrte, das zwischen ihrem Standort und Erenthrall wie eine schaurige, wunderschöne Nebelbank über die Ebenen wogte. Ein abscheuliches Prickeln kroch ihr bei dem Anblick über die Haut und den Rücken hinab, als würden tausend Feuerameisen unter ihrem Hemd wuseln. »Ich denke nicht. Aber es ist bereits zu nah. Wir sollten vorsichtig sein.«

Sie standen am Rand einer aufgegebenen Ortschaft, aus der längst jegliche Vorräte geplündert worden waren, die sie einmal beherbergt hatte. Als Kara die Hand sinken ließ, erregte etwas an der Ley ihre Aufmerksamkeit, und sie drehte sich nach Westen.

Allan bemerkte ihre plötzliche Anspannung. »Was ist?«

»Eine Ley-Linie, stärker als jede andere, die uns untergekommen ist, seit wir Erenthrall ursprünglich verlassen haben.« Sie zögerte, tastete die Linie tänzelnd entlang und sog dann scharf die Luft ein. »Und ein Knoten.« Erstaunt drehte sie sich Allan zu. »Ein *aktiver* Knoten. Das muss ich mir ansehen.«

Allan holte Luft, um zu widersprechen. Er schaute zu dem Sturm in der Ferne, der mittlerweile mehr als die Hälfte der Verkrümmung am Himmel über der Stadt einnahm. Dann ließ er niedergeschlagen die Schultern hängen. »Aber mach schnell …«

Kara hatte sich bereits von ihm abgewandt und stapfte auf den Wagen und den Rest ihrer Gruppe zu, die am Rand der Ortschaft warteten. »Artras, komm mit. Nicht weit von hier sind eine Ley-Linie und ein Knoten. Wir müssen uns das ansehen.«

Einen Herzschlag lang glotzte die ältere Lumaga sie an, dann stieg sie hastig vom Wagen, um sich Kara anzuschließen. Sowohl Dylan als auch Carter horchten auf.

»Ich kann helfen«, rief Carter und sprang ebenfalls hinten vom Wagen.

»Nicht nötig.« Kara winkte den jungen Lumagus zurück. »Artras und ich schaffen das.«

Ein Ausdruck von Verärgerung huschte über Carters Züge, doch dann legte ihm Dylan eine Hand auf die Schulter und sagte etwas zu ihm, das ihn bewog, sich abzuwenden.

»Wo ist die Stelle?«, fragte Artras, als sie sich Kara näherte.

»Westlich vom Dorf und der Straße, abseits der Hauptgebäude.«

»Ja, ich kann es fühlen«, sagte Artras. »Es ist nicht besonders stark.«

»Aber stärker als alles in der Nähe von Muld.«

Die Ältere erwiderte nichts, als sie die Steinplatten der Straße verließen und sich zwischen zwei Gebäuden hindurch bewegten; irgendwelche Geschäfte. Dahinter folgten einige Lagerhäuser und vereinzelte Behausungen mit mittlerweile verwilderten Gärten. Wiederum dahinter wurde das Gelände unwirtlicher, doch Kara konnte die Anziehung der Ley fühlen. Sie wateten durch Gras. Die kniehohen Halme strichen über ihre Beine. Weit und breit erstreckte sich leicht welliges Grasland in die Ferne, unterbrochen nur von vereinzelten Bäumen.

»Was ist das?«

Kara kniff die Augen zusammen. »Ich weiß es nicht.«

Sie stießen auf den Rand einer Senke, umgeben von einer niedrigen Mauer aus aufeinandergestapelten Steinen. Eine Lücke diente als Pforte. In der Mitte der flachen, napfartigen Vertiefung ausgehobener Erde befand sich ein grob behauener, dreieckiger Felsblock, der auf drei gedrungenen, runden Steinen ruhte.

Kara meinte: »Das erinnert mich an die Senke um den Nexus in Erenthrall. Nicht dieselbe Größenordnung, und der Stein sieht dem Nexus, wie wir ihn vorgefunden haben, nicht annähernd ähnlich, aber insgesamt ist es doch recht nah dran.« Sie stieg in die Vertiefung hinab. Die Ley wurde stärker, als sie sich der Mitte näherte. Kara legte die Hand auf die raue Oberfläche des Steins. »Es ist der Knoten«, sagte sie, bevor sie sich berichtigte. »Nein, doch nicht. Aber der Knoten ist unmittelbar darunter.«

Artras hatte die Hand ebenfalls auf den Stein gelegt und strich mit den Fingern über dessen drei Seiten, die Augen zu suchenden Schlitzen verengt. Ein Großteil der Senke lag im Schatten, da sie so tief war, dass sie das Licht der Verkrümmung nicht erreichte. »Ich sehe keine Zeichen.«

Kara wurde klar, wonach die ältere Lumaga Ausschau hielt, und begann selbst zu suchen. Nach zwei Schritten stieß sie auf einen in der Dunkelheit verborgenen Stein. Sie spürte, wie er wegrollte …

Und die Energie innerhalb der Senke verlagerte sich. Es handelte sich um eine geringfügige Veränderung. Doch plötzlich musste Kara an Ischua, ihren Vater und die Prüfung denken, welcher der Hüter sie im Halliel-Park unterzogen hatte, als sie gerade zwölf Jahre alt gewesen war. Ihre Augen weiteten sich, als sich die Erinnerung über sie ergoss.

»Dies muss ein alter Knoten sein.« Sie bückte sich, um den verschobenen Stein aufzuheben und an seinen angestammten Platz zurückzulegen. »Einer, der wahrscheinlich ein Bestandteil des Ley-Netzwerks darstellte, bevor Ober-Lumagus Augustus und Baron Arent die Ley durch die Schaffung des Nexus unterjocht haben.«

»Aber Hernande und Cory überprüfen das Netzwerk laufend mit den Sanden. Dabei sind sie bisher auf überhaupt keine stabilen Fleckchen gestoßen.« Artras klopfte den Felsblock zwischen ihnen ab. »Dieser Knoten fühlt sich jedoch stabil an.«

»Ich glaube, so weit draußen beobachten sie das Gebiet nicht. Immerhin ist hier sonst weit und breit nichts.« Dann fügte sie mit leiserer Stimme hinzu: »Zumindest war hier nichts.«

Kara verlagerte das Gewicht und entsandte ihre Sinne in die Ley, um eine der Linien entlangzuschauen. Sie verlief geradewegs nach Erenthrall, wo sich die gewaltige Verkrümmung deutlich am Horizont abzeichnete. Dazwischen tobte der Sturm der Himmelslichter. Es überraschte Kara nicht, dass der Knoten eine Verbindung zur Stadt aufwies. Aber er konnte nicht mit dem Nexus oder auch nur dem Halliel-Park verknüpft sein, denn diese beiden Knoten befanden sich gefangen in der Verkrümmung. Die Verbindung musste zu etwas anderem bestehen. Aber zu was?

Und dann war da noch diese abzweigende Linie.

Kara drehte sich, trat von dem nach Westen gerichteten Knoten weg und spähte die zweite Linie entlang. Unsichtbar erstreckte sie sich in gerader Linie über die Ebenen in Richtung der Berge.

Sie hatte gerade begonnen, die Sinne erneut zu entsenden, um der Abzweigung vielleicht bis zu ihrem Ziel zu folgen, als Artras sie am Arm berührte.

»Schau«, sagte die ältere Lumaga und deutete auf den Stein.

»Was ist? Ich sehe nichts …«

»Der Stein. Er zeigt in Richtung der Linien.«

Tatsächlich lag der Stein so, dass zwei seiner Scheitelpunkte direkt zum Verlauf der Ley-Linien wiesen. Der Dritte …

»In der Vergangenheit muss es noch eine Ley-Linie gegeben haben.« Sie ging um Artras herum, richtete sich am dritten Punkt des Dreiecks aus und kniete sich hin, damit sie die Erde an der Stelle berühren konnte. Kara entsandte die Sinne und fühlte die Energien, die den Punkt umgaben. »Ja. Man kann es spüren. Die Energien sind nicht ganz aufeinander abgestimmt.«

Artras kauerte sich an ihrer Seite hin, und Kara konnte fühlen, wie die ältere Frau den Geist in die Wirbel streckte. »Mit dem Knoten am anderen Ende muss etwas passiert sein – etwas, das den natürlichen Fluss unterbrochen hat.« Artras stand auf und starrte nach Nordosten. »Der Scheitelpunkt zeigt in die Weiten.«

»Dunmara?«, fragte Kara. Allerdings glaubte sie das nicht. Dafür passte der Winkel nicht ganz.

Artras zuckte mit den Schultern.

Dann ertönte aus der Richtung der verlassenen Stadt ein leiser Ruf nach ihnen. Kara tätschelte den Stein, als sie meinte: »Wir sollten umkehren.«

Zusammen stiegen sie aus der Senke des Knotens und gingen zurück zur Ortschaft, wo sich Allan und die anderen bereits in Bewegung gesetzt hatten.

»Wir haben euch kommen gesehen«, erklärte Allan, als sie zwischen den zwei ausgebleichten Geschäftsfassaden hervortraten und zu ihm stießen. Sie begannen, dem Wagen zu folgen. »Habt ihr gefunden, wonach ihr gesucht habt?«

»Wir haben den Knoten gefunden. Nur hat uns das keine Antworten geliefert, sondern nur noch mehr Fragen aufgeworfen.«

VIER

Nach zweiwöchiger Reise erreichten Kara, Allan und der Rest der Gruppe den Rand des weitläufigen Straßengeflechts von Erenthrall. Zwei der Rüden eilten dem Tross voraus und verschwanden in Nebengassen, um den Weg auszukundschaften. Kara und die anderen Lumagier blieben beim Wagen.

Kara betrachtete unterwegs die Gebäude: Fenster mit zerbrochenen Scheiben glotzten hohl auf sie herab. Einige Türen hingen von den Angeln, andere fehlten völlig. Rollläden knarrten im Wind, der von Osten her wehte. Aber die Straßen erwiesen sich als größtenteils frei, die Häuser als unversehrt. So weit von der Stadtmitte entfernt hatte sich die Zerstörung des Nexus nicht so schlimm niedergeschlagen. Trotzdem musste Kara einen bitteren Geschmack hinunterschlucken. Sie wusste, dass das, was sie hier sah, bei Weitem nicht die schlimmsten Folgen der Zerstörung des Nexus waren. Dennoch konnte sie spüren, wie sehr sich die Stadt verändert hatte, seit sie zuletzt hier gewesen war. Alles fühlte sich falsch an. Diese Straßen sollten vor Menschen, vor buntem Treiben, vor *Leben* strotzen.

Einer der Kundschafter kehrte zurück und gab Allan ein Zeichen. Der ehemalige Rüde winkte Gaven in eine zweite Straße, die von der zur Stadtmitte führenden Hauptverkehrsader abzweigte. Gaven beschleunigte den Wagen und zwang Kara und die anderen, in Laufschritt zu verfallen, um mit ihm mitzuhalten. Sie erreichten ihr Ziel nach fünf Häuserblöcken und bogen an eigenartigen Kreuzungen zwei weitere Male ab. Kara wusste nicht einmal, in welchem Bezirk sie sich aufhielten, geschweige denn in welcher Straße. Andererseits kannte sie auch nicht ganz Erenthrall, sondern nur die wenigen Bezirke, in denen sie als Lumaga stationiert gewesen war, sowie deren umliegende Gebiete. Das war damals alles in der Umgebung von Grass gewesen und befand sich jetzt innerhalb der Verkrümmung.

Auf ein durchdringendes Pfeifen hin verlangsamte Gaven die Fahrt und bog nach links, lenkte den Wagen in eine Gasse. Kara, Artras und die anderen folgten dem Gefährt in die Schatten. Einer der Fährtensucher zündete eine Fackel an, die eine Nische und eine in das Gebäude führende Tür auf der rechten Seite erhellte. Alle traten nacheinander ein. Kara schaute zurück und stellte fest, dass Allan die Gasse bewachte. Erst, nachdem der andere Kundschafter zurückgekehrt war, drehte er sich um und schloss sich ihnen an.

Drinnen führten die Rüden und die Fährtensucher sie durch einige Gänge, dann mehrere Treppen hinauf in die höheren Geschosse. Sie hielten in einem leeren Innenraum an. Türen an jeder Seite führten in weitere Zimmer.

Kara drehte sich Allan zu. »Was machen wir hier? Es sind noch ein paar Stunden übrig, bis es dunkel wird. Sollten wir nicht tiefer in die Stadt?«

»Erst, nachdem wir herausgefunden haben, wie die Lage derzeit aussieht.«

»Was meinst du damit?«

Allan schaute zu Glenn und Adder, die in zwei der angrenzenden Zimmer verschwanden. Kent und Jack steuerten auf die Treppe zu, die weiter nach oben führte. »Tim, Cutter, haltet draußen Wache.« Beide traten den Weg zurück hinunter an, als Gaven und Aaron eintrafen, die sich um die Pferde gekümmert hatten.

Erst da wandte sich Allan wieder Kara zu. »Die Grenzen der Gruppen, die noch hier in Erenthrall sind, ändern sich ständig. Der Abschnitt, in dem wir uns gerade befinden, wird von den Halbwölfen kontrolliert. Deshalb ist hier weit und

breit niemand zu sehen. Wir wissen nicht, wo sich die Halbwölfe verkrochen haben, aber sie streunen in diesem Gebiet
durch die Straßen und schalten jeden aus, dem sie über den
Weg laufen. Allerdings drängen die Temeriten aus Osten in
diesen Bereich, und es gibt noch andere, hier und da verstreute kleinere Gruppen, die ebenfalls Wölfe jagen. Als wir
das letzte Mal hier gewesen sind, waren dieses Gebäude und
die Umgebung sicher, doch das könnte sich seither geändert
haben. Wir müssen uns vergewissern, bevor wir versuchen
können, näher zur Verkrümmung vorzurücken.«

»Ihr habt dieses Gebäude schon früher benutzt?«

»Es ist eines von vielen, die wir überall in der Stadt auf-
bereitet haben.« Er ging zu einer Seite des Raums, an der
Schränke die Wand säumten. Allan öffnete ein paar davon,
holte Decken heraus und verteilte sie. Gaven öffnete andere
Schränke. Zum Vorschein kamen Lebensmittel, einige Kerzen
und sonstige Vorräte.

Kara bemerkte ein Funkeln von Fackellicht auf Glas. Ihre
Hand schnellte vor, ihre Finger strichen beinah ehrfürchtig
über den Gegenstand. »Eine Ley-Kugel. Davon habe ich seit
Monaten keine mehr gesehen.«

Alle Lumagier hielten inne. Dylan und Carter erhoben sich
und kamen näher.

»Sollen wir versuchen, ob wir sie zum Leuchten bringen
können?«, fragte Dylan.

Alle sahen Allan an. Er zuckte mit den Schultern. »Das
würde es uns ersparen, die Kerzen oder Laternen zu verwenden.«

Carter griff nach der Kugel, aber Dylan hielt seine Hand
zurück. »Du solltest es tun, Kara.«

Carters verärgerten Blick bemerkte er nicht.

Kara runzelte die Stirn. »Warum ich?« Sie legte Carter die
Kugel in die Hände. »Dylan und du versuchen, ob ihr sie zum
Funktionieren bringt. Und seht zu, ob ihr nicht auch einen

75

Heizstein auftreiben könnt. Seid nur vorsichtig mit der Ley. Wir wissen, dass sie hier instabil und unberechenbar ist.«

Carter nahm die Kugel entgegen und zog sich zusammen mit Dylan in eine Ecke zurück. Sie beratschlagten bereits darüber, wie sie das Licht in Unkenntnis der Anordnung der Ley in Gang bringen sollten und wie sie das Leuchten aufrechterhalten konnten, ohne ständig überwachen zu müssen, ob die Ley stabil blieb.

»Werden sie es schaffen?«

Kara entsandte die Sinne zur Ley in der Umgebung und spürte deren Pulsieren an der Haut. Durch die Nähe zu Erenthrall war Kara auf allen Seiten davon umgeben, allerdings wies die Ley keinerlei Ordnung auf. Die stabile Ley-Linie, die sie vor Tagen in der verlassenen Ortschaft gefunden hatten, lag zu weit nordwestlich. In der Nähe gab es zwar ein paar andere stabile Punkte, möglicherweise Knoten, aber kein Netzwerk, nicht einmal einen bedeutenden, energietragenden Locus. Irgendwo im Umfeld sammelte sich Ley unter den Straßen, vermutlich in einer der Ley-Barkassenstationen oder in einem Tunnel des Systems. Weiter entfernt sprudelte sie wie ein Geysir aus der Erde, wenngleich der Strahl bereits nachließ.

»Sie sollten in der Lage sein, diesen Raum zu stabilisieren, vielleicht sogar das gesamte Gebäude, aber darüber hinaus ist es zu chaotisch. Und es wird nicht von Dauer sein. Sobald wir aufbrechen, fällt alles wieder in sich zusammen.«

»Das ist besser als nichts. Sorg nur dafür, dass sie die Kugel hier drin behalten. Dieses Zimmer liegt weit genug drinnen, dass man das Licht von draußen nicht sehen kann«, sagte Allan und steuerte dann auf eine der Nebentüren zu, schlängelte sich dabei zwischen den anderen hindurch, die sich bereits Schlafplätze im Raum ausgesucht hatten. »Solange ich hier bin, können sie nichts tun.«

Kara zögerte kurz, bevor sie ihm hinaus in die Gänge und

zu anderen Räumen folgte. Als sie durch verschiedene Wohnungen gingen, fiel ihr auf, dass man die Tische, Stühle und sonstigen Einrichtungsgegenstände so verschoben hatte, dass sie Durchgänge und Korridore versperrten und einen Irrgarten voller Sackgassen und falscher Abzweigungen schufen. Die meisten Zimmer hatte man ausgeräumt. Böden und Wände präsentierten sich kahl, nur die Spuren der Wachleute im Staub bezeugten die Anwesenheit menschlichen Lebens.

Allan betrat durch eine Tür einen Raum, in dem Glenn neben einem zerschmetterten Fenster Wache hielt. Ein ausgebleichter Vorhang flatterte vor dem zerbrochenen Glas. Während Allan zu ihm ging, blieb Kara zurück. Durch die Öffnung konnte sie die bunten Lichter der Verkrümmung ausmachen. Mehrere Straßenblöcke und Gebäude befanden sich zwischen der Verkrümmung und ihnen. An sich stieg das Gelände der Stadt abwechselnd an und fiel wieder ab, folgte den Hügeln der natürlichen Landschaft, aber von dieser Stelle aus konnte Kara direkt auf die Verkrümmung blicken. Lediglich ein paar der höheren Häuser zu beiden Seiten schränkten die Sicht ein wenig ein. Das Gelände fiel zu einem flachen Tal hin ab und wurde nur vom Verlauf der Tiana unterbrochen. Die Verkrümmung erhellte die Umgebung und hob kantige Dachumrisse und die schwarzen Schatten dazwischen hervor.

»Tut sich irgendetwas?«, wollte Allan von Glenn wissen.

»Nicht in der näheren Umgebung.« Er zeigte nach draußen. »Der Ley-Geysir da ist neu, also sollten wir den Bezirk Hintarturi und wahrscheinlich auch die Harker-Straße meiden. Entlang der Mauern der Temeriten im Osten sind Fackeln, und zwischen hier und dort weisen ein paar Feuer darauf hin, wo sich kleinere Gruppen in ein paar Gebäuden aufhalten. Die Flussratten scheinen immer noch ihre kleine Insel in der Mitte der Tiana im Südwesten zu halten.«

Kara bewegte sich vorwärts, während er sprach, bis sie auf der linken Seite der Verkrümmung in die Ferne sehen konnte. In dieser Richtung war die Sicht nicht so klar und wurde von Erhebungen im Gelände unterbrochen. Dennoch konnte sie zahlreiche Häufungen von Feuerschein ausmachen, alle auf der anderen Seite der Tiana und sämtlich zu weit entfernt, um Einzelheiten zu erkennen. Der Ley-Geysir, den sie zuvor gespürt hatte, sprudelte fast blendend hell zwischen Gebäuden hoch, die ihrem Haus wesentlich näher waren.

Als sie sich nach links und näher zu Allan und Glenn bewegte, erblickte sie auch die Insel. Es handelte sich nicht um eine richtige Insel, sondern lediglich um einen langen Abschnitt von Gebäuden, um die sich der Fluss geteilt hatte, als er sich einen neuen Weg durch die Stadt suchte. Kara konnte nicht beurteilen, ob es in der Richtung noch andere Gruppen außer den Flussratten gab.

»Dieses gesamte Gebiet wird von den Halbwölfen kontrolliert?«

»Ja.«

Leicht verdutzt richtete sich Kara auf. »Aber ihr Gebiet umfasst mindestens vier Bezirke, wenn nicht mehr!«

»Was der einzige Grund ist, warum wir uns die ganze Zeit in die Stadt einschleichen und mit Vorräten nach Muld zurückkehren konnten. Das Gebiet ist zu groß, als dass sie es ohne Weiteres patrouillieren könnten. Es ist uns bisher immer gelungen, unbemerkt hinein und wieder heraus zu gelangen.«

»Meistens«, schränkte Glenn ein und warf Allan einen bedeutungsvollen Blick zu.

»Ja, meistens. Aber ihre Herrschaft über die anderen ist auf Angst begründet. Das wird nicht lange Bestand haben.« Es sah so aus, als wolle er noch etwas hinzufügen, stattdessen jedoch sackten seine Schultern herab. »Du solltest dich ausruhen. Morgen möchte ich dich und die anderen zur Verkrümmung bringen. Wir müssen so bald wie möglich herausfinden, ob ihr einzelne Scherben reparieren könnt. Falls sich dieses

Unterfangen als vergebliche Mühe herausstellt, will ich nicht länger als nötig in der Stadt bleiben.«

Kara rückte zum Fenster vor und ließ den Blick über das Gebiet der Halbwölfe und weiter zur Verkrümmung wandern. Die gezackten Kanten von Blitzen zuckten über die Flächen von Scherben der zerbrochenen Realität. Ungeachtet ihrer der wochenlangen Reise geschuldeten Erschöpfung wünschte sie sich angesichts der Nähe zum Ausgangspunkt der Verkrümmung jetzt, dort zu sein, handeln zu können, um sie aufzulösen. Allerdings würde es nichts bringen, an der Verkrümmung zu arbeiten, wenn sie so müde war. Es würde sie nur über Gebühr auslaugen.

Sie kehrte in den innenliegenden Raum zurück, wo es Dylan und Carter inzwischen gelungen war, die Ley-Kugel zum Leuchten zu bringen. Ihr sanftes Licht, so völlig anders als Feuerschein, durchwirkte das Zimmer. Nach so langer Zeit fühlte sich das Licht fremdartig und unvertraut an.

Alle hatten sich auf ihren behelfsmäßigen Schlafstätten niedergelassen, einige schnarchten sogar. Nur Artras rührte sich, als sich Kara hinkniete, um sich zu wärmen. Den Heizstein hatten sie in der Mitte des Raums eingerichtet.

»Das ist für dich.« Artras klopfte auf eine Reihe von Decken, die sie für Kara zurechtgelegt hatte, bevor sie sich herumrollte und die eigene Decke enger um die Schultern zog.

Dankbar sank Kara auf ihre Liegestatt. Sie hatte gedacht, das Licht der Ley-Kugel würde sie wachhalten, doch sie schlief auf der Stelle ein.

* * *

Drayden hopste in der Dunkelheit die Straße entlang. Seine Pfoten verursachten kein Geräusch, als er ein Gebäude entlangtapste und sich einen Weg durch Geröll bahnte. Die Sterne über den Ebenen im Norden funkelten wie winzige

Glasscherben. Im Süden überstrahlte das Gleißen der Verkrümmung die meisten Sterne. Die Morgendämmerung lag noch eine Stunde entfernt.

Als er das Ende des Häuserblocks erreichte, hielt er inne und starrte auf den Platz zu seiner Rechten. Die Statue eines Mannes stand auf einem Sockel in der Mitte, die rechte Hand dem Himmel entgegengestreckt, in der linken eine Kugel. Draydens Lefzen zogen sich zurück, und ein leises Knurren grollte durch seine Brust. Etwas an dem Platz, an der Statue rührte an seinem Gedächtnis. Als kenne er den Ort, diese Person. Die Bedeutung reichte jedoch tiefer, als dass dies lediglich ein Kontrollpunkt seines Rundgangs oder ein Merkmal im Jagdrevier des Rudels sein konnte. Ein Aufblitzen von Sonnenlicht in seinem Geist brachte die Geräusche eines betriebsamen Marktes mit sich, das kindliche Gelächter eines Mädchens, die Berührung einer Frau, den Duft von gebratenem Fleisch und würzigem Bier.

Sein Verstand tastete nach den Bildern …

Aber er vermochte nicht, sie aus den Tiefen seiner Erinnerung hervorzuziehen, und die eingebildeten Empfindungen entglitten ihm. Sein Knurren verstummte. Er schnupperte die Luft, und aktuelle Gerüche stiegen ihm in Schichten kribbelnd in die Nase. Staub und Stein, trockenes Holz, eine Feuchtigkeit, die von den Regenfällen vor zwei Tagen zurückgeblieben war. Der Moschusgeruch seiner Rudelkameraden, die unlängst vorbeigekommen waren. Dung und der Harn von Ratten, der durchdringende Mief von Kaninchen und Wühlmäusen, die trockene Glätte einer Schlange.

Ein Windstoß zerrte an seinem Fell, und er drehte die Nase in die Brise, atmete tief ein …

Schlagartig duckte er sich tief. Das Fell am Nacken sträubte sich, und er legte die Ohren an, als der Geruch von Menschen in ihn fuhr. Viele Menschen, und er nahm ihre einzelnen Aromen deutlich und nah wahr. Drayden ortete die Richtung und bahnte sich den Weg über den offenen Platz. Er schlich um die Statue herum, die ihn mit ihrer düsteren Vertrautheit und Andeutungen verlorener Erinnerungen verstörte, und bewegte sich weiter die dahinterliegenden Straßen entlang. Während er durch die Schatten streifte, hörten sich die Geräusche seiner Krallen auf dem Stein des Bodens plötzlich zu laut an.

Zwei Häuserblöcke weiter verlangsamte er seine Schritte, da der Geruch von Menschen – und Pferden – stärker wurde, beinahe überwältigend. Als er eine Kreuzung erreichte, hielt er inne, blickte suchend in beide Richtungen, sah jedoch nichts. Mit der Nase dicht über dem Boden trottete er auf die Straße, bewegte sich in Schlangenlinien hin und her, kreiste, schnappte sechs, sieben, nein, ein Dutzend verschiedener Gerüche auf. Vielleicht waren es auch noch mehr, falls die Gruppe Kundschafter hatte, dazu die Pferde. Und Metall. Erinnerungen an Wagen, deren Räder über das Kopfsteinpflaster ratterten.

Einer dieser Gerüche löste eine weitere Erinnerung aus, eine frischere als die der Statue, eine dauerhaftere.

Während er die Fährte entlanglief und schnupperte, versuchte er, sie einzuordnen …

Da explodierten Bilder vor seinen Augen. Mit einem Ruck schärfte sich seine Aufmerksamkeit, die Lefzen zogen sich von den Zähnen zurück, und ein zorniges Knurren drang tief aus seiner Brust hervor. Er sah eine wilde Hetzjagd durch von Geröll übersäte Straßen. Erinnerte sich an einen Sprung von einem Gebäude zum nächsten, dann an ein Aufflammen von Schmerz, als er in die Seite der Verkrümmung krachte, gefolgt von siedender Wut über die Flucht der Beute.

Der Alpha war außer sich vor Wut gewesen und hatte sie alle hart bestraft.

Der Alpha hatte ihnen befohlen, ihm sofort zu melden, sollte der Geruch dieses Mannes je wieder auftauchen.

Draydens Zorn flammte auf wie ein Feuer. Nach wie vor knurrend wich er von der Richtung zurück, die der Mann eingeschlagen hatte. Er machte kehrt und preschte los, zurück zum Bau.

Der Alpha würde sofort erfahren wollen, dass der Mann, der ihnen vor gar nicht langer Zeit entwischen konnte, zurückgekehrt war.

* * *

Bei Anbruch der Abenddämmerung machten sich Allan, Kara, Dylan, zwei der Rüden und Cutter auf den Weg. Die anderen, die zurückblieben, sollten den Wagen holen und in einem weiteren von Allans sicheren Häusern ihr Lager aufschlagen, das näher bei der Verkrümmung lag. Die Hauptgruppe würde unterdessen die Scherbe untersuchen, die Allan bei seinem letzten Aufenthalt in Erenthrall entdeckt hatte. Kara wollte herausfinden, ob man sie reparieren könnte. Für den Fall, dass sie Hilfe bräuchte, hatte sie Dylan mitgenommen.

In der eigenartigen Atmosphäre der einsetzenden Dämmerung und der Abstrahlung von der Verkrümmung rückten sie zum Ende einer Gasse vor, wo Allan den Blick prüfend über die Straße dahinter wandern ließ, bevor er Cutter mit einem Wink vorausschickte. Der Fährtensucher preschte über die Straße und verschwand in den zunehmend dunkleren Schatten der Gebäude. Allan wartete kurz, dann folgte er ihm.

Zusammen eilten sie über die Straße, auf der sich Kara ungeschützter als am Tag zuvor fühlte. Aber es sprang niemand durch eines der glaslosen Fenster der Gebäude heraus, und es erhob sich auch kein Geheul von den Halbwölfen. Nachdem sie durch den Eingang des gegenüberliegenden Hauses gehuscht war, entspannte sie sich. Sie folgte Allan anhand seiner Fußabdrücke im Staub und der schabenden, raschelnden Geräusche der Bewegungen vor ihr. Der ehemalige Rüde führte sie durch den Hintereingang des Gebäudes hinaus, weiter durch eine Reihe von bereits verwilderten Hinterhöfen und anschließend in ein weiteres Wohnhaus.

Sie bewegten sich rasch, blieben in Gebäuden, so gut es ging, und in der Nähe von Fenstern, damit sie im von der Verkrümmung abgestrahlten Licht etwas sehen konnten. An einer Stelle stiegen sie in einen Keller hinunter, da ein eingestürztes Bauwerk den Weg voraus blockierte. Ein anderes Mal erklommen sie ein Dach und sprangen über die Brandschutzmauern und schmalen Gassen zwischen den Gebäuden. Allan und die Rüden ließen sich kein Zögern anmerken, als hätten sie das schon Hunderte Male getan. Kara hingegen schlug das Herz bei den ersten paar Sprüngen bis in den Hals. Sie war dankbar, als sie wieder in die gespenstisch verwaisten Räume unten zurückkehrten. Bevor sie die von einem schmalen Treppenhaus umgebenen Stufen betrat, schaute sie zur Verkrümmung und stellte fest, dass sie fast die Hälfte des Weges zurückgelegt hatten.

Der schlimmste Teil stand ihnen aber erst bevor, sobald sie den Fluss erreichten. Die Tiana war breit und konnte nur auf einer der zahlreichen Brücken überquert werden, die sich darüber spannten. Allerdings lagen die Brücken völlig ungeschützt da, weit schlimmer als die Straßen und Plätze. Zudem befanden sie sich mittlerweile tiefer in Erenthrall, näher an den Stellen, wo die Feuer der anderen Gruppierungen gebrannt hatten.

Als sie die Gebäude erreichten, die sich einer der Brücken am nächsten befanden, ließ Allan alle anhalten. Cutter erwartete sie. Sie kauerten sich hinter die Fenster einer einstigen Bäckerei und schauten hinaus.

Ihre Blicke fielen auf einen weitläufigen Park. Die zur Brücke führende Straße verlief zwischen niedrigen Mauern, Bänken, Grünflächen und Bäumen hindurch. Die Brücke selbst bildete mit einem breiten Abschnitt für Fußgänger auf jeder

Seite einen leichten Bogen. Steinstatuen ragten in regelmäßigen Abständen darauf in die Höhe. Jede Figur hielt eine Ley-Kugel. Die meisten schienen unversehrt, auch wenn sie derzeit nicht leuchteten. Weiter flussaufwärts sah Kara eine andere Brücke, wenngleich ein Abschnitt davon eingestürzt war.

»Bericht.«

»Ich hab keine Halbwölfe gesehen, und auf dieser Seite des Flusses tut sich rein gar nichts.«

»Was ist mit der anderen Seite?«

»Schwer zu sagen. Ich war auf dem Dach und hab die Umgebung beobachtet, bis ich euch kommen hörte. Hier in der Nähe konnte ich nichts erkennen. Ungefähr zehn Häuserblöcke nordöstlich tut sich etwas – dort brennt es, vermutlich ein Aufeinanderprallen einiger der Gruppen, die wir vergangene Nacht in dem Bereich bemerkt haben.«

»Vielleicht hat sie das von der Brücke weggelockt.«

»Sie sind so oder so zu wenige, um alle Brücken im Auge zu behalten.«

Dylan bewegte sich näher zu ihnen und kauerte sich neben Kara. »Müssen wir den Fluss hier überqueren? Das kommt mir zu ungeschützt vor.«

»Wir könnten auch den Fluss entlang weiter auf die Verkrümmung zu vorrücken und es später mit einer der anderen Brücken versuchen. Allerdings wären wir damit auch näher bei den Flussratten«, erklärte Allan, ohne den Blick von der Brücke und dem Fluss abzuwenden. »Ich würde lieber das Risiko der kleineren, weniger organisierten Gruppen hier eingehen. Die Flussratten können ziemlich bösartig sein.«

Glenn zog die Augenbrauen hoch. »Ach, und wer hier herumstreicht, ist das nicht?«

»Wir überqueren den Fluss hier als eine Gruppe, alle auf einmal.« Allan deutete in Richtung des Fensters. »Dieselbe Reihenfolge wie vorher. Cutter, halte dich an den Südrand der

Brücke. Wir können bei der Überquerung den Schatten des Geländers nutzen.«

Cutter nickte und schaute bereits prüfend aus dem Fenster. Kara tastete nach dem Messer, das sie in einer Scheide an der Seite trug, obwohl sie kaum wusste, wie man es benutzte. Dann fuhr sie sich mit der Hand über die schweißfeuchte Stirn.

Auf ein Zeichen von Allan schlich Cutter hinunter zum Ausgang, dem die Tür fehlte, und weiter auf die Straße. Kara folgte dem Rest der Gruppe im Gänsemarsch. Sie blieb tief geduckt wie Allan und Cutter vor ihr. Als sie die Hecken des Parks erreichte, schwenkte ihr Blick hin und her. Blätter streiften ihre Schultern, Äste verfingen sich am Stoff ihres Hemds, dennoch wollte sie sich nicht aus den Schatten bewegen.

Als sie zum Ende des Parks gelangten, versammelten sie sich in einer Ecke. Die Brücke lag zwanzig Schritte entfernt. In der Ferne sah Kara eine Rauchsäule, die sich in den Himmel kräuselte, von unten vom unsteten, orangefarbenen Schein eines Feuers erhellt.

Kaum hatten Glenn und Tim zu ihnen aufgeschlossen, berührte Allan Cutter an der Schulter, und der Fährtensucher rannte über den Gehweg in den Windschatten der Brückenmauer. Die anderen folgten ihm auf dem Fuß. Die erste Statue – ein älterer Mann in den Gewändern eines Ober-Lumagus über ihren Köpfen – blieb hinter ihnen zurück. Kara schaute über die Schulter zu dem Mann und dessen leicht hochmütig wirkenden Zügen hinauf. In den Händen hielt das Bildnis aus Stein eine erloschene Ley-Kugel.

Und sie nahm ein Aufblitzen von Bewegung in einem der Gebäude hinter dem Park wahr.

Unwillkürlich schrie sie auf, bremste sich jedoch sofort und würgte den Laut schnell ab. Dennoch hatte sie Allans Aufmerksamkeit erregt. Tief geduckt hielt sie inne. Ihre Fersen fühlten sich schwer an. Kurz zögerte Allan, dann kehrte er zu ihr um.

»Was ist?«

»Eine Bewegung in den Schatten des Kaffeehauses da drüben, zwei Gebäude links der Bäckerei.«

Dylan und die anderen hatten zu ihnen aufgeschlossen, aber Allan bedeutete ihnen, in Bewegung zu bleiben.

»Was war es? Konntest du es sehen?«

»Es ging zu schnell. Aber was immer es war, es hat sich tief am Boden gehalten.«

Was verschiedene Schlüsse zuließ. Jemand, der sich tief geduckt bewegte wie sie selbst, oder irgendein Tier, das nunmehr in der verlassenen Stadt lebte.

Oder einer der Halbwölfe.

Sie warteten, aber auch zwanzig Atemzüge später hatte sich die Bewegung nicht wiederholt.

»Vielleicht war es ja nichts.«

Allan ergriff ihren Arm und zog sie mit sich auf das gegenüberliegende Ende der Brücke zu. »Komm mit. Geh vor mir. Ich beobachte die Stelle, während wir uns weiterbewegen.«

Als sie das andere Ufer erreichten, deutete Allan in Richtung eines Handelshauses aus weißem Granit. Während sie die breite Straße überquerten, um sich in die Nische der riesigen Doppeltür aus Holz zu zwängen, hörte Kara ein Echo von schreienden Menschen und das Tosen eines weit entfernten Feuers. Aber die Geräusche verstummten, sobald sie das Gebäude betrat.

»Was hast du gesehen?«, fragte Dylan.

»Nichts. Da war nichts zu sehen.«

Dylan wirkte skeptisch, aber Allan wies ihn an: »Weiter zur Wanderszeil.« Damit kam er etwaigen Fragen zuvor, die der Lumagus vielleicht zu stellen gedachte. »Die Straße verläuft nahezu direkt zu dem Bereich, in den wir wollen.«

Sie hielten sich in den Schatten auf der Straße, nachdem

sie das Handelshaus durch eine andere Tür wieder verlassen hatten. Das Feuer und die Kampfgeräusche blieben hinter ihnen zurück, als sie sich einen Block nach dem anderen vorarbeiteten. Sie näherten sich der Verkrümmung, deren gesplitterte Seiten in den nächtlichen Himmel emporragten.

Ein zischender Laut von Cutter und Allans Arm, der sie gegen die nächstbeste Mauer schob, lenkten Karas Aufmerksamkeit zurück auf die Straße. Allan deutete zu den Dächern gegenüber ihrer Position.

Die Umrisse von Gestalten zeichneten sich vor dem Schimmer der Verkrümmung ab. Kara duckte sich tiefer in die Schatten, als sie sah, wie die Gestalten von Dach zu Dach sprangen. Mit flüssigen, gespenstisch leisen Bewegungen rasten sie auf den Tumult weiter oben an der Straße zu. Einzelne Gesichter konnte Kara nicht ausmachen, aber als sie unmittelbar gegenüber ihrer Position vorbeiliefen und aus dem diffusen Licht der Verkrümmung in die Dunkelheit verschwanden, erkannte sie, dass sie Lumpen trugen, mit Speeren bewaffnet waren, einige auch mit Bogen, und dass es sich ausnahmslos um Kinder oder zumindest sehr junge Erwachsene handelte.

Kara wartete, bis Allan das Zeichen zum Weitergehen gab, dann packte sie ihn am Arm. »Wer war das?«

»Flussratten.«

»Die sind in Morrells Alter!«

»Und sie sind gefährlich.«

Kara brauchte keine eingehendere Erläuterung von ihm. Sogar vier Stockwerke tiefer und eine Straße entfernt hatte sie es gespürt, als die Gestalten vorbeigerannt waren.

Sie schaute an Allan vorbei, als sie den Weg die Wanderszeil entlang fortsetzten, erspähte jedoch keine Spur mehr von den Flussratten. Einmal vermeinte sie, eine Bewegung zwischen den Säulen eines anderen Handelshauses wahrzunehmen, sagte jedoch nichts.

Dann verlangsamte Cutter seine Schritte. Sie bogen von der Wanderszeil ab, und die Handelshäuser verschwanden, wurden von wohnlicheren Gebäuden abgelöst – Eigenheimen und kleineren Läden, Herbergen und Tavernen. Sie befanden sich in einer Gegend, die der ähnelte, in der Kara in Eld aufgewachsen war. Zurückgelassene oder kaputte Wagen und die Rückstände Tausender von der Zersplitterung unterbrochener oder vernichteter Leben übersäten die Straßen. Truhen und Haushaltsgegenstände lagen im Staub verstreut, von den flüchtenden Menschen fallen gelassen. Kara stieg über Kleidung, die Stoffpuppe eines Kindes und ein zerbrochenes Tongefäß hinweg, als sie die Straße zu einem weiteren Gebäude überquerten, in dem Cutter anhielt.

»Von hier an wirst du uns führen müssen, Allan.«

»Das ist nah genug.«

Allan winkte sie tiefer in das Wohnhaus, durch die Eingangshalle und weiter in die hinteren Gänge. Sie verließen das Gebäude durch den Hinterausgang.

Als sie den Weg fortsetzten, fiel Kara auf, dass die Häuser näher der Verkrümmung schwerere Schäden aufwiesen als jene, die sie zuvor gesehen hatten. Sprünge zogen sich durch Mauern, ganze Abschnitte waren zusammengebrochen und gaben durch klaffende Löcher den Blick in die Räume dahinter preis. Dächer waren zusammen mit einigen der höher gelegenen Stockwerke eingestürzt. Sie krochen über mehrere Steinhaufen, bevor sie ein weiteres Gebäude betraten und auf eine andere Straße hinaus wieder verließen. Allan blieb stehen und sah sich um, orientierte sich, dann steuerte er zügig auf die Verkrümmung zu. Cutter folgte ihm mit wenigen Schritten Abstand mit dem Bogen im Anschlag. Glenn und Tim bildeten die Nachhut, beide mit gezogenen Schwertern. Gefahren entdeckten sie nicht.

Wenig später tauchte die Verkrümmung vor ihnen auf. Sie erstreckte sich vom Himmel herab durch die Hälfte eines

Hauses bis hinein ins Kopfsteinpflaster der Straße. Ohne ihre Lumagiersinne zu entsenden, wusste Kara, dass sich die Verkrümmung im Erdreich fortsetzte, wahrscheinlich sogar in die Ley-Tunnel und das unterirdische Barkassensystem hinabreichte.

Wenige Schritte vor der Scherbe hielt Allan an. Sowohl Kara als auch Dylan traten hinter ihn. Durch die seltsam flache, hell orange getönte Facette konnte Kara sehen, wie die Straße weiter verlief, als hätte nichts sie unterbrochen. Dasselbe galt für die Gebäude zu beiden Seiten. Viel weiter vorn mündete die Straße in einen Platz.

»Das ist sie.« Allan zeigte hin. »Die Apotheke, die ich gefunden habe, liegt auf der linken Seite kurz vor dem Platz. Wir sollten wohl dort anfangen. Das heißt, falls ihr die Scherbe befreien könnt, ohne zu zerstören, was sich darin befindet.«

»Finden wir es heraus.«

Allan trat zurück und befahl den Rüden, um sie herum Verteidigungspositionen einzunehmen. Kara ließ die Geräusche über sich hinwegspülen, während sie die Wand der Scherbe hinaufstarrte und das Blut in ihren Adern vibrieren spürte. Unwillkürlich lächelte sie verhalten, trotz der über ihnen allen schwebenden Bedrohung durch die Halbwölfe, die Flussratten und andere Gruppen.

»Ist schon ein wenig aufregend, nicht wahr?«, meinte Dylan.

»Und respekteinflößend. Wir haben eine ganze Weile nicht mit der Ley gearbeitet. Wir sollten es langsam angehen. Untersuchen wir sie zunächst getrennt voneinander. Dann vergleichen wir, was wir festgestellt haben.«

»Einverstanden.«

Dylan entfernte sich von ihr und bewegte sich den Rand der Scherbe entlang. Kara streckte die Hände aus, obwohl sie sich nicht dazu überwinden konnte, etwas anzufassen, das eine harte Fläche zu sein schien. Dafür hatte sie als Lumaga in der Stadt zu viel Grauen im Zusammenhang mit den Verkrümmungen erlebt. Stattdessen schloss sie die Augen und tastete die Scherbe mithilfe von etwas ab, das Hernande und die Mentoren der Universität als Geflecht bezeichneten.

Sie fühlte sich wie jede andere Verkrümmung an, die Kara je untergekommen war. Kara konnte überall um sich herum die Risse spüren, die von der Mitte ausstrahlten und die Überreste der Stadt in einzelne Stücke zerschnitten. Wäre es eine Verkrümmung normaler Größe gewesen, hätte sie versucht, sie zu umschließen, den Schaden abzutasten und sie anschließend zu reparieren. In einem vorsichtigen Schritt nach dem anderen, hätte sie sich jedem Riss gewidmet, immer in Sorge, die Verkrümmung zu destabilisieren und ihre plötzliche Schließung zu verursachen. Aber das konnte sie in diesem Fall nicht tun. Es würde ihr nie gelingen, alle Ränder zu erspüren und zu durchschauen, was als Erstes behoben werden musste.

Also konzentrierte sie sich stattdessen auf die einzelne Scherbe vor ihr. Das Gebilde war dreimal so umfangreich wie die größte Verkrümmung, an der Kara in Erenthrall vor der Zersplitterung gearbeitet hatte, und es wies eine eigenartige Form auf. Vier Seiten erwiesen sich als vergleichsweise flach, wie die eines Edelsteins, aber die gegenüberliegende Seite unterteilte sich in ein Dutzend oder mehr Facetten ohne erkenntliches Muster. Kara konnte sich nicht bildlich vorstellen, in welcher Verbindung diese Brüche mit den umliegenden Scherben und der Verkrümmung insgesamt standen.

Frustriert zog sie sich zurück, öffnete die Augen und erdete sich wieder. Dylan arbeitete noch stumm ein Stück abseits, die Züge vor Konzentration zusammengeknautscht.

Allan trat an ihre Seite. »Und?«

»Ich weiß nicht. Wir können jedenfalls nicht dieselbe Vorgehensweise anwenden wie früher, so viel steht fest. Wenn wir die inneren Wände auflösen, reparieren wir damit auch Teile der angrenzenden Scherben und befreien sie. Das könnte eine Kettenreaktion auslösen, bei der jede Scherbe nacheinander zusammenbricht, bis die gesamte Verkrümmung in sich zusammenfällt.«

Dylan japste, taumelte einen Schritt rücklings und hob eine Hand, um sich die Schläfe zu massieren. Langsam kam er auf sie zu. »Das wird ein heikles Unterfangen.«

»Was denkst du?«

»Wie du gesagt hast, dürfen wir nicht alle Seiten reparieren. Aber wir können diejenigen, die angrenzende Scherben berühren, stehen lassen und nur die Flächen befreien, die alleinstehend sind. So wie diese hier.«

»Dann tut das.«

Beide Lumagier drehten sich Allan zu. Der zuckte mit den Schultern. »Dafür sind wir hergekommen. Und je länger wir warten, desto wahrscheinlicher wird es, dass uns jemand entdeckt.«

Damit ging der ehemalige Rüde davon, ließ Dylan und Kara allein.

»Die Führung solltest besser du übernehmen, Kara. Die Ley ist hier nicht stabil, und sie ist auch nicht so stark, wie sie es früher war.«

Das hatte auch Kara bemerkt. »Ich werde versuchen, diese eine Fläche zu reparieren. Du musst für mich die Seiten stabilisieren.«

Sie entsandte ihre Sinne wieder ins Geflecht und gleichzeitig zur nächstgelegenen Ley-Quelle. Unter ihnen verliefen einige schwache Linien, jedenfalls nicht stark genug, um ihr zu helfen, falls sie die Kraft der Ley bräuchte. Ein gewaltiger See davon befand sich zu ihrer Linken, allerdings südlich von ihnen, gefangen in der Verkrümmung, daher konnte sie darauf nicht zugreifen. Doch eine weitere kleinere Ansammlung hatte sich außerhalb der Verkrümmung im Westen gebildet. Kara stellte eine Verbindung dazu her und bemerkte, dass sich dieser See wie eine Gruppe in einem der alten Knoten von Erenthrall verhielt. Tatsächlich zweigte eine starke Linie davon ab und verlief nach Westen, fort von ihnen.

Dann konzentrierte sie sich wieder auf die Scherbe vor ihr. Dylan schloss sich ihr an, ergänzte ihre Kraft um die seine. Die Scherbenfläche besaß fünf Kanten, alle mit unterschiedlichen Längen wie ein verknautschtes Pentagon, und als sie die Oberfläche abtastete, stellte Kara fest, dass die Scherbe weiter von den Kanten entfernt schwächer zu werden schien. Sie suchte die schwächste Stelle, die sich ungefähr eine Fußlänge über dem Kopfsteinpflaster der Straße zu ihrer Rechten befand.

Nach einem Blick zu Dylan, an dessen angespannter Kieferpartie sie ablesen konnte, dass er bereit war, begann sie, Druck auf die schwache Stelle auszuüben.

Kara stieß auf Widerstand. Ein Wabern ging durch die Fläche der Scherbe. Sie drückte kräftiger, aber die Oberfläche bog sich nur nach innen durch.

Kara zog sich zurück. Das verstand sie nicht. Sie tat, was sie immer getan hatte, um eine Verkrümmung zu reparieren – ihre Sinne entsenden, um die zerbrochene Realität zu umschließen, und dann die Kanten von außen nach innen glätten.

Allerdings konnte sie diese Fläche nicht umschließen. Und sie glaubte nicht, dass sie eine der Kanten herauszulösen vermochte, jedenfalls nicht ohne Beeinträchtigung der angrenzenden Scherben.

Sie musste die Fläche irgendwie durchdringen und anschließend mit dem von ihr geschaffenen Loch arbeiten.

Kara sammelte sich, dann formte sie das Geflecht zu einer Spitze wie eine Nadel, mit der sie zustach … und sie spürte, wie sie die Fläche durchdrang.

Jäh zog sie sich zurück und rechnete halb damit, dass die Scherbenfläche zerplatzte wie eine Blase, doch sie blieb bestehen. Wieder entsandte sie die Sinne, zwängte mentale Finger in das winzige Loch, das sie geschaffen hatte, und begann mit der Reparatur. Einer der Rüden stieß einen Fluch aus, als das von ihr gebohrte Loch sichtbar wurde. Schweiß brach auf ihrer Stirn aus, als sie weiterarbeitete, aber Dylan ergänzte ihre Kraft um die seine. Auch von der entfernten Ley bezog sie etwas Energie, und das Loch weitete sich, bis es groß genug wurde, dass sie hindurchsteigen konnten.

Ab einem gewissen Punkt entwickelte die Reparatur ihren eigenen Schwung, und Kara zog sich zurück, um zu beobachten, wie die Fläche in die Ränder der Scherbe an allen Seiten verschwand. Es schien, als hätte sie eine entscheidende Grenze überschritten, nach der sich die Scherbe von selbst heilen konnte. Dylan spannte seinen Körper an, als die Heilung die Ränder der benachbarten Flächen erreichte, aber sie hielt an, sobald sie an diese Grenze stieß.

Kara stand stumm und mit angehaltenem Atem da. Eine Brise, die der Scherbe entsprang, wehte über sie hinweg. Sie atmete aus und nahm die abgestandene Luft wahr, die trocken und staubig entwich. Es roch nach Tod und Verwesung.

Kara blickte nach unten. Wo die Scherbe die Straße schnitt, verlief eine dicke Linie durch das Kopfsteinpflaster. Die Erde darunter erwies sich als aufgewühlt und unterbrochen, wo sich die Wand der Scherbe befunden hatte.

Eine Hand auf ihrer Schulter ließ sie zusammenzucken.

»Ist es sicher?«, fragte Allan. Der Rest der Rüden stand mit gezogenen Klingen hinter ihr und Dylan. Die Augen der Männer suchten die freigelegte Straße ab. Ihre fast leeren Ranzen warteten darauf, gefüllt zu werden.

»Die Scherbe ist stabil.«

»Dann los.«

Vorsichtig überquerten die Rüden die Schwelle, auf der anderen Seite jedoch verfielen sie in Laufschritt und folgten Allan, der sie zu der Apotheke führte. Kara packte Dylan am

Arm und scheuchte ihn ebenfalls hinein. Sie blieben dicht bei den Gebäuden auf der linken Seite, bis sie sich dem Platz näherten. Die Türen der Apotheke standen offen. Allan und die anderen betraten sie ohne Zögern. Sie stopften Fläschchen in ihre Ranzen, und Glasampullen klirrten aneinander. Karas Aufmerksamkeit jedoch wurde von dem Springbrunnen auf dem Platz abgelenkt. Die Engelsstatue mit gespreizten Flügeln und zum Himmel erhobenem Gesicht ließ sie innehalten. Der Steinsims des Beckens darunter verlief rings um die Statue, und an dem Becken lehnten …

Ihr stockte der Atem. Aus der Ferne konnte sie mindestens zwei Leichen ausmachen, eine dritte lag anscheinend auf dem Boden zu ihren Füßen. Ganze Stapel von Vorräten umgaben die Toten.

»Die haben sich selbst umgebracht«, sagte Allan plötzlich hinter ihr und erschreckte Kara. »Sie haben darauf gewartet, dass jemand kommen würde, und die Hoffnung schließlich aufgegeben.«

»Wie lange?«

»Lange genug, um alle nützlichen Vorräte in der Umgebung zu plündern und zusammenzutragen. Aber die Zeit ist in dieser Scherbe schneller vergangen, also könnten es Wochen oder Monate gewesen sein, vielleicht sogar ein Jahr aus ihrer Sicht. Wie lang würdest du warten, wenn du nicht hinauskönntest?«

Kara wusste darauf keine Antwort.

»Wir müssen uns so viel von den Vorräten nehmen, die sie zusammengesammelt haben, wie wir tragen können. Bleib ruhig hier, wenn du möchtest.«

»Nein. Ich komme mit. Wenn wir weitere Scherben öffnen, werden wir vermutlich noch auf Schlimmeres als das hier stoßen.«

Allan erwiderte nichts, sondern ging um sie herum und steuerte auf den Springbrunnen zu. Kara folgte ihm.

Er hatte sie nicht vor dem Anblick des Säuglings in den Armen seiner Mutter gewarnt. Kara zögerte. Ihr ging durch den Kopf, dass für diese armen Seelen irgendetwas getan werden sollte, doch sie wusste nicht, was. Sie konnten sie nicht hier, mitten in der Stadt, begraben. Sie zu verbrennen ging auch nicht, ohne Aufmerksamkeit auf die Scherbe und ihr Treiben darin zu lenken.

Schließlich flüsterte sie ein kurzes Gebet, das sie früher gelegentlich von ihrer Mutter gehört hatte, und begann danach, ihren leeren Ranzen mit Einmachgläsern zu füllen. Soleier, Blumenkohl, zerstampfte Tomaten. Als sie einen Sack voll Reis aufheben wollte, brach er in der Mitte auf, und die Körner rieselten in alle Richtungen davon. Fluchend schaufelte sie den vergossenen Reis in die zwei Hälften des Sacks und band die aufgerissenen, klaffenden Öffnungen mit Zwirn zusammen, den sie mitgebracht hatten. Sie benutzte einen Becher, um die Reste direkt in ihren Ranzen zu schaufeln.

Als sie fertig wurde und den verbliebenen Platz im Ranzen mit weiteren Einmachgläsern aufgefüllt hatte, waren auch die anderen wieder aus der Apotheke gekommen und hatten sich zu ihnen gesellt. Sie stopften nun ebenfalls ihre Taschen voll.

»Habt ihr die Apotheke geleert?«, wollte Allan von Cutter wissen.

»Wir haben alles eingepackt, das nicht zerbrochen oder offensichtlich verdorben war.«

»Gut. Wir können nicht alles auf einmal mitnehmen, was hier ist, aber wir werden morgen Nacht zurückkommen, um den Rest zu holen.«

»Vorausgesetzt, die Sachen sind dann noch da«, merkte Glenn an. »Wird vermutlich nicht lange dauern, bis die anderen Gruppen mitbekommen, dass diese Scherbe jetzt offen steht.«

»Wir befinden uns mitten im Halbwolf-Gebiet. Unwahrscheinlich, dass irgendjemand hier vorbeikommt. Und die

Halbwölfe selbst interessieren sich nicht für solche Nahrungsmittel. Die wollen frisches Fleisch.«

»Wir hätten die anderen mitnehmen sollen. Dann hätten wir fast alles tragen können.«

»Ich bezweifle, dass wir es mit der gesamten Gruppe unbemerkt hierher geschafft hätten«, entgegnete Allan, »schon gar nicht, wenn wir den Wagen mitgenommen hätten. Außerdem reicht das hier ohnehin nicht, damit sich die Reise aus Muld in die Stadt gelohnt hat. Wir werden weitere Scherben öffnen müssen, bevor wir nach Hause zurückkehren. Wir haben Zeit.«

In derselben Reihenfolge, in der sie gekommen waren, kehrten sie auf derselben Seite der Straße zurück. Aber sobald sie die Scherbe verließen, wies Allan Cutter in Zeichensprache an, eine andere Route zu wählen, auch wenn sie zurück zur selben Brücke mussten.

Als die Scherbe hinter ihnen liegen blieb, schaute Kara einmal zurück. Die Öffnung klaffte wie eine Wunde in der Seite der Verkrümmung. Aber sie hatten es geschafft. Sie hatten einen Teil der Verkrümmung repariert. Es mochte sich nur um eine von Tausenden Scherben handeln, aber sie *hatten* sie repariert.

***

Drayden knurrte tief in der Kehle, als die Gruppe die geheilte Scherbe verließ, aber Grant – sein Alpha, der auf zwei Beinen neben ihm stand – packte ihn am Kragen und hielt ihn zurück, als er sich in Bewegung setzen wollte. Protestierend und verwirrt winselte Drayden. Die Menschen waren in ihr Gebiet eingedrungen! Dafür mussten sie abgeschlachtet werden! Drayden konnte ihr Blut selbst aus der Ferne riechen und wollte das warme, metallische Nass kosten.

»Nein.« Drayden vernahm sowohl das menschliche Wort

als auch den kehligen Wolfsbefehl darunter. »Wir dürfen sie noch nicht töten. Wir haben Brüder, die in der Verkrümmung gefangen sind. Dieser Mann – und die anderen – könnten in der Lage sein, sie zu befreien.«

Drayden verstand die Worte und die Absicht dahinter. Dennoch hatte er Mühe, das wilde Tier in sich zu zügeln, das sich nichts sehnlicher wünschte, als mit den Zähnen Tod und Verderben auszuteilen und sich im dicken Blut der Menschen zu aalen, wenn es aus ihren herausgerissenen Kehlen sprudelte. Auch die zwei anderen Wölfe des Rudels, die bei ihnen waren, hatten mit sich zu kämpfen. Einer heulte trotzig auf und sprang vor.

Grant trat Draydens Rudelgefährten gegen die bröckelnde Wand des Raums, in dem sie sich versteckten. Der Halbwolf – er hatte keinen menschlichen Namen mehr, hatte sich zu stark in einen Wolf verwandelt, um sich daran zu erinnern – winselte und wirbelte herum, schnappte mit den Zähnen nach Grants Fuß. Aber Grant – mehr Mensch als Wolf, trotzdem teilweise ein Wolf – erwies sich als zu schnell. Er ohrfeigte Draydens Rudelgefährten so hart, dass seine Schnauze zurück gegen die Wand prallte, dann nahm er den Halbwolf mit einem Arm in den Würgegriff, bevor er sich von dem Treffer erholt hatte. Der überwältigte Halbwolf stützte sich mit hasserfüllten Augen mit den Füßen ab und setzte dazu an, sich zu befreien. Sein Kopf schnellte im Versuch zur Seite, den halb menschlichen, halb wölfischen Körper ihres Anführers zu beißen. Grants Wolfsohren zuckten.

Drayden und sein anderer Rudelgefährte umkreisten die beiden. Drayden knurrte dabei warnend tief und leise in der Brust. Er verstand zwar nicht, warum sich Grant dafür entschieden hatte, menschliche Kleidung zu tragen, doch er hatte fast auf Anhieb begriffen, dass Grant ihr Alpha war.

Dieser Rudelgefährte hatte das vergessen.

»Wir warten.« Die menschlichen Worte gingen beinah im

gegrollten Wolfsbefehl unter. »Und wir beobachten. Wir müssen in Erfahrung bringen, ob sie zu den Weißmänteln gehören. Falls ja, töten wir sie.«

Drayden zuckte bei der Erwähnung der Weißmäntel zusammen, doch seine Aufmerksamkeit blieb auf das Paar gerichtet. Falls nötig wäre er bereit, vorzuspringen und seinem Rudelgefährten den Garaus zu machen. Aber nachdem der Halbwolf eine Weile knurrend in Grants Würgegriff gezappelt hatte, jaulte er plötzlich laut und kuschte, gab jeden Widerstand auf und hechelte unterwürfig.

Grant behielt den Würgegriff für zwanzig weitere Herzschläge bei, bis seine Überlegenheit unbestreitbar feststand, dann stieß er Draydens Rudelgefährten von sich und richtete sich auf. Drayden ließ den Blick auf seinen Gefährten gerichtet, während sich Grant den Staub abklopfte, aber der Halbwolf blieb auf dem Boden.

Grant sicherte sich Draydens Aufmerksamkeit mit einer Handbewegung. »Folg ihnen, aber lass dich nicht sehen. Erstatte mir Bericht.«

Drayden schnaubte zustimmend, ließ den Blick über die nunmehr verwaiste Straße wandern und trottete in die Ruine des Gebäudes davon. Er würde die Witterung der Menschen aufnehmen und sie so verfolgen.

FÜNF

»Also hat es geklappt?«, fragte Artras, sobald die Gruppe das neue sichere Haus betreten hatte. »Es ist euch gelungen, eine der Scherben zu befreien?« Noch bevor sie zu Ende gesprochen hatte, senkte sich ihr Blick auf Karas Ranzen. Als sie sah, wie bauchig er sich nach außen wölbte, grinste sie, und die Anspannung floss aus ihren Schultern ab.

Hinter ihr schaute Carter finster drein – immer noch verärgert darüber, dass er nicht am ersten Beutezug hatte teilnehmen dürfen. Die beiden Mulder – Gaven und Aaron – traten vor, um dem Rest der eintretenden Gruppe die erbeuteten Vorräte abzunehmen. Sie begannen, alles auszupacken und beim Rest ihrer Vorräte in den neuen Räumen einzusortieren. Im Gegensatz zum vorherigen Wohngebäude befand sich ihr Versteck diesmal in den Hinterzimmern eines Handelshauses im Erdgeschoss. Kara hatte gesehen, dass Adder die Pferde, den Wagen und den Hintereingang bewachte, als Allan sie durch die Gassen und vorbei an den Laderampen geführt hatte. Aber sie wusste, dass auch Kent und Jack Wache halten würden; vermutlich steckten sie auf dem Dach des Gebäudes.

Kara reichte Artras ihren Ranzen. »Es war einfacher als erwartet, obwohl wir vorsichtig vorgehen mussten. Und ich denke, aus Sicherheitsgründen sollten wir immer paarweise an einer Scherbe arbeiten, damit einer die Ränder einer Fläche halten kann, während der andere daran arbeitet, sie zu reparieren.«

»Das verstehe ich nicht.«

»Es ist einfacher, es dir beim nächsten Mal direkt zu zeigen.«

Aus der Nähe der Vorräte warf Allan ein: »Dafür solltet ihr genug Zeit haben. Wir verschanzen uns hier eine Weile, während ich nach einer weiteren Scherbe suche, die es wert ist, geöffnet zu werden.«

Artras schüttelte bereits den Kopf. »Nein, tun wir nicht.«

»Warum nicht?«

»Wir sind nicht nur hergekommen, um Vorräte zu sammeln. Wir sind hergekommen, um damit anzufangen, die Verkrümmung zu reparieren. Während du nach Scherben mit Lebensmitteln und Arzneien suchst, können wir befreien, was uns an Scherben unterkommt. Du kannst es als Übung betrachten, damit wir gerüstet sind, sobald du eine Scherbe findest, die wir wirklich betreten wollen.«

»Und ich hab keine Lust, hier herumzusitzen und Däumchen zu drehen, bis du zurückkommst«, meldete sich Carter in schroffem Ton zu Wort.

Allan war damit sichtlich nicht einverstanden, aber Kara hob eine Hand, um seiner Erwiderung zuvorzukommen. »Wir drehen durch, wenn wir gezwungen sind zu warten, vor allem, da wir jetzt wissen, dass wir damit anfangen könnten, den Schaden zu beheben. Und wir brauchen die Übung wirklich. Wir alle.«

Allans Blick schnellte zwischen Kara und Carter hin und her, doch er lenkte ein. »Ihr müsst Cutter und einige der Rüden als Beschützer mitnehmen. Und ihr tut auf jeden Fall, was immer sie sagen. Sie sind schon öfter hier gewesen und kennen die Stadt besser als ihr.«

»Natürlich.«

Beschwichtigt widmete sich Allan wieder dem Auspacken der Vorräte. Kara drehte sich den Lumagiern zu.

»Ich hätte ohnehin gewollt, dass uns Beschützer begleiten«, gestand Artras und rieb sich mit den Händen die Arme auf und ab. »Den Wagen und die Pferde hierher zu schaffen, war …« Mit verkniffener Miene schüttelte sie den Kopf. »Ich erkenne Erenthrall nicht wieder. Auf dem Weg hierher sind wir an einem der alten Knoten vorbeigekommen. Er war tot, Kara. Vollkommen tot. Ich konnte darunter überhaupt keine Ley fühlen, weder in der Grube noch in den Linien, die den Knoten früher mit dem Nexus verbunden haben.«

»Vielleicht sind wir zu nah bei der Verkrümmung. Sie könnte den Knoten von seiner Hauptquelle abgeschnitten haben.«

»Wahrscheinlich. Trotzdem fühlt es sich so völlig falsch an.«

»Wir sehen uns das morgen an.«

Artras drängte ihr Unbehagen beiseite. »Erzählt uns von der Scherbe und wie ihr es angestellt habt, sie zu reparieren.«

»Dylan?«

Der andere Lumagus hatte nicht damit gerechnet, dass sie das Wort an ihn übergeben würde, aber nach einem etwas holprigen Beginn schilderte er alles, was sich nach dem Verlassen ihres alten sicheren Hauses zugetragen hatte. Kara brachte einige wenige Anmerkungen an und beantwortete ein paar direkte Fragen, hörte jedoch größtenteils nur zu. Sie ertappte sich dabei, an die Männer, die Frau und das Kind an dem Springbrunnen in der Scherbe zu denken, während sie ins Feuer starrte, das in der Mitte der großen Kammer brannte. Würden sie noch andere Menschen auf diese Weise finden? Menschen, die gefangen gewesen waren und die Hoffnung aufgegeben hatten? Wie viele waren von der Verkrümmung erfasst worden, als sie sich entfaltet hatte? Hunderte? Tausende?

»Hmmm«, brummte Artras und lenkte Karas Aufmerksamkeit damit zurück auf die Unterhaltung. »Ich bin mir nicht sicher, ob ich genau verstehe, was ihr gemacht habt, Kara. Aber ich denke, die Grundlagen kann ich nachvollziehen. Wir werden morgen herausfinden müssen, ob wir es wiederholen können.«

Bevor Kara etwas erwidern konnte, betrat Jack den Raum.

»Draußen wird es allmählich hell. Wir sollten das Feuer ausmachen.«

Gaven und Aaron löschten die Flammen mit zwei bereitgestellten Eimern Wasser, dann traten sie einen Großteil der Kohlenglut aus. Ein paar Kohlen lagen etwas abseits um einen flachen Stein, auf den Glenn gerade eine Bratpfanne stellte. Er schlug ein paar Eier auf und begann, sie zu verrühren, während Aaron Dörrfleisch herumreichte. Es erwies sich als zäh und salzig, war aber genießbar. Karas Magen knurrte, als der Duft der gekochten Eier den Raum erfüllte. Glenn würzte sie mit Salz und Pfeffer aus der Apotheke.

Eine Stunde später hatten sich alle auf ihren Liegestätten niedergelassen, und mindestens drei der Anwesenden schnarchten laut. Kara glaubte nicht, dass sie in der Lage sein würde einzuschlafen, doch kaum hatte sie die Augen geschlossen, entfleuchte ihr Bewusstsein.

**

Kara erwachte vor den anderen. Die angehäufte Glut des Feuers erlaubte es ihr nicht abzuschätzen, wie spät es sein mochte. Cutter schlief in einer Ecke, also hatte eine Wachablösung stattgefunden. Sie sah weder Allan noch Glenn oder Tim.

Kara stand auf, griff sich ihren Wasserschlauch und bahnte sich den Weg ins Nebenzimmer. Unterwegs stolperte sie über Carter. Der junge Lumagus grunzte und öffnete ein Auge einen Spalt, als sie eine Entschuldigung flüsterte, dann rollte er sich herum und schlief weiter. Kara zögerte in der Dunkelheit des äußeren Raums. Sie wusste nicht recht, wohin sie eigentlich wollte, dann entschied sie, dass das Dach wohl am sichersten war. Die Stufen lagen in pechschwarzer Finsternis, dennoch stolperte sie nur zweimal, bevor sie von oben herabdringendes Sonnenlicht bemerkte. Sie verlangsamte die Schritte und gelangte in tief geduckter Haltung auf das Dach.

Die Verkrümmung erstreckte sich gen Himmel, viel näher als bei ihrer letzten sicheren Zuflucht. Auf der anderen Seite des schrägen Daches kauerte Allan hinter der äußeren Fassade. Er drehte ihr den Kopf zu, als sie auftauchte, dann winkte er sie zu sich.

Kletternd überwand sie den Abstand zu ihm und ließ sich im Sonnenlicht mit dem Rücken an der niedrigen Mauer nieder, die um das gesamte Dach verlief. Tim kauerte ihnen gegenüber, das Gesicht nach außen gewandt. Kara schirmte die Augen ab, um abzuschätzen, wo die Sonne stand. Eine Handbreit über dem Horizont im Westen.

»Eine Stunde bis zur Abenddämmerung«, sagte Allan, obwohl er den Blick nicht von den Straßen unten gelöst hatte.

»Dann bringt es nichts, sich wieder schlafen zu legen.« Kara drehte sich um, damit sie über den Rand des Mauersimses spähen konnte.

Allans Position wies nach Süden, dorthin, wo sie die Scherbe geöffnet hatten, wenngleich Kara die Öffnung von dieser Stelle aus nicht sehen konnte. Die Tiana verlief vor ihnen zusammen mit einem Ley-Tunnel schräg durch die Straßen. Wenige Häuserblöcke entfernt konnte Kara eine Ley-Barkassenstation ausmachen. Das Gebäude war größer als alle anderen in der Nähe. Bei den meisten der nächsten Bauwerke handelte es sich um Handelshäuser oder Lagerhallen. Kara glaubte, dass es sich früher, vor der Zersplitterung, um den Bezirk Werkel gehandelt hatte. Es war wegen all der kleinen Reparaturwerkstätten in den hiesigen Gebäuden so benannt worden, die hier floriert hatten, bevor das Ley-System einen Handelsumschlagplatz aus der Gegend gemacht und sie verdrängt hatte.

Die Verkrümmung verlief ungefähr zehn Häuserblöcke entfernt im Südosten durch die Gebäude. Kara konnte nur hie und da ein Glitzern des Wassers der Tiana hervorlugen sehen.

»Sind wir nicht ganz schön nah bei den Flussratten? Ich dachte, du wolltest sie meiden.«

»Das will ich auch. Siehst du den Abschnitt mit den Gebäuden dort?« Allan zeigte hin. »Die mit den dunkleren Dächern? Die gehören den Flussratten. Die Tiana teilt sich um die Gebäude herum und umgibt sie auf beiden Seiten. Wenn man genau genug hinsieht, erkennt man, wo die Flussratten behelfsmäßige Stege von Dach zu Dach verlegt haben. Das ist einer der Wege, wie sie ihre kleine Insel verlassen.«

»Nur einer der Wege?«

»Sie benutzen auch Boote.«

Kara dachte daran zurück, wie die Flussratten lautlos von Dach zu Dach gesprungen waren, als sie in der vergangenen Nacht in Richtung der Kampfhandlungen eilten. »Das ist nur zehn Häuserblöcke entfernt. Sind wir hier denn sicher?«

»Wir sind nirgendwo in der Stadt mehr sicher. Aber die Flussratten sind in Wirklichkeit ungefähr fünfzehn Häuserblöcke entfernt. Der Abschnitt unmittelbar nördlich und westlich von ihnen wird von den Halbwölfen beherrscht. Vorläufig befinden wir uns außerhalb der Gebiete beider Gruppen. Dies hier ist der sicherste Bereich, in dem wir uns aufhalten können, wenn wir mit der Verkrümmung experimentieren wollen.«

Kara erwiderte nichts darauf, sondern ließ den Blick suchend in die Ferne wandern. Sie sah weit und breit keine Anzeichen für Bewegung. Nicht einmal ein Geysir der Ley sprühte irgendwo aus der Erde. Und dennoch fühlte sie eine ungewisse Spannung in der Luft. Erwartungsvoll wie angehaltener Atem.

»Wir wollen den örtlichen Knoten überprüfen, bevor wir heute Abend zur Verkrümmung aufbrechen. Artras hat gesagt, sie sind auf dem Weg hierher daran vorbeigekommen, und er war tot. Ich möchte mir das mit eigenen Augen ansehen.«

»Ich gebe Cutter Bescheid. Er wird deine Gruppe führen.«

»Wir werden heute Abend zusammenarbeiten, aber ich denke, sobald Artras und Carter bereit dafür sind, sollten wir uns in zwei Paare aufteilen. Auf diese Weise schaffen wir mehr, und ich wüsste keinen Grund, warum wir alle vier für eine Scherbe nötig wären.«

»Klingt sinnvoll. Wenn ich unterwegs bin, werde ich versuchen, mehr als eine Scherbe zu finden, die zu plündern sich lohnt.«

»Gut. Ich gehe die anderen wecken und bereite sie vor.« Nach wie vor tief geduckt bewegte sich Kara von dem Mauersims weg. Die Sonne verschmolz allmählich mit dem Horizont, die Wolken im Westen begannen, sich orange und rosa zu verfärben. Kara stieß einen leisen Fluch aus, als sie in die Finsternis des Treppenhauses gelangte und warten musste, bis sich ihre Augen an die neuen Verhältnisse anpassten.

Als sie den Hauptraum erreichte, fand sie Artras über einen flachen Heizstein gebeugt vor, gesäumt von Carter und Gaven. Dylan lag immer noch eingerollt ein Stück abseits und schenkte den anderen keinerlei Beachtung. Die Mulder und die Rüden waren bereits aufgestanden, wenngleich nicht alle gleich wach zu sein schienen.

»Es ist zwecklos.« Artras lehnte sich zurück. Schweißtropfen hatten sich auf ihrer Stirn gebildet. »Genau wie gestern Nacht. Es ist einfach nicht genug Ley in der unmittelbaren Umgebung, um ein Netzwerk zum Aufheizen des Steins zu erschaffen.«

Gaven schwenkte eine Hand. »Kein Problem. Dann machen wir einfach wieder ein Feuer.« Er schaute auf, als sich Kara auf die Gruppe zubewegte. »Ist es draußen bereits dunkel genug, um den Rauch zu verschleiern?«

»Noch nicht. Ich würde noch warten.«

Er rief Aaron zu. »Fang an, etwas zu essen auszupacken. Vielleicht diesen Reisezwieback.«

Carter stöhnte. »Der ist hart wie Stein!«

Gaven klopfte ihm auf den Rücken. »Keine Sorge. Wir setzen Suppe auf, damit du ihn darin eintunken und aufweichen kannst.«

Carter verdrehte die Augen.

Als Allan vom Dach herunterkam, nachdem er von Kent abgelöst worden war, hatten alle gegessen und waren bereit zum Aufbruch. Allan griff sich einen Becher der gewürzten Brühe, tunkte seinen Zwieback darin ein und aß noch, als sie schon losmarschierten. Den letzten Rest der Suppe trank er, als sie auf dem Weg nach draußen an Jack vorbeikamen. Er reichte dem Fährtensucher den leeren Becher.

Sie gingen nach Westen durch Seitengassen, bis sie eine große Hauptverkehrsader erreichten. Nach einem kurzen Wortwechsel mit Cutter löste sich Allan von der Gruppe und setzte den Weg nach Süden fort. Der Rest folgte Adder, der sie in nördlicher Richtung zum Knoten führte. Glenn achtete darauf, dass die vier Lumagier in einer Reihe blieben, während Cutter das Schlusslicht bildete.

Sie erreichten den Knoten, ohne jemandem über den Weg zu laufen. Die Straßen fühlten sich noch verlassener an als bei ihrer ursprünglichen Ankunft in der Stadt. Obwohl sie schon damals auf der Strecke zum ersten sicheren Haus niemanden gesehen hatten, war Kara das Gefühl nicht losgeworden, beobachtet oder gar verfolgt zu werden. Sie vermutete, es hatte teilweise mit den Wohnbezirken zu tun, die sie auf dem Weg herein passiert hatten. Die Gebäude hatten sich wie Spukhäuser angefühlt, als würden die Geister der früheren Bewohner immer noch in den Gängen wandeln und durch die Fenster herausspähen.

Nun befanden sie sich in einem Handelsbezirk mit großen, kantigen, leeren Bauwerken. Es gab nur wenige Fenster und noch weniger Türen. Die Fassaden bestanden aus kahlem, schmucklosem Stein. Nur vereinzelt sah man gemeißeltes Zierwerk oder sonstige architektonische Merkmale an den

Säulen und an den Seiten, doch aus ihnen waren Nistplätze für Vögel und Nagetiere geworden.

Vor dem Eingang zum Knoten blieben sie stehen, und Adder wandte sich an Kara. »Ich bin nie drinnen gewesen.«

»Ich auch nicht. Niemand von uns stammt aus Werkel. Aber alle Knoten waren im Wesentlichen gleich aufgebaut. Die Unterschiede zwischen ihnen sind gering.«

»Woher weißt du das?«, fragte Carter. »Lumagier werden doch nur einem Knoten zugeteilt. Wir haben nie den Arbeitsplatz gewechselt.«

»Das gilt nicht für alle von uns.« Artras ließ den Blick auf Kara gerichtet. »Einige von uns waren dafür vorgesehen, Meister-Lumagier oder vielleicht sogar Ober-Lumagier zu werden. Diejenigen wurden von Knoten zu Knoten versetzt, um sich mit dem System und den Verbindungen vertraut zu machen. Schon vergessen?«

Carter sah Kara an. »Warst du eine Meister-Lumaga? Oder Ober-Lumaga?«

»Nein, aber mein Mentor an der Fachhochschule hat gemeint, ich würde eines Tages eine werden. Ich habe in mehreren Knoten gearbeitet – Eld, Stän, Smero, ein paar anderen.«

Artras' Augenbrauen schossen in die Höhe. »Das sind ziemlich viele Einsätze für jemanden, der noch so jung ist.«

»Nicht alle Versetzungen sind von den Ober-Lumagiern ausgegangen. Einige davon habe ich selbst beantragt. Aber das spielt jetzt eigentlich keine Rolle, oder?«

Da Kara keine weiteren Fragen beantworten wollte, schob sie die Holztür des Knotens auf, überrascht, dass die noch unversehrt war. Allerdings wies sie auch vom Nexus und von dem Ausgangspunkt der Explosion weg und hatte geschützt im Windschatten eines Steingebäudes gelegen. Außerdem befanden sie sich vergleichsweise weit vom Zentrum entfernt. Die Ley, die durch die Stadt geflossen war, würde hier nicht so stark wie in der Nähe von Grass gewesen sein.

Sie betraten die Eingangshalle, dann gingen sie weiter in den äußeren Raum. In dem kreisförmig angelegten Knoten zweigten vom Hauptraum zwei Gänge ab, einer nach links, einer nach rechts. Beide führten zu den einzelnen Kammern der Lumagier, kleinen Unterkünften mit kaum mehr als einer Pritsche, einem Tisch und einem Hocker. Im Hauptsaal hatte sich der Großteil der allgemeinen Tätigkeiten abgespielt. Hier hatten sich Lumagier gemeldet, wenn sie von ihren Rundgängen zurückkehrten, und berichtet, was sie repariert hatten. Oder – gegen Ende – auf welche Anomalien sie gestoßen waren, beispielsweise die Verkrümmungen oder die Ley-Ausfälle, von denen die Stadt in den Jahren, die zur Zersplitterung hingeführt hatten, heimgesucht worden war.

Aber der eigentliche Zweck des Knotens lag in dessen Mitte hinter der schweren Eisentür auf der gegenüberliegenden Seite des Hauptsaals verborgen.

Die Grube.

Dorthin steuerte Kara. Die anderen folgten ihr, während Cutter und die zwei Rüden den Blick durch den Raum wandern ließen und ihnen den Rücken deckten. Kara fiel auf, dass die Tür von außen verriegelt war, was sie zögern ließ. Das bedeutete, jemand hatte sie versiegelt. Entweder, weil man erkannt hatte, was geschah, als der Nexus zusammenbrach, oder als Vorsichtsmaßnahme, nachdem er zersplittert war. Mit Dylans Hilfe hob sie den schweren Metallbalken an und lehnte ihn an die Wand, dann zog sie die Tür auf.

Eigentlich hätte sie spätestens jetzt die aus der Grube emporwallende Macht der Ley spüren müssen. Doch da war nichts. Nicht einmal ein Flackern. Im Inneren der Grube herrschte fast pechschwarze Finsternis, abgesehen vom spärlichen Licht der Verkrümmung, das sich durch die Tür herein mühte, die sie hinter sich offen gelassen hatten.

»Adder!« Karas Stimme hallte in der Kammer unter ihnen wider. »Fackeln.«

Glenn trabte zurück zum vorderen Eingang und schwang die Tür zu, während Adder eine der mitgebrachten Fackeln hervorkramte und entzündete.

Kara stieg hinunter in die Dunkelheit, dicht gefolgt von Adder mit der hoch erhobenen Fackel. Sie rückten zum Rand der Grube vor und starrten in ihre Tiefen. Zu ihrer Linken verlief eine Treppe spiralförmig die Kammer entlang. Die anderen scharten sich hinter ihnen.

Die aus Flussstein bestehende Grube maß sieben Schritt in der Breite. Jeder Stein war entsprechend seiner Beeinflussung der natürlichen Ley in der Umgebung angeordnet. Ganz unten, im flackernden Licht kaum zu erkennen, zweigten runde Tunnel in drei verschiedene Richtungen ab und verbanden die Grube mit dem Rest des Systems. In allen früheren Knoten, in denen Kara gearbeitet hatte, war sie in der Lage gewesen, Fehler in der Zusammensetzung der Grube zu erspüren – Stellen, an denen der falsche Stein benutzt oder einer nicht richtig ausgerichtet worden war. Die Unvollkommenheiten waren immer geringfügig gewesen und von den meisten anderen wahrscheinlich gar nicht bemerkt worden.

Hier jedoch konnte sie gar nichts fühlen. Und zwar nicht etwa, weil man die Grube so vollkommen gebaut hatte, sondern weil der Knoten mit keinerlei Ley mehr verbunden war. Wie Artras gesagt hatte, war er tot.

»Nicht das Geringste.«

»Hab ich dir doch gesagt«, erwiderte Artras. »Wie bei den Ausfällen vor der Zersplitterung.«

»Nicht ganz. Sogar während der Ausfälle war die Ley nicht ganz weg. Nicht stark, aber sie ist immer noch vorhanden gewesen.«

»Das ist nicht natürlich.« Carter schaute beunruhigt drein.

»Stimmt, ist es nicht.« Kara begann, die Stufen hinunterzusteigen. Die meisten anderen folgten ihr, nur Cutter und Glenn blieben oben.

Das Gefühl der Falschheit steigerte sich, als Kara den Boden erreichte und hinaus in die Mitte der Grube trat. Wer früher Grubendienst gehabt hatte, musste in das örtliche Ley-Netzwerk eintauchen, das seinen Mittelpunkt im jeweiligen Knoten besaß. Die jeweiligen Lumagier ließen ihren Geist in der Ley treiben, regulierten sie, suchten Störungen und behoben diese nach Möglichkeit. Wenn sie es nicht konnten, wurde einer der diensthabenden Lumagier dazu eingeteilt, sich die Anomalie persönlich anzusehen. Die Konzentration der Ley im Bezirk hätte an der Stelle am stärksten sein sollen, an der Kara gerade stand, da der Knoten den Bündelungspunkt darstellte. Doch wieder fühlte sie nichts.

Die anderen hatten begonnen, durch die Grube zu kreisen. Artras fuhr mit den Händen die aus Stein errichteten Seiten entlang. In der Nähe einer der Öffnungen zu einem Kanal hielt sie inne.

»Artras, Carter, Dylan – nehmt euch alle je einen der Kanäle vor und findet heraus, ob ihr irgendwo entlang ihrer Verläufe Ley erspüren könnt. Ich mache dasselbe.«

»Wonach genau suchen wir denn?«, fragte Dylan und trat zu dem Artras nächstgelegenen Kanal.

»Nach einem Grund, warum dieser Knoten tot ist.«

Alle drei gingen in Stellung, dann rührten sie sich nicht mehr, ein Zeichen dafür, dass sie ihre Sinne auf der Suche nach der Ley ins Geflecht entsandt hatten. Kara schloss die Augen und wählte willkürlich den nördlichen Kanal in Artras' Nähe, den sie dann entlangreiste. Die unnatürliche Leere setzte sich fast viertausend Schrittlängen weit fort, bevor sie auf eine Barriere stieß, die den Kanal blockierte. Kara tastete die Ränder entlang und stellte fest, dass sie sich mitten hindurch begeben konnte …

Scharf sog sie die Luft ein. Auf der anderen Seite befand sich Ley. Ein ganzer Teich voll. Sie wollte zum Knoten in Werkel fließen, doch die Barriere hielt sie davon ab und leitete sie stattdessen nach Südwesten um.

Kara nahm sich eine Weile Zeit, um dem nördlichen Pfad zu folgen, dann wechselte sie die Richtung dahin, wohin die Ley umgelenkt wurde, bevor sie in die Grube zurückkehrte. Von den anderen war noch niemand zurück. Adder stand neben ihr und fühlte sich offensichtlich unbehaglich. Unruhig trat er von einem Bein aufs andere und schaute hinauf zu Cutter und Glenn, die ihnen gelegentlich einen Blick zuwarfen.

Dylan kehrte als Erster zurück. Kaum hatte er die Augen geöffnet, zuckte er mit den Schultern. »Nichts. Die Leitung läuft in die Verkrümmung hinein. Dort unterbrechen die Scherben den Fluss. Ein Teil davon enthält Ley, ein anderer Teil nicht.«

»Du bist nicht auf eine Barriere gestoßen?«

»Nur, wenn man die Verkrümmung als solche zählt.«

»In dieser Leitung steckt eine Art Barriere«, berichtete Carter. »Ich kann sie nicht durchdringen, aber ich kann spüren, dass auf der anderen Seite Ley ist.«

Artras sog tief die Luft ein und blies sie schaudernd aus. »Hier ist auch eine Barriere. Aber das weißt du ja bereits, nicht wahr, Kara? Ich konnte dich spüren, als du umgekehrt bist. Du bist geradewegs an mir vorbeigeflogen.« Kara wandte sich an Dylan und Carter. »Auf der anderen Seite ist ein Teich voll Ley, und ihr Fluss wird umgeleitet.«

»Wohin?« Dylan bewegte sich auf Kara zu.

»Irgendwo in den Südwesten. Ich vermute, zu einem anderen Knoten. Ich bin ihr nicht zum Ende gefolgt.«

»Aber warum? Ist es eine natürliche Barriere?«

»Nein. Jemand hat da bewusst eingegriffen, um den Verlauf der Ley zu ändern.« Artras suchte Karas Blick. »Wir haben uns ja schon gefragt, ob sonst noch irgendwelche Lumagier die Zersplitterung überlebt haben. Ich würde sagen, das beantwortet die Frage. Nur ein Lumagus könnte diese Barriere angebracht haben.«

»Oder einer der Ober-Lumagier.« Der Gedanke schien den anderen drei nicht zu gefallen. Vor der Zersplitterung hatten die Spannungen zwischen den Ober-Lumagiern und den gewöhnlichen Lumagiern zugenommen. Kara, Artras und Dylan hatten die Explosion des Nexus nur überlebt, weil sie von den Rüden in Gewahrsam genommen und in den Zellen unter dem Bernsteinturm eingesperrt worden waren. Niemand von ihnen hatte je erfahren, warum man sie verhaftet hatte, aber Kara hätte zu wetten gewagt, dass der Befehl von Ober-Lumagus Augustus gekommen war.

»Sollen wir die Barrieren beseitigen?«

Alle sahen Kara an.

»Wir wissen nicht, warum sie angebracht wurden. Oder wann. Vielleicht ist unmittelbar nach der Zersplitterung etwas passiert, das die Überlebenden hier in Werkel gezwungen hat, sie einzurichten, um das Gebiet zu schützen. Vergesst auch nicht, dass die Grube hier von außen versiegelt war.«

»Die Ley war nach der Zersplitterung äußerst instabil«, fügte Artras hinzu. »Vielleicht ist sie hier übergebordet, unkontrolliert angeschwollen.«

»Und wer weiß, was passiert, wenn wir die Barrieren entfernen. Ich finde, wir sollten sie belassen. Vorerst jedenfalls.«

Die anderen nickten. Adder fasste das als Stichwort auf und begann, sie in Richtung der Treppe zu scheuchen. Offenbar konnte er es kaum erwarten, die Grube zu verlassen. Sie schlossen die Metalltür hinter sich, brachten den Balken wieder an, und Adder löschte die Fackel, bevor sie die Tür nach draußen öffneten. Cutter ließ den Blick prüfend über die Straße wandern, dann winkte er sie hinaus.

Sie gingen um die Ley-Station herum und entfernten sich vom Gebiet der Flussratten, bevor sie zurück in Richtung der Verkrümmung schwenkten. Wieder sahen und hörten sie nur eine Explosion und ein Gleißen des Himmels viel weiter im Süden, wo die Stadt gebrannt hatte, nachdem das Feuer in West-Gablung ausgebrochen war. Aufgrund des weißen Lichts, das von unten die sich verdichtenden Wolken erhellte, vermutete Kara, dass es etwas mit der Ley zu tun hatte. Doch der Ort des Geschehens lag zu weit entfernt, um ihn zu untersuchen.

Sie befanden sich schon fast am Beginn der Verkrümmung, als sie um eine Ecke bogen und jäh anhielten.

Kara hatte die Tiana völlig vergessen gehabt.

Die Straße, auf die sie gebogen waren, verlief abschüssig auf etwas zu, das früher einmal eine Kreuzung gewesen war. Nur lag sie nun zwanzig Schritte entfernt unter Wasser. Kara konnte nicht abschätzen, wie tief es sein mochte, aber der Fluss hatte mindestens ein Geschoss der anliegenden Gebäude geflutet und floss munter durch Türen und Fenster, platschte gegen Steinfassaden und Treppenstufen. In der Mitte der ehemaligen Kreuzung, wo sich fünf Straßen zu einer Art Stern vereinten, ragten aus dem Wasser die Hände einer Statue, die ein Tongefäß gen Himmel erhoben hielten. An jeder der Straßenecken lugten die oberen Ränder von Ley-Lampen aus der welligen Wasseroberfläche. An ihren Enden ruhten in Kunstschmiedearbeiten eingefasst die toten Ley-Kugeln.

»Wie gelangen wir hinüber? Hier sind keine Brücken.«

»Glaubst du, wir hätten euch hierhergeführt, wenn es keinen Weg hinüber gäbe?«

Adder winkte sie die Straße hinunter und die breiten, flachen Stufen eines Handelshauses hinauf. Der Haupteingang, doppelt so hoch wie gewöhnliche Türen, stand hinter dicken Säulen offen und führte in eine prachtvolle Halle, deren Marmorboden sich zu einer Reihe von Arbeitstischen an beiden Seiten erstreckte. Papier übersäte den Raum und wurde von den Winden in den entfernten Winkeln zu Haufen getürmt. Nach oben hin erstreckte sich die Halle offen über drei Geschosse und war an jeder Seite von Stegen und zahlreichen Türen gesäumt, hinter denen Kara Arbeitszimmer vermutete.

Adder steuerte geradewegs auf die drei Türen in der Wand gegenüber dem Haupteingang zu und bog dann nach links ab. Cutter hatte sich in die Position des Schlusslichts zurückfallen gelassen, Glenn befand sich dazwischen. Karas Füße wateten raschelnd durch das Papier, als sie sich den Weg zwischen den Tischen hindurch bahnte. Ihr fielen Bestandsbücher, Tintenfässchen und Federkiele auf. Einige der Registraturen lagen noch aufgeschlagen da, als wären die Händler mitten im Erfassen von Transaktionen unterbrochen worden. Auf einem Tisch war ein Tintenfässchen umgekippt. Lange getrocknete Tinte verkrustete die offenen Seiten des gesamten Buchs in einem weitläufigen Klecks. Ein schwarzer Abdruck von jemandes Hand hob sich vom hellen Holz des Tisches daneben ab.

Die Räume hinter dem Hauptsaal erwiesen sich als klein, die Gänge ähnelten einem Irrgarten. Sie stiegen in den zweiten Stock hinauf. Unterwegs erhaschte Kara durch die Fenster flüchtige Blicke auf die schwarze Oberfläche des Flusses.

Oben angekommen blieb Adder stehen und ließ alle zu Atem gelangen. Cutter schob sich an ihm vorbei und verschwand in einen Korridor auf der linken Seite.

Der Hauptteil des Gebäudes befand sich zu ihrer Rechten. Links hätte es eigentlich nur steil hinunter zur Straße gehen dürfen.

Kara trat vor und um Artras herum.

Eine große Öffnung führte zu einer bogenförmigen Fußgängerbrücke, umschlossen von einem aus rautenförmigen Scheiben bestehenden Glastunnel. Vereinzelte Abschnitte des Glases waren in verschiedenen Farben getönt. Einige Scheiben wiesen Sprünge auf oder fehlten ganz. Der Boden der Brücke bestand aus Blechen mit Eisenschienen zu beiden Seiten. Ein Pferd mit Wagen hätte den Übergang mühelos bei reichlich Spielraum links und rechts überqueren können. Die Brücke spannte sich gewölbt über die Straße, durch die nun die Tiana floss, zu dem Gebäude auf der anderen Seite.

»Die beiden Gebäude haben zum selben Handelshaus gehört«, erklärte Adder. »Später hat man den Fußgängerübergang hinzugefügt. Diese Brücke war ein paar Monate lang der Stolz von Werkel.« Mit den Händen an der Hüfte stand er da und betrachtete den Übergang. »Ich bin hier aufgewachsen. Na ja, nicht *in* Werkel. In Issard-Zeil, dem nächsten Bezirk. Die Leute in Werkel wollten mit uns nichts zu tun haben.«

Kara wusste nicht, was sie von der Verbitterung in seinem Tonfall halten sollte. Dann jedoch ertönte von der anderen Seite des Übergangs ein durchdringendes Pfeifen, und Adder bedeutete ihr hinüberzugehen. Auf dem Weg über die Brücke blickte Kara hinunter zum Fluss.

Sie erreichten das zweite Gebäude und stiegen hinunter ins Erdgeschoss. Wie im ersten Haus passierten sie eine Reihe von Arbeitsräumen und Korridoren, bis sie in einen weiteren Hauptsaal mit derselben Anordnung von Tischen und hohen Türen traten, diesmal allerdings mit einem runden Buntglasfenster in der Decke hoch droben.

Von dort waren es nur ein paar Schritte auf die Straße, nunmehr mit der Tiana im Rücken, und sie benötigten nur noch ein paar Minuten, um zum Beginn der Verkrümmung zu gelangen.

Carter starrte das Gebilde ehrfürchtig an. Im Gegensatz zu Kara, Artras und Dylan war er dem Phänomen noch nie so nah gewesen. Die Gruppe, die von Hagger und den Halbwölfen verfolgt von der Universität geflohen war, hatte sich bereits außerhalb der Reichweite der Verkrümmung befunden, bevor sie sich entfaltet hatte.

»Sie ist riesig.« Wie Kara in der vergangenen Nacht hob er eine Hand in Richtung der nächstbesten Fläche.

»Ist dir das aus der Ferne nicht aufgefallen?«, fragte Artras.

Carter warf der älteren Frau einen naserümpfenden Blick zu.

»Verteilt euch ein wenig.« Kara deutete in beide Richtungen. »Überprüfen wir die Scherben und finden wir heraus, ob sich eine dafür besonders anbietet, als erste bearbeitet zu werden.«

Die anderen Lumagier verteilten sich, die Rüden und die Fährtensucher behielten die umliegenden Gebäude und Straßen im Auge. Kara ging zum nächsten Abschnitt der Verkrümmung und spähte durch die schräge Fläche. Hier häufte sich die Zahl der Bruchlinien. Vermutlich, weil eine der wirbelnden Hauptranken der Verkrümmung strahlend grün in der Luft darüber brannte. Wenn sich eine Verkrümmung entfaltete, so erblühte sie wie eine Blume. Die Ränder ihrer Blütenblätter kräuselten sich von der Mitte mit gewundenen Armen verschiedener Farben nach außen. Obwohl sich dieser besondere Arm zu hoch oben befand, als dass ihn Kara erreichen konnte, spürte sie, dass sein Gewicht auf sie herabdrückte, noch bevor sie ihre Sinne ins Geflecht entsandte.

Die Scherbe unmittelbar vor ihr enthielt einen Winkel eines Platzes, den Rand eines Parks, einen Teil einer Seitengasse und die Ecke eines Gebäudes, das nach einem Kaffeehaus aussah. Der Stamm eines Baums im Park war ebenso entzweigeschnitten worden wie mehrere Äste und eine Bank. Die kleinen runden Tische und etliche Stühle des Kaffeehauses lagen umgekippt verstreut, einige auf der Straße. Zwei der Stühle waren zerbrochen. Scharfkantige Splitter ragten in alle Richtungen, als wären die Stühle von einem schweren Wagen überrollt worden. Eine Brise ließ die Blätter des Baumes rascheln, obwohl Kara das weder hören noch den Windzug selbst fühlen konnte.

Sie bewegte sich den Rand der Verkrümmung entlang zur nächsten Scherbe in Richtung des Parks, doch an der Stelle verlief einer der gezackten Ränder eines Blitzes fast waagerecht auf Brusthöhe. Kara duckte sich und stellte fest, dass sich der Park fortsetzte. Nur ein kleiner Teil des Platzes war auf der rechten Seite gefangen. Dort befanden sich einige Büsche und Wege sowie der Rest der Bank, alle vom Licht der Mittagssonne erhellt.

Sie richtete sich auf. Oberhalb der Kante erwies sich die Scherbe als dunkel, und die Blätter der darin gefangenen Bäume waren verdorrt und tot.

Der Kontrast zwischen den beiden Scherben beunruhigte Kara so sehr, dass sich ihr Magen zusammenkrampfte. Sie wollte gerade weitergehen, doch plötzlich stieß Artras »Oh, ihr Götter!« hervor und taumelte rücklings.

Alle eilten zu ihr.

In der Scherbe – einer Fortsetzung des Platzes und der Straße, die Kara zuerst betrachtet hatte – raste ein Wagen mit fünf in zerlumpte Kleidung gehüllten und von Ruß überzogenen Leuten hinten auf der Ladefläche vor drei Halbwölfen davon. Die entstellten Tiere waren mitten im Knurren erstarrt. Die zwei Männer, eine Frau und zwei Kinder hatten Ausdrücke blanken Grauens in den Gesichtern. Der Fahrer des Wagens stand halb vom Sitz erhoben, die Zügel zum Schnalzen erhoben. Die vor den Wagen gespannten Pferde preschten vorwärts, das Fell schweißfleckig, die Augen geweitet vor Angst. Alle erstarrt, gefangen in der Zeit.

Und durch die Mitte des Wagens und die zwei Pferde, durch die Frau und den kleinen an ihre Brust gedrückten Jungen, durch die Beine des Fahrers und der zwei Pferde schnitten mehrere Flächen der Verkrümmung.

»Wir müssen sie herausholen«, sagte Artras.

»Das können wir nicht. Der Wagen mit den Leuten muss in mindestens drei verschiedenen Scherben stecken.«

Artras drehte sich Kara wütend zu. »Wenn sich die Verkrümmung schließt …«

»Ich weiß, was dann passiert! Aber wir können sie nicht retten. Noch nicht. Wir wissen ja kaum, wie man eine einzige Scherbe befreit. Das hier ...« Sie deutete auf den Wagen und schüttelte den Kopf. »Wir können nicht nur eine Scherbe befreien – das würde jeden töten, der bereits sowohl in ihr als auch in einer der anderen Scherben festsitzt.«

»Ganz zu schweigen davon, dass ihr an irgendeiner Stelle auch die Halbwölfe befreien würdet«, fügte Adder hinzu. »Ich weiß nicht, ob wir es mit dreien auf einmal aufnehmen könnten.«

»Wir werden alle Scherben gleichzeitig befreien müssen, und alle müssen bereitstehen, um sich der Halbwölfe anzunehmen, wenn wir das tun. Dafür sind wir noch nicht bereit. Wir werden später zurückkommen müssen, um sie herauszuholen.«

Mürrisch gab sich Artras geschlagen.

»Ich habe ein paar Scherben gefunden, an denen wir üben können. Sie scheinen harmlos zu sein.«

»Eine ist offenbar vollständig mit Wasser gefüllt.«

»Dafür finden wir schon eine Lösung. Dylan und ich zeigen euch, wie es geht, und dann lassen wir es euch allein probieren.«

Kara führte die anderen zurück zur ersten Scherbe, in die sie geblickt hatte, die mit dem Kaffeehaus. Sobald Dylan bereit war, entsandte sie die Sinne und durchstieß die nächstgelegene Fläche, während Dylan die Kanten stützte. Ein Hauch von erhitzter Sommerluft wehte über sie hinweg, als sich die Fläche auflöste.

Zwei Stunden später hatten sie alle Scherben um den Wagen und die Halbwölfe herum beseitigt und die Gruppe völlig vom Rest der Verkrümmung abgetrennt. Dabei hatte es nur eine Schrecksekunde gegeben, als Artras den Halt an einer Kante verlor und drei Flächen innerhalb eines Atemzugs in sich zusammenfielen. In dem Moment hatte Kara vor ihrem inneren Auge gesehen, wie sich die gesamte Verkrümmung schloss und den mittleren Teil von Erenthrall mit sich riss.

Aber nach der Auflösung der drei Flächen hatten sich die umliegenden Scherben stabilisiert, und nicht mehr als ein kleines Beben war durch die angrenzenden Strukturen vibriert.

Daraufhin beendete sie die Übung und forderte Cutter und die Rüden auf, sie zurück zum sicheren Haus zu führen.

* * *

Allan hielt nicht geradewegs auf die Verkrümmung zu, nachdem er sich von Kara und den anderen getrennt hatte. Stattdessen trabte er einige Häuserblöcke weit nach Osten, bis er sich der Stelle näherte, wo die Tiana mitten durch den Bezirk verlief, dann bog er nach Norden.

Er wollte sehen, was die Flussratten machten.

Er hatte es überraschend gefunden, dass sie in der vergangenen Nacht in Richtung des Tumults nahe den Temeriten geeilt waren. Bisher waren die Flussratten von Auseinandersetzungen noch stets weggerannt und hatten sich mehr wie Aasgeier verhalten, die Tote erst nach einem Gefecht plünderten und dann stahlen, was immer sie fanden. Letzte Nacht jedoch waren sie eindeutig auf eine Auseinandersetzung zugeeilt. Und zwar kampfbereit.

Etwas bei ihnen hatte sich geändert. Es mochte zwar sein, dass sie lediglich in der Hoffnung zu dem Gefecht gerannt waren, einen Nutzen daraus ziehen zu können, nachdem es geendet hatte, allerdings glaubte Allan das nicht. Ihre Körpersprache hatte etwas anderes ausgesagt.

Er folgte dem durch Märkte verlaufenden Fluss parallel durch Nebengassen, über Plätze und durch die Mitte eines gesamten Blocks von Wohnhäusern, sobald er Werkel hinter sich ließ. Als er sich dem Gebiet der Flussratten näherte, wurde er langsamer, dann entschied er sich für eines der höheren Gebäude und stieg hinauf aufs Dach.

Dieser Abschnitt Erenthralls war in einem anderen Stil errichtet worden als die gedrungenen Lagerhäuser von Werkel. Statt Fassaden aus flachen Steinplatten oder Ziegelstein zierten Erkerfenster und schmiedeeiserne Balkone die Bauwerke. Die Fenster wiesen Steindekore oder breite Simse für Pflanzen auf, kunstvolle Muster verschönerten die Ziegelsteinmauern. Die Dächer trugen Giebel, und einige besaßen unechte Zinnen an den Rändern und kleine runde Türmchen an den Ecken.

Allan gelangte durch eine Falltür am Kopfende der Treppe auf ein Schrägdach und hielt sich tief geduckt, als er über die Ziegel hinunter zum zinnenbewehrten Rand des Daches rutschte. In den vom Licht der Verkrümmung geworfenen Schatten schlich er zum nächstgelegenen, verkümmerten Turm und kletterte auf dessen flache, abgerundete Oberfläche.

Von dort konnte er auf die Insel der Flussratten hinabblicken.

Sie hatten einen gesamten Block von Wohnungen übernommen. Die Anlage stand auf einer kleinen Anhöhe, an deren einem Ende sich die Tiana teilte, zu beiden Seiten herumströmte und sich am anderen Ende wieder vereinte. Das Wasser floss schnell. Die Gebäude am Rand standen teilweise darin, und der Pegel reichte bis über Fensterhöhe des ersten Stockwerks. Das Wasser strömte durch die Türen und Fenster hinein und heraus, doch die innenliegenden Wohnungen hatte es nicht geflutet.

Feuerschein flackerte hinter einigen der Fenster auf den höheren Ebenen der Gebäude, hinzu kamen Wachfeuer auf den Dächern. Behelfsmäßige Brücken verbanden jedes der Häuser miteinander, zwischen jenen von unterschiedlicher Höhe hatte man Leitern angebracht. Allan zählte ein Dutzend der jungen Flussratten, die momentan Wache hielten. Ihre Umrisse bewegten sich beim Patrouillieren vor den Flammen der Feuer vorbei, und er konnte sehen, dass sie Bögen trugen, einer oder zwei hatten auch Speere. Andere Flussratten brieten an Spießen um eine Feuergrube im mittleren Gebäude etwas, das nach Vögeln aussah. Etwas abseits köchelten große Töpfe auf Kohlen.

Nichts wies auf etwas Ungewöhnliches hin.

Doch bevor sich Allan abwandte, stimmte eine Trommel eine Warnung an.

Diejenigen auf Patrouille reagierten schlagartig und stürmten in Richtung des Trommlers. Gebrüll ertönte, doch auf die Entfernung konnte Allan die Worte nicht verstehen. Er erkannte zunächst nicht, was die Aufmerksamkeit der Flussratten erregt hatte, dann jedoch tauchte auf dem nächstgelegenen Dach auf der anderen Straßenseite ein ganzer Trupp auf – mehrere Flussratten, mindestens fünfzehn, die eine Gruppe von fünf gefesselten Leuten vor sich her scheuchten. Die Gefangenen kamen unstet am Rand des Daches zum Stehen und wurden umzingelt. Handzeichen wurden zwischen den Gebäuden von Flussratte zu Flussratte weitergegeben. Die Straße unten war von der Tiana überflutet, die Lücke zu breit, um darüber hinwegzuspringen.

Gleich darauf wurden Befehle gerufen, und mehr Flussratten kamen angerannt – die Hälfte der Patrouillierenden sowie einige weitere von den Gebäuden darunter. Sie eilten zu etwas, das flach auf dem Boden lag, packten Griffe zu beiden Seiten und schleiften es zum Rand. Dann neigten sie es nach oben und schoben es über die Kante. Die Flussratten am einen Ende ließen sich zurückfallen, als die Vorrichtung den Rand des Daches erreichte, und halfen jenen hinten. Zusammen balancierten sie das Ding, bis nur noch drei Schrittlängen davon auf dem Dach verblieben und der Rest über die geflutete Straße ragte.

Dann senkten sie es ab, und das vordere Ende setzte auf dem Dach auf der anderen Seite auf. Die behelfsmäßige Brücke verlief etwas schräg abwärts, doch die Wartenden zögerten nicht und hasteten hinauf zur Sicherheit der Insel. Andere scheuchten mit ihren Speeren die Gefangenen auf den Übergang. Die Gefangenen bewältigten ihn nicht so selbstsicher, sondern rückten vorsichtig darüber vor, während sie von den Flussratten bedrängt wurden.

Sobald alle die Brücke überquert hatten, scharten sich die Flussratten an deren einem Ende, hoben es an und zogen die Planke zurück auf das Dach. Die Gefangenen wurden zum mittleren Feuer geführt. Während des gesamten Weges behelligten die Flussratten sie mit johlenden Lauten und höhnischen Rufen. Ein paar versetzten ihnen auch Schläge mit ihren Speeren, andere umtänzelten sie. Nur der Anführer der Gruppe und seine zwei Begleiter blieben ruhig. Sie griffen sich einen der Spieße, bissen von dem verkohlten Fleisch ab und ließen sich nieder, während der Rest die Gefangenen zum Stehen brachte und auf die Knie niederdrückte.

Mittlerweile befanden sich die Gefangenen nah genug am Feuer, um sie zu erkennen. Temeriten – die gestutzten Bärte der Männer hoben sich von ihren hellhäutigen Gesichtern ab. Dies waren nicht bloß schlichte Mitglieder der Gruppe, die Anspruch auf den größten Abschnitt der zerstörten Stadt Erenthrall erhoben hatte – die Flussratten hatten Gardisten gefangen genommen.

Allan stieß einen Fluch aus.

Der Anführer der Flussratten aß seelenruhig, während sich mehr und mehr von seinen Leuten versammelten, die aus den Gebäuden ringsum hervorströmten. Sie umgaben die Gruppe am Feuer, und der Geräuschpegel stieg an. Allan verlagerte das Gewicht, wollte eigentlich weg, konnte sich aber nicht vom Anblick des Geschehens lösen. Er musste sich ansehen, um wie viel gefährlicher die Flussratten seit seinem letzten Aufenthalt in der Stadt geworden waren, wie viel Kontrolle dieses neue Oberhaupt über sie hatte.

Als der Anführer fertig gegessen hatte, warf er den Knochen beiseite und wandte sich den Gefangenen zu. Das Gebrüll der Versammelten schwoll an, und jemand reichte dem Anführer einen Speer. Er näherte sich dem vordersten der gefangenen Temeriten und blieb einen Schritt von ihm entfernt stehen.

Als er den Schaft des Speers kraftvoll auf den Boden rammte, verstummte die gesamte Meute.

Allan konnte zwar die Worte nicht hören, als der Anführer sprach, aber ihr Inhalt war durchaus zu erahnen. Er hatte so etwas schon gesehen, als er noch zu den Rüden gehört hatte. Er hatte sich sogar selbst daran beteiligt. Insbesondere die von Hagger durchgeführten Verhöre waren brutal gewesen. Allan erinnerte sich noch gut daran, wie ihn sein ehemaliger Partner gezwungen hatte, die von ihnen gefassten Attentäter der Kormanley zu schlagen, damit sie die Pläne für den nächsten Anschlag preisgaben. Es war einer der Gründe gewesen, weshalb Allan die Rüden verlassen hatte und nach Muld geflohen war.

Unten gab der Anführer einem seiner Handlanger ein Zeichen, der daraufhin hinter den Mann trat, den sie verhörten, und den Arm um dessen Hals schlang. Einer der anderen Gefangenen wollte aufbegehren und erhob sich halb, doch auch ohne Befehl des Anführers rammte eine der Flussratten dem Widerspenstigen den Schaft des Speers in die Schulter. Allan hörte den Aufschrei, als der Gardist auf das Dach zusammenbrach. Der erste Mann wehrte sich indes gegen den Arm, der ihm die Luft abschnitt, obwohl ihn sein Angreifer nicht zu erwürgen versuchte, wie Allan bemerkte. Noch nicht. Noch drückte der Arm der Flussratte nicht fest genug zu. Auch dem Temeriten-Gardisten wurde das klar, und er fügte sich, wenngleich mit inzwischen rot angelaufenen Zügen.

Eine andere Flussratte trat vor und drückte den sich auf dem Dach windenden Soldaten nieder. Seine Schreie verstummten. Der Anführer begann erneut, Fragen zu stellen, lief dabei auf und ab. Der Mann im Würgegriff antwortete, allerdings wohl nicht mit den Auskünften, die der Anführer zu hören wünschte. Salopp wirbelte er herum und versenkte das Ende des Speers in den Eingeweiden eines dritten gefangenen Temeriten.

Diesmal gab es kein Geschrei. Der Mann krümmte sich nach vorn, riss die Hände hoch und umklammerte den aus seinem Bauch ragenden Schaft. Er schaute zum Anführer auf und öffnete den Mund, als wolle er etwas sagen, doch es strömte nur Blut heraus.

Mit einem Ruck zog der Anführer den Speer zurück. Der Verwundete fiel nach vorn und rollte sich auf die Seite. Blut sammelte sich rasch unter ihm zu einer Lache. Der Gardist im Würgegriff fing wieder an, sich zu wehren, und brüllte etwas Trotziges.

Was immer es sein mochte, dem Anführer der Flussratten gefiel es nicht. Auf ein Zeichen von ihm fielen seine Untergebenen auf allen Seiten mit jähem Gebrüll über die verbliebenen vier Gefangenen her. Allan sah, wie der Bursche, der sein Opfer im Würgegriff hielt, den Kopf des Mannes wild herumriss und ihm das Genick brach. Die anderen drei Temeriten kreischten wie am Spieß. Ein Schrei verhallte mit einem nassen Gurgeln. Der Anführer und seine zwei Handlanger wandten sich ab und gingen davon, während der Rest der Flussratten die Körper der Gefangenen aufhob und über den Rand des Daches hievte. Einer der Temeriten lebte noch, obwohl man ihn ausgeweidet hatte. Die Flussratten warfen alle fünf über die Seite. Die Körper landeten mit einem leisen Platschen in der Tiana und wurden sofort von der Strömung mitgerissen.

Auf dem Dach stimmten die Flussratten einen Sprechgesang an, der beinah wie das Ritual eines primitiven Stammes klang. Als sie zu feiern begannen, zog sich Allan vom Rand des Turmes zurück und kletterte hinunter auf das Schrägdach. Sorgsam achtete er darauf, keine Aufmerksamkeit auf sich zu ziehen, als er die Falltür öffnete und sich wieder auf die Straße begab.

Leise rannte er von der Insel der Flussratten weg. In seinem Genick kribbelte es, als würde Jagd auf ihn gemacht, obwohl er nie jemanden sah, der ihn verfolgte. Schließlich zwang aufkommende Übelkeit ihn, anzuhalten. Er suchte in einer kleinen Wohnung Zuflucht, kauerte sich mit dem Kopf zwischen den Knien hin und atmete tief durch. Als der Drang nachließ, sich zu übergeben, hob er den Kopf wieder und lehnte sich mit dem Rücken gegen eine Wand, ließ sich daran auf den Hintern rutschen. Seine Hände baumelten über die Knie.

»Das sind bloß Kinder. Der Anführer kann unmöglich älter als fünfzehn sein«, sagte er tonlos zu sich selbst. Da fiel ihm ein, dass er nur unwesentlich älter gewesen war, als er sich den Rüden angeschlossen hatte.

Er stieß sich von der Wand ab und stand auf, suchte die Straße draußen gewissenhaft ab, bevor er aufbrach. Beinah wäre er zum sicheren Haus zurückgekehrt, um zu berichten, was er gesehen hatte, und alle zu warnen, dass sie vorsichtiger sein und die Flussratten um jeden Preis meiden mussten. Allerdings würden sich dort nur Gaven, Aaron und ein paar Rüden aufhalten. Der Rest konnte noch nicht zurückgekehrt sein.

In Gedanken fluchte er, als er an einer Kreuzung zögerte, bevor er schließlich nach links bog und den Weg in Richtung der Verkrümmung fortsetzte. Er konnte ebenso gut einige der Scherben überprüfen und sich dorthin vorarbeiten, wo die anderen übten. Vielleicht würde er ihnen über den Weg laufen, bevor sie fertig waren.

Allan überquerte die Tiana in einem Abschnitt, in dem sich der Fluss den Weg durch einen der unbenutzten Ley-Kanäle gesucht hatte. Die Brücken für die Hauptstraßen, die sich einst über die Ley gespannt hatten, waren hier noch intakt. Er blieb so gut wie möglich in den Schatten und hielt die Ohren für die geringsten Laute gespitzt, doch außer dem Rauschen des Flusses und den allgemeinen nächtlichen Hintergrundgeräuschen der zerstörten Stadt war nichts zu hören.

Am Rand der Verkrümmung zögerte er abermals und spähte zum wiederholten Male hinter sich. Weit und breit rührte sich nichts, also stellte er sich vor die Außenfläche der Verkrümmung und trat dann hindurch.

Zuerst spürte er wie jedes Mal einen Widerstand, etwas, das gegen seine Brust drückte, als begäbe er sich unter Wasser, dann jedoch glitt er aus der Fläche und in die Scherbe. Tief sog er die Luft ein und begann sofort zu husten. Instinktiv bedeckte er mit einem Arm den Mund. Die Luft strotzte vor dem Gestank von Verwesung und etwas anderem, etwas Beißendem, das in seiner Kehle brannte. Flach durch den Mund atmend rannte er zur nächstgelegenen angrenzenden Scherbe. Die Straße war voll von Steingeröll und umgekippten Truhen, Kleidung und anderen über die Straße verstreuten Habseligkeiten. Er stolperte über einen Haufen, fand aber das Gleichgewicht wieder …

Nur handelte es sich nicht um einen Haufen Kleidung, wie er zunächst angenommen hatte. Es handelte sich um einen Leichnam. Um eine Frau, die mit dem Gesicht voraus zu Boden gestürzt war, die Wangen eingefallen und ausgehöhlt vor Verwesung.

Allan wich zurück und ließ den Blick erneut suchend über die Straße wandern. Überall lagen Leichen verstreut, ausgestreckt auf dem Boden, als wären sie im Begriff gewesen, aus der Stadt zu fliehen, und dann mitten im Laufen tot umgefallen. Dem Fortschritt der Verwesung nach waren sie erst vor einer Woche gestorben.

Die Zeit musste in dieser Scherbe langsamer verstreichen, denn die Opfer waren schließlich schon erfasst worden, als sich die Verkrümmung entfaltet hatte.

Während er mit dem Arm den Mund bedeckte, stolperte Allan rücklings, dann drehte er sich um und querte in die nächste Scherbe. Er sog scharf den Atem ein, als er die Trennwand durchschritt. Die Luft hier erwies sich als frisch. Er beugte sich vornüber und sog sie gierig ein, um den Gestank von vorhin loszuwerden.

Als er zu zittern aufgehört hatte, begann er, die Scherbe zu erkunden. Er hielt Ausschau nach allem, was man in Muld zum Überleben brauchen könnte, besonders nach einer Apotheke, wie der, die sie in der vergangenen Nacht geplündert hatten. Allan bewegte sich rasch, betrat Gebäude, überprüfte sie, ging weiter. Die erste Scherbe hatte wenig zu bieten, bestand größtenteils aus einem Park. In der nächsten regnete es, deshalb hielt er sich dort nicht lange auf. Danach folgten wechselhafte Ergebnisse. In einer Scherbe stieß er auf ein kleines Handelshaus mit bereits geplünderten Regalen, doch er entdeckte eine verborgene Falltür mit Stufen hinunter in einen Lagerkeller, der unangetastet geblieben war. Die Lebensmittel in dem Regal dort erwiesen sich als genießbar, zumal die Zeit in dieser Scherbe erstarrt war. In einer anderen hatte ein Stoffgeschäft die Explosion überlebt. Bunte Ballen säumten die Wände darin. Beim Kerzenmacher nebenan gab es Tausende Kerzen in einem Hinterzimmer. Vor der Zersplitterung hatten Kerzen als Absonderlichkeiten gegolten, da jedermann Ley-Kugeln benutzt hatte. Mittlerweile waren sie wertvoller als bare Münze.

Allan reiste durch zehn Scherben und kennzeichnete ihre Lage auf einer groben Karte, indem er ein erbeutetes Stück Papier und etwas Holzkohle benutzte. Er bemühte sich, unterwegs festzuhalten, wo die Bruchlinien durch die Straßen und Gebäude verliefen, doch es gestaltete sich schwierig, da die verschiedenen Ebenen der Realität einander kreuz und quer in alle Richtungen schnitten.

Er hatte schon beinahe entschieden, zum sicheren Haus

zurückzukehren, als er durch eine Fläche in die nächste Scherbe trat und abrupt stehen blieb. Eine nach der sommerlichen Wärme der letzten Scherbe frostige Brise wehte ihm über das Gesicht. Irgendetwas stimmte nicht. Etwas, das er nicht recht ...

Plötzlich sog er scharf die Luft ein und griff mit einer Hand nach oben ins Leere. Er war aus der Verkrümmung hinausgetreten. Nur war das unmöglich. Er befand sich fernab ihrer Ränder.

Es sei denn ...

»Kara?«

Seine Stimme klang zu laut und hohl. Niemand antwortete.

Allan trat vor, hinaus in die Mitte der Straße, der er gefolgt war, und drehte sich dabei im Kreis. Die Fenster der umliegenden, nur zwei Geschosse hohen Gebäude präsentierten sich allesamt leer.

Seine Hand legte sich auf den Griff seines Schwertes, als er langsam weiter die Straße entlang vorrückte. »Dylan? Cutter?«

Die Straße mündete in einen Marktplatz. An dessen Rand blieb Allan stehen und starrte nach oben zu den Facetten der Verkrümmung unmittelbar über ihm, die drei Häuserblöcke jenseits des Platzes endete.

Kara und die anderen konnten unmöglich in dieser einen Nacht so viel von der Verkrümmung repariert haben. Was bedeutete ...

»Jemand anders ist hier gewesen. Jemand anders repariert die Verkrümmung.«

SECHS

»Was soll das heißen, jemand anders repariert die Verkrümmung?«

Allan achtete nicht auf Dylan und Kara, die ob seiner An-
kündigung bei der Rückkehr ins sichere Haus aufgesprun-
gen waren. Stattdessen gab er Glenn und Adder ein Zeichen.
Beide traten hinaus in den Gang und stiegen die Stufen hinauf.
Allan blieb an der Tür stehen und hob eine Hand in Karas
Richtung, die dazu angesetzt hatte, ihnen zu folgen.

»Bleib hier. Ich erzähle euch alles darüber, sobald ich mich
um diese Sache gekümmert habe.«

Im Treppenhaus herrschte Dunkelheit, doch Allan kannte
es mittlerweile gut genug, um wohlbehalten zu Glenn und
Adder aufzuschließen, die an der Tür zum Dach angehalten
hatten. Sie traten nicht hinaus.

»Wir haben vielleicht ein Problem.«

»Würde ich auch meinen«, sagte Glenn, »wenn jemand anders an der Verkrümmung herumpfuscht.«

»Das meine ich nicht. Es geht um die Flussratten.« Allan
beschrieb ihnen, was er von dem Dach aus beobachtet hatte –
den Anführer der Flussratten, die Gefangenen, ihren Tod.
»Wer immer dieser Welpe ist – und er ist noch ein Welpe,
höchstens fünfzehn Jahre alt –, es ist ihm gelungen, die Flussratten zu etwas Tödlicherem zu formen, als sie es vorher gewesen sind. Sie begnügen sich nicht mehr damit, in der Dunkelheit zu lauern und sich erst auf Gelegenheiten zu stürzen,
wenn sie es für sicher halten.«

»Was können wir deswegen unternehmen?«

»Sicherstellen, dass wir ihnen nicht über den Weg laufen.

Ich will weiter weg von ihrer Insel. Wir sind wesentlich verwundbarer als die Temeriten, und sie haben es geschafft, sich fünf von deren Gardisten zu holen.«

»Wahrscheinlich waren es Kundschafter.«

»Ist mir egal. Es ist ihnen trotzdem gelungen, sich fünf gestandene Soldaten zu schnappen, sie gefangen zu halten, bis sie mit ihnen zu ihrem Unterschlupf zurückgekehrt waren, und sie dann zu töten. Die Temeriten werden sich nicht einfach zurücklehnen und die Sache auf sich beruhen lassen. Wir müssen umziehen.«

»Wir haben aber weiter westlich als hier kein sicheres Haus.« Dann setzte die Erkenntnis ein, und Glenn ließ die Schultern hängen. »Du willst, dass wir eines auskundschaften.«

»So schnell ihr könnt. Ich will innerhalb von zwei Tagen von hier verschwunden sein.«

»Warum verlassen wir nicht überhaupt Erenthrall?«

»Ich werde versuchen, Kara und die Lumagier dazu zu überreden. Aber wir sind auch hergekommen, um Vorräte sicherzustellen, und bisher haben wir noch so gut wie nichts. Mit der Plünderung der Apotheke in der Scherbe haben wir noch kaum den hintersten Teil unseres Wagens gefüllt. Was ich bei der Suche heute gefunden habe, wird ein wenig weiterhelfen, aber es sind größtenteils Kleidung und ein paar Lebensmittel. Wir brauchen Saatgut, wenn wir im kommenden Winter alle Menschen in Muld ernähren wollen. Und Rohmetalle für Waffen, wenn wir versuchen wollen, uns gegen die Räuberbanden aus den Ebenen zu verteidigen.«

Glenn und Adder dachten schweigend darüber nach.

Schließlich rieb sich Glenn übers Gesicht, womit er ein kratziges Geräusch verursachte. Er hatte sich nicht mehr rasiert, seit sie Erenthrall erreicht hatten. Und durch den wechselnden Wachdienst hatte er auch nicht viel geschlafen. Das galt für sie alle. Unter seinen Augen prangten dunkle Ringe.

»Wir fangen heute mit der Suche an, während der Rest von euch schläft.«

Allan klopfte ihm auf die Schulter, dann wandte er sich ab und ging die Stufen zurück hinunter. Die beiden anderen folgten ihm. Als sie den Hauptraum erreichten, verloren beide keine Zeit, sammelten ihre Habseligkeiten ein und brachen auf.

Die Lumagier, Gaven und Aaron beobachteten das Geschehen schweigend. Allan glaubte nicht, dass sich Kara gerührt hatte, seit er gegangen war.

»Worum ging es denn da?«

»Um nichts, worüber wir uns im Augenblick Sorgen machen müssen.«

»Wer repariert die Verkrümmung?«

»Das weiß ich nicht.«

»Bist du sicher, dass das nicht doch wir waren? Heute Nacht?«, fragte Artras. »Wir haben einen beträchtlichen Abschnitt befreit, aber dann ein bisschen verfrüht nach einer kleinen Schrecksekunde aufgehört.«

»Habt ihr mehrere Häuserblöcke freibekommen?«

Alle Lumagier schauten bestürzt drein. Kara wirkte gar, als würde ihr schlecht. »Nein, haben wir nicht.«

Allan drehte sich Kara zu. »Wir müssen Erenthrall verlassen. Die Lage hier ändert sich gerade. Wir haben keine Ahnung, wer die Verkrümmung repariert, und es ist unübersehbar, dass die Spannungen zwischen den verfeindeten Gruppen steigen.«

Kara begegnete seinem Blick unverwandt, doch er vermochte nicht, ihren Gesichtsausdruck zu deuten. Die restlichen Lumagier beobachteten sie.

»Es müssen andere Lumagier sein«, meinte Artras. »Oder Ober-Lumagier. Es wäre dumm von uns zu glauben, dass wir als Einzige überlebt haben.«

»Aber Allan hat recht. Wir wissen nicht, wer diese anderen Lumagier sind oder was sie vorhaben. Bis wir es herausgefunden haben, sollten wir uns zurückhalten.«

»Nein!« Carter riss angewidert die Arme hoch. »Sollen wir mit praktisch nichts nach Muld zurückkehren und den anderen sagen, dass wir weggerannt sind, weil jemand bereits begonnen hat, die Verkrümmung zu beseitigen? Wer weiß, wann dieser Abschnitt befreit worden ist. Es könnte bereits vor Monaten gewesen sein. Gut möglich, dass diejenigen haben, was sie wollten, und längst verschwunden sind.«

Darauf ging Kara ein. »Glaubst du wirklich, diejenigen hätten Erenthrall verlassen, nachdem sie nur wenige Häuserblöcke der Verkrümmung befreit hatten? Vergiss nicht den Knoten. Jemand hat diese Barrieren rings um Werkel bewusst angebracht und den Knoten dort vom Netzwerk abgeschnitten. Irgendjemand hier macht sich bereits am Ley-System in der Gegend zu schaffen, und ich glaube nicht, dass diejenigen schon fertig sind.«

»Vergiss nicht die in der Scherbe gefangenen Leute, die wir heute gesehen haben. Sollen wir sie etwa zurücklassen?«

»Nein. Wir lassen sie nicht zurück. Das können wir nicht.«

Allan trat vor. »Warum habt ihr sie nicht schon befreit? Und was meint ihr damit, dass jemand Werkel vom Netzwerk abgeschnitten hat? Ich hätte nicht gedacht, dass es in Erenthrall noch ein Netzwerk gibt.«

»Es gibt hier sehr wohl ein Netzwerk, es ist nur im Augenblick völlig chaotisch. Wir werden die Verkrümmung reparieren und dann versuchen, das Netzwerk zu festigen, sobald alle alten Knoten befreit sind. Der Hauptgrund für das Chaos ist, dass die Ley ständig versucht, wieder in ihren alten Linien zu fließen, aber das kann sie nicht, weil die Verkrümmung den Verlauf unterbricht. Also staut sich die Ley auf, bildet Teiche, Geysire oder höhlt dort, wo es geht, neue Ley-Linien aus. Aber nach allem, was wir bisher gesehen haben …«

Plötzlich verstummte sie und legte die Stirn besorgt in Falten.

»Was?«

»Dieser Lumagus – oder diese Gruppe von Lumagiern – versucht, die Ley zu stabilisieren, indem sie sich außen um die Verkrümmung herumarbeitet. Die alten Knoten werden so umgangen. Man hat Werkel abgekapselt, damit die Ley gezwungen sein würde, in neuen Linien zu fließen. Insbesondere in eine, die nach Westen verläuft.«

»Vergiss nicht den alten Knoten in der Ortschaft, die wir auf dem Weg hierher passiert haben«, fügte Artras hinzu. »In jenem verlassenen Dorf.«

Karas Augen weiteten sich leicht.

»Was für ein alter Knoten?«, wollte Allan wissen.

Kara sah den ehemaligen Rüden an. »Erinnerst du dich nicht? Auf dem Weg hierher sind wir in einer der Ortschaften, bevor wir die Stadt selbst erreicht haben, an einer aktiven Ley-Linie vorbeigekommen. Sie war mit einem alten Knoten verbunden, einer Steinformation in der Nähe des Dorfs. Zu dem Zeitpunkt dachte ich, die Ley hätte sich auf natürliche Weise einem ihrer alten Knoten entgegengestreckt. Aber vielleicht hat sie das gar nicht. Vielleicht hat jemand jenen Knoten bewusst wieder in Betrieb genommen.« Sie wirbelte zurück herum zu Artras. »Und jener alte Knoten dort hat die Ley auch nach Westen geleitet.«

»Nicht ganz in dieselbe Richtung.«

»Nein, der Verlauf war weiter nach Süden gerichtet. Aber das würde Sinn ergeben, wenn …«

»Wenn die Ley zum selben Ort geleitet werden sollte.«

Hinter ihnen folgte Carters Blick dem Wortwechsel, wenngleich mit verwirrt gerunzelter Stirn. »Was wollt ihr damit sagen?«

»Jemand versucht, ein neues Zentrum für die Ley zu erschaffen. Einen neuen Nexus, der sie wieder bündeln soll.«

Die Augen des jüngeren Lumagus weiteten sich entsetzt. »Nach allem, was mit Erenthrall passiert ist? Sind diese Leute wahnsinnig?«

»Vielleicht versuchen sie lediglich, all das Chaos in der Ley zu beenden. Ich bezweifle, dass es ihnen darum geht, eine weitere Zersplitterung zu verursachen.«

»Augustus glaubte, er hätte den Nexus in Erenthrall unter Kontrolle – und ihr wisst, was geschehen ist.«

Niemand erwiderte darauf etwas. Zweifellos dachten alle an jene grauenhaften Augenblicke, in denen sie unter dem eingestürzten Bernsteinturm gefangen gewesen waren – oder wo auch immer sie sich befunden hatten, als der Nexus explodierte.

Ein Rascheln riss Allan aus seiner eigenen schaurigen Grübelei, und er stellte fest, dass Gaven ihm eine Wasserflasche entgegenstreckte. Aaron stellte hinter ihm einen kleinen Teller mit Essen zusammen. Allan hatte völlig vergessen gehabt, dass der Mulder überhaupt hier war.

»Du solltest etwas essen und trinken. Seit du zurück bist, hast du dir noch keinen Moment Ruhe gegönnt.«

Allans Magen knurrte, und alle in der Nähe lächelten. Er griff nach der Flasche und nahm einen ausgiebigen Schluck. Als er fertig war, hatte Aaron den Teller für ihn bereit. Harter Zwieback, ein Stück Fleisch von etwas, das nach Kaninchen aussah, dazu ein Apfel.

Allan nahm einen großen Bissen von dem Fleisch, dann sah er wieder die Lumagier an. »Ihr habt mir nie erklärt, weshalb ihr die in der Scherbe gefangenen Leute nicht befreit habt.«

»Wegen der Halbwölfe bei ihnen. Außerdem verlaufen die Kanten der Scherben genau durch einige der Menschen im Wagen, also konnten wir keine einzelnen Flächen beseitigen, ohne einen oder mehrere von ihnen zu töten. Die einzige Möglichkeit, sie zu befreien, besteht darin, den gesamten Abschnitt gleichzeitig aufzulösen. Wenn wir das tun, setzen wir aber auch die Halbwölfe frei. Es sind drei.«

Allan hielt im Kauen inne, dann schluckte er. »Wenn wir alle zusammen dort sind, sollten wir in der Lage sein, sie zu überwältigen.«

Kara ergriff seinen Arm, bevor er einen weiteren Bissen nehmen konnte. »Könntest du hineingehen und sie herausholen? Wie du es mit denjenigen von uns gemacht hast, die nach der Entfaltung der Verkrümmung darin gefangen waren?«

»Könnte ich. Aber du weißt besser als die meisten, wie lange das gedauert hat. Und wir haben nicht viel Zeit.«

Kara ließ den Arm sinken. »Dann müssen wir uns den Halbwölfen stellen.«

»Nicht sofort.« Allan sprach weiter, als Kara Luft holte, um dagegen aufzubegehren. »Wir sollten zuerst all unsere Vorräte beschaffen und die Leute erst dann befreien. Unmittelbar bevor wir abreisen. Es gibt keinen Grund, sie schon jetzt herauszuholen, so dass wir sie die ganze Zeit über im sicheren Haus beschützen müssen. Sie sind seit Monaten in der Verkrümmung gefangen, da kommt es auf ein paar Tage mehr auch nicht mehr an.«

»So lange bleiben wir noch? Ein paar weitere Tage?«

»Viel länger will ich nicht mehr bleiben.« Allan nahm noch einen Bissen und stand auf, um den Teller in dem kleinen Fass abzuwaschen, das sie aufgestellt hatten, um Regenwasser zu sammeln.

Plötzlich tauchte Kara an seiner Seite auf. »Worüber hast du mit Glenn und Aaron gesprochen?«

»Ich hätte wissen müssen, dass du es nicht auf sich beruhen lassen würdest.« Wie Kara sprach er mit leiser Stimme, obwohl er die anderen Lumagier hinter ihnen diskutieren hörte. Sie würden ihn wahrscheinlich so oder so nicht hören. »Vor dem Auskundschaften einiger Scherben habe ich nach den Flussratten gesehen. Sie sind jetzt besser organisiert und daher noch gefährlicher. Ich habe gesehen, wie sie fünf Gardisten der Temeriten nach einem Verhör getötet haben.«

»Was haben sie versucht herauszufinden?«

»Glaubst du, ich bin nah genug hin, um das zu hören? Ich habe keine Ahnung.«

Kara überlegte schweigend und drehte sich so, dass sie sich an die Wand lehnen konnte.

»Ich finde, die anderen müssen das vorerst nicht erfahren«, sprach Allan weiter. »Ich habe Glenn und Aaron losgeschickt, um ein anderes sicheres Haus für uns zu finden. Etwas, das irgendwo weiter westlich liegt, außerhalb der Reichweite von was auch immer da zwischen den Flussratten und den Temeriten passiert.«

»Ich gebe den Lumagiern Bescheid, dass wir übersiedeln werden.«

»Ich lasse Gaven und Aaron damit anfangen, den Wagen zu beladen. Danach sollten wir uns alle ein wenig ausruhen. Es wird eine lange Nacht werden.«

***

Grant schritt durch den hellen Sonnenschein auf den Brocken der Verkrümmung zu, der in der Mitte der Straße verblieben war. Zwei seiner Halbwölfe trabten neben ihm einher. Vor den Scherben blieb er stehen und starrte auf die darin gefangenen Halbwölfe, erstarrt während der Verfolgung des Wagens. Er streckte den Arm aus und legte die Hand flach auf die vorderste Facette. An seinen Fingern prangten noch Flecken des Bluts derer, die sie in der vergangenen Nacht gejagt hatten. Eine Gruppe Menschen hatte ihr Gebiet betreten und Fallen auf den Straßen im Nordwesten ausgelegt. Seine Kundschafter hatten sie bereits zwei Tage davor gewittert. Sie hatten nach Blut, Fell und ausgeschmolzenem Fett gerochen und Pelze von Kaninchen und Füchsen aus den Ebenen bei sich gehabt.

Aber sie hatten noch mehr gewollt.

Sein Rudel und er hatten beobachtet, wie sie sich im ausgebrannten Gerippe eines Gebäudes in der Nähe von West-Gablung und der Gerberzeil niedergelassen hatten. Doch sie hatten sich zurückgehalten, sich vor den Klingen und Fleischermessern der Männer gehütet. Als sie jedoch angefangen hatten, die Stolperfallen mit den Stahlzähnen zu legen …

Grants Lippen zogen sich zurück und entblößten vergrößerte Eckzähne. Das Fell auf einer Wange sträubte sich. Er duldete keine Jäger, vor allem nicht solche, die nach den Weißmänteln stanken.

Einer seiner Halbwölfe – Drayden – winselte fragend, weil er die Anspannung seines Rudelführers wahrnahm. Grant stieß sich von der Scherbe ab, hinterließ daran einen blutigen Handabdruck, dann ließ er den Blick über die umliegende Straße und den Park wandern. Eine steife Brise zerzauste sein Fell und raschelte in den unlängst befreiten Bäumen des nahen Parks.

»Sie haben diesen gesamten Bereich von der Verkrümmung befreit?«

Drayden schnaubte zur Antwort, dann schnupperte er in Richtung des Teils der Verkrümmung, in der seine Brüder festsaßen.

»Aber diese Scherben haben sie unangetastet gelassen.«

Ein kurzes Kläffen, gefolgt von einem weiteren fragenden Winseln.

Grant erwiderte nichts. Er wusste nicht, warum sie die Scherben belassen hatten. Weißmäntel hätten sie zum Einsturz gebracht und die Halbwölfe darin umgebracht. Allerdings hätte das auch die darin gefangene Familie getötet. Vielleicht hatten sie deshalb gezögert.

Oder vielleicht waren sie gar keine Weißmäntel, obwohl

sie Scherben öffnen konnten. Jedenfalls haftete ihnen nicht ihr Gestank an.

Ein weiteres Mal sah er sich um, nach wie vor unsicher. In der Ferne erhob sich Geheul, und seine beiden Halbwölfe spitzten die Ohren. Grant knurrte. »Flussratten.« Im vergangenen Monat waren sie verwegener und verschlagener geworden.

Er legte eine Hand auf Draydens Kopf. »Bleib und beobachte.«

Drayden seufzte kläglich.

Grant achtete nicht darauf und brach mit einem durchdringenden Pfiff nach Osten auf. Drei andere Halbwölfe schlossen sich ihm an, als er den Platz überquerte.

Zeit, einige Flussratten aus ihren Tunneln zu locken.

***

Kaum hatten Glenn und Adder den Raum ungefähr eine Stunde vor Einbruch der Dunkelheit betreten, fragte Allan: »Habt ihr etwas gefunden?«

Die beiden griffen dankbar nach den heißen Bechern, die ihnen Gaven und Aaron reichten.

»Ich habe auf der anderen Seite von Werkel etwas entdeckt, in der Nähe der Stelle, wo sich das Feuer von West-Gablung ausgebreitet hat.« Während Glenn an seinem Becher nippte, beschrieb er den Ort mit mehr Einzelheiten, damit die anderen ihn bei Bedarf finden könnten. »Ist zwar nicht so geschützt wie unsere anderen sicheren Häuser, aber weiter von den Flussratten entfernt. Außerdem können wir von dort aus mühelos jeden sehen, der sich dem Haus durch den niedergebrannten Abschnitt der Stadt nähert.«

»Seid ihr unterwegs auf irgendjemanden gestoßen?«

»Nein. Obwohl wir die Halbwölfe jagen gehört haben. Ich hätte schwören können, dass wir beobachtet wurden.«

Artras schnaubte. »Ganz gleich, wohin wir gehen, ich fühle mich ständig beobachtet.«

Allan gab Gaven und den anderen ein Zeichen. »Wir sind bereit. Geht voraus.«

Gaven und Aaron reichten die letzten Vorräte zum Wagen weiter, bevor Gaven auf den Kutschbock kletterte. Glenn schloss sich ihm an, während Adder auf die Ladefläche kroch, sich hinlegte und eine Decke über sich zog. Nach etwa zwanzig Minuten erreichten sie das Ende der Gasse, die zu ihrem alten sicheren Haus führte, und gelangten hinaus auf die Hauptstraße.

Bei Tageslicht wirkte die Stadt trostloser als nachts. Sie bahnten sich den Weg durch Werkel und reisten zehn Häuserblöcke lang nach Westen, bevor Glenn nach Süden zeigte. Cutter und Jack schwärmten zu den Seiten aus, und der eine oder der andere meldete Gaven Hindernisse auf den Straßen oder eingestürzte Gebäude, durch die es für die Flussratten einfacher wäre, sie zu sichten. Sie folgten einigen Nebengassen, um verborgen zu bleiben, als sie sich dem offenen Gelände um die Ley-Station näherten.

Als sie fast dort waren, steuerte Kara auf Allan zu, der sich vor dem Wagen befand. Die Gruppe der Lumagier blieb hinter ihr zurück. Er drehte sich um, als er ihre Schritte auf dem Kopfsteinpflaster hörte. »Was ist?«

Karas Aufmerksamkeit galt der noch einen Häuserblock entfernten Ley-Station, die für einen kurzen Augenblick sichtbar wurde, als sie eine Gasse passierten. »Irgendetwas ist anders. Wir sind gestern Nacht hier vorbeigekommen, um den Knoten zu untersuchen. Genau hier. Aber gestern hat sich die Gegend verwaist angefühlt, vollkommen leer. Jetzt kommt es mir vor, als wäre jemand hier.«

»Jemand, der uns beobachtet?«

»Ich weiß nicht. Jedenfalls ist die Gegend nicht mehr menschenleer.«

Bevor Allan etwas erwidern konnte, durchschnitt ein scharfer Pfiff die Stille. Sein Kopf schnellte nach oben. Jack beugte sich über das Dach eines angrenzenden Gebäudes und zeigte panisch nach Osten. Allan hob die Hand, ließ den Wagen anhalten. Hinten begannen die Lumagier zu murmeln und traten zu beiden Seiten hervor, um nach Kara Ausschau zu halten. Adders Kopf tauchte von der Ladefläche auf. Die Decke rutschte von seinen Schultern, da er bereits nach dem Schwert griff.

Sie hatten an der Mündung einer weiteren Nebenstraße gehalten, die auf die Ley-Station zulief. Aus dem Prickeln in Allans Genick wurde ein schleichendes Gefühl des Unbehagens.

Er wirbelte zu Gaven und Kara herum. »Sucht einen Platz zum Verstecken. Sofort!«

»Was ist?« Kara begann, panisch die Straße abzusuchen, auf der sie sich befanden.

Allan antwortete nicht. Plötzlich erschien Jack auf der Straße. Er raste die kurze Treppe eines der dreigeschossigen Sandsteinhäuser zu beiden Seiten herab. Keines davon besaß Eingänge auf Straßenhöhe, durch die der Wagen mitsamt den Pferden gepasst hätte. Die Gassen, die sie passiert hatten, waren schmal und boten keinen Zugang zu Innenräumen wie die Laderampe, die sie in der vergangenen Nacht benutzt hatten.

Allan fluchte wüst, als Adder hinten vom Wagen zu Boden sprang und Jack zu Allan gerannt kam. »Bericht.«

»Eine große Gruppe von Flussratten, unterwegs in diese Richtung.«

»Haben Sie uns gesehen?«

»Kann ich nicht sagen. Aber sie bewegen sich schnell.«

Allan stieß einen weiteren Fluch aus.

»Was bei allen Höllen …«

Bei Glenns erschrockenem Ausruf drehten sich alle um. Er zeigte zur Ley-Station. »Wo kommen die denn her?«

Allan rechnete damit, Halbwölfe zu erblicken, vielleicht auch Temeriten …

Stattdessen strömte eine völlig neue Gruppe durch die Türen der Ley-Station heraus. Sie johlten und schrien, während sie Bögen, Speere und verschiedene andere Waffen schwenkend auf das offene Gelände ringsum die Station hinaus stürmten. Alle wurden vom gespenstischen Halblicht erhellt, das von der Verkrümmung und dem dämmrigen Sonnenschein ausging. Plötzlich stob ein Vogelschwarm vom Säulengang vor der Station auf und erhob sich als wabernde Masse schwarzer Schwingen in die Lüfte des zunehmend dunkleren Himmels. Immer mehr Leute der neuen Gruppe füllten die breiten Stufen aus und ergossen sich auf die umliegenden Straßen.

»Woher kommen die?«

Kara wirkte fassungslos. »Die Tunnel. Die Barkassentunnel. Die Verbindungen der Ley-Stationen zwischen den Bezirken. Sie kommen von unten herauf.«

»Aber die Ley …«

»Da ist keine Ley mehr! Werkel ist abgekapselt!«

Allan würgte jegliche Erwiderungen der anderen ab. »Das spielt jetzt alles keine Rolle. Sie haben uns noch nicht gesehen. Gaven, Aaron, schafft den Wagen in die Gasse da, so weit nach hinten, wie ihr könnt. Dann macht die Pferde los und führt sie in das Gebäude. Falls sich die Gelegenheit bietet, schnappt euch auch einen Teil der Vorräte für den Fall, dass jemand den Wagen bemerkt.«

Gaven hatte sich bereits in Bewegung gesetzt. Aaron eilte voraus, um etwaige Hindernisse in der Gasse aus dem Weg zu räumen. Allan wandte sich dem Rest zu. »Alle anderen decken den Wagen so ab, dass er nach Geröll aussieht, und verschwinden dann auch aus dem Freien. Rüden, ihr sichert das Gebäude. Jack, aufs Dach. Wo zum Henker steckt Cutter?«

Niemand antwortete. Alle drängten sich aneinander, als

der Lärm vom Platz noch lauter wurde. Allan spähte zu den Dächern, konnte Cutter jedoch nirgends erkennen. Als sich sein Blick zur Ley-Station senkte, bemerkte er, dass einige Mitglieder der neuen Gruppe begannen, Barrikaden zu errichten.

Er half, den Wagen über ein Hindernis in der Gasse zu schieben – einen kleinen Steinhaufen und eine Ansammlung von Müll –, dann bewachte er den Eingang. Er behielt die von der Verkrümmung erhellte Straße zu beiden Seiten im Auge und suchte die Schatten ab. Die Rüden riefen einander im Gebäude links knappe Wortmeldungen zu, als sie von Raum zu Raum eilten. Hinter Allan halfen die Lumagier Gaven und Aaron mit den Vorräten. Die Mulder arbeiteten fieberhaft daran, die Pferde abzuspannen. Eines der Tiere wieherte widerwillig, und Allan schaute verkniffen zur Straße, die zur Ley-Station führte. Die Hand senkte sich auf den Knauf seines Schwertes, aber es tauchte niemand auf. Das Gebrüll der Leute an der Station musste das Wiehern des Pferdes übertönt haben.

Allan zuckte zusammen, als jemand aus einem Gebäude auf der gegenüberliegenden Straßenseite vier Türen weiter herausgestürmt kam, und hatte das Schwert schon halb gezogen, bevor er Cutter erkannte. Der Fährtensucher eilte schräg in vollem Lauf auf Allans Position zu und gab dabei Handzeichen, die Allan im Zwielicht nicht zu deuten vermochte.

Dann begriff er, dass es sich um die fieberhafte Aufforderung handelte, Allan und die anderen sollten außer Sicht verschwinden.

Er wirbelte zu den Lumagiern und dem Wagen herum. »Hinein jetzt.« Als Kara nach einem weiteren Bündel griff, packte er sie am Arm und schob sie auf das Gebäude zu. »Lass es! Los, los, los!«

Er scheuchte alle zu einem Nebeneingang, dankbar dafür, dass sich die Pferde schon drinnen befanden. Cutter kam schlitternd neben ihm zum Stehen.

»Die Flussratten sind fast hier. Sie werden in wenigen Augenblicken diese Straße heruntergeströmt kommen. Wir sitzen hier mitten in irgendeinem Gebietsstreit fest.«

Allan ließ den Blick über den Wagen wandern. Die Lumagier hatten zwar über das Heck einiges an Geröll aufgetürmt, dennoch hob er sich von der Umgebung ab. Zu sauber, zu unversehrt.

Heiseres Gebrüll erhob sich und hallte die Straße hinter ihnen herunter, herausfordernd und wild.

»Die Zeit ist abgelaufen.« Allan stieß Cutter in Richtung des Nebeneingangs, dann duckte er sich mit einem letzten Blick die Gasse hinunter durch die Tür. Flussratten fluteten die Straße, rasten vorbei, doch ihre Aufmerksamkeit galt den Gebäuden gegenüber der Ley-Station. Sie sprangen die Stufen der Sandsteinhäuser hinauf und stürmten durch die Türen. Nur wenig später erblickte er sie auf den Dächern und hoffte, Jack würde außer Sicht bleiben. Immer mehr Flussratten strömten auf die Straße, die zu dem offenen Bereich um die Ley-Station führte.

Dann schloss Allan die Tür.

Alle außer Jack und zwei der Rüden hatten sich einschließlich der Pferde in einen Lagerraum gepfercht. In der Dunkelheit, die nur von etwas Licht unterbrochen wurde, das durch das Fenster in der Tür hereinfiel, ließ Allan den Blick über die Gruppe wandern, dann bahnte er sich den Weg zu Adder. Cutter folgte ihm.

»Wo ist Glenn?«

»Er passt vorne auf.«

»Wie ist die Lage?«

»Wir haben uns im Haus irgendeines reichen Mistkerls verschanzt. Im Augenblick sind wir in den Bedienstetenunterkünften. Im restlichen Haus ist nicht viel übrig, größtenteils leere Zimmer. Jack ist auf dem Dach. Kent behält den Hinterausgang im Auge, der zu einer Art ummauertem Garten führt.«

»Können wir zu den angrenzenden Gebäuden? Durch den Garten zu den Häusern an der nächsten Straße?«

»Im Garten gibt es kein Tor, aber wir könnten über die Mauern klettern. Allerdings müssten wir die Pferde und den Wagen aufgeben.«

»Dazu bin ich noch nicht bereit. Können wir uns auf die anderen Räume verteilen?«

»Mir fällt kein Grund ein, warum nicht.«

»Gut. Bleibt hier und bewacht die Pferde und die Tür.«

»Ich gehe nach Jack sehen«, meldete Cutter und huschte davon.

Als Nächstes wandte Allan sich Kara zu.

»Was passiert gerade?«, fragte die, während der Rest der Lumagier sich um sie drängte.

»Wir sind in eine Art Krieg zwischen den Flussratten und diesen Tunnelbewohnern aus der Station gestolpert. Ich hoffe, sie lenken sich gegenseitig so sehr ab, dass wir nicht bemerkt werden. Falls sie uns entdecken, gehen wir hinten raus.«

»Was ist mit dem Wagen und dem Rest der Vorräte?«

»Die müssten wir in dem Fall zurücklassen. Die Pferde auch.«

Blicke wurden gewechselt, doch niemand sagte etwas.

»Ich habe darauf geachtet, dass wir uns einen Großteil der Arzneien gegriffen haben.« Kara klopfte auf einen Ranzen. »Aber wir haben nicht viel an Lebensmitteln.«

»Darüber zerbrechen wir uns später den Kopf. Lasst euch vorläufig nieder, aber haltet euch bereit, sofort zu verschwinden, falls uns die Flussratten entdecken.«

Sie begannen einzusammeln, was sie an Bündeln vom Wagen geborgen hatten. Allan zögerte kurz, dann trat er aus der Vorratskammer in den Rest des Hauses.

Sogar in der Dunkelheit konnte Allan erkennen, dass man das Haus einst als prachtvoll betrachtet hätte. Hartholzböden, elegante Intarsienarbeiten entlang der Deckenleisten, kunstvolle Schnörkel in den Sockelleisten und am Treppengeländer sowie edles Glas in den Fenstern. Nun lag über allem eine Schicht von Staub und Dreck. Die Möbel waren verschwunden, einige Wandbehänge lagen zerrissen und zerknittert auf dem Boden unter zerbrochenen Statuetten, Tonwaren und einigen kleineren Nachttischen oder Podesten. Glasscherben übersäten einen Gang und knirschten unter Allans Stiefeln, als er zur Vorderseite des Gebäudes ging, um nach Glenn zu suchen.

Er fand den Rüden neben einem großen Erkerfenster. Draußen auf der Straße wimmelte es von Flussratten. Die zottige, zerlumpte Gruppe drängte sich in der Gasse, die zur Ley-Station führte. Mit plumpen Waffen wie Keulen und Knüppeln bewaffnete Nachzügler versuchten, sich durch die Ränge nach vorn zu drängen. Alle stießen dabei unverständliche Schlachtrufe aus. Die mit den ernst zu nehmenden Waffen, wie Speeren oder Bogen, befanden sich außer Sicht am vorderen Ende der Meute. Diejenigen, die Allan sehen konnte, waren außerdem jünger, vielleicht um die zehn Jahre alt. Er vermutete, dass die älteren Flussratten die besseren Waffen für sich behielten.

»Sie haben uns noch nicht bemerkt.« Glenn schaute zurück. »Werden sie aber. Sobald sie mit dem Kämpfen fertig sind. Es wäre zu gewagt, darauf zu hoffen, dass sie uns übersehen.«

»Vielleicht führen die Kampfhandlungen sie weg von dieser Straße.«

Glenn brummte dazu nur.

»Halt weiter Wache. Ruf, falls es brenzlig wird.«

»Brenzlig ist es jetzt schon.«

Allan zog sich in den hinteren Teil des Hauses zurück und fand Kent, der den ummauerten Garten mit gezogenem Schwert im Auge behielt. Allan hatte mit einem richtigen Garten mit Gemüse und Kräutern gerechnet, die es hinter fast jeder Reihe von Wohngebäuden in Erenthrall vor der Zersplitterung gegeben hatte. In diesem Fall jedoch handelte es sich um einen Ziergarten, in dem sich Steinwege zwischen Bänken, kleinen Teichen und einem ausgetrockneten Wasserfall aus Stein hindurchschlängelten. Einige Bäume standen noch, Überlebende der Explosion, die den mittleren Teil der Stadt zerstört hatte, aber sie waren schwer in Mitleidenschaft gezogen worden. Äste waren abgebrochen, doch an den skelettähnlichen Überresten waren dennoch Blätter gesprossen. Einige der Büsche darunter blühten noch und raschelten leise in einer Brise.

Allen betrachtete prüfend die Mauern. Hinten befanden sich einige Spaliere, deren Gerüste bis nach oben reichten und über die sich Schlingpflanzen und Blätterwerk rankten. Eine Tür sah er weit und breit nicht.

Hinter der Mauer versperrten die Rückseiten weiterer Sandsteinhäuser die Sicht. Jegliche Einzelheiten lagen in den Schatten verborgen.

»Warum gibt es hier keine Tür? Und sei es nur für die Bediensteten.«

»Wenigstens sind da Spaliere.«

Von der Straße an der Vorderseite erhob sich lautes Gebrüll. Beide Männer drehten sich um.

»Der Kampf hat begonnen«, murmelte Kent.

Allan legte ihm eine Hand auf die Schulter. »Ich fange jetzt an, die anderen hier nach hinten zu schicken. Wir müssen bereit sein, sofort zu verschwinden, falls sie uns entdecken. Sollte es dazu kommen, schickst du sie über die Mauer und versuchst, alle zusammenzuhalten.«

»Wohin sollen wir gehen?«

»Zum neuen sicheren Haus, falls ihr es schafft. Sonst zurück hinaus auf die Ebenen in Richtung Muld.«

Allan fand Kara und die anderen im großen Esszimmer. Ein riesiger Tisch füllte die Mitte des Raums aus. Der offenbar bei einem der Beben auf den Boden gestürzte Kristallkron-leuchter bildete einen zerbrochenen Haufen aus Ley-Kugeln und verbogenem Metall. Kara und die anderen durchwühlten, was sie an Vorräten vom Wagen hatten retten können, bevor die Flussratten eingetroffen waren.

»Packt alles zusammen. Ich will, dass alle zur Rückseite des Hauses gehen und in der Nähe von Kents Position warten.«

»Ich dachte, wir lassen uns hier nieder, bis die Flussratten verschwinden.«

»Mir gefällt nicht, wie sich die Lage entwickelt. Ich will, dass ihr alle bereit seid zu fliehen.«

Angst huschte über alle Gesichter, aber die Versammelten begannen, ihre Vorräte wieder zusammenzupacken.

Kara trat auf Allan zu und raunte ihm leise zu: »Wir haben ein Problem. Wir haben uns nicht so viele Lebensmittel ge-griffen, wie ich dachte.«

»Dagegen können wir vorläufig nichts unternehmen.«

»Wir können uns holen, was noch im Wagen ist.«

»Nein, können wir nicht. Jedenfalls nicht, solange die Flussratten da draußen sind.«

»Aber …«

»Nein! Wenn uns auch nur einer von denen sieht, ist es vorbei. Unsere einzige Chance besteht darin, uns wegzu-schleichen und zu hoffen, dass die Flussratten den Wagen nicht bemerken. Wir können später zurückkommen, um die Lebensmittel zu holen.«

Kara holte Luft, um dagegen aufzubegehren, doch plötz-lich tauchte Adder auf. »Wir haben ein neues Problem.«

»Was?«

Er winkte sie mit sich hinaus in den Gang, dann weiter in das vordere Zimmer, in dem Glenn Wache hielt. Der Rüde deutete zur anderen Seite des großen, auf die Straße hi-nausweisenden Fensters. »Links.«

Dicht gefolgt von Kara bewegte sich Allan an den Wänden

des Raums entlang. Beide achteten darauf, in den Schatten zu bleiben. Glenn gab Adder einen Wink, der nickte und zurück in Richtung des Esszimmers verschwand.

Allan blieb stehen, als er die Gruppe der Flussratten auf der Straße erblickte. Er streckte eine Hand hinter sich, um Kara zu warnen, dass sie zurückbleiben sollte. Dann rückte er langsam weiter vor. Der Holzboden knarrte unter seinem Gewicht. Die Straße erwies sich als nahezu verwaist, wenngleich die Geräusche der Schlacht nicht zu überhören waren, die auf dem Platz vor der Ley-Station tobte. Aber eine große Gruppe von Flussratten hatte man zurückgelassen, vorwiegend jüngere Kinder. Ein älterer Junge erteilte ihnen Befehle, zeigte und gestikulierte in verschiedene Richtungen. Die Flussratten lösten sich paarweise oder zu dritt von der Gruppe und trabten los. Alle trugen Waffen, wenngleich es sich bei den meisten lediglich um Knüppel und Messer handelte.

»Was passiert gerade?« Karas Stimme bildete kaum mehr als einen besseren Lufthauch hinter Allans Rücken.

»Sie entsenden Kundschafter.« Er schaute nach oben, stand nah genug beim Fenster, um die Dächer der Gebäude auf der anderen Straßenseite sehen zu können. Ein paar schattige Gestalten spähten auf die Gruppe unten hinab.

Als er den Blick wieder senkte, deutete der Anführer der Flussratten zu ihrem Abschnitt der Straße, und drei Mitglieder der Gruppe – zwei ältere Mädchen, eines in Morrells Alter, sowie ein Junge – setzten sich in ihre Richtung in Bewegung. Ihre Augen stachen unter zottigem Haar erschreckend weiß aus den von Dreck verschmierten Gesichtern hervor. Ihre Mienen wirkten wild und entschlossen.

»Geh und sag den anderen, sie sollen sofort zur Rückseite des Hauses. Nehmt mit, was ihr mühelos tragen könnt, mehr nicht. Und gib Kent Bescheid, dass er anfangen soll, die Leute über die Mauer zu schicken.«

Kara entfernte sich rücklings. Allan wandte sich wieder der Straße zu, doch inzwischen hatte sich die Gruppe der Flussratten vollständig aufgelöst. Zwar hatte er die drei, die sich auf ihr Haus zubewegten, aus den Augen verloren, aber er bemerkte, dass Glenn nach links zeigte. Der Rüde murmelte: »Drei Türen weiter.«

Allan wich vorsichtig vom Fenster zurück und trat an Glenns Seite.

»Ich habe Adder aufs Dach geschickt, um Jack und Cutter zu holen. Tim ist noch in der Vorratskammer bei den Pferden.«

»Ich hole ihn. Wir gehen hinten raus. Ich will nicht erst warten, bis sie uns finden.«

»Beeilen wir uns besser. Die Flussratten verlieren auch keine Zeit.«

Draußen sahen sie, wie eine der Gruppen an ihnen vorbeitrabte und weiter die Straße hinunterlief. Die zwei Rüden beobachteten sie schweigend und mit angespanntem Körper, bis sie verschwanden.

»Hoffen wir, dass sie nicht unterwegs zu den Dächern sind.«

Allan holte Tim aus der Vorratskammer. Die Pferde erwiesen sich als rastlos – sie spürten die wachsende Spannung. Die anderen fanden sie an der Hintertür versammelt, wo Kent sie hinausscheuchte. Adder stand bereits in der Nähe der Spaliere. Allan erhaschte noch einen flüchtigen Blick auf Cutters Körper, bevor er über der Mauer verschwand. Jack folgte wenige Augenblicke danach, und zwei der Lumagier rannten auf Adder zu, die Schultern angezogen, als rechneten sie damit, jeden Moment angegriffen zu werden. Die anderen warteten zappelig, genauso unruhig wie die Pferde. Gaven und Aaron gingen als Nächste. Die Bündel auf ihren Rücken holperten auf und ab, als sie dorthin eilten, wo Artras und Dylan gerade über die Mauer kletterten. Allan schob Tim vorwärts, während Carter und er darauf warteten, dass die Mulder zu klettern begannen.

Plötzlich tauchte Glenn auf.

»Wir müssen uns beeilen! Die eine Gruppe ist gerade unterwegs zu diesem Haus!«

Allan wirbelte herum, stellte fest, dass Tim und Carter verschwunden waren, und rannte auf die Spaliere zu. »Kara und Kent, ihr seid die Nächsten. Los!«

Keiner zögerte. Beide huschten hinaus in die von der Verkrümmung erhellte Nacht, achteten nicht auf die Wege durch den Garten, sondern preschten geradewegs durch Sträucher, um die Mauer zu erreichen. Adder hievte Carter praktisch auf das Spalier, und der junge Lumagus schrie unwillkürlich auf. Allan zuckte zusammen, dann zischte er eine Warnung, als er hörte, wie die Eingangstür des Sandsteinhauses nach innen aufgestoßen wurde. Glenn und er kauerten sich mit den Händen an den Schwertern hin, während sie Schritte auf knarrenden Dielenbrettern lauschten. Zwei der Flussratten stritten miteinander.

Allan spähte hinaus in den Garten und stellte fest, dass Kara und Kent die Oberkante der Spaliere beinah erreicht hatten. Er winkte Glenn in Richtung der Tür und hatte schon dazu angesetzt, ihm zu folgen, als eine der Flussratten – das ältere Mädchen, das ihn an Morrell erinnerte, vermutete er – plötzlich rief: »Still! Sieh nur. Hier ist jemand gewesen.«

Allans Blick schnellte zum Boden mit dem von verwischten Fußabdrücken durchzogenen Staub.

Er stieß Glenn durch die Tür hinaus und folgte ihm dicht. Glenn stürmte auf die Mauer zu. Adder befand sich hinter Kara bereits auf halbem Weg nach oben. Allan hielt inne und schaute zurück zum Haus. Seine Haut kribbelte, als er sich ausmalte, wie die Flussratten durch die Räume des Sandsteingebäudes eilten, den Spuren folgten, die Pferde in der Vorratskammer entdeckten, den Wagen in der Gasse, und dann zur Hintertür kamen.

Seine Atmung beschleunigte sich. Seine Hand verstärkte erwartungsvoll den Griff um den Knauf seines Schwertes und wurde glitschig vor Schweiß, aber er zog die Waffe noch nicht. Stattdessen versuchte er zähneknirschend, sich zu beruhigen.

Er war nicht sicher, ob er ein gerade mal zwölf Jahre altes Mädchen töten konnte, selbst wenn es mit einem Messer bewaffnet war. Allerdings hing ihrer aller Leben davon ab.

In dem Augenblick, als er dazu ansetzte zu ziehen, entfuhr jemandem ein überraschter Laut.

Er zuckte in die Richtung des Schreis und erblickte zwei Häuser weiter auf dem Dach eine Flussratte. Die Gestalt deutete mit einem Arm vor dem Hintergrund der schillernden Verkrümmung. Plötzlich tauchte daneben eine weitere Flussratte auf.

Die zweite Gestalt trug einen Bogen.

Allan sprang auf das Spalier zu. Ein scharfes Pfeifen drang durch das gedämpfte Getöse der Schlacht, die mehrere Häuserblöcke entfernt gefochten wurde. Das Geräusch schabte sein Rückgrat hinab, als er die Mauer erklomm. Seine Finger tasteten nach Halt in dem Spalier und in den Ranken. Er zog sich hoch, achtete nicht auf Splitter, die er sich einzog. Die Spitze eines Pfeils schlug in den Stein zu seiner Linken ein, gefolgt von einem weiteren Schaft, der eine Stelle näher bei ihm rechts traf. Hinter ihm brüllten die Flussratten im Haus und kamen durch die Tür herausgerannt. Allan nahm ihre Bewegungen im Augenwinkel wahr.

Dann tastete er nach einem weiteren Halt, und sein Arm krümmte sich über die Oberkante der Mauer. Rasch zog er sich hoch und wuchtete sich darüber, als ein weiterer Pfeil über ihn hinwegzischte.

Er fiel auf der anderen Seite zu Boden und landete hart. Adder bückte sich, um ihm aufzuhelfen, während Glenn Befehle brüllte. Schmerzen schossen durch Allans Bein, doch er achtete nicht darauf. Sie befanden sich in einem weiteren Garten, weniger gepflegt als der, aus dem sie gerade kamen. Die Hälfte der Gruppe war bereits ins Haus verschwunden, der Rest eilte über das Gelände dazwischen. Pfeile schlugen in den Boden ein, trafen das Haus und die Mauer dahinter, aber sie flogen nur vereinzelt heran. Die Flussratten hatten lediglich zwei, vielleicht drei Bogenschützen in der Nähe.

»Los! Rein, bevor sie uns noch treffen!«

Sie rasten über das offene Gelände. Alle drei tief geduckt versuchten sie, nach Möglichkeit im Schutz der wenigen Bäume und der Schatten zu bleiben. Kara und Kent huschten durch die offene Tür hinein und verschwanden in der Dunkelheit dahinter. Einen Lidschlag später folgten ihnen Adder, Glenn und Allan.

Drinnen fand Allan die Gruppe zankend und panisch vor, aber er pflügte durch sie hindurch geradewegs zur Vorderseite des Hauses. »In Bewegung bleiben! Sie werden uns gleich eingeholt haben.«

Der forsche Klang seiner Stimme scheuchte alle wieder auf. Die gesamte Gruppe fegte durch das Haus, vorbei an zerbrochener Einrichtung und rissigen Wänden, dann hinaus auf die Straße am anderen Ende. Alle duckten sich, weil sie mit Pfeilen rechneten, doch ein rascher Blick ergab, dass sich niemand auf den Dächern befand.

»Wohin gehen wir?«, fragte Glenn.

»Können wir es immer noch zu dem neuen sicheren Haus schaffen?«

»Ja. Nur wird es nicht mehr sicher sein, wenn wir sie geradewegs hinführen.«

»Wir müssen sie unterwegs abschütteln.« Allan wandte sich an die Gruppe. »Lumagier und Mulder, ihr bleibt in der Mitte. Rüden, schützt die Flanken. Los!«

Glenn raste in vollem Lauf die Straße hinunter, dicht gefolgt von den Lumagiern und den Muldern. Der Rest der Rüden nahm Positionen an beiden Seiten und hinter ihnen ein. Cutter und Jack taten es ihnen gleich und legten Pfeile an die gespannten Sehnen ihrer Bogen. Allan zog das Schwert und bildete die Nachhut.

Sie hatten das Ende des Häuserblocks erreicht, als die Flussratten aus dem Haus hervorkamen, das sie gerade verlassen hatten. Allan fluchte, als die Anführer der Gruppe in ihre Richtung zeigten und brüllten. Die gesamte Meute der Flussratten stimmte Geschrei an, wie in der vergangenen Nacht auf dem Dach, als Allan beobachtet hatte, wie sie die gefangenen Temeriten abgeschlachtet hatten. Der Großteil der Streitkräfte der Flussratten befand sich wahrscheinlich immer noch auf dem Platz vor der Ley-Station und kämpfte gegen die Tunnler, aber mittlerweile hatten sich auch auf der Straße hier mindestens dreißig eingefunden.

Und Allan wusste, es würden noch mehr folgen.

Er wirbelte herum. »Lauft!«

Adder preschte um die Ecke am Ende des Häuserblocks, nach wie vor dicht gefolgt von den Lumagiern und den Muldern. Alle rannten, was das Zeug hielt. Die meisten verloren sich beinah in der Dunkelheit. Allans Füße pochten über das körnige Straßenpflaster, als er Hindernissen auswich – Geröll, liegen gebliebenen Ley-Wagen, einigen gewöhnlichen Wagen und Karren, alle zu beschädigt, um sie einfach reparieren zu können. Das Blut pulsierte laut durch seine Ohren. Seine Lunge brannte. Er ließ die Aufmerksamkeit auf seine Gruppe, die Rüden und die Fährtensucher vor ihm gerichtet. Als erst die Rüden und gleich darauf die Fährtensucher die Ecke erreichten, sah er, wie die Bogenschützen schlitternd zum Stehen kamen und instinktiv die Bögen anhoben.

Dann konnte er selbst um die Ecke sehen und sichtete die Gruppe zerlumpter Kämpfer, die auf sie zuhielt. Die Vordersten hatten beim plötzlichen Erscheinen von Glenn, Adder, den Lumagiern und den Muldern unvermittelt angehalten, aber ihr kurzes Erschrecken ging jäh in grimmige Mienen über, als sie die Fährtensucher und die Bogen erblickten.

Sie zückten die behelfsmäßigen Waffen und griffen an.

Glenn und die anderen wendeten, setzten zum Rückzug an, doch Allan deutete nach rechts. »Rein in die Gebäude!«

Glenn und Adder schwenkten sofort von ihnen aus nach links. Jeder packte einen der panischen Lumagier und manövrierte ihn in dieselbe Richtung. Gaven und Aaron kamen stolpernd zum Stehen, bevor sie ihnen folgten. Kara zögerte nur einen Atemzug lang, Carter reagierte einen Lidschlag danach. Nur Dylan stolperte und fiel. Adder packte ihn am Arm und schleifte ihn auf die Gebäude rechts zu. Die Rüden und Fährtensucher vor Allan steuerten in schrägem Winkel auf den Rest der Gruppe zu. Allan tat es ihnen gleich, als die feindlichen Neuankömmlinge auf sie zuhielten. Er hörte auch die von hinten kommenden Flussratten. Zu nah. Sie würden es nicht schaffen. Jedenfalls nicht als eine Gruppe.

»Aufteilen! Flieht in verschiedene Häuser!«

Glenn rief etwas, das Allan nicht verstand, aber plötzlich scherte Adder nach rechts aus und steuerte auf die Stufen eines anderen Hauses zu. Gaven, Kara und Dylan trennten sich mit ihm von der Gruppe. Kent folgte ihnen, Tim blieb bei Glenn, Artras, Aaron und Carter.

Glenn sprang die wenigen Stufen zur Tür hinauf, holte aus und trat sie ein. Splitternd löste sie sich aus dem Rahmen, und Artras huschte bereits hinein, mit Carter praktisch auf dem Rücken. Glenn schob sie beide weiter, dann packte er Tim und Aaron und schleuderte sie förmlich ins Haus. Cutter wieselte an ihm vorbei, bevor er ihn berühren konnte. Adder hatte seine Tür schon geöffnet – Allan hatte nicht gesehen, wie – und forderte die anderen brüllend auf, ins Innere zu flüchten. Jack hastete hinter ihnen her die Treppe hinauf.

Auf der Straße bogen indes die Flussratten um die Ecke und stutzten beim Anblick der zweiten Gruppe.

Da erkannte Allan plötzlich, dass diese zweite Gruppe gar nicht zu den Flussratten gehörte.

Vielmehr hatten die Tunnler eine Truppe losgeschickt, um die Flussratten von der Flanke her anzugreifen.

Ein rascher Blick verriet ihm, dass die beiden Gruppen ungefähr dieselbe Stärke aufwiesen. Allerdings konnten die Flussratten mühelos Verstärkung herbeischaffen.

Mehr Zeit blieb Allan nicht. Mit hasserfülltem Gebrüll prallten die beiden Streitkräfte in der Mitte der Straße aufeinander.

Aber nicht alle Angreifer richteten das Augenmerk aufeinander. Mindestens zwei Dutzend lösten sich von der Masse und steuerten auf die Gebäude zu, in die Allans Leute geflüchtet waren.

Er wirbelte herum und erklomm die Stufen zu der von Glenn aufgebrochenen Tür. Als er das Gebäude betrat, fragte ihn der Rüde: »Wohin? Hier können wir sie nicht aufhalten.«

Allan überlegte. Die anderen standen in der Eingangshalle. »Aufs Dach. Die Häuser haben alle fast dieselbe Höhe.«

»Nicht alle.«

»Nein, aber wir können sie abschütteln, indem wir uns erst ein paar Häuser weiterbewegen, bevor wir zurück ins Erdgeschoss hinuntersteigen.«

Tim und Aaron hatten bereits begonnen, die Stufen hinaufzueilen. Die anderen folgten ihnen. Ihre Schritte pochten die Treppe zurück herab, als sie außer Sicht verschwanden. Allan presste den Rücken gegen die Tür, stemmte die Füße gegen den Boden und erhob das Schwert vor sich.

Weder Glenn noch Cutter rührten sich.

»Los!«

»Was ist mit dir?«

Allan fluchte und sah Cutter an. »Wir müssen die Tür irgendwie verbarrikadieren.«

Im selben Augenblick wuchtete sich die Gruppe draußen gegen die Tür und schob sie eine Handbreite nach innen auf. Allan stemmte sich dagegen und drückte zurück, schlug auf einen Arm und einen Fuß, die versuchten, sich hereinzuzwängen. Jemand schrie auf, und Allan erblickte Blut, als die Tür erst ratterte und sich dann mit einem wuchtigen Laut schloss, nachdem sich Arm und Bein zurückgezogen hatten. Die Tunnler draußen – es mussten die Tunnler sein, denn sie waren näher dran gewesen – begannen, gegen die Tür zu hämmern. Das ohnehin bereits gesplitterte Holz erzitterte im Rahmen.

»Cutter!«

Der Fährtensucher war verschwunden.

Einen Herzschlag später tauchte er wieder auf und zog einen schweren Tisch hinter sich her. Glenn und er kippten ihn hochkant, als sie sich der Tür näherten.

Als sie bereit waren, rief Allan: »Jetzt!«

Er wich aus, als sie den Tisch gegen die Tür rammten. In jenem Bruchteil eines Herzschlags gelang es den Tunnlern, sie erneut eine Handbreite zu öffnen. Weiteres Gebrüll und Schmerzensschreie folgten, als die Tür tastende Finger zu Brei schlug. Cutter und Glenn hielten den Tisch fest, als Allan dessen Unterseite mit der freien Hand herumschwenkte und am Geländer am Fuß der Treppe verkeilte. Lange würde das aber wohl nicht halten.

Allan tippte Cutter auf die Schulter, und alle drei ließen den Tisch los und stürmten die Stufen hinauf. Die Tunnler schoben die Tür nach innen und pressten die Unterseite des Tisches gegen das Geländer. Vorerst hielt die Barriere. Dann bogen die Flüchtenden um den Treppenabsatz und konnten nicht länger sehen, was geschah. Doch als die Stufen im zweiten Stockwerk endeten, hallte ein Splittern von Holz, das

156

durch Mark und Bein ging, zu ihnen empor. Das Geländer hatte nachgegeben, und sie hörten, wie die Tunnler unten das Erdgeschoss fluteten.

Allan verlangsamte die Schritte und versuchte, sich flink, aber leise zu bewegen, als sie den Flur nach dem Zugang zum Dach durchsuchten. Cutter bemerkte die Fußabdrücke im Staub, die zur Falltür führten, als Erster. Danach verliefen die Spuren nach hinten zu einer Klappleiter hinaus aufs Dach.

Cutter und Glenn kletterten die Leiter hinauf. Allan folgte ihnen nicht ganz so behände. Sobald er das Dach erreichte, drehte er sich um, ergriff die Leiter und zog sie mit einem Ruck nach oben. Mit einem Rattern klappte sie zusammen und hätte um ein Haar seine Finger eingeklemmt.

Cutter und Glenn hatten das Dach da bereits halb überquert. Allan sprintete hinter ihnen her. Im Laufen bemerkte er eine Bewegung im Freiraum zwischen dieser Gebäudezeile und der eine Straße weiter. Er schaute nach unten. Adder, Kara und die anderen kletterten über Mauern in den Überresten der Gärten unten. Allan sah, wie sie in ein anderes Gebäude auf der gegenüberliegenden Seite huschten, denn erreichte er die Begrenzungsmauer des Daches.

Er sprang darüber hinweg, landete hart auf dem Dach auf der anderen Seite und rannte hinter seinen Leuten her, die sich mittlerweile zwei Dächer vor ihm befanden.

Allmählich fing er an zu glauben, sie könnten tatsächlich entkommen.

Dann jedoch strömte eine Gruppe von Angreifern aus einer Falltür zwanzig Schritte vor Tim aufs Dach. Bevor der junge Rüde reagieren konnte, befand sich ein Dutzend schmuddeliger Halbwüchsiger auf dem Dach, alle bewaffnet, verteilt und kampfbereit. Artras, Carter und Aaron bremsten hinter Tim ab. Weiter hinten verlangsamte Cutter die Schritte, legte einen Pfeil an und spannte die Sehne seines Bogens.

Auch Allan wurde langsamer und blieb schließlich stehen,

als er hörte, wie die Falltür, die sie hinter sich zurückgelassen hatten, geöffnet wurde und mit einem Klappern hinunter ins Gebäude fiel. Ohne sich umzudrehen, wusste er, dass hinter ihm Tunnler ihren Weg aufs Dach gefunden hatten.

Cutter schaute fragend zu ihm zurück. Angreifen oder zurückhalten?

Allan ließ das Schwert sinken.

SIEBEN

Karas Bauch schabte über die obere Kante einer weiteren Gartenmauer, bevor sie sich auf der anderen Seite hinunterließ und zu Boden fiel. Ihr gesamter Körper fühlte sich längst wund an.

Dylan packte sie am Arm und zog sie auf die Beine. »Bewegung. Sie sind knapp hinter uns.«

Kara ließ sich von ihm in halb geduckter Haltung schräg durch den Garten dorthin führen, wo Adder und Kent den Rest ihrer Gruppe gerade durch einen Nebeneingang scheuchten, der in eine Bedienstetengasse zwischen zwei Gebäuden führte. Gaven und Jack rannten bereits voraus und waren in der Düsternis kaum noch auszumachen. In diese schmale Häuserschlucht schaffte es kein Licht der Verkrümmung. Sie hörte, wie die Tür zu der Gasse hinter ihr klappernd zufiel, worauf die schweren Schritte der Rüden folgten. Und dahinter wiederum konnte sie einen plötzlichen Aufruhr von den Flussratten und Tunnlern hören. Unter dem Eindruck der schieren Bösartigkeit, die in dem Geräusch mitschwang, zog sich ihre Brust qualvoll zusammen.

Dann gelangten sie zur Straße. Gaven und Jack hielten sie in den Schatten zurück.

»Ich glaube nicht, dass sie gesehen haben, wie wir in dieser Gasse verschwunden sind. Können wir verborgen bleiben, sobald wir da draußen sind?«

»Wohl kaum.«

Die Straße verlief in einem Winkel, durch den sie fast vollständig vom Licht der Verkrümmung erhellt wurde. Kara rechnete damit, einen weiteren Häuserabschnitt zu sehen, doch das Stadtbild änderte sich von Reihenhäusern zu drei- und viergeschossigen Wohngebäuden, die sich, durch Parks getrennt, über ganze Blöcke erstreckten. Die Gebäude wiesen verschiedene architektonische Stile auf, um sie voneinander zu unterscheiden. Einige waren von eigenen Höfen umgeben, das eine oder andere Anwesen sogar mit Toren ausgestattet.

Sie schaute in Richtung der Verkrümmung. Mittlerweile waren sie ihr recht nahe gekommen. »Wo sind die anderen? Ich dachte, sie wären unmittelbar hinter uns.«

»Das spielt keine Rolle. Allan hat gesagt, wir sollen zu dem neuen sicheren Haus gehen. Wenn wir's schaffen, ohne verfolgt zu werden.« Adder hatte sich durch die Gruppe den Weg nach vorn gebahnt. Er ließ den Blick über die verwaiste Straße voraus wandern, bevor er zurück in die Gasse schaute. Die Geräusche der sie verfolgenden Flussratten – oder vielleicht waren es auch Tunnler – wurden lauter. »Lauf zu dem Gebäude dort mit dem Hof. So schnell du kannst.«

Damit tippte er Jack auf die Schulter, und der Fährtensucher jagte über die von Geröll bedeckte Straße. Steinbrocken übersäten die Gegend hier förmlich; überall Ley-Fahrzeuge, zurückgelassene Wagen und sonstige Habseligkeiten. Kara fragte sich, ob es sich dabei um die Überreste eines der Türme von Grass handelte.

Als Nächstes schickte Adder erst Kent, dann Gaven und Dylan los. Er selbst bildete unmittelbar nach Kara das Schlusslicht. Zuerst hörte sie seine Schritte noch leise, dann wurden sie von ihrem eigenen Atem übertönt. Die drei vor ihr schafften es zu den Toren auf den Hof. Das Schmiedeeisen quietschte, als Jack es nach innen aufschob. Adder fluchte hinter ihr – ob über das Geräusch oder etwas, das hinter ihnen nahte, vermochte Kara nicht zu sagen. Jedenfalls beschleunigte sie ihre Schritte und hielt auf das Tor zu, als sich Kent und Dylan durch die schmale Öffnung zwängten. Dylan hielt das Tor für sie auf, als sie langsamer wurde und sich hineinschob. Kurz bevor sie ihn passierte, schaute er auf. Angst stand ihm ins Gesicht geschrieben. Adders Hand stieß sie aus dem Weg, und sie stolperte auf den inneren Pfad. Als ihre Hände über den Steinboden schabten, musste sie sich einen Aufschrei verbeißen.

Gleich darauf packte Adder sie um die Mitte und hievte sie zur Seite. Verdattert japste sie, bevor sich eine Hand über ihren Mund legte.

Sie starrten sich gegenseitig an. Dann bemerkte Kara, dass sich alle flach gegen die Steinmauer pressten, die das Tor beherbergte. Adder hielt sie an seinen Körper gepresst und drehte sich leicht weg, damit er durch das Schmiedeeisen auf die Straße dahinter spähen konnte. Mit einer Willensanstrengung entspannte sich Kara, bevor sie sich sachte gegen seinen Griff stemmte, bis Adder sie ansah und losließ.

Wie die anderen drückte sie sich gegen die Steinmauer. Draußen vor dem Hof brüllten ihre Verfolger. Ein paar ältere Stimmen erteilten Befehle. Füße stapften hin und her, zuerst auf der anderen Straßenseite, dann jedoch näher. Schatten rasten vor dem Tor vorbei. Ihre Verfolger liefen die Straße hinauf und riefen anderen Gruppen, die Kara nicht sehen konnte, etwas zu.

»Was habt ihr?«, brüllte jemand so nah, dass Kara unwillkürlich gegen die Mauer zurückzuckte. Steinchen lösten sich oben von der Mauer, prasselten auf Karas Kopf, prallten davon ab und landeten klimpernd auf dem Steinweg des Hofs. Adder warf allen einen scharfen Blick zu, hob die Hand und bedeutete ihnen, an der Mauer zu bleiben, während er tiefer in die Schatten trat.

Stille draußen vor dem Tor, wo zuvor die Geräusche von auf und ab laufenden Füßen und allgemeiner Bewegung geherrscht hatten. Eine lauschende Stille, unterbrochen nur von den Lauten anderer Gruppen, die weiter entfernt suchten.

Am Tor tauchte wieder ein Schatten auf und verharrte. Kara

konnte nur den Umriss eines Kopfs in der Nähe ihrer Füße sehen, verzerrt vom Schatten der Gitterstäbe des Tors. Adders Hand bewegte sich und verstärkte den Griff um sein Schwert.

»Richten!«

Der Schatten bewegte sich, der Kopf drehte sich, dann entfernte er sich.

Langsam blies Kara den Atem aus.

»Was?«

»Die Unterirdischen haben auf dem Dach jemanden gefangen genommen.«

Allan? Die anderen? Hatten sie alle erwischt oder nur einige?

Plötzlich kribbelte Karas Haut vor Grauen. Wenn die so über die Tunnler sprachen, bedeutete das, bei diesen hier handelte es sich um Flussratten.

Der Anführer fluchte. »Wie konntest du das geschehen lassen?« Eine Faust prallte auf Fleisch, und jemand schrie auf. Es folgte ein von wimmernden Lauten durchsetztes Handgemenge, als würde jemand verprügelt oder getreten.

Die Schläge hörten auf. Jemand atmete vor Anstrengung schwer, ein weiterer stöhnte.

»Fletch wird nicht glücklich sein.«

»Ach was.«

»Und was unternehmen wir deswegen?«

Ein bedächtiges Schweigen, unterbrochen vom Knirschen von Kies, als ob jemand herumlief. Eine Straße entfernt schwoll der Lärm des Gefechts zwischen den Flussratten und den Tunnlern kurz an und wurde dann wieder leiser.

Der Schatten tauchte abermals auf. Ein Arm hob sich, um das Eisentor zu ergreifen, bevor er sich wieder senkte.

»Maus, geh zurück zur Hauptgruppe und erstatte Bericht.« Der Anführer entfernte sich erneut. »Vole, ich will, dass du …« Richtens Stimme wurde zu leise für Kara, um die Worte noch zu verstehen.

Gleich darauf trennte sich eine Gruppe von mindestens

drei oder vier Flussratten von den anderen. Kara rührte sich, doch Adder hob warnend eine Hand, lauschte nach wie vor.

»Was machen wir mit ihm?«

»Lest ihn auf und schleppt ihn mit.«

Wieder schlurften Füße, worauf ein Stöhnen und das Geräusch eines Körpers folgten, der weggeschleift wurde. Richten brüllte jenen, die immer noch die Straße weiter unten durchkämmten, weitere Befehle zu, aber die Laute der Suche entfernten sich nach und nach.

Kara lehnte den Kopf an den Stein hinter ihr und schloss die Augen.

Nach zehn Minuten rührte sich Adder endlich und trat von der Mauer weg. Kara öffnete die Lider, sagte aber kein Wort, als er sich zum Tor vorbeugte und die Umgebung überprüfte. Kara hatte seit über fünf Minuten niemanden mehr gehört, nur die gedämpften Geräusche der mindestens eine Straße entfernten Kampfhandlungen.

Ein paar der anderen rückten an Karas Seite nach.

»Sind sie weg?«, fragte Dylan.

Adder schleuderte ihm einen finsteren Blick zu, richtete sich aber auf. »Ich denke schon.«

»Dann nichts wie weg von hier.«

»Was ist mit Allan und den anderen? Ihr habt sie gehört. Die Gruppe von der Ley-Station hat sie geschnappt. Wir müssen ihnen helfen.«

»Wir wissen ja nicht mal, ob das überhaupt stimmt. Oder wie viele sie gefangen genommen haben.«

»Kent hat recht. Wir müssen uns in dem neuen sicheren Haus sammeln, wie Allan es angeordnet hat, und abwarten, ob irgendjemand von der anderen Gruppe aufkreuzt.«

»Und was, wenn niemand aufkreuzt?«

»Damit setzen wir uns dann auseinander.«

Schweigend dachte die Gruppe darüber nach. Kara gingen Allan und Artras durch den Kopf.

»Und wo ist dieses neue sichere Haus? Ich habe keine Ahnung, wo wir gerade sind.«

»Da lang. Wir sind jetzt am Rand des Bezirks Dāha.«

Adder bewegte sich auf das Tor zu und spähte schon auf die Straße hinaus, während er noch sprach. Kara rückte hinter ihm nach. Außer Geröll konnte sie nichts sehen, wenngleich ihr Blick auf einen Abschnitt der nächstliegenden Trümmer fiel, wo ein frischer dunkler Blutfleck das Kopfsteinpflaster besudelte.

Als Adder vorsichtig durch die Öffnung des Tors trat, fragte Kara: »Wie weit ist es?«

»Ungefähr drei Häuserblöcke. Wir bleiben eine Zeit lang in Dāha, umgehen die Flussratten und die Tunnler, dann wenden wir in …«

»Na so was, na so was, na so was. Hatte ich also recht.«

Adder wirbelte herum und nahm geduckte Haltung ein, als sich zwanzig Schritt entfernt hinter einem umgekippten Ley-Wagen eine Flussratte aufrichtete. Karas Hand griff nach dem Messer an ihrem Gürtel. Hinter ihr versuchte Kent, sich zwischen den Flügeln des Eisentors hindurchzuzwängen, und blieb hängen. Stoff zerriss, als er sich mit einem Ruck befreite. Gaven, Jack und Dylan befanden sich noch auf dem Hof.

Die Flussratte lächelte mit überraschend weißen Zähnen in dem von Dreck verschmierten Gesicht. Der Bursche war groß und dünn und besaß ein schmales Gesicht wie eine echte Ratte. Die zerzausten Haare standen wild in alle Richtungen ab. Die zusammengekniffenen Augen wirkten grausam.

Als er mit einer Hand ein Zeichen gab, richteten sich über zwei Dutzend weitere Flussratten aus ihren Verstecken hinter verstreuten Trümmern auf, allesamt bewaffnet. Alle außer dem Anführer, Richten.

»Adder!«

Jacks Ruf ließ Kara herumwirbeln. Sie erblickte weitere

Flussratten, die sich aus den im Erdgeschoss liegenden Fenstern der Gebäude fallen ließen, die den Rest des Hofs säumten.

Sie waren umzingelt.

* * *

Cory kauerte sich im dichten Blätterwerk des Waldes hin und fluchte vor sich hin. Er war überzeugt davon, dass die Gruppe von Männern und Frauen, die durch die Bäume zu beiden Seiten der Stelle tappten, an der er und zwei andere Wachen aus Muld hockten, es nicht hören würden. Schweiß lief ihm über die Stirn. Er schnippte ihn mit einer Hand weg, während er die andere auf dem Griff des Schwertes in der Scheide an seiner Taille ruhen ließ. Durch langes Üben war er vertrauter mit der Waffe geworden, so vertraut, dass er dafür ausgewählt worden war, mit den Patrouillen rings um Muld zu dienen. Trotzdem fühlte es sich für ihn nach wie vor fremdartig an, wenn er die Waffe führte. Andere in der Ausbildungsgruppe waren Naturtalente – ihn konnte man höchstens als passabel bezeichnen. Aber sie waren auch jünger als er und größtenteils in anstrengenden körperlichen Tätigkeiten ausgebildet worden. Cory war zuerst der Sohn eines Kerzenmachers gewesen, dann Student an der Universität. Alles an dem Schwert fühlte sich erst einmal unnatürlich für ihn an.

Aber in Muld wurden Wachleute gebraucht. Diese Eindringlinge stellten den Beweis dar.

Reiss, der zehn Schritte entfernt kauerte, zischte leise, um Corys Aufmerksamkeit zu erlangen, dann gab er mit den Fingern ein kurzes Zeichen, beinah zu schnell, als dass Cory es verstehen konnte.

Wie viele?

Cory ließ den Blick über die Gruppe wandern und hob vorsichtig den Kopf über das Gebüsch, um eine schnelle Zählung vorzunehmen.

Fünf im Süden, sieben im Norden.

Waffen?

Bögen. Schwerter.

Reiss verlagerte mit dem Bogen quer über den Knien das Gewicht, damit er sich mit Joss verständigen konnte. Reiss war in Corys Alter, Joss ein paar Jahre älter, dennoch hatte einfach er die Kontrolle über die Patrouille übernommen, ohne ein Wort darüber zu verlieren. Er kannte die Wälder besser als sie alle.

Cory drehte sich zurück zu den Eindringlingen. Die Männer wirkten allesamt derb und trugen einzelne Rüstungsteile, die meisten davon zueinander passend, aber nicht alle. Sie bahnten sich den Weg über den bewaldeten Hang. Vom dichten Unterholz unter den Bäumen hielten sie sich fern und folgten stattdessen Wildpfaden oder blieben in der Nähe des schmalen Bachs, der zwischen den Hügeln zu beiden Seiten dahinplätscherte.

Cory, Reiss und Joss befanden sich auf dem südlichen Hügel knapp oberhalb des Baches. Die fünf Eindringlinge bewegten sich auf ihrer Seite des Ufers über ihnen, wo ein Kamm im Gelände das Klettern vereinfachte. Die anderen sieben hielten sich verteilt auf der gegenüberliegenden Seite auf und rückten stetig nach Westen vor. Alle wirkten dabei unbehaglich und fluchten oft, etwa wenn sich ein Stiefel im zertrampelten Laub oder in der Erde verfing. Die meisten trugen Vollbärte, der eine oder andere mit dem schmalen Gesicht eines Mannes der Temeriten. Zwei waren Frauen.

Cory erschrak, als ihn jemand an der Schulter berührte. Als er herumwirbelte, erblickte er Reiss und Joss neben sich. Er hatte nicht gehört, wie sie sich ihm genähert hatten.

»Sie folgen dem Bach.« Reiss' Stimme ertönte kaum hörbar. Aber die Fremden veranstalteten bei ihrem Weg durch die Bäume so viel Lärm, dass sie ihn unmöglich hören konnten. Reiss' Blick verlagerte sich ständig, wechselte zwischen der Stelle, an der die Eindringlinge sie passiert hatten, und der Richtung hin und her, aus der sie gekommen waren. »Erkennst du sie?«

»Nein, aber ich war auch nie auf einer der Expeditionen über die Ebenen.«

»Aber die da kommen von den Ebenen. Seht euch nur an, wie sie sich durch den Wald bewegen.« Joss deutete in Richtung der Unbekannten am Nordufer.

»Ich wette, sie gehören zu der Gruppe, die Bryces Wagen vor ein paar Monaten angegriffen hat. Zu den Leuten, die Terrim töteten und Claye auch fast erwischt hätten.«

»Was machen die hier?«

»Sie suchen nach uns.«

»Was sollen wir tun? Zurückgehen und die Leute in Muld warnen?«

Reiss überlegte kurz, dann schüttelte er den Kopf. »Wir folgen ihnen. Mal sehen, wohin sie wollen. Muld liegt weit genug südlich, dass keine Gefahr besteht, dass sie den Ort finden, solange sie ihre jetzige Richtung beibehalten. Aber wenn es noch mehr von denen gibt, wird Bryce darüber Bescheid wissen wollen.«

Sie warteten für zehn Minuten, nachdem das letzte Mitglied der Gruppe außer Sicht geraten war. Dann nahmen sie die Verfolgung auf, wobei Reiss voraus kundschaftete. Cory und Joss blieben nah beim Bach, wo die Geräusche des fließenden Wassers dabei halfen, ihre Bewegungen zu verschleiern.

Eine Stunde später hob sich die Stimme eines Staren aus den natürlichen Geräuschen des Waldes hervor, und sowohl Joss als auch Cory blieben stehen und kauerten sich hin.

Reiss trottete zu ihrer Position. »Sie haben in der Nähe eines kleinen Wasserfalls vor uns angehalten. Ich denke, sie beratschlagen gerade darüber, was sie als Nächstes tun sollen. Wahrscheinlich werden sie auf diesem Weg zurückkehren.

Joss, ich will, dass du zurück nach Muld gehst. Warne dort Bryce und die Patrouillen.«

»Was machen Cory und du?«

»Wir folgen ihnen weiter. Ich will herausfinden, wo sie ihr Lager haben.«

Reiss legte Joss die Hand auf die Schulter und drückte sie, bevor der sich tief geduckt in Bewegung setzte und sich zwischen den Bäumen hindurch den Weg hinauf zur Kuppe des südlichen Hügels bahnte.

Zehn Minuten später kauerten sie sich erneut hin, diesmal in ein dichtes Gebüsch. Cory und Reiss beobachteten, wie das Dutzend Banditen den Rückweg antrat, viele davon sichtlich mürrisch. Einer davon – ein hart wirkender Mann mit von Pockennarben gezeichnetem Gesicht und buschigem Bart – lief weniger als fünf Schritte entfernt vorbei. Er stank abscheulich – der Mief bestürmte Corys Nase und brachte ihn zum Würgen.

Sobald sie an ihnen vorüber waren, folgten Reiss und Cory der Gruppe. Reiss hopste über Steine im Bach, um ihnen am anderen Ufer auf der Spur zu bleiben. Cory wusste wenig bis gar nichts übers Fährtensuchen, doch in diesem Fall bedurfte es keiner besonderen Fähigkeiten. Die Banditen gebärdeten sich noch unvorsichtiger als auf dem Hinweg.

Die Sonne hatte begonnen unterzugehen. Ein beträchtlicher Teil des Tals lag in Schatten, als Reiss warnend eine Hand hob. Cory ließ sich sofort auf die Fersen in die Hocke sinken, dann bewegte er sich auf einen Baum mit zweigeteiltem Stamm zu, um dahinter in Deckung zu gehen. Durch den Spalt hindurch beobachtete er, wie Reiss vorrückte, dann nach links ausscherte und eine Erhebung aus Granit hinaufschlich, die aus dem Erdreich ragte. Er spähte über den Rand des Felsbrockens, bevor er sich zurückzog und Cory vorwärts winkte.

Cory bahnte sich den Weg an Schilf vorbei, watete so leise

wie möglich durch den Bach, näherte sich Reiss von hinten und kauerte sich neben ihn. Beide benutzten den Felsblock als Deckung.

»Sie haben da unten ihr Lager aufgeschlagen. Wirf mal einen Blick darauf.«

Cory hob den Kopf gerade hoch genug, um das Lager zu erspähen. In der Senke hielten sich mindestens vierzig Leute auf, darunter auch die Zwölfergruppe, der sie gefolgt waren. Die Banditen hatten zu beiden Seiten des Baches Zelte in der Nähe der Stelle aufgeschlagen, wo das fließende Wasser einen großen Teich gebildet hatte. Nach der Menge der Zelte zu urteilen, vermutete Cory, dass noch mindestens ein weiteres Dutzend Leute fehlte – noch eine Gruppe wie die, von der sie hierhergeführt worden waren. Mehrere Pferde waren östlich des Lagers angebunden, allerdings nicht genug für alle. In der Nähe eines größeren Zeltes in der Mitte hatte man eine Feuergrube ausgehoben, an der einige Männer etwas über den Flammen brieten. Ein weiterer Mann weidete abseits der Menge Wild aus und putzte das Fleisch.

Die Gruppe, der sie gefolgt waren, teilte sich auf, sobald sie das Lager erreichte. Die meisten huschten in Zelte oder begrüßten die anderen mit einem Schulterklopfen oder Grinsen. Zwei – ein Mann und eine Frau – steuerten auf das Hauptzelt zu, hielten davor inne und sprachen durch die Eingangsklappe, bevor sie es betraten.

Eine Bewegung, die wesentlich näher an ihrem Versteck stattfand, zwang Cory, den Kopf einzuziehen. Reiss bedachte ihn mit einem fragenden Blick, und er bildete mit den Lippen das Wort *Patrouille*.

Reiss nickte, spähte flüchtig über den Felsblock und hob einen Finger an die Lippen. Er legte einen Pfeil an, spannte den Boden aber nicht, lehnte sich nur an den von Flechten überzogenen Stein zurück.

Cory hörte einen Zweig knacken. Mit gespitzten Ohren

nahm er sich nähernde Schritte wahr. Seine Hand senkte sich zu dem an die Hüfte gegürteten Schwert.

Die Schritte hielten auf der anderen Seite des Felsbrockens an. Cory schaute zu Reiss. Der Fährtensucher verharrte vollkommen regungslos mit gesenktem Kopf, die Augen vor Konzentration zusammengekniffen. Er wirkte nicht im Geringsten beunruhigt, nur angespannt. Seine Finger legten sich fester um beide Seiten des Bogens, die Sehne straffte sich. Muskeln spannten sich in seinem Oberarm …

Dann grunzte der Wachmann auf der anderen Seite des Steins, die Schritte zogen sich zurück und der Geruch frischen vergossenen Urins breitete sich aus.

Cory blies den angehaltenen Atem aus.

Sie warteten noch zehn Minuten, bevor sie sich zum Bach zurückzogen. Sobald sie sich außerhalb des Wirkungskreises der Wachen des Lagers befanden, beschleunigte Reiss die Schritte.

»Wohin gehen wir?«, fragte Cory, als sie zwischen den Bäumen hindurch rannten. Das Sonnenlicht fiel in einem schrägen Winkel durch das Blätterwerk über ihnen ein.

»Nach Muld. Bryce muss erfahren, dass sie sich in die Hügel vorgewagt haben.«

***

Die Dunkelheit hatte Einzug gehalten, als sie den äußeren Rand von Muld erreichten. Als sie unbehelligt die Patrouillenlinie passierten, die Bryce nach dem Angriff auf den Ebenen eingerichtet hatte, verfiel Reiss in einen halben Laufschritt, der nur vom Gelände verlangsamt wurde.

In den Gebäuden von Muld herrschte Stille. Fast alle Menschen hatten sich für die Nacht zurückgezogen. Hinter einigen Fenstern zeichnete sich schimmerndes Kerzenlicht ab – auch hinter denen von Sophias und Logans Behausung. Gestalten in der Nähe der Scheunen brachten das letzte Vieh hinein. Ein paar Hunde bellten, als sie an ihnen vorbeigingen. Cory sah weit und breit keinen von Bryces Rüden oder den Alpha selbst.

Reiss preschte auf das Lager der Flüchtlinge zu, raste zwischen den Bäumen hindurch.

Als sie aus dem Wald hervorstürmten, fanden sie das Flüchtlingslager fast genauso beschaulich wie Muld selbst vor. Doch einige Männer arbeiteten im Licht von Laternen noch an den Hütten. Reiss steuerte geradewegs auf sie zu.

»Bryce. Wo ist er?«

»In seinem Zelt, denke ich.«

Reiss wirbelte herum und trabte behutsam zwischen dem Gewirr von Zelten hindurch. Er bewegte sich so vorsichtig wie möglich, ohne über gespannte Halteschnüre und Pflöcke zu stolpern.

Zwei der Rüden und einer ihrer Rekruten kauerten bei einer kleinen Feuergrube beisammen und plauderten. Einer von ihnen, der Älteste, richtete sich auf, als sich Reiss und Cory aus den Schatten lösten und in den Schein des Feuers traten. Der Mann hatte das Schwert schon halb gezogen, bevor er sie erkannte.

Er spuckte zur Seite aus und ließ die Klinge zurück in die Scheide gleiten. »Bei den Göttern in luftiger Höhe, Reiss, du hast mich erschreckt.« Er machte Anstalten, sich wieder hinzusetzen.

Reiss überwand mit schnellen Schritten den Abstand zwischen ihnen und packte den anderen Mann vorne am Hemd, zog ihn zurück auf die Beine. »Wo ist Joss, Braddon? Hat er sich gemeldet?«

Die beiden anderen sahen sich mit hochgezogenen Augenbrauen gegenseitig an. Braddons Finger legten sich instinktiv um Reiss' Handgelenke. »Lass los, oder ich brech dir die Unterarme.«

Reiss hatte ihn bereits losgelassen und seine Handgelenke

mit einem Fluch befreit. Er stapfte zu Bryces Zelt. Die anderen beiden Männer sprangen auf, als er die Klappe aufriss. »Bryce! Wach auf, verdammt. Wir haben ein Problem.«

»Was bei allen Höllen …«

»Wir haben ein Problem!«

»Gib mir einen Augenblick.«

Reiss ließ die Zeltklappe zurückfallen und drehte sich wieder Braddon zu. »Hat niemand etwas von Joss gehört? Er hat sich nicht zurückgemeldet?«

Braddon wischte sich über den Mund. »Wir haben nichts von Joss gehört. Ihr seid die Ersten, die sich zurückmelden.«

»Was ist mit Joss?«, fragte Bryce, als er aus dem Zelt trat und sein Schwert gürtete. Offensichtlich hatte er sich gerade in aller Eile angezogen, doch er wirkte hellwach.

»Wie du es vorhergesehen hast, sind wir auf eine Gruppe von Banditen gestoßen. Sie durchsuchen die Hügel. Ich habe Joss zurückgeschickt, um Bericht zu erstatten, während Cory und ich ihnen zu ihrem Lager gefolgt sind. Er hätte sich vor einer Stunde zurückmelden sollen.«

Bryce sah erst Reiss, dann Cory an, bevor er sich an Braddon wandte. »Wir haben nichts gehört?«

»Nichts. Von keinem der Fährtensucher.«

»Weck die anderen. Alle, auch die Rekruten. Rüste sie aus und mach sie bereit. Lass sie in der Mitte des Dorfes antreten. Dann schickst du einen Boten zu den Patrouillen – sie sollen sich zurückziehen, den Ring enger machen. Und das alles so leise wie möglich. Wenn da draußen Banditen sind, sollen sie nicht mitbekommen, dass wir über sie Bescheid wissen.«

Braddon gab den beiden anderen ein Zeichen, dann trabten alle drei in verschiedene Richtungen in die Dunkelheit davon. Innerhalb weniger Augenblicke konnte Cory fühlen, wie in den nächstgelegenen Teil des Flüchtlingslagers Bewegung kam.

172

Bryce richtete seine Aufmerksamkeit auf Reiss. »Was habt ihr gesehen?«

»Eine Gruppe von zwölf Leuten, die zum Kundschaften unterwegs waren. Wir sind ihnen halb den Kipsy-Bach entlang gefolgt, aber dann sind sie umgekehrt. Wir haben sie an uns vorbeiziehen lassen. An der Stelle habe ich Joss losgeschickt, um Meldung zu erstatten. Cory und ich sind ihnen weiter zu einem Ausgangslager gefolgt. Die Gruppe muss schon eine Weile dort sein. Dort haben sie Zelte, ein Lagerfeuer, Pferdestangen, Patrouillen. Haben sich gut eingerichtet da draußen.«

»Wie viele?«

»Achtunddreißig.«

Bryce sah Cory an, um sich Bestätigung zu holen.

»Es gab Anzeichen dafür, dass noch mindestens ein weiteres Dutzend fehlte, als wir sie beobachteten.«

»Zweifellos unterwegs, um nach uns zu suchen.«

»Vielleicht sind sie Joss über den Weg gelaufen.« Cory wurde klar, dass Bryce und Reiss den Gedanken bereits gehabt hatten und sie ihm zehn Schritte voraus waren.

Beide gingen nicht auf die Äußerung ein.

»Was meinst du, wie viel Zeit bleibt uns?«

»Kommt drauf an, ob sie genau wissen, wo wir sind.«

»Wenn sie Joss haben, wissen sie's. Wär nicht viel nötig, um ihn zu brechen.« Bryce ließ den Blick über das größtenteils schlafende Lager wandern. »Warne Sophia und Paul. Sag ihnen, sie sollen jeden wecken, von dem sie denken, er könnte uns bei der Verteidigung helfen.«

Reiss bestätigte den Befehl, indem er in die Düsternis verschwand und Cory bei Bryce zurückließ.

»Was ist mit allen anderen? Sollen wir sie zu den Höhlen schicken?« Bei der Planung der Verteidigung von Muld hatte einer der Dorfbewohner Höhlen im Nordwesten erwähnt. Sie waren nicht einfach zugänglich. Wildwuchs und Windbruch verdeckten die beiden Haupteingänge, aber im Inneren gab es genug Platz für sämtliche Bewohner von Muld und die Flüchtlinge zusammen, außerdem einen Teich mit frischem Wasser in einer tiefer gelegenen Kammer sowie Lagerflächen. Nachdem Paul und Sophia erklärt hatten, dass ihnen die Höhlen nie in den Sinn gekommen waren, hatten sie die Mulder organisiert und begonnen, Vorräte zum Einlagern hinbringen zu lassen, falls sie einmal gezwungen sein sollten, sich dorthin zurückzuziehen.

»Wir wissen noch nicht genug. Ich will die Lage der Höhlen nicht verraten.«

Ein paar der von Bryce auserwählten Betas kamen angerannt, und Bryce erteilte ihnen Anweisungen. Cory wich zurück. Er fühlte sich fehl am Platz und fragte sich, wo Hernande und die anderen Lumagier sowie die Überlebenden der Universität, wie Sovaan und Jerrain, steckten. Irgendjemand sollte sie warnen. Sie mochten vielleicht keine Waffen führen, aber unter Umständen konnten sie auf andere Weise bei der Verteidigung helfen.

Er wollte sich gerade davonstehlen, als ihn Bryce ansah. »Cory, kommt mit.«

Der Rüde steuerte auf das Fleckchen Wald zwischen dem Flüchtlingslager und der Ortsmitte von Muld zu. Cory eilte hinter dem Anführer der Rüden her.

Weitere Männer schlossen sich ihnen an und riefen in barschem Ton Befehle. Um sie herum erwachte das Lager. Das ungewöhnliche Treiben war einfach zu laut, obwohl sich alle bemühten, leise zu bleiben. Cory sah, wie Sovaan aus einem Zelt hervorkroch, der sich offensichtlich in aller Eile angezogen hatte. Cory versuchte, die Aufmerksamkeit des Universitätsmentors zu erlangen, doch sie passierten ihn zu schnell.

Als sie den Rand des Lagers erreichten, folgten Bryce fast vierzig Mann. Andere kämpften sich noch in ihre Ausrüstung.

Hinter ihnen hatte sich eine kleine Ansammlung der restlichen Flüchtlinge geschart. Einige riefen Fragen. Unbehagen und Panik breiteten sich nach und nach aus.

Kurz bevor Cory den Wald betrat, packte ihn Jerrain am Arm.

»Was ist denn los?«

Cory warf einen Blick zu Bryce, doch der Alpha war bereits zwischen den Bäumen außer Sicht.

Er legte die Hände auf Jerrains schmale Schultern. »Wir sind auf einem unserer Patrouillengänge auf Banditen gestoßen. Jetzt ist Joss verschwunden. Bryce denkt, die Banditen haben ihn gefangen genommen und könnten auf dem Weg hierher sein.« Die letzten bewaffneten Männer betraten den Wald. »Hol Hernande. Sag ihm, wir treffen uns in Muld.«

Jerrain brummte missbilligend, aber Cory trat von ihm zurück. »Hol Hernande!« Damit eilte er im Laufschritt in den Wald – schnell genug, um zu Bryce aufzuschließen, bevor der Rüde bemerken würde, dass Cory fehlte.

Er kam hinter Logans Hütte heraus. Der Heiler stand am Eingang und beobachtete, wie sich eine wachsende Schar von Leuten in der Mitte der Ortschaft versammelte. Claye stellte sich neben ihn. Er hielt sich mit einer Hand die verwundete Seite, während er mit der anderen eine unter seine Achsel geklemmte Krücke umklammerte. Bryce rief Befehle. Männer und Frauen lösten sich in Zweier- oder Dreiergruppen vom Rest, bewegten sich auf die inneren Grenzen des Dorfes zu, die Bryce nach dem ursprünglichen Angriff festgelegt hatte. Es handelte sich lediglich um eine Reihe von Steinmauern, die von den Muldern lange vor der Zersplitterung errichtet worden waren. Mit genügend Männern ließ sich die Verteidigungsanlage mühelos überrennen, aber sie hatten nicht genug Zeit gehabt, etwas Besseres daraus zu bauen.

Cory drängte sich durch das Gewimmel von Männern und Frauen, bis er nah zu Bryce gelangte. Sophia und Paul standen mit besorgten Mienen hinter dem Alpha. Erst da bemerkte Cory, dass sich ihnen zahlreiche Mulder angeschlossen hatten – die Bauern und Hirten hatten sich unter die Rüden und die anderen Flüchtlinge gemischt.

»Braddon, geh mit deinen Männern zur nordöstlichen Ecke der Innengrenzen. Alex, deine Gruppe übernimmt den Posten westlich von Braddon. Reiss und die anderen habe ich zum äußeren Schutzkreis dort geschickt, da es die Richtung ist, aus der sich uns die Banditen am wahrscheinlichsten nähern werden. Der Rest von euch teilt sich in Fünfergruppen entlang der Grenzen auf. Konzentriert euch auf die nordöstliche Ecke, aber achtet darauf, dass überall Leute sind. Lasst die Abstände zwischen den Gruppen nicht zu groß werden.«

Die Leute setzten sich in Bewegung. Unterhaltungen brachen aus, als sie begannen, sich wie angewiesen aufzuteilen. Bis jemand über das anschwellende Treiben rief: »Was ist mit unseren Familien?«

Fast alle hielten inne und schauten zurück zu Bryce. Die bis dahin unterdrückte Besorgnis trat nun deutlich in ihren Gesichtern zutage.

Bryce zögerte, holte Luft, um zu antworten …

Plötzlich jedoch trat Sophia vor. »Kümmert euch vorläufig nicht um eure Familien. Lasst sie schlafen. Wir sind nicht sicher, ob die Banditen überhaupt wissen, wo wir sind. Aber falls es zu einem Angriff kommt, wird jemand wie geplant die Glocke in der Versammlungshalle läuten. Dann werden eure Ehefrauen, Ehemänner und Kinder wissen, dass sie sich zu den Höhlen zurückziehen müssen.«

Damit trat Sophia zurück. Einige der Leute brummelten zweifelnd, aber Bryce sicherte sich ihre Aufmerksamkeit. »Wir haben uns auf so einen Fall vorbereitet. Eure Angehörigen wissen, was sie zu tun haben. Wenn ihr die Glocke hört, dann bleibt auf euren Posten! Wir wissen nicht genau, wie viele Banditen es sind, und sie könnten an mehr als einer

Stelle angreifen. Euren Posten zu verlassen, wird nicht dazu beitragen, eure Familien zu beschützen.«

Ein Großteil des Murrens verstummte. Braddon klatschte in die Hände, damit sich die Leute wieder in Bewegung setzten.

Bryce trat an Cory heran. »Da bist du ja wieder. Bleib diesmal bei mir.«

»Ich habe mit Jerrain gesprochen, um ...«

»Davon will ich nichts hören. Ich brauche von dir nur, dass du meine Befehle befolgst.«

Cory schloss den Mund.

»Du bist mein Meldegänger, Cory, verdammt noch mal. Falls wir angegriffen werden, hast du hierher zurückzurennen und dafür zu sorgen, dass diese Glocke geläutet wird und sich der Rest der Leute sofort zu den Höhlen begibt.«

»Ich habe Jerrain losgeschickt, um die Studenten und Mentoren von der Universität zu suchen.«

»Wozu um alles in den Höllen?«

»Weil wir an der Universität nicht bloß mit den Nasen in Büchern stecken. Wir arbeiten auch mit dem Geflecht. Es muss etwas geben, das wir tun können, außer mit einem Schwert herumzufuchteln oder uns in einer Höhle zu verstecken!«

Bryce schwenkte wegwerfend eine Hand und kehrte ihm den Rücken zu. Die Hälfte der Versammelten war bereits mit Fackeln oder Laternen in die Dunkelheit aufgebrochen. Cory schaute zurück zu den Bäumen und zum Flüchtlingslager, doch er sah weder Hernande noch sonst jemanden von der Universität.

Sie rannten zu den Hügeln im Nordosten des Dorfes. Der Rest der Gruppe zeichnete sich als schattige Gestalten zu beiden Seiten ab. Cory hielt sich im hinteren Bereich. Sie verlangsamten die Schritte, als sie den steilsten Teil des Hangs erreichten. Sie mussten den Abschnitt einem Zickzackmuster folgend erklimmen. Der Untergrund erwies sich als tückisch. Mehrere Male rutschte Cory aus und musste einen Sturz mit einer Hand abfangen, bevor er die Kuppe erreichte.

Dort angekommen stießen sie auf eine andere Gruppe, die bereits in Stellung gegangen war. Bryce sprach kurz mit dem Anführer, dann steuerte er die Erhebung entlang nach Osten. Die Gruppe, die sie hinter sich zurückließen, löschte die Laternen, sobald sie sich entfernt hatten. Sie passierten vier weitere Einheiten, bevor Bryce schließlich eine zuvor ausgewählte Stelle erreichte.

»Verteilt euch und geht in Stellung. Und löscht die Laterne. Aber verliert einander nicht aus den Augen.«

Als die anderen gehorchten, zog Bryce an Corys Arm. »Ich habe ernst gemeint, was ich vorher gesagt habe. Falls wir angegriffen werden, rennst du zurück zum Dorf und sorgst dafür, dass diese Glocke läutet. Es gibt neben dir noch weitere Meldegänger, aber verlass dich lieber nicht darauf, dass ein anderer es schafft.«

Cory ließ den Blick über die Umgebung wandern und entschied sich für die Schatten eines umgestürzten Baums im hinteren Bereich der Linie, zehn Schritte von dort entfernt, wo sich Bryce hinter einen großen Felsblock kauerte.

Das schwache Licht der Laternen erlosch abrupt und stürzte Corys Versteck in völlige Finsternis. Er hörte leise, raschelnde Laute, als der Rest der Gruppe die Stellungen besetzte, ein paar Männer hüstelten dabei.

Schließlich kehrte vollkommene Stille ein. Oder was man im Wald als Stille bezeichnen konnte. Eine Brise rauschte sachte durch die Blätter der Äste über ihnen. Die Stämme der Bäume knarzten. Irgendwo in der Nähe ertönte der Ruf einer Eule, und das Unterholz knisterte, als kleinere, die Nacht liebende Tiere über den Waldboden wuselten – für größeres Wild waren sie hier zu nah am Dorf. Cory verlagerte das Gewicht, als sich ein Krampf in seinem Bein anbahnte, und er lehnte den Kopf zurück. Der Himmel präsentierte sich schwarz. Dichte Wolken verhüllten den Mond und die Sterne. Er konnte Regen im Wind schmecken.

Eine Stunde später tauchte ein Meldegänger auf, der Bryce berichtete, dass bislang niemand irgendeinen Banditen oder sonst etwas Verdächtiges gesehen hatte. Kurz danach setzte der Regen als diesiges Nieseln ein, das sich zu einem frostigen Guss auswuchs. Jemand stöhnte, eine andere Stimme fluchte, dann murmelte Bryce eine barsche Warnung. Die Gruppe verstummte wieder. Das säuselnde Plätschern des auf die Blätter treffenden Regens übertönte alle anderen nächtlichen Geräusche.

Das Adrenalin war längst verebbt, als aus Nordosten leise der Vogelruf zu ihnen drang. Ein Dutzend Mal wäre Cory beinahe schon eingedöst. Jetzt zuckte sein Kopf hoch, nachdem ihm das Kinn auf die Brust gesunken war. Der Ruf sickerte ihm zunächst kaum ins Bewusstsein.

Dann jedoch rührte sich Bryce hinter seinem Felsblock und zischte eine Warnung. Corys Hand senkte sich auf sein Schwert, als er sich tief geduckt herumdrehte. Die nasse Erde schmatzte unter ihm.

Der Regen hatte nicht nachgelassen. Das Wasser lief ihm über das Gesicht hinab und tropfte von seinem Kinn. Die Kälte ließ ihn schaudern. Er konnte mehr spüren als sehen, dass die Männer zu beiden Seiten ebenfalls in Bereitschaft gingen. Cory spähte zu Bryce, der leicht den Kopf schüttelte, dann konzentrierte er sich auf die Dunkelheit außerhalb ihres Standorts.

Fast zehn Minuten lang hörte er nur den Regen, dann jedoch ertönte das unverkennbare Knacken eines unter einem Fuß brechenden Zweigs. Seine Hand zuckte unwillkürlich, und er schluckte einen bitteren Geschmack hinunter, der plötzlich auf seiner Zunge lag.

Gestalten lösten sich langsam aus der Dunkelheit – erst

drei, dann vier … nein, fünf. Bryce zog sich weiter hinter seinen Felsblock zurück, ließ die Schemen näher heranschleichen. Er gab Zeichen in Richtung der anderen, die Cory durch den Regen alle nicht sehen konnte, dann wies er ihn an, sich zurückzuhalten.

Als die Banditen auf die Höhe von Bryces Position gelangten, setzte sich der Rüde blitzschnell in Bewegung.

Sein Dolch bohrte sich in die Seite des nächsten Mannes, als dieser das Schwert ziehen wollte. Der Bandit sackte lautlos zusammen. Einem anderen, der zurückzuckte und zu einem Schrei ansetzte, schlitzte er die Kehle auf. Die Warnung verlor sich in einem gurgelnden Röcheln. Auch die anderen hatten angegriffen und überwältigten ringsum Gestalten. Mehr als ein vereinzeltes Grunzen oder ein überraschtes Einsaugen von Luft waren nicht zu hören. Innerhalb weniger Herzschläge endete es, und Cory blies den angehaltenen Atem schnaubend aus. Er hatte den Griff seines Schwertes so fest umklammert gehalten, dass sich seine Finger verkrampft hatten. Sein gesamter Körper zitterte unter den Nachwehen des Erlebnisses.

Dabei hatte er selbst sich nicht einmal hinter seinem umgestürzten Baum hervorbewegt.

Bryce richtete sich gerade auf, nachdem er einen der Banditen untersucht hatte, als im Westen jemand brüllte. Der Schrei zerriss die vom Regen durchtränkte Nacht. Unmittelbar darauf folgte das klirrende Aufeinanderprallen von Stahl auf Stahl. Die Geräusche schwollen an, als sich die Kampfhandlungen ausbreiteten. Weiteres Gebrüll aus Norden hallte durch die Stille.

Bryce spie einen Fluch hervor. »Rex, bleib mit Cory hier. Ihr anderen, mitkommen!«

Sie stürmten die Erhebung entlang in Richtung des Kampfes los. Unstet rappelte sich Cory auf. »Was ist mit dem Dorf? Soll ich die Glocke läuten?«

Aber sie waren bereits weg. Er drehte sich Rex zu …

Und erblickte zwei weitere Gestalten, die unmittelbar hinter dem Mulder aus der Dunkelheit hervorkamen.

»Rex!«

Cory hastete auf den Schweinehirten zu.

Rex wirbelte in dem Augenblick herum, als ihn die vorderste Gestalt erreichte. Er schrie auf und riss einen Arm hoch, um sich zu schützen, während er mit der anderen Hand in einem ungelenken Hieb mit dem Schwert zustieß. Die Klinge des Banditen prallte klirrend auf die notdürftige Rüstung, die Rex am Unterarm trug. Der Stahl rutschte die Nahtstelle hinab und schnitt in Haut. Rex brüllte. Seine eigene Klinge fand den Weg zum Bauch des Angreifers und schlitzte darüber. In der Dunkelheit schwarz wirkendes Blut strömte aus beiden Wunden. Der Bandit schrie, während er mit der Hand den Bauch umklammerte. Er war größer als Rex und sackte auf die Knie, als er das Schwert von Rex' Arm zurückkriss und versuchte, erneut auf den Mulder einzustechen.

Aber seine Klinge traf auf die von Cory, der sich gar nicht daran erinnern konnte, sie gezogen oder sich auch nur bewegt zu haben. Als der Schweinehirte rücklings taumelte und sich den Arm an die Brust presste, drückte Cory das Schwert des Banditen zu Boden und geriet selbst ins Wanken, als der Mann nach vorn auf den Bauch zusammenbrach und stöhnte. Der zweite Brandschatzer grinste. Seine Zähne leuchteten bemerkenswert weiß in der Finsternis. Regenrinnsale liefen ihm übers Gesicht, der nasse Bart klebte verfilzt an der Brust.

»Kein großer Kämpfer, was?« Der Mann blies sich den Regen als Sprühnebel vom Mund. Seine Stimme klang belegt und brüchig. »Seid ihr alle nicht. Also einfache Beute.«

Und damit griff er an.

Cory wich aus und schlitterte über den glitschigen Matsch, als er zur Seite sprang und letztlich fiel. Die Klinge des Banditen streifte sein Hosenbein und bohrte sich tief ins Erdreich. Der Angreifer fluchte wüst. Ein stechender Schmerz schoss durch Corys Bein, als er sich mit gekrümmtem Rücken in geduckte Haltung hochrappelte. Sein gesamter linker Arm und die linke Seite waren von dickem Matsch bedeckt. Aber er umklammerte immer noch sein Schwert.

Der Bandit zog mit einem Ruck die eigene Klinge aus dem Boden und funkelte Cory bösartig an. »Flinker Mistkerl.« Sein gesamter unbeschwerter, grausamer Humor war verpufft.

Er stieß schnell und ohne Vorwarnung zu. Cory brachte das Schwert gerade noch rechtzeitig hoch. Das Klirren von Metall auf Metall vibrierte durch Corys Arm und fuhr ihm pochend in die Schulter. Doch ihm blieb keine Zeit, sich zu erholen, denn schon sauste der nächste Hieb des Banditen hart aus der anderen Richtung heran.

Cory wich zurück. Seine Füße stießen gegen einen der bereits Gefallenen. Er stürzte rückwärts. Sein Rücken krachte hart auf den schmatzenden Boden. Der Atem wurde ihm aus der Lunge gepresst, das Schwert glitt ihm aus der Hand.

Er rollte sich zur Seite und tastete nach der Klinge, doch der Angreifer trat ihm kräftig in die Leibesmitte. Schmerzen strahlten explosionsartig von seinem Bauch aus, und er röchelte, sog abgehackt die Luft ein und hustete sie wieder aus, als er sich krümmte. Erneut streckte er sich nach dem Schwert.

Der Fuß des Banditen tauchte vor ihm auf, stellte sich auf seine ausgestreckte Hand und drückte sie schmerzhaft nach unten. Wäre das Erdreich nicht so aufgeweicht gewesen, die Knochen in seiner Hand wären gebrochen. Die Schmerzen entlockten Cory dennoch einen spitzen Aufschrei, und er legte den Kopf schief, damit er in die Augen seines Angreifers aufschauen konnte.

Der Bandit grinste wieder, als er den Fuß noch härter in den Boden presste.

Cory stöhnte. Und dann zerriss etwas in ihm, und er fühlte, wie ihn eine Welle weißglühender, rasender Wut durchströmte.

Er spähte durch die zottigen Strähnen, die ihm im Gesicht klebten, und entsandte die Sinne ins Geflecht. Cory verdrehte es, zog es fest und verknotete es unmittelbar vor der Brust des Banditen.

Dann stieß er es nach vorne und ließ los.

Sein Angreifer taumelte mit einem erschrockenen Ausdruck im Gesicht zurück, stolperte über einen weiteren Gefallenen und landete ausgestreckt auf dem Rücken. Flugs hob Cory sein Schwert auf. Die Knochen in seiner Hand brüllten vor Schmerz, als er an die Seite des Banditen wankte. Bevor sich der Mann erholen konnte, versenkte er die Klinge in dessen Brust. Sie glitt überraschend mühelos hinein. Die Schneide schabte über Knochen. Die Empfindung wanderte durch Corys Hand und seinen Arm mitten in die Brust des Mannes. Der Bandit bäumte sich auf, japste und öffnete den Mund, als wolle er schreien. Heraus kamen jedoch nur ein blutiges Husten und Blut, so dunkel, dass es schwarz wirkte. Er hustete erneut, bohrte die Fersen in die Erde, als wolle er sich davon abstoßen, ließ das Schwert fallen und fuchtelte mit den Armen.

Schließlich sank der Sterbende zurück auf den Boden und streckte die Hände zu der aus seiner Brust ragenden Klinge aus. Sein Blick suchte Corys Augen. Bevor der Bandit den Stahl umklammern konnte, entfuhr ihm alle Kraft und er bewegte sich nicht mehr.

Cory ließ den Griff los und taumelte einen Schritt zurück. Er krümmte sich vornüber. Sein geschundener Bauch schmerzte. Die Wut, die sein Bewusstsein übernommen hatte, als der Bandit auf seine Hand getreten war, hatte sich verflüchtigt. Er fühlte sich nur noch leer und zittrig. Cory sank auf die Knie und kauerte sich vornüber.

Der Eisengeruch von Blut stieg ihm durchdringend in die Nase.

Er würgte. Obwohl sich sein Magen brüllend gegen diese

neue Misshandlung verwehrte, konnte Cory einfach nicht aufhören, nicht einmal, nachdem er sich des Inhalts seines Magens bereits entledigt hatte. Als es endlich endete, kippte er zur Seite und spuckte aus.

Ein solches Grauen hatte er erst einmal erlebt – außerhalb der Mauern der Universität nach der Zersplitterung, als alle in Wagen gestiegen waren, um vor der Entfaltung der Verkrümmung zu fliehen. Damals waren sie von den Halbwölfen angegriffen worden.

Aber das war etwas anderes gewesen. Hernande und er hatten einen der mit Vorräten und Kindern beladenen Wagen beschützt. Die Halbwölfe hatten sich auf die Rüden und die Kämpfer wie Bryce gestürzt. Damals musste Cory das Messer in seiner Hand nicht benutzen.

Hier hingegen hatte er soeben getötet. Und keinen Halbwolf.

Einen anderen Menschen.

Abermals krampfte sich sein Magen zusammen, und er rollte sich auf die Hände und Knie.

»Cory?«

Die Stimme drang kaum hörbar durch den Regen, abgehackt vor Schmerzen.

Rex.

Mit einem Ruck richtete sich Cory auf und wankte dorthin, wo er glaubte, Rex fallen gesehen zu haben. Doch er stieß stattdessen auf den Banditen, dem der Schweinehirte den Wanst aufgeschlitzt hatte. Rutschend stolperte er weiter zum nächsten dunklen Schemen. Diesmal war es Rex, der sich zitternd den Arm an die Brust drückte. Sein Gesicht wirkte in der Dunkelheit erschreckend bleich.

»C-Cory.« Erleichterung flutete die Züge des Mulders.

»Lass mich mal sehen.«

Rex zog die Hand zurück, mit der er sich den Arm an die Brust drückte.

Corys Magen wollte sich beim Anblick des blanken Knochens noch einmal umdrehen – ein beträchtlicher Teil von Rex' Arm in der Nähe des Ellbogens war einfach verschwunden. »Bleib hier.« Er kroch zum nächstbesten gefallenen Körper und holte sich den Gürtel des Mannes. Aus der Ferne hörte er Kampfgeräusche, doch die Richtung ließ sich im Prasseln des Regens schwer bestimmen. Fluchend eilte er zurück zu Rex und band den Gürtel um den Oberarm des Schweinehirten, so fest er konnte. Rex stöhnte dabei. Seine Lider flatterten, und Cory schlug ihn, damit er bei Bewusstsein blieb.

»Bleib wach. Ich kann dich nicht tragen.«

Dann schlang er den unverletzten Arm um Rex' Hals und hievte ihn in sitzende Position. Er schob die Schulter in Rex' Achselhöhle, und unter unsicherer Mithilfe des Schweinehirten gelang es ihm, sie beide zum Stehen zu bringen.

Durch den strömenden Regen traten sie den Weg hinunter über den Hang der Erhebung an.

»Wohin … gehen wir?«

»Zurück nach Muld. Du musst zu Logan. Und ich muss dafür sorgen, dass jemand die verdammte Glocke läutet.«

ACHT

Cory wankte in den mittleren Bereich von Muld. Rex' Körper hing als totes Gewicht an seinen Schultern. Der Schweinehirte hatte es beinahe bis ins Dorf geschafft, doch ungefähr hundert Schritte vor den äußersten Hütten hatte er das Bewusstsein verloren. Cory hatte ihn den Rest des Weges mit sich geschleift, aber nun verließ ihn die Kraft. Er ließ den Mulder zu Boden sinken.

»Logan! Hier drüben!«

In der Mitte des Dorfes drehte sich jäh eine kleine Gruppe derer um, die zurückgeblieben waren. Ihre Aufmerksamkeit hatte dem Höhenzug im Norden gegolten, obwohl sie durch das Prasseln des Regens unmöglich etwas gehört oder gesehen haben konnten.

»Das ist Cory!«, rief jemand.

Cory senkte Rex' Körper so behutsam wie möglich ab, als die gesamte Schar auf ihn zugerast kam, angeführt von Hernande und Logan.

»Er ist am Arm getroffen worden. Schwertwunde. Sieht übel aus, der Schnitt ist tief.«

Logan kniete sich auf den Boden. Seine Hände rasten tastend über Rex' Körper, suchten ihn nach Schäden ab. Morrell warf sich neben ihn hin.

Paul trat vor, während die anderen zusammenströmten. »Was passiert gerade?«

Cory richtete sich von Rex' Seite auf und drängte sich durch die Menge. »Die Banditen haben angegriffen. Bryce und die anderen kämpfen gerade, um sie zurückzuschlagen. Wir müssen alle zu den Höhlen bringen.«

Paul packte ihn am Arm und hielt ihn zurück. »Bist du sicher, dass es nötig ist? Wir haben noch niemanden gesehen oder gehört.«

»Lass meinen Arm los.« Als Paul den Griff nur noch verstärkte, befreite sich Cory mit einem kräftigen Ruck. »Wir müssen den Alarm läuten. Sofort.«

Damit wirbelte er herum. Alle gingen ihm aus dem Weg, als er in Laufschritt verfiel und auf die Versammlungshalle mit der davor an einem Ständer errichteten, mittelgroßen Glocke zuhielt. Er fasste darunter, ergriff das vom Klöppel hängende Seil und begann, es hin und her zu schwingen.

Die Klänge waren laut und höher, als Cory erwartet hatte. Er läutete weiter, während auf dem Platz alle auseinanderstoben. Jemand schnappte sich einen nahen Handkarren, kippte das bereits darauf verladene Holz auf den Boden und rannte mit dem Gefährt zu Logan, der Rex vorsichtig hochhob und auf die Ladefläche legte. Morrell rannte zu Logans Hütte. Alle anderen steuerten auf die nahen Hütten zu, hämmerten an Türen oder stürmten hinein, um an spärlichen Habseligkeiten zu holen, was sie für die Höhlen vorbereitet hatten. Eine kleinere Gruppe hastete in Richtung des Flüchtlingslagers, obwohl man dort eigentlich trotz des Regens den Alarm hören können sollte. Sophia stritt hitzig mit Paul.

Hernande bahnte sich den Weg zu Cory, nachdem er eine Handvoll Lumagier, Universitätsmentoren und Studenten zum Lager der Flüchtlinge losgeschickt hatte.

»Worüber zanken sie?«

»Über den Rückzug zu den Höhlen. Paul findet, wir sollten bleiben und das Dorf verteidigen.«

»Er ist dumm.«

»Er hat Angst.«

Mittlerweile kamen die Leute mit Ranzen und Taschen über den Schultern aus ihren Behausungen hervor. Mütter scheuchten Kinder in Richtung der fernen Pfade, mindes-

187

tens ein Mann in jeder Gruppe trug eine Waffe. Einige Kinder und ein paar der Erwachsenen schluchzten. Cory sah, wie Janis aus Morrells Hütte kam. Sie lief gebückt, von einer Hand baumelte eine Laterne. Nachdem sie sich ein Bündel auf den Rücken geschlungen hatte, schloss sie sich einer der Gruppen an und half, die Kinder in einer Reihe zu halten. Ihre Gestalten verblassten im Regenguss, und das Licht der Laterne entschwand so rasch, als wäre es gelöscht worden. Weitere Gruppen tauchten aus dem Wald zwischen dem Lager der Flüchtlinge und dem Dorf auf. Sie waren alle unterwegs nach Nordwesten, die meisten angeführt von Lumagiern oder Leuten von der Universität. Cory erkannte Sovaan und Jerrain. Mareane, eine der jüngeren Lumagier, trug den zappelnden, spitz jaulenden Max.

Cory erschrak, als Hernandes Hand seine Schulter ergriff. »Ich glaube, du kannst aufhören.«

Cory ließ das Seil los und begann, die Schulter zu massieren, da er die Schmerzen darin erst jetzt spürte. Da wurde ihm klar, dass er die Glocke weniger geläutet, als vielmehr mit wilden Bewegungen am Seil gerissen und sich dabei kaum unter Kontrolle gehabt hatte. Sein gesamter Körper fühlte sich steif an und war verkrampft unter der Anspannung.

Aber als der Adrenalinschub verebbte, der durch ihn geströmt war, während er Rex geholfen und den Alarm geläutet hatte, begann er zu zittern.

Hernande drückte seine Schulter. »Was ist passiert?«

»Die Banditen haben angegriffen!« Aber das war nicht, was Hernande meinte.

Cory schaute zu der Erhebung im Gelände. »Ich ... ich habe jemanden getötet.«

»Aha. Jemanden zu töten, ist hart, nicht wahr? Es ist keineswegs so, dass man nur mit einem Schwert zustößt und einfach davon marschiert. Es ist wesentlich persönlicher, auch dann, wenn man das getötete Opfer nicht gekannt hat. Auch dann, wenn der Mann oder die Frau versucht hat, einen selbst zu töten.«

Cory blickte auf die Hand hinab, die der Bandit mit dem Stiefel in den Schlamm gepresst hatte. Sie tat immer noch weh – ein tiefer, innerer Schmerz. Er beugte die Finger, ballte sie abwechselnd zur Faust und öffnete sie, redete sich ein, es bloß zu tun, um sie zu lockern.

»Es war so einfach.«

»Der Tod ist immer einfach.« Hernande ließ die Hand von Corys Schulter sinken. »Schwierig ist der Umgang mit den Folgen.«

»Woher willst du das wissen?«

»Ich war nicht immer Mentor an der Universität.«

»Was ist passiert?«

»Das war vor langer Zeit in den Lehensgebieten. Aber jetzt müssen wir dich und die anderen zu den Höhlen schaffen.«

Er zog an Corys Arm, doch Cory wehrte sich. »Da ist noch etwas. Ich habe während des Kampfes etwas gemacht. Ich habe das Geflecht benutzt.«

Hernandes Augenbrauen schossen in die Höhe. »Wie?«

»Ich habe es zusammengeknotet und in die Brust des Banditen gestoßen. Das hat ihn umgeworfen, so dass er sein Schwert verlor. Nur dadurch hat sich mir die Gelegenheit eröffnet, ihn zu erledigen. Normalerweise wäre ich jetzt tot.«

Hernande musterte ihn schweigend, die Augenbrauen nachdenklich zusammengezogen.

Cory fuhr fort: »Ich dachte mir schon vor dem Angriff, dass diejenigen von uns, die von der Universität stammen – und sogar die Lumagier –, mehr tun könnten, als nur Schwerter zu halten. Dass wir in der Lage sein müssten, auf andere Weise bei der Verteidigung zu helfen. Aber nach dem, was ich getan habe, können wir vielleicht tatsächlich kämpfen.«

»Vielleicht. Du wirst mir zeigen müssen, was genau du gemacht hast. Aber später.« Wieder zog er an Corys Arm, diesmal mit mehr Nachdruck. »Wir müssen los.«

Cory gab den Widerstand auf, und sie trabten über den Gemeinschaftsplatz zu den letzten Leuten, die in Gruppen den Weg zu den Höhlen antraten. Zusammen mit Sophia, Paul und einigen Muldern, die mit Waffen zurückgeblieben waren, führten sie die Nachzügler der Bewohner über die Koppeln und Felder in den breitesten Teil des Tals. Dort ging es zwischen die Bäume weiter hinten im Tal, und sie ließen die ausgetretenen Wege und Pfade hinter sich zurück, die von den Hirten und ihren Tieren stammten. Ein Teil des Viehs iahte und blökte, als sie die Scheunen passierten, weil sie den Tumult draußen spürten. Dann gelangten sie in den Wald, wo sie ein wenig geschützter waren, obwohl nach wie vor stetiger Regen auf sie herabtropfte. Laternen entfernten sich vor ihnen und flackerten, als die Gruppen zwischen den Bäumen hindurcheilten. Jemand reichte Cory ein weiteres Schwert, das er zögerlich entgegennahm. Er bildete mit Paul und zwei anderen die Nachhut, deckte den Rückzug.

Dreißig Minuten später erreichten sie die Eingänge zu den Höhlen. Die Leute stauten sich davor, da sie mühsam den Handwagen mit Rex auf der Ladefläche den steilen Hang, der aus Muld hierherführte, hochziehen mussten. Die Schutzschicht aus Rankengewächsen und Gebüsch, die den Eingang versteckt hatte, war weggerissen worden. Laternenlicht erhellte die beiden Öffnungen – eine beträchtlich größer als die andere – von innen. Vom Regen gedämpft hörte man Leute brüllen. Dazwischen ertönten Flüche, wenn der Handwagen im glitschigen Matsch rutschte. Andere stapften an der Gruppe, die mit dem Wagen kämpfte, vorbei und bildeten eine Kette an der schmaleren Öffnung der Höhlen. Hier reichten sie die kleineren Kinder weiter sowie die Vorräte oder Bündel, die sich die Flüchtenden noch rasch gegriffen und mitgenommen hatten.

Schließlich schaffte es auch der Wagen mit Rex hinein. Logan forderte die Leute bereits lauthals auf, ihm aus dem Weg zu gehen. Seine dröhnende Stimme hallte durch den Eingang bis ins Freie. Die restlichen Männer und Frauen griffen sich die letzten Kinder und huschten hinein, bis draußen nur Sophia, Hernande und ein paar Bewaffnete verblieben.

Rechts von Cory spie Paul einen Fluch hervor. »Jetzt können wir die Eingänge nie mehr verstecken. Sie haben die Tarnung zerstört.«

Hernande hatte mit gerunzelter Stirn auf den zerfetzten Vorhang aus Ranken und Gestrüpp gestarrt. Wäre sein Bart nicht vom Regen durchnässt gewesen, er hätte zweifellos darauf gekaut. »Ich glaube, dabei können die Mentoren von der Universität helfen.«

»Wie?«

Hernande bewegte sich auf den kleineren Eingang zu, und Cory spürte, wie er die Sinne ins Geflecht entsandte. Wie er es bei seinem Mentor schon tausendmal in den Übungsräumen auf dem Universitätsgelände in Erenthrall erlebt hatte, sammelte Hernande die Falten zusammen, verzwirnte sie wie Stoff. Dabei achtete er darauf, sie nicht zu sehr zu dehnen und damit vielleicht zu zerreißen, und schichtete sie dann über die Öffnung. Ein Ende band er mit einem Knoten ab, den man mühelos entfernen konnte, wenn man wusste, wonach man Ausschau halten musste. Während er daran arbeitete, schimmerte der Schlund der Höhle, und ein Vorhang, der wie Fels aussah, erschien darüber. Nur leuchtete das Laternenlicht von drinnen hindurch, als bestünde das Gestein aus durchsichtigem Stoff.

»Das muss noch mal überarbeitet werden«, sagte er mit pfeifendem Atem.

Pauls Augen weiteten sich, und er schaute zu Sophia. Aber sie erhob keine Einwände.

Hernande löste den Knoten mit einem Ruck und begann, das Geflecht neu zu falten, diesmal in eine geringfügig andere

Form. Cory trat näher, um zu sehen, ob er helfen konnte. Die Beobachtung des umliegenden Waldes überließ er den anderen, die sich besser als er dafür eigneten, das Schwert zu führen.

»Was machen wir jetzt?«, fragte einer der Männer, als Cory an ihm vorbeiging.

»Wir warten.«

* * *

Bryce riss das Schwert aus der Seite einer Banditin und stieß die röchelnde Frau dabei von sich. Sie landete im Matsch, rollte sich herum und presste eine Hand auf die Wunde. Kurz zuckte sie noch, dann lag sie still.

Bryce wankte einen Schritt zurück. Eine Welle der Erschöpfung drohte, über ihn hereinzubrechen, doch er riss sich zusammen, umklammerte den glitschigen Griff seiner Klinge fester und ließ den Blick prüfend über die Umgebung wandern. Gefallene übersäten das Gelände zwischen den Bäumen, einige davon Mulder, die meisten jedoch Angreifer. Er beobachtete, wie Braddon einen weiteren umhackte. Der Rest derer, die sich in Sichtweite befanden, wurde gerade erledigt oder flüchtete zurück in die Nacht.

»Sie fliehen!«, brüllte jemand, und Verteidiger in der Nähe stimmten Triumphrufe an und streckten die Schwerter über die Köpfe. Ein paar setzten dazu an, hinter den Brandschatzern her zu rennen, doch Braddon rief sie zurück.

»Sollten wir sie nicht verfolgen?«, fragte jemand. »Sie zur Strecke bringen?«

»In der Dunkelheit? Im Regen?«

»Aber sie wissen, wo wir sind.«

»Wir schicken Reiss und die anderen Fährtensucher hinter ihnen her. Die werden mehr Glück dabei haben, sie in diesem Chaos aufzuspüren.«

Bryce bezweifelte, dass Reiss und der Rest der Fährtensucher sie wirklich finden würden – nicht, solange es so heftig regnete. Er widersprach Braddons Anweisung jedoch nicht.

Bryce wandte sich an den Rest. »Überprüft alle Gefallenen. Schafft unsere Verwundeten zurück nach Muld, und falls von den Angreifern noch jemand lebt, holt ihr mich.« Gleich als Erster ließ er den Worten Taten folgen, kniete sich mit gezücktem Schwert hin und rollte den Körper der Frau zu sich herum. Sie erwies sich als tot. Haarsträhnen klebten in ihrem bleichen Antlitz, der Mund stand offen, der Regen wusch das Blut und den Schlamm bereits von ihr ab. Er wischte die Klinge an ihrer Kleidung sauber. Dabei fiel ihm ihre behelfsmäßige Rüstung auf. Bryce nahm sich einen Augenblick Zeit, um ihre Taschen zu durchsuchen.

Gleich darauf stieß Braddon zu ihm. »Die sind nicht ausgebildet. Und sieh dir nur an, was sie an Rüstung haben – die wenigen, die überhaupt gerüstet sind. Das sind gewöhnliche Diebe.«

»Und trotzdem besser organisiert als die meisten«, stellte Bryce fest. »Was meinst du, wie viele haben heute Nacht angegriffen?«

»Höchstens fünfzig.«

»Was ungefähr der Zahl entspricht, die Reiss und Cory in diesem Lager gesehen haben.« Bryce stand auf und starrte in die Ferne, blinzelte dabei den Regen weg, der ihm über das Gesicht strömte. »Das waren längst nicht alle. Ich glaube, die haben nur nicht damit gerechnet, auf echten Widerstand zu stoßen. Sie dachten wohl, sie könnten uns überraschen und mühelos überwältigen.«

»Mit fünfzig Männern und Frauen?«

»Die hielten uns für eine Lumpengruppe. Wie diejenigen, die wir aus der Ferne auf den Ebenen beobachtet haben. Denen ist noch nicht klar, wie viele es von uns gibt und dass wir eine Gruppe von Flüchtlingen mit ein paar Wagen sind, die sich verzweifelt an Hoffnung klammern.«

»Was passiert, wenn sie herausfinden, dass es hier eine ganze Ortschaft gibt?«

Bryce antwortete nicht. Stattdessen blickte er auf die tote Frau zu seinen Füßen. »Irgendjemand wird alles andere als glücklich sein. Schick Meldeläufer zum Rest der Gruppen, ins Dorf und zu den Höhlen los. Finde heraus, ob eine weitere Truppe an irgendeiner anderen Seite angegriffen hat. Falls nicht, gibst du allen Bescheid, dass es vorläufig vorbei ist.«

»Schon geschehen.«

»Dann lass uns Sophia, Paul und die anderen suchen. Wir müssen reden.«

***

Kara verbiss sich einen Fluch, als sie von den Flussratten, die sie aus Dāha weggeschleift hatten, unsanft auf das Dach eines ihrer Inselgebäude mitten in der Tiana gestoßen wurde. Ihre Hände brannten, wo ihr der Kies eine dünne Hautschicht abgeschürft hatte. Neben ihr schrie Dylan auf, als man die Beine unter ihm wegtrat. Er landete auf der Seite und umklammerte mit beiden Händen das linke Knie. Adder, Kent, Gaven und Jack schäumten sichtlich vor Wut, als sie in kniende Haltung gedrückt wurden. Die Waffen hatte man ihnen bereits auf dem Hof in Dāha abgenommen. Sowohl Adder als auch Kent wiesen Blutergüsse von dem kleinen Handgemenge auf, das eingesetzt hatte, nachdem sie von den Flussratten umzingelt worden waren. Es war ein hoffnungsloser Versuch gewesen. Jack hatte nicht einmal einen Pfeil aus dem Köcher gezogen, sondern seinen Bogen nur mit einem finsteren Blick ausgehändigt, der Vergeltung versprach.

Sie waren um das Schlachtfeld herumgescheucht worden, wo Flussratten mit Tunnlern kämpften. Die Aufregung in der Gruppe war dabei beinahe zur Raserei angeschwollen, bis Richten, ihr Anführer, Befehle gebrüllt und die mit ein paar

Schlägen und Tritten untermauert hatte. In gedämpfter Stimmung hatte die Gruppe das Gefecht hinter sich zurückgelassen, die meisten Flussratten verdrossen und mürrisch.

Was nicht lange angedauert hatte. Die Aufregung wuchs wieder, als sie sich ihrem Heimstützpunkt näherten und Vorfreude auf die Reaktion von Fletch einsetzte. Die geäußerten Mutmaßungen, während sie ihre Gefangenen vorwärts stießen, wurden stetig schauerlicher und anschaulicher, drehten Kara den Magen um und jagten Dylan eine Heidenangst ein.

Kara erinnerte sich daran, was die Flussratten laut Allans Schilderung mit den von ihnen gefangenen Temeriten gemacht hatten. Er hatte zwar keine Einzelheiten beschrieben, aber wenn nur die Hälfte dessen, was sich die Flussratten unterwegs schadenfroh ausmalten, reale Möglichkeiten darstellte …

Richten versetzte Dylan einen halbherzigen Tritt in eine Niere, womit er dem Lumagus einen Aufschrei entlockte, bevor er über ihn hinwegstieg und sich auf einen verwaisten Stuhl zubewegte. Er drehte sich den Flussratten zu, die sie umzingelt hielten – inzwischen noch mindestens fünfzig mehr als die ungefähr drei Dutzend, die sie aus Dāha hierhergeschleift hatten.

Als der Anführer die Hände hob, funkelte ein Messer im Schein des Feuers. Die aufgestachelten Flussratten brüllten, stampften mit den Füßen und schlugen Waffen klirrend gegen Rüstungen aus Metall oder gegen die Brandmauern, die ein Stück über das Dach aufragten. Drei Leuchtfeuer brannten in Feuergruben aus Stein, eines davon unweit des Stuhls. Mindestens ein Dutzend Fackeln verteilte sich über die Meute. Rechts ragte der unebenmäßige äußere Rand der Verkrümmung in einem wilden Orange-Rosa grell leuchtend in den nächtlichen Himmel empor. Kara konnte von ihrem Platz aus den Fluss nicht sehen, doch sie wusste, dass er unten vorbeiströmte. Sie hatte ihn erspäht, als die Flussratten die Brücke zum nächsten Dach ausgefahren und sie darüber zu ihrem Unterschlupf geführt hatten. Das Wasser reichte an den Seiten, die sie gesehen hatte, zum Rand des Gebäudes hoch. Sie wusste nicht, wie tief es war, aber vielleicht könnte sie es zum Rand des Daches schaffen und hineinspringen.

Ihr Blick wanderte abwägend über die nächststehenden Flussratten, die praktisch genauso übereinander wuselten wie ihre tierischen Namensvettern. Es waren zu viele, und mit jedem verstreichenden Augenblick tauchten noch mehr aus den Tiefen des Gebäudes auf. Wie viele gab es von denen? Ihrer Schätzung nach befanden sich auf dem Dach mittlerweile mindestens einhundert. Wie viele mochten noch in Werkel sein und gegen die Tunnler kämpfen?

»Wir kommen vom Schlachtfeld!« Jäh kehrte Karas Aufmerksamkeit zu Richten zurück, als die anwesenden Flussratten abermals grölend johlten. Jemand fing an, auf eine Trommel zu schlagen. Wenige Augenblicke später fielen zwei Stimmen in die tiefen, hohlen Laute ein. »Und wir haben Gefangene mitgebracht!«

Jemand eilte mit einem Wasserschlauch an Richtens Seite. Während er trank, verfielen die Flussratten vor erwartungsvoller Vorfreude auf kommende Gewalttaten in einen von klirrendem Stahl untermauerten Rausch. Viele von ihnen riefen Anregungen. Kara konnte den Blutdurst praktisch schmecken.

Aber Richten hob erneut die Hände. Der Tumult legte sich, verstummte jedoch nicht völlig.

»Ich habe sie für Fletch mitgebracht.« Eine Woge verächtlicher, zischender Laute der Missbilligung schwappte über das Dach. Richten zeigte mit dem Messer auf die Flussratten und schwenkte es im Kreis, um jeden der Umstehenden zu erfassen. »Ihr wisst, dass Fletch nach etwas sucht. Nach jemandem. Wollt ihr es ihm verweigern? Ihr kennt seinen Zorn. Ihr habt ihn schon viele Male erlebt! Die Temeriten weigern sich zu antworten, und sie sterben. Die Unterirdischen spucken uns vor die Füße, und sie sterben. Die Weißmäntel … tja, die Weißmäntel entziehen sich uns vorläufig. Aber nicht mehr lange.«

Kara warf einen fragenden Blick zu Adder und den anderen, als die Flussratten zur Erwiderung johlten und hämische Schadenfreude zum Ausdruck brachten. Adder begegnete zwar ihrem Blick, zuckte jedoch nur mit den Schultern.

Richten drehte sich wieder ihnen zu. »Nein, lange werden sich uns die Weißmäntel nicht mehr entziehen. Dafür wird Fletch sorgen. Und Fletch wird sich auch um die hier kümmern.« Gemächlich bewegte er sich vorwärts auf Kara zu und zeigte mit dem Messer auf ihr Gesicht. Wenige Schritte vor ihr blieb er stehen und heftete den Blick auf sie. Seine Augen waren dunkel, von einem schlammigen Braun. Sein Haar bildete ein wildes Gewirr, das in gewaschenem Zustand wohl hellbraun gewesen wäre. Eine Narbe erstreckte sich in der Nähe des linken Ohrs über eine Wange. Das Ohrläppchen fehlte, als wäre es ihm abgerissen worden. Unter der Dreckschicht lugten Sommersprossen hervor.

Vermutlich war er um die fünfzehn Jahre alt, doch der Hass in seinen Augen wirkte wesentlich älter.

»Wer seid ihr?« Er hielt das Messer ruhig. »Woher kommt ihr?«

Kara schluckte und bemühte sich, nicht auf die Spitze der Klinge zu starren, sondern den Blick auf die Augen des Jungen gerichtet zu lassen. Sie antwortete nicht.

Richten verlagerte seine Aufmerksamkeit auf Dylan, der das Geschehen auf dem Boden liegend voller Grauen beobachtete. Der Lumagus zuckte zusammen, krümmte sich nach vorn und presste die Augen zu, als Richten an ihm vorbeiging. Der Anführer der Flussratten grinste zwar höhnisch, ließ ihn aber zufrieden und blieb vor Gaven stehen. Der Wagenmeister hob trotzig das Kinn.

»Was ist mit dir? Wirst du mir antworten? Zu welcher Gruppe gehört ihr? Wo ist euer Versteck?«

Gaven knirschte mit den Zähnen und erwiderte nichts. Das Gebrüll der Flussratten um sie herum wurde spöttisch. Viele lachten über Richten, andere riefen erneut Vorschläge. Richten sah niemanden von den anderen an, aber die stichelnden Scherze setzten ihm unübersehbar zu.

Er ließ die Klinge vorwärts schnellen. Gaven sog scharf die Luft ein, als sich die Klinge knapp unterhalb des Kiefers auf die Haut an seinem Hals legte. Die Flussratten ringsum wurden gespenstisch still und regungslos.

Richten bleckte die Zähne. »Keine Antwort? Habt ihr Angst, wir schlachten eure Freunde ab, wenn wir sie finden?« Er drehte das Messer, und Gaven versteifte den Körper, neigte den Kopf von der Klinge weg. Ein dünnes Rinnsal von Blut lief den Hals des Wagenmeisters hinab und besudelte den Kragen seines Hemdes.

Richten lachte und zog das Messer zurück. Die Flussratten stimmten ein erneutes Gebrüll an, das halb ermutigend, halb enttäuscht klang. Ihr Anführer zeigte das Blut auf der Klinge, und das Tosen der Umstehenden schwoll an.

Dann wirbelte er zu den Rüden und Jack herum. »Ich glaube, weil Fletch nicht hier ist, fühlen sie sich alle sicher.« Er drehte das Messer in den Fingern. »Aber da irren sie sich.«

Mit zwei schnellen Schritten erreichte er Kent und rammte ihm das Messer in den Hals.

Die Flussratten verfielen in einen rasenden Taumel, der Karas Laute übertönte, als Übelkeit mit heiß blubbernder Gallenflüssigkeit in ihr aufstieg. Sie schluckte sie hinunter, als sich Kents Rücken durchwölbte, während Richten das Messer in seinem Hals brutal herumdrehte, bevor er es herausriss und den Rüden rückwärts in die Hände der wartenden Flussratten stieß. Mit wildem Geheul fielen sie über ihn her, ohne auf das umherspritzende Blut des Rüden zu achten. Speere und Klingen sanken in sein Fleisch, auch dann noch, als sie den Körper anhoben und damit über das Dach stolzierten. Kent brüllte vor verspätet einsetzendem Schmerz und Wut. Er bäumte sich auf, doch seine Angreifer erwiesen sich als zu stark.

Die Flussratten stimmten einen Sprechgesang an. Kara war zu benommen, um die Worte zu verstehen. Neben ihr rollte sich Dylan auf die Seite und übergab sich aufs Dach. Der Gestank fuhr in Karas Sinne und überlagerte das metallische Aroma von Kents Blut. Am liebsten hätte sie sich nach Dylan gestreckt und ihn auf die Beine gezogen, um mit ihm zu fliehen, doch sie konnte beim besten Willen keinen Weg durch die Flussratten ausmachen. Bis zum Rand des Daches gab es kein Durchkommen, nicht einmal bis zu den zahlreichen Rattenlöchern, die hinunter ins Gebäude führten.

Ihr Blick wanderte über das Gewirr der Gesichter um sie herum. Etwas traf sie an der Schulter und verursachte einen stechenden Schmerz. Sie wirbelte herum. Höhnische Fratzen starrten sie verächtlich an, schrien, lachten. Unwillkürlich zuckte sie zurück. Ihre Hand landete auf dem Dach, um sie zu stützen. Sie hatte sich gerade halb wieder auf die Beine gerappelt, als sie Adder erblickte.

Er schüttelte den Kopf, ließ die Augen nach rechts schnellen.

Kara schaute in die Richtung und sah, dass Richten regungslos dastand und sie erwartungsvoll mit angespannten Muskeln und dem Gesichtsausdruck eines Jägers beobachtete. Er wartete nur geduldig darauf, dass seine Beute die Flucht ergriff, damit er losstürzen und es genießen konnte, sie zu erlegen.

Stockend rang Kara nach Luft, als ein Anflug von Benommenheit sie überkam. Sie atmete zu kurz, zu schnell, ihre Brust fühlte sich wie zugeschnürt an.

Mit geneigtem Haupt sank sie zurück auf die Knie und sog gierig die Lungen mit Luft voll, um sich zu beruhigen. Enttäuschung huschte über Richtens Züge, bevor er sich abwandte, um zu beobachten, wie der Rest der Flussratten Kents Körper über das Dach trug. Der Rüde brüllte immer noch vor Wut, obwohl er mittlerweile deutlich schwächer klang. Kara verdrängte die Geräusche, kroch zu Dylan und rollte ihn behutsam zu sich herum. Seine Augen erwiesen sich als glasig, sein Mund stand erschlafft offen. An einer Seite des Kinns klebte Erbrochenes, das Übelkeit erregend säuerlich stank, trotzdem streckte sie die Hand aus und schlug ihm ins Gesicht.

»Komm schon. Wach auf. Wenn du bewusstlos bist, hast du keine Chance.«

Wieder schlug sie ihn, und er zuckte von ihr weg, fuchtelte wild mit den Armen, um sich zu verteidigen. Kara fing seine Handgelenke ab. »Dylan, ich bin's!«

Er versuchte, sich von ihr loszureißen, bis ihre Stimme in sein Bewusstsein drang und sich sein Blick auf ihr Gesicht heftete. »Kara? Was ist passiert?« Seine Augen weiteten sich, als er die Umgebung endlich wieder wahrnahm. »Kent.«

»Du musst wach bleiben, wenn du hoffen willst, lebend von hier wegzukommen.«

Sie half ihm auf Hände und Knie. Er zuckte vor Schmerzen zusammen und belastete vorwiegend das linke Bein.

Indes waren die Flussratten zum Rand des Daches gewandert. Kara beobachtete, wie sie Kents Körper höher hievten, als wollten sie ihn zur Schau stellen. Mittlerweile war der Rüde erschlafft. Blut aus Hunderten Schnitten durchtränkte seine Kleidung. Am deutlichsten stach die Wunde hervor, die Richten dem Hals zugefügt hatte. Dann warfen sie ihn über die Seite.

Kara hörte nicht, wie der Körper im Wasser des Flusses unten landete. Dafür war das Gebrüll der Flussratten zu laut. Die Trommeln steigerten den Takt zu einem rasenden Rhythmus, der Karas Haut zum Vibrieren brachte.

»Also.« Jäh fuhr Karas Kopf zurück in Richtens Richtung.

Er war näher gerückt und hielt immer noch das Messer mit
Kents Blut an der Klinge ausgestreckt. »Wer seid ihr und woher kommt ihr?«

* * *

Allan bedeutete den Rüden und Cutter, ruhig zu bleiben, als
ihnen die Waffen abgenommen und die Hände gefesselt wurden. Die zwei Lumagier und Aaron folgten ihrem Beispiel.

Niemand begehrte auf. Sie wurden gezwungen, sich auf
das Dach zu knien, auf dem sie gefangen genommen wurden.
Eine Gruppe der Tunnler bewachte sie. Die meisten scharten
sich am Rand des Daches, von wo sie den unten nach wie vor
tobenden Kampf beobachten konnten. Mittlerweile war Allan
überzeugt davon, dass es sich um Leute von der Gruppe unter
der Ley-Station handelte. Sie waren älter – vielleicht zwischen
fünfzehn und fünfundzwanzig –, und nun, da er Zeit hatte, sie
ausgiebiger zu mustern, fiel ihm auf, dass sie gepflegter wirkten. Ihre Kleidung war sauberer und wo nötig geflickt oder
genäht, zudem trugen die meisten Schuhe oder Stiefel. Die
Flussratten liefen überwiegend barfuß. Und diese Leute hier
hatten unlängst gebadet.

Glenn suchte Allans Blick und nickte in Richtung der offenen Falltür im Dach, wohin ihnen die Tunnler den Weg abgeschnitten hatten. Nur drei ihrer Bewacher standen dort, und
einer schien das jüngste Mitglied der Gruppe zu sein. Wahrscheinlich könnten sie alle drei von den Beinen stoßen und
die Treppe hinunter verschwinden, bevor jene, die auf die
Straße hinabstarrten, überhaupt mitbekamen, dass sie sich in
Bewegung gesetzt hatten.

Aber was dann? Im Gebäude hielten zweifellos weitere
Tunnler Wache, und selbst, wenn sie es bis zur Straße schafften, wohin sollten sie sich wenden, solange das Gefecht unten
tobte? Er bezweifelte, dass sie sich den Weg hindurchbahnen

könnten, ohne Aufmerksamkeit zu erregen, schon gar nicht mit gefesselten Händen.

Er schüttelte den Kopf in Glenns Richtung. Artras hatte den stummen Austausch bemerkt. Sie schien ihm mit den Augen etwas mitteilen zu wollen, doch er konnte sich nicht zusammenreimen, was.

Dann verlagerten sich die Geräusche, die von der Straße heraufdrangen. Der Lärm entfernte sich, und das älteste Mitglied der Truppe ihrer Bewacher – eine junge Frau von vielleicht Anfang bis Mitte zwanzig, die jemand als Sorelle angesprochen hatte – zog sich vom Rand des Dachs zurück. Sie hatte langes, dunkles, fast schwarzes Haar und einen harten Ausdruck im Gesicht.

»Jaimes, Laura, holt den Rest. Wir marschieren los.«

Laura steuerte auf die Treppe zu und verschwand nach unten. Jaimes' Gruppe umzingelte Allan und die anderen.

Sorelle baute sich vor Allan auf. In einer Hand hielt sie lose ein Schwert. Ihre Haltung wirkte ungezwungen und nicht bedrohlich, doch einem erfahrenen Kämpfer wie ihm entging die wachsame Spannung in den Muskeln der jungen Frau nicht. Wenn er sich rührte, könnte sie ihn innerhalb eines Herzschlags töten.

Allan ertappte sich dabei, die Gruppe abzuwägen. Vor allem diese Frau.

»Aufstehen.« Sorelle betonte den Befehl mit einem Zucken der Klinge.

Er rappelte sich hoch und biss die Zähne zusammen, als sich die von ihrer Flucht überbeanspruchten Muskeln in Beinen und Rücken verkrampften. »Was habt ihr jetzt mit uns vor?«

»Wir bringen euch nach unten.«

Jaimes packte ihn von der Seite am Arm und stieß ihn auf die Falltür zu. Die anderen Tunnler näherten sich den Rüden und Lumagiern. Carter befreite sich mit einem Ruck aus dem

Griff des Jungen, der ihn festhielt, dann stolperte er und fiel mit dem Gesicht voraus auf den rauen Stein des Daches. Einige ihrer Bewacher kicherten, als er sich stöhnend auf die Knie rollte, das Gesicht zerkratzt und blutig, doch nach einem scharfen Wort von Sorelle verstummten sie rasch. Die Rüden hatten alle dazu angesetzt, den Lumagus zu beschützen, wurden aber zurückgehalten.

Jaimes zerrte Carter auf die Beine, dann wurden sie alle in Richtung der Falltür und weiter hinunter durch das Gebäude hinaus auf die Straße geführt. Kaum hatte sich Allan durch die ramponierte Tür geduckt, spähte er mit angespannten Muskeln zur Verkrümmung. Aber das Gefecht hatte die Tunnler und die Flussratten in diese Richtung getrieben, weshalb sich die Straße verstopft von den Kampfhandlungen präsentierte. Mit Blut bespritzte Gefallene übersäten den Weg, und eine Gruppe von Tunnlern, jünger als die Kämpfer, plünderte die Toten planvoll und sorgfältig. Man hatte Wagen herbeigezogen, die mit Waffen, Rüstungen und sogar Kleidung und Lebensmitteln beladen wurden, während die Kinder die Straße entlang von einem Leichnam zum nächsten auf und ab rannten.

Sorelle hielt vor der Tür inne und starrte eindringlich in Richtung des Kampfgeschehens, bevor sie sich schüttelte und mit dem Schwert zurück auf die Ley-Station zeigte. »Los.«

Sie bahnten sich den Weg durch Werkel, passierten das Haus, in dem sie sich bei der Ankunft der Flussratten versteckt hatten, und gelangten auf den weitläufigen Platz vor der Ley-Station. Die von den Tunnlern hastig errichteten Barrikaden hielten nach wie vor. Leichen von Flussratten wurden von den Pflöcken entfernt, von denen sie gepfählt worden waren, und etwas abseits gestapelt, damit die Kinder auch sie plündern konnten. Sorelle wurde von einer Reihe wachhabender Kämpfer angehalten, doch sie nannte an jedem Posten ein kurzes Losungswort, wodurch man sie passieren ließ, ohne dass sie wirklich stehen bleiben mussten.

Sie erklommen die breiten Steinstufen der Ley-Station und traten durch die Türen, an denen reger Betrieb herrschte – überall um sie herum eilten Tunnler hinein oder stürmten heraus. Drinnen dröhnte es im höhlenartigen Zwischengeschoss vor Stimmen, deren Lautstärke sich durch den Widerhall gut verdoppelte. Die Statue eines Mannes und seiner Familie um einen überdachten Wagen, der wie eine kleine Hütte auf Rädern anmutete, füllte die Mitte des Saals aus. Töpfe und Pfannen baumelten vom Dach des Wagens, Päckchen und Fässer waren an nahezu jeder verfügbaren Fläche entlang der Seiten verzurrt. Gehauen hatte man die Darstellung aus bläulich-weißem Granit mit grünen und schwarzen Einsprengseln.

»Was bei allen Höllen ist das?«

»Ein Kesslerwagen. Die sind früher ständig nach Canter gekommen.« Bei Glenns verwirrtem Blick fügte Allan hinzu: »So erhielten Dörfer, die zu weit von Erenthrall entfernt liegen, frische Materialien und den neuesten Klatsch.«

Sie bahnten sich den Weg durch das Zwischengeschoss. Verwundete, die von einer Fülle von Heilern versorgt wurden, übersäten den Boden. Nicht wenige, an denen sie vorbeikamen, waren bereits tot.

Als sie den Schlund des Tunnels zum System der Ley-Barkassen erreichten, die einst die Bezirke von ganz Erenthrall miteinander verbunden hatten, begann die Erde zu beben. Sorelle stoppte und hob eine Hand, doch es dauerte nur einen Herzschlag lang an. Staub rieselte von der Decke. Heiler beugten sich über diejenigen, die sie gerade versorgten, um deren Körper abzuschirmen. Andere brachen in ein Schluchzen aus, doch nach einem Augenblick angespannter Stille setzte das allgemeine Treiben ringsum wieder ein.

Sorelle führte sie an einer Reihe von dunkel schlummernden Ley-Kugeln und Fackeln in Ständern vorbei in die unterirdischen Barkassentunnel. Zwei weitere Male wurden sie angehalten, dann gelangten sie zu einer der Ein- und Ausstiegsstellen der Station. Allan schauderte angesichts der seltsamen Anmutung der Umgebung – die Passagierplattform war von Laternen erhellt, der entlang einer Seite verlaufende Graben dunkel und leer. Vor der Zersplitterung war er vom weißen Licht der Ley geflutet gewesen, eines Flusses, der diese Station mit über einem Dutzend anderer verbunden hatte. Obwohl die Ley-Linie so offensichtlich tot war, rechnete Allan ständig damit, die Glocke zu hören, die vor der Ankunft einer Barkasse warnte, oder die Pfiffe der Stationswächter, die den Strom der Leute von und zu einem frisch eingetroffenen Gefährt regelten. Die Phantomgeräusche hallten durch seine Ohren, schienen ihn zu verhöhnen.

Offenbar diente die Plattform als Angelpunkt für das Treiben oben. Eine Gestalt – mit um die dreißig Jahren war dies die älteste Person, die Allan bislang unter den Tunnlern gesehen hatte – saß an einem Schreibtisch, empfing Nachrichten von Meldegängern und verteilte andere an sie. Sorelle trat auf den Mann zu, während Jaimes und Laura die Mulder bewachten. Die Anführerin der Tunnler sprach mit dem Mann. Sein Blick wanderte über die Gruppe der Gefangenen und kehrte zurück zu Allan, bevor er wegwerfend eine Hand schwenkte und etwas erwiderte. Sorelle machte auf dem Absatz kehrt und stapfte auf sie zu.

Sobald sie sich nah genug befand, fragte Jaimes: »Was sollen wir mit ihnen machen?«

»Bringt sie nach unten. Zu Cason.«

»Du hast doch gewusst, dass Ren das wollen würde. Warum hast du dir überhaupt die Mühe gemacht zu fragen?«

»Weil ich nicht gern eine Aufpasserin bin.«

Jaimes verdrehte die Augen, zog an Allans Arm und führte sie alle näher zum Graben der Ley-Linie. Die Hälfte der Tunnler-Gardisten kletterte eine an der Wand des Kanals lehnende Leiter hinunter und wartete, während den Rüden und

Lumagiern die Fesseln abgenommen wurden, damit sie ebenfalls hinunterklettern konnten. Unten angekommen wurden ihnen die Fesseln wieder angelegt.

Sie setzten den Weg den Graben der Ley-Linie entlang fort, der aus Flusssteinen bestand, was das Gehen tückisch gestaltete. Allan lief neben Artras. Die Lumaga sah sich mit großen Augen eifrig um, als sie in den nach Osten in Richtung der Verkrümmung führenden Haupttunnel gelangten.

»Was hast du vorher auf dem Dach versucht, mir zu sagen?« Allan sprach mit leiser Stimme und achtete gleichzeitig auf eine Reaktion der Gardisten.

»Ich habe versucht, dich zu warnen, dass diese Leute keine Flussratten sind. Dafür erschienen sie mir zu organisiert.« Sie drehte sich ihm zu, und ihr Gesicht wurde kurz erhellt, als sie eine weitere Fackel passierten. »Aber das hast du ja bereits durchschaut.«

»Ich vertraue ihnen trotzdem nicht.«

»Ich denke, wir sind bei ihnen sicherer als bei den Flussratten.«

Allan erwiderte nichts, da Sorelle zu ihnen zurückschaute.

Dann stiegen sie auf einen Gehweg neben dem Kanal und betraten eine offene Kammer. Artras sog scharf die Luft ein.

»Was ist?« Allan ließ den Blick über die Kuppeldecke und das runde Dutzend Tunnel unterschiedlicher Größen wandern, die von diesem einen Raum ausstrahlten. Bei den größten handelte es sich um Kanäle für die Ley-Barkassen; einer lag direkt gegenüber, ein anderer zweigte links davon schräg ab, ein dritter wies nach Süden. Unter ihrem Sims verbreiterte sich der Graben zu einer Grube mit kleineren, über die Steinwände verteilten Öffnungen.

»Das ist eine Verzweigungsstelle. Soweit ich weiß, ist, außer an Bord einer Barkasse, niemals jemand in einer gewesen. Jedenfalls bestimmt keine Lumagier.« Sie senkte den Blick. »Normalerweise wäre sie mit Ley gefüllt, und nur die Barkassentunnel und diese Kuppel wären an der Oberfläche sichtbar. Alles andere liegt darunter. Käme die Ley jetzt zurück, wäre diese Kammer innerhalb von Lidschlägen geflutet. Wir würden alle ausgelöscht.«

Allan dachte daran zurück, was sie gesehen hatten, als sie aus dem eingestürzten Bernsteinturm hervorgekommen waren. Die Ley hatte jedes Lebewesen verschlungen, das von ihr erfasst worden war, und nur Gürtelschnallen, Knöpfe und Spangen zurückgelassen. »Was hält die Ley zurück?«

»Jemand hat Werkel abgeschottet. Was es hier mal an Ley gegeben hat, wird umgeleitet.«

Sie rückten den Steg entlang vorwärts, bis sie eine weitere Leiter erreichten. Dort wiederholte sich der Ablauf von zuvor, als sie in den Kanal hinuntergestiegen waren. Sie passierten mehrere Gruppen von älteren Gardisten, alle Mitte zwanzig oder über dreißig. Sorelle betrat einen der kleineren Tunnel, in dem sie sich jedoch nicht lange aufhielten, bevor sie in eine weitere Grube kamen, kleiner als die andere und ohne die großen Öffnungen für Ley-Barkassen.

In dem Raum wimmelte es von Leuten. Die meisten scharten sich um eine Feuergrube in der Mitte mit großen Töpfen und Spießen, die sich über den Flammen drehten. Der Duft von gebratenem Fleisch hing durchdringend in der Kammer. Allan lief das Wasser im Mund zusammen, aber Jaimes zog ihn den Rand der Grube entlang nach links zu einer Gruppe, die sich etwas abseits hielt. Beim Passieren der Öffnungen einiger der anderen Tunnel erblickte er notdürftige Zelte, die sich unter der Erde erstreckten, so weit er sehen konnte. Etliche Menschen schliefen auf Pritschen, während sich andere nur als bewegliche Schatten abzeichneten, die im Licht von Laternen hinter Sichtschutztüchern arbeiteten.

»Sie leben hier.«

»Besser, als oben zu leben, wo man die Flussratten und Halbwölfe vor der Schwelle hätte. Hier kann man sich verteidigen, falls jemand das Wagnis eingeht, durch die Tunnel Jagd auf einen zu machen.«

»Sie können an jeder Kreuzung auf der Lauer liegen. Nach und nach könnte man die Tunnel wohl einnehmen, aber es würde einen teuer zu stehen kommen.«

Allan pflichtete der Einschätzung seiner Rüden bei, doch seine Aufmerksamkeit galt mittlerweile der Gruppe, der sie sich gerade näherten. Jaimes ließ ihn anhalten, als Sorelle weiterging. Sie wartete, bis ein Mann mit einer Frau zu Ende gesprochen hatte, die mindestens fünfundvierzig sein musste, wenn nicht gar älter. Ihr Gesicht war von Narben übersät, ihre Haltung wirkte selbstsicher. Das Haar an den Schläfen ergraut, trug sie keine Rüstung, doch der Schnitt und die Form ihrer Kleidung muteten wie eine Uniform an. Ein Schwert hing in einer Scheide an einer Seite, an der anderen konnte man zwei Messer erkennen, und Allan vermutete, dass sich mindestens zwei weitere Waffen unscheinbar in einem Stiefel oder Ärmel versteckten.

Als sie sich ihnen zudrehte, heftete sich ihr Blick erst auf Allan, dann auf Glenn und Tim. Allan sträubten sich die Nackenhaare. Neben ihm versteifte sich Glenns Körper. »Eine Rüdin.«

Die Frau verengte die Augen, als sie den Rest der Gruppe musterte, dann sprach sie mit Sorelle und wandte sich schließlich ab, als wäre sie fertig mit ihnen.

Sorelle stürmte auf sie zu, wütender als nach ihrem Wortwechsel mit Ren.

»Kommt mit.« Sie fegte an ihnen vorbei und durchquerte den mittleren Bereich der Grube und die Küche. Allans Magen knurrte, als sie die Feuer so nah passierten, dass er das auf den Kohlen unter den Spießen zischende Fett hören konnte. Rauch wehte ihm ins Gesicht, beißend, aber wohlriechend nach den Aromen von Kräutern und Gewürzen. Als er nach oben schaute, stellte er fest, dass der Qualm durch eine der kleineren Öffnungen über ihnen abzog. Dann jedoch lenkte der hefige Geruch von backendem Brot seine Aufmerksamkeit zurück zur Feuergrube, wo irgendwelche Fladen aus einem grob errichteten Ofen gezogen wurden.

Sie gingen weiter, bis Sorelle eine breite Öffnung mit einem davor angebrachten ausladenden Gitter aus Metall erreichte. Allan und die anderen wurden gezwungen zu warten, während Sorelles Gruppe eine überraschend große Zahl von Kisten, Fässern und Säcken aus dem Raum hinter dem Gitter entfernte. Die Beschriftungen wiesen darauf hin, dass es sich um verschiedene Lebensmittel handelte – Getreide, Salzfisch und gepökeltes Schweinefleisch, sogar eine Kiste mit Orangen.

Sorelle zeigte mit dem Schwert auf den Tunnel. »Hinein!«

Allan deutete mit dem Kopf. »Du zuerst, Glenn.«

Der Rüde verstand, was er andeuten wollte, trat in den Tunnel und bewegte sich nach hinten in die Dunkelheit. Aber Sorelle hatte nicht vor, ihm die Zeit zu geben, sich umzusehen. Sie befahl Jaimes und den anderen, die Gefangenen vortreten zu lassen, und stieß sie alle durch die Öffnung, bevor sie das Gitter zuwarf und von außen verriegelte.

Jaimes trat neben Sorelle. »Was jetzt?«

»Wir beobachten sie. Anordnung von Cason. Ich dachte, wir würden nach oben gehen, um zu *kämpfen*.« Sie ertappte Allan dabei, wie er sie beobachtete. »Lasst euch ruhig nieder. Ich weiß nicht, wie lange es dauert, bis sie Zeit findet, um mit euch zu reden.«

Damit wandte sich Sorelle ab, und nach einer kurzen Wartepause trat Jaimes näher. »Sie hasst euch nicht, ihr haltet sie bloß davon ab, Flussratten zu töten.« Dann entfernte er sich hastig, bevor Sorelle bemerken konnte, dass er mit ihnen gesprochen hatte.

Allan ließ den Blick durch die Kammer wandern, bevor er weiter nach hinten in die Schatten trat. In dem Raum gab es weder Fackeln noch Laternen, weshalb im hintersten Winkel nahezu pechschwarze Finsternis herrschte. Glenns breitschultrige Gestalt war kaum erkennbar, als er sich mit schlurfenden Füßen umherbewegte. Steinchen schlitterten über den Boden, worauf ein Fluch folgte, dann ertönte etwas, das nach Erde und Kieseln klang, die in einer kleinen Lawine herabrieselten.

Glenn tauchte wieder auf.

»Was hast du gefunden?«

»Zwanzig oder dreißig Schritte weiter hinten ist die Decke eingestürzt, wahrscheinlich durch die Erdbeben. Ich sehe keinen Weg hinaus.«

Allan bewegte die Hände. Das Seil, mit dem man sie gefesselt hatte, schnitt in seine Handgelenke. »Mach mich los.«

Sie stellten sich Rücken an Rücken. Die anderen bemerkten es und taten es ihnen gleich. Innerhalb von Minuten hatten sich alle befreit und massierten sich die Handgelenke. Allan knetete Gefühl zurück in die tauben Finger, konnte aber feststellen, dass die Abschürfungen an seiner Haut nicht so schlimm waren, wie er gedacht hatte. Tim und Carter war es weniger gut ergangen – beide hatten sich auf dem langen Marsch vom Dach hierher zu befreien versucht.

»Was machen wir jetzt?«, fragte Artras.

Allan sank zu Boden, setzte sich mit dem Rücken an die gekrümmte Wand gelehnt hin. Keine besonders gemütliche Position, dennoch entspannte er sich und schloss die Augen. »Wir warten auf Cason.«

Die anderen zögerten kurz, bevor sie seinem Beispiel folgten. Allan öffnete ein Lid einen Spalt, um sein Umfeld zu beobachten, und sah, dass Glenn nach wie vor zu angespannt war, um sich auszuruhen. Der Rüde begann, in den Tiefen ihres Kerkers auf und ab zu laufen.

Dann musste Allan eingedöst sein. Das Kreischen des sich öffnenden Gitters holte ihn jäh aus dem Schlaf. Seine Hand fiel auf die leere Scheide an seiner Seite, bevor ihm einfiel, dass Sorelle und die anderen ihnen sämtliche Waffen abgenommen hatten. Glenn trat vor, als Allan aufstand. Der Rest der Gruppe beobachtete wachsam, was vor sich ging, oder erwachte selbst gerade erst aus einem Schlummer. Allan vermochte nicht zu sagen, wie viel Zeit verstrichen war, aber er hatte einen grauenhaften Geschmack im Mund, also hatte er über eine Stunde gedöst. Er sehnte sich verzweifelt nach etwas zu trinken.

Sorelle hielt das Gitter auf, als Cason den Tunnel betrat. Jaimes schloss es wieder hinter ihnen, und Allan hörte, wie der Riegel zufiel.

Cason und er starrten sich gegenseitig an. Die Hand der Rüdin ruhte auf dem Griff des an ihre Seite gegürteten Schwertes. Ihr Rücken wirkte steif, die breiten Schultern angespannt, das Auftreten aber selbstsicher. Sie wies alle Kennzeichen eines Rüden auf – Narben im Gesicht, Härte im Blick. Wäre sie ein Mann gewesen, hätte Allan sie als angegraut beschrieben. So jedoch verlieh ihr das Alter eine Ausstrahlung schonungsloser Kompetenz.

»Sorelle sagt, sie hat euch dabei gefasst, wie ihr vor den Flussratten geflohen seid.« Ihre Stimme klang weicher, als Allan erwartet hatte, wenngleich sie einen barschen Ton anschlug. »Ihr seid keine Temeriten, und ihr gehört eindeutig nicht zu den Halbwölfen. Woher kommt ihr?«

»Von den Ebenen.«

Casons Blick zuckte zu den anderen und verharrte kurz bei Artras, Carter und Aaron, bevor er zu Allan zurückkehrte. »Ihr seht nicht wie Leute von Aurek aus. Seid ihr aus dem Lager des Barons entkommen?«

Allan dachte an die Gruppe, die auf der letzten Reise ihren Wagen angegriffen hatte, und an die Menschen mit der Wagenkolonne, die auf dem Weg in die Stadt vor ihren Augen abgeschlachtet worden waren. Also bezeichnete sich der Anführer dieser Gruppe als Baron? Er konnte durchaus Ähnlichkeiten mit Baron Arent dabei erkennen, wie der Mann aufgetreten war. Kalt und unnahbar. Und wie jener gefährlich intelligent.

Und wer konnte sagen, dass ihm der Titel nicht zustand, zumal es, soweit Allan wusste, keine echten Barone mehr gab, die ihn anfechten könnten?

»Wir sind Baron Aurek entkommen, falls er sich so nennt. Wir sind nicht lang genug geblieben, um mehr herauszufinden.«

Cason verengte die Augen zu Schlitzen. »Wie ist es passiert?«

Er erkannte, dass es sich um einen Test handelte. Cason wusste bereits über den Baron und darüber Bescheid, wie er vorging, wahrscheinlich besser als Allan selbst.

»Wir waren über die Ebenen unterwegs, eine kleine Gruppe von uns, drei Wagen. Wir hatten zwar den Winter überlebt, aber uns gingen allmählich die Vorräte aus. Wir dachten, in Erenthrall könnten wir vielleicht etwas finden. Aber dann haben uns Aureks Männer überfallen. Sie sind aus dem Nichts aufgetaucht, haben den Wagen umzingelt und ein paar von unserer Gruppe getötet, bis der Rest eingeschüchtert war. Die meisten von uns waren nicht beim Wagen, sondern vorausmarschiert, um den Weg auszukundschaften. Aber wir sind noch rechtzeitig zurückgekommen, um mit anzusehen, wie Aurek alle bei den Wagen abschlachten ließ, nachdem sie geplündert und in Brand gesteckt worden waren. Wir haben gewartet, bis sie weg waren, dann haben wir unsere Toten begraben und den Weg hierher fortgesetzt.«

Cason hob das Kinn. »Ihr wart alle kundschaften? Eine eigenartige Kundschaftertruppe.« Sie deutete auf Artras und Aaron. »Eine alte Frau und ein Junge?«

Cutter meldete sich zu Wort und erklärte ruhig: »Ich bin dabei, den Jungen auszubilden. So etwas wie ›zu jung‹ gibt es nicht mehr. Sieh dir nur die Flussratten an.«

»Und was ist mit ihr?«

Artras schnaubte. »Ich war beim Wagen. Sie haben mich unter einigen der Leichen gefunden. Terrim ist auf mich gefallen, als er starb, und ich habe mich totgestellt, bis der Baron mit seinen Männern verschwunden war.«

Cason starrte Artras vollkommen regungslos an.

Dann schwenkte ihr Blick zurück zu Allan. »Eine glaubwürdige Lüge, das muss ich euch lassen. Ihr seid dem Baron und seinen Männern eindeutig über den Weg gelaufen. Denn genau das hätte er getan. Nur habt ihr vergessen, die anderen einzubeziehen.«

»Die anderen?«

»Diejenigen, die noch bei euch waren, als ihr in das Gebäude geflohen seid. Sorelle hat alles gesehen. Ihr habt euch aufgeteilt. Sie hat euch auf dem Dach geschnappt.«

»Was ist mit den anderen passiert?«

»Die Flussratten haben sie erwischt.«

Allan ballte die Hand zur Faust. »Wir müssen ihnen helfen. Sie werden sie umbringen.«

Cason zog die Brauen hoch. »Und warum sollten wir das Wagnis eingehen, das zu tun? Sie sind bereits in ihrem Unterschlupf und wahrscheinlich längst tot.« Als niemand etwas erwiderte, wurde sie sichtlich wütend. »Ihr fangt besser an, mir die Wahrheit darüber zu sagen, woher ihr kommt, warum ihr hier seid und aus welchem Grund euch die anderen so wichtig sind.«

»Oder was?«

»Oder ich liefere euch höchstpersönlich den Flussratten aus.«

Glenns Drang, vorzuspringen und Cason an der Gurgel zu packen, zeichnete sich als zuckende Anspannung ab, die durch seine Schultern ging. Auch Tim bewegte sich leicht vorwärts. Cutter blieb ruhig, doch Allan wusste, dass auch er angespannt und bereit war.

Aber selbst, wenn Allan sie auf Cason und Sorelle losließe, wäre das Gitter hinter ihnen nach wie vor geschlossen. Vielleicht könnten sie diese zwei überwältigen, doch was dann? Die Tunnler hätten sie jederzeit töten können, seit sie von ihnen auf dem Dach gefangen genommen worden waren.

»Also gut. Wir kommen aus dem Hügelland westlich der Ebenen. Wir sind wegen Vorräten hier, genau wie ich sagte. Und wir sind diesem Baron wirklich über den Weg gelaufen. Wir wissen von den Flussratten, den Halbwölfen und den Temeriten, aber von euch Tunnlern ahnten wir nichts.«

Casons Lippe zuckte bei der Bezeichnung. »Und die anderen, die bei euch waren? Warum sind sie euch so wichtig?«

»Abgesehen davon, dass sie zu unserer Gruppe gehören?«

Cason antwortete nicht, ließ nur den Blick auf Allan geheftet.

»Wir brauchen sie.«

»Warum?«

»Weil die Ressourcen sowohl zu Hause als auch hier in Erenthrall knapp werden. Und zwei davon sind Lumagier.«

Betroffene Stille trat ein. Allan brauchte den Kopf nicht zu drehen, um zu wissen, dass Artras missbilligend die Stirn runzelte.

Casons Finger hatten sich fester um den Griff ihres Schwertes gelegt. »Lumagier?«

»So gelangen wir an Vorräte.«

Cason presste die Lippen zu einer schmalen Linie zusammen. »Ihr befreit die Scherben der Verkrümmung.«

»Außerhalb der Verkrümmung ist inzwischen nicht mehr viel übrig.«

Eine lange Weile schwieg Cason. Aber ihr Schwert blieb in der Scheide, als sie dann sprach: »Wir müssen sie retten.«

Unbehagen breitete sich kribbelnd über Allans Schultern aus. Irgendetwas stimmte nicht. »Warum?«

»Weil wir uns die Flussratten bisher nur mit Müh und Not

vom Leib gehalten haben. Wir dürfen nicht zulassen, dass sie Zugang zu den Scherben erlangen.« Cason wandte sich an Sorelle. »Gib Ren Bescheid. Wir müssen einen Angriff auf den Unterschlupf der Flussratten planen oder hoffen, sie an irgendeiner Stelle außerhalb zu erwischen. Erzähl ihm von den Lumagiern, damit er weiß, dass es wirklich dringend ist.«

Glenn trat vor, die Hände zu Fäusten geballt. »Was ist mit uns?«

»Du bist ein Rüde. Du kämpfst mit uns.«

»Nein! Wir können denen nicht vertrauen …«

Cason brachte Sorelle mit einem Blick zum Schweigen, als Jaimes hinter ihr das Gitter öffnete. »Bewaffne sie! Und behalte sie im Auge. Sie unterstehen jetzt deiner Verantwortung.«

Als die Rüdin aus dem Tunnel trat und davonstapfte, rief sie zu ihnen zurück: »Das Einzige, was die Flussratten noch im Zaum hält, ist ihr Mangel an ausreichenden Vorräten. Sie suchen seit Monaten nach einem Lumagus und bringen beim Versuch, einen zu finden, Temeriten, Gorrani, meine eigenen Leute um – wen immer sie in die Finger kriegen. Sie machen unser aller Leben so viel schwieriger. Und Erenthrall so viel gefährlicher.«

NEUN

Morrell strich sich mit zittriger, blutiger Hand die verschwitzten Haare aus den Augen, bevor sie weiter einen Schnitt an Saras Oberarm vernähte. Die Frau stöhnte, als sie die Nadel für den letzten Stich durch die Haut zog. Sie verknotete den Faden, kappte den überschüssigen Rest und säuberte die Wunde mit einem feuchten Tuch. Schließlich wusch sie das Blut weg und überprüfte noch einmal ihre Arbeit, bevor sie Nadel, Tuch und den dünnen Faden bei ihrer restlichen notdürftigen Ausrüstung verstaute.

Als sie den Lederranzen zusammenfaltete, wurde sie von Saras heiler Hand gepackt und festgehalten. Morrell sah der Frau eindringlich in die grauen Augen. Sie erinnerte sich, dass es sich um die Ehefrau von Terrim handelte, des Mannes, der bei der Rückkehr aus Erenthrall umgekommen war. Ihr Gesicht wirkte abgehärmt und gequält, ihre Finger bohrten sich schmerzlich in Morrells Haut.

»Wird es wieder gut?«

»Der Schnitt war nicht sehr tief. Dir bleibt vielleicht eine Narbe, aber du wirst wieder ganz gesund.«

»Gut. Danke.« Damit sank sie zurück auf die Pritsche in der Versammlungshalle der Höhlen und begann zu weinen. Die aus den Augen sickernden Tränen strömten nur so über ihr dreckverschmiertes Gesicht und in die zottigen Haare.

Morrell wandte den Blick ab und schaute die Reihe der Pritschen hinab, auf die man die Verwundeten nach dem Ende der Kampfhandlungen auf dem Höhenzug gebettet hatte. Logan stand auf der gegenüberliegenden Seite der Versammlungshalle und beobachtete sie. Janis kniete ungefähr auf halbem Weg zwischen ihnen und machte sauber, so gut es ging. Alle Verwundeten schienen versorgt zu sein, wenngleich einige zuvor besetzte Pritschen mittlerweile nicht mehr belegt waren.

Logan suchte ihren Blick und sah ihr in die Augen. Morrell schaute als Erste weg, ergriff ihren eingerollten Ranzen und bemerkte, dass Sara aufgehört hatte zu schluchzen und eingeschlafen war. Sie überprüfte noch einmal den Arm der Frau, bevor sie aufstand.

Ein Anflug von Erschöpfung schwappte über ihr zusammen, und sie wäre beinahe umgekippt. Das Mädchen hielt sich nur noch durch bloße Willenskraft auf den Beinen. Logan trat unwillkürlich einen Schritt vor und hob eine Hand, dann jedoch bremste er sich. Er drehte sich um und verließ die Versammlungshalle.

Morrell wartete, bis der Schwindelanfall verging, dann bahnte sie sich den Weg zwischen den Pritschen hindurch zu Janis. Unterwegs dankten ihr diejenigen, denen sie zuvor geholfen hatte und die noch wach waren. Die Aufmerksamkeit bereitete ihr Unbehagen, die Ausdrücke der Dankbarkeit empfand sie als ein wenig zu inbrünstig.

Janis schaute auf, als sie sich ihr näherte. »Sind alle versorgt?«

»Ich denke schon. Sam und Karen?«

Janis schüttelte mit verkniffener Miene den Kopf.

Morrell atmete beruhigend ein, hielt die Luft kurz an und blies sie dann langsam aus. »Was ist mit Logan los? Was habe ich denn falsch gemacht?«

Janis mühte sich auf die Beine. »Nichts, Morrell. Es ist nur ...«

»Was?«

»Alle haben inzwischen davon gehört, was du getan hast, um Claye zu heilen, obwohl wir nichts erzählt haben. Es sind nur Gerüchte. Aber sie glauben jetzt, dass du nicht bloß eine Heilerin bist, sondern eine Heilāri. Eine wahre Heilerin.«

»Aber ich habe doch nichts gemacht. Jedenfalls nicht hier. Ich habe nur Verbände angelegt und Wunden genäht.«

»Das weiß ich. Und Logan weiß es auch, obwohl er im Augenblick zu verletzt ist, um es zuzugeben.«

»Verletzt?«

Janis zerzauste Morrell das Haar. »Komm, lass uns gehen und dich saubermachen.«

Auf dem Weg aus der Versammlungshalle legte Morrell ihre Heilwerkzeuge auf einer Seite ab. Draußen waren einige der Leute von der Höhle zurückgekehrt, und in der Nähe der Scheunen herrschte reges Treiben, da die Hirten die Schafe hinaus auf die Weiden trieben und andere die Schweine fütterten. Paul, Sophia und Bryce waren mit einigen anderen in der Nähe der Kirche tief ins Gespräch versunken. Die Toten, die man vor der Versammlungshalle abgelegt hatte, waren irgendwo anders hingebracht worden. Morrell fragte sich, wohin und wie viele gestorben sein mochten.

Janis führte sie von dem Treiben weg hinunter zum Bach. »Du warst nicht dabei, um es mitzuerleben, aber fast alle, denen Logan helfen wollte, haben nach dir gefragt – wo du bist und warum nicht du ihnen helfen kannst. Ein paar waren sogar so dreist, ihn zu fragen, ob er dich holen könnte, damit du sie statt ihm versorgst. Und er ist seit Jahren der Heiler in Muld.«

»Aber ich habe sie nicht dazu aufgefordert, nach mir zu verlangen! Und ich weiß noch nicht einmal, was genau ich bei Claye gemacht habe.«

»Das spielt keine Rolle. Logans Stolz ist angekratzt, und es wird eine Weile dauern, bis er darüber hinwegkommt.«

Sie bahnten sich den Weg hinunter zum Ufer des Baches. Während sich Morrell Wasser über die Arme spritzte, um das Blut und den Dreck abzuschrubben, dachte sie über Logan nach und über die Eindringlichkeit in den Gesichtern der Verwundeten. Wie sie zu ihr aufgeschaut hatten, wenn sie neben ihnen auf die Knie gesunken war. Das hatte Morrell schon zu dem Zeitpunkt beunruhigt, doch sie hatte sich nicht viel dabei gedacht. Zuvor hatten sie es eben noch nie mit einem solchen Zwischenfall zu tun gehabt. Größtenteils war es sonst immer darum gegangen, Schnitte und Kratzer von Unfällen bei der Landarbeit oder vielleicht Verbrennungen von der Esse zu behandeln, die vereinzelt oder höchstens paarweise auftraten. Vor fünf Jahren war irgendeine Krankheit durch Muld gewütet – die Menschen hatten sich übergeben, und ein roter Ausschlag hatte sich spinnwebartig über den Hals und hinunter auf die Brust ausgebreitet. Fast ein Dutzend Leute hatte damals das Bett hüten müssen. Zu dem Zeitpunkt hatte Morrell noch nicht bei Logan mitgeholfen, aber sie wusste, dass alle erleichtert darüber waren, dass die Krankheit nicht auf die gesamte Gemeinschaft übergegriffen hatte.

Inzwischen jedoch hatten sie die Flüchtlinge aus Erenthrall hier. Mehr als doppelt so viele Menschen, die irgendwie versorgt werden mussten.

»Vielleicht sollte ich Logan nicht mehr helfen.« In ihrem Magen meldete sich ein eigenartiges kleines Ziehen.

»Beug dich runter und lass mich deine Haare waschen.« Morrell kam der Aufforderung nach und schauderte, als ihr Janis kaltes Wasser über den Kopf goss, bevor ihr früheres Kindermädchen weitersprach. »Du kannst nicht aufhören, schon gar nicht jetzt. Das würde weder Logan noch Muld helfen. Sie brauchen dich.«

»Aber …«

»Logan ist nicht wütend auf dich, Morrell. Und selbst wenn doch, er kommt darüber hinweg.« Sie zog das Mädchen wieder hoch, dem das Wasser über den Hals unter das Hemd lief. Die Kleidung war völlig verdreckt, aber allein dadurch, saubere Hände und Haare zu haben, fühlte Morell sich schon unendlich besser. Janis fasste sie an den Schultern, drehte sie zu sich herum, sah ihr tief in die Augen und zog die Brauen hoch. »Lässt du ihm Zeit? Bevor du etwas Unüberlegtes tust?«

»Ich weiß immer noch nicht, wie die Leute das mit Claye erfahren haben.« Nur wusste sie das sehr wohl. In Muld gab es keine Geheimnisse. Nicht, wo sie alle so sehr aufeinander hockten.

Aus Richtung der Hütten erhob sich ein Tumult. Männer brüllten Befehle, und mindestens eine Frau stieß einen schrillen Schrei aus.

»Was ist denn jetzt wieder?« Sie eilten die Böschung zurück hinauf. Morrell kam oben an, bevor Janis auch nur die Hälfte bewältigt hatte. Ihr ehemaliges Kindermädchen winkte sie weiter. »Los. Ich komme nach.«

Morrell preschte durch das Dickicht der Bäume und hinein nach Muld, wo sie sah, wie drei Männer jemanden zur Versammlungshalle trugen. Logan kam gefolgt von zwei anderen Leuten aus seiner Hütte gestürmt. Bryce, Sophia und Paul rannten von der Kirche los. Einer der Männer stolperte und ließ die Beine des Getragenen fallen, der daraufhin vor Schmerz schrie. Morrell sah, dass ein Bein in unnatürlichem Winkel verrenkt war und Blut die Hose durchtränkt hatte. Dann versperrten ihr Logan und die anderen die Sicht. Logan ordnete in strengem Ton an, den Mann in die Versammlungshalle zu tragen und dort hinzulegen. Die Gruppe verschwand.

Morrell blieb an der Eingangstür stehen und stützte sich am Rahmen ab. Dann jedoch rief Logan: »Morrell! Wo bist du?«

»Hier!«

Sie hastete durch die Tür und drängte sich durch die Anwesenden, die einen Kreis um Logan gebildet hatten, der an der Seite des Verletzten kniete. Morrell japste, als sie Harper erkannte, dann fiel ihr Blick auf sein Bein.

Der Knochen ragte durch einen langen Schnitt aus dem

Oberschenkel. Blut schoss zu schnell heraus, als dass diejenigen, die es versuchten, dem Schwall Einhalt gebieten konnten. Logan fluchte bei sich. Er warf die Decke beiseite, die er benutzt hatte, um Druck auf die Wunde auszuüben. Mit einem Übelkeit erregenden, nassen Klatschlaut landete der vollgesogene Stoff auf dem Boden, als ihm jemand eine andere Decke reichte. Er verwendete sie, um mit dem Handballen gegen die Innenseite von Harpers Oberschenkel zu pressen und die Schlagader dort abzuklemmen. »Einen Gürtel. Besorgt mir jemand einen verfluchten Gürtel!«

Morrell schnappte sich einen von einem der Umstehenden, kniete sich neben Harper und streckte die Hände aus, um den Gürtel um das Bein zu schlingen, wobei sie sich an Logans fuchtelnden Armen vorbeikämpfen musste. Sie straffte den Gürtel, zog mit aller Kraft, dann zog sie erneut, als Logan sie aufforderte: »Fester.« Der Heiler löste den Druck auf das Bein, lehnte sich zurück und untersuchte die Wunde, da der Blutverlust vorläufig eingedämmt war.

Hinter ihnen plapperte einer der Kämpfer drauflos. »Wir haben den Höhenzug überprüft. Harper ist ausgerutscht und über eine Kante gestürzt. Er ist nicht tief gefallen. Aber er ist wohl ungünstig gelandet. Sein Bein ist einfach so gebrochen wie ein Zweig. Und dann dieses Geräusch! Kein Knirschen, sondern ein reißendes Knacken. Dann hat er geschrien wie am Spieß!«

»Sei still!« Logan richtete die Aufmerksamkeit auf Morrell. »Wir müssen den Knochen richten, falls er nicht zu stark gesplittert ist.« Er blickte hinab und verzog das Gesicht. Das Ende des Knochens erwies sich als schartig gezackt.

»Meine Ausrüstung.«

Morrell sprang auf, holte ihren Ranzen von der Nähe der Tür, eilte zurück und landete auf den Knien rutschend an Harpers Seite. Logan hatte den Ledergürtel eines anderen Mannes zwischen die Zähne des Verletzten geklemmt und murmelte ihm etwas zu, das Morrell nicht verstehen konnte. Harper nickte mit schweißüberströmtem, bereits bleichem Gesicht, das blonde Haar wild zerzaust.

Logan tätschelte ihm die Wange, dann wandte er sich Morrell zu. »Halt das Bein fest. Ich muss nachsehen, ob sich da drin Knochensplitter befinden.«

Morrell packte die untere Hälfte von Harpers Bein und beugte ihr Gewicht darüber. Zwei der Umstehenden kauerten sich dazu, um zu helfen, einer über Harpers Rumpf, der andere lehnte sich neben Morrell unterhalb der Knie über seine Beine. Logan beugte sich nach unten, um die Verletzung eingehender zu untersuchen. Er ergriff einige Werkzeuge aus dem Ranzen, tupfte das durch den Druckverband nur noch träge hervorsickernde Blut weg und stocherte gleichzeitig mit einem dünnen Stab in der zerrissenen Muskelmasse und um den gesplitterten Knochen herum. Harper wand sich und stöhnte durch den Knebel.

Das Bein bewegte sich unter Morrells Körper. Logans Hand hielt abrupt inne. Er legte das Tuch beiseite, nahm eine Pinzette aus dem Ranzen und zupfte einen Knochensplitter so lang wie die Spitze von Morrells Finger aus dem blutigen Chaos. Einige Beobachter sogen scharf die Luft ein und traten würgend zurück, doch Logan legte den Splitter nur beiseite und setzte die Suche fort.

Er holte drei weitere Splitter heraus, während Morrell wie gebannt zusah. Die Muskeln, die Sehnen und die Bänder – ja, sogar das Blut – fesselten ihre Aufmerksamkeit. Sie konnte Harpers Puls fühlen, während sie ihn festhielt, und ihr fiel auf, dass seine Gegenwehr zunehmend schwächer wurde.

Der Heiler lehnte sich zurück. »Ich glaube, die größten Stücke habe ich gefunden. Ich würde ja noch weitersuchen, aber er verliert allmählich das Bewusstsein.« Der Heiler sah Morrell in die Augen. »Wir müssen den Knochen dahin zurückdrücken, wo er hingehört.«

Sie nickte.

»Das wird wehtun.« Er legte in Reichweite, was er brauchen würde, und schob alles andere aus dem Weg. »Wer immer noch dazwischen passt, um dabei zu helfen, ihn festzuhalten, soll es tun. Morrell, ich brauche deine Hilfe. Lass jemand anderen deinen Platz einnehmen.«

Sie ließ das Bein los und kniete sich an Logans Seite.

»Wir müssen versuchen, die beiden Knochenenden zusammenzubekommen. Du musst hier und hier festhalten, während ich nach unten drücke. Das Ende des Knochens ist scharfkantig, also sei vorsichtig. Ich manövriere ihn durch den zerrissenen Muskel, so gut ich kann. Bereit?«

»Ja.« Ihre Hände hatten bereits zugepackt.

Logan begann, auf den Knochen zu drücken.

Harper schrie auf. Durch das Leder in seinem Mund drang der Laut gedämpft hervor. Er versuchte, sich hin und her zu werfen, während Logen fluchte und fester drückte. Morrells Finger waren vom Offenhalten der Wunde längst glitschig vor Blut. Der Muskel und das restliche Gewebe fühlten sich sonderbar geschmeidig und faserig an und zuckten und pulsierten bei jeder von Harpers Bewegungen.

Dann spürte sie, wie der Knochen an die richtige Stelle rutschte, weil sich alles unter ihren Händen plötzlich *richtig* anfühlte. Morrell konnte ertasten, wie die Enden des Knochens aneinanderschabten. Logan lehnte sich zurück, als Harper in Bewusstlosigkeit fiel.

Morrells Finger begannen zu kribbeln, wie sie es bei der Untersuchung von Clayes Wunde in Logans Hütte getan hatten. Der Tumult der Menschen um sie herum verblasste, und sie konnte fühlen, wie sie im Rhythmus des Fleisches und Blutes von Harpers Bein versank. Sie konnte *sehen*, wo sich die scharfkantigen Ränder des Knochens berührten, und sie konnte spüren, wie jene Ränder in die Sehne und den Muskel um sie herum schnitten, als Harpers Körper von Konvulsionen durchgeschüttelt wurde. Die zerrissenen Bänder und die klaffende Wunde pulsierten in ihrer Sicht. All die Blutgefäße und das durchtrennte Gewebe bildeten eine pochende Masse blanker Verheerung.

Außerdem konnte sie sehen, wie alles zusammengefügt sein sollte, obwohl Teile wie die entfernten Knochensplitter fehlten.

Das Kribbeln in ihren Fingern verstärkte sich. Sie schloss die Augen. Ihre Hände wurden warm. Jemand schnappte hörbar nach Luft, und der um Morrell herum wirbelnde Tumult erstarb. Sie atmete ein, woraufhin plötzliche Hitze durch das Fleisch und den Knochen unter ihren Fingern flutete, dann atmete sie aus.

Als sie die Augen aufschlug, nahm sie einen bläulich-grünen Schimmer verblassender Himmelslichter wahr, und sie zog die Hände zurück.

Harpers Oberschenkel war immer noch voll Blut, aber die klaffende Wunde hatte sich geschlossen. Der gesamte zerrissene Muskel lag unter einer gefleckten Schicht geflickter Haut verborgen, die wund und neu wirkte. Doch Morrell wusste, dass der Muskel darunter nicht mehr zerrissen war und sich der Knochen wieder zusammengefügt hatte.

»Was …« Sophias Stimme überschlug sich. Sie hatte zwar nicht dabei mitgeholfen, Harper festzuhalten, aber sie hatte sich ganz in der Nähe aufgehalten. »Was hast du gemacht?«

»Ich habe gesehen, wie es sein sollte. Und ich habe es behoben.«

Einige der umstehenden Beobachter hoben die Finger, als wollten sie Böses abwehren.

»Sie hat ihn geheilt.« Logan wischte sich mit dem Unterarm über die vor Schweiß glänzende Stirn. Harpers Blut bedeckte seine Hände. »Sie hat ihn geheilt. Besser, als ich es vermocht hätte.«

Er winkte diejenigen zurück, die sich am nächsten befan-

224

den, bevor er Harpers Oberschenkel erneut untersuchte, zuerst vorsichtig, dann gründlicher. »Soweit ich es beurteilen kann, ist der Knochen beinah so gut gerichtet, als wäre er nie gebrochen gewesen. Das Gewebe ist verhärtet und wird wohl einige Tage steif bleiben, aber abgesehen von der Möglichkeit, dass Narben zurückbleiben und sich Schwäche im Bein einnistet, sollte es Harper soweit gut gehen. Hättet ihr mich gefragt, ich hätte geantwortet, dass wir ihn mit Sicherheit verlieren, selbst wenn es mir gelungen wäre, den Knochen zu richten und das Bein zu schienen. Er hatte einfach zu viel Blut verloren.«

Morrell ließ den Blick über alle anderen wandern. Die Gesichtsausdrücke reichten von Ehrfurcht bis hin zu nackter Angst.

Morrell ließ den Kopf sinken und stand abrupt auf. »Ich habe ihn einfach geheilt. Das ist alles.« Dann entfernte sie sich rücklings, stolperte leicht und flüchtete schließlich Richtung Ausgang.

»Morrell.« Janis griff nach ihrem Arm, als sie vorbeifegte, aber Morrell wich dem Zugriff aus und stürmte nach draußen. Im Sonnenlicht blieb sie kurz stehen und blinzelte in der grellen Helligkeit, dann jedoch zog sie den Kopf ein und setzte den Weg nach rechts fort. Ihre Augen brannten vor nicht vergossenen Tränen, ihre Brust schmerzte unter einem Gefühlsmix aus Unsicherheit, Angst und Zorn.

Sie stürmte durch die Tür der Hütte ihres Vaters – ihrer Hütte –, warf die Tür hinter sich zu und lehnte sich dagegen, als die Dämme der Tränen brachen. Dort verharrte sie mit hängendem Kopf und schluchzend, bis der Schmerz in ihrer Brust nachließ. Schließlich stieß sie sich von der Tür ab und ging zum Tisch, wo ein Haufen kleiner Kartoffeln zurückgeblieben war. Das Messer zum Schälen lag daneben. Janis musste daran gearbeitet haben, als die Alarmglocke geläutet hatte.

Morrell setzte sich hin und begann, planvoll zu schälen, die Schalen in den Schweinefuttereimer zu werfen und die rohen Kartoffeln auf den Tisch zu legen. Sie hatte gedacht, dass der Vorfall mit Claye schon in Vergessenheit geriete, wenn sie ihn nur einfach auf sich beruhen ließe.

Nun würde das bestimmt nicht mehr geschehen. Und das Verhalten derer, die beim Kampf verwundet worden waren, verriet ihr, dass es wohl auch dann nicht in Vergessenheit geraten wäre, wenn sich Harper nicht verletzt hätte.

Kurze Zeit später öffnete Janis die Tür und trat ein. Sie zögerte auf der Schwelle und betrachtete die am Tisch sitzende Morrell, bevor sie hereinkam und auf den kleinen Herd zusteuerte, um ein Feuer anzumachen. Nachdem sie ein paar Holzscheite von dem Stapel in der Nähe ergriffen hatte, richtete sie sich auf.

»Wie fühlst du dich?«

Morrell hörte auf zu schälen. Innerlich fühlte sie sich wie betäubt. Verloren. Sie wusste nicht mehr, wer sie war. »Sie werden niemals aufhören, mich so anzusehen, oder?«

»Wie, Morrell?«

»Als wäre ich anders. Als wäre ich gefährlich. Oder etwas Besonderes, wie einer der Lumagier.«

»Nein, werden sie nicht. Weil jetzt alle mit eigenen Augen gesehen haben, dass du diese Dinge tun kannst.«

»Dachte ich mir.« Morrell setzte das Messer wieder an und schälte weiter.

Erneut zögerte Janis, dann kehrte sie zum Herd zurück und zündete das getrocknete Moos darin an, bis die Flammen über die Scheite leckten.

Sie ergriff einen Krug und goss Wasser in einen Topf. »Das ist nichts, wofür man sich schämen müsste, Morrell. Ja, es wird einige wie Paul geben, die dich dafür hassen werden. Er zum Beispiel vertraut nichts, was er nicht selbst tun kann. Andere werden dich verehren, auch wenn du nicht findest, dass du es verdienst. Aber die meisten Menschen hier in Muld und sonst wo werden sich dazwischen einpendeln.«

Sie hängte den Topf mit Wasser auf den Eisenarm neben dem Feuer, schwenkte ihn über die Flammen und kam zum Tisch, um die bereits geschälten Kartoffeln zu holen. »Denk einfach daran, dass du diese Dinge tun *kannst*, und sei vorsichtig damit, wie du diese Macht einsetzt. Genau wie die Lumagier. Und wie dein Vater.«

Morrell zuckte leicht zusammen, was Janis nicht mitbekam, weil sie sich abgewandt hatte, um die Kartoffeln in das sich erwärmende Wasser platschen zu lassen. Morrell hatte völlig vergessen gehabt, wozu ihr Vater in der Lage war, weil es in Muld keine Verkrümmungen und nur sehr wenig Ley gab, die er beeinträchtigen konnte. Seine Fähigkeiten hatten Kara und die anderen gerettet, nachdem sich die Verkrümmung in Erenthrall entfaltet gehabt hatte.

Und doch erwähnte es niemand in Muld. Ihn hatten sie akzeptiert, nachdem er hierher geflohen war.

Vielleicht würde man auch sie akzeptieren.

* * *

Baron Aurek beobachtete die sich nähernde Gruppe von Reitern durch das Fernglas. An seiner Seite verlagerte der Späher, der die Eintreffenden zuvor gesichtet hatte, unruhig sein Gewicht. Wahrscheinlich hatte der Mann bereits bemerkt, was Aureks Unmut erregte, und fürchtete sich davor, wie sein Lehnsherr nun reagieren würde.

Aurek ließ das Fernglas sinken und gab es dem Späher zurück. »Behalte sie und die Wälder hinter ihnen im Auge. Stell sicher, dass ihnen niemand folgt.«

Der Späher nickte. Aurek wandte sich ab und marschierte zurück in den mittleren Bereich seines Lagers.

Seine Männer hatten sich gut eingelebt, die Routineabläufe

folgten einem festen Schema. Rauch stieg von einem Dutzend Feuern auf, Fleisch briet über einigen. Eine Gruppe zerlegte windabwärts des Lagers ein Bison, drei andere Felle waren bereits zum Gerben aufgespannt worden. Für den Abfall und als Latrine hatte man einen Graben ausgehoben.

Im eigentlichen Lager waren über zwanzig Zelte errichtet worden. Das von Aurek befand sich in der Nähe der Mitte und war dreimal so groß wie jedes andere. Er bahnte sich den Weg durch die Abspannseile und nickte Männern zu, die ihn grüßten, doch seine Aufmerksamkeit galt seinem Stellvertreter, Devin Baldurs.

Devin sah, dass er sich näherte, und stand auf. »Was gibt es Neues?«

Aurek winkte ihn in Richtung seines eigenen Zeltes, weg von den Ohren der versprengten Umstehenden. Am Eingang passierten sie die zwei Wachmänner, bevor sie sich durch die Klappe duckten. »Verrent kommt gerade mit weniger als der Hälfte seiner Männer zurück.«

»Mit weniger als der Hälfte? Was ist passiert?«

»Ich würde sagen, er hat jemanden gefunden.«

»Die Gruppe, nach der wir suchen?«

Aurek ließ sich auf einem der Sitze um den tragbaren Tisch in der Mitte des Zeltes nieder. Um ihn herum bauschte sich das Segeltuch im böigen Wind, als atme das Zelt mit der von den Ebenen her wehenden Brise ein und aus. »Das erfahren wir erst, wenn Verrent Bericht erstattet. Aber wenn er die Hälfte seiner Männer verloren hat, muss er auf eine Gruppe beträchtlicher Größe gestoßen sein, die über Kämpfer verfügt. Größer als jede andere wandernde Gruppe, die wir bisher erwischt haben.«

»Und wenn diese Leute so lange überlebt haben, müssen sie Lebensmittel und sonstige Vorräte besitzen.«

»Selbst wenn es nicht diese Weißmäntel sind, können wir uns nehmen, was sie haben, und herausfinden, was sie wissen.

Aber Verrent ist noch eine gute halbe Stunde entfernt. Erzähl mir, was unsere Kundschafter woanders entdeckt haben, während wir warten.«

Devin straffte die Schultern und verfiel in einen förmlicheren Ton. »Die Kundschafter haben bis zu der Steilwand am Beginn der Weiten im Norden gesucht, diesseits der Tiana. Sie melden vereinzelte Enklaven in einigen der Ortschaften und Dörfer zwischen hier und dort, hauptsächlich Gruppen von Überlebenden. Sie haben zu kämpfen, weil ihnen einige der Vorräte ausgegangen sind, die sie früher aus den Städten bezogen haben, und sie sind noch nicht so weit organisiert, um Handel miteinander treiben zu können.«

»Vielleicht können die Anfurter dabei helfen.«

»Außerdem berichten sie von drei brennenden Lichtern über der Steppe und den Weiten. Je eines befindet sich über den Städten Dunmara, Severen und Ikanth. Angesichts dessen, was in Erenthrall, Tumbor und Farrade geschehen ist, ergibt das durchaus Sinn. Die Einheimischen nennen sie die Drei Schwestern. Die Himmelslichter, die gelegentlich auf den Ebenen erscheinen, wurden überall in den Weiten gesichtet. Über den Bergen schwebt eine Art dunkle Wolke, die den Kundschaftern zufolge unnatürlich ist.«

»Unnatürlich? Inwiefern?«

Devin trat unruhig von einem Bein aufs andere. »Die Kundschafter sagen, es zeigen sich kaum einmal Lücken darin, wodurch die Berge darunter nahezu ständig im Schatten liegen. Unterbrochen werden sie nur von blauweißen und purpurnen Blitzen. Was an Sonnenlicht durchdringt, lässt eine verzerrte Landschaft erkennen. Und …«

Aurek sah Devin mit bösartigem Blick in die Augen. »Was?«

»Sie behaupten, es gäbe Monster in den Bergen. Die Einheimischen meiden die höheren Gefilde wegen der Himmelslichter, der Wolkendecke und wegen seltsamer Geräusche. Ein paar der Kundschafter haben den Wald betreten, um der

Sache auf den Grund zu gehen, aber nur einer von ihnen ist zurückgekehrt. Er behauptet, er wäre von einer Kreatur mit der doppelten Größe eines Bären angegriffen worden. Als Beweis hat er Klauenspuren quer über den Rücken.«

Aurek hatte sich während Devins Bericht vorgebeugt. Nun jedoch lehnte er sich wieder zurück. Der Stuhl knarzte unter ihm. Früher einmal, vor der Zersplitterung, als er lediglich ein minderer Lehnsherr mit einem kleinen Landbesitz im Umfeld von Anfurt gewesen war – Land, das seinem Vater vor ihm für Baron von Erenthrall erwiesene Dienste verliehen worden war –, hätte er derlei Gerede auf Anhieb als Unfug und Aberglauben abgetan.

Aber seit der Zersplitterung hatte sich die Welt verändert. Er hatte die Halbwölfe in Erenthrall mit eigenen Augen gesehen, als er sich hingewagt hatte, um herauszufinden, was geschehen war und ob es den Baron oder einen ihm übergeordneten Lehnsherren noch gab. Aurek hatte die ganze Zerstörung gesehen, die verödete Stadt, die eingestürzten Türme, das inmitten der gewaltigen Verkrümmung gefangene Herz Erenthralls.

Da war ihm klar geworden, welche Gelegenheit sich ihm hier bot – die Chance, mehr zu werden als ein unbedeutender Lehnsherr, der vor dem Baron buckeln musste. Ohne Anführer, ohne Geleit herrschte auf den Ebenen blankes Chaos. Sein Vater war mit dem Landbesitz um Anfurt zufrieden gewesen, Aurek jedoch brauchte mehr. Er konnte zum nächsten Baron werden.

Und er würde seine Macht nicht auf etwas so offensichtlich Unbeständiges und Zerbrechliches wie die Ley gründen.

Draußen kündeten Rufe und plötzlicher Trubel die Ankunft von Verrent und dessen Leuten an.

»Wenn man bedenkt, was wir in Erenthrall gesehen haben, fällt es mir schwer, die Möglichkeit von Monstern in den Wäldern der Weiten auszuschließen.«

»Ja, Herr, obwohl das noch schlimmer klingt.«

»Und es ist alles die Schuld der verfluchten Ober-Lumagier.« Draußen näherte sich der Tumult dem Zelt. »Gibt es sonst noch etwas zu berichten?«

»Wir haben in letzter Zeit nichts von den Kundschaftern gehört, die nach Osten über den Urate zu den Landen der Temeriten aufgebrochen sind. Aber sie müssen auch weiter reisen, weil wir nach Westen gezogen sind.«

»Wir werden noch mindestens eine Woche nichts von denen hören.« Aurek griff nach einer Karaffe mit Wein, schenkte sich ein Glas ein und bedeutete Devin, hinter ihn zu treten. Seine Stimmung verdüsterte sich. Devin stellte sich abseits des Tisches auf und legte eine Hand auf den Knauf seines Schwertes. Die Geste wirkte ungezwungen, doch Aurek bemerkte anerkennend, dass sein Stellvertreter das Schutzband der Scheide gelöst hatte, bereit, die Klinge jederzeit zu ziehen.

Aureks Männer waren noch nicht so gut ausgebildet oder so bösartig, wie es Arents Rüden vor der Zersplitterung gewesen waren, aber die Richtung stimmte.

Als er hörte, wie die Wachleute draußen Verrent nach seinem Begehr fragten und von dem Mann eine barsche Erwiderung kam, stand er auf und stützte die Finger leicht auf dem Tisch ab. Er achtete auf seinen Gesichtsausdruck, als einer der Wächter die Zeltklappe beiseite hob und eintrat, gefolgt von Verrent und einem anderen Mann. Beide wirkten im Vergleich zu Aurek, Devin und sogar dem Wachmann grobschlächtig und ungepflegt. Aber das war zu erwarten. Verrent und seine Einheit waren bloße Soldaten. Ihre dreckige, behelfsmäßige Rüstung wies Dellen auf, Blut befleckte fadenscheinige Kleidung. Die unrasierten Gesichter wirkten staubig. Aurek konnte ihren Schweiß und die Angst riechen, sobald sie das Zelt betraten.

Das stand ihm also als Ausgangsmaterial zur Verfügung. Er hatte keine überlebenden Rüden als Anführer für seine

Truppen gefunden und musste nun mit denjenigen Anfurtern auskommen, die nicht sofort vor lauter Furcht die Flucht ergriffen oder sich voller Verzweiflung das Leben genommen hatten. Seine eigene Hausgarde besaß nur ein Mindestmaß an Ausbildung, da sie größtenteils der Stadtwache entstammte. Gleich nach seiner Rückkehr aus Erenthrall hatten sie begonnen, die Verbliebenen zu schulen. Im Augenblick waren seine Leute vor allem derb und wild, und Disziplin erlernten sie nur langsam.

Verrents Blick schwenkte flüchtig zu Devin, dann zurück zu Aurek, bevor er das Zelt betrat und sich hinkniete. »Baron Aurek.«

Verspätet folgte der ihn begleitende Mann seinem Beispiel und neigte das Haupt.

»Berichte.«

Verrent richtete sich auf. »Wie von Euch befohlen, haben wir die westlichen Hügel ausgekundschaftet. In den ersten Tagen haben wir nichts gefunden. Aber am vierten Tag konnten wir einen Fährtensucher gefangen nehmen. Er war südwestlich unseres Lagers unterwegs, als wir ihn überwältigten. Er hat preisgegeben, dass er aus einem in den Hügeln versteckten Dorf kam. Wir wollten die Menschen dort überraschen, also haben wir die Gruppe versammelt und uns in jener Nacht zu dem Ort geschlichen.«

»Lass mich raten. Man hat euch bereits erwartet.«

»Er hat gesagt, in dem Dorf wären nur fünfzig Leute!«

»Und dir ist nie in den Sinn gekommen, dass dich dieser Gefangene vielleicht belügen könnte?«

Verrent erwiderte nichts.

»Fahr fort.«

»Sie haben uns auf dem Höhenzug angegriffen und umgemäht wie Getreide. Einige davon waren Dorfbewohner, aber nicht alle. Ich könnte schwören, dass auch Rüden gegen uns gekämpft haben. Und es waren mehr als fünfzig.«

Aurek zog die Augenbrauen hoch. »Rüden?«

»Ja, Baron. Zumindest haben sie wie Rüden gekämpft.«

»Woher weißt du, dass dort mehr als fünfzig waren? Hast du das Dorf gesehen?«

Verrent knirschte mit den Zähnen. »Nein. Es war dunkel, und es hat geregnet.«

Aurek trat um den Tisch herum, bis er unmittelbar vor Verrent stand. Die Nasenflügel des Möchtegerngardisten blähten sich, aber er wich nicht zurück.

»Soll das heißen, ihr habt einen Ort, den ihr nicht ausgekundschaftet hattet, nachts bei Regen allein aufgrund der Aussage eines Gefangenen angegriffen? Eines Mannes, den ihr, wie ich vermute, gefoltert habt, um die Auskunft aus ihm herauszupressen?«

»Ja, Baron. Wir dachten, das würdet Ihr wollen.«

Aurek beugte sich vor, Verrent lehnte sich unbewusst zurück. »Ihr dachtet …«

»Wir haben Euch den Gefangenen mitgebracht, Herr. Er ist draußen. Er lebt noch. Sein Name ist Joss.«

Aurek zögerte, ehe er zurückwich. »Dann lässt sich aus diesem Schlamassel vielleicht ja noch etwas retten. Wegtreten.«

In seiner Hast, aus dem Zelt zu entkommen, stieß Verrent seinen Stellvertreter vor sich hinaus. Aurek sah ihnen nach, dann winkte er den Wächter ebenfalls zurück nach draußen.

Kaum waren sie weg, wandte sich Aurek an Devin. »Verhör den Gefangenen. Brich ihn. Von Verrent oder seinen Männern bekommen wir nichts Brauchbares mehr. Sie können nichts gesehen haben, wenn sie nachts und bei solchen Witterungsbedingungen angegriffen haben. Finde heraus, wer diese Leute sind, wie viele es von ihnen gibt und was sie verstecken könnten.«

»Sind es womöglich die Weißmäntel?«

Aurek klopfte nachdenklich mit einer Hand gegen den Tisch. »Das glaube ich nicht, aber vergewissere dich. Wir wer-

233

den sie nicht so blind angreifen, wie es Verrent getan hat. Wir brauchen Auskünfte. Und vielleicht haben sie ja Dinge, die uns nützlich sein könnten.«

Devin bewegte sich auf den Ausgang zu. Aurek wartete, bis er die Zeltklappe erreicht hatte, bevor er hinzufügte: »Und Devin ... Sorg dafür, dass Verrent seine Fehler erkennt. Seine zahlreichen Fehler.«

»Ja, Baron.«

***

Licht schien durch die Tür in die Zelle, in die man Kara geworfen hatte, als jemand sie einen Spalt öffnete. Kara blinzelte in der Helligkeit des Fackelscheins und hob eine Hand, um das Gesicht abzuschirmen. Ihre Augen waren verkrustet vor Schlafmangel, ihr gesamter Körper von einer klebrigen Schicht aus Schweiß, Blut und Dreck überzogen. Die Kleidung kratzte bei jeder Bewegung an ihrem Körper, all die Schnitte und blauen Flecken, die ihr Richten und die Flussratten in der vergangenen Nacht zugefügt hatten, schmerzten oder juckten. Oder war das vor zwei Nächten gewesen? Sie vermochte es nicht zu sagen. Es war ihr gelungen, sich nicht zu kratzen – wodurch sie die Dinge nur verschlimmert hätte –, indem sie sich mit den Armen um die Knie an einer Wand eingerollt hatte, die Augen in der pechschwarzen Finsternis der Zelle weit geöffnet.

Es musste sich früher einmal um einen Wandschrank oder einen Lagerraum tief im Herzen des Gebäudes gehandelt haben, entlang jeder Seite nicht länger als ihr Körper. Nun war der Boden ungleichmäßig mit Stroh bedeckt, das nach Harn und Innereien mit einer deutlichen Note von Schimmel darunter stank.

Sie hob den Kopf vom Boden, als jemand hereinschlurfte. Durch das Licht der Fackel von hinten zeichnete sich die Gestalt nur als dunkler Umriss ab, als Schemen, der einen Arm ausstreckte, um eine runde Blechschale einen Schritt vor Karas Gesicht auf dem Boden abzustellen.

»Iss. Fletch kehrt heute Nacht zurück. Du wirst deine Kraft brauchen.«

»Was wird er mit uns machen?« Nach dem Folterverhör durch Richten in der vergangenen Nacht war Kara zu wütend, um sich zu fürchten. Bösartig und sadistisch hatte er mit ihnen gespielt, aber er hatte nach Kent niemanden mehr getötet. Der Rüde hatte als Opfer ausgereicht, um den Rest der Flussratten zu besänftigen, wenngleich Kara keine Zweifel daran hegte, dass Richten jeden Augenblick seines Todes genossen hatte.

»Iss.«

Draußen blaffte jemand: »Beeilung!«

Die Gestalt zuckte zusammen. Als sie sich zurückzog, erhaschte Kara einen flüchtigen Blick auf das Profil eines jungen, vielleicht zehnjährigen Mädchens mit langen Haaren, obwohl sich das Alter schwer abschätzen ließ. Einer der Grobiane vom Dach packte die Kleine an der Schulter, stieß sie hinter sich und warf einen finsteren Blick in den Raum, bevor er die Tür wieder schloss. Danach folgte das schabende Geräusch eines schweren Gegenstands, der draußen davorgeschoben wurde. Einen Riegel gab es nicht. Kara hatte nachgesehen.

Sie lauschte den Geräuschen von Füßen im Gang, während das schwache, um die Ränder der Tür hereinlinsende Licht verblasste. Weiter entfernt durchbrach leises Gelächter die Stille. Ein Hund bellte aufgeregt. Jemand fluchte. Die Worte ertönten zu weit entfernt und waren zu stark gedämpft, um sie zu verstehen, doch die Absicht dahinter kam deutlich zur Geltung. Es folgten ein schallendes Klatschen, ein Aufschrei und ein Schluchzen.

Kara stemmte sich mit dem Rücken an der Wand in sitzende Haltung und streckte die Hand nach der Schale mit Es-

sen aus. Ihre forschenden Finger ertasteten ein Stück Brot mit
zerklüfteten Rändern, offensichtlich ein, zwei Tage alt, und
eine dicke Brühe oder Eintopf. Ihr Magen krampfte sich vor
Hunger zusammen, als sie die Schale dicht vors Gesicht hob
und daran schnupperte. Sie vermochte nicht zu sagen, worum
es sich handelte, doch sobald sie sich etwas von dem Eintopf
mit dem Brot in den Mund schaufelte, spielte es keine Rolle
mehr. Das Essen verschwand im Nu, und sie stopfte sich den
letzten Brocken Brot in den Mund, bevor sie überhaupt Gelegenheit hatte, etwas davon zu schmecken. Dann stellte sie
die Schale beiseite und lehnte den Kopf wieder an die Wand
hinter ihr.

»Wie sind wir nur in diesen Schlamassel geraten?«

Sie schloss die Augen. Ungebeten tauchte der Anblick von
Kent vor ihr auf, aus dessen Hals Richtens Klinge ragte. Kara
hatte Kent zwar nicht gut gekannt, aber die erschreckende
Plötzlichkeit seines Todes und die Grausamkeit, die damit
einhergegangen war …

Sie schüttelte sich, verdrängte die Bilder vom Dach und
zuckte zusammen, als sich die verschiedenen Verletzungen
und Blutergüsse erneut bemerkbar machten. Sie hob die Finger ans Gesicht und tastete die Ränder der Stelle ab, wo Richten sie geschlagen hatte, dann berührte sie die Platzwunde in
ihrer Lippe. Sie erwies sich als geschwollen und empfindlich,
hatte aber endlich zu bluten aufgehört.

Die Schnitte an ihren Armen brannten, als sie darüberfuhr.
Kurz sorgte sich Kara, dass sie sich entzünden könnten, dann
entfuhr ihr ein verzweifeltes höhnisches Gelächter. Das Geräusch klang zu laut in der Enge ihrer Zelle, und sie zuckte
abermals zusammen. Die Flussratten würden sie alle töten,
genau wie sie Kent getötet hatten. Eine Entzündung stellte
wohl die geringste ihrer Sorgen dar.

Sie ließ die Hände in den Schoss fallen und starrte auf die
Tür. Kara war noch vergleichsweise harmlos davongekom-

men. Die schlimmste Behandlung hatte Adder erfahren. Bei ihm war es so weit gegangen, dass Kara überzeugt davon gewesen war, sie würden auch ihn töten. Die Flussratten hatten ihn bewusstlos getreten, bevor sie dann ihre Aufmerksamkeit Jack, Gaven und Dylan zuwandten. Richten hatte verlangt, dass Kara dabei zusah, und sie mit dem Messer geritzt, wenn sie weggeschaut hatte. Eine der anderen Flussratten wollte anfangen, Finger zu brechen, was Richten aber abgelehnt hatte. Er hatte der Flussratte erst gedroht und den Burschen dann geschlagen, bis er sich gefügt hatte. An der Stelle hatte Kara begriffen, dass Richten nur mit ihnen spielte. Er wollte ihnen nicht schlimmer zusetzen, als er es bereits getan hatte, jedenfalls nicht, bis Fletch eintreffen würde.

Wenig später hatte Richten sie nach unten bringen lassen, als hätte er erkannt, dass er ausgeschöpft hatte, was er tun konnte. Fast sofort nach dem Verlassen des Daches hatte man sie voneinander getrennt und in das Gewirr der Gänge und Räume geschleift. Kara hatte jegliche Orientierung verloren und nur flüchtige Eindrücke von den Lebensumständen der Flussratten erhascht: Zimmer mit Pritschen und willkürlich überall gespannten Hängematten wie in den Besatzungsunterkünften unter Deck eines Schiffes; Flussratten, die in einem ehemaligen Ballsaal miteinander rangen und kämpften, vermutlich zum Üben; ein überraschend sauberer und ordentlicher Küchenbereich, in dem ein älteres Mädchen andere beaufsichtigte, die Fleisch zerlegten und Gemüse hackten. Alles war sporadisch von Fackeln erhellt, während in den Gängen und Zimmern überwiegend Schatten vorherrschten. Die Mauern und der Verputz waren rissig gewesen und zunehmend dreckiger und verrußter geworden, je tiefer sie ins Gebäude vorgedrungen waren. Auch der Gestank hatte sich verdichtet. Sein drückendes Gewicht war nur vom anschwellenden Geruch von Feuchtigkeit und Flusswasser aufgelockert worden.

Als Letzten ihrer Gruppe hatte sie Dylan gesehen, ihren Lumagiergefährten. Er hatte geschrien, als er um eine Ecke gestoßen worden war und sich erneut sein in Mitleidenschaft gezogenes Knie verrenkt hatte.

Kara begann, mit dem Kopf gegen die Wand hinter ihr zu klopfen. »Wir müssen hier raus. Aber wie nur? Wie?«

Dylan und Adder waren vermutlich nicht in der Verfassung, Widerstand zu leisten, geschweige denn zu fliehen. Gaven und Jack erging es wahrscheinlich kaum besser. Kara hatte keine Ahnung, was aus den anderen geworden sein mochte. Jedenfalls waren sie nicht mit ihnen auf das Dach geführt worden, also bestand die Hoffnung, dass ihnen die Flucht gelungen war. Aber würden Allan und der Rest sich zusammenreimen, was ihnen zugestoßen war? Und noch rechtzeitig, um ihnen helfen zu können? Wahrscheinlich nicht.

Womit nur sie verblieb.

»Denk nach, Kara, denk nach.«

Keine Waffen. Nichts, womit man verhandeln konnte. Keine Möglichkeit, sich mit den anderen abzustimmen und etwas zu planen. Sie hatte *gar nichts.*

Plötzlich hob sie ruckartig den Kopf. »Die Ley.«

Sie befanden sich nicht mehr in Werkel. Und wenngleich im Ley-System von Erenthrall blankes Chaos herrschte, war es doch in Teilen der Stadt noch vorhanden.

Sie entsandte die Sinne, was früher eine banale Gewohnheit gewesen war, und stieß einen triumphierenden Laut aus, als sie fühlte, wie die Ley reagierte – stärker, als sie erwartet hatte. Sie beugte sich halb bis zu den Füßen vor, ehe ihr klar wurde, dass sie sich noch nicht überlegt hatte, was sie damit anstellen sollte. Kara sank zurück und erkundete die Ley.

Unter dem Gebäude erstreckte sich eine starke Linie. Sie verlief diagonal tief unter dem Wasser, höchstwahrscheinlich durch eine der ehemaligen Hauptleitungen der Stadt; ein steter Strom, der am Rand der Verkrümmung entlangfloss. Kara vermutete, dass es sich um eine der wenigen Linien handelte, die nicht durch die Zerstörung des Nexus und die danach erfolgte Entfaltung unterbrochen worden war. Die Leitung streifte Werkel, bevor sie nach Südwesten abzweigte. In der anderen Richtung verlief sie nach Nordosten auf die Enklave der Temeriten zu.

Kara erkundete ihren Pfad, bevor sie sich in die beruhigende Umarmung der Ley sinken ließ und über ihre Möglichkeiten nachdachte. Sie konnte die Ley nach oben beschwören, wie sie es bei dem Versuch getan hatte, die gewaltige Verkrümmung über Erenthrall zu beseitigen. Aber würde sie in der Lage sein, sie zu kontrollieren?

Das war eine Aufgabe für einen Mentor. Wenn es keine bestehende Leitung gab, hatten die Leute von der Universität das Geflecht benutzt, um Kanäle zu schaffen, durch die dann die Ober-Lumagier und die Lumagier die Ley für ihre Zwecke leiten konnten. Kara hatte seit Langem bestehende Tunnel unter dem Nexus verwendet, um die Ley beim Reparieren der Verkrümmung nach der Zersplitterung zu kontrollieren. Hier gab es keine solchen Tunnel.

Sie würde die Ley durch das Erdreich heraufbeschwören müssen. Ein Ober-Lumagus oder eine Ober-Lumaga wäre vielleicht in der Lage gewesen, die Ley ohne die Hilfe eines Universitätsmentors zu beherrschen, doch Kara war keine Ober-Lumaga. Ihre Ausbildung dazu hatte noch kaum begonnen gehabt. Wenn sie jetzt versuchte, die Ley heraufzuholen, mochte es durchaus damit enden, dass sie sich selbst ebenso wie den Rest ihrer Gruppe zusammen mit den Flussratten tötete.

Kara lehnte sich wieder mit dem Rücken an die Wand. Sie musste sich in Geduld üben. Die Flussratten würden nie mit einem Angriff von der Ley rechnen. Es würde sich eine Gelegenheit bieten. Sie brauchte bloß zu warten.

Und falls nicht, konnte sie die Ley am Ende immer noch herbeirufen, um sich selbst und die Flussratten zu weniger als

Asche zu verbrennen, wie es denjenigen widerfahren war, die dem Nexus bei dessen Explosion ungeschützt zu nah gewesen waren.

Vor ihrer Tür näherten sich die Schritte mehrerer Füße. Sie spannte den Körper an, als die Geräusche lauter wurden, und zuckte zusammen, als etwas mit einem dumpfen Knall draußen auf dem Boden aufschlug. Ein Herzschlag später schwang die Tür wuchtig nach innen auf, und zwei Flussratten stürmten herein. Draußen befanden sich weitere. Die zwei in der Zelle packten Kara an den Armen, zerrten sie auf die Beine und stießen sie hinaus in den Korridor. Einer stolperte dabei über die Blechschale, die ihr Essen enthalten hatte, und brachte das Metall zum Klirren.

Kara wurde abrupt vor Richten zum Stehen gebracht.

»Fletch ist zurück und will dich sehen.«

Damit ergriff er ihren Oberarm und zog sie mit sich. Der Rest der Flussratten vor und hinter ihnen johlte und grölte. Kara fragte sich, ob man sie als Erste geholt hatte oder ob die anderen bereits zu Fletch gebracht worden waren.

Die Antwort erhielt sie, als sie auf das Dach gelangten, wo die Sonne in einem schillernden Farbenspiel von Orange- und Kupfertönen am Horizont unterging. Adder, Gaven und Jack knieten. Eine Flussratte, bei der es sich, wie Kara vermutete, um Fletch handelte, stand über ihnen. Dylan sah sie nicht. Hatte man ihn bereits getötet? Oder war er noch unten?

Fletch drehte sich um und erblickte sie. Dabei flackerte etwas in seinen Augen auf. »Bringt sie her.«

Richten schleifte sie vorwärts, verdrehte ihr den Arm. Sie zischte vor Schmerz, als sie gezwungen wurde, sich neben Jack zu knien. Der Fährtensucher sah sie nicht an. Eine Seite seines Gesichts erwies sich als so geschwollen, dass er durch jenes Auge ohnehin nichts gesehen hätte. Die Haut hatte sich gelblich-purpurn verfärbt. Die beiden anderen Mitglieder ihrer Gruppe sahen kaum besser aus.

Fletch kam auf sie zu. Seine Bewegungen wirkten völlig ungezwungen. Beinah wäre Kara das Messer entgangen, das er in einer Hand hielt. Die Flussratten scharten sich um ihn. Sie strahlten erwartungsvolle Vorfreude aus.

Dann sagte Fletch leise: »Ich kenne dich.« Er lachte. Das laute Geräusch brachte die Flussratten vor Überraschung zum Verstummen. Ihr Anführer riss die Arme hoch und brüllte, während er sich langsam im Kreis drehte und sie alle ansah. »Ich kenne sie!«

Adder und Gaven starrten Kara an. Verwirrt begegnete sie ihren Blicken.

Indes hatte der Anführer der Flussratten seine Drehung vollendet. Mit einer Bewegung, so schnell, dass Kara sie kaum mitbekam, trat er vor und schlang die freie Hand um ihre Kehle. Er zerrte sie auf die Beine. Die Muskeln in seinem Arm spannten sich, als er zudrückte. Karas Hände umklammerten wie aus eigenem Willen sein Handgelenk, während sie röchelte. Es fühlte sich an, als würde ihre Luftröhre zerquetscht.

Fletch zog sie zu sich, bis seine Nase die ihre fast berührte. »Ich kenne dich von früher. Du hast eine Zeit lang in Smero gearbeitet.« Sein Griff um ihre Kehle verstärkte sich. »Du bist haargenau, wonach wir gesucht haben. Eine Lumaga. Und du wirst haargenau das tun, was ich dir sage.«

ZEHN

Fletch verstärkte den Griff um Karas Kehle. Dann ließ er sie los, und die Lumaga fiel röchelnd auf die Knie. Nur am Rande nahm sie wahr, dass Adder versucht hatte, zu ihr zu gelangen, aber von den Flussratten aufgehalten worden war. Sie hörte, wie er geschlagen wurde, als sie sich nach vorn beugte und mit einer Hand abstützte, während sie mit der anderen nicht ganz den Hals berührte und gierige Atemzüge einsog.

Ihre Luftröhre fühlte sich wund an, die Muskeln in ihrem Hals pochten von der Misshandlung, aber als sich ihre Lunge beruhigte, legten sich auch die Schmerzen. Sie ließ den Kopf hängen und die andere Hand auf das Dach sinken, um sich abzustützen, während sie hustend versuchte, die Kontrolle über sich zurückzuerlangen. Die Flussratten brüllten, ein Lärm, der durch ihr Blut zu vibrieren schien. Auf ihrer anderen Seite erteilte Fletch in scharfem Ton Befehle, und der Angriff auf Adder endete. Die Flussratten stimmten einen Sprechgesang an und setzten sich in Bewegung. Dann drehte sich Fletch zurück in Karas Richtung. Sie hob den Kopf nicht, doch sie konnte seine Blicke fühlen.

»Pass auf sie auf, Richten. Und lass Vole den anderen heraufbringen, den mit dem kaputten Knie. Wir nehmen sie alle mit.«

»Warum?«

»Weil wir sie vielleicht brauchen, um sie zu zwingen, uns zu helfen.«

Kara verschluckte sich an Schleim, der ihren Hals verstopfte, und spuckte ihn aufs Dach, dann setzte sie sich auf die Fersen zurück und wischte sich mit dem Handrücken einen

Speichelfaden von den Lippen. Die Flussratten griffen zu den Waffen, während eine Gruppe auf die Metallvorrichtung losstürmte, die sie als Brücke benutzten.

Richten trat jäh vor, packte sie am Arm und hievte sie auf die Beine. »Steh auf.« Zwei andere Flussratten unterzogen Adder derselben Behandlung, aber Gaven und Jack mussten ihn stützen. Er vermochte nicht, sich aus eigener Kraft auf den Beinen zu halten. Blut und Speichel tropften von seinen aufgeplatzten Lippen, sein Atem ging abgehackt und rasselnd. Doch als Kara genauer hinsah, erkannte sie, dass er die Schwere seiner Verletzungen übertrieb. Er versuchte, ihr etwas mitzuteilen, allerdings kam sie nicht dahinter, was.

Richten stieß sie auf die anderen zu. »Bleib bei ihnen. Rühr dich, und ich töte dich, ganz gleich, was Fletch will.«

Sie wurden zur Brücke getrieben, indem sie von beiden Seiten von Flussratten mit Speeren und Messern mit leichten Hieben gestupst und gestochen wurden. Eine große Gruppe rannte hinüber zu dem Gebäude auf der anderen Seite, während die behelfsmäßige Brücke unter jedem ihrer Schritte auf und ab wippte. Als Kara den Rand erreichte, spähte sie hinunter zum schwarzen Wasser, das in den Schatten verborgen tief unten floss, wie sie wusste. Sie überlegte, ob sie sich in die Tiefe stürzen sollte, doch kaum hatten sie die Brücke erreicht, ließ Richten sie anhalten und ihnen die Hände fesseln. Ein weiteres Seil wurde ihnen um die Mitte gebunden. Selbst, wenn Kara sprang, würde man sie am Seil einfach zurück aufs Dach ziehen.

Als ihr das stumpfe Ende eines Speers in den Rücken gestoßen wurde, setzte sie sich niedergeschlagen in Bewegung. Auf der anderen Seite der Brücke wurden ihr die Fesseln wieder abgenommen. Der Rest ihrer Gruppe folgte, auch Dylan, der von einer der Flussratten mit der Schulter unter seinem Arm gestützt wurde. Der junge Lumagus humpelte mit unsteten Schritten, ein glänzender Schweißfilm bedeckte sein vor Anstrengung verzerrtes Gesicht.

Umgeben von Flussratten ließ Kara den Blick über die umliegenden Dächer wandern, hielt Ausschau nach Allan oder irgendjemandem der anderen, während sie stumm betete, es möge ihnen gelungen sein, sowohl den Flussratten als auch den Tunnlern zu entkommen.

»Ich sehe weit und breit niemanden.« Gaven hatte immer noch Adders Arm über der Schulter, obwohl der Rüde mittlerweile aufrechter stand.

»Ich bezweifle sehr, dass Allan weiß, wo wir sind.« Adders Stimme ertönte kaum hörbar. »Und selbst, wenn er es wüsste, sollte er uns zurücklassen und nach Muld zurückkehren.«

»Warum?«

»Weil er ein Rüde ist.«

Kara wollte darauf hinweisen, dass Allan den Rüden schon lange vor der Zersplitterung den Rücken gekehrt hatte, doch dann beendete die Flussratte, die Dylan stützte, die Überquerung der Brücke und näherte sich ihnen. Er stieß den Lumagus in ihre Richtung. »Ihr helft ihm.« Kara fing ihn auf. Es gelang ihr, sich einen seiner Arme über das Genick zu schlingen und ihn auf den Beinen zu halten.

»Wohin bringen die uns?«, fragte Dylan.

»Weiß ich nicht. Aber bleib still, ganz gleich, was passiert. Von mir wissen sie, dass ich eine Lumaga bin, von dir wissen sie nichts. Wie schlimm ist es mit deinem Bein?«

»Ich kann es ein wenig belasten, vielleicht auch ein Stück aus eigener Kraft gehen. Aber rennen kann ich nicht.«

Fletch und Richten überquerten die Brücke, nachdem sie mit den Flussratten gesprochen hatten, die auf dem Dach ihres Unterschlupfs zurückblieben. Kaum hatten die beiden Anführer die andere Seite erreicht, wurden mit Handzeichen Befehle erteilt und die Brücke zurückgezogen. Kundschafter rannten voraus und verschwanden durch Löcher und Ritzen in dem Dach, auf dem sie sich befanden, nach unten. Die Hälfte davon hatte Kara nicht einmal bemerkt. Eine zweite

Welle wurde vorausgeschickt, dann setzte sich der Rest in Bewegung.

Sie stiegen durch den Hauptzugang drei Stockwerke hinunter, bevor sie durch ein Gewirr von Gängen und Räumen liefen. Flussratten rannten in regelmäßigen Abständen voraus, andere kehrten zurück, um Meldung zu erstatten, bevor sie erneut entsandt wurden. Fletch und Richten blieben dabei nie stehen.

Kara beobachtete sie ebenso aufmerksam, wie es Adder tat. Die Stärke der Gruppe, von der sie bewacht wurden, schwankte zwischen zwölf und zwanzig Ratten. Ein bis zwei trabten gelegentlich voraus oder ließen sich zurückfallen, um Eingänge oder schattige Nischen zu überprüfen. Das ausgelassene Gebrüll, das Kara von den Dächern kannte, war einer gespenstisch anmutenden, effizienten Stille gewichen, die nur von Fletchs oder Richtens Befehlen, gezischten Warnungen, schlurfenden Füßen und dem gelegentlichen Klappern von Waffen unterbrochen wurde.

Einmal wechselten sie mithilfe einer weiteren Brücke drei Stockwerke über dem Boden von einem Gebäude zum nächsten. Ein Teil des Hauses war eingestürzt, und sie umgingen die von Trümmern verstopften Innenräume. Bei einem weiteren Einsturzloch stiegen sie zwei Geschosse nach oben und anschließend auf der anderen Seite wieder hinunter. Die gesamte Westfassade des Gebäudes war verschwunden und bildete auf der Straße unten einen Geröllhaufen wie von einem Erdrutsch. Ein Blick durch ein Fenster verriet, dass sie sich näher zur Verkrümmung bewegten, deren gewölbter Außenrand vor ihnen aufragte. Neben ihnen floss das Wasser der Tiana dahin, aber weiter vorne strömte es durch einen Block niedrigerer Gebäude, deren Dächer als Brücke aus den Fluten ragten.

Kara schaute über die Schulter, suchte die Häuser hinter ihnen ab. Sie erblickte niemanden außer den Flussratten. Als sie sich Dylan auf ihren Schultern in eine neue Position hievte, wappnete sie sich gleichzeitig in Gedanken für das Kommende. Sie konnten nicht darauf zählen, dass irgendjemand sie retten würde. Irgendwie mussten sie allein einen Ausweg finden.

Kara konzentrierte sich auf Fletch und Richten und darauf, wohin sie gingen. Gleichzeitig entsandte sie die Sinne wieder zur Ley, tastete nach ihren Verläufen, als sie der Weg von den Dächern über dem Fluss wieder in die Gebäude führte. Mittlerweile bewegten sie sich stetig nach unten, und die Flussratten wirkten angespannter. Die Architektur der Gebäude veränderte sich, als sie in einen neuen Bezirk gelangten. Die Ley-Linien wurden unregelmäßiger, je näher sie der Verkrümmung kamen. Kara konnte es wie Schwingungen in der Luft fühlen. Fletch hatte gesagt, dass er einen Lumagus brauchte. Aber warum? Was würde er ...

Unvermittelt hielt Kara an.

»In Bewegung bleiben«, fauchte eine Flussratte hinter ihnen.

Kara warf einen Blick zu Adder. Er nickte. Offenbar wusste er bereits Bescheid. Er hatte schon auf dem Dach des Unterschlupfs der Flussratten versucht, es ihr zu vermitteln.

»Ich sagte, du sollst in Bewegung bleiben!« Die Flussratte rammte ihr das stumpfe Ende des Speers in den Rücken, und Kara stolperte vorwärts.

»Was ... ist?« Dylan brachte die Worte nur mit Mühe heraus, während er heftig nach Luft rang, um auf den Füßen zu bleiben.

»Ich weiß jetzt, wofür sie einen Lumagus brauchen. Sie wollen etwas aus der Verkrümmung holen. Die müssen bemerkt haben, dass einige der Scherben repariert worden sind.«

»Aber das warst nicht du. Jedenfalls nicht bis vor zwei Nächten.«

»Das spielt für die keine Rolle.« Kara überprüfte, ob sich

246

eine der Flussratten nah genug befand, um sie gehört zu haben, aber niemand schenkte ihnen Beachtung.

»Was genau wollen sie?«

»Keine Ahnung. Aber wie es aussieht, werden wir es bald erfahren.«

Vor ihnen betraten Fletch und Richten eine kleine Gasse, bogen erst nach links in die schmale Häuserschlucht ab und gingen dann rechts durch den Hintereingang eines großen Gebäudes aus Stein. Die Hinterzimmer erwiesen sich als voll von Tischen, Schreibpulten und Regalen, auf denen sich Bücher stapelten. Die meisten sahen aus, als seien sie gerade übertragen worden. Alte Bände lagen aufgeschlagen auf winzigen Staffeleien, daneben türmte sich frisches Papier. Bei einigen brach die Abschrift mittendrin ab, sodass Text und Buchmalereien die letzte offene Seite nur teilweise füllten.

Kara erhaschte lediglich einen flüchtigen Blick darauf, bevor sie durch eine große Doppeltür in den Hauptbereich des Gebäudes geführt wurden. Ein Bücherregal nach dem anderen kam im Licht der Fackeln der Flussratten zum Vorschein, eines streifte Kara mit einer Schulter. Schon im Hauptgang hatten sie kaum zu dritt nebeneinander Platz. Die davon abzweigenden Korridore schienen noch schmaler zu sein. Alle Bücher wirkten alt, gebunden mit Schnüren in Leder oder Holz. In dem Raum roch es nach Staub und Tod. Dann betraten sie durch eine weitere Doppeltür den Hauptbereich der Bibliothek.

Die beengten Stapel von innen wurden von Gängen abgelöst, die Regale wurden größer, die Decken höher. Auch die Bücher wirkten neuer. Die Bindungen waren aus Leim, das Papier dünner, die Einbände schwerer. Auch ein paar ledergebundene Ausgaben befanden sich darunter. Aber die Flussratten schenkten den Büchern keinerlei Beachtung und stiegen über Haufen hinweg, die sich infolge der Erdbeben aus den Regalen ergossen hatten und nun wild zwischen den Gängen verteilt lagen.

Als sie die Mitte der Bibliothek erreichten – einen runden, offenen Bereich mit Tischen und Stühlen zum Lesen sowie einem großen Schreibtisch für die Bibliothekare –, verlangsamten Fletch und Richten die Schritte. Fast die Hälfte der Flussratten wurde hinaus in die Eingangshalle beordert. Sie wieselten über den gesprungenen Marmorboden und durch die riesigen Türen, die teilweise offen blieben. Staub und Abfall funkelten im gelblichen Licht der Verkrümmung, das durch den Eingang hereinschien.

»Da draußen sollte niemand sein.« Karas Eskorte ließ die Mulder ein paar Schritte hinter Fletch anhalten. Richten klang verärgert. »Ich glaube nicht, dass sonst jemand weiß, was hier ist.«

»Das Wagnis will ich nicht eingehen. Nicht, wenn wir so nah dran sind.«

Der Anführer der Flussratten drehte sich zu Kara um. Im Licht der Verkrümmung mutete er wie ein Wahnsinniger an.

»Wir müssen uns einen Ausweg aus dieser Lage einfallen lassen«, murmelte Adder.

»Wie? Die Flussratten sind überall. Und wir haben keine Waffen.«

»Ich kann immer noch die Ley benutzen.« Alle drehten sich Kara zu. »Sie ist hier zwar unregelmäßig, aber es ist Energie vorhanden.«

»Dann folgen wir deinem Zeichen. Bleibt alle wachsam. Vermutlich müssen wir schnell handeln.«

Niemand hatte Gelegenheit, etwas zu erwidern. Eine Flut von Flussratten kam durch die Türen zurück hereingeströmt, um Bericht zu erstatten. Richten lauschte, dann wandte er sich an jene, die im Gebäude gewartet hatten. »Alles klar.«

Die Flussratten strömten aus der Bibliothek in den Bereich draußen. Vor den breiten Stufen des Gebäudes erstreckte sich ein Platz aus bunten, in einem Rautenmuster angeordneten Steinplatten bis zur nahen Verkrümmung, deren gesplitterte

Flächen hoch in die Luft stiegen. Nur ein kleiner Winkel in der Nähe war unversehrt geblieben. Durch die Ränder der Verkrümmung sah Kara ein anderes großes Gebäude, beinah ein Spiegelbild der Bibliothek, nur besaß jenes Bauwerk eisenbeschlagene Doppeltüren, und die wenigen Fenster waren schmal und hoch in den Mauern angebracht. Das Bauwerk strahlte etwas Massives aus, wirkte wie eine Festung.

Neben ihr versteifte sich Adders Körper, als er es erkannte. »Was ist das?«

»Das Zeughaus der Stadtwacht. Es wird randvoll mit Schwertern, Speeren, Messern sein – Waffen jeder Art. Vielleicht sogar Schwarzpulver. Wir dürfen nicht zulassen, dass es den Flussratten in die Hände fällt.«

Fletch war am Kopf der Stufen der Bibliothek stehen geblieben, um das in der Verkrümmung gefangene Zeughaus zu betrachten. Er schaute über die Schulter zurück.

»Beseitige diese Scherben und befrei das Zeughaus«, verlangte er, »sonst sterben all deine Freunde.«

* * *

Allan blieb verärgert stehen, als Sorelle warnend die Hand hob. Sie, Jaimes und der Rest ihrer Gruppe umzingelten ihn und die anderen Mulder und behielten sie aufmerksam im Auge. Die anderen Tunnler, darunter Cason, standen weiter vorn. Sorelle nahm ihre Pflichten als Wächterin ernst. Zu ernst. Allan konnte nichts sehen, sie befanden sich zu weit hinten. Das Schwert, das man ihm gegeben hatte, war nutzlos. Frustriert öffnete und schloss er die Finger abwechselnd um den Griff.

Als er sich einige Schritte nach vorn bewegte und sich Sorelle von hinten dicht näherte, wirbelte sie herum, die eigene Klinge halb gezogen. »Was soll das werden?«

Allan hob die freie Hand mit der Handfläche nach außen. »Ich kann nicht das Geringste sehen. Wie erwartest du von uns, dass wir helfen sollen, wenn wir so weit hinter den anderen sind? Bis wir mitbekommen, dass ein Kampf begonnen hat, wird er schon vorbei sein.«

Sorelle ließ ihre Klinge zurück in die Scheide sinken. »Ich traue dir nicht.«

»Das hast du bereits unmissverständlich klargestellt. Aber wir können nicht helfen, wenn wir nicht sehen, was vor sich geht.«

Sorelle lenkte ein und winkte sie vorwärts. Glenn und Cutter traten am Rand des Daches zu Allan neben Sorelle und zwei Mitglieder ihrer Gruppe. Artras, Tim und Carter blieben mit Jaimes, Laura und den anderen zurück.

Das Dach überblickte eine Fülle von Dächern. Jedes Gebäude wies eine andere Architektur und Höhe auf, aber alle ragten nur zwei oder drei Stockwerke empor. Allan erkannte das Haus wieder, das er benutzt hatte, um vor einigen Nächten die Flussratten zu beobachten, und ihren Unterschlupf dahinter. Über die Gebäude unten verteilt krochen die Schatten der Tunnler vorwärts und nützten die unterbrochenen Dachgesimse als Deckung. Cason und Ren führten jeweils eine kleine Gruppe von zwanzig Leuten an. Der Rest der Tunnler musste zurückgeblieben sein.

Allan verlagerte seine Aufmerksamkeit auf den Bereich der Flussratten und kniff die Augen zusammen, um in die Ferne zu spähen. »Da drüben tut sich nicht viel. Nicht wie früher.«

»Vielleicht sind eure Freunde ja schon tot. Die Flussratten lassen Gefangene nie lange am Leben.«

»Oder sie sind nicht mehr hier.«

»Wir werden es bald erfahren. Wir haben Späher, die ihren Unterschlupf beobachten. Cason fragt bei ihnen nach.«

Allan ließ sich nieder. Sein Blick wanderte über das Dach der Flussratten, dann hinunter zu Cason und Ren, die zusammentrafen und beratschlagten. Das Gebäude wirkte zu still. Allan wurde das Gefühl nicht los, dass ihr Unterschlupf größtenteils verwaist und nur von einer symbolisch zurückgelassenen Truppe besetzt war. Er zählte höchstens zwanzig Personen. Die Hälfte davon schien Wachdienst zu versehen, während sich der Rest auf die wenigen Feuer verteilte. In der Nacht, als er das Gemetzel an den Temeriten beobachtet hatte, waren es wesentlich mehr gewesen.

Schließlich zogen sich Cason und Ren zurück. Jemand gab ein Zeichen, und Sorelle wich von ihrem Aussichtspunkt zurück. »Kommt. Cason will reden.«

Sie stiegen die mittlere Treppe durch das Gebäude hinab. Links und rechts führten Türen in Wohnungen. Früher einmal war dies eine hochwertige Wohnanlage gewesen. Das Geländer bestand aus solider Eiche, von der Decke hingen Kronleuchter, in die Fenster zu beiden Seiten waren Buntglasscheiben eingelassen. Cason und Ren erwarteten sie am Treppenabsatz im ersten Stock, Cason mit einem Helm in der Armbeuge.

»Sie sind weg. Die Flussratten sind vor knapp einer Stunde aufgebrochen und haben eure Freunde mitgenommen. Meine Späher berichten, dass mindestens einer von ihnen getötet worden ist.«

»Wer?«

»Einer der Rüden.«

»Also Adder oder Kent. Und die anderen?«

»Am Leben. Der andere Rüde ist übel verprügelt worden. Der Mann ungefähr in deinem Alter hat ein kaputtes Knie. Die anderen stützen die beiden beim Gehen. Das Hauptaugenmerk des Anführers der Flussratten scheint der Frau zu gelten.«

»Sie müssen herausgefunden haben, dass Kara eine Lumaga ist.«

»Genau deshalb müssen wir sie aufhalten. Und zwar sofort. Bevor sie die Lumaga zwingen, etwas zu tun, das wir alle bedauern werden.«

»Wie zum Beispiel?«

Cason überging die Frage. »Meine Späher sind ihnen gefolgt. Sie haben den Fluss zum Rand der Verkrümmung überquert. Aber sie sind eine gute Stunde vor uns. Wir müssen uns beeilen.« Sie hob den Helm mit einer geschmeidigen Bewegung an und stülpte ihn sich auf den Kopf. Der Nasenschutz, die Schlitze für die Augen und die Wangenteile verliehen ihren Zügen ein wilderes Aussehen. »Sobald wir außer Sichtweite des Unterschlupfs der Flussratten sind, verlassen wir die Gebäude und benutzen die Straßen. Jetzt ist Geschwindigkeit wichtiger als Verstohlenheit.«

Die Tunnler um sie herum hatten sich bereits in Bewegung gesetzt. Cason und Ren führten die Gruppe durch ein in der Wand klaffendes Loch in das nächste Gebäude.

Sorelle brummelte etwas vor sich hin, dann seufzte sie und winkte Jaimes, Laura sowie den Rest weiter.

***

Kara wandte ihre Aufmerksamkeit wieder der Verkrümmung zu. Sie wusste, dass Fletch seine Drohung ernst meinte. Schon Kents Tod bewies das. Und sie hegte keine Zweifel daran, dass es Richten geradezu danach juckte, ihnen weitere Schmerzen zuzufügen. Auf dem Dach in der Nacht, in der man sie gefangen hatte, war er ja kaum in der Lage gewesen, sich zurückzuhalten.

»Tu's nicht, Kara. Vergiss uns. Lass nicht zu, dass sie …«

Der Satz endete unvollendet mit einem erstickten Schmerzensschrei und einem dumpfen Aufschlag, als ein Körper ausgestreckt auf dem Boden landete. Als Kara herumwirbelte, sah sie, dass eine der Flussratten den Arm um Gavens Kehle geschlungen hatte. Der Rücken des Wagenmeisters wölbte sich durch, die Spitze eines Messers schwebte nur zwei Fingerbreit vor seinem linken Auge. Adder stemmte sich bereits wieder auf die Knie hoch. Er hielt sich mit einem Arm die Körpermitte, wo er gerade brutal getreten worden war.

Fletch hatte sich nicht gerührt. »Soll er der Erste sein? Oder lieber einer der anderen? An welchem liegt dir am meisten?«

Kara drehte sich zurück zum Anführer der Flussratten. »Mir liegt an allen etwas.« Dann setzte sie sich in Bewegung und stieg die Stufen hinunter. Fletchs Augen weiteten sich leicht vor Überraschung, als sie ihn passierte, doch er sagte nichts. Richten brüllte Befehle, als die Gruppe hinunter auf den Platz vorrückte und sich der Verkrümmung näherte. Kara schaute zurück, um sich zu vergewissern, dass auch die anderen mitgeführt wurden, dann konzentrierte sie sich auf die Scherben vor ihr. Gleichzeitig entsandte sie die Sinne zur Ley und tastete die möglichen Linien um sie herum ab.

Es gab drei. Zwei schmale Linien erwiesen sich lediglich als Überreste eines unterbrochenen Knotens. Vor der Zersplitterung hätten sie mindestens fünfmal so viel Energie geleitet, und vom Knoten selbst wären weitere Verzweigungen ausgegangen. Aber die Verkrümmung hatte diese Anordnung auf eine Weise unterbrochen, dass nur mehr jene zwei Linien verblieben waren. Sie verliefen nach Nordosten und nach Westen.

Die Dritte enthielt mehr Ley, lag jedoch tiefer unter der Stadt und war daher schwerer zu erreichen.

Sie zapfte die zwei kleineren Linien an, als sie wenige Schritte von der Verkrümmung entfernt stehen blieb. Die Scherbenfläche vor ihr war bernsteinfarben, der Platz dahinter wies einen stumpfen Orangeton auf. Wie bei den Scherben, die sie zuvor gesehen hatte, war der Platz übersät von zurückgelassenen Wagen, Gepäck und den verschiedensten Habseligkeiten, die Menschen auf der Flucht weggeworfen hatten. Etwas Lebendes erblickte sie nicht – keine Pferde, sonstigen Tiere oder Menschen –, aber die Haare einer staubigen, wenige Schritte innerhalb der Verkrümmung auf dem Boden liegenden Puppe bewegten sich, als zerre ein gelegentlicher Windstoß daran. Also war die Zeit in dieser Scherbe nicht erstarrt. Die Scherbe reichte nicht ganz bis zum Zeughaus. Um die Ränder waren fünf andere Scherben sichtbar, und Kara vermutete mindestens eine weitere unter der Erde. Zwei davon kreuzten das Zeughaus, wobei der Großteil des Gebäudes in einer von beiden steckte. Von den anderen drei befand sich eine unmittelbar daneben und schien mit Rauch oder Nebel gefüllt zu sein. Eine weitere lag tiefer in der Verkrümmung …

Und die war mit Ley gefüllt.

Kara warf einen Blick zu Fletch, doch der Anführer der Flussratten starrte nur gierig auf das Zeughaus. Er spürte ihren Blick und drehte sich ihr zu.

»Brauchst du eine Veranschaulichung?«

»Die hat Richten schon geliefert.«

»Dann leg los.«

Kara deutete in Richtung der Scherbe. »Eine Scherbe dieser Größe zu befreien, ist nicht einfach. Ich werde Hilfe brauchen.«

»Von wem?«

»Von ihm.« Kara zeigte auf Dylan, der mittlerweile aus eigener Kraft stand. »Er ist auch ein Lumagus.«

Dylans Gesichtsausdruck entsetzter Kränkung konnte unmöglich gespielt sein. Die Augen ihres Gefährten weiteten sich, sein Mund klappte auf. Adder begann, die Verkrümmung abzusuchen. Er hielt inne, als er die Scherbe voll Ley bemerkte, und richtete den Blick auf Kara.

»Tu es.« Richten stieß Dylan vorwärts und folgte ihm mit wenigen Schritten Abstand.

»Was machst du denn?« Dylans Stimme klang panisch. »Ich dachte, ich sollte den Mund halten.«

»Solltest du auch. Aber jetzt brauche ich deine Hilfe. Du musst die Ränder der Scherbe halten, während ich arbeite, sonst könnte die gesamte Scherbe einstürzen.« Sie versuchte, mit den Augen auf die mit Ley gefüllte Scherbe zu deuten, doch Dylan war zu zerstreut, um es zu bemerken. »Ich werde *noch mehr* Hilfe brauchen, sobald die erste Scherbe beseitigt ist.«

Dylan begriff weiterhin nicht, aber Jack hinter ihnen wurde hellhörig. Zwar glaubte Kara nicht, dass ihm die mit Ley gefüllte Scherbe bereits aufgefallen war, doch immerhin erwies sich der Fährtensucher als aufmerksam.

Sie packte Dylan am Arm. »Halt einfach die Ränder fest, wie wir es schon gemacht haben.«

Damit drehte sie sich der Scherbe zu und zog gleichzeitig die Ley zu sich heran. Auch Dylan entsandte seine Sinne, doch sein Halt wirkte zittrig. Kara war nicht sicher, ob er die Ränder wirklich stützen könnte, aber sie schwieg. Stattdessen bildete sie die Nadel aus, wie sie es schon zuvor gemacht hatte. »Bereit?«

Dylans Halt an der Scherbe festigte sich.

Kara stach in die Fläche der Scherbe und kontrollierte ihren Einsturz, als sich das Loch weitete. Hinter ihr stieß Richten einen Triumphruf aus, in den die Flussratten mit einstimmten. Die aus der Scherbe entweichende Luft strömte ihr ins Gesicht. Sie roch nach Regen. Der Boden hinter der Fläche erwies sich als feucht, als wäre vor Kurzem ein leichter Schauer darüber niedergegangen.

Als die Fläche beseitigt war, trat Kara vor und hob die Puppe auf. Sie erwies sich als nass, war aber nicht so sehr durchweicht, dass die Brise das hellblaue Kleid nicht zum Flattern bringen konnte.

»Jetzt die Nächste.« Kara schaute auf und stellte fest, dass Fletch sehr nahe stand. Sein Körper wirkte unnatürlich regungslos.

Kara ließ die Puppe fallen. »Wir müssen warten.« Sie deutete auf Dylan. »Er muss sich erholen. Ihr habt ihn so schlimm verprügelt, dass er nicht mehr viel Kraft hat.«

Fletch trat einen kleinen Schritt näher, wodurch seine Nase die ihre fast berührte. »Befrei die nächste Scherbe, oder er stirbt.«

»Ich weiß nicht, ob …«

Fletch gab mit einer Hand ein Zeichen, und bevor Kara protestieren konnte, holte Richten ein Messer aus einer Scheide am Handgelenk und zog Dylan mit einem Ruck an seine Seite. Niemand rührte sich. Die Flussratten waren verstummt. Erwartungsvolle Anspannung pulsierte in der Luft.

»Tu es.«

Kara rückte in die befreite Scherbe vor. Der Geruch von Regen verstärkte sich. Über ihr befand sich eine mit Rauch gefüllte Schicht der Scherbe. Zu ihrer Linken pulsierte die Fläche der mit Ley gefüllten Scherbe in einem grellen weißen Licht mit blauem Einschlag. Kara konnte die darin gefangene Energie spüren, die befreit werden wollte. Diese Scherbe war zum Platzen gesättigt mit Ley. Eine weitere Fläche verlief in steilem Winkel nach oben geneigt und unterhalb der Ley-Scherbe. Kara wagte nicht, direkt zu der Fläche oder zur Ley zu schauen. Sie ließ ihre Aufmerksamkeit stattdessen auf die schräge Wand der Scherbe gerichtet, die links vom Zeughaus und zu den Bäumen am gegenüberliegenden Ende des Platzes verlief. Während sie weiterging, folgten ihr die Flussratten mit den Gefangenen. Einige blieben draußen als Wachen zurück. Kara sicherte sich Adders Aufmerksamkeit und neigte den Kopf unscheinbar nach rechts, weg von der Ley. Der Rüde bewegte sich unauffällig in diese Richtung. Ein paar der Flussratten taten es ihm gleich, überwiegend jedoch verteilten sie sich und füllten den offenen Bereich des Platzes aus.

Fletch blieb hinter Kara und auf der Hut, knapp außer Reichweite.

Als Kara vor der nächsten Scherbe stand, hob sie die Hände, biss die Zähne zusammen und schloss die Augen, um sich konzentrieren zu können. »Ich habe das noch nie allein gemacht.« Sie entsandte die Sinne zur Scherbenfläche und teilte ihre Aufmerksamkeit. Mit einer Hälfte umhüllte sie die Ränder und bemühte sich, diese stabil zu halten, mit dem Rest formte sie die Nadel, die sie brauchte, um das Hindernis zu durchdringen. »Falls ich die Kontrolle verliere, könnte ich dadurch eine Kettenreaktion auslösen. Die gesamte Verkrümmung könnte in sich zusammenfallen.«

Sie stieß mit der Nadel zu. Die Spannung, durch die sich die Fläche in einem stabilen Zustand hielt, verpuffte, und Kara versuchte, den dadurch erfolgenden Einsturz zu kontrollieren. Allerdings erwies er sich als zu stark für ihre geteilte Aufmerksamkeit. Die Fläche entglitt ihrem Halt, und mit einem Aufschrei stützte sie die Ränder. Die Fläche fegte durch die Luft, schnitt durch die Äste der Bäume und krachte dann in die Ränder.

Die Wucht des Zusammenstoßes jagte ein Beben durch die gesamte umliegende Struktur der Verkrümmung, doch sie blieb bestehen. Kara glaubte nicht, dass sie auch ohne ihre Unterstützung erhalten geblieben wäre. Die abgetrennten Äste der Bäume krachten zu Boden, der dickste so breit wie Karas Oberschenkel. Einer zerbrach in der Mitte mit einem widerhallenden Knirschen.

Dann kehrte für einige Atemzüge Stille ein.

Schließlich brachen die Flussratten erneut in Jubel aus, der in einen johlenden Sprechgesang überging. Kara atmete stockend aus, als sie die Arme senkte und die Augen aufschlug. Die linke Seite des Zeughauses befand sich wenige Schritte entfernt, war allerdings nach wie vor in der Verkrümmung gefangen und somit unerreichbar.

Fletchs Hand schlang sich mit schmerzhaft festem Griff um Karas Oberarm. »Noch eine.«

»Du bist wahnsinnig! Ich konnte schon diesen Einsturz nur mit Müh und Not bändigen. Hast du nicht gespürt, wie die Verkrümmung erzittert ist?«

Fletch zog sie mit einem Ruck näher. »Ich brauche, was in diesem Zeughaus ist. Befrei es sofort, oder ich töte dich und warte, bis der andere Lumagus seine Kraft zurückerlangt hat. Dann wird er es tun.«

Kara fiel auf, dass er das Messer gezogen hatte und die Klinge in der Nähe ihres Bauches schwebte. »Nein. Ich mache es.«

Sie schüttelte seine Hand ab und drehte sich der verbliebenen Scherbe zu. Kara hob erneut die Hände und schloss die Augen.

Aber statt die Sinne nach vorn zu entsenden und die Scherbe mit dem Zeughaus in Angriff zu nehmen, erfasste sie die Scherbe, die randvoll mit Ley war. Gleichzeitig stupste sie Dylan mit dem Geflecht und spürte, wie der Lumagus erschrocken zuckte, bevor er vorsichtig selbst die Sinne entsandte und sich ihr anschloss. Zuvor hatte er ihre Hinweise und Warnungen nicht mitbekommen – sie konnte nur hoffen, dass er nun aufmerksamer war.

Kara bildete die Nadel aus und stützte die Grenzen der Ley-Scherbe. Dann holte sie tief Luft, zentrierte sich und spannte den Körper an.

Plötzlich ertönte aus der Richtung der Bibliothek von außerhalb der Verkrümmung ein Schrei – ein hoher, schriller Schmerzensschrei –, gefolgt von einer gebrüllten Warnung und dem Klirren von Waffen.

Jäh riss Kara die Augen auf und drehte sich mit nach wie vor erhobenen Armen um. Neben ihr trat Fletch einen Schritt auf den offenen Platz zu. Der Rest der Flussratten, darunter Richten, tat es ihm gleich.

Auf den Stufen der Bibliothek lagen ausgestreckt zwei Körper. Pfeile ragten aus ihren Rücken. Eine dritte Gestalt – das Mädchen, das den durch Mark und Bein gehenden Schrei ausgestoßen hatte – war auf die Knie gefallen und hielt den linken Arm vor sich gestreckt. Ein Pfeil hatte ihren Bizeps durchschlagen und stand mehrere Fingerbreit auf der anderen Seite heraus. Blut tropfte von der Spitze. Sie versuchte, sich auf die Beine zu rappeln, da schlug ein weiterer Pfeil in ihren Hals ein.

Als sie nach vorn kippte, stürmten Leute durch die Türen der Bibliothek heraus und herunter auf den Platz. Die Flussratte, die Alarm geschlagen hatte, setzte sich unstet vorwärts in Bewegung, und als wäre es ein Zeichen gewesen, folgte dem Jungen der Rest der Flussratten außerhalb der Verkrümmung wie eine Flutwelle. Der Anführer der angreifenden Truppe – dessen Helm einen Großteil des Gesichts verbarg – hob ein langes Schwert und marschierte ihnen entgegen. Dann prallten die zwei Streitkräfte geräuschvoll im Nahkampf aufeinander.

»Unterirdische!« Richten wirbelte zu Fletch herum. »Was machen die hier? Wir sind weit außerhalb ihres Gebiets.«

Fletch erwiderte nichts. »Maus, renn zurück zum Unterschlupf und warn die anderen. Richten, schaff alle sofort hierher!«

Der Anführer der Flussratten drehte sich Kara zu, doch sie wartete nicht ab, was er tun würde.

Mit weiterhin hoch erhobenen Armen trieb sie die Nadel in die Scherbe mit der Ley.

Die Barriere zwischen der Ley und der Welt außerhalb der Verkrümmung erzitterte wabernd und zerplatzte dann wie eine Seifenblase. Die gefangene Ley ergoss sich aus der Öffnung.

Das weiße Licht verhielt sich wie Wasser. Fletch wirbelte herum, gerade noch rechtzeitig, um zu sehen, wie das weiße Licht auf die schräge Scherbenfläche darunter traf und den Trichter entlang auf sie zufloss. Kara spannte den Körper an, während sie die Ränder der Scherbe festhielt. Sie wusste nur allzu gut, dass die Ley auf sie zuhielt …

Dann jedoch bildete sich vor ihr eine unsichtbare Wand.

Die entfesselte Ley toste auf sie herab wie eine Flutwelle und umfing die ersten Flussratten. Ihre Schreie verstummten abrupt, als die intensive, rohe Energie der Ley sie auslöschte. Wuchtig prallte sie aufspritzend gegen die Scherben zu beiden Seiten, als mehr und mehr davon herabströmte. Dylan brüllte trotzig auf, als die Ley den von ihm geschaffenen Schutzschild erfasste und über und um Kara, Fletch, Dylan, Richten, Gaven, Adder, Jack und sechs Flussratten schwappte. Der gesamte Rest der Flussratten in der Verkrümmung wandte sich zur Flucht. Die meisten wurden von der Ley überrollt, als sie durch die Öffnung hinaus auf den Platz dahinter brandete.

Niemand sonst hatte sich gerührt.

Außer Adder.

Er schüttelte Gaven ab, der ihn vermeintlich gestützt hatte, rammte drei steife Finger in die Kehle einer Flussratte, packte den röchelnden Körper mit dem anderen Arm und entwaffnete den Überwältigten. Mit gezücktem Schwert stieß er den sich windenden Jungen auf die zwei Flussratten neben Jack zu und griff bereits den nächsten Burschen an, der die Attacke erst bemerkte, als die Klinge in seine Brust sank.

Der Junge hustete Blut, und die schwarzrote Flüssigkeit ergoss sich auf die Vorderseite seines Hemds. Eine der Flussratten in der Nähe von Jack fing den Körper des Kameraden auf. Jack verrenkte sich mit einer Bewegung, die Kara nicht ganz mitbekam. Etwas knackte knirschend, und die zweite Flussratte fiel mit einem gebrochenen Arm zu Boden. Jack entwaffnete sein Opfer und wirbelte herum, doch Adder hatte sich bereits auf die zwei Flussratten zubewegt, die sich am weitesten entfernt befanden. Beide versuchten, sich mit ihren Speeren zu verteidigen, aber Adder erwies sich als entschieden zu schnell für sie. Einer fiel mit am Gelenk abgetrennter Hand. Sein Kreischen hallte innerhalb von Dylans Schutzschild auf eigenartige Weise wider. Die andere Flussratte, ein Mädchen, konnte gerade mal zwei Hiebe abwehren, bevor ihr Adder das Schwert in die Seite trieb.

Sowohl Adder als auch Jack drehten sich Richten und

Fletch zu. Richten hatte Dylan so herumgedreht, dass er ihnen zugewandt stand, und er hielt dem Lumagus die Schneide seines Messers an die Kehle.

Fletch hatte sich immer noch nicht gerührt. Sein Mund bildete eine missbilligende, schmale Linie, sein Blick folgte Adders Bewegungen. Er schien sich der Gefahr der wenige Schritte entfernten Ley nicht bewusst zu sein, obwohl er gesehen haben musste, was sie bei den Flussratten bewirkt hatte, die ihr in die Quere gekommen waren.

»Kommt nicht näher, oder ich töte ihn.«

»Sei nicht blöd, Richten. Sobald du den Lumagus tötest, sterben wir alle. Er ist derjenige, der die Ley von uns fernhält.« Fletch sah Kara an. »Was jetzt?«

Kara ließ von den Rändern der Ley-Scherbe ab und senkte die Arme. »Ihr lasst uns gehen.«

Bevor er etwas darauf erwidern konnte, presste Dylan angespannt hervor: »Kara.«

Fletch verengte die Augen zu Schlitzen. »Und wenn nicht?«

»Kara, ich kann den Schild nicht mehr halten.« Dylan schwitzte mit bleichem Gesicht.

»Dann verliert Dylan den Halt um den Schutzschild, und wir sterben alle.«

Die Muskeln in Fletchs Kieferpartie traten verkrampft hervor, als er hörbar mit den Zähnen knirschte. »Richten, lass ihn los.«

Die Flussratte warf Dylan praktisch von sich. Gaven fing den Lumagus auf.

Gleichzeitig entsandte Kara ihre Sinne und errichtete einen eigenen Schutzschild unter dem von Dylan, nur einen Lidschlag, bevor seiner zusammenbrach. Die Ley wogte einen Schritt näher, doch wieder rührte sich Fletch nicht. In Gedanken stieß Kara einen wüsten Fluch aus. Hätte sie mehr Zeit gehabt, wäre es ihr möglich gewesen, einen Schild nur um die Menschen aus Muld hochzuziehen.

»Ihr wollt nicht mit den Unterirdischen gehen.«

»Warum nicht?«

Fletch antwortete nicht.

Kara bewegte sich langsam um ihn herum, dann tauschte sie den Platz mit Richten. Ihr fiel auf, dass die Kraft der aus der reparierten Scherbe strömenden Ley nachgelassen hatte. Sie schwappte zwar immer noch gegen den Schild, doch schon bald würde sie nicht mehr hoch oder geballt genug sein, um jemandem zu schaden. Sie konnte fühlen, dass sie bereits in den Boden einsickerte und sich den Weg zu den neuen, von der Zersplitterung geschaffenen Ley-Linien bahnte.

Als Adder sie an der Schulter berührte, zuckte sie erschrocken zusammen. Jack und er flankierten sie, als sie gemeinsam von den beiden Flussratten zurückwichen.

»Uns bleibt nicht viel Zeit.«

»Das sehe ich.«

Fletch schaute zurück, als hätte er sie gehört.

Kara löste den Schutzschild auf. »Lauft!«

Ihr letzter flüchtiger Blick auf Fletch und Richten zeigte ihr, wie beide die Arme hochrissen, um sich zu schützen, als sie vor der herabstürzenden Ley zurückzuckten. Richten schrie voll Grauen auf, als sie ihn erfasste.

»Sind sie tot?«

»Nein! Dafür ist die Ley nicht mehr stark genug.«

Adder fluchte wüst. Gleich darauf holte die Ley sie ein, umspülte ihre Beine und stieg fast bis zu den Hüften hoch an. Sie verursachte ein Kribbeln in Karas Beinen, und die Härchen an ihren Armen richteten sich auf. Adder und die anderen wateten vorwärts. Gaven stützte Dylan.

Sie gelangten durch das Loch in der Verkrümmung hinaus auf den Platz, wo sie unvermittelt anhielten. Vor der Bibliothek herrschte ein heilloses Chaos. Flussratten kämpften überall gegen Tunnler, außer in einem großflächigen Bereich vor ihnen, wo die Ley auf den Platz geflossen war. Das weiße

Licht breitete sich wie ein Teich aus, war mittlerweile nur noch knöcheltief, und es verebbte rasch. Sowohl die Flussratten als auch die Tunnler mieden die Ley.

»Hier lang.« Adder packte Kara am Arm und zog sie vom Kampfgeschehen weg. Sie bewegten sich die Verkrümmung entlang nach links und steuerten quer über den Platz auf das nächstgelegene Haus zu. Über ihnen zuckten die grellweißen Blitze der Verkrümmung. Adder ging voraus, gefolgt von Jack. Beide hielten die Schwerter kampfbereit erhoben. Aber der Großteil der Schlacht fand am Fuß der Stufen der Bibliothek statt.

Sie hatten den Rand des Platzes beinah erreicht, als Kara jemanden rufen hörte – eine vertraute Stimme.

Abrupt blieb sie stehen und schaute zurück. Gaven und Dylan stießen von hinten mit ihr zusammen.

»Bleib in Bewegung! Wir haben's fast geschafft!«

Kara schüttelte den Kopf, ließ den Blick nach wie vor über den Kampf wandern, suchte die Gesichter ab. »Ich könnte schwören, dass ich gehört habe, wie …« Dann weiteten sich ihre Augen, und sie wirbelte zu Adder herum. »Da ist Allan! Er kämpft zusammen mit den Tunnlern!«

»Was?« Adder trabte zu ihnen zurück. »Wo?«

»Da, weiter hinten, oben auf den Stufen der Bibliothek. Ich kann Allan, Glenn und Cutter sehen.«

»Ich sehe sie auch. Was ist mit den anderen?«

»In der Bibliothek vielleicht?«

»Möglich. Aber wir können nicht direkt zu Allan und den anderen laufen. Dafür müssten wir uns den Weg durch die Flussratten erkämpfen.« Adder deutete zurück zur Straße. »Jack, übernimm die Spitze. Gaven und Dylan gehen als Nächste. Kara und ich folgen euch. Lauft ein, zwei Blöcke die Straße hinunter und steuert dann von hinten die Bibliothek an.«

Jack brach auf, Gaven und Dylan humpelten hinter ihm her. Adder und Kara folgten ihnen langsamer.

»Irgendetwas stimmt hier nicht.«

»Was meinst du damit?« Kara schaute zurück zu Allan. »Es sieht so aus, als würden sie zusammen mit den Tunnlern kämpfen.«

»Das tun sie. Aber wirf mal einen Blick auf die Tunnler um sie herum. Die kämpfen nicht nur gegen die Flussratten. Sie behalten gleichzeitig Allan, Glenn und Cutter aufmerksam im Auge.«

Nun, da er sie darauf hingewiesen hatte, konnte es auch Kara sehen. Mindestens fünf der Tunnler im Umfeld der Mulder blieben dicht bei ihnen, auch dann, wenn sich offensichtliche Gelegenheiten auftaten, weiter die Stufen hinunter vorzurücken. Ihre Freunde waren umzingelt. »Wir werden wohl erst erfahren, was los ist, wenn wir sie erreichen.«

Mittlerweile waren sie auf die Straße gelangt. Als sie das Gebäude passierten und der Platz und die Kampfhandlungen aus ihrem Sichtfeld verschwanden, meinte Kara zu sehen, dass Cutter in ihre Richtung schaute.

ELF

»Sie sind entkommen!«

Allan schlug das Schwert einer Flussratte aus dem unbeholfenen Griff des Jungen und schlitzte über dessen Brust, bremste den Schwung jedoch ab, um nicht zu tief zu schneiden. Als ihn der Junge verdattert anglotzte und dann zusammenbrach – Blut trat in einer dünnen Linie quer über seine Brust aus, und die Kleidung klappte von dem Schnitt nach unten –, trat Allan zurück und nahm Sorelle und den Rest ihrer Aufpasser zu beiden Seiten wahr. Er ließ den Blick über das Kampfgeschehen wandern. »Ich sehe sie nicht.«

Cutter hieb auf die Flussratte vor ihm ein. Das Mädchen krümmte sich über den verwundeten Arm und stieß einen verhaltenen Schrei aus. Der Fährtensucher zeigte mit dem Schwert über den Platz. »Sie sind gerade hinter dem Gebäude da verschwunden.«

Allan konnte sie zwar nicht mehr sehen, aber er drehte sich Sorelle zu. »Sorelle!«

»Ich hab's gehört.« Sie rammte die Klinge in die Brust eines Gegners. »Ich gebe Cason Bescheid, dass wir uns zurückziehen können.« Damit wandte sie sich ab, hob die Finger an die Lippen und stimmte einen durchdringenden, schrillen Pfiff an.

Die Tunnler auf dem Platz begannen, sich kämpfend zurückzuziehen. Die Flussratten setzten ihnen während des gesamten Weges zu. Sorelles Gruppe scharte sich um Allan, Glenn und Cutter und scheuchte sie zurück in die Bibliothek, wo Artras, Carter und Aaron mit Tim warteten, der sie bewachte. Alle trugen für den Fall Waffen, dass die Flussratten durchbrachen, doch es war offensichtlich, dass Carter und Aaron nicht viel zum Kampf hätten beitragen können. Artras schien sich mit ihrer Waffe überraschend wohlzufühlen, wenngleich sie mit ihrer Länge unhandlich im Griff der älteren Frau aussah.

Als sie in die Schatten der Bibliothek traten, kamen unten auf dem Platz zwei Flussratten aus dem klaffenden Loch in der Verkrümmung hervor, wo sich einst eine Scherbe befunden hatte. Der Größere der beiden betrachtete abwägend die Kampfhandlungen, bevor er etwas zum anderen sagte, der gleich darauf Befehle brüllte.

Dann verlor Allan sie aus den Augen, als Sorelle und der Rest der Tunnler durch die Doppeltüren der Bibliothek strömten. Der Lesebereich im Inneren füllte sich rasch, und Sorelle schickte alle zurück zwischen die Regalreihen.

Allan stieß mit Artras zusammen, die ihn am Hemd packte. »Kara? Ist sie in Sicherheit?«

»Ich habe sie selbst nicht gesehen. Aber Cutter sagt, sie ist entkommen.«

»Gut. Nach allem, was ich bisher in Erenthrall gesehen habe, brauchen wir sie mehr denn je.«

Allan wollte die Lumaga gerade fragen, was sie damit meinte, als plötzlich Cason auftauchte. Mit Gebrüll jagte sie die Flussratten, die sich wie ihre Namensvettern um sie scharten, zurück hinaus, und eine Reihe von Tunnlern schloss die Türen, damit sie auch draußen blieben. Andere schleppten Tische herbei, um sie zu verbarrikadieren. Cason ließ indes den Blick suchend durch den Raum wandern, bis sie Sorelle sichtete.

»Wo sind sie?«

Sorelle zeigte auf Cutter. »Er hat gesehen, wie sie aus der Verkrümmung entkommen sind.«

»Wohin sind sie verschwunden?«

»Sie sind aus der Verkrümmung gelaufen und nach rechts

abgebogen. Zuerst sind sie auf die Straße, aber sie haben Allan und den Rest von uns auf den Stufen kämpfen gesehen.«

»Bist du sicher?«

»Ja.«

Ren drehte sich Cason zu. »Dann werden sie wohl versuchen, einen Umweg hintenrum zu nehmen und uns zu finden.«

»Die Flussratten werden nicht untätig auf dem Platz bleiben und uns einfach so entkommen lassen.« Sie wandte sich an Sorelle und Allan. »Wir müssen sie unterwegs auflesen. Das überlasse ich euren beiden Gruppen. Wir konzentrieren uns darauf, den Rückzug zu decken.«

Sie setzten sich in Bewegung. Die Tunnler strömten zwischen den Regalreihen der Bibliothek hindurch in das Hinterzimmer, dann weiter hinaus in die Gasse und die Straßen dahinter. Kundschafter eilten voraus und verteilten sich, sobald sie ins Freie gelangten. Sorelle, Jaimes, Laura und der Rest bildeten einen losen Kreis um Allan und die Mulder, als sie nach links in die Richtung bogen, in die Kara und die anderen Cutter zufolge geflohen waren. Sorelle und die restlichen Tunnler ließen die Aufmerksamkeit nach vorn gerichtet. Gelegentlich tauchte einer der Kundschafter an einer Tür, einem Fenster oder auf einem Dach auf, gab wortlos Zeichen und verschwand wieder. Allan kannte die Gesten von den Rüden; Cason musste sie ihnen beigebracht haben. Er sah sich unablässig sowohl vor als auch hinter ihnen um.

Bei einem Blick zurück vermeinte er, auf einem Dach eine Gestalt stehen zu sehen, die sich als Umriss vor den vom Mond erhellten Wolken abzeichnete. Zu den Füßen der Gestalt erspähte er die Silhouetten zweier Halbwölfe. Als er blinzelte, um den Blick zu konzentrieren, waren die schwarzen Schemen verschwunden. Er spähte suchend über die umliegenden Gebäude, sichtete jedoch nichts mehr.

Dann rief Sorelle eine Warnung. Als Allan herumwirbelte,

schwärmten die Tunnler auf die Straße aus. Vorne standen Adder und Kara vor Jack, Dylan und Gaven. Der Wagenmeister stützte Dylan. Alle hatten dunkle Blutergüsse in den Gesichtern, insbesondere Adder, wenngleich er sein Schwert mit nüchterner Selbstsicherheit hielt. An Karas Kehle zeichneten sich blaue Flecke in Form eines Handabdrucks ab, als hätte sie jemand gewürgt.

Kent konnte er nirgendwo entdecken.

»Wartet! Wir sind hier, um zu helfen!«

Adder spähte zu Allan. »Wie können wir uns sicher sein?«

Sorelle spuckte aus und fluchte leise, ehe sie Allan ansah. »Für so etwas haben wir keine Zeit.«

Allan dachte an die Gestalt mit den Halbwölfen und musste ihr recht geben.

Er trat vor und ließ das Schwert sinken. »Wir sind gekommen, um euch herauszuhauen. Die Flussratten werden uns jeden Moment eingeholt haben.«

Er hörte, wie sich hinter ihm die Straße entlang die Geräusche von Kampfhandlungen näherten. Also hatten es die Flussratten bereits durch die Bibliothek geschafft. Und weitere Flussratten würden sich genau wie Adder und Kara den Weg um die Gebäude herum bahnen.

Kara murmelte etwas zu Adder, der nickte. Seine Schultern entspannten sich. »Dylan kann kaum laufen. Kent ist tot.«

»Haben wir gehört.« Dann sagte er zu Sorelle: »Wann immer du bereit bist.«

Sorelle drehte sich um und stimmte einen weiteren durchdringenden Pfiff an, bevor sie auf eine Nebenstraße hinter Adder und den anderen deutete. »Da lang.«

Beide Gruppen setzten sich in Richtung der Straße in Bewegung. Allan steuerte im Rennen auf Kara zu.

»Geht es euch allen gut?«

»Nein, geht es uns nicht. Keinem von uns.«

Sorelle brüllte: »In die Ley-Station.« Sie eilten die Stu-

268

fen einer weiteren Ley-Station hinauf. Sorelle hielt die unversehrte Tür auf und scheuchte die anderen so schnell wie möglich hindurch. »Nehmt den rechten Tunnel hinunter zur Plattform, dann biegt ihr nach rechts in den Barkassenkanal.«

Sie liefen um eine Statue aus Stein herum, die einen Schwarm fliegender, auf die zerschmetterte Glasdecke zuhaltender Vögel darstellte, durchquerten das Zwischengeschoss und betraten anschließend den Tunnel. Jaimes und Laura rannten den abschüssig verlaufenden Korridor voraus, bis sie die Plattform erreichten. Sie steuerten geradewegs auf den rechten Rand zu, wo die Barkassenlinie nach Südwesten abzweigte. Jaimes und Laura wurden nicht einmal langsamer und sprangen einfach in den Kanal. Jaimes drehte sich um und bedeutete Artras und Glenn, ihm nach unten zu folgen. »Kommt!«

Glenn sprang. Artras drehte sich um und hievte ihren Körper über die Seite. Allan blieb unmittelbar hinter Carter, Adder und Cutter stehen, die alle ebenfalls hastig hinunterstiegen.

Neben ihm atmete Kara stockend durch.

»Was ist denn?«

»Durch diese Linie fließt immer noch Ley.«

»Ich sehe nichts.«

»Sie ist nicht so geballt, dass sie sichtbar wäre, aber hier ist Ley vorhanden.«

Weitere Leute von Sorelle gelangten auf die Plattform, gefolgt von Sorelle selbst.

»Was die Tunnel angeht, scheinen diese Leute zu wissen, was sie tun.« Allan packte Karas Oberarm. »Wir werden ihnen vertrauen müssen.«

Zusammen ließen sie sich in den Kanal aus Stein hinunter, dann huschten sie in die tieferen Schatten des Tunnels. Nach zwanzig Schritten ließ Sorelle alle anhalten und ordnete Stille an. Sie lauschte mit schief gelegtem Kopf. Ihre Gestalt zeichnete sich nur als schwacher Umriss vor der runden Mündung des Tunnels hinter ihr ab.

Schließlich drehte sie sich um und gab Jaimes ein Zeichen, der aus einer kleinen Nische eine Laterne hervorholte und anzündete. Allan war alles andere als begeistert darüber, dass es sich bei der Nische in Wirklichkeit um einen gewaltigen Sprung im Tunnel handelte, der sich über die Decke bis hinüber zur anderen Seite erstreckte. Eine Folge der Zersplitterung, vermutete er. Oder der Beben, die darauf gefolgt waren.

»Man hat uns nicht gesehen.« Sorelles Blick wanderte über Kara und die anderen Neuankömmlinge der Gruppe. »Wer von euch sind Lumagier?«

»Ich. Und Dylan da drüben, der Verletzte.«

»Habt ihr das Zeughaus für sie befreit?«

»Nein.«

»Gut. Dann müssen wir euch nicht töten.«

Allan vermochte nicht zu sagen, ob es Sorelle ernst meinte, bis er bemerkte, wie Jaimes ein Stück abseits die Augen verdrehte. Was ihn dennoch nicht sonderlich beruhigte. Seine alten Rüdeninstinkte regten sich, und er hatte vor langer Zeit gelernt, nicht über sie hinwegzusehen.

Sorelle winkte alle weiter in den Tunnel. Jaimes ging mit der Laterne voraus. Sowohl vor ihnen als auch hinter ihnen befanden sich Tunnler. Der alte Barkassenkanal wies eine Abzweigung nach rechts, dann eine nach links auf, doch sie wichen erst vom Hauptverlauf ab, als sie eine weitere Abzweigung nach links erreichten.

Kara zupfte an Allans Ärmel, während sie sich durch die Dunkelheit bewegten. Sobald sie nach links abgebogen waren, murmelte sie leise: »Wir haben die Ley verlassen.«

Sie passierten einige Verbindungsstellen, an denen es hinunter in tiefere Ebenen oder hinauf zu höheren Geschossen ging. Für den Zweck gab es Leitern, die offensichtlich die

Tunnler aufgestellt hatten. An einer Stelle überquerten sie eine Reihe notdürftiger Brücken wie jene, die von den Flussratten benutzt wurden, weil in den einst mit Ley gefüllten Kanälen mittlerweile Wasser floss. Das Geräusch der Fluten, die sich als schmaler Wasserfall von oben herabergossen, wirkte nach der Stille in den Tunneln geradezu ohrenbetäubend, aber der feine Sprühnebel, der davon aufstieg, kühlte angenehm.

Als sie hinaus in den Heimstützpunkt der Tunnler gelangten und Menschen herbeieilten, um Sorelle und den anderen die Waffen abzunehmen und ihre Wunden zu behandeln, fühlten sich Allans Arme schwach an und zitterten vor Erschöpfung. Er protestierte nicht, als Sorelle befahl, sie zurück in denselben kiesigen Tunnel zu bringen, in dem sie zuvor eingesperrt gewesen waren. Dylan nahmen die Tunnler mit, um sein Bein zu versorgen. Allan stand beschützerisch und schweigend beobachtend vor dem ihnen zugedachten Kerker, doch niemand setzte dazu an, sie hineinzudrängen und das Gitter zu schließen.

Als er sich in den Tunnel duckte, fand er Artras und Kara ins Gespräch vertieft vor. Die anderen hatten sich so gemütlich wie möglich ausgestreckt und massierten geschundene Arme oder Beine, leckten ihre Wunden. Gaven untersuchte planvoll Adders Körper. Der Rüde zuckte zusammen, wann immer der Wagenmeister eine empfindliche Stelle berührte. Aaron verdingte sich dabei als Helfer. Offensichtlich war Adder wesentlich schlimmer verprügelt worden als die anderen.

Alle schauten auf, als Allan eintrat. Er begegnete jedem Blick, zuletzt dem von Adder. »Was ist mit Kent passiert?«

»Die Flussratten haben ihn umgebracht.«

»Wieso?«

»Um uns einzuschüchtern.«

»Was wollten sie?«

»Lumagier, um das in der Verkrümmung gefangene Zeughaus zu befreien.«

Jemand hüstelte, und als sich Allan umdrehte, erblickte er Sorelle am Eingang des Tunnels.

»Ich bin gekommen, um euch zu sagen, dass euer anderer Lumagus …«

»Dylan. Sein Name ist Dylan.«

»Dann eben Dylan. Es geht ihm gut. Sein Knie ist nur verknackst. Wir haben es verbunden. Er wird zwar noch eine Weile humpeln, aber er wird sich davon erholen.«

Damit wandte sie sich zum Gehen, aber Glenn trat vor und stellte eine Frage. »Was habt ihr jetzt mit uns vor?«

»Darüber werdet ihr mit Cason reden müssen.«

Nachdem sich Sorelle ein Stück entfernt hatte, murmelte Glenn: »Irgendwie finde ich das nicht sonderlich beruhigend.«

Allan suchte den Blick des Rüden. »Also bin ich nicht der Einzige, der beunruhigt ist?«

»Mich begleitet schon ein ungutes Gefühl, seit wir Muld verlassen haben. Aber mit diesen Tunnlern stimmt irgendetwas nicht.«

»Sie haben uns vor den Flussratten gerettet.«

»Nur, weil sie sicherstellen wollten, dass unsere Lumagier ihren Feinden keinen Zugang zum Zeughaus verschaffen. Aber da sie das nun verhindert haben, was werden sie mit uns machen?«

Allan ließ die Frage unbeantwortet einwirken, bevor er in die unbehagliche Stille hinein das Wort ergriff. »Es gibt keinen Grund, Ärger zu verursachen. Nach der Rückkehr haben sie uns nicht eingesperrt. Sie haben uns sogar die Waffen gelassen. Also würde ich sagen, wir geben ihnen einen Vertrauensvorschuss, bleiben aber auf der Hut.« Glenns Missfallen entging ihm nicht. »Ich bin auch beunruhigt, aber kannst du sagen, ob es insbesondere an den Tunnlern liegt? Oder an allem, was sich ereignet hat, seit wir die Überreste von Erenthrall betreten haben?«

»Es liegt an den Tunnlern. Vor allem an Sorelle.«

»Jaimes und Laura haben uns nicht schlecht behandelt. Und Sorelle mag kratzbürstig erscheinen, aber ihr Hass richtet sich offensichtlich gegen die Flussratten, nicht gegen uns. Wir sind bloß einfache Ziele. Sie hätte nicht zurückkommen müssen, um uns wegen Dylan Bescheid zu sagen, aber sie hat es getan.«

Glenn zeigte sich immer noch nicht überzeugt.

Hinter ihnen brach in der Hauptkammer der Tunnler lautes Triumphgebrüll aus. Allan und Glenn traten zum Eingang, Kara und Artras stellten sich hinter ihnen auf.

»Was ist da los?«

»Cason, ihre Anführerin, ist zurückgekehrt.«

Die Tunnler in der Hauptkammer strömten auf die Anführerin zu, als sie gefolgt von Ren und den Kämpfern eintraf. Sorelle musste bereits verkündet haben, dass sie erfolgreich gewesen waren, denn alle versuchten gleichzeitig, die zurückkehrenden Helden zu beglückwünschen. Cason schenkte der ihr entgegengebrachten Verherrlichung keine Beachtung und warf ihren Helm einem wartenden Jungen zu, während andere herbeieilten, um Wunden zu versorgen. Die Helfer begannen, der Rüdin die Rüstung Stück für Stück abzunehmen. Cason verzog das Gesicht, als sie einen Arm herauszog. Blut strömte aus dem Metallärmel und sammelte sich auf dem Boden zu einer Lache. Gleich drei Heiler stürmten heran und verbanden in gekrümmter Haltung den Schnitt.

Während sie an ihr arbeiteten, schaute Cason zu Allan und den andern und bemerkte, dass sie von ihnen beobachtet wurde.

Allans Unbehagen wuchs.

* * *

273

»Du hast einen Bericht, Devin?« Aurek löste den Blick nicht von der Botschaft, die vom letzten Kurier hereingebracht worden war.

»Ja, Baron. Wir haben den Gefangenen Joss aus den westlichen Hügeln gebrochen.«

Aurek schaute mit hochgezogener Augenbraue auf. »Der Mann, den Verrent vor seinem tollkühnen Angriff auf diese Siedlung gefangen genommen hat?« Er lehnte sich zurück und warf die Botschaft auf den kleinen, tragbaren Tisch, den er als Schreibtisch verwendete. »Sind es Weißmäntel?«

»Nein, Herr. Der Gefangene weiß nichts über die Weißmäntel. Soweit ich es beurteilen kann, hat er noch nie von ihnen gehört.«

Wenn diese Leute nicht die Weißmäntel waren und sie nicht einmal etwas von ihnen wussten, dann sollte er seine Aufmerksamkeit vielleicht zurück nach Osten verlagern. Er hatte ohnehin kaum genug Männer.

Andererseits hatte Verrent erwähnt, dass die Gruppe auch Rüden umfasste. *Echte* Rüden aus der Zeit vor dem Untergang der Stadt.

»Bring den Gefangenen her.«

»Das halte ich nicht für ratsam, Herr. Unter Umständen überlebt er den Weg nicht. Selbst dann nicht, wenn wir ihn tragen.«

»Ich verstehe.« Devin könnte den Mann auch allein verhören und dann einfach Bericht erstatten, doch der Widerstand, den Verrent erlebt hatte, war beispiellos. Noch niemand hatte so erfolgreich zurückgeschlagen, seit Aurek angefangen hatte, seine Fühler von Anfurt aus in die umliegenden Gebiete auszustrecken. Einige der nahen Dörfer hatten sich anfangs gesträubt, aber Aurek und seine Männer hatten sie in den ersten paar Monaten durch Einschüchterung unterjocht. Andere hatten sich danach bereitwillig gefügt. Nahezu alle, denen sie seither auf den Ebenen über den Weg gelaufen waren, waren

274

so kleine Gruppen gewesen, dass sie keine Bedrohung darstellten.

Diese Gruppe hingegen hatte Verrent und seine Truppe besiegt, sie zurückgeschlagen und über die Hälfte seiner Kämpfer getötet. Zugegeben, Verrent hatte angegriffen, ohne wirklich zu wissen, mit wem er es zu tun hatte. Trotzdem war nicht damit zu rechnen gewesen, dass er mit seinen Leuten eine dermaßen vernichtende Niederlage erleiden würde.

»Ist der Gefangene bereit?«

»Selbstverständlich.«

»Dann bring mich zu ihm.«

Devin führte ihn aus dem Zelt mitten hinein in das Zentrum des Treibens im Lager. Einer der Trupps war früh am Morgen mit dem Kurier zurückgekehrt. Die Männer stellten bereits ihre Zelte auf, fütterten die Pferde und brachten sich gegenseitig mit denen, die zurückgeblieben waren, auf den neuesten Stand der Dinge. Viele, die sie passierten, hoben zum Gruß die Faust an die Brust. Aurek nickte zur Erwiderung knapp.

Die Neuankömmlinge waren aus den nordwestlichen Hügeln gekommen, nahe der Steppe. Dort hatten sie den Berichten über die unnatürliche Wolke über den Bergen und die geheimnisvollen Lichterscheinungen mit den purpur-blauen Blitzen darin nachgehen sollen. Aber sie waren nicht weit genug nach Norden gereist, um einer der seltsamen, aus jenem Gebiet gemeldeten Kreaturen zu begegnen. Tatsächlich hatten sie lediglich kleine Dörfer entdeckt, einige davon so abgelegen, dass die Bewohner nicht einmal etwas von der Zersplitterung wussten, nur, dass sich im Süden und Osten irgendetwas ereignet haben musste. Die Menschen dort hatten zwar den blendenden Lichtblitz bezeugt und das Tosen der Explosion gehört, aber sich nie darum geschert, der Ursache auf den Grund zu gehen; nicht einmal, als die Erde danach wie von Krämpfen geschüttelt gebebt hatte. Es hatte schlichtweg nichts mit ihnen zu tun gehabt. Laut den Anführern der Truppen hatten sie gemeint, es wäre

»eine Angelegenheit der Barone«, sich nicht weiter darum gekümmert und sich wieder der Frühlingsaussaat und dem Scheren ihrer Schafen zugewandt.

Es war tatsächlich eine Angelegenheit für Barone, dachte Aurek nüchtern. Allerdings würde es schon bald auch die Dörfler betreffen. Sollten sie ruhig weiter pflanzen und scheren und sich um ihr Vieh kümmern. In naher Zukunft würde er Tribut von ihnen einfordern.

Unterwegs kamen sie an Verrent vorbei. Der Mann befand sich mit ausgestreckten Armen und vorgebeugtem Körper in einem behelfsmäßigen Gestell festgezurrt. Die Spuren einer Auspeitschung übersäten seinen Rücken. Getrocknetes Blut verkrustete die von der Sonne verbrannte Haut. Fliegen umschwirrten ihn, scharten sich um die Wunden. Verrent hob den Kopf, als sie ihn passierten. Blutergüsse zeichneten sein Gesicht, über aufgeplatzten Lippen prangte eine gebrochene Nase.

Aurek blieb stehen. Devin lief noch einige Schritte weiter, bevor er bemerkte, dass sein Lehnsherr angehalten hatte. Aurek reagierte nicht auf den fragenden Blick seines Untergebenen. Stattdessen baute er sich vor Verrent auf. Der Gestank von Kot und Harn, untermalt von der schwachen, aber wahrnehmbaren Süße von Fäulnis, ließ ihn die Nase rümpfen.

»Warum bist du hier?«

Verrent versuchte, zu ihm aufzuschauen, schaffte es jedoch nur, den Kopf ausreichend schief zu legen, um Aurek mit einem Auge zu erspähen. »Weil ich meine Männer in einen Hinterhalt geführt habe.« Seine Stimme ertönte als heiseres, trockenes Krächzen.

»Das war die Folge deiner Handlungen. Deshalb bist du nicht hier.«

Verrent erschlaffte wieder. Das Gestell, an das man ihn gefesselt hatte, ächzte unter seinem Gewicht. »Ich hätte sie nie angreifen sollen.«

»Warum nicht?«

Verrent wiegte sich leicht zurück. Einige der Fliegen wurden von der Bewegung aufgescheucht und schwebten kurz über ihm, bevor sie sich wieder niederließen. Aurek fiel auf, dass einige der Peitschenstriemen zu eitern begonnen hatten.
»Weil ich den Gefangenen vor dem Angriff gründlicher hätte verhören müssen, um mehr in Erfahrung zu bringen.«

Aurek sank auf ein Knie, ergriff mit der Hand Verrents Kinn und hob sein Gesicht an, damit er ihm eindringlich in die Augen blicken konnte. Der Mann sog vor Schmerz zischend die Luft zwischen den Zähnen hindurch ein.

»Du hattest den Trumpf in der Hand, aber in deinem Übereifer, meine Gunst zu erlangen, hast du vorschnell gehandelt, hast deinem Gefangenen vertraut und dir keine Gedanken über die Folgen gemacht. Wenn du einer meiner Alphas bleiben willst, merkst du dir deine Fehler für das nächste Mal, wenn du allein entscheiden und handeln musst.«

»Ja, Baron.«

Aurek musterte prüfend Verrents Augen und sah darin Demut und Scham, aber keine Angst. Auch Zorn, allerdings nach innen, gegen sich selbst gerichtet, nicht nach außen gegen Aurek oder Devin.

Aurek ließ ihn los. Devin war indes hinter ihn getreten.

»Schneidet ihn los und macht ihn sauber. Sorgt dafür, dass sich unsere Heiler um seine Wunden kümmern.«

»Ja, Baron. Was sollen wir danach mit ihm machen?«

»Bringt ihn zurück zu seinen Männern.«

Devin rief einige der näher stehenden Leute herbei und erteilte ihnen die entsprechenden Anweisungen, bevor er lostrabte, um zu Aurek aufzuschließen.

Sein Stellvertreter schäumte ungefähr zwanzig Schritte lang vor sich hin, bevor es schließlich aus ihm herausplatzte.
»Er hat über zwanzig Männer sterben lassen!«

»Er hat angegriffen, bevor er bereit war. Hättest du es anders gemacht, als ich dich das erste Mal losgeschickt habe?«

»Ich hätte jedenfalls nicht nachts mitten in einem Unwetter und ohne eine klare Vorstellung vom Gegner angegriffen.«

»Du hättest mit der Hälfte der Männer, die er dabeihatte, dasselbe getan. Du vergisst, dass ich dich schon kenne, seit du ein nassforscher Jungspund in meiner Garde warst, ähnlich wie ich selbst. Damals hätten wir beide angegriffen, vor allem, wenn wir gewusst hätten, dass zu Hause mein Vater wartet. Ich bezweifle, dass wir den Gefangenen ausführlicher verhört hätten als Verrent. Er hat sich anmaßend verhalten, und er ist hart dafür bestraft worden. Er hat seine Lektion gelernt.«

»Vielleicht.«

»Wurden nicht so die Rüden in Erenthrall ausgebildet? Fehler hatten brutale Folgen. Jeder Rüde, den ich in der Stadt vor der Zersplitterung je gesehen habe, wies die Male auf.«

»Trotzdem sollte er im Auge behalten werden.«

»Oh, das wird er.«

Mittlerweile hatten sie das Zelt erreicht, in dem Verrents Gefangener untergebracht war. Devin hielt die Klappe auf, als sich Aurek hindurch duckte, dann folgte er ihm.

Sofort schlug Aurek der Geruch von Blut, Kot und Grauen entgegen. Er hing in der Luft wie Nebel, so eindringlich und dicht, dass es ihm das Wasser in die Augen trieb. Einen Herzschlag lang verharrte Aurek, um sich an das Umfeld zu gewöhnen. Nach dem hellen Sonnenschein draußen blinzelte er in der Düsternis. Ganz hinten im Zelt lag der Gefangene mit ausgestreckten Gliedmaßen auf dem Boden, die Hände und Füße mit Seil an Pflöcke im Gras gefesselt. Auf zwei Tischen, die links und rechts von ihm standen, lagen Folterinstrumente – vorwiegend verschiedene Hämmer und Messer.

Als Aurek vortrat, fiel ihm auf, dass die Instrumente feucht von noch nicht getrocknetem Blut waren. Das Gras unter dem Körper hatte sich dunkel verfärbt. Vorsichtig kauerte er sich auf die Fersen hin und ließ prüfend den Blick über den Leib des Mannes wandern. Man hatte ihn ausgezogen. Dünne

Schnitte, Blutergüsse und Verbrennungen übersäten den Oberkörper. Die Beine waren von Blut überzogen. Zwei Finger waren geschwollen und wiesen in völlig falsche Richtungen.

Aurek sah dem Mann in die Augen. Sein Gesicht wirkte überraschend unversehrt. Darauf hatte man absichtlich geachtet, damit er nach wie vor reden konnte. Der Blick des Gefangenen zuckte zwischen Aurek und Devin hin und her.

»Er hat länger durchgehalten, als ich gedacht hätte. Aufgegeben hat er erst, als wir angefangen haben, ihm die Finger zu brechen. Sein Name ist ...«

Aurek hob eine Hand. Er beugte sich vor. »Wie ist dein Name?«

»J-Joss.«

Das hatte Aurek bereits aus Verrents ursprünglichem Bericht gewusst, doch er fand die Bestätigung gut, dass Joss nicht gelogen hatte. »Und woher kommst du?«

Erneut schnellte Joss' Blick kurz zu Devin, dann wieder zurück. »Aus Muld.«

»Ich habe noch nie von Muld gehört.« Joss' Augen weiteten sich vor Grauen, als befürchte er weitere Folter, weil Aurek ihm nicht glaubte. »Weißt du, wer ich bin?«

Joss schüttelte den Kopf.

»Vor der Zersplitterung war ich Lehnsherr, Hüter eines kleinen Landstrichs um Anfurt an einem Nebenzweig der Ley-Hauptlinie zwischen Erenthrall und Dunmara. Baron Arent hat wahrscheinlich nicht einmal meinen Namen gekannt, obwohl ich an den meisten Veranstaltungen im Bernsteinturm teilnahm. Ich war bei der Aussaat des Fliegerturmes und auch bei dessen Aktivierung anwesend. Ich war bei der letzten Baronsversammlung zugegen, als die Kormanley zugeschlagen haben. Aber zum Glück war ich zu Hause, als der Nexus zersplitterte. Ich habe den Impuls der Ley gesehen, der die Ley-Linie von Erenthrall nach Dunmara entlanggereist ist, habe die Lichtexplosion über den Weiten von meinem Fenster aus bezeugt und bin durch all die Nachwehen gewatet. Ich kenne jedes nennenswerte Dorf auf den Ebenen und in den umliegenden Gebieten. Und doch habe ich noch nie von Muld gehört. Erzähl mir davon.«

»Es ist bloß ein Dorf.« Joss leckte sich über die Lippen. Sie waren gesprungen und trocken. »Bloß ein Dorf. Wir wollten nur in Ruhe gelassen werden, frei vom Baron, frei von der Ley. Wir wollten mit all dem nichts zu tun haben. Ich war lediglich ein Hirte. Alles, was ich wollte, war, Schafe zu hüten. Aber dann ist der Nexus explodiert, und die Flüchtlinge sind gekommen.«

»Flüchtlinge?« Aurek streckte die Hand aus und schlug Joss auf die Wangen, damit er konzentriert blieb. »Was für Flüchtlinge?«

»Aus Erenthrall. Überlebende der Explosion. Allan hat sie mitgebracht. Rüden, Leute von der Universität, andere, die sie auf den Straßen aufgelesen hatten, Lumagier.«

»Lumagier?« Aurek schaute zu Devin auf. Sein Stellvertreter schäumte sichtlich und hatte die Hand auf den Griff des Schwertes an seiner Hüfte gesenkt. »Wie viele?«

»Keine Ahnung. Sieben. Acht. Aus der Stadt.« Joss' Stimme wurde belegter und zunehmend undeutlicher. »Ich wollte nur Schafe hüten«, murmelte er bei sich. »Ich wollte kein Kundschafter sein.« Die Augen des Hirten wurden glasig, und sein Kopf baumelte schlaff zur Seite.

Aurek überlegte, ob er ihn zwingen sollte weiterzureden, um ihm die Anordnung des Dorfes zu beschreiben oder ihm zu verraten, wie viele Menschen dort lebten und welche Verteidigungsmaßnahmen es gab, doch der Mann hatte offensichtlich die Besinnung verloren. Devin konnte diese Einzelheiten später aus ihm herauspressen, sofern er es noch nicht getan hatte. Aurek stand auf und bedeutete Devin, ihm zu folgen.

»Lumagier hat er zuvor nicht erwähnt. Und ich schwöre, er weiß nichts von den Weißmänteln.«

Aurek wischte Devins Besorgnis weg. »Ich glaube nicht, dass die Lumagier dort Weißmäntel sind. Dafür sind es nicht genug. Eigentlich hatte ich vor, nach Anfurt zurückzukehren. Die Berichte aus dem Osten besagen, dass es dort reichlich Ortschaften und Dörfer mit minimalen Verteidigungseinrichtungen und Vorräten verschiedenster Art gibt, allesamt bereit, geplündert zu werden. Aber diese Pläne werden wir ändern müssen. Bring von diesem Hirten so viel wie möglich in Erfahrung – über diesen Ort, Muld, die Menschen, die dort leben, die örtlichen Verteidigungsmaßnahmen. Und über diese Lumagier. Wir nehmen das gesamte Lager mit.«

»Mit welchem Ziel?«

»Die Lumagier haben uns schon einmal mit der Ley fast vernichtet. Wir dürfen nicht zulassen, dass sie es wieder tun. Wir greifen Muld an, rotten sie aus. Töten sie alle.«

ZWÖLF

»Nein, nein, nein«, sagte Sovaan barsch und winkte Cory vom Rand des Felds aus Stein und Schotter vor ihnen zurück. »So geht das.«

Cory achtete darauf, die Aufmerksamkeit auf das Geflecht gerichtet zu lassen, als Sovaan seinen Platz einnahm. Links und rechts nahm er die Gegenwart von Jerrain und Jasom wahr. Drei andere junge Studenten der Universität aus der Zeit vor der Zersplitterung befanden sich ein gutes Stück hinter ihnen und wahrten Abstand. Aufgrund der bisherigen Ergebnisse ihrer Experimente konnte Cory ihnen keinen Vorwurf daraus machen. Aber er war einmal ein fortgeschrittener Student gewesen, und er wollte verflucht sein, wenn er sich nun anmerken ließ, wie sehr ihn Sovaans Versuche beunruhigten.

Das Geflecht knautschte sich unter Sovaans Druck an einer Stelle ungefähr zwanzig Schritte entfernt auf dem von Steinen übersäten Hang zusammen.

»Da, seht ihr? Seht ihr, wie ich das Gewebe zusammengeballt habe? *Das* müssen wir tun, wenn wir diese Leute verletzen wollen.«

»Ich verstehe nicht, wie das ...«, setzte Jerrain an.

Sovaan löste die Spannung mit einem triumphierenden Gesichtsausdruck – der vielleicht angemessen gewesen wäre, wenn sich aus seiner Verknotung mehr als ein lauter Knall ergeben hätte.

Jerrain war mindestens ein Jahrzehnt älter als Sovaan, halb so groß wie der aufgeblasene Universitätsmentor und spindeldürr. Cory hatte vermutet, dass er zudem gebrechlich sei, aber der betagte Mentor erwies sich als überraschend rüstig.

»Was ich sagen wollte: Ich verstehe nicht, wie das bewirken soll, was du willst.«

»Es hätte die Erde aufbrechen und spalten sollen!«

Jerrain murmelte etwas über Administratoren vor sich hin, das Cory nicht ganz verstand, dann trat er vor. »Lass mich mal versuchen.«

»Du hast mit dem Geflecht nicht mehr gearbeitet, seit du in den Ruhestand gegangen bist. Aber meinetwegen, nur zu!«

Stampfend ging Sovaan für Jerrain aus dem Weg. Der ältere Mentor trat schlurfend vor und hob eine Hand. Er legte den Kopf schief, kniff ein Auge zusammen, und Cory spürte, wie das Geflecht zuckte, geformt und gefaltet und dann losgelassen wurde …

Zwanzig Schritte vor ihnen explodierte mit einem Donnerschlag fächerförmig Erdreich hoch in die Luft. Die Jungstudenten schrien spitz auf, als Kies auf sie herunterprasselte. Cory duckte sich mit klingelnden Ohren und hob einen Arm, um den Kopf zu schützen, während Jerrain gackernd lachte und herumhüpfte, ohne auf den Hagel von Steinchen zu achten. Hinter ihm trieb der Staub der Explosion nach rechts davon, während sich Brocken größerer Steine in der Nähe einer kleinen Grube setzten.

Sovaan lag flach auf dem Boden, wohin er gehechtet war. Jerrain beendete sein Freudentänzchen und zeigte auf ihn. »*So* verursacht man eine Explosion, Jungchen.«

»Du hättest uns alle umbringen können!«

»Habe ich aber nicht. Und ich denke, das beweist überraschende Zurückhaltung.«

Cory richtete sich auf und klopfte seine Kleidung ab, als der Kieselregen geendet hatte. »Wie hast du das gemacht? Du hast das Geflecht so schnell verdrillt, dass ich es nicht genau sehen konnte.«

»Das Verdrillen ist das Entscheidende an der Sache. Und man muss die Verknotung *unter* der Erde knüpfen, nicht darüber. Wenn man die Spannung löst, kämpft sie gegen etwas Festeres an als bloße Luft. Dadurch entsteht die Explosion.«

»Aber ich weiß immer noch nicht, was für eine Verknotung du gebildet hast«, meldete sich einer der Jungstudenten verhalten zu Wort, eine junge Frau. Cory fand, dass sie von den dreien das größte Potenzial besaß.

Jerrain schwenkte wegwerfend eine Hand. »Es ist bloß eine Cormaven-Umgürtung mit einem Jervollan-Knorren darin.«

Alle drei Jungstudenten schauten verwirrt drein. Einer murmelte zu einem anderen fragend: »Cormaven-Umgürtung?« Aber der zuckte bloß ratlos mit den Schultern.

Cory schenkte ihnen keine weitere Beachtung, sondern konzentrierte sich auf Jerrains Worte. »Also ist der Knorren in der Mitte, und man presst ihn mit der Umgürtung zusammen. Und dann, wenn man die Umgürtung entfernt …«

»Der Knorren schnappt auf, ja. Ganz banal.«

»Ich frage mich, ob jeder beliebige Knorren funktionieren würde. Oder sogar eine Spule. Eine Spule könnte vielleicht besser zu kontrollieren sein.«

Ein Leuchten trat in Jerrains Augen. »Finden wir es heraus!«

»Warte!« Sovaan streckte eine Hand aus, um den Mentor zu bremsen. Mittlerweile hatte er sich vom Boden aufgerappelt. »Wir sollten uns eine bessere Deckung suchen, bevor du etwas anderes ausprobierst.«

»Eine bessere Deckung, bevor er was ausprobiert?«

Alle drehten sich zu der neuen Stimme um. Hernande und Bryce bahnten sich den Weg zwischen den Bäumen hindurch zu ihnen.

Bryce ging mit gezogenem Schwert voraus, suchte mit den Augen die Lichtung ab. »Woher ist dieser Donner gekommen?«

»Kein Donner. Eine Verknotung.«

Hernande blieb in der Nähe von Cory stehen. »Eine Verknotung hat dieses Geräusch verursacht?«

»Eine Cormaven-Umgürtung mit einem darin eingewickelten Jervollan-Knorren.« Jerrain rieb sich die Hände. »Wir wollten es gerade mit einer Spule statt mit einem Knorren versuchen. Was meint ihr? Sollen wir einen Klein oder einen Alexander ausprobieren? Ich denke, der Klein könnte mehr Schmackes haben.«

»Vorerst probierst du mal gar nichts aus«, warf Sovaan streng ein.

Bryce hatte das Schwert gesenkt. »Ich würde diese Verknotungen gern sehen.«

Sovaan seufzte schwer. »Bring die Verknotung diesmal wenigstens weiter entfernt an.«

Hernande und Bryce stellten sich in Jerrains Nähe. Der betagte Mentor redete mit schnellen Worten auf Hernande ein, der dazu gelegentlich nickte, während er am Ende seines Bartes kaute. Bryce hörte zu, schwieg jedoch und steckte das Schwert zurück in die Scheide.

Sovaan scheuchte Cory und die anderen weiter zwischen die Bäume zurück, damit sie deren Stämme als Schutzschirm benutzen konnten. Der Mentor murmelte einen Monolog über die Torheit seiner Kollegen vor sich hin.

Vor ihnen sagte Bryce etwas und zeigte auf den Schotterhang. Jerrain hob die Hand …

Und ein weiterer Donnerschlag ertönte. Erde und Steine stoben hoch in die Luft und schossen mindestens hundert Schrittlängen weit in die Richtung, in die Bryce gezeigt hatte. Der Rüde wirkte beeindruckt und stand mit den Händen an den Hüften da, als Hernande erneut mit Jerrain sprach. Cory juckte es zu erfahren, was sie beredeten.

Dann drehte sich Hernande um und gab ihm ein Zeichen. Cory trabte los. Er hörte, wie einer der anderen Studenten hinter ihm fluchte.

»Was brauchst du?«

»Jerrain macht diesen Knorren noch mal, aber ich möchte ihn mit den Klein- und Alexander-Spulen vergleichen. Ich mache die Klein. Du machst die Alexander. Wir bringen sie in Abständen auf dem Gelände unter dem Felsvorsprung dort an. Siehst du ihn?«

Cory bemühte sich verzweifelt, sich die Alexander-Spule ins Gedächtnis zu rufen. Ihm blieb nicht viel Zeit, denn Jerrain und Hernande formten ihre Verknotungen bereits unterhalb des Vorsprungs.

Er entsandte die Sinne, straffte das Geflecht, verknüpfte es zur hoffentlich richtigen Form, dann wickelte er die Umgürtung darum. Es verlangte ihm einiges an Konzentration ab, die Spannung aufrechtzuerhalten. Diese Formen waren komplizierter als die Grundform, die er benutzt hatte, um den Banditen auf dem Höhenzug wegzustoßen. Das damals war aus Verzweiflung und Instinkten geboren worden und mehr rohe Gewalt als sonst etwas gewesen. In diesem Fall ging es um eine heiklere, feinere Arbeit. Ganz zu schweigen davon, dass vermutlich alle drei Mentoren seine Technik beurteilten. Wie Sovaans Bewertung ausfallen würde, kümmerte ihn nicht sonderlich, aber was Hernande von ihm hielt, zählte für Cory mehr als die Meinung von irgendjemandem sonst außer Kara.

Der Gedanke an sie ließ ihn beinah den Halt um die Verknotung verlieren. Er fragte sich, wo sie gerade sein mochte, was ihr widerfahren war, ob er sie je wiedersehen würde.

Hernande schaute zur Seite, als spüre er das Zittern in seinem Griff. »Bereit? Auf meinen Befehl loslassen. Drei, zwei, eins – jetzt.«

Cory ließ die Umgürtung los. Er konnte fühlen, wie sie aufschnappte und sich dann die Spule darin entlud. Gleichzeitig spürte er im Geflecht die Schwingungen der anderen beiden Verknotungen. Vor ihnen stoben vom Boden drei verschiedene Geysire aus Erdreich auf. Wieder erschütterte ein

286

Donnerschlag die Luft, begleitet von zwei geringeren Knallen, und die drei fügten sich beinah wie ein auf einer Fiedel angeschlagener Akkord zusammen, wenn auch wesentlich misstönender. Auch die drei Explosionen fielen unterschiedlich aus. Die von Jerrain war am heftigsten und stieg fast doppelt so hoch wie jene von Hernande auf. Die von Cory blieb am kürzesten.

Jerrain stieß einen Freudenschrei aus.

Hernande strich sich über den Bart. »Die Verknotungen haben sich wie erwartet verhalten. Der Alexander war am schwächsten, der Knorren am stärksten. Vom Klein allerdings hätte ich eine größere Explosion erwartet.«

»Die links …«

»Das war Cory.«

»Dann die von Cory – sie mag am schwächsten gewesen sein, aber sie hat einen größeren Bereich erfasst.«

»Bryce hat recht«, stellte Jerrain fest.

Hernande deutete mit einer ausholenden Geste auf den Felsvorsprung. »Sehen wir es uns genauer an.«

Sie erklommen den Hang mit den drei kleinen Kratern im Erdreich. Bryce kniete sich hin und zeigte mit einer Hand, während er sprach.

»Seht ihr die Unterschiede? Der Krater von Cory ist viel breiter, deckt eine größere Fläche ab. Diese zwei sind nur halb so groß. Wenn wir das gegen die Banditen einsetzen, sollten die Explosionen einen möglichst großen Wirkungskreis haben, damit sie mehr Angreifer gleichzeitig töten oder verstümmeln. Das Ziel besteht darin, sie aufzuhalten, bevor sie uns überhaupt erreichen.«

Plötzlich ernüchterte Jerrain. »Ich werde das nicht benutzen, um jemanden zu töten.«

Bryce stand auf. »Das ist kein Experiment. Das ist keine Forschung. Wenn die Plünderer angreifen, brauchen euch die Menschen von Muld. Wenn ihr sie nicht aufhaltet, sterben wir alle. Wir haben hier draußen keine unüberwindlichen Steinmauern, die uns schützen und hinter denen wir entspannt Bücher lesen und uns bis zur Erschöpfung über Theorien und künstlich geschaffene Probleme austauschen können. Dies hier ist die echte Welt, und ihr solltet besser anfangen, darin zu leben.«

Damit stapfte der Rüde über den Steinhang und zwischen die Bäume davon, wo ihm Sovaan und die Jungstudenten aus dem Weg gingen.

Niemand sprach ein Wort, alle starrten nur hinter ihm her.

Cory trat unbehaglich von einem Bein aufs andere. »Er hat recht.« Sowohl Hernande als auch Jerrain sahen ihn an. »Die Plünderer werden nicht zögern, uns zu töten. Haben sie schon auf dem Höhenzug nicht.«

»Und wir sollen uns auf ihr Niveau begeben?« Jerrain deutete in Richtung des aufgerissenen Bodens. »Wir sind Gelehrte, keine Krieger.«

»Hätte ich auf dem Höhenzug gezögert, wäre ich jetzt tot.«

»Also bist du bereit, das Geflecht zu verwenden, um zu töten? Sieh nur, was wir mit ein paar einfachen Verknotungen im Erdreich angerichtet haben. Was, wenn wir sie in etwas Lebendigem wie einem Baum anbringen? Oder in einem dieser Banditen? Was meinst du wohl, wie das aussehen würde?«

Hernandes Hand senkte sich behutsam auf Corys Rücken. »Du warst nicht dabei, Jerrain. Wer weiß, was du getan hättest? Urteile nicht über jemanden, ohne dich selbst in der gleichen Lage befunden zu haben.«

»Trotzdem bleibt die Tatsache, dass wir keine Kämpfer sind.«

Cory schüttelte Hernandes Hand mit einem Schulterzucken ab. »Damals an der Universität waren wir keine Kämpfer. Aber hier draußen? Hier müssen wir uns unserer Haut wehren.«

»Und dafür willst du deine Begabung nützen? Du willst das Geflecht zum Töten verwenden?«

288

»Mit dem Geflecht bin ich zumindest nützlicher als mit einem Schwert.«

Jerrains Blick richtete sich auf Hernande. »Und du?«

Corys Mentor straffte die Schultern. »Es gibt einen Unterschied zwischen Töten und Überlebenskampf. Ich werde kämpfen, um uns am Leben zu erhalten.«

»Damit missbraucht ihr das Geflecht genauso, wie die Ober-Lumagier die Ley missbraucht haben. Und seht euch an, wozu das geführt hat.«

Jerrains Worte reichten zu nah an die zahlreichen Diskussionen, die Kara und Cory über die Lumagier, die Ley und die Zersplitterung geführt hatten. »Ich habe nicht vor, das Geflecht zu verwenden, um wahllos zu töten. Aber ich werde auch nicht zulassen, dass diese Plünderer uns wahllos töten. Nicht, wenn ich sie aufhalten kann.«

»Das ist leicht dahingesagt, junger Mann.« Jerrain schwenkte eine Hand in Richtung von Sovaan und den anderen, die immer noch an der Baumgrenze warteten. »Und was willst du mit ihnen tun? Willst du auch ihnen beibringen, wie man jemanden umbringt? Sie sind Jungstudenten, haben noch nicht einmal ihre Abschlussprüfungen bestanden.«

»Wir werden es tun müssen. Cory und ich können nicht allein alle verteidigen.«

»Lass sie wählen, ob sie es lernen wollen oder nicht. Immerhin geht es um eine Bürde, die sie für den Rest ihres Lebens zu tragen haben werden.«

Damit ging Jerrain davon und kehrte zu Sovaan zurück. Kurz unterhielt er sich mit dem Universitätsadministrator, dann kehrten ihnen beide den Rücken zu und stapften weg. Die drei jüngeren Studenten schauten ihnen schweigend nach, bevor ihre Blicke zu Hernande schwenkten. Corys Mentor bedeutete den dreien, zu ihnen zu kommen.

Bevor sie bei ihnen eintrafen, trat die Lumaga Raven zwischen den Bäumen hervor. Kurz hielt sie inne, um mit Jerrain und Sovaan zu sprechen. Beide zeigten zu dem Steinhang, an dem Hernande und Cory standen. Sie schloss zu den Studenten auf und überholte sie, bevor sie wenig später schwer atmend vor Hernande zum Stehen kam, das Gesicht glänzend vor Schweiß. Raven war über vierzig und hatte graue Strähnen in den langen schwarzen Haaren, was man jedoch nur aus der Nähe bemerkte. Ihr Hautton wies auf eine Herkunft aus dem Süden hin, die Wangen und die Augen ließen den Archipel erahnen.

Kaum war sie zu Atem gelangt, schwenkte sie die Hand in Richtung der Höhlen. »Ich weiß nicht, was ihr hier oben gemacht habt, aber was immer es war, es hat eine Wand in den Höhlen zum Einsturz gebracht. Dahinter ist eine Kammer, die nahezu alle Menschen von Muld aufnehmen könnte.«

»Aber du bist nicht den weiten Weg hergekommen, um uns das mitzuteilen.«

»Richtig, deshalb bin ich nicht hier. Es geht um die Steine, die wir in den Höhlen gefunden haben. Es sind Knotensteine. Für die Ley.«

Hernande und Cory wechselten einen Blick.

»Zeig es uns.«

***

»Wir waren nicht sicher, ob wir in der Lage sein würden, alle hier unterzubringen, auch nicht mit den erweiterten Höhlen jenseits der ersten Kammern.« Raven führte Cory, Hernande und die drei Jungstudenten durch die äußeren Räume in die Korridore dahinter.

Die schmalen Tunnel wiesen eigenartige Formen auf und wirkten eher wie Spalten denn Gänge. Der Untergrund war tückisch. Raven bahnte sich vorsichtig vor Cory den Weg, beide Hände zu den Seiten ausgestreckt, um sich abzustützen. In unregelmäßigen Abständen hatte man Laternen angebracht, deren Schein einen eigenartigen Kontrast aus Schatten und flackerndem Licht in die Korridore warf. In der äußeren Kammer waren sie einigen Leuten begegnet, die Vorräte sortierten und stapelten, doch seit dem Betreten des Tunnels hatten sie niemanden mehr gesehen. »Dann haben wir diese grollenden Laute gehört, die wie weit entfernter Donner geklungen haben. Die Erde hat ganz leicht gezittert, nur ein kleines Schaudern, bei dem etwas Staub von oben herabgerieselt ist. Wir dachten, es wäre ein neues Beben, und sind aus der hintersten Kammer gerannt, als ein viel lauterer Knall ertönt ist und der Boden schlimmer als zuvor gebebt hat. Der Knall hat sich gedämpft angehört, und danach hat ein grollendes Rumoren von einstürzendem Gestein eingesetzt, und Staub und Geröll sind aus dem Tunnel gespritzt. Ich war überzeugt, die Decke wäre eingestürzt und wir wären hier unten gefangen, aber als wir losgeeilt sind, haben wir das hier gefunden.«

Sie blieb stehen und zeigte zur seitlichen Wand. Nur handelte es sich nicht mehr um eine Felswand. Sie war nach innen eingebrochen. Geröll war wie eine Lawine von der neu entstandenen Öffnung als Schutthalde in die Kammer dahinter gerutscht. Der Boden der Kammer befand sich mindestens sieben Schrittlängen tiefer, die Decke hingegen auf derselben Höhe. Stalagmiten und Stalaktiten ragten aus beiden. Die meisten maßen nur eine Fußlänge oder weniger. Die Kammer erstreckte sich über den Rand des Laternenscheins hinaus, doch Cory konnte innerhalb des Lichtkegels noch zwei offensichtlich von Menschenhand geschaffene Steinsäulen erkennen.

»Stelen?« Hernande stellte sich neben Cory. Die drei Studenten drängten sich hinter ihnen.

»Ja. Wie Oberians Finger oder die im Halliel-Park.«

»Oder Hunderte andere, die sich über die Ebenen verteilen.«

Alle drehten sich der neu eintreffenden Gestalt zu.

»Mareane, du solltest dich nicht so an Leute anschleichen, schon gar nicht hier unten. Wo sind die anderen Lumagier?«

»Sie sind los, um mehr Laternen zu holen. Oder haben zu große Angst, dass die Tunnel endgültig einstürzen könnten.«

»Nutzlos. Ihnen ist aber schon klar, dass wir in Kürze hier unten leben werden, oder?« Raven schnippte wegwerfend mit den Fingern. »Egal. Hol die Laterne weiter hinten im Tunnel und bring sie hierher.«

Als Mareane davoneilte, fragte Cory: »Woher weißt du, dass es Stelen sind? Wir können sie von hier aus kaum sehen.«

»Weil Mareane den Schutthang hinuntergeklettert ist, sobald wir die Öffnung entdeckt hatten. Sie hat sie aus nächster Nähe gesehen. Außerdem kann ich die Ley fühlen. Im Augenblick ist sie nicht besonders stark – wahrscheinlich wegen der Zersplitterung –, aber das hier war früher einmal ein bedeutender natürlicher Knoten. Jedenfalls bevor Ober-Lumagus Augustus seinen Nexus erschaffen hat.«

Mareane kehrte mit der Laterne zurück und reichte sie Cory, als sie sich die Schutthalde hinunter in Bewegung setzte. »Seid vorsichtig. Das Geröll muss sich erst noch richtig setzen.«

Hernande und Raven folgten ihr langsam. Cory wartete, bis sie ein Viertel des Weges hinunter geschafft hatten, bevor er sich selbst in Bewegung setzte. Er überprüfte jeden Stein, ehe er ihn mit seinem vollen Gewicht belastete. Da er die Laterne dabei halten musste, gestaltete sich das noch schwieriger. Die Steine auf der Schutthalde wiesen überwiegend die Größe seines Kopfes, scharfe Kanten und flache Flächen auf. Er hatte es fast halb nach unten geschafft, als einer unter ihm nachgab und einen kleinen Erdrutsch auslöste. Sein schriller, warnender Aufschrei hallte durch die Höhle. Cory fing seinen Sturz mit der freien Hand ab, während er den Arm mit der Laterne hoch emporstreckte. Das Licht schwang wild hin und her. Unten packte Hernande einen Arm von Raven und zog sie zur Seite. Mareane hatte den Boden bereits erreicht und hastete aus dem Weg, als die Welle von Gestein unten ankam und langsamer wurde.

Danach gelangten alle ohne weiteren Zwischenfall auf den Boden der Höhle. Das Licht reichte bis zur Decke hoch, die ferne Wand jedoch lag immer noch zu weit entfernt, um sie zu erkennen. Aber die Stelen in der Mitte der Kammer zeichneten sich nun deutlich ab – sieben Steinsäulen, die sich vom ebenen Boden emporerstreckten. Mareane, Hernande und Raven bewegten sich bereits zwischen ihnen umher.

Corys Mentor streckte die Hände aus, um ihre Oberflächen zu berühren. Alle wiesen dieselbe Form und Höhe auf: rechteckig mit einer leichten Verjüngung am oberen Ende. Als Cory näher trat, fiel ihm auf, dass etwas in den Stein gemeißelt war – Symbole, die vage an altertümliche Buchstaben erinnerten. Er fuhr eines mit einem Finger nach.

»Altes Amanskrit.« Hier in der Mitte der Kammer hörte sich Hernandes Stimme gedämpft an, als würde sie von den Schatten aufgesogen. »Aus der Zeit, bevor die Baronien Anspruch auf die Ebenen erhoben haben.«

»Das sieht mir aber eher danach aus, als würde es vom Archipel stammen.«

Hernande rückte näher zu Raven und kniff die Augen zusammen, um zu betrachten, was sie ihm zeigte. Er lehnte sich zurück. »Es ist zwar wirklich Amanskrit, aber es gibt eindeutige Hinweise auf die Zersplitterten Inseln in den Betonungszeichen und in der Anordnung der Ausschmückungen. Viele glauben, dass die Menschen vom Archipel ihre Ursprünge woanders haben, wenngleich das die derzeitigen Herrscher vehement bestreiten.« Prüfend begutachtete er die umliegenden Stelen. »Die stammen eindeutig aus der Zeit vor den Baronien.«

»Da sind Malereien an den Wänden!«

Die Studenten eilten an Mareanes Seite. Cory, Hernande

und Raven folgten etwas langsamer. Cory trat Steine aus dem Weg und blickte erst stirnrunzelnd auf den Boden der Höhle, dann hinauf zur Decke.

»Das da ist ein Bison. Und dort ein gehörntes Reh.«

»Das nennt sich Gaezel.«

»Und ist ein gehörntes Reh.«

»Was ist das?«

»Sieht wie ein Elefant aus, aber es ist zu groß dafür. Und ich kann mich nicht daran erinnern, dass diejenigen, die ich gesehen habe, so behaart waren oder so lange Stoßzähne hatten.«

»Die Malereien sind irgendwie primitiv, findet ihr nicht?«

»Das liegt daran, dass sie alt sind.« Die Studenten schauten zurück, als sich Raven ins Gespräch mischte. »Aber wie die Stelen sind sie eindeutig von Menschenhand geschaffen.«

Cory hatte den Kunstwerken an der Wand kaum Beachtung geschenkt. »Diese gesamte Höhle wurde von Menschenhand geschaffen. Seht euch den Boden und die Decke an. Die sind zu flach, um natürlich entstanden zu sein. Die Stalaktiten und Stalagmiten sind auch noch nicht so alt. Deshalb sind sie auch so klein. Sie müssen angefangen haben, sich zu bilden, nachdem die Höhle verlassen wurde.«

Hernande ließ den Blick durch die Bereiche der Kammer wandern, die sie sehen konnten. »Sie wird nicht mehr lange verlassen sein.« Er begegnete erst Corys, dann Ravens Blick. »Du hast recht, Raven. Wir können den Großteil von Muld in dieser Kammer unterbringen. Wir müssen Sophia und Paul darüber Bescheid geben, was ihr hier gefunden habt.«

***

»Was meinst du, dass da vor sich geht?« Kara stand am Eingang ihres abgekapselten Tunnels, dessen Gitter offen an der Wand zu einer Seite lehnte.

In der höhlenartigen Verbindungsstelle vor ihnen ging

die Mehrheit der Tunnler ihren üblichen Tätigkeiten nach – kochen, Utensilien reinigen, Kleidung waschen und stopfen. Zudem kümmerten sie sich um die Bedürfnisse der Krieger und der Plünderer, die in der Regel früh gingen und spät zurückkamen, wenngleich sich hier unten schwer abschätzen ließ, ob die Sonne am Himmel stand oder nicht. Cason und Ren leiteten die einzelnen Gruppen der Kämpfer, die jeweils von jemandem wie Sorelle angeführt wurden, der anscheinend dauerhaft die Aufsicht über die Mulder zugeteilt worden war. Wenn sie nicht unterwegs zum Patrouillieren war – oder was immer die Gruppen taten, wenn sie die Höhle verließen –, schlugen Jaimes, Laura und der Rest ihrer Truppe das Lager in der Nähe ihrer Tunnelöffnung auf, und es blieb immer jemand wach. Weder Cason noch Ren hatten mit ihnen gesprochen, seit sie von dem Zeughaus zurückgekehrt waren. Sie hatten sie nicht über Muld befragt und auch nichts über die Lumagier in ihrer Gruppe wissen wollen. Abgesehen davon, dass man sie bewachte, schenkte man ihnen schlichtweg keine Beachtung. Nur Jaimes und Laura plauderten gelegentlich mit ihnen, wenn sie das Essen brachten, aber nur, solange Cason und Ren nicht in der Nähe waren.

An diesem Tag folgten sie nicht ihrem üblichen Muster.

»Cason hat sie mit demselben System ausgebildet, das die Rüden verwendet haben. Sie sind in Rudel unterteilt, jedes mit einem eigenen Alpha. Sie schickt immer einige Rudel zum Patrouillieren oder als Beschützer für die Plünderer los. Der Rest bleibt hier, um zu üben. Wenn die Rudel zurückkehren, erstatten sie Ren oder direkt Cason Bericht. Es ist ein einfacher Ablauf, aber er hat in Erenthrall vor der Zersplitterung gut funktioniert, und wir hatten mehr Leute zu beaufsichtigen und zu beschützen.«

»Was die Rüden gemacht haben, würde ich nicht gerade als ›beschützen‹ bezeichnen.«

»Stimmt, oft war es das wirklich nicht. Das war einer der Gründe, warum ich sie verlassen habe.«

Kara deutete mit dem Kinn hinaus in die weitläufige Kammer. »Und was machen sie jetzt gerade?«

»Etwas Bedeutsameres als eine Patrouille.«

Auf der gegenüberliegenden Seite der Kammer stand Cason auf einem Steinbrocken von der dreifachen Größe ihrer selbst, der von der Decke gefallen war. Ren organisierte den Rest der Alphas um sie herum. Cason wartete, während sie sich versammelten. Ihre Hand ruhte auf dem Knauf ihres Schwertes. Ihr Blick schwenkte dorthin, wo Kara und Allan standen und sie beobachteten, doch Kara hatte keine Möglichkeit abzuschätzen, was der Rüdin durch den Kopf gehen mochte. Schließlich blickte die auf die Alphas und den Rest der hinter ihnen gescharten Tunnler hinab. Als sie das Wort ergriff, stellte sich heraus, dass sie sich zu weit entfernt befand, um die Worte aufzuschnappen, wenngleich man die Gesten deutlich erkennen konnte.

»Hast du eine Ahnung, was sie sagt?«

»Ich kann nicht von den Lippen ablesen. Aber es ist irgendetwas über die Flussratten. Und irgendeine andere Gruppe.«

»Die Temeriten?«

»Nein, das glaube ich nicht.«

»Wer dann? Die Halbwölfe?«

Allan bedachte Kara mit einem festen Blick. »Ich glaube, die Halbwölfe verfolgen uns.«

Einen Herzschlag lang brachte Kara kein Wort hervor. »Wie lange schon?«

»Seit wir Erenthrall oder zumindest ihr Gebiet betreten haben. Du dachtest, du hättest sie gesehen, als wir den Fluss überquert haben. Ich habe seither ein paar Mal flüchtige Blick auf sie erhascht, zuletzt, als wir alle vor den Flussratten geflohen sind. Aber sie bleiben stets in den Schatten. Jedes Mal, wenn ich mir einbilde, sie zu sehen, sind sie beim zweiten

Blick verschwunden. Das ist jetzt schon zu oft passiert, um ein bloßer Zufall zu sein.«

Kara ließ den Blick durch die Kammer wandern, als rechne sie damit, Halbwölfe versteckt in jedem Winkel oder jeder Nische zu erspähen. »Warum haben sie nicht angegriffen?«

»Vielleicht, weil es ihnen zu viele Leute waren. Seit unserer Ankunft bewegen wir uns ausschließlich in Gruppen herum.«

»Aber nicht mit *so* vielen Leuten. Die Halbwölfe haben alle angegriffen, die von der Universität geflüchtet sind, während wir versuchten, den Nexus zu erreichen, und die Gruppe damals war wesentlich größer.«

»Da hat Hagger sie noch angeführt. Der ist inzwischen tot.«

»Also ist derjenige, der sie jetzt anführt, vielleicht vorsichtiger?«

»Doch warum? Dazu bestand keine Notwendigkeit. Sie hätten uns alle jederzeit überwältigen können, bevor wir den Flussratten und den Tunnlern über den Weg gelaufen sind. Ich wette, sie hätten sich uns sogar noch danach holen können.«

»Du hast schon eine Idee, warum sie nicht angreifen, richtig?«

Kurz sah Allan sie an, dann schaute er wieder weg. »Ich habe keinen Beweis.«

»Aber?«

Er verdrehte die Augen. »Ich habe das Interesse des Anführers erregt, als ich ihnen entwischen konnte, indem ich durch die Verkrümmung gegangen bin. Ich konnte es in seinen Augen sehen. Vielleicht lässt er deshalb nicht angreifen, weil er uns beobachtet, um herauszufinden, wozu wir in der Lage sind. Um zu sehen, was *ich* tun kann. Oder vielleicht wartet er ab, weil er in Erfahrung bringen will, was wir hier in Erenthrall wollen. Er muss wissen, dass wir seit der Zersplitterung nicht mehr in der Stadt leben. Die Halbwölfe sind herausragende Fährtensucher.«

Kara dachte eine Weile über seine Worte nach, während Cason begann, auf bestimmte Alphas zu zeigen, um ihnen Befehle zu erteilen. Kara sah dabei zu, doch ihre Gedanken drehten sich um die Halbwölfe und darum, was ihr Verhalten bedeuten mochte.

»Das klingt alles sinnvoll, allerdings nur, wenn sie vorhaben, dich lebend zu fangen. Sonst hätten sie dich seit deiner Rückkehr schon etliche Male ausschalten können.«

»Oder sie haben sich noch nicht entschieden. Wenn sie zu dem Schluss gelangen, dass ich eine zu große Bedrohung darstelle, werden sie angreifen, um mich zu töten. Und vergiss eines nicht: Nach dem, wozu dich die Flussratten zwingen wollten, wissen die Halbwölfe jetzt, dass wir auch Lumagier haben. Obwohl mir kein Grund einfällt, wofür die Halbwölfe Lumagier brauchen könnten.«

Auch Kara fiel kein vernünftiger Grund ein.

Draußen stimmten die Tunnler einen Sprechgesang an, der sonderbar durch die Kammer hallte. Alle, die zu keinem der Rudel gehörten, hielten bei ihren jeweiligen Tätigkeiten inne, um das Geschehen zu beobachten. Der Sprechgesang schwoll an, dann löste er sich in ungleichmäßigen Jubel auf, als die Truppe der Gardisten begann, in drei verschiedene, in unterschiedliche Richtungen ausstrahlende Tunnel aus der Kammer zu strömen. Die größte Gruppe marschierte durch die breiteste Öffnung im Süden hinaus.

»Das ist der Tunnel, durch den sie uns hergebracht haben, nachdem wir ihnen in der Nähe der Ley-Station in die Hände gefallen sind.«

Cason sprang von ihrem behelfsmäßigen Podest herunter und sprach mit Ren. Der Stratege nickte und trottete hinter dem letzten der Rudel her. Kara sichtete Sorelle und ihre Truppe in der Gruppe, die in einen der kleineren Tunnel steuerte. Nahezu alle Kämpfer schienen mobilisiert worden zu sein, außer jenen, die als Bewacher an den Tunneln postiert waren.

Neben Kara ballte Allan die Hände zu Fäusten. Seine Knöchel knackten, bevor er die Hände bewusst wieder entspannte und eine Handfläche mit den Fingern der anderen Hand massierte. Sein Blick war auf Cason geheftet. Kara bemerkte, dass die Frau sie beide anstarrte.

Als hätte sie eine Entscheidung getroffen, steuerte sie plötzlich auf sie zu.

Allan straffte den Rücken und ließ die Hände an den Seiten sinken. Kara hörte, wie sich von hinten jemand näherte. Als sie sich umdrehte, sah sie, wie Glenn, Adder und Artras in wenigen Schritten Abstand in Position gingen. Die anderen ihrer Gruppe befanden sich nur ein kurzes Stück hinter ihnen. Sie alle hatten es satt, in den schmalen Tunnel gepfercht zu sein, obwohl man ihnen Pritschen, Decken und Lebensmittel zur Verfügung gestellt hatte. Nur Dylan blieb am hinteren Ende des Tunnels in der Nähe des Gerölls von dem eingestürzten Abschnitt. Nachdem er mit verbundenem und gestütztem Bein zurückgebracht worden war, hatte er sich so wenig wie möglich herumbewegt, damit sein Knie ungestört heilen konnte. Aber sogar er drehte sich auf die Seite und stemmte sich auf einen Ellbogen hoch, als die Rüdin bei ihnen eintraf.

»Was geht da vor sich, Cason? Und bevor du sagst, das geht uns nichts an, sollst du wissen, dass wir es allmählich leid werden, in diesem Tunnel gefangen zu sein. Wir sind euch dankbar für das Essen und den Schutz, aber wir müssen zurück zu unseren Leuten. Sie warten auf uns.«

»Wir haben euch zu eurer eigenen Sicherheit hierbehalten. Die Flussratten suchen nach euch. Wir haben sie in den vergangenen Tagen beobachtet. Die Lage dieser Verbindungsstelle hier wird vor ihnen geheim gehalten, seit wir sie nach der Zersplitterung gefunden und für uns beansprucht haben. Näher als bis zu der Ley-Station in Werkel sind sie uns nie gekommen, und auf diese Station konzentrieren sie sich seit mittlerweile Monaten und greifen sie regelmäßig an. Aber indem wir dabei geholfen haben, eure Lumagier zurückzuholen, haben wir uns in die Karten schauen lassen. Sie wissen jetzt, dass wir nicht nur in jener Station sind.«

»Was hat sich geändert? Wieso sind sie darauf nicht schon früher gekommen?«

»Weil wir bisher nur zugelassen haben, dass sie sehen konnten, wie wir durch diese Station das System der Barkassentunnel betreten haben. Aber als wir eure Gruppe gerettet haben, mussten wir auch durch andere Zugangspunkte in die Tunnel gehen. Das ist ihnen nicht entgangen. Die Angst vor der Ley, die sie zuvor davon abgehalten hat, die Tunnel zu erkunden, ist verflogen. Wir hatten Glück, dass sie bei ihren ersten Versuchen, hier runter zu gelangen, auf Routen gestoßen sind, wo die Ley noch aktiv und tödlich ist. Dort haben sie einige ihrer Leute verloren, wodurch sie vorsichtig geworden sind. Einige haben sich danach geweigert, es erneut zu versuchen. Aber es ist ihnen mittlerweile gelungen, andere Zugangspunkte zu finden, wo die Ley entweder zu schwach oder überhaupt nicht vorhanden ist.«

»Also greift ihr sie direkt an, bevor sie euren wahren Standort finden.«

»Wir können ihre Kundschafter nicht töten, ohne unsere eigenen Zugangspunkte preiszugeben. Daher werden wir versuchen, sie abzulenken.«

»Lasst uns helfen.« Alle Rüden bei ihnen rührten sich, als erfülle sie Vorfreude auf einen Kampf. »Ihr habt uns kämpfen gesehen. Wir sind besser als ein beträchtlicher Teil deiner eigenen Männer und Frauen. Wir sind erfahrener.«

Cason zögerte.

»Die Lumagier können auch helfen«, warf Kara ein. »Wenn ihr uns nah genug zur Schlacht bringt und die Flussratten in einem der Tunnel der Ley-Linien einkesselt, können wir die Ley in diesen Tunnel leiten und sie auslöschen. Dann ist niemand einem Wagnis ausgesetzt.«

Cason zog eine Augenbraue hoch. »Das könntet ihr tun?«

»Es wäre ähnlich wie beim Zeughaus. Nur habe ich es dort aus Verzweiflung getan. Ich war mir nicht sicher, ob irgendjemand von uns überleben würde. Wenn wir es vorab planen, könnten wir die Flussratten in einen Hinterhalt locken. Aber wir müssten eine Stelle auswählen, in deren Nähe die Ley noch aktiv ist. Dann könnte ich beeinflussen, was immer sie blockiert, und sie auf einen anderen Pfad umleiten.«

Artras rückte vor. »Das könnten alle Lumagier tun, nicht nur Kara. Falls sie an mehreren Fronten gleichzeitig angreifen, könnten wir sie damit an mindestens drei Orten überrumpeln.«

Cason presste die Lippen zu einer schmalen Linie zusammen. Ihr Blick wanderte von Kara zu Artras und weiter zu Dylan, der sich ein Stück hinter der Gruppe befand. Kara ertappte sich dabei, unbewusst den Atem anzuhalten.

Doch als die Rüdin wieder sie ansah, erkannte sie die Antwort, noch bevor Cason das Wort ergriff. »Nein. Nein dazu, dass uns irgendjemand von euch hilft.«

»Warum?«, fragte Glenn hörbar frustriert. »Was die Lumagier sagen, klingt nach einer guten Strategie. Und wir sind auch Rüden, genau wie du. Ich erkenne die Ausbildung in dir.«

»Weil ich euch nicht vertrauen kann, deshalb. Woher weiß ich, dass eure Lumagier die Ley nicht auf uns loslassen?«

»Das ist albern. Seit ihr uns gefunden habt, haben wir nichts anderes getan, als euren Anordnungen zu folgen. Wir haben nicht einmal versucht, aus diesem Gefängnis zu entkommen!« Zur Betonung hieb Glenn mit der Faust gegen die Wand des Tunnels. »Ihr habt mit uns starke Kämpfer hier. Setzt sie ein.«

»Nein! Ich kann sehen, dass ihr Rüden seid, und ja, ich weiß, wie stark ihr als Kämpfer seid. Aber was eure Lumaga vorschlägt, würde zu viel Planung erfordern. Wir müssten geeignete Abschnitte der Ley-Linien finden und die Flussratten dorthin locken. Dann bliebe uns nur zu hoffen, dass es ihr gelingt, die Ley rechtzeitig freizusetzen, um sie darin zu erwischen. Aber was, wenn ihr ein Fehler unterläuft? Was, wenn die Ley ihrer Kontrolle entgleitet und diese Verbindungsstelle hier flutet? Dann sterben wir alle! Sie hat zugegeben, dass ihr Handeln beim Zeughaus eine Verzweiflungstat war. Nein, das Wagnis gehe ich nicht ein. Wir kommen mit den Flussratten auch ohne euch zurecht. Und wenn wir diese Schlacht hinter uns haben, begleiten wir euch alle aus unseren Tunneln. Ich will, dass ihr alle verschwindet. Und ich will euer aller Gesichter nie wiedersehen.«

Damit wirbelte sie herum und marschierte durch die Kammer zum Haupttunnel, wo eine kleine Gruppe der Tunnler anscheinend auf sie gewartet hatte. Sie erklommen die Stufen zur Tunnelöffnung und verschwanden. Der Rest der Tunnler, die sich in Sicht befanden, wandte sich wieder den verschiedenen Arbeiten zu, sobald sie fort war. Die um die Verbindungsstelle postierten Wachleute starrten Kara und Allan an, bevor auch sie sich schließlich wieder ihren Aufgaben widmeten. Der Gruppenleiter sprach mit einigen seiner Leute, die unauffällig die Position wechselten, damit sie sich näher bei den Muldern aufhielten. Es waren nicht genug, um Kara und die anderen gegen ihren Willen festzuhalten, aber genug, um ihre Absicht zu verdeutlichen: Sie wollten nicht, dass Allan und die anderen irgendwohin gingen.

»Glauben die etwa, wir werden einfach hier herumhocken und darauf warten, dass die Flussratten uns erwischen?«

»Genau das werden wir tun.« Allan drehte sich Glenn zu. »Du hast sie gehört. Sie wollen unsere Hilfe nicht. Und sie sind bereit, uns gehen zu lassen, sobald sie mit den Flussratten fertig sind. Also werden wir hier sitzen und auf ihre Rückkehr warten. Und danach verschwinden wir schleunigst von hier.«

***

Sie warteten. Kara ließ sich in Dylans Nähe nieder, während sich der Rest mit kleinen Aufgaben die Zeit vertrieb. Glenn lief hinten im Tunnel wie ein Tier in einem Käfig auf und ab. Seine unablässigen Bewegungen zehrten an Karas Nerven. Adder und Allan blieben am Eingang des Tunnels und beobachteten das Treiben draußen. Von ihrem Platz in Dylans Nähe konnte Kara erkennen, wie die Wächter der Tunnler die Positionen wechselten. Auch ihre Körperhaltung wirkte angespannt. Allein das verriet ihr, dass nicht der Norm für diese Gruppe entsprach, was immer Cason und der Rest der Tunnler taten.

Die Wächter beobachteten die Eingänge zur Verbindungsstelle wachsamer als sonst, und wenngleich sie auch Allan und die anderen im Auge behielten, blieb ihre Aufmerksamkeit deutlich mehr nach außen als nach innen gerichtet. Sogar die Männer, Frauen und Kinder, die in der großen Kammer arbeiteten, wirkten unruhig. Ein Tunnler ließ ein Holzpaddel fallen, das benutzt wurde, um Brot in den notdürftigen Ofen zu schieben. Das Klappern, als es auf dem Boden landete, klang erschreckend laut. Mindestens die Hälfte der Menschen in der Höhle schrie auf, die Wächter zuckten mit gezogenen Waffen zusammen. Es dauerte mehrere Augenblicke, bis sich alle wieder beruhigt hatten, und sogar danach sah Kara noch, wie eine Frau leise in die Schulter einer anderen schluchzte.

Dann riefen die Wächter von außerhalb der Kammer eine Warnung, und alle im Inneren Arbeitenden eilten in Deckung, während die als Aufpasser in der Kammer gebliebenen Männer und Frauen hastig in Stellung gingen. Diejenigen, die in der Nähe der Mulder postiert gewesen waren, schlossen sich ihnen an, und Allan und Adder traten aus dem Tunnel, beide mit gezogenen Schwertern. Glenn stapfte vorwärts und winkte Tim mit einer knappen Geste an seine Seite. Cutter und Jack folgten den anderen. Kara stand auf und lauschte aufmerksam, dann bewegte sie sich auf Artras und Gaven zu, die alle am Eingang ihres Kerkers standen. Aaron und Carter blieben bei Dylan.

»Es kommt jemand.«

Gleich darauf hörte es auch Kara. Die leisen Geräusche von sich nähernden Schritten hallten lauter werdend durch die Kammer. Die Wachen riefen einige weitere Befehle, und jedermanns Aufmerksamkeit richtete sich auf einen der Haupttunnel.

Dann jedoch brüllte jemand etwas aus dem Tunnel, und die in Stellung gegangenen Gardisten entspannten sich. Drei der jüngeren Tunnler kamen durch die Öffnung und blieben vor dem Anführer der Wächter stehen. Er lauschte ihnen aufmerksam, bevor er die Gefechtsbereitschaft aufhob.

Kurz darauf strömte die Haupttruppe in die Kammer. Kämpfer sprangen von Simsen auf den Boden, während andere auf den bereits aufgestellten Leitern herunterkletterten. Familien rannten los, um ihre Angehörigen in Empfang zu nehmen, alle wuselten chaotisch umeinander. Allan, die anderen Rüden und die Fährtensucher entspannten sich, kehrten jedoch nicht in ihren Tunnel zurück.

Hinter der ersten Welle folgte eine zweite, die sich langsamer bewegte, darunter Verwundete, die noch aus eigener Kraft liefen, und andere, die entweder Tragen schleppten oder ihre blutenden Kameraden auf den Armen trugen. Diejenigen, die in der Kammer geblieben waren, lösten sich von ihren Wiedervereinigungen und richteten einen Teil der Bodenfläche als Lazarett her, wo die Heiler alle anderen herumkommandierten, als sie begannen, sich um die Verwundeten zu kümmern. Die Anzahl der Leute, die sich blutige Arme oder Seiten hielten oder auf wartende Pritschen zusammensackten, war unfassbar. Blut aus Kopfverletzungen strömte über etliche Gesichter. Andere übergaben sich etwas abseits, als ihre Wunden sie überwältigten. Der eine oder andere schleppte sich auf eine Pritsche und rührte sich dann nicht mehr, bevor die Heiler eintrafen.

Schließlich kam eine dritte Welle durch den Tunnel herein, offensichtlich die Nachhut, die den Rückzug gedeckt hatte. Cason führte diese Gruppe an, und in der gesamten Kammer brach Jubel aus, als sie eintraf. Sie hatte sich den Helm unter den Arm geklemmt und hob mit der anderen das Schwert über den Kopf, sagte jedoch kein Wort. Hinter ihr verdoppelte Ren die Bewachung der Eingänge zur Verbindungsstelle, bevor er mit Cason zum Boden hinunterstieg.

Kara hatte angefangen, sich zu entspannen, als sie bemerkte, dass Cason geradewegs auf ihr Gefängnis zuhielt, gefolgt von Ren, Sorelle und dem Rest von Sorelles Truppe. Allan, die Rüden und die Fährtensucher waren sofort wieder in Kampfbereitschaft.

Cason blieb ein paar Schritte entfernt stehen und ließ den Blick über die Mulder wandern. »Packt alles zusammen, was ihr mitnehmen wollt. Wir bringen euch weg von hier. Jetzt gleich.«

DREIZEHN

»Können wir ihnen vertrauen?«

Kara und die anderen packten in aller Eile die wenigen Habseligkeiten zusammen, die sie im Unterschlupf der Tunnler bei sich hatten und die auf so gut wie nichts hinausliefen. Auf Casons barschen Befehl hin waren Sorelle und ihre Truppe losgerannt, um Ranzen und etwas zu essen für sie aufzutreiben. Jaimes und Laura waren mit einer Trage zurückgekehrt, damit sie Dylan tragen konnten. Offensichtlich war sie gerade erst benutzt worden, um einen der Tunnler von dem jüngsten Kampf gegen die Flussratten zurückzubefördern, denn eine Seite hatte sich vor Blut fast schwarz verfärbt. Niemand beschwerte sich darüber. Glenn und Adder hievten Dylan darauf, dann gingen sie am vorderen und hinteren Ende in Stellung. Sie hatten sich freiwillig dafür gemeldet, ihn zu tragen, wenngleich Kara nicht sicher war, wer es sonst hätte tun können. Mit Sicherheit nicht Gaven und Aaron oder Artras und sie selbst – jedenfalls nicht für längere Zeit. Cutter und Jack vielleicht, aber ihnen hatte Allan aufgetragen, die Spitze beziehungsweise die Nachhut zu übernehmen.

Widerwillig hatten ihnen die Tunnler Bögen und ein paar Pfeile zur Verfügung gestellt. Die zwei Fährtensucher prüften die Sehnenspannung, während die anderen damit fertig wurden, ihre spärlichen Habseligkeiten aufzunehmen. Cason hatte ihnen weit mehr gegeben, als sie bei ihrer Gefangennahme gehabt hatten. Insgesamt hatten sie zum Packen höchstens zehn Minuten gebraucht, und der Großteil davon war für die Entscheidung draufgegangen, wer Dylan tragen würde.

Kara hievte sich ihren Ranzen über eine Schulter und sah Allan erwartungsvoll an.

»Wie ich schon vorher gesagt habe, wir haben keine Wahl. Aber sie hätten uns in den letzten Tagen jederzeit töten können.«

»Warum sollten sie uns Essen und Vorräte geben, wenn sie vorhätten, uns zu töten?«, fragte Artras. »Und warum eine Trage, um Dylan zu tragen?«

»Es fühlt sich trotzdem nicht richtig an.«

»Dann bleib auf der Hut. Cutter und Jack sind an der Spitze und am hinteren Ende der Gruppe. Tim und ich werden nach Möglichkeit die Flanken abdecken, und Glenn und Adder haben den Befehl, Dylan beim ersten Anzeichen von Ärger fallen zu lassen und zu kämpfen. Sollte dieser Fall eintreten, untersteht er danach eurer Verantwortung.«

»Wir werden auf ihn aufpassen.«

Allans Aufmerksamkeit galt bereits dem Treiben in der Kammer der Verbindungsstelle. Die meisten Kämpfer, die von der Auseinandersetzung mit den Flussratten zurückgekehrt waren, wandten sich wieder täglichen Arbeitsabläufen zu oder halfen den Heilern. Diejenigen jedoch, die zuvor geblieben waren, um die Eingänge zu bewachen, wurden von Cason und Ren zu einer kleinen Gruppe zusammengeschlossen, die auch Sorelles Trupp umfasste. Sorelle steuerte auf die Mulder zu, während Cason und der Rest eigene Vorräte packten. Einige der Kämpfer warfen Kara und ihren Gefährten merkwürdige Blicke zu.

»Wir sind bereit.«

»Gut.« Sorelle musterte alle prüfend. Sie bemerkte Glenn und Adder, die an den beiden Enden von Dylans Trage standen. »Sie werden den Lumagus tragen?«

»Er kann kaum aus eigener Kraft laufen, und sie sind die Stärksten unserer Gruppe. Es ist ein langer Weg zurück nach Muld.«

Sorelles Aufmerksamkeit wandte sich wieder Allan zu. »Cason wird die Gruppe anführen. Wir bringen euch durch Werkel und Dāha zur Südgrenze unseres Gebiets, aber weiter gehen wir nicht.«

»Was ist mit den Flussratten passiert?«

»Wir haben sie zurückgeschlagen und ein paar in den Tunneln gefangen, während andere geflüchtet sind. Sie werden unser Territorium wohl eine Weile nicht mehr betreten.«

Kara dachte an Fletch und Richten, an die Überzeugung in ihren Augen, und sie bezweifelte, dass sich die Flussratten so geschlagen geben würden, wie Sorelle tat.

Jemand stieß einen Pfiff aus. Sorelle schaute über die Schulter zurück, dann winkte sie Karas Gruppe vorwärts. »Zeit zum Aufbrechen.«

Glenn und Adder packten die Griffe der Trage und hoben sie an. Es wackelte und Dylan klammerte sich an den Seiten fest, und Glenn murmelte eine knappe Entschuldigung.

Sie stiegen aus dem Tunnel, Cutter und Allan zuerst, gefolgt vom Rest der Mulder. Dylan und seine beiden Träger befanden sich in der Mitte. Sorelles Truppe umringte sie, als sie die weitläufige Kammer durchquerten und den Heilern und den von ihnen Versorgten auswichen. Schließlich stießen sie zu Cason und dem Rest der Gardisten, die sie als Eskorte für die Mulder ausgewählt hatte. Kara zählte insgesamt ohne Cason und Sorelles Truppe zwanzig Leute, und ihr fiel auf, dass Ren zurückblieb. Genug Kämpfer zwar, um sie unter Kontrolle zu behalten, sollten sie irgendetwas versuchen, aber nicht gerade eine überwältigende Streitkraft.

Vielleicht hatte Cason ja wirklich vor, sie gehen zu lassen.

Sie verließen die Kammer durch einen der schmaleren, nach Südwesten verlaufenden Tunnel – so schmal, dass nur zwei Leute nebeneinander gehen konnten. Cason übernahm die Spitze. Die meisten verteilten sich und liefen hintereinander, gerade so schnell, wie Glenn und Adder die Trage schleppen konnten. Die vorderen Tunnler strömten auseinander, kundschafteten voraus, und ihre Rufe hallten bis zu Kara zurück, die unmittelbar hinter Glenn ging. Jemand hatte Gaven und Aaron Laternen gegeben. Aaron befand sich vor Kara, Gaven ging hinter ihr. Das Licht der schwankenden Laternen warf eigenartige Schatten an die Wände, doch da der Tunnel eine niedrige Decke aufwies, war Kara dankbar für die Helligkeit. Sie folgte Glenn mit unbewusst eingezogenen Schultern, obwohl sich die gekrümmte Decke mindestens eine Fußlänge über ihrem Kopf befand.

Die Gruppe gelangte zu einer anderen, wesentlich kleineren Verbindungsstelle und wählte einen zweiten, eine Ebene höher liegenden Tunnel, der mehr nach Westen verlief. Von dieser Kammer zweigten weniger Tunnel ab. Sie wurden langsamer, als Adder und Glenn die Trage abstellten und Dylan so hoch emporhievten, dass Allan und Cutter ihn unter den Achseln zu fassen bekommen und in den nächsten Tunnel hochziehen konnten. Dann wurde die Trage hinaufgereicht. Anschließend setzten sie den Marsch in derselben Formation wie zuvor fort.

Dieser Tunnel erwies sich als breiter, ragte jedoch nur noch eine halbe Fußlänge über Karas Kopf auf. An einer Stelle hob sie die Arme und ließ die Hände über den Granit streichen, der von Lumagiern und Mentoren in seine gegenwärtige Form gebracht worden war. Also handelte es sich um einen der neueren Tunnel, denn die älteren in der Stadt hatte man noch aus Flusssteinen gebaut.

Der Tunnel gabelte sich mehrfach, und die Tunnler nahmen jedes Mal die Abzweigung, die nach Süden oder nach Westen führte. An einer solchen Kreuzung spürte Kara, dass die Gegenwart der Ley zurückkehrte, als sie durch die Öffnung des neuen Tunnels trat. Die Energie lief schaudernd durch ihre Haut, brachte sie zum Kribbeln. Sofort rief sie: »Artras!« Ihre Stimme klang in den beengten Verhältnissen des Tunnels entschieden zu laut.

»Ich kann sie fühlen.«

»Was kannst du fühlen?« Gaven sprach so leise, dass vermutlich nur Kara ihn hörte.

»Die Ley. Sie fließt durch diesen Tunnel. Kein Grund zur Sorge, sie ist nicht stark genug, um uns zu verletzen. Aber sie ist vorhanden, was bedeutet, dass wir Werkel hinter uns gelassen haben. Wir müssen unterhalb von Dāha sein.«

Je weiter sie nach Süden und Westen gelangten, desto stärker wurde der Strom der Ley. Aus dem leichten Kribbeln wurde ein stechendes Prickeln, bis sich die Härchen an Karas Armen aufzurichten begannen. Doch bevor die Ley ein Ausmaß erreichte, bei dem Kara die anderen hätte warnen müssen, gelangten sie zu einer weiteren Verbindungsstelle. Nur erwies sich diese nicht als leer.

Als Kara aus dem Tunnel trat, schwenkte ihr Blick auf Anhieb nach oben links. Ein Teil der Verkrümmung schnitt durch die kuppelförmige Decke und trennte einen dünnen, aber langen Abschnitt davon ab, bevor er wieder mit der Steinwand verschmolz. Er schillerte bläulich wie die Ranke, die über Kara hinweggefegt war, als sich die Verkrümmung gebildet hatte. Den Rest der Decke konnte sie durch die Außenfläche der Scherbe erkennen, doch er sah spröde und bröckelig aus, als wäre der Abschnitt tausend Jahre älter als die Kuppel außerhalb. Wenn sie diese Scherbe heilten, würde jener gesamte Bereich der Decke einstürzen und vermutlich den Rest der Kuppel mitreißen.

Aber der Teil der Verkrümmung stellte nicht die einzige Andersartigkeit dieser Verbindungsstelle dar. Es gab hier aktive Ley-Linien, stark genug, dass man die hindurchfließende Ley sehen konnte. Die weißen Pfade verliefen oben durch die Luft, kamen durch zwei getrennte Tunnel ein Geschoss über ihnen, einer davon aus Nordwesten, der andere mehr aus nördlicher Richtung. Über der Mitte der Kammer vereinigten sie sich und schossen als dickere Linie, die ab der

Stelle des Zusammenflusses leicht pulsierte, nach Westen davon.

Kara wurde bewusst, dass die anderen Lumagier und sie hinstarrten. Niemand von ihnen hatte je zuvor eine aktive Verbindungsstelle gesehen.

Kara schaute zu Artras und sah die Verblüffung, die sie selbst empfand, in den Augen der älteren Lumaga zusammen mit der Erkenntnis, dass das Ley-System innerhalb von Erenthrall unfassbar komplizierter gewesen sein musste, als sie ursprünglich geglaubt hatte. Nicht einmal die von Hernande und Cory geschaffenen Karten waren in der Lage gewesen, das darzustellen. Nur drei der Tunnel in dieser Verbindung waren sichtlich aktiv, doch es gab noch mindestens ein Dutzend inaktive unterschiedlicher Größen. Alle hatten einst Ley-Linien enthalten, und alle waren hier zusammengeflossen und hatten miteinander reagiert.

Über Erenthrall verteilt gab es Dutzende Verbindungsstellen, wenn nicht gar Hunderte. Alle waren einmal aktiv gewesen, alle hatten einmal Ley geleitet, und all das war von den Ober-Lumagiern und vom Nexus gesteuert worden.

Karas Mund wurde angesichts des gewaltigen Ausmaßes staubtrocken. »Kein Wunder, dass die Ley so zerstörerisch war, als alles zusammengebrochen ist.«

Die vordersten Tunnler hatten die Kammer bereits halb durchquert. Immerhin lebten sie seit Monaten hier und hatten sich offensichtlich an den Anblick aktiver Ley-Linien gewöhnt.

Hinter Kara und Gaven gab Jaimes dem Rest der Gruppe ein Zeichen. »Bleibt in Bewegung. Aber seid vorsichtig. Weiter vorn in der Nähe des Rands der Kammer ist noch eine Ley-Linie.«

Sie setzten sich wieder in Bewegung, wofür Gaven und Aaron ein bisschen gut zugeredet werden musste.

Die von Jaimes erwähnte Ley-Linie schwebte nicht mitten

in der Luft. Stattdessen floss sie durch einen Kanal im Boden wie die Barkassenlinien, die kreuz und quer durch die Stadt verliefen. Die Tunnler hatten eine große Steinplatte verwendet, um den schmalen Kanal zu überbrücken. Nacheinander überquerten sie ihn, dann betraten sie einen weiteren, größeren Tunnel, der sich fast direkt unter der aktiven Ley über ihren Köpfen erstreckte. Dieser Tunnel ließ Anzeichen der Erdbeben erkennen. Die Wände waren kreuz und quer von Rissen überzogen, Brocken aus der Decke so groß wie Karas Kopf übersäten den gekrümmten Boden. Wegen des tückischen Untergrunds verlangsamten sie die Schritte ein wenig, aber nicht viel. An einer Stelle passierten sie einen Abschnitt, in dem die linke Wand eingestürzt war und den Weg fast völlig versperrte. Kurze Zeit später stießen sie auf einen teilweisen Einsturz der Decke und mussten über den Schutt hinwegklettern. Vereinzelt rieselte Staub und kleine Kiesel regneten von oben herab, ausgelöst durch ihren Durchmarsch.

Dann bemerkte Kara eine unterschwellige Veränderung an den Tunnlern, von denen sie geführt wurden. Sie wirkten angespannt und rückten näher zu den Muldern. Ihre Blicke schwenkten ständig hin und her, obwohl sie sich immer noch im Tunnel befanden. Jaimes rückte vor und marschierte neben Kara und Gaven.

Weiter vorn rief jemand etwas. Kara konnte das Ende des Tunnels sehen. Als sie weitergingen, erkannten sie, dass er in die Grube eines Knotens wie jenem in Werkel mündete.

»Wir sind fast da.«

»Und wo wäre das?«

Jaimes erwiderte nichts.

Schließlich gelangten sie in die Grube. Ein Schauder durchlief Kara, weil sich die Umgebung so vertraut anfühlte, obwohl sie hier noch nie gewesen war. Rings um sie erhob sich der Schacht aus Flussstein, eine gewundene Treppe führte zu einer geschlossenen Tür hinauf. Cason, Sorelle und einige andere befanden sich bereits am Kopf der Stufen und entfernten aus Halterungen zu beiden Seiten einen dicken Holzbalken, der verhinderte, dass man die schwere Tür von außen öffnete. Die schlichte Vorrichtung war offensichtlich erst nach der Zersplitterung hinzugefügt worden – keiner der Knoten, die Kara kannte, hatte von innen verriegelt werden müssen. Mühsam zogen die Tunnler die Tür unter dem Ächzen ihrer Angeln auf. Vier der Tunnler huschten hindurch in den dunklen äußeren Raum.

Cason winkte sie aus der Grube nach oben. »An dieser Stelle trennen sich unsere Wege.«

Die Gruppe der Mulder steuerte auf die Treppe zu, angeführt von Allan, gefolgt vom Rest. Dylan klammerte sich an den Rändern der Trage fest, als ihn Adder und Glenn höher hievten und versuchten, ihn so waagerecht wie möglich hinaufzubefördern. Sie passierten Cason. Sorelle stand mit geneigtem Haupt neben ihr, den Blick zu Boden gerichtet. Ihr Körper zuckte, als wolle sie etwas sagen oder tun, doch sie hielt sich zurück. Als Kara zurückschaute, um sich zu vergewissern, dass ihr Gaven und die anderen folgten, sah ihr Jaimes in die Augen und murmelte: »Es tut mir leid.«

Jäh wirbelte sie zurück herum, nicht sicher, welcher Anblick sie erwarten würde. Vielleicht der, wie die vier Tunnler, die den äußeren Raum vor ihnen betreten hatten, Allan und die anderen gerade töteten? Oder die Tunnler, die sie zurückgelassen hatten – mit gezückten Messern wartend? Aber die Hauptkammer des Knotens erwies sich als genau so, wie Kara sie sich vorgestellt hatte. Schreibtische standen im Raum verteilt und Bücherregale an den Wänden, vereinzelte Stühle luden dazu ein, sich zu Gesprächen zusammenzusetzen. Eine Staubschicht bedeckte alles. Ein Schreibtisch war umgekippt. Um ihn verstreut lagen Papier, Bücher und ein ebenfalls umgekippter Stuhl. Abgesehen davon hätte es auch der Knoten in Eld oder Stän sein können, nur eben ohne seine Lumagier.

Kara beugte und streckte die Finger und wünschte, sie hätte ein Messer, obwohl sie kaum wusste, wie man damit umging. Stattdessen entsandte sie die Sinne nach der Ley, da sie wusste, dass durch die Grube unten welche floss. Dabei stellte sie überrascht fest, dass sich um sie herum viel mehr davon befand. Im Gegensatz zu Werkel gab es hier Ley in Hülle und Fülle. Mindestens drei große Linien, die alle nach Westen strömten, verliefen unter ihnen.

Sie zog die Ley zu sich, als die Gruppe den Raum durchquerte und durch die offen stehende Vordertür verließ. Der Knoten überblickte einen kleinen Platz, der von drei- bis viergeschossigen Gebäuden umgeben war. Die oberen Stockwerke standen über die Gehwege und Straßen unter ihnen vor. Der gelbe Verputz der Fassaden und die daran befestigten überkreuzten Holzlatten zeugten vom Baustil Ost-Temerites. Die mit Ziegeln gedeckten Schrägdächer wiesen Giebel mit schmalen Fenstern auf. Das Kopfsteinpflaster des Platzes bildete irgendein Muster, doch die Einzelheiten gingen im grellen Gleißen der Verkrümmung zu ihrer Rechten unter. Die Sonne zeichnete sich als leuchtend orange-roter Feuerball über den Dächern im Westen ab. In ein, zwei Stunden würde sie untergehen.

Allan, Cutter, Artras und Dylans Träger waren bereits die Stufen zum Platz hinuntergestiegen. Die Tunnler waren vor ihnen durch die Tür herausgekommen und schwärmten gerade aus. Gaven und Aaron passierten Kara, als sie sich umdrehte, um Cason zu danken, doch die Worte blieben ihr im Hals stecken.

Casons Blick wanderte suchend über den gegenüberliegenden Rand des Platzes. »Wo sind sie? Inzwischen sollten sie eigentlich hier sein.«

Sorelle, die neben ihr stand, bildete mit den Lippen stumm: *Lauft.*

Kara wirbelte herum. »Allan! Warte!«

Der ehemalige Rüde drehte sich um, die Hand schon auf dem Griff seines Schwertes. Auch Adder und Glenn reagierten. Beide spähten über die Schultern zurück. Doch am schnellsten handelten Cutter und Jack. Die Fährtensucher nahmen geduckte Haltung ein und hoben die Bögen an. Pfeile erschienen in ihren Händen und wurden angelegt, bereit, innerhalb eines Atemzugs zu zielen und zu schießen.

Im selben Augenblick tauchten Bogenschützen auf den Dächern rings um den gesamten Platz sowie an den Fenstern der höheren Stockwerke der Gebäude auf, alle bereit, sofort zu schießen. Glenn fluchte wüst. Er und Adder ließen Dylan ohne Federlesens zu Boden fallen, als ihre Hände zu den Schwertern schnellten. Alle Rüden der Gruppe zogen ihre Klingen nahezu gleichzeitig und kauerten sich hin, obwohl es auf dem Platz keinerlei Deckung gab – kein Geröll, keine zurückgelassenen Handkarren oder Wagen, nichts. Das hätte der erste Hinweis sein müssen. Kara hatte seit dem Betreten der Stadt noch keinen Ort in Erenthrall ohne irgendwelche Trümmer gesehen. Sie saßen in der Falle. Die einzige Möglichkeit für einen Ausweg boten die vom Platz ausstrahlenden Straßen.

Aber bei genauerer Betrachtung stellte sie fest, dass mindestens drei davon blockiert waren, vermutlich mit all dem, was man vom Platz selbst entfernt hatte. Die zwei zu beiden Seiten des Knotens erwiesen sich als von den Tunnlern versperrt. Nur zwei andere Straßen verblieben offen, und die befanden sich auf der dem Knoten gegenüberliegenden Seite des Platzes. Aus einer dieser Straßen betraten vier Gestalten in weißen Mänteln mit aufgesetzten Kapuzen und einem gegabelten, in Schwarz auf die Brust gestickten Symbol den Platz. Umgeben wurden sie von mindestens zehn Männern in Gardeuniformen mit roten Hemden und schwarzen Hosen, alle mit gezogenen Schwertern. Die Bogenschützen trugen dieselbe Uniform. Eine weitere Reihe von Gardisten begleitete einen von einem Pferd gezogenen Wagen aus der zweiten Straße. Der hielt aber an, sobald er den Rand des Platzes erreichte.

Sowohl Cutter als auch Jack schwenkte den Bogen auf die Gestalten in den weißen Mänteln. Auch die Rüden wandten sich ihnen zu, da sie gegen die Bogenschützen nichts unternehmen konnten. Artras hatte ihr Messer gezogen.

»Was soll das, Cason?« Allans Stimme durchdrang laut und deutlich die Stille auf dem Platz. »Wer sind diese Leute?«

»Man nennt uns die Weißmäntel«, ergriff die vorderste Gestalt in Weiß das Wort und hob ruhig eine Hand mit zwei ausgestreckten Fingern. Der Mann gab ein Zeichen … und Pfeile schnellten von den Dächern.

Kara schrie unwillkürlich auf. Sowohl Jack als auch Cutter schwankten, und Cutter stieß einen abgehackten Fluch aus, als er fiel. Sein Pfeil löste sich vom Bogen und schlug in die Seite eines der Häuser ein. Der Kundschafter umklammerte seinen Oberarm, wo ein Schaft aus dem Muskel ragte. Zwar versuchte er noch, den Arm zu heben, doch er zuckte vor Schmerz zusammen und sank in eine noch tiefere geduckte Haltung. Kara konnte beobachten, dass Blut schon sein Hemd durchnässte.

Jacks Körper sackte lediglich zusammen. Sein Pfeil prallte harmlos auf den Steinboden des Platzes und schlitterte davon. Artras, die sich ihm am nächsten befand, sprang an seine Seite und rollte ihn auf den Rücken.

Betroffen schaute die ältere Lumaga zu Kara. »Er ist tot.«

Kara hatte es in dem Augenblick gewusst, als ihn Artras herumgedreht hatte. Ein Pfeilschaft ragte aus seinem Auge.

Glenn wollte vorstürmen, aber Adder packte den Rüden am Hemd, krallte die Faust um den Stoff und brachte ihn zum Stehen, bevor er zwei Schritte zurückgelegt hatte.

Der Weißmantel hatte den Arm immer noch erhoben.

»Niemand rührt sich.« Allan ließ das Schwert sinken, aber nicht fallen. Der Rest der Rüden folgte seinem Beispiel.

Hinter ihnen stieg Cason die Stufen herunter, flankiert von

vier der anderen Tunnler, darunter Sorelle. Sie gingen um die Menschen aus Muld herum auf die Weißmäntel zu, blieben aber deutlich vor der Gruppe stehen.

»Wir haben euch die Lumagier gebracht. Wo sind unsere Vorräte?«

»Welche davon sind die Lumagier?« Eine der anderen Gestalten hatte das Wort ergriffen, nicht der Mann, der immer noch die Hand erhoben hielt. Die Stimme klang weiblich. Gebieterisch.

Cason drehte sich um. »Der auf der Trage – er heißt Dylan – und Kara, die Frau, die am nächsten beim Knoten steht. Ich vermute, die ältere Frau ist auch eine Lumaga. Bei den anderen bin ich mir nicht sicher.«

»Wir testen sie, sobald wir zur Nadel zurückgekehrt sind. In der Zwischenzeit … Iscivius?«

Der Mann ließ den Arm sinken. »Bringt den Wagen her!«

Von der gegenüberliegenden Seite des Platzes rollte der Wagen los. Dahinter erschienen vier weitere Wagen, die in schrägem Winkel den Platz dorthin überquerten, wo Cason und die anderen warteten. Cason gab ein Zeichen, und Sorelle und die anderen trotteten vorwärts, während die Gardisten vom Wagen sprangen und zurückwichen. Die Tunnler durchsuchten das Gefährt und riefen mit gedämpften Stimmen zu Sorelle heraus. Sorelle zog die Plane zurück, die den Wagen bedeckte, und grinste breit. »Ist alles da.«

Cason wandte sich wieder den Weißmänteln zu. »Dann gehören sie ganz euch.«

Ein betroffener Ausdruck huschte über Sorelles Züge, aber sie stieg auf den Kutschbock des ersten Wagens und ergriff die Zügel. Die Gardisten der Weißmäntel auf dem Boden setzten sich in Bewegung, steuerten auf Kara und die anderen zu. Alle spannten die Körper an …

Da drang plötzlich Geheul über den Platz, kalt, verloren. Und unglaublich nah.

Kara sträubten sich die Nackenhaare, und eine Gänsehaut überzog ihre Arme. »Das kann nicht sein.« Als das Geheul verhallte, fluteten Visionen von Haggers Angriff nach der Zersplitterung ihren Geist.

Jemand schrie auf. Der Laut wurde von einem wilden Knurren unterbrochen.

Jeder auf dem Platz drehte sich zu den Geräuschen um. Die Gardisten in der Nähe der zweiten Straße schrien, bevor sie sich zur Flucht wandten, als fünf Halbwölfe mitten in ihre Ränge preschten. Kara sah, wie einer die Zähne in den Hals eines Mannes schlug, den Kopf wild schüttelte und ihm die Kehle herausbiss, bevor er von ihm abließ, um gleich den nächsten Mann zu Boden zu stoßen, einen fuchtelnden Arm abzufangen und kraftvoll aus der Schulter des Gefallenen zu reißen. Die anderen Halbwölfe fielen mit derselben Leidenschaft über die restlichen Gardisten her und zerfetzten, was immer in ihre Reichweite geriet. Schon glänzte die Straße vor Blut.

Ein Pferd in der Nähe des Geschehens wieherte panisch. Der Laut kratzte förmlich über Karas Rücken, doch dann brach hinter ihr Geheul aus, und sie fuhr herum. Die Tunnler, die Kara und den Rest ihrer Gruppe davon abgehalten hatten, zum Knoten zurückzuweichen, wurden gerade überrannt. Halbwölfe strömten durch offene Fenster und Türen der unteren Geschosse von Gebäuden heraus und sprangen über die Barrikaden an den Enden der blockierten Straßen. Wohin Kara auch schaute, fielen Männer und Frauen unter den Zähnen und Klauen der anstürmenden Kreaturen.

Glenn packte sie am Arm und zog sie weg. »Lauf zu den Wagen! Geh dahinter in Deckung!«

Kara verstand zunächst nicht, weshalb, bis ein Pfeil an ihrem Kopf vorbeischwirrte und auf dem Stein des Platzes zerschellte. Die auf den Dächern postierten Bogenschützen der Weißmäntel schossen auf alles, was sich unten auf dem Platz bewegte. Glenn schob Kara von hinten weiter, als sie tief geduckt zu den vier Vorratswagen eilten, aber die davor eingespannten Pferde tänzelten wild und verdrehten vor Angst die Augen.

Sorelle hatte Mühe, ihren Gaul im Griff zu behalten. Das Tier bäumte sich auf, und seine Nüstern blähten sich, als es die Halbwölfe witterte. Dann ging es durch. Sorelle wurde zurückgeschleudert, verlor die Zügel aus der Hand und fiel in den Fußraum. Pfeile schlugen dort ins Holz der Kutschbank ein, wo sie eben noch gesessen hatte. Das Pferd raste über den Platz, bevor es scharf nach links scherte, als weitere Halbwölfe auf der Jagd nach den Tunnlern vor dem Tier auftauchten. Es schwenkte zurück herum zu den Weißmänteln, die auseinanderstoben, als es durch ihre Reihen stürmte. An der Ecke, auf die der Gaul zuhielt, waren noch keine Halbwölfe erschienen. Sorelles Wagen verschwand mit von der Ladefläche plumpsenden Vorräten die Straße hinunter.

»Nach links!« Glenn zerrte Kara auf einen der verbliebenen Wagen zu. Noch war keines der anderen Pferde durchgegangen, wenngleich alle gegen das Zaumzeug ankämpften. Allan und der Großteil von Karas Gruppe hasteten vor ihnen in Deckung. Adder schleifte Dylan mit, indem er an einer Seite der Trage zerrte, während die Griffe am anderen Ende über den Boden schabten. Er schaffte es halb zum nächsten Wagen, bevor Dylan so durchgeschüttelt wurde, dass er auf den Boden plumpste. Der Lumagus schrie auf, als sich sein schlimmes Bein unter ihm verrenkte. Adder warf die Trage beiseite und hievte sich Dylan wie einen Getreidesack über die Schulter, kam wenig später schlitternd zum Stehen und lud den Verletzten in der Nähe eines Wagenrads neben Artras und Aaron auf dem Boden ab. Der Rüde rief eine Anweisung zu der Lumaga, die sogleich aufsprang und begann, das Zaumzeug des Pferdes durchzuschneiden.

Kara erreichte den Wagen neben dem von Artras und duckte sich, als ein Pfeil durch die Luft über ihr schnellte.

Glenn befand sich an ihrer Seite. Allan, Gaven und Cutter hatten hinter dem letzten Wagen Zuflucht gesucht. Tim und Carter konnte sie nirgendwo sehen.

»Was machen wir jetzt?«

»Du tust gar nichts. Sie sind hinter dir her, also hältst du die Füße still, es sei denn, du wirst angegriffen.« Damit setzte sich Glenn tief geduckt die Seite des Wagens entlang in Bewegung.

»Warte! Wo willst du hin?«

Glenn umging den Wagen neben ihnen, dann rückte er weiter zu dem von Allan vor. Kara lehnte sich gegen das Rad hinter ihr, doch es schlingerte, als das Pferd bald in die eine, bald in die andere Richtung zerrte. Jemand schrie im Fußraum auf, und sie erkannte, dass der Tunnler, der den Wagen übernommen hatte, dort Schutz gesucht hatte. Sie rückte zum Kutschbock vor und spähte in den Fußraum.

Den Jungen, der dort kauerte, kannte sie nicht.

»Gib mir dein Schwert. Oder dein Messer. Irgendeine Klinge.«

Er zögerte.

»Sofort!«

Fluchend tastete er nach einem Messer, das an seiner Hüfte in einer Scheide steckte, zog es, streckte es Kara entgegen …

Und ein Pfeil schlug geradewegs durch seinen Handrücken in das Holz des Wagens ein.

Der junge Tunnler schrie auf, ließ das Messer fallen und riss instinktiv die Hand zurück. Der Schaft des Pfeils glitt ein Stück durch die Wunde, dann brach er ab. Der Tunnler bäumte sich auf und hob die Hand, aus deren einem Ende der Pfeil ragte. Dann bohrten sich zwei weitere Schäfte in seinen Rücken. Sein Schrei endete abrupt, und er sackte im Fußraum zusammen. Sein Kopf baumelte Kara zugewandt über die Seite heraus.

Sie duckte sich und wich zurück, schlug sich den eigenen Kopf an der Seitenverkleidung an. Mit trockenem Mund schluckte sie. Geschrei, das Grunzen von Menschen und das Knurren der Halbwölfe erfüllten den gesamten Platz. Die Tunnler setzten sich gegen die Wölfe zur Wehr. Die Treppe am Knoten glich einer Szene blanken Chaos'. Cason hatte sich zum Rand zurückgezogen, schwang die Klinge in wilden Bögen und schlitzte in einem breiten Kreis um sie und zwei andere herum durch das Fleisch der Angreifer. Der Großteil der noch lebenden Tunnler hatte sich auf die Stufen zurückgezogen und hielt sich mühsam die Wölfe vom Leib. Überall lagen Leichen, darunter auch ein Halbwolf. Cason und die Tunnler wichen langsam zur Doppeltür des Knoteneingangs zurück. Ein Flügel war bereits geschlossen.

Wieder schlingerte der Wagen. Kara stählte sich, dann fasste sie in den Fußraum. Ihre Finger tasteten nach dem Messer, das der junge Tunnler fallen gelassen hatte. Ein weiterer Pfeil bohrte sich über ihr in den Kutschbock, und sie schrie gellend: »Zielt gefälligst auf die verfluchten Halbwölfe!« Dann schlossen sich ihre Finger um einen Griff aus Stahl, zu groß, um zu einem Messer zu gehören. Sie packte das Schwert und zerrte daran, doch es rührte sich nicht, lag unter dem Leichnam des Tunnlers eingeklemmt. Fluchend ließ sie es los und suchte weiter, bis sie das Messer inmitten einer Blutlache fand. Sie schnappte es sich aus dem Fußraum.

Plötzlich durchlief ein Ruck den gesamten Wagen, als sich das Pferd aufbäumte und mit den Vorderbeinen durch die Luft strampelte. Es landete so hart, dass Kara die Schwingungen durch den Stein zu ihren Füßen spürte, dann ging das Tier durch und preschte davon. Im Wagen zerbrach etwas.

Kara blieb ungeschützt zurück.

»Kara!«

Sie wirbelte zu Adders Stimme herum und sah, dass Artras und Aaron ihr Pferd befreit hatten. Das Tier raste auf die einzige verfügbare Fluchtmöglichkeit zu – die Straße an der

Ecke des Platzes, aus der die vier Wagen gekommen waren. Es stürmte durch die Reihen der dort liegenden Toten, zertrampelte ein paar davon.

»Die Straße!« Kara zeigte hin. »Sie ist frei!«

Adder drehte sich mit einem Ruck herum, dann rief er Allan zu. Aaron und Artras hatten sich indes auf die andere Seite des Wagens bewegt, näher zu Glenn. Sie stützten Dylan zwischen sich.

Kara hatte gerade einen Schritt in ihre Richtung gewagt, als jemand sie von der Seite ansprang und zu Boden stieß.

Hart schlug sie auf dem Steinpflaster auf, doch sie ließ das Messer nicht los. Tretend und stechend setzte sie sich zur Wehr, doch wer immer ihr Angreifer sein mochte, er hatte die Arme um ihren Rumpf geschlungen und lag auf ihr, drückte sie nieder. Sie konnte kaum atmen.

»Du«, presste der Unbekannte zwischen zusammengebissenen Zähnen hindurch, »gehst nirgendwohin.«

Sie erkannte die Falten abgewetzten weißen Stoffs des Mantels des Mannes ...

Dann wurde der gesamte Platz in eine Explosion grellen, weißen Ley-Lichts gehüllt.

***

»Was machen wir jetzt?«

Allan drehte sich zu Glenn um, der neben ihm im Schutz des Wagens kauerte. Gaven und Cutter drängten sich am Vorderrad. Cutters Arm hing schlaff herab, über die gesamte Länge von Blut durchtränkt. Das Gesicht des Fährtensuchers war blass.

Allan spähte zu den zwei anderen Wagen: Artras und Aaron arbeiteten daran, ihr Pferd zu befreien, Kara rutschte auf den Fußraum ihres Gefährts zu. »Wir schaffen Kara und die anderen Lumagier weg von hier.«

»Und wie stellen wir das an?«

Plötzlich stolperte Artras rücklings, und Aaron fing sie auf, als ihr Pferd Reißaus nahm.

»Wir stehlen einen Wagen.« Allan deutete in Richtung des ersten Wagens, der auf dem Platz erschienen war und immer noch etwas abseits stand. Die Halbwölfe waren durch die Gardisten der Weißmäntel gefegt, die das Gefährt begleitet hatten, daher war es unbewacht und unbeachtet zurückgeblieben. Die Flanken des davor eingespannten Pferdes glänzten vor Angstschweiß, seine Beine zitterten. Aber es war noch nicht durchgegangen.

Von hinten brüllte Adder: »Kara sagt, die Straße drüben an der Ecke ist frei!«

Sowohl Allan als auch Glenn drehten sich um, dann rückten sie zum Ende des Wagens vor und spähten um die hintere Kante.

»Sie hat recht.« Glenn klopfte auf den Wagen, hinter dem sie sich versteckten. »Warum nehmen wir nicht den hier?«

»Der ist voll mit Vorräten. Der dort drüben ist leer. Wir brauchen Platz für Cutter und Dylan.«

»Geh und schnapp dir die Zügel. Ich beschütze Gaven und Cutter.«

Allan zögerte nicht. Er steckte das Schwert in die Scheide und rannte los, um das kurze Stück zwischen ihrer Zuflucht und dem anderen Wagen zu überwinden. In der Nähe seiner Füße prasselten Pfeile auf die Steinplatten, aber er schenkte ihnen keine Beachtung und rannte um das Heck herum auf die den Gebäuden zugewandte Seite. Derart auf zwei Seiten geschützt arbeitete er sich zum vorderen Ende des Wagens vor. Das Pferd schnaubte und wurde zunehmend unruhiger, als er sich dem Tier näherte. Er versuchte, es mit Worten zu beruhigen, als er tief geduckt in den Fußraum kroch und sich mit einer Hand die Zügel schnappte.

Der Wagen schlingerte, und Allan drehte sich zur Seite, um

zu beobachten, wie Gaven gerade Cutter dabei half, ins Heck hineinzuklettern, während Glenn mit gezücktem Schwert hinter ihnen stand.

»Glenn, hol die anderen! Hat irgendjemand gesehen, was aus Tim oder Carter geworden ist?«

»Tim ist mit Carter zu den Stufen des Knotens gelaufen.« Gaven warf Cutter praktisch auf die leere Ladefläche des Wagens. Cutter stöhnte vor Schmerz, als er landete und sich auf eine Seite rollte. Gaven stieg hinter ihm her ein.

Allan drehte sich dem Knoten zu und erspähte Tim und Carter in einer Nische am Fuß der Stufen kauernd.

Dann wurde der gesamte Platz abrupt in grelles, weißes Ley-Licht gehüllt. Ganze Schwalle traten direkt durch die Steinplatten aus und schossen empor, wie es Allan während seiner Zeit als Rüde bei der Aussaat des Fliegerturmes erlebt hatte. Er zuckte davor zurück, hob schützend den Arm und erinnerte sich daran, wie die Ley damals einige der Lehnsherren und Lehnsherrinnen getötet hatte, die so dumm gewesen waren, sich ungeschützt auf den Balkonen aufzuhalten. Aber diesmal erwies sich das Ley-Licht als nicht annähernd so wild oder heftig und stieg nur ungefähr bis zur doppelten Höhe eines Mannes an. Allerdings genügte das, um das Pferd scheuen zu lassen, das sich in Bewegung setzen wollte und gegen die Bremse des Wagens ankämpfte.

Allan zog an den Zügeln und versuchte, das Tier zu beruhigen, während sich das Branden der Ley fortsetzte. Aus dem Augenwinkel sah er die Weißmäntel an einer Seite des Platzes stehen, die Arme erhoben, und da wurde ihm klar, dass es sich um Lumagier handelte. Dann jedoch bäumte sich das Pferd auf und stürmte erneut vorwärts. Die Bremse löste sich mit einem Ächzen, und plötzlich setzte sich der Wagen ruckartig in Bewegung.

Wieder zerrte Allan an den Zügeln, aber das Tier achtete nicht auf ihn und scherte scharf nach links, als vor ihm eine

Wand aus Ley-Licht emporschoss. Allan rutschte zum Rand der Sitzfläche und fing sich mit einer Hand ab. Er hörte, wie Gaven und Cutter auf der Ladefläche zur Seite geschleudert wurden. Dann durchlief ein heftiger Ruck den gesamten Wagen, als er über eine der auf dem Platz verstreuten Leichen holperte. Allan gab die Zügel auf und klammerte sich am Kutschbock fest, als das Pferd abermals wendete. Die Stufen des Knotens gerieten in Sicht, und er sah, wie Tim dazu ansetzte, auf den Wagen zuzulaufen. Das sengende Licht der Ley trennte sie jedoch voneinander. Carter zog ihn zurück in ihr Versteck. Dann bog das Pferd neuerlich ab, und sie hielten auf den anderen Wagen zu. Kara rang auf dem Boden mit einem der Weißmäntel, ebenfalls abgeschottet hinter einer Wand aus Ley. Sie schlitzte dem Weißmantel mit dem Messer quer übers Gesicht. Blut spritzte auf sein Gewand, dann bekam er ihr Handgelenk zu fassen und rammte es mehrmals auf den Boden, bis die Klinge klirrend auf die Steine fiel. Hinter ihr kauerten die anderen Mulder an ihrem eigenen Wagen. Adder stand mit Aaron an der Seite über Dylan, Glenn am Ende des letzten Wagens hielt Artras' Arm fest.

Allan erkannte Glenns Absicht einen Herzschlag, bevor das Pferd die Biegung vollendete und schnurgerade auf die freie Straße jenseits des Platzes zustürmte.

Im selben Augenblick durchbrachen ganz links die Halbwölfe den Widerstand der Gardisten der Weißmäntel. Drei der Wölfe griffen Allans Wagen von jener Seite an.

Hinter ihnen und dem Gefecht der Gardisten und Halbwölfe erspähte Allan den Anführer des Rudels, der beobachtend mitten auf der Straße stand. Nur hatte er die Aufmerksamkeit weder auf seine Halbwölfe gerichtet, die über die Gardisten herfielen und sie zerfetzten, noch auf die Weißmäntel, die mit der Ley hantierten.

Seine Aufmerksamkeit galt allein Allan.

»Nehmt euch in Acht vor den Halbwölfen!« Allan zeigte

hin, als der Wagen an Glenn, Artras und den anderen vorbeiraste. Glenn stieß Artras vorwärts, aber sie hatte sich bereits rennend in Bewegung gesetzt, dicht gefolgt von Glenn. Sie reihten sich hinter dem Wagen ein. Allan griff nach den Zügeln und zog heftig daran, um das Pferd zu verlangsamen. Er schaute über die Schulter und sah, dass Artras einen Arm nach der Ladefläche des Wagens ausstreckte, sie mit einer Hand beinah erreichte. Die Halbwölfe sprangen über eine der Ley-Wände hinweg. Einer wurde dabei vom Licht erfasst. Die Kreatur jaulte auf und stürzte. Ein Teil des Beins und der Hüfte fehlte, wo der Halbwolf die Ley berührt hatte. Seine Gefährten ließen ihn achtlos zurück, verfolgten knurrend und zähneschnappend Glenn und Artras.

Artras beschleunigte jäh ihre Schritte und hechtete auf die Ladefläche. Um ein Haar wäre sie zurückgerutscht und gefallen, doch da versetzte Glenn ihr von hinten einen kräftigen Stoß, der sie nach vorn gegen Cutter und Gaven rollen ließ. Die beiden packten sie und zogen sie weiter auf die Ladefläche, während Glenn darum kämpfte, am Wagen dranzubleiben. Er sprang und bekam eine Seite zu fassen. Kurz schleiften seine Füße über den Boden, bevor er sich nach oben hievte. Die Adern an seinem Hals traten unter der Anstrengung hervor.

Mit Müh' und Not war es ihm gerade gelungen, auf die Ladefläche zu sacken, als Artras rief: »Pass auf!«

Allan drehte sich um und sah, wie die zwei Halbwölfe ebenfalls sprangen. Der Erste landete auf Glenn, der sich bei Atras' Warnung auf den Rücken gerollt und schützend einen Arm hochgerissen hatte. Die Kiefer des Halbwolfs schlossen sich um seinen Unterarm und rissen daran. Glenn brüllte vor Schmerz. Der zweite Halbwolf hatte Mühe, Halt zu finden. Seine Krallen kratzten Furchen in das Holz der Ladefläche, dann jedoch rutschte er ab und fiel vom Heck zurück auf die Straße.

Allan drehte sich wieder nach vorn, hielt immer noch die Zügel nutzlos in einer Hand. Schließlich ließ er sie fallen und setzte dazu an, über den Kutschbock nach hinten zu springen, um Glenn zu helfen. Aber Artras war bereits über Cutters Körper hinweggekrochen. Während sich Glenn unter dem Halbwolf zur Wehr setzte, holte sie mit ihrem Dolch aus und stieß ihn tief in die Schulter der Bestie. Einmal, zweimal, dann ein erneuter Stich weiter die Flanke hinunter, bis die Kreatur von Glenn abließ und stattdessen nach ihr schnappte. Glenn war es gelungen, das eigene Messer zu ziehen, und er stach damit nun ebenfalls auf den Halbwolf ein. Knurrend schüttelte sich das Ungetüm hin und her, während Blut aus den Wunden strömte, bis es schließlich auf der Seite zusammenbrach.

Glenn und Artras sanken zurück. Beide atmeten schwer, Glenn hielt sich den Arm an die Brust gedrückt. Gaven und Cutter kauerten hinter ihnen in einem Winkel des Wagens. Der Halbwolf lag ausgestreckt auf der anderen Seite. Die merkwürdig geformten Gliedmaßen waren erschlafft, das Fell klebrig vor Blut. Allan ließ sich wieder auf dem Kutschbock nieder und stellte fest, dass der Gaul seine wilde Flucht verlangsamt hatte. Ob vor Erschöpfung oder weil sich das Tier beruhigt hatte, war Allan egal.

Hinter ihnen, weit die Straße hinunter, konnten sie das Ley-Licht auf dem Platz schimmern sehen und dahinter die bunten Scherben der Verkrümmung.

* * *

Karas Messer schlitzte über Iscivius' Gesicht, doch der Weißmantel bekam ihr Handgelenk zu fassen. Blut tropfte herab und platschte auf ihre Wange, als er die Finger, mit denen sie die Klinge umklammerte, auf den Steinboden des Platzes rammte. Sie kämpfte gegen seinen Griff, aber beim vierten Versuch schoss ein stechender Schmerz durch ihren Arm, und ihre Finger wurden gefühllos. Das Messer fiel klirrend zu Boden.

Kara entsandte die Sinne nach der Ley, doch die Energie

tobte rings um sie, weil sie von den anderen vier Weißmänteln in Aufruhr gehalten wurde. Kara konnte fühlen, wie ihre Gegenwart auf die Ley einwirkte, sie nach oben ins Freie rief. Sie versuchten, damit die Halbwölfe zu treffen. Doch so genau ließ sich die Ley ohne Hilfe durch Mentoren der Universität nicht steuern, schon gar nicht gegen bewegliche Ziele, die zwischen ihren eigenen Leuten hin und her sprangen.

Lumagier wurden dafür ausgebildet, Störungen in der Ley zu glätten, nicht, sie zu verursachen.

Kara streckte sich trotzdem danach. Sie hatte vor, die Energie gegen Iscivius und die anderen Weißmäntel einzusetzen. Doch der rammte ihr Handgelenk erneut gegen den harten Steinboden. Diesmal fuhren die Schmerzen wie ein Dolch in ihre Schulter. Mittlerweile hatte er beide Arme im Griff und hockte rittlings auf ihr. Die Kapuze war ihm schräg vom Kopf gerutscht, wodurch Kara einen ordentlich gestutzten, von dem flachen Schnitt, den sie ihm verpasst hatte, geteilten Bart und halb in Schatten liegende Augen sehen konnte.

»Hör auf! Hör sofort auf, oder der Rest deiner Gruppe wird vom Antlitz dieser Welt gebrannt!«

Kurz kämpfte sie noch gegen ihn an, dann fügte sie sich. »Lasst uns gehen. Wir wollen nur raus aus Erenthrall.«

»Das können wir nicht. Wir brauchen dich.«

»Iscivius!«

Kara erkannte die Stimme der Weißmantel-Frau von zuvor.

»Ich habe sie!« Er schaute zum verbliebenen Wagen. »Und einige der anderen. Mindestens vier sind entkommen. Darunter die mutmaßliche Lumaga.«

Die Frau fluchte. »Wir sind in Sicherheit. Cason und ihre Gruppe haben sich in den Knoten zurückgezogen und die Türen verriegelt.«

»Was ist mit den Halbwölfen?«

»Die sitzen vorläufig hinter der Ley fest. Unsere Vollstrecker haben sie zurückgedrängt.«

Iscivius' Griff um Karas Handgelenke hatte sich gelockert, genug, um Karas Finger zum Kribbeln zu bringen, als das Blut in sie zurückströmte. Die Hand pochte immer noch von den heftigen Schlägen gegen den Stein.

Iscivius blickte auf sie herab. »Wirst du weiterhin Schwierigkeiten machen?«

»Ja.«

»Wenigstens bist du ehrlich.«

Plötzlich ließ er sie los und rollte sich zur Seite ab. Er hob Karas Messer auf, bevor sie auch nur reagieren konnte. »Versuch ja nichts. Du und die anderen, die wir noch hier haben, sind von der Ley umzingelt.«

Kara setzte sich auf und wischte sich über das verschwitzte Gesicht. Ihre Finger lösten sich blutverschmiert davon. Schmerz pulsierte durch ihr Handgelenk, mehrere Stellen ihres Körpers fühlten sich wund an.

Aber Iscivius hatte recht. Sie und die anderen Mitglieder ihrer Gruppe, die sich noch auf dem Platz aufhielten, waren von einer aus den Steinplatten emporbrodelnden Wand der Ley umgeben. Adder, Aaron und Dylan befanden sich immer noch zwanzig Schritte entfernt an der Seite eines der Wagen. Tim und Carter kauerten am Fuß der Stufen, die hinauf zum Eingang des Knotens führten. Die Weißmäntel und ihre ursprüngliche Eskorte von Gardisten verteidigten den gegenüberliegenden Winkel des Platzes, allerdings weiter innen, sodass die Ley sie abschirmte. Sonst hielt sich innerhalb der Mauer nur noch eine Gruppe von zwanzig Gardisten an der gegenüberliegenden Ecke auf. Die Kämpfer dort standen der Straße zugewandt bereit, weil jenseits des Schutzschilds aus weißem Licht mindestens zehn Halbwölfe rastlos auf und ab liefen, die knurrend nach der Ley schnappten, aber einen Achtungsabstand einhielten.

Aufrecht mitten unter den Kreaturen stand ein Mann, wenngleich Kara sehen konnte, dass er nicht völlig menschlich war. Er war wie Hagger nach der Zersplitterung von den Himmelslichtern verwandelt worden – halb Wolf, halb Mensch. Anders als bei Hagger schien seine Verwandlung weiter auf der menschlichen Seite zum Stillstand gekommen zu sein. Er trug eine hellbraune Jacke mit Goldknöpfen und schwarzen Stickereien, wie sie sich für einen Lehnsherrn geziemen würde.

Während sie hinsah, knurrte der Rudelführer buchstäblich einen Befehl, denn die Anweisung klang tatsächlich mehr nach Knurren als nach Worten. Sofort wichen einige der Halbwölfe rücklings zurück. Sie drehten sich erst um und galoppierten in die von der Verkrümmung erhellte Düsternis davon, bis sie sich etwa zwanzig Schritte entfernt hatten. Andere blieben zurück und steigerten bedrohlich ihr Knurren. Das Fell in ihren Nacken sträubte sich, die Lefzen zogen sich von tödlichen, gefletschten Zähnen zurück. Wieder sprach der Rudelführer, diesmal in schärferem Ton, und auch sie zogen sich zurück, wenngleich nicht ohne ein klägliches Geheul auszustoßen, das schauerlich in die anbrechende Nacht hallte.

Der Rudelführer sah sie alle an. Erst richtete er den Blick voll unverhohlenem Hass auf die Weißmäntel, bevor er ihn auf Karas Augen schwenkte. Eine lange Weile starrte er sie an, lang genug, dass sich Kara eigenartig verwirrt fühlte. Dann wandte er sich ab und stapfte hinter seinem Rudel her davon.

Kara blies den Atem aus, den sie unbewusst angehalten hatte. Ihr Blick wanderte über die Körper, die den Platz übersäten. Einige der toten Tunnler waren auf den Stufen zum Knoten zurückgelassen worden. Zwei Halbwölfe lagen zwischen ihnen. Weitere Gardisten der Weißmäntel hatten ihr Leben auf den von den Ecken des Platzes ausstrahlenden Straßen linker Hand gelassen. Sie hatten die ärgste Wucht des Angriffs abbekommen. Kara zählte mindestens zwanzig Tote, und sie wusste, dass einige der Körper von der Ley verschlungen worden sein mussten. Aber sie hatten weitere

Halbwölfe getötet – wenigstens fünf. Einer, der sich innerhalb des Schutzwalls befand, wimmerte und versuchte, sich aufzurappeln. Ein Teil eines Beins und der Hüfte war weggebrannt worden. Die Gardisten mit den roten Hemden, die Wache gehalten hatten, während die Halbwölfe noch da gewesen waren, schlossen sich den Weißmänteln an. Zwei von ihnen benutzten die Schwerter, um dem verwundeten Halbwolf auf dem Rückweg den Garaus zu machen.

Nur steuerten sie in Wirklichkeit gar nicht auf die Weißmäntel zu. Stattdessen umzingelten sie Adder und die anderen am Wagen. Eine kleinere Gruppe visierte Tim und Carter an.

Adder schaute mit hochgezogenen Augenbrauen zu Kara, das Schwert in Bereitschaftsposition leicht nach oben geneigt, doch Kara schüttelte den Kopf. Es hatte keinen Sinn zu kämpfen, zumal sie von der Ley umzingelt waren und keine Aussicht auf Flucht bestand.

Adder ließ die Klinge sinken. Die Gardisten entwaffneten ihn. Sie durchsuchten die anderen, nahmen ihnen Schwerter und Messer und alles sonstige ab, das man als Waffe benutzen konnte.

Die restlichen Weißmäntel trafen ein.

»Warum habt ihr die Ley nicht benutzt, um alle zu töten?« Kara brauchte einen Augenblick, um zu begreifen, dass Iscivius die Halbwölfe meinte, nicht ihre Leute aus Muld.

»Wir konnten die Ley so schon kaum beherrschen. Hätten wir versucht, sie alle zu verbrennen, als wir den Platz gesichert hatten, wäre uns die Kontrolle womöglich völlig entglitten, und wir hätten jeden getötet. Darüber wäre Vater nicht erfreut gewesen, oder?«

»Nein.« Iscivius hatte nachdenklich Kara angestarrt, nun jedoch drehte er sich dem Wagen zu. »Schick einige Gardisten los. Sie sollen versuchen, das fehlende Pferd einzufangen. Wir lassen diese Vorräte nicht zurück.«

»Was ist mit unserer Abmachung mit Cason?«

»Sie und ihre Leute müssen die Halbwölfe zu uns geführt haben. Ich verspüre keinerlei Verlangen, sie dafür zu entschädigen. Außerdem haben sie sich mit mindestens einem Wagen davongemacht, während der Hälfte der Gruppe ihrer Gefangenen die Flucht gelungen ist. Das betrachte ich als ausreichend fair. Diese drei Wagen nehmen wir nach Möglichkeit wieder mit. Beginnt damit, den verletzten Lumagus zu verladen. Packt die Vorräte in einen anderen Wagen, wenn es sein muss.«

Sie eilten los. Drei kleine Gruppen begaben sich in die südlichen Straßen, sobald die anderen drei Weißmäntel die Schwalle der Ley verschwinden ließen, die sie in jener Richtung geschützt hatten. Der Rest beobachtete entweder, um sicherzustellen, dass die Mulder nicht flüchteten, oder begann damit, Vorräte umzuladen, um Platz für Dylan zu schaffen.

Kara sah dem Treiben eine Weile schweigend zu, dann rappelte sie sich auf die Beine und wischte sich Splitt und Staub von den Händen. Das Blut an ihrer Haut war getrocknet und sie spannte unangenehm, aber das stechende Prickeln in ihrem Handgelenk hatte sich gelegt. Tim und Carter wurden zu ihr geführt, gefolgt von Adder und Aaron. Jemand hatte Dylans Trage geholt, und die Gardisten hievten ihn wieder darauf. Das Pferd war offensichtlich nicht weit geflüchtet, denn die anderen Gardisten kehrten bereits mit dem Tier zurück. Die anderen Gäule hatten sich beruhigt, und die Männer überprüften Zaumzeug und Zügel.

Sobald die anderen bei Kara eingetroffen waren, fragte sie: »Was habt ihr mit uns vor?«

Iscivius drehte sich ihr wieder zu. »Wir bringen euch alle zur Nadel.«

»Was ist die Nadel?«

»Wirst du schon sehen.«

»Warum bringt ihr uns dorthin?«

»Weil Vater dich braucht.«

»Wieso?«

»Das wird er dir erklären müssen. Es wäre bedeutungslos, wenn es von mir kommt.«

Kara ballte vor Frustration die Hände zu Fäusten. »Wer ist dieser Vater? Wer seid ihr?«

Eine Hand hob sich, um das in Schwarz auf Iscivius' Brust gestickte Symbol zu berühren – eine lotrechte Linie und eine zweite, die sich mit der ersten in einem schrägen Winkel vereinte. Blut von dem Schnitt, den Kara ihm verpasst hatte, war darauf gespritzt, doch er schien es nicht zu bemerken. Er hatte sich noch nicht einmal um die Wunde gekümmert. Sie hatte von selbst zu bluten aufgehört.

»Wir sind die Kormanley.«

TEIL II:
DIE NADEL

VIERZEHN

»Verdammt, verdammt, verdammt«, murmelte Artras, riss panisch einen weiteren Streifen Stoff vom unteren Saum ihres Hemds und wickelte ihn um Cutters Oberarm. Sie hatte das Ende des Pfeils bereits herausgerissen, doch die Wunde war tief und blutete nach wie vor.

Die ältere Lumaga zog den behelfsmäßigen Verband fest und verknotete ihn, während der Wagen weiter über Geröll dahinholperte. Sie wusste, dass Allan nicht langsamer fahren konnte, jedenfalls nicht, bis sie sich trotz der anbrechenden Nacht in sicherer Entfernung zu den Weißmänteln und Halbwölfen auf dem Platz befanden. Von den Tunnlern ging wohl keine Gefahr mehr aus, vermutete sie.

Etwas hatte sich aus ihrer Brust den Weg nach oben in den Hals gebahnt, und sie hielt inne, um aus dem Wagen die Straße entlang dorthin zurückzuschauen, wo sich die Verkrümmung über die Gebäude erhob. Der Anblick wich hinter ihnen in die Ferne zurück. Glenn hielt sich rechts am Heck des Wagens fest und presste den verwundeten Arm an die Brust. Gaven hatte sich neben ihm eingefunden, um Artras und Cutter den geschützteren Platz im vorderen Bereich in Allans Nähe zu überlassen. Der Körper des Halbwolfs füllte nach wie vor die linke Seite aus. Sie hatten noch keine Gelegenheit gehabt, ihn loszuwerden.

Aber Artras' Gedanken galten Kara und den anderen, die von den Weißmänteln gefangen genommen worden waren. Tränen brannten in ihren Augenwinkeln, als sie an Jack dachte, dessen Leiche sie hatten zurücklassen müssen. Sie fragte sich, ob noch jemand aus ihrer Gruppe getötet worden war. Jacks Tod war gnadenlos erfolgt. Sie bezweifelte, dass die Weißmäntel die anderen besser behandeln würden.

Artras schüttelte sich und konzentrierte sich auf Cutter, überprüfte den Verband. Ihre Schultern entspannten sich, als sie feststellte, dass er sich noch nicht wieder mit Blut vollgesogen hatte.

»Wie schlimm ist es?«

»Schwer zu sagen. Ich hatte noch keine Gelegenheit, mir die Wunde genauer anzusehen, aber die Blutung scheint sich verlangsamt zu haben.«

Cutter hatte kaum zusammengezuckt, als sie den Pfeil mit einem Ruck entfernt hatte, ebenso hatte er es stoisch über sich ergehen lassen, als sie die Verbände so fest wie möglich gezogen hatte. »Gut ist es jedenfalls nicht. Das kann ich fühlen. Ich kann den Arm kaum bewegen. Der Muskel ist so stark beschädigt, dass ich wohl nicht so bald wieder einen Bogen spannen werde.«

Artras legte ihm eine Hand auf die Schulter und zwang ihn, ihr in die Augen zu sehen. »Es ist noch zu früh, um das zu sagen.«

Einen ausgedehnten Herzschlag lang begegnete er ihrem Blick und presste die Lippen zu einer dünnen Linie zusammen, nickte dann aber.

»Verfolgt uns irgendjemand?« Allan konnte nicht einmal einen flüchtigen Blick über die Schulter erübrigen. »Ich muss langsamer fahren. Auf der Straße liegen zu viele Steine und zu viel Geröll.«

Wieder erschütterte ein Ruck den Wagen und schleuderte Artras zurück gegen die Seite, dann begann er zu holpern, als rollten sie über ein Waschbrett. Gaven stützte sie.

»Ich denke, vorläufig sind wir sicher.«

Gleich darauf drosselte der Wagen die halsbrecherische Geschwindigkeit, und das Rattern der Räder ließ nach. Die

Fahrt verlief zwar immer noch unsanft, aber in erträglicherem Maße. Artras richtete sich auf und sah sich um.

Der Stil der umliegenden Gebäude hatte sich verändert. Dieser Bezirk hatte schlimmer gelitten als der von den Temeriten inspirierte Bereich um den Platz am Ley-Knoten. Viele der größeren Häuser waren in sich zusammengefallen und bildeten nur noch riesige Haufen aus Schutt, Glas und Holzträgern. Die Kopfsteine der Straßenpflasterung hatten sich durch die Beben gelockert. Abschnitte der Mauern waren auf die Fahrbahnen gefallen und versperrten ihnen teilweise den Weg, wenn auch nicht alle Gebäude zerstört worden waren. Gelegentlich ragte eines aus den Trümmerhaufen auf, manchmal mit einer fehlenden Mauer oder einem eingestürzten Abschnitt, der die Innenräume freilegte. Einige waren auch gänzlich unversehrt, so dass sie einsam und mit zerbrochenen Fenstern oder Sprüngen in der Fassade aus der Trümmerwüste ragten. Die meisten waren aus Lehmziegeln errichtet und nicht von den Lumagiern und den Mentoren der Universität geformt worden.

»Gaven, halt Wache.« Glenn wechselte den Platz mit dem Mulder, dann erkämpfte er sich den Weg zum vorderen Ende des Wagens.

»Jemand muss sich um deinen Arm kümmern.« Artras deutete dorthin, wo Blut den Unterarm verkrustete. Der zerfetzte Hemdsärmel klebte an der Verletzung.

»Später. Jetzt haben wir dafür keine Zeit.«

Artras hatte gewusst, dass diese Erwiderung kommen würde. Sie rückte aus dem Weg, wodurch sie neben dem Kopf des Halbwolfs landete. Die Zunge der Kreatur hing schlaff und nass glänzend aus der Schnauze, schwarzes Blut verfilzte das Fell in der Nähe der Wunden an der Schulter und an der Flanke. Es besudelte die Ladefläche des Wagens, lief als Rinnsal die leichte Schräge entlang hinab und tropfte vom Heck.

Artras zog verwirrt die Brauen zusammen. Gleich darauf

beugte sie sich vor und legte die Hände auf die Flanke des Halbwolfs.

»Wir müssen einen Platz zum Verstecken finden«, meinte Glenn zu Allan. »Wir können diesen Weißmänteln oder den Halbwölfen nicht davonfahren, falls sie beschließen, Jagd auf uns zu machen.«

»Vor den Halbwölfen können wir uns überhaupt nicht verstecken. Nicht lange. Sie würden uns finden, weil sie Jäger sind. Sie können uns riechen.«

»Warum fahren wir dann weiter? Überlassen wir Kara und die anderen den Weißmänteln?«

»Natürlich nicht!«

»Wir müssen anhalten!«, übertönte Artras alle beide.

Sie drehten sich zu ihr um.

»Cutter ist verwundet. Wir müssen lang genug anhalten, damit ich die Wunde ordentlich verbinden kann, sonst stirbt er. Ganz zu schweigen von Glenns Arm. Der muss auch behandelt werden. Mir ist aufgefallen, wie du ihn hältst.« Artras zögerte kurz, dann straffte sie die Schultern. »Und wir haben noch ein anderes Problem. Der Halbwolf ist nicht tot.«

Beide Männer erschraken verdutzt, bevor sie die Aufmerksamkeit dem Halbwolf zuwandten. Artras' Hand ruhte nach wie vor auf seiner Brust, die sich mit langen, angestrengten Atemzügen hob und senkte. Das Fell fühlte sich warm unter ihren Fingern an.

Glenn stieß sich von der Stirnwand ab und fasste seitlich in seinen Stiefel, aus dem er ein langes Messer hervorzog. »Das lässt sich ganz einfach beheben.« Er sank neben Artras auf die Knie und streckte sich dem Hals des Halbwolfs entgegen, doch Artras fing seinen Unterarm ab.

Glenn versteifte den Körper. »Lass los.«

»Nein. Es ist eine Sache, sie zu töten, wenn sie angreifen, eine völlig andere jedoch, es zu tun, wenn sie bewusstlos und wehrlos sind.«

»Das sind Tiere. Er würde uns im Nu töten, wenn er aufwacht!«

»Du vergisst da eine Kleinigkeit. Sie sind nicht immer Tiere gewesen. Das hier war früher ein Mensch. Vielleicht ist da irgendwo tief unter dem Fell und den Zähnen noch etwas Menschliches.«

Glenn zögerte, dann verhärteten sich seine Züge, und er drehte sich zu Allan um.

Der ehemalige Rüde zuckte mit den Schultern.

Glenn befreite sich mit einem Ruck aus Artras' Griff. »Wenn er auch nur einmal zuckt, bevor wir ihn fesseln, ist er tot.«

Artras verengte die Augen zu Schlitzen.

Allan verlangsamte die Fahrt und hielt den Wagen an. »Glenn, Gaven, seht zu, ob ihr einen Platz findet, an dem wir uns verschanzen können.«

Beide sprangen aus dem Wagen und teilten sich auf. Jeder steuerte eine andere Seite der Straße an, um die verbliebenen Gebäude zu durchsuchen. Artras beobachtete Glenn und sorgte sich um seinen Arm, doch sie sah keine andere Möglichkeit. Cutter konnte in seinem Zustand nicht helfen, und Artras selbst hatte nicht die leiseste Ahnung vom Kundschaften.

»Was meinst du, wie viel Zeit wir haben?« Stirnrunzelnd blickte sie auf den Halbwolf hinab.

»Die Weißmäntel werden nicht lange warten, sobald sie die Halbwölfe abgeschüttelt haben.«

»Vielleicht überwältigen die Halbwölfe sie ja.«

»Die Weißmäntel waren bereits dabei, die Oberhand zu erlangen, als wir von dort geflüchtet sind. Die Ley hat die Halbwölfe zurückgehalten, und ihre Gardisten waren im Begriff, sich neu zu formieren.«

Artras hob die Hand und fing hoffnungsvoll seinen Arm ab. »Dann sind Kara und die anderen vielleicht noch am Leben.«

Allan drückte beruhigend ihre Hand. »Als ich Kara zuletzt gesehen habe, kämpfte sie gerade.«

»Wir brauchen sie, Allan. Sie ist die Stärkste unter uns Lumagiern. Wenn wir darauf hoffen wollen, den Schaden zu beheben, der in Erenthrall angerichtet wurde, und neu anzufangen, ist sie die Einzige, die es schaffen kann.«

»Dann stecken wir in Schwierigkeiten.«

»Warum? Du hast doch gerade gesagt, die Weißmäntel würden den Kampf gegen die Halbwölfe überleben, und sie sind diejenigen, die Kara haben.«

»Ist dir das auf ihre Mäntel gestickte Symbol aufgefallen? Die zwei schwarzen Linien? Das habe ich schon früher gesehen. Es steht für Konvergenz oder eine Rückkehr zur natürlichen Ordnung. Das haben die Kormanley vor der Zersplitterung benutzt.«

»Die Kormanley? Aber wie kann das sein?«

Allan ließ ihre Hand los und kletterte vom Kutschbock nach hinten auf die Pritsche des Wagens. »Wir haben die Zersplitterung überlebt, warum nicht auch sie?«

Er sah nach Cutter, überprüfte die Verbände am Arm des Fährtensuchers, dann verlagerte er die Aufmerksamkeit auf den Halbwolf und zuckte beim Anblick der rohen, offenen Wunden und der zum Heck des Wagens verlaufenden Blutspur zusammen. »Glenn hat recht. Wir sollten das Vieh töten.«

»Es ist immer noch menschlich. *Er* ist immer noch menschlich. Sieh dir nur den Rudelführer an. Die Himmelslichter haben ihn verändert, trotzdem folgen sie einem nach wie vor größtenteils menschlichen Alpha. Und vergiss nicht Devitt in Muld. Die Lichter haben ihn erfasst und verändert, aber er ist immer noch ein Mensch.«

»Devitt haben die Himmelslichter kaum berührt. Und du solltest Hagger nicht vergessen. Er war auch einer ihrer Rudelführer.«

342

»Nach allem, was du uns erzählt hast, ist Hagger schon immer ein Monster gewesen.«

»Stimmt. Aber ich verstehe dennoch nicht, warum du Glenn aufgehalten hast.« Er deutete auf den Halbwolf. »Er wird uns wirklich in dem Moment töten, in dem er zu sich kommt.«

Artras streckte sich und fuhr mit den Händen über den Rücken des Halbwolfs, wo das Fell nicht von Blut durchnässt war. »Siehst du es denn nicht? In ihm steckt noch Menschlichkeit. Hier entlang der Linien des Rumpfs und vor allem in den Beinen. Sogar im Gesicht der Kreatur. Das war früher ein Mann. Es ist auch jetzt noch ein Mann, gefangen im Körper eines Tieres.«

»Bist du dir sicher? Ab welchem Umfang verändern die Lichter jemanden vollkommen? Was, wenn das lediglich äußerliche Überreste seiner Menschlichkeit sind und im Inneren nur noch das Tier herrscht? Können wir das Wagnis eingehen?«

Artras verschränkte die Arme vor der Brust, stur, aber beunruhigt.

»Vielleicht können wir ihn irgendwie benutzen«, warf Cutter ein. Die Worte klangen angespannt, die Schmerzen waren deutlich herauszuhören.

»Wie?«

Cutter verlagerte die Haltung so, dass sein verletzter Arm bequemer an seiner Seite ruhte. »Keine Ahnung. Wir wissen beide, dass uns die Halbwölfe verfolgt, aber bis jetzt nie angegriffen haben. Wieso nicht?«

»Ich habe mit Kara darüber gesprochen. Ihr Rudelführer hat gesehen, wie ich die Verkrümmung betrat. Danach kam er mir entschieden zu interessiert an mir vor. Nicht als Beute, sondern als etwas anderes. Als sie angefangen haben, uns zu folgen, nachdem wir Erenthrall erreicht hatten, habe ich angenommen, es wäre meinetwegen, um herauszufinden, wozu ich in der Lage bin.«

»Das ergibt keinen Sinn. Der Rudelführer mag dich beobachtet haben, aber er hätte dich etliche Male allein überwältigen können – als du auf der Suche nach Vorräten warst oder während du die Flussratten beobachtet hast.«

»Was willst du damit sagen?«

»Dass sich die Halbwölfe für mehr als nur für dich interessieren müssen.«

»Die Einzigen anderen, an denen sie interessiert sein könnten, wären die Lumagier, nur wüsste ich nicht, weshalb. Kara ist auch kein Grund eingefallen.«

»Das bedeutet aber nicht, dass sie keinen haben.« Artras überlegte einen Augenblick. »Vielleicht wollten sie sehen, wozu du und der Rest von uns fähig ist, haben aber zu lange gewartet. Dann hatten uns die Flussratten und die Tunnler, zu große Gruppe, um sie anzugreifen.«

»Gerade eben waren auf dem Platz genauso viele Weißmäntel, Gardisten und Tunnler wie zuvor, als wir die Flussratten angegriffen haben, um die anderen zu retten. Und die Halbwölfe griffen trotzdem an.«

»Dann muss es an etwas anderem liegen, an irgendeinem Unterschied zwischen vorher und jetzt.«

Allan und Cutter sahen sich gegenseitig an. »Die Weißmäntel!«

»Anscheinend wollten sie nicht, dass wir den Weißmänteln ausgeliefert werden. Aber warum nicht?«

Artras starrte auf den Halbwolf hinab. »Vielleicht können wir es von ihm erfahren.«

»Wenn wir ihn am Leben erhalten wollen, müssen wir seine Wunden versorgen, sonst verblutet er. Und sogar die Weißmäntel können einer Blutspur folgen. Außerdem muss er verschnürt werden, damit er uns nicht angreifen kann, wenn er aufwacht.« Allan drehte sich Artras zu. »Er ist jetzt dein Problem.«

Artras fiel auf, dass Allan den Halbwolf auf einmal als

»er« statt als »es« bezeichnete. Sie setzte dazu an, einen weiteren Stoffstreifen von ihrem Hemd abzureißen, doch Cutter streckte die Hand aus und bremste sie. »Benutz meines. Sonst hast du in Kürze nur noch dein Unterhemd übrig.«

Mit vorsichtigen Bewegungen arbeitete die Lumaga daran, die Wunden des Halbwolfs zu verbinden. Jedes Mal, wenn er zuckte oder den Anschein erweckte, sich wehren zu wollen, wich sie jäh zurück. Aber er war vor Blutverlust völlig weggetreten, und jede Bewegung entsprang eher Artras' Einbildung. Als sie fertig wurde, klebten ihre Hände und Arme von all dem Blut. Sie vermochte nicht zu sagen, wie viel genau die Kreatur verloren hatte, doch sie wusste, es musste eine beträchtliche Menge gewesen sein.

»Die Frage, ob wir ihn behalten oder töten, ist wahrscheinlich ohnehin bedeutungslos. Vermutlich ist er noch vor der Morgendämmerung tot.«

Allan warf ein Bündel Lederriemen über die Seite des Wagens und erschreckte sie damit. »Das war alles, was ich zum Fesseln finden konnte. Stell sicher, dass er sich nicht befreien kann. Gaven hat ein Plätzchen in einem Gebäude entdeckt, ungefähr einen Block die Straße hinauf. Bringen wir euch beide dorthin, und dann sehen wir, ob wir irgendwie herauskriegen können, was aus Kara und den anderen geworden ist.«

Allan ging zur Vorderseite des Wagens, der sich kurz darauf in Bewegung setzte, allerdings wesentlich langsamer als zuvor. Artras griff nach den Riemen und erkannte, dass es sich um die Zügel vom Zaumzeug des Pferdes handelte. Sie waren stärker als Seile, haltbarer.

Die Lumaga band erst die Vorderbeine des Halbwolfs zusammen, dann die Hinterläufe. Sie zog die Riemen fest genug, um seine Bewegungsmöglichkeiten einzuschränken. Dann umwickelte sie seine Schnauze.

»Geschickt. Du hast das schon mal gemacht.«

»Nicht bei einem Halbwolf. Aber ich habe in den Schlacht-häusern der Fleischerzeil gearbeitet, bevor mich die Lumagier entdeckt haben.«

»Also hast du ihn nicht gerettet, weil es dir widerstrebt, Tiere zu töten.«

»Tiere nicht, nein. Auch Menschen nicht. Ich *kann* töten, wenn es nötig ist. Hab ich auch schon gemacht.«

Cutters Augen weiteten sich angesichts ihres unverblüm-ten Tons, der zu keinen weiteren Fragen einlud.

»Kannst du gehen?« Allan hatte sich wieder über die Seite des Wagens gelehnt.

Cutter schaute auf. »Ich kann gehen.«

»Dann kommt, alle beide. Gaven bereitet in einem Zim-mer im zweiten Stock alles für uns vor.«

Artras hopste hinten vom Wagen, dann half sie Cut-ter herunter. Allan war mit dem Gefährt so nah an das halb eingestürzte Gebäude gerollt, wie er konnte. Ein Viertel der linken Fassade war in sich zusammengefallen, sodass man den schattigen Raum dahinter sehen konnte, doch der Rest schien abgesehen von den zerbrochenen Fensterscheiben un-versehrt zu sein. Die Häuser links und rechts davon standen nicht mehr. Die Lehmziegel links sahen versengt aus, als hätte ein Feuer sie erfasst. Rußspuren schwärzten die Seite ihrer Zuflucht und schufen ein schauriges Wandgemälde aus Holz-kohle und Asche.

Als sie begannen, sich den Weg über das Geröll auf der Straße und auf den zur Tür hinaufführenden Stufen zu bah-nen, kehrte Allan zum Wagen zurück und stieß gleich darauf einen triumphierenden Ruf aus.

Artras und Cutter blieben stehen und drehten sich zurück. »Was ist?«

Allan hielt einen Ranzen hoch, den er sich über eine Schul-ter schlang, und fasste in ein Fach, das er unter dem Kutsch-bock entdeckt hatte, um eine kleine Truhe daraus hervorzu-

346

ziehen. »Ich weiß zwar nicht, was da drin ist, aber hoffen wir mal, das Ding enthält etwas zu essen und Wasser.«

»Ich hab's allmählich satt, ständig gejagt und gefangen zu werden und hungrig zu sein.« Artras zog Cutter weiter auf das Gebäude zu.

Die Tür knarrte, als sie das Haus betraten. Wie im Großteil von Erenthrall bedeckte eine körnige Dreckschicht den Boden, aber die meisten Möbel waren dort verblieben, wo sie zurückgelassen worden waren. Artras und Cutter stiegen die Treppe hinauf. Staub und Ruß rieselten von den nachschwingenden Stufen herab. Cutter schwitzte vor Anstrengung, als sie es in den zweiten Stock geschafft hatten. Allan drängte sie weiter zu einem der vorderen Zimmer.

Gaven schaute auf, als sie eintraten, und zeigte auf einen Bereich in der Ecke, die am weitesten von den zur Straße weisenden Fenstern entfernt lag, den er für sie freigeräumt hatte. Artras half Cutter, sich an der Wand niederzulassen, und wischte ihm mit dem Ärmel den Schweiß vom Gesicht. Angesichts seiner Blässe runzelte sie besorgt die Stirn, sagte aber nichts.

Allan stellte die Truhe mit einem dumpfen Pochen in der Mitte des Raums ab und klappte den Deckel auf. Rasch sah er den Inhalt durch und holte ein tödlich aussehendes Jagdmesser hervor. Auch den Ranzen öffnete er, dann warf er ihn Gaven zu, als er aufstand. »Sieh nach, was sonst noch nützlich sein könnte. Ich fahre den Wagen weg.«

»Wo ist Glenn?«, fragte Artras.

»Kundschaftet die Gegend um dieses Gebäude und auf der anderen Straßenseite aus.«

Die Lumaga bewegte sich auf Gaven zu. »Haben wir irgendetwas für Cutter? Verbände? Salbe? Arzneien?«

Gaven zog einen aufgerollten Ballen weißen Stoffs und einen kleinen Lederbeutel hervor. Letzterer enthielt Nadeln und Faden zum Nähen. »Da drin sind auch mehrere kleine Fläschchen und Papiertütchen.«

»Lass mich sehen.«

Er reichte ihr einige davon, und Artras betrachtete mit zusammengekniffenen Augen die Beschriftung darauf, die sich im trüben Licht als schwer zu lesen erwies. »Fieberkraut gegen Kopfschmerzen. Rosmarin – bin mir nicht sicher, wofür der gut ist.«

»Wenn wir einen Hasen oder Fasan hätten …«

»Schafgarbe!«

»Wozu ist die nütze?« Bei Artras' missbilligendem Blick zuckte Gaven mit den Schultern. »In Muld erledigt Logan alles, was mit Heilen zu tun hat. Ich bin bloß für die Schweine zuständig.«

»Schafgarbe hilft Wunden, sich zu verschließen, und reinigt sie zugleich. Und die Baldrianwurzel hier sollte gegen die Schmerzen helfen.«

»Was ist mit den Fläschchen?«

»Ich weiß nicht, was sie enthalten. Sie sind nicht beschriftet.« Artras löste den kleinen Korken von der Öffnung eines der Fläschchen mit einer braunen Flüssigkeit darin, schnupperte und rümpfte die Nase. »Riecht wie eine Art Tee.«

Gaven hatte begonnen, die Truhe zu durchwühlen. »Der Ranzen enthält offensichtlich Medizin und Verbandszeug. Und das hier sieht mir nach Alltagsgegenständen aus, zum Beispiel ein Feuerstein, eine kleine Laterne.« Er legte beides neben sich auf den Boden, bevor er ein Gefäß der Größe seiner Hand hervorholte. Nachdem er das Wachs am Stopfen beseitigt hatte, schnupperte er daran, ahmte Artras nach. »Öl für die Laterne.«

»Ist da auch Wasser? Oder was zu essen?«

»Weder noch.«

»Dann werden wir eben ohne zurechtkommen müssen.« Artras kehrte zu Cutter zurück, um die zerrissenen Stoffstreifen zu überprüfen, die sie zuvor als Verbände benutzt hatte. Wie sich herausstellte, waren sie von Blut durchtränkt. Behutsam begann Artras, sie zu entfernen. Cutter krümmte sich, als sie den Stoff von der Wunde zog. Dann trug sie von den Kräutern auf, was ihr sinnvoll erschien. Sie hätte Wasser gebrauchen können, um das getrocknete Blut wegzuwaschen, aber das stand ihr eben nicht zur Verfügung.

Die Lumaga begann, Cutters Arm mit frischen Verbänden zu versehen, und sorgte sich wegen einer möglichen Entzündung, während sie den Stoff um das Loch in seinem Arm wickelte. Aber ihre Gedanken kehrten zu dem Platz von vorhin zurück. Die Halbwölfe, das plötzliche, auf ihrer Haut kribbelnde Aufbranden der Ley, der Angriff auf Kara und die Weißmäntel. Oder vielmehr die Kormanley.

Cutter zischte und schlug die freie Hand auf die von Artras, bremste sie. »Das ist ein bisschen fest.«

Artras starrte ihn zunächst verständnislos an, bevor ihr klar wurde, dass er den Verband meinte. »Entschuldige.« Cutter ließ ihre Hand los, und Artras lockerte den Verband vorsichtig. Ihre Finger zitterten, Tränen brannten in ihren Augenwinkeln. Sie drängte sie zurück, wusste jedoch, dass sich ihre Wangen durch die Anstrengung röteten, und sie presste die Lippen fest aufeinander, damit die nicht zitterten.

Cutter legte erneut die Hand über die ihre, und sie schaute abermals zu ihm auf. »Ihr passiert nichts. Niemandem von ihnen wird etwas passieren.«

Artras vertraute der eigenen Stimme nicht, weshalb sie nichts erwiderte. Um sich abzulenken, wickelte sie weiter den Verband ab, konnte jedoch nicht mehr sehen, was sie tat. Dafür zitterte sie zu heftig. »Ich weiß nicht, was mit mir los ist.«

Cutter drückte ihre Hand. »Ist schon gut. Das ist eine verzögerte Reaktion auf den Angriff da hinten auf dem Platz. Gaven, übernimm sie. Ich kann den Verband allein zu Ende wickeln.«

Gaven zog die Lumaga auf die Beine und hielt sie fest, als ihre letzten Dämme brachen. Sie presste sich an ihn, während sie schluchzte, und sie suchte seine Unterstützung, als ein Anflug von Schwäche sie vom Kopf bis zu den Zehenspitzen durchströmte. Das erstickte Schluchzen dauerte nur wenige Minuten, doch danach fühlte sie sich ausgehöhlt, leer. Als es sich legte, ihre Atmung wieder regelmäßig wurde und ihr Gesicht schmerzte, als wäre es voller blauer Flecke, zog sie sich von dem Mulder zurück und fasste ihn an den Schultern. »Danke.«

»Schon gut. Nur ...«

»Was?«

»Du bist sonst so nüchtern und selbstbeherrscht. Nichts scheint dir je zuzusetzen. Deswegen war das ein wenig unerwartet.«

Artras verengte die Augen zu Schlitzen. »Ich habe schon oft Blut gesehen. Jede Menge davon. Und nicht nur in den Schlachthäusern.«

»Natürlich, natürlich. Ich dachte auch überhaupt nicht, dass es am Blut gelegen hat.«

Sie drehte sich Cutter zu, der mit den Schultern zuckte und mit einer Hand seinen Verband verknotete, während er den Stoff mit den Zähnen straff gespannt hielt. Danach knurrte er: »Schau mich nicht so an. Ich hab schon die hartgesottensten Männer wegen des Tods eines Kalbs bei der Geburt weinen gesehen.«

»Es war nicht das Blut.«

Keiner der Männer erwiderte etwas, beide starrten Artras nur an.

Schnaubend holte sie den Beutel mit der Medizin hervor, in dem sie herumkramte, bis sie eine Schere fand. Sie kniete sich an Cutters Seite, stutzte den Verband, rollte die Reste auf und verstaute sie zusammen mit allem anderen, was sie entnommen hatte, wieder in dem Beutel. Ihre Bewegungen wirkten unwirsch. Anschließend stapfte sie zu einem der auf die Straße weisenden Fenster, holte tief Luft und blies den Atem schaudernd aus.

»Es war nicht das Blut.« Nun, in gewisser Weise war es das doch gewesen. Das und Allans Erwähnung der Kormanley. Sie verschränkte die Arme vor der Brust und beobachtete die Straße, doch vor ihrem geistigen Auge tauchte ein anderer Platz auf, und in Gedanken hörte sie die Schreie von damals. »Ich war während der Säuberung im Meutergarten, als die Rüden eingetroffen sind und unter dem Vorwand, die Kormanley wären dort, angefangen haben, alle zu töten. Sie haben sich auf jeden gestürzt, der sich rührte, haben Karren umgekippt und Zelte in Brand gesteckt, in denen sich die Besitzer und ihre Kundschaft voll Angst zusammengedrängt hatten. Ich habe gesehen, wie sie Kinder hinmetzelten, ihnen in den Rücken stachen, wenn sie wegzurennen versuchten.«

In einer im Fenster verbliebenen Glasscherbe sah sie, wie Gaven und Cutter einen verwirrten Blick wechselten. Dann fiel es ihr ein: Sie stammten ja beide aus Muld. Sie waren während der Säuberung nicht in der Stadt gewesen und wussten daher nichts von dem Blutbad im Meutergarten oder den Hunderten anderer Gräueltaten, unter denen die Bürger damals zu leiden hatten. Nur, wer sich zu der Zeit in der Stadt aufgehalten hatte, würde sich daran erinnern, würde es verstehen.

Sie straffte die Schultern und versteifte den Rücken. »Sie haben Hunderte Menschen getötet und Dutzende andere oder mehr, von denen sie behauptet haben, es wären Kormanley, in den Bernsteinturm gekarrt. Und vielleicht haben einige wirklich zu den Kormanley gehört. Ich habe den Meutergarten überlebt, als bei meinem Fluchtversuch einer der Wagen auf mir gelandet ist, meine Beine eingeklemmt und mich unter Seidenballen vergraben hat. Damals war ich schon Lumaga, doch ich wusste, das mich das auch nicht vor den Rüden schützen würde. Also habe ich mit totgestellt. Und all das ist wegen der Kormanley passiert.« Ihre Aufmerksamkeit heftete sich auf eine Gestalt unten auf der Straße – Glenn. Er wich den Trümmern aus und rannte angestrengt auf ihr Gebäude zu.

»Und jetzt sind sie zurück«, beendete Artras ihre Erläuterung leise.

Jemand stürmte mit pochenden Schritten die Treppe draußen herauf und weiter ins Zimmer. Cutter setzte sich ruckartig auf, und Gaven trat rücklings auf Artras zu, als wolle er sie beschützen.

»Sie kommen.« Allan rannte quer durch den Raum zu dem Fenster neben dem von Artras. »Alle weg von den Fenstern und unten bleiben.«

Gaven schnappte sich die Truhe und zog sie zurück zu Cutters Position, als Glenn die Treppe heraufgepresst kam und das Zimmer betrat. Kaum hatte er gesehen, dass alle anwesend waren, blieb er stehen und schlich durch den Raum zu Artras.

»Wo ist der Wagen?«

»Hinter dem Haus. Der Halbwolf ist gefesselt, geknebelt und immer noch bewusstlos. Aus welcher Richtung kommen sie?«

»Von der Hauptstraße, über die wir auch hergekommen sind. Sie bewegen sich langsam. Sieht so aus, als hätten sie die Wagen von dem Platz dabei.«

»Was ist mit Kara und den anderen?«

»Konnte ich nicht erkennen. Sie sind zu weit weg. Aber sie sollten direkt unter uns vorbeikommen.«

Alle verstummten und warteten. Die Welt schrumpfte auf Artras' Atmung und den steten Takt ihres Herzens, der durch ihre Ohren pulsierte.

Die Lumaga zuckte zusammen, als die ersten Gardisten der Weißmäntel erschienen – drei Kundschafter, die der Hauptgruppe vorausliefen. Mit angelegten Pfeilen krochen sie über das Geröll, suchten die umliegenden Steinhaufen und die noch stehenden Gebäude nach Anzeichen von Bewegung ab.

Artras zog sich leicht vom Fenster zurück und ließ die Hände an die Seiten sinken. Ihre Finger juckte es nach dem Gefühl eines Messers oder Dolchs. Aber sie hatte die Klinge neben Cutter gelassen, sie beiseitegelegt, als sie an seiner Wunde gearbeitet hatte.

Draußen bewegten sich die Kundschafter an ihrem Gebäude vorbei, gefolgt von einer größeren Gruppe aus zwanzig Gardisten und einigen der Weißmäntel. Sie rückten langsam vor, ließen den Wagen hinter sich Zeit, sich den Weg durch das Geröll zu bahnen. Einige der Männer trugen Fackeln. Artras beugte sich vor, damit sie einen prüfenden Blick auf die Ladeflächen der Wagen werfen konnte. Sie schnaufte vor Erleichterung durch, als sie Dylan auf einer davon liegen sah, umgeben von gestapelten Vorräten. Einer der Weißmäntel und ein weiterer Gardist saßen bei ihm. Kara und die anderen schleppten sich hinter dem Wagen her, eingekeilt zwischen noch mehr Gardisten und dem folgenden Wagen. Die Nachhut bestand aus dem dritten Wagen, dem Rest der Gardisten und zwei Weißmänteln.

Es dauerte über zwanzig Minuten, bis die gesamte Kolonne vorbeigezogen war. Auch, nachdem die letzten Gardisten außer Sicht verschwunden waren, blieb Artras hinter dem Rand des Fensters versteckt, weil sie fürchtete, es könnten noch Kundschafter Wache halten. Aber schließlich rührte sich Glenn und deutete in Allans Richtung. Sie zogen sich tief geduckt vom Fenster zu Cutter und Gaven zurück. Artras gesellte sich zu ihnen, nachdem ein schneller Blick nach draußen die Wagen der Weißmäntel nur noch als undeutliches Schimmern von Fackellicht in der Ferne gezeigt hatte.

»Sind sie am Leben?«, wollte Gaven von Glenn wissen.

»Sie sind am Leben. Alle. Ich bin mir nicht sicher, warum.«

»Was meinst du damit?«

»Gefangene zu halten, ist schwierig. Gefangene zu befördern, ist noch schlimmer. Ich hätte diejenigen getötet, die ich nicht brauche, und die Leichen zurückgelassen.«

Artras verengte die Augen zu Schlitzen. »Du bist wahrhaftig ein Rüde.«

»Das wäre nur praktisch.«

»Und es beantwortet außerdem deine Frage.« Allan klopfte nachdenklich mit den Knöcheln auf den Boden. »Sie wissen nicht, wer in der Gruppe abgesehen von Kara und Dylan noch Lumagier sein könnte. Ihr habt ja gehört, wie sie gesagt haben, sie wollen sie testen, sobald sie die Nadel erreicht haben. Irgendeine Ahnung, wie sie das anstellen werden, Artras?«

»Sie müssen einen Ober-Lumagus haben.«

»Warum?«

»Alle Menschen in Erenthrall wurden in der Schule von einem Ober-Lumagus getestet, wenn sie das Alter von vierzehn Jahren erreichten. Der Ober-Lumagus berührt dabei einfach den Kopf. Besitzt ein Kind Talent, dann weiß er es. Ich bin mir nicht sicher, wie.«

»Ich bin nicht in der Stadt aufgewachsen«, sagte Allan, »aber ich habe von den Tests gehört.«

Cutter hob den verwundeten Arm. »Offensichtlich haben sie entschieden, dass diejenigen von uns mit Bogen keine Lumagier sind.«

»Wahrscheinlich haben sie dieselbe Annahme über jeden mit einer Waffe getroffen. Kara und Carter hatten höchstens ein Messer, nicht einmal einen Dolch. Bei Dylan weiß ich es nicht.«

»Er hatte ein Messer, aber keines der Art, wie ich es normalerweise trage.« Artras deutete auf den Griff ihres eigenen Dolchs.

»Warum trägst du den überhaupt? Hätte ich gar nicht erwartet.«

»Ich bin in Ost-End und Nahtskata aufgewachsen. Dort

läuft niemand ohne irgendeine Waffe herum. Jedenfalls nicht, wenn man überleben will.«

Allan schwenkte eine Hand, um sie zurück auf den eigentlichen Punkt zu bringen. »Vorläufig zählt nur, dass alle in Sicherheit zu sein scheinen, bis sie getestet werden.«

»Darauf würde ich mich nicht verlassen. Immerhin waren sie bereit, Jack und Cutter auf die Vermutung hin zu töten, dass sie keine Lumagier sind. Wenn sich die Umstände zwischen hier und dieser Nadel ändern, glaube ich nicht, dass irgendjemand der anderen außer Kara und Dylan in Sicherheit ist.«

»Was eine weitere Frage aufwirft: Was ist diese Nadel, von der sie gesprochen haben? Und *wo* ist das Ding?« Artras ließ den Blick über alle vier wandern. »Hat niemand eine Ahnung?«

»Wir werden ihnen folgen und herausfinden müssen, wo in der Stadt sie sich befindet.«

»Und wer? Cutter und Glenn sind verletzt. Gaven und ich haben keine Ahnung vom Fährtensuchen. Allan, du bist als Einziger in der Verfassung dafür.«

»Dann mache ich es selbst.«

»Von wegen. Du wirst mich schön mitnehmen.« Glenn deutete mit seinem blutigen Arm und versuchte erfolglos, ein Zusammenzucken vor Schmerzen zu vermeiden. »Das ist gar nichts. Der Halbwolf hat das Fleisch kaum angekratzt.«

»Narren.« Artras streckte die Hand aus, schnappte sich Glenns Arm und zog ihn mit einem Ruck zu sich. Der Rüde stieß einen spitzen Aufschrei aus, doch Artras hatte den blutigen Ärmel bereits hochgeschoben und das zerfleischte Gewebe darunter freigelegt.

Sie schaute auf, als Glenn, Gaven und Allan entsetzt die Luft einsogen. »Das ist mehr als ›kaum angekratzt‹. Allan, wir brauchen Wasser. Das hier muss erst mal gereinigt werden, bevor ich irgendetwas tun kann. Es ist schon zu lange unbehandelt geblieben. Gaven, mach ein Feuer an und such mir mehr Stoff für Verbände.«

Allan schlich zur Tür hinaus. Gaven entfachte nicht weit von der Stelle, wo Cutter lag, ein kleines Feuer. Außerdem fand er in einem der anderen Zimmer die Überreste eines Bettes. Sie schleppten das Metallgestell und die sich auflösende Matratze in eine Ecke, um Cutter hineinzulegen. Der Fährtensucher schlief prompt ein. Glenn setzte sich neben das Bett, lehnte sich an die Wand und murmelte vor sich hin. Artras untersuchte ihn auf Fieber, aber seine Stirn fühlte sich kühl an, die Haut war nicht gerötet.

Eine Stunde später kehrte Allan mit drei Schläuchen und einem Korkengefäß zurück, jeweils gefüllt mit Wasser. Artras erkundigte sich nicht, wo er die Behältnisse oder das Wasser gefunden hatte. Stattdessen ergriff sie die tönerne Amphore, zog den Korken mit den Zähnen heraus und goss das Wasser ansatzlos über Glenns Arm. Er brüllte vor Schmerz auf und fuchtelte mit der freien Hand herum, ehe er mit ihr krampfhaft den Rand von Cutters Bett umklammerte, wodurch er wiederum den Fährtensucher weckte. Artras achtete nicht auf seine Flüche. Die Zähne des Halbwolfs hatten Glenns Unterarm in zwei deutlich unterscheidbare Abschnitte unterteilt, wobei der eine den anderen überlappte. Aber er hatte den Kopf hin und her geschüttelt, nachdem er sich festgebissen hatte. Glenns Haut war sehr wohl zerfetzt, ein paar Lappen baumelten lose herab.

»Das muss mit einigen Stichen genäht werden.«

»Tu, was du tun musst.«

Irgendwann während des Nähens stahl sich Allan wieder davon. Er war immer noch nicht zurück, als Artras fertig wurde, und Gaven wusste nicht, wohin er gegangen war. Die Lumaga reinigte Glenns Arm erneut, bevor sie ihn verband, während sich der verschwitzte Rüde mit dem Rücken an die Wand lehnte. Danach nahm er eine bequemere Haltung ein und schlief beinah genauso schnell ein wie zuvor Cutter.

Artras packte den Medizinbeutel wieder zusammen. Sie hatte den Großteil des Bestands an Baldrianwurzel und die gesamte Schafgarbe aufgebraucht. Das eine oder andere der Fläschchen wäre vielleicht hilfreich gewesen, doch sie traute sich nicht, etwas davon zu verwenden, ohne zu wissen, worum es sich handelte. Als sie fertig war, setzte sie sich vor das Feuer und starrte mit ausdrucksloser Miene in die Flammen. Ihre Schultern schmerzten, die Arthritis pulsierte durch ihre Finger. Ohne darüber nachzudenken, massierte die Lumaga sie. Gaven war in der Nähe eines der Fenster in Stellung gegangen und behielt die Straße unten im Auge. Weder er noch Artras sprachen ein Wort. Die Stille wirkte beruhigend.

Artras musste eingedöst sein, denn ihr Kopf schnellte ruckartig hoch, als Geräusche aus dem Treppenhaus ertönten. Gaven erhob sich aus seiner kauernden Haltung am Fenster, das Schwert unbeholfen mit einer Hand gezückt, doch er entspannte sich, als Allan auftauchte. Er trug zwei an den Hinterläufen zusammengebundene Hasen bei sich.

»Ich bin den Weißmänteln gefolgt.« Er legte die Hasen neben der Tür ab, holte das Jagdmesser aus der Truhe, die sie im Wagen gefunden hatten, und begann, die erlegten Tiere zu häuten. »Sie sind auf der Straße geblieben, bis sie den ausgebrannten Abschnitt von Erenthrall im Südwesten erreicht haben. Dann sind sie nach Westen gebogen.«

»Aber im Westen ist doch gar nichts. Das Feuer, das in West-Gablung ausgebrochen ist, hat in dieser Richtung unkontrolliert bis zum Stadtrand gebrannt.«

»Ich weiß.«

»Das bedeutet, sie sind nicht aus der Stadt.«

Alle drei drehten sich Glenn zu. Artras erhob sich und verzog das Gesicht, als sich die Muskeln in ihren Beinen über die Bewegung beschwerten. »Dann ist die Nadel auch nicht in der Stadt.« Sie kniete sich neben Glenn, presste eine Hand gegen seine Stirn und hob mit der anderen seinen Arm, um die Verbände zu überprüfen. »Wahrscheinlich hat deshalb noch niemand von uns etwas davon gehört. Und das verändert alles.«

»Nein, tut es nicht. Wir müssen ihnen trotzdem folgen.« Glenn zog den Arm aus ihrem Griff und verlagerte das Gewicht in eine bessere Position. »Wir müssen herausfinden, wo diese Nadel ist. Oder Kara und die anderen befreien, bevor sie dort eintreffen.«

»Du gehst nirgendwohin.« Artras sah Allan an. »Er lodert vor Fieber.«

»Was ist mit Cutter?«

Artras trat an die Seite des Fährtensuchers, legte den Handrücken auf seine Stirn und knautschte die Brauen zusammen. »Noch kein Fieber. Aber da wir jetzt Wasser haben, sollte ich den Verband wechseln und nachsehen, ob es Anzeichen auf eine Entzündung gibt.«

»Mach sie beide bereit zum Reisen. Wir nehmen den Wagen und fahren erst nach Westen, dann nach Norden, zurück nach Muld.«

»Was?« Glenn beugte sich vor, als wolle er aufstehen. Doch bevor er es auch nur halb geschafft hatte, hielt er inne und schwankte, als wäre ihm schwindlig. Artras legte ihm eine Hand auf die Schulter und drückte ihn zurück in sitzende Haltung. »Das können wir nicht. Wir müssen Kara und die anderen zurückholen. Wir können sie nicht bei den Kormanley lassen!«

»Ich will Kara und die anderen ebenso wenig bei den Kormanley lassen wie du, aber sieh uns doch an. Sowohl du als auch Cutter sind schwer verwundet. Das bedeutet, wenn wir die Stadt verlassen müssen, dann müssen wir euch entweder zurücklassen oder die Gruppe aufteilen.«

»Dann teilen wir die Gruppe eben auf!«

»Und wie? Sowohl du als auch Cutter brauchen einen Heiler. Dem kommt Artras noch am nächsten, was bedeutet, sie müsste bei euch beiden bleiben. Aber sie kann euch nicht gleichzeitig betreuen und beschützen. Gaven ist ein guter Wagenmeister, aber ein lausiger Kämpfer.«

Glenn weigerte sich, irgendjemanden anzusehen. Ein betroffener Ausdruck huschte über sein Gesicht, dann jedoch verhärteten sich seine Züge, und er wandte sich wieder Allan zu. »Dann lass uns zurück. Nimm Artras und Gaven mit und geh.«

»Wir lassen keinen von euch zurück«, fiel Artras Allan ins Wort, bevor der antworten konnte. Als Glenn abermals aufbegehren wollte, schnitt sie ihm das Wort mit einer unwirschen Geste der Hand ab. »Nein! Wir nehmen euch beide mit und fahren zurück nach Muld, und das ist endgültig! Wir können Bryce und einige der anderen holen, herausfinden, wohin diese Kormanley Kara und unsere Leute gebracht haben, und uns dann überlegen, was wir unternehmen.«

Damit stürmte sie von Glenn und Cutter weg, an Allan vorbei und hinein in das Zimmer auf der anderen Seite des Flurs hinter der Treppe. Es handelte sich um eine weitere Wohnung vom selben Zuschnitt wie jene, in der sie sich niedergelassen hatten, allerdings mit anderer Einrichtung. Wer immer dort einst gelebt hatte, musste Kinder gehabt haben, wie die winzigen Stühle um einen kleinen Tisch in der Ecke und verstreutes Holzspielzeug bezeugten. Artras verspürte einen Stich im Herzen, als sie überlegte, was ihnen widerfahren sein mochte, doch sie wischte den nutzlosen Schmerz weg, als sie zu dem zerbrochenen Fenster hinüberging und auf die Straße hinabschaute.

Sie versteifte den Körper, als sie hörte, wie an der Tür hinter ihr jemand innehielt, unter dessen Gewicht der Boden knarzte. Das musste Allan sein.

»Es ist die richtige Entscheidung.«

»Ich weiß. Aber es tut trotzdem weh, sie aufzugeben.«

»Wir geben sie nicht auf. Ich behalte sie im Auge, so lange ich kann, während wir den Weg nach Muld antreten. Sobald wir uns neu formiert haben, kehre ich zurück, finde sie und befreie sie aus den Händen der Kormanley.«

* * *

Kara schaute zurück, als sich die Wagen der Weißmäntel den Weg durch die Überreste des westlichen Teils von Erenthrall bahnten. Die bunten Lichter der Verkrümmung hoben sich vom östlichen Nachthimmel ab, umgeben von einem Band aus Dunkelheit, wo das Licht die Sterne übertünchte. Zu beiden Seiten wurde die Finsternis von vereinzelten Feuern in den äußeren Bereichen der Stadt unterbrochen, sowohl im Norden als auch im Süden. Kara wusste, dass die nördlichen Feuer vermutlich zu den Temeriten gehörten, doch sie war nicht sicher, wer in diesen Tagen die südlichen Gefilde der Stadt beherrschte. Wahrscheinlich die Gorrani, wenn man nach dem ging, was Allan und die anderen berichtet hatten.

Hier am westlichen Rand der Stadt herrschte niemand über irgendetwas. Die Gebäude waren zu Asche und Haufen aus verkohltem Geröll verkommen. Die Straße, der sie folgten, war offensichtlich geräumt worden, um einfachen Zugang zu den inneren Bereichen von Erenthrall zu ermöglichen, was bedeutete, dass die Weißmäntel schon eine Weile hier tätig sein mussten.

Sie suchte die umliegende Düsternis ab, als ihre Entführer weitere Fackeln hervorholten.

»Ich habe nichts gesehen.« Adder sprach leise und ließ den Blick auf den Wagen gerichtet, in dem Dylan zwischen den Vorräten auf der Ladefläche lag.

»Du hast gesagt, sie sind entkommen?«

»Glenn und Artras haben es mit Gaven und Cutter in den Wagen geschafft. Die Weißmäntel waren mit den Halbwölfen beschäftigt. Ich habe keine ihrer Gardisten gesehen, die ihnen

360

gefolgt sind, und die Tunnler haben sich in den Knoten zurückgezogen. Also ja, ich glaube schon, dass sie entkommen sind.«

Die Gardisten hielten sie zwischen den Wagen eingekeilt. Sie hatten der Gruppe aus Muld sämtliche Waffen und Vorräte abgenommen und auf einen der Wagen hinter ihnen geworfen. Aber obwohl die Gardisten sie beobachteten, galt ihre Aufmerksamkeit mehr der Dunkelheit jenseits des Wagentrosses. »Machen die sich Sorgen, dass die Halbwölfe zurückkehren? Oder liegt es an etwas anderem?«

»Wir wissen nicht viel über diesen Teil der Stadt. Wir wussten ja noch nicht einmal etwas von den Tunnlern im nördlichen Abschnitt, und dabei dachten wir, den Bereich hätten wir recht gut ausgekundschaftet. Allmählich fange ich an zu glauben, wir hätten an die Temeriten herantreten sollen. Oder wenigstens Gespräche mit ihnen beginnen. Dann wäre vielleicht nichts von all dem nötig gewesen.«

»Wie meinst du das?«

Er rückte näher und beobachtete den Weißmantel im Wagen vor ihnen, doch weder er noch die Gardisten schien zu kümmern, dass sie miteinander redeten. »Statt zu versuchen, die Vorräte selbst zu finden, hätten wir vielleicht mit den Temeriten verhandeln sollen. Sie scheinen die Kontrolle über ihren Teil der Stadt zu haben und in der Lage zu sein, ihn gegen Kräfte wie die Flussratten zu verteidigen.«

»Warum sollten sie uns Vorräte überlassen? Was haben wir denn als Gegenleistung zu bieten?«

Adder sah sie an. »Dich.«

»Mich?«

»Also, nicht ausschließlich dich. Aber die Lumagier. Den Temeriten müssen wie allen anderen allmählich die Vorräte ausgehen. Wir hätten den Zugang zu den Scherben in der Verkrümmung gegen einen Teil der Vorräte darin eintauschen können. Und gegen Schutz für uns.«

»Warum ist das nicht schon früher jemandem eingefallen?«

»Niemandem war klar, dass hier so viele verschiedene Gruppierungen am Werk sind. Wir wussten von den Flussratten, den Halbwölfen und den Temeriten, zumindest in den nördlichen Teilen der Stadt. Aber niemand hatte eine Ahnung von den Tunnlern oder den Weißmänteln. Müsste ich aus diesen Vereinigungen einen Verbündeten auswählen, würde ich mit Sicherheit lieber mit den Temeriten als mit den Kormanley zusammenarbeiten.«

Kara blieb unvermittelt stehen. Adder lief noch zwei Schritte weiter, bevor er bemerkte, dass sie angehalten hatte. Der Wagen setzte den Weg mit träger, steter Geschwindigkeit fort. Carter, Aaron und Tim zögerten, verlangsamten die Schritte, weil sie nicht wussten, was vor sich ging.

»Die Kormanley.« Karas Kehle schien ihr den Dienst verweigern zu wollen.

Begreifen trat in Adders Züge. Er schnappte sich ihren Arm und zog, damit sie weiterging. Ihr Körper verhielt sich ruckartig und widerwillig. Karas Hände schmerzten, und sie ballte sie zu Fäusten. Zuvor war sie zu benommen gewesen, um zu reagieren, dann zu bedacht auf die Weißmäntel, als sie von ihnen zu den Wagen gescheucht worden waren und sich der Tross in Bewegung gesetzt hatte. Kara hatte beinah vergessen gehabt, was Iscivius gesagt hatte.

»Es ergibt keinen Sinn.«

»Still. Sie beobachten uns.«

Sie hatte die Aufmerksamkeit sowohl des Weißmantels als auch der Gardisten erregt, die mit Dylan im Wagen fuhren. Bei dem Weißmantel handelte es sich nicht um Iscivius oder die Frau, die auf dem Platz mit den Tunnlern gesprochen hatte. Dieser Mann war jünger, vielleicht dreißig. Er besaß dunklere Haut wie die Gorrani und einen gebundenen Bart, der von seinem Kinn abstand. Der Bart ließ das typisch schmale Gesicht eines Gorrani noch spitzer wirken.

Kara zwang sich, den Blick zu Boden zu senken. Langsam öffnete sie die Fäuste, während sie sich darauf konzentrierte, einen Fuß vor den anderen zu setzen. Adders Griff um ihren Arm verstärkte sich zuerst warnend, dann lockerte er sich wieder und schließlich nahm er seine Hand weg.

Erst da schaute Kara erneut auf und sah, dass der Weißmantel und der Gardist miteinander plauderten und nicht mehr auf sie achteten.

Carter und die anderen warfen sowohl ihr als auch Adder fragende Blicke zu. Auf ein Zeichen von Adder näherte sich Tim unauffällig, gefolgt von den anderen.

Als sie sich alle in Hörweite befanden, fragte Adder: »Was ergibt keinen Sinn?«

»Die Weißmäntel sind Lumagier. Nur können sie keine Lumagier sein.«

»Warum nicht?«

»Die Kormanley wollten das Ley-System zerstört sehen. Sie wollten, dass die Ley zu ihrer natürlichen Ordnung zurückkehrt.«

»Wie könnte man das besser bewerkstelligen als mit Lumagiern?«

Kara holte Luft, um zu antworten, dann jedoch bremste sie sich. Es fiel ihr schwer, den Tod ihrer Eltern und ihres Mentors Ischua von den Handlungen der Kormanley abzugrenzen. Diese Verbrecher hatten ihre Eltern bei dem Bombenanschlag anlässlich der Errichtung des Fliegerturmes getötet. Ihr Mentor Ischua war gestorben, als er Kara und andere zu Beginn der Säuberung nach dem Anschlag im Bernsteinturm beschützt hatte. Jeder Mensch, den sie geliebt hatte, war ihr infolge von Handlungen der Kormanley entrissen worden. Wie konnte *irgendjemand*, geschweige denn ein anderer Lumagier, Teil einer solchen Gruppe von Menschen werden?

»Nicht nur das, sie scheinen zudem nach Lumagiern zu

suchen. Immerhin haben sie Vorräte für uns eingetauscht. Wieso?«

Niemand antwortete.

»Was immer der Grund sein mag, wir dürfen nicht zulassen, dass sie ihre Pläne verwirklichen. Sie haben so schon zu viel zerstört.«

Bevor irgendjemand etwas erwidern konnte, ertönten von vorne im Tross Befehle. Die Wagen wurden langsamer, hielten schließlich an. Weitere Fackeln wurden angezündet, Laternen an Haken und Pfosten zu beiden Seiten der Wagen angebracht. Die Landschaft hatte sich geringfügig verändert. Die Straßen waren immer noch zernarbt und mit von Bränden geschwärztem Geröll übersät, aber es gab weniger Schutthaufen. Die meisten Gebäude in diesem Bezirk, welcher es auch sein mochte, mussten aus Holz erbaut worden sein und waren von den Flammen vollkommen zerstört worden. Nach den verkohlten Überresten der Stützbalken zu urteilen, mussten sie wohl auch kleiner gewesen sein, vermutlich höchstens zwei Geschosse hoch. Sie befanden sich hier am Rand von Erenthrall und würden in Kürze auf die westlichen Ebenen gelangen.

Kara wechselte einen überraschten Blick mit Adder. »Wir verlassen Erenthrall.«

Um sie herum formierten sich die Gardisten der Weißmäntel an neuen Positionen, und mehr von ihnen holten Bögen und Köcher hervor. Die Bewachung für Kara und den Rest ihrer Gruppe wurde verdoppelt. Die Weißmäntel überprüften die Verzurrungen der Vorräte, um sich zu vergewissern, dass sich nichts lose geruckelt hatte.

Iscivius und die Weißmantelfrau erschienen. Kara verspürte ein Aufflackern von Befriedigung beim Anblick des zerklüfteten Schnitts quer über Iscivius' Wange.

»Wir verlassen jetzt Erenthrall. Meine Vollstrecker haben den Befehl, euch zu erschießen, falls ihr zu fliehen versucht.«

Iscivius musterte sie alle nacheinander, zuletzt Adder. »Rennt also nicht weg.«

Dann ging er weiter den Tross entlang, hielt mit den Gardisten Rücksprache und redete mit den anderen Weißmänteln.

Die Frau blieb zurück und beobachtete Kara. Kaum befand sich Iscivius außer Hörweite, sagte sie: »Wir brauchen euch. Aber glaubt nicht einen Augenblick, dass wir euch nicht töten, wenn ihr uns Schwierigkeiten bereitet.« Damit wandte sie sich ab und folgte Iscivius.

»Was für ein kaltschnäuziges Miststück.«

»Ihr Name ist Irmona.« Sie drehten sich um und erblickten den Gorrani-Weißmantel, der am Ende der Ladefläche des Wagens stand und über ihnen aufragte. Der Griff eines Gorrani-Säbels lugte unter den Falten seines Mantels hervor. »Sie ist Iscivius' Schwester. Ihr tätet gut daran, in ihrer Gegenwart Vorsicht walten zu lassen. Sie ist nämlich in der Tat ein kaltschnäuziges Miststück.«

Damit sprang er vom Wagen und richtete sich auf, immer noch eine halbe Handbreite größer als Kara und Adder. Ohne ein weiteres Wort stapfte er zur Vorderseite des Wagens davon.

»Wir haben über die Kormanley geredet. Was meint ihr, wie viel davon er mitgehört hat?«

»Alles.«

Dagegen ließ sich nichts mehr unternehmen. Kara spähte in die Dunkelheit jenseits der Lichtkegel der Fackeln und Laternen. Die Finsternis schien tiefer geworden zu sein. »Meint ihr, Allan und die anderen folgen uns?«

»Keine Ahnung. Cutter war verwundet. Wie schwer, weiß ich nicht. Hoffen wir es. Ich mache mir aber mehr Sorgen darum, von den Halbwölfen verfolgt zu werden.«

* * *

Grant beobachtete, wie der Fackelschein der Weißmäntel mit ihren Gefangenen in der Ferne der Ebenen verblasste. Um ihn herum lief der Rest des Rudels unruhig auf und ab, fauchte, knurrte und schnappte nacheinander. Auf dem Platz hatte er ein halbes Dutzend Halbwölfe des Rudels verloren. Viele der anderen waren verwundet worden. Und dennoch hatten die Weißmäntel die Lumagier gefangen genommen.

Grant stieß einen Fluch aus. Die Halbwölfe reagierten darauf, indem sie Geheul anstimmten.

Er hatte zu lange gewartet. Er hätte sich die Lumagier holen sollen, als sie auf der Flucht vor den Flussratten gewesen waren, als sie für kurze Zeit verwundbar waren. Bevor jener andere – der Mann, der die Verkrümmung betreten hatte – zu ihnen gestoßen war. Grant hätte sie schnappen und zwingen können, seine in der Verkrümmung gefangenen Brüder zu befreien – zuerst die drei Halbwölfe, die in ihrer Scherbe dem Wagen nachjagten, dann alle anderen, von denen er wusste.

Vielleicht hätte er dann sogar seine Frau suchen und herausholen können.

Rasch verdrängte er den verirrten Gedanken und den Kummer, der ihn begleitete. Es war sinnlos. Er hatte keine Ahnung, wo seine Frau stecken mochte, nur die ungewisse Hoffnung, sie könnte vor der Entfaltung der Zersplitterung zu Hause gewesen sein und nun in einer Scherbe festsitzen, in der die Zeit stehen geblieben war, sodass sie geschützt wäre. Doch da es ihn selbst draußen überrumpelt hatte, gab es keine Möglichkeit, ihr Schicksal auch nur zu erahnen.

Aber jener Mann ... Er könnte es herausfinden. Er könnte in die Verkrümmung gehen, sie finden und dann die Lumagier zu ihr führen.

Nur hatte er ihn während des Kampfes auf dem Platz ebenso aus den Augen verloren wie die anderen Lumagier.

Grant knurrte frustriert, schluckte die blanken Emotionen hinunter und wandte sich an seine verbliebenen Halbwölfe.

»Folgt den Weißmänteln. Greift sie nicht an, es sind zu viele. Aber verfolgt sie. Wir müssen herausfinden, wohin sie gebracht werden.«

Drei der Halbwölfe lösten sich von der Gruppe und verschwanden auf der Spur der Wagen in die Dunkelheit. Der Rest rückte näher, setzte sich auf die Hinterbeine. Einer winselte eine Frage.

Grant drehte sich den verkohlten Überresten des westlichen Teils von Erenthrall zu. »Wir müssen die anderen ihrer Gruppe finden. Wir fangen auf dem Platz von vorhin mit der Suche an.«

FÜNFZEHN

Morrell hievte den Sack mit Futter auf den Stapel an der Seite der Kammer, die als Stall für das Vieh dienen würde, dann wischte sie sich den Schweiß von der Stirn. Körnige Spreu, die durch die Jute des Sacks herausgedrungen war, brachte ihre Haut zum Jucken. Gereizt rümpfte sie die Nase, bevor sie aus dem Weg trat, als jemand anders einen weiteren Sack ablegte.

Die Kammer war mit Stallungen für die Pferde und mit Pferchen für Schweine, Schafe und Rinder umgebaut worden. Zimmerleute arbeiteten daran, zusätzliche Zäune zu errichten, während alle, die man nicht unbedingt auf den Feldern brauchte, Futter und sonstige Vorräte beförderten, die man bereits jetzt statt später aus Muld in die Höhlen bringen konnte. Einige der Tiere waren auch schon da. In einem Pferch im hintersten Winkel blökten Auen. Ein paar Hühner, die aus ihren Käfigen entwischt waren, bevor man sie in die Drahtumfriedung ihres neuen Stalls entlassen konnte, schaben auf dem Boden und pickten an Steinchen. Ziegen rammten mit den Köpfen die Steinwand an der gegenüberliegenden Seite. Neben ihnen wiederkäuten einige Kühe, die sich von der neuen Umgebung nicht aus der Ruhe bringen ließen. Sowohl die Ziegen als auch die Kühe würden bald gemolken werden müssen, wenngleich Morrell nicht vorhatte, dafür zu bleiben.

Sie wollte lieber mit Cory, den Lumagiern und einigen der anderen von der Universität die Steinstelen in der inneren Kammer betrachten. Alle in Muld waren gekommen, um sich die Formation anzusehen, sogar Paul. Jeder war neugierig und rätselte darüber, wie alt sie sein musste und wie sie wohl vergraben worden war, dass sie so lange unentdeckt hatte bleiben können. Bei den meisten hatte sich die anfängliche Faszination jedoch schnell gelegt. Bryce und die Rüden hatten sich noch am selben Tag wieder der Ausbildung neuer Kämpfer zugewandt, der Rest der Menschen hatte spätestens im Verlauf der folgenden Woche das Interesse verloren. Sophia hatte alle mit den Vorbereitungen für den Umzug in die Höhlen auf Trab gehalten, auch Morrell.

Sie wandte sich ab, um sich der Reihe der Leute anzuschließen, die Fässer und Säcke von den vor den Höhleneingang wartenden Wagen hereintrugen. Doch bevor sie zehn Schritte zurückgelegt hatte, spürte sie eine Bewegung in der Luft, als hätte sie jemand gepackt und an ihr gezogen.

Sie blieb stehen. Niemand sonst in der Kammer hatte reagiert, aber die Tiere waren schlagartig verstummt. Nur ein einziges Schaf blökte. Es klang fast fragend …

Dann verfiel das gesamte Vieh in Panik. Die Ziegen stürmten zum Rand ihres Pferchs und zurück, die jüngeren traten aus und strampelten mit den Hufen durch die Luft. Die Schafe rannten zur hinteren Wand, pressten sich aneinander und blökten, als witterten sie in der Nähe einen Wolf. Die freilaufenden Hühner erhoben sich flatternd in die Luft, jene, die noch in ihren Käfigen festsaßen, schlugen wild gackernd mit den Flügeln. Sogar die Kühe muhten verängstigt.

Alle Mulder blieben stehen und starrten hin. »Was bei allen Höllen soll das?«

Dann setzte das Beben ein.

Kein leichtes Erzittern der Erde wie jenes, das die Flüchtlinge auf dem Weg aus Erenthrall nach der Zersplitterung erlebt hatten. Stattdessen wölbte sich der Boden empor und schleuderte Morrell auf Hände und Knie. Sie schabte sich die Haut auf dem rauen Steinuntergrund wund und blutig. Als sie erschrocken nach Luft schnappte, prasselten Gestein und Kiesel auf ihren Rücken, Staub und Schluff rieselten in ihren Nacken. Sie zuckte zusammen und zog die Schultern an, als irgendwo in der Nähe in den Steintunneln etwas mit einem Knacken brach.

Das Geräusch übertönte das tiefsitzende Rumoren der protestierenden Erde und die Schreie und das Gebrüll der anderen zu Tode verängstigten Mulder in der Kammer. Der Lärm – Tiere, Menschen, mahlendes Gestein – verschmolz zu einer chaotischen Kakofonie, so dass Morrell keine einzelnen Stimmen heraushören konnte. Sie presste sich fester an den Boden und betete, die Decke der Kammer möge standhalten. Erinnerungen daran, wie sie unmittelbar nach der Zersplitterung in ihrer Zelle im Bernsteinturm gefangen gewesen war, fluteten ihren Geist. Der Atem stockte ihr in der Brust, und einen grauenvollen Herzschlag lang konnte sie nicht atmen, weil sie plötzlich überzeugt davon war, dass sie jenem stockfinsteren Raum damals nie entkommen war – dass Kara ihren Vater und sie nie gefunden und befreit hatte.

Wieder bewegte sich der Boden, und Morrell schrie auf. Ein Brocken löste sich von der Decke. Der Fels schlug keine Armeslänge von ihr entfernt ein und bespritzte sie beim Aufprall mit Splittern. Morrell robbte seitwärts, bis sie gegen den Rand des Ziegenpferchs stieß. Sie klammerte sich an das Holz, als könnte es sie retten. Eine Ziege warf sich neben ihr dagegen. Dann ließ Morrell den Blick durch die Kammer wandern. Männer und Frauen stoben in alle Richtungen auseinander, um eine sichere Zuflucht zu suchen, als von der Decke immer mehr Gestein herabstürzte. Auf der anderen Seite der Kammer schien die Sonne durch den Höhleneingang herein, vereinzelt verhüllt von dichten Vorhängen aus Staub und Schluff. In der Nähe lag regungslos eine Frau, das Gesicht Morrell zugewandt, die Augen ausdruckslos und leer, während sich unter ihrem Kopf eine Blutlache ausbreitete.

Als sich der Boden ein drittes Mal aufbäumte, weniger heftig als die beiden ersten Male, gaben die Futterstapel nach, und das Getreide krachte rechts neben Morrell herab. Männer wie Frauen kauerten ängstlich um die Ställe und Pferche und entlang der Seiten der Höhle, doch als das Grollen des dritten Bebens verebbte, wankte der Schmied des Dorfes in die Mitte der Kammer. »Alle hinaus! Sofort!«

Er schnappte sich die Frau neben ihm, die so dicht wie möglich am Boden kauerte, hievte sie auf die Beine und schob sie auf den Ausgang zu. Danach wiederholte er den Vorgang bei zwei weiteren, aber bis dahin wankten bereits alle in der Kammer selbst in Richtung der Höhlenöffnung, und diejenigen, die sich draußen aufgehalten hatten, forderten die anderen brüllend auf, sofort herauszukommen.

Morrell rappelte sich auf, indem sie sich an der Seite des Pferchs abstützte. Abgehackt holte sie Luft. Der Atemzug ging sofort in ein heftiges Husten über, da sie den durch die Kammer treibenden, dichten Staub einatmete. Mit tränenden Augen setzte sie sich in Richtung der verschwommenen Helligkeit am Eingang in Bewegung. Die Umrisse der Menschen vor ihr blockierten das Licht teilweise. Unterwegs hielt Morrell an, um den Puls der gefallenen Frau zu fühlen, obwohl sie bereits ahnte, dass sie tot war.

Nichts. Sie eilte weiter.

Aber als sie den Tunnel passierte, der zu den tiefer in der Höhle liegenden Kammern führte, hörte sie aus der Ferne ein panisches Kläffen.

Wer würde einen Hund mit nach da unten nehmen? Dann weiteten sich ihre Augen, als sie von einer Erkenntnis ereilt wurde. »Max. Cory!«

Sie huschte in den Tunnel und drang tiefer in die Höhle vor. Der Weg war von Geröll übersät, und sie wäre beinahe geflohen, als ein kleineres Beben noch einmal den Boden erzittern ließ, dann eilte sie aber doch weiter. Schreie hallten eindringlich und verängstigt zu ihr hoch. Nach zwanzig weiteren Schritten stieß sie auf Paul – bewusstlos. Eine schnelle Untersuchung ergab eine knollige Beule an seiner Stirn knapp oberhalb des Haaransatzes. Die Haut war nicht aufgeplatzt. Als sie die Ränder der Beule abtastete, zuckte Paul zusammen, wich zurück und hob eine Hand, um Morrell abzuwehren. Er blinzelte im Zwielicht der wenigen verbliebenen Laternen. »Morrell?«

Sie fasste hinab und packte seinen Arm. »Du bist am Kopf getroffen worden. Könnte eine Gehirnerschütterung sein.« Er wehrte sich nicht gegen ihre Bemühungen, ihm auf die Beine zu helfen. »Du musst zu Logan. Schaffst du es allein nach draußen?«

Paul stützte sich an der Tunnelwand ab und hob die andere Hand zu der Beule auf seiner Stirn. Er zögerte, als er die panischen Rufe tiefer aus der Höhle vernahm, dann bedeutete er ihr mit einer Geste weiterzulaufen. »Ich schaffe das schon. Geh und sieh nach, ob du helfen kannst. Ich schicke andere hinterher, sobald ich kann. Aber sei vorsichtig! Wir wissen nicht, ob es zu Nachbeben kommt.«

Morrell schob sich an ihm vorbei. Sie passierte zwei weitere Mulder, die sich gegenseitig stützten, als sie von unten in Richtung des Ausgangs stolperten. Beide verloren kein Wort. Die Erde erzitterte noch zweimal, wodurch weiteres Material von der Decke rieselte, aber der Großteil des Staubs hatte begonnen, sich zu setzen, weshalb das Atmen jetzt leichter fiel. Nur ein Drittel der Laternen, die den Tunnel säumten, brannte noch, was für Morrell jedoch genügte, um den Korridor vor ihr auszumachen.

Als sie sich dem Nebeneingang zu der Kammer mit den Stelen näherte, wurde das Gebell lauter. Max sprang aus der Öffnung in der Seite der Felswand, und sein wildes Kläffen schwoll an, als er Morrell erblickte. Er raste auf sie zu, hopste hin und her, sauste zurück zum Eingang, drehte sich um und sah nach, ob sie ihm folgte. »Ich komme ja schon, ich komme.« Sie bahnte sich den Weg durch das Gestein auf dem Tunnelboden. Hier hatte sich mehr Geröll von der Decke gelöst. Aber sie hatten ja gewusst, dass dieser Teil der Höhle nicht so stabil war wie der Rest.

Sie schob sich durch den Nebeneingang und blieb am Kopf der Schutthalde stehen, die hinunter zum Boden und zu den Steinmonumenten führte. Ein Teil der Decke der Kammer in der Nähe der Wand mit den uralten Malereien und Schriftzeichen war eingestürzt. Zehn Personen scharten sich um den Felssturz. Die Hälfte warf kleinere Steine beiseite oder rollte größere Brocken um die Stelle fort, wo Cory auf dem Boden saß. Zwei Helfer stützten ihn in sitzender Haltung. Die Beine hatte er vor sich ausgestreckt, und eines lag unter dem Schutt begraben. Gequält verzog er das Gesicht, obwohl er nicht schrie. Die restlichen drei standen händeringend und zappelig etwas abseits und riefen Anweisungen.

In der Mitte der Kammer strömte zwischen den Stelen weißes Ley-Licht wie ein Miniaturspringbrunnen aus dem Felsboden empor. Es spritzte auf den Stein und rann die Stelen herab und über den Boden wie Wasser, dann sickerte es wieder in den Fels, noch bevor es den äußeren Ring der Säulen erreichte.

Max kam die Schutthalde zurück heraufgeprescht, kläffte wild und riss Morrell aus ihrer vorübergehenden Lähmung. Sie kämpfte sich zum Boden hinunter und hielt sich an den Außenseiten der Kammer, als sie zu Cory und den Leuten lief, die ihm zu helfen versuchten. Als sie näher kam, erkannte sie, dass die meisten derer, die das Gestein beiseite räumten oder Cory stützten, die in Muld verbliebenen Lumagier und einige Studenten von der Universität waren.

Dann jedoch widmete Morrell die Aufmerksamkeit Cory selbst. Das rechte Bein stand in einem unnatürlichen Winkel von seinem Rumpf ab, und von der Wade war nichts zu sehen, weil sie unter einem Felsblock festklemmte, der doppelt so groß war wie Morell.

Zehn Schritte entfernt blieb sie stehen. Max preschte davon, stemmte sich mit den Vorderpfoten an Corys Brust und leckte ihm übers Gesicht. Dann drehte sich der kleine Hund um und sah Morrell mit aus dem Maul baumelnder Zunge und erwartungsvollen Augen an. Er bellte nicht mehr, nun, da er seine Aufgabe erledigt hatte.

»Morrell!« Raven, nach Kara und Artras die ältestgediente Lumaga, trat an ihre Seite, ergriff ihren Arm und zog sie vorwärts. »Morrell, du musst uns helfen. Wir kriegen den Felsblock nicht von seinem Bein. Er ist zu groß.«

Morrell sträubte sich. Sie wollte nicht sehen, wie schlimm Corys Bein zerquetscht war, wollte das Blut, die gesplitterten Knochen nicht sehen. Es interessierte sie nicht, was für Wunder alle in Muld mittlerweile von ihr erwarteten – bestimmt gab es Verletzungen, die selbst sie nicht heilen konnte.

»Was glaubst du denn, dass ich tun kann?«

Raven verengte die Augen. »Du bist eine Heilerin. Du tust, was immer du kannst!«

Sie schleifte Morrell vorwärts, ohne weitere Einwände zu gestatten, und stieß sie zu dem Stein in der Nähe von Corys Beinen. Morrell stützte sich mit den bereits blutigen Händen ab, verdrängte jedoch ihren Zorn, als sie den Ausdruck blanker Qualen in Corys Augen wahrnahm.

Sie richtete sich auf und wischte sich an den Oberschenkeln den Dreck von den Händen. Dieselbe Ruhe, die sich über Logan legte, sobald er mit den schwersten Verletzungen konfrontiert wurde – eine Ruhe, die Morrell nicht selten als kalt, unnahbar und gefühllos empfand –, erfasste jetzt sie, umhüllte sie wie ein Tuch.

»Geh beiseite.« Der neben ihr kniende Student rutschte aus dem Weg. Morrell rückte näher zu dem Felsblock und stählte sich für den Anblick, der sie erwarten würde. Aber der unbewusst aufgestaute Atem strömte explosionsartig vor Erleichterung aus ihr, als sie feststellte, dass der Brocken Corys Fuß nicht völlig zermalmt hatte. Zum einen wies der Stein eine leichte Vertiefung auf, zum anderen war er auf anderes Geröll gestürzt, das ihn ein Stück vom Boden entfernt hielt.

Allerdings presste er trotzdem eindeutig auf Corys Bein. Die Wade war zur Seite verdreht. Cory stützte das Gewicht seines Körpers auf die Hüfte, um die Schmerzen zu verringern. Durch seine Versuche, sich zu befreien, war die Haut so tief aufgeschürft, dass Blut den Stein überzog und sich auf dem Boden darunter zu einer kleinen Lache gesammelt hatte. Die Menge war gering, aber als sich Morrell vorbeugte und tiefer in den Spalt unter dem Brocken spähte, erkannte sie, dass sie deshalb nicht sehen konnte, wie schwer sein Knöchel oder Fuß beschädigt war.

»Wie schlimm ist es?« Raven kauerte sich auf Corys anderer Seite hin.

»Kannst du deinen Fuß fühlen, Cory? Mit den Zehen wackeln?«

»Ja. Ich denke schon. Aber er hat angefangen, taub zu werden.«

»Der Felsbrocken schneidet die Blutzufuhr ab. Nur vermag ich nicht zu sagen, ob der Fuß völlig zerquetscht ist oder ob er gerettet werden kann – nicht, ohne den Brocken zu bewegen.«

»Das haben wir schon versucht. Er ist einfach zu groß. Wir schaffen es nicht mal, dass er sich rührt.« Raven schwenkte eine Hand über Corys Bein. »Kannst du nicht irgendetwas tun? Es irgendwie heilen?«

»So funktioniert das nicht.«

Raven fasste sie an den Schultern. »Ich weiß, ich weiß. Aber tu doch irgendetwas. Um Karas willen.«

Kara hatte Morrell aus dem Bernsteinturm und sie alle vor der Entfaltung der Verkrümmung in Erenthrall gerettet. Und die Lumaga liebte Cory. Das wussten alle. Sie wäre am Boden zerstört, wenn sie aus der Stadt zurückkäme und Cory mit einem fehlenden Bein oder gar tot vorfände. Wenn doch nur Morrell das verhindern konnte …

Aber wie?

Cory war gegen die beiden Studenten zurückgesunken, die ihn stützten. Während Morrell ihn musterte, flatterten seine Lider, als kämpfe er gegen Bewusstlosigkeit an. Schließlich jedoch musste er nachgeben und sackte nach vorn. Die zwei Studenten fingen ihn auf.

Morrell schüttelte Raven ab und legte die Hände auf Corys Bein. Sie schloss die Augen und versuchte, sich zu konzentrieren, um das Kribbeln, das sie sowohl bei Claye als auch bei Harper verspürt hatte, in ihre Fingerspitzen zu beschwören.

»Es ist bloß ein Bein. Oberschenkel, Knie, Kniescheibe, Wade. Genau wie bei Harper.« Sie hatte sich von Corys Oberschenkel über das Knie hinunter zur Wade vorgearbeitet, den Muskel gedrückt und die Spannung der Sehnen durch den Stoff von Corys Hose abgetastet. Als sie sich der Wade näherte, wo der Stein das Bein zusammenquetschte, spürte sie die Schwellung im Fleisch: Blutergüsse. Doch sie nahm immer noch nicht das Kribbeln in den Fingern wahr, das bei Claye und Harper die Heilung begleitet hatte. »Eine Schwellung hier, möglicherweise Blutergüsse. Nichts gebrochen. Der Knochen ist noch heil. Aber es tut sich nichts. Warum passiert nichts? Warum kann ich es nicht dazu bringen, zu …«

Ein Schwall von Energie schoss durch ihren Arm in die Finger, als ihre Hand auf Blut stieß. Schlagartig weiteten sich ihre Augen, während die Umstehenden nach Luft schnappten und untereinander zu munkeln begannen. Morrell spürte, wie ein paar von ihnen zurückwichen, als fürchteten sie sich, doch sie achtete nicht weiter auf sie. Himmelslichter umspielten ihre Finger, ein fahles Blau, durchsetzt von Gelb. Es war kaum sichtbar, aber unbestreitbar vorhanden.

»Warum hat es jetzt angefangen? Wieso nicht schon früher?«

»Es hat angefangen, als du auf das Blut gestoßen bist.«

Morrell bewegte die Hände weiter über den blutigen Teil

von Corys Kleidung, und die Himmelslichter wurden kräftiger. »Zerreiß die Hose in der Nähe der Wade. Ich muss seine Haut berühren, nicht die Kleidung.«

Raven zögerte nicht. Sie packte die Hose dort, wo sie durch Corys Zerren fadenscheinig geworden war, und zerriss den Stoff. Nachdem er bis zum Knie hinauf nachgegeben hatte, zog Raven blutige Hände zurück, als Morrell die Finger oberhalb des schlimmsten Teils der Wunde um Corys Wade legte.

Die Reaktion erfolgte sofort. Die Himmelslichter wurden stärker, fluteten in Wellen von ihren Fingern nach außen und den Stein hinauf nach oben. Wie bei Claye und Harper verschmolz Morrell mit dem kribbelnden Gefühl, schloss die Augen und stellte sich Sehnen, Muskelmasse und Knochen vor. Sie reiste Corys Wade hinunter, unter den Felsbrocken, in seinen Knöchel und den Fuß. Morrell floss durch alles hindurch, als wäre sie selbst Corys Blut. Sie fühlte das gequetschte Fleisch, die durchbrochene Haut, den Druck auf den Knochen, auf den der Fels mit seinem enormen Gewicht presste. Nach dem ersten Schrecken gab sie den Empfindungen entspannt nach und stellte fest, dass sie auch mit dem Fels verschmolz, mit den Steinen, die ihn stützten, und mit dem Granit des Bodens darunter. Die Verbindung war nicht so stark wie die mit Corys Fleisch und Blut, doch sie war vorhanden.

Und wie bei Claye und Harper spürte sie, was nicht stimmte.

»Corys Fuß ist gequetscht. Es sind keine Knochen gebrochen. Es ist bloß alles zusammengedrückt. Überall sind Blutergüsse. Und die Muskeln sind beschädigt. Einige der Bänder sind gerissen, vor allem im Knöchel. Sein Fuß ist zu weit zur Seite gedreht worden.«

»Kannst du ihn heilen?«

Morrell öffnete die Augen und sah die Lumaga an. Ihre Verbindung zu Corys Bein und dem Stein darauf wurde schwächer, brach aber nicht ab. »Nicht, solange der Felsbrocken noch auf ihm lastet.«

»Dann müssen wir ihn wegbewegen. Irgendwie.« Raven rappelte sich auf die Beine, stützte sich dabei an dem Felsblock ab. »Ihr drei, stellt euch links und rechts von Cory und Morrell auf. Ihr anderen, verteilt euch um sie herum. Ist mir egal, wenn ihr meint, ihr wärt zu schwach – wir brauchen alle, die wir hier haben. Wir müssen den Brocken nur so weit anheben, dass ich Cory herausziehen kann.«

Die anderen gingen in Position. Jemand streifte dabei Morrells Rücken. Sie schloss die Augen wieder und konzentrierte sich. Die Blutzufuhr war bereits so lange abgeschnitten, dass Teile von Corys Fuß allmählich abstarben. Sie nahm das als Schatten wahr, der sich über die Haut legte und in den Muskel und das Gewebe darunter zu sickern begann.

»Beeilt euch.«

»Wenn ich ›los‹ sage, schieben alle, so kräftig sie können. Eins, zwei, drei – los!«

Füße schabten über den Granitboden, als alle um Morrell herum vor Anstrengung grunzten. Durch den Stein spürte Morrell, wie sie nach vorn und nach oben schoben und versuchten, den Brocken ins Rollen zu bringen. Aber er erwies sich als zu groß und die Unterseite als zu flach.

»Noch mal! Eins, zwei, drei – los!«

Wieder drückten alle. Morrell presste mit den Gedanken kräftig gegen den Stein um Corys Bein, wo er auf dem Fuß auflag.

»Er hat sich bewegt! Ich habe es gespürt!«

»Noch einmal! Eins, zwei, drei – los!«

Morrell presste, so hart sie konnte, durch das seltsame Kribbeln, das sich von ihren Händen durch Cory in den umliegenden Stein ausbreitete. Etwas bewegte sich, dann zuckte Corys Bein unter ihren Fingern, als Raven ihn herauszog. Morrells Berührung mit seinem Bein brach ab, und die Himmelslichter um ihre Hände flackerten und erloschen. Alle, die gegen den Stein gedrückt hatten, ließen ihn los, aber er schien sich überhaupt nicht zu rühren, als sie es taten. Morrell streckte die Arme aus und schlang die Hände erneut um Corys Wade, stellte die Verbindung mit der Wunde wieder her und begann, sie zu reparieren, so gut sie konnte. Wie bei Claye und Harper wusste sie, was nicht stimmte. Sie konnte fühlen, wie das Gewebe und der Muskel aus dem Lot geraten waren und wie es eigentlich aussehen musste, um wieder heil und unversehrt zu sein. Ihre Hände wurden warm, die Haut bewegte sich unter ihrer Berührung, bildete sich auf eine Weise neu, die Morrell Schauder über den Rücken jagte, dennoch zog sie die Finger nicht zurück. Sie arbeitete sich vom Knie nach unten vor. Auf den schlimmsten Schaden stieß sie am Fußgelenk. Morrell sprach nur einmal, eine Bitte, dass jemand Cory unten das Hosenbein wegreißen und ihm den Schuh ausziehen solle. Raven tat es wortlos, auch alle anderen um sie herum schwiegen.

Und dann war es vollbracht.

Langsam zog Morrell die Hände zurück und öffnete die Augen. Erschöpfung schwappte durch ihren gesamten Körper. Sie ließ die Hände auf den Schoß plumpsen. Blut überzog Corys Fuß, und die Haut war an einigen Stellen bis zum Muskel abgeschabt, aber er war nicht mehr in einem unnatürlichen Winkel verrenkt oder gequetscht. Über die gesamte Länge erstreckte sich ein kräftiger, purpurn-schwarzer Bluterguss, doch Morrell wusste, der würde mit der Zeit verblassen. Abgesehen davon fehlte ihr die Kraft, ihn weiter zu heilen. Ihr gesamter Leib fühlte sich ausgelaugt. Sie konnte sich kaum noch aufrecht halten.

»Das ist das Beste, was ich hinbekomme.«

Raven kniete sich neben sie und rieb ihr den Rücken. »Das hast du gut gemacht. Besser als gut.«

Weitere Leute waren aufgekreuzt, standen im Hintergrund und beobachteten die Szene schweigend. Hinter Morrell flüsterte jemand: »Ich glaube nicht, dass wir den Stein überhaupt bewegt haben. Ich habe nicht gespürt, dass er sich gerührt hätte. Und seht nur, da. Dieses Loch, wo sein Fuß war, ist größer, oder?«

Niemand antwortete, und Morrell war zu erschöpft, um sich damit auseinanderzusetzen. Raven zog sie in eine Umarmung, wiegte sie vor und zurück, ließ das Kinn auf dem Haupt des Mädchens ruhen. Jemand befahl, Cory mit einem der Handkarren zu Logans Hütte zu bringen. In der Kammer brach reges Treiben aus, als die Leute abzurücken begannen. Morrell ließ die Geräusche über sich hinwegspülen, bis sich Raven schließlich von ihr zurückzog, sie aber nach wie vor an den Schultern hielt.

»Du hast etwas Großartiges vollbracht, Morrell. Du solltest stolz auf dich sein.«

»Bin ich auch. Ich bin bloß so müde.«

»Ich bringe dich zurück in deine Hütte. Dort kannst du dich ausruhen, und Janis wird sich um dich kümmern.«

Raven half ihr beim Aufstehen, und zusammen schlurften sie dorthin, wo die anderen Cory gerade an den Schultern und Beinen anhoben, um ihn die Schutthalde hinauf und hinaus in den Gang zu tragen. Raven und Morrell folgten hinterdrein. Max trottete zwischen seinem Herrchen und Morrell vor und zurück. Gelegentlich leckte das Hündchen Corys herabbaumelnde Hand, als wolle es ihn dazu verleiten aufzuwachen. Den Korridor verstopften bereits Leute, die hin und her liefen, um den Schaden zu begutachten oder mit dem Aufräumen zu beginnen. In der Kammer mit den Tieren, in der sich Morrell befunden hatte, als das Erdbeben ausgebrochen war, wimmelte es von Menschen. Paul stand mitten unter ihnen und rief Anweisungen.

Sobald sie hinaus ins Sonnenlicht gelangten, blinzelte Morrell und hob eine Hand, um die Augen abzuschirmen. Raven beschlagnahmte einen unlängst entladenen Wagen, und die anderen hoben Cory hinein. Raven stützte Morrell, als sie neben ihn kletterte und sich in die Nähe seines Kopfes und seiner Schultern setzte. Ein paar Universitätsstudenten stiegen ebenfalls ein. Max sprang hinauf und schmiegte sich in Corys Arm, legte den Kopf auf seine Brust.

»Bring ihn zu Logan«, sagte Raven zum Wagenfahrer. »Er soll Cory und Morrell untersuchen, dann sorgst du dafür, dass sie Janis übergeben wird.«

Bevor der Fahrer mit den Zügeln schnalzen konnte, eilte Hernande herbei und hielt sich an der Seite des Wagens fest. Aus seinen sonst so stoischen, nachdenklichen Zügen sprach eine tiefe Betroffenheit, die Morrell nicht einordnen konnte, während seine Knöchel weiß hervortraten.

»Was ist passiert? War es das Beben?«

»Ein Teil der Decke ist in der Kammer des Ley-Knotens eingestürzt. Cory war unter einem Brocken gefangen, aber wir haben ihn befreit, und Morrell hat ihn geheilt, so gut sie konnte. Wir bringen jetzt beide zu Logan.«

Hernande streckte die Hand aus, um Corys Arm zu ergreifen, und drückte ihn kurz, bevor er sich an Morrell wandte. »Danke.«

Raven gab dem Fahrer ein Zeichen, der mit den Zügeln schnippte. Mit einem Ruck setzte sich der Wagen in Bewegung, und Morrell nahm eine stabilere Position ein. Hinter dem Gefährt setzte Hernande dazu an, ihnen zu folgen, aber Raven hielt ihn mit einer Hand an der Schulter zurück.

»Da ist etwas, das du dir ansehen musst.«

Als sich Hernande mit einem fragenden Blick zu der Lumaga umdrehte, fügte sie noch mehr hinzu, doch Morrell war bereits zu weit weg, um es zu hören.

* * *

»Wir haben in der Knotenkammer gearbeitet, als das Erdbeben zuschlug. Der Rest der Lumagier und die Universitätsstudenten sind immer noch unten.«

Hernande schenkte ihr beinah keine Beachtung, sondern schaute zurück zum Wagen, der seinen verletzten Schüler wegbeförderte und die Furchen, die durch das jüngste Treiben entstanden waren, den Hang hinunter holperte. Sie verlagerten als Erstes die Vorräte und das Vieh in die Höhlen und hatten schon fast die Stufe erreicht, in der sie mit den Menschen beginnen würden. Allerdings war das gesamte Unterfangen wertlos, wenn die Spuren der Wagen die Brandschatzer geradewegs zu den Höhleneingängen führten. Er würde die anderen Studenten daran arbeiten lassen müssen, die Furchen im Erdreich zu verhüllen und auch die Eingänge zu tarnen.

Aber der Gedanke entglitt ihm, als der Wagen mit Cory ruckelnd außer Sicht geriet. Morrell hielt sich mit einer Hand an der Seite fest, während sie mit der anderen Cory stützte.

»Warum?« Als der Wagen zwischen den Bäumen verschwand, bewegte er sich auf Raven zu. »Warum sind sie noch dort? Sollten sie nicht wegen des Bebens helfen?«

»Das tun sie. Das Beben hat den Knoten erweckt. Ich hatte noch keine Zeit, einen Blick darauf zu werfen.«

»Den Knoten erweckt?«

»Die Ley blubbert inmitten der Stelen empor.«

»Sichtbar?«

»Sichtbar. Was bedeutet, dass jetzt, nach dem Erdbeben, mindestens zehnmal so viel Ley durch den Knoten fließt wie davor.«

Hernande begann, nachdenklich über seinen Bart zu streichen. »Denkst du nicht, das Beben könnte ...«

»Ich weiß noch nicht, was ich denken soll. Ich muss mich erst damit auseinandersetzen. Hatte bisher keine Zeit dafür.«

»Ja, das kann ich gut verstehen.« Hernande schaute dorthin zurück, wo der Wagen verschwunden war. Cory befand sich in guten Händen. Morrell würde sich um ihn kümmern. Es gab ohnehin nichts, was er tun konnte, außer im Weg herumzustehen und Logan abzulenken.

382

Also deutete er in Richtung der Höhle und der anderen verstreuten Männer und Frauen. »Geh voraus.«

Als sie sich den Weg zwischen den verbliebenen Wagen hindurch bahnten, stießen sie auf drei Leichname – eine Frau und zwei Männer –, über die Paul mit verkniffener Miene wachte.

»Wurde sonst noch jemand verletzt? Gab es irgendwelche zusätzlichen Schäden?«

»Das weiß ich nicht. Ich hatte nicht den Eindruck, als wir aus der Knotenhöhle heraufgekommen sind. Zwar habe ich andere gesehen, die verletzt sind, aber niemand so schwer wie Cory. Sein Bein war unter einem der von der Decke gestürzten Felsbrocken eingeklemmt. Ich hätte ehrlich nicht gedacht, dass Morrell irgendetwas tun könnte. Ich hätte nicht einmal geglaubt, dass wir Cory befreien können. Nicht, ohne ihm das Bein abzuschneiden.«

Hernande blieb stehen. »So schlimm ist mir Corys Bein gar nicht vorgekommen.«

»Du hättest es sehen sollen, als wir ihn endlich befreit hatten. Dieses Mädchen ist eine Wunderwirkerin, und sie weiß es nicht einmal.«

»Sie weiß es schon.« Hernande setzte sich wieder in Bewegung. »Sie weiß nur noch nicht, wie sie damit umgehen soll.«

Die beiden passierten das wirre Treiben in der äußeren Kammer, schritten den langen Korridor hinab und bahnten sich dann den Weg hinunter in die Knotenkammer. Die Ley brandete aus dem Boden zwischen der ringförmigen Anordnung der Stelen empor, schoss etwa hüfthoch in die Luft, bevor sie wieder herunterprasselte. Hernande fiel auf, dass die Ley nicht über den äußeren, in den Steinboden geschnittenen Kreis drang. Es musste sich um eine Art Barriere handeln.

Seine Aufmerksamkeit galt immer noch der Ley, als Raven vor dem eingestürzten Abschnitt der Decke stehen blieb.

Sie berührte Hernande am Arm und zeigte auf den Felssturz. »Das ist der Brocken, unter dem Cory gefangen war.«

Der Felsblock erwies sich als fünfmal größer, als ihn sich Hernande vorgestellt hatte. Um ihn herum lagen kleinere Trümmer der Decke verstreut. Doch es war der Anblick des Blutes, der einen Ruck durch ihn jagte. Um den Felsbrocken herum bedeckte ein dunkler Fleck den Boden. Eine kleinere Lache hatte sich ein Stück davon entfernt gebildet. Er vermutete, dort hatte Cory gelegen, nachdem er herausgezogen worden war. Der Universitätsmentor trat vor zu der Stelle, wo zwei Studenten knieten, und betrachtete eine Vertiefung im Granit des Bodens.

Einer der beiden zeigte darauf. »Da hat Corys Bein gelegen. Alle anderen denken, wir hätten den Felsbrocken bewegt, aber das glaube ich nicht.«

»Wenn wir ihn nicht bewegt haben, wie konnten wir Cory dann herausholen?«, warf seine Gefährtin ein.

»Ich glaube, es war Morrell.« Der Junge deutete mit der Hand auf den schmalen Spalt zwischen dem Felsbrocken und dem Boden. »Ich glaube, sie hat die Öffnung breiter gemacht. Kann sie das?«

»Natürlich nicht. Sie heilt Menschen. Wir haben es alle gesehen. Sie kann keinen Stein bewegen. Richtig, Mentor?«

»Ich habe nicht behauptet, dass sie ihn *bewegt* hat.«

Hernande kaute am Ende seines Bartes. »Ich kenne das Ausmaß von Morrells Kräften nicht, aber heilen kann sie unbestreitbar.«

Die junge Frau schleuderte ihrem Studentengefährten einen vernichtenden Blick zu, als hätte Hernande ihre Behauptung gerade bestätigt.

Hernande kniete sich neben die beiden. Er fuhr die Umrisse des Blutes auf dem Boden nach. Es war klebrig, schon fast getrocknet. Seine Aufmerksamkeit richtete sich auf den Felsblock und die Spalte darunter.

Der Mentor strich über die Außenseite. Der Stein fühlte sich körnig und rau an. Dann griff er tiefer in die schmale Öffnung. Im Inneren war das Gestein ganz glatt, als wäre es von Wasser abgeschliffen worden. Oder geschmolzen, wie der Stein der in Erenthrall von den Lumagiern und Mentoren geschaffenen Gebäude.

Er zog die Hand heraus, wischte sie an der Hose ab und stand auf. Die Studenten verharrten erwartungsvoll, aber er lenkte die Aufmerksamkeit auf den Knoten. »Was wissen wir über das Erscheinen der Ley?«

»Wie ich schon sagte: nichts. Wir hatten noch keine Gelegenheit, uns damit zu befassen.«

Hernande bedachte Raven mit einem steten Blick.

Sie steuerte auf den Kreis der Stelen in der Mitte der Kammer zu. Hernande und die anderen folgten ihr. Vor dem in den Boden geschnittenen Kreis, der Hernande zuvor aufgefallen war, hielt sie an. »Gib mir einen Augenblick. Alle Lumagier – kommt mit, aber bleibt mir aus dem Weg.«

Die Lumagier nickten. Alle spannten die Körper an, die Blicke wirkten zerstreut und abwesend – alles Anzeichen dafür, dass sie die Sinne in die Ley entsandten, wie Hernande vor langer Zeit gelernt hatte.

Gleich darauf schnappten einige der Lumagier nach Luft.

Hernande trat vor. »Was ist?«

»Die Ley ist stark. Sie kommt aus dem Norden, obwohl ich nicht weiß, von wo dort. Es ist jedenfalls nicht der richtige Winkel für Dunmara oder Severen. Ikanth vielleicht? Aber selbst dann …« Raven sprach nicht weiter.

»Und wohin verläuft sie?«

Raven schwieg so lange, dass Hernande sie beinah erneut gefragt hätte. »Nach Südwesten.« Die Schultern der schwarzhaarigen Lumaga sackten herab. Sie holte mehrmals tief Luft, um sich zu sammeln, während sich um sie herum die anderen Lumagier von der Ley zurückzogen. Mareane trat vor und legte eine Hand auf Ravens Rücken. Sie murmelte etwas, allerdings zu leise, als dass Hernande es hören konnte.

»Was ist passiert? Was habt ihr gemacht?«

Mareane antwortete. »Sie hat versucht, der Ley-Linie zu folgen, wollte erspüren, wohin sie führt. Aber sie hat sich zu weit hinausgewagt. Sie hätte sich verirren können.« Die Lumaga begegnete Hernandes Blick. »Niemand von uns ist so stark wie Kara oder auch nur Artras. Raven hat Mühe, sich damit abzufinden. Deshalb ist sie immer so verbittert.«

Hernande erwiderte nichts, beobachtete nur, wie sich Ravens Schultern strafften. Der Mentor fand, dass ihre Augen hohler als zuvor wirkten, und die Haut blass und teigig. Aber das konnte auch eine Folge des Erdbebens und von Corys Rettung sein, nicht des Versuchs, der Ley-Linie nachzuspüren.

»Ich konnte ihr nicht bis zum Ende folgen. Der nächste Knoten liegt zu weit entfernt.«

»Das hätte ich auch nicht erwartet. Unter Umständen gelingt es uns herauszufinden, woher die Linie stammt und wohin sie führt, indem wir die Sande verwenden.« Hernande schaute zur Ley. »Die eigentliche Frage lautet: Ist es hier sicher? Oder müssen wir die Höhle aufgeben?«

»Es ist sicher. Wer immer diesen Knoten errichtet haben mag, jene Leute haben dafür gesorgt, dass sie geschützt waren. Die Stelen wirken wie ein Schild und halten die Ley innerhalb der Kreise hier in der Kammer.«

»Und können wir sie nutzen? Früher hat Kara immer gesagt, in der Gegend gäbe es gerade genug, um ein winziges Netzwerk zu erschaffen, ausreichend für Heizsteine und etwas Licht, um uns zu helfen, den Winter zu überleben.«

»Jetzt können wir mehr als das tun. Das hier ist nicht so mächtig wie der Nexus, nicht einmal ansatzweise, dennoch ist es zehnmal stärker als das, was wir zuvor zusammenkratzen konnten. Die gesamte Ley-Struktur in diesem Gebiet hat sich verlagert.«

»Wegen des Erdbebens.«

»Das wissen wir nicht.«

Hernande zupfte an seinem Bart. »Aber es wirft eine faszinierende Frage auf, oder? Verursachen die Erdbeben die Verlagerung der Ley-Linien, oder sind es die Verlagerungen der Ley-Linien, welche die Erdbeben hervorrufen?«

»Oder weder noch.«

»Bedenke die Tatsache, dass wir kein bedeutenderes Beben in diesem Gebiet gehabt haben, seit wir hier angekommen sind. Jetzt haben wir ein Schlimmeres als jedes in Erenthrall seit der Zersplitterung erlebt, und dieser Knoten – ein Knoten, der zuvor tot war – ist zu neuem Leben erwacht. Das kann kein Zufall sein. Die Erdbeben und die sich verlagernden Ley-Linien müssen in einem Zusammenhang miteinander stehen.«

»Und wie können wir die Beben aufhalten?«

»Wir müssen die Ley festigen«, warf Mareane ein. »Was Kara von Anfang an gepredigt hat. Allerdings geht das nur, indem die Verkrümmung repariert wird.«

»Also sind wir wieder zurück am Anfang.«

»Nein, sind wir nicht.« Hernande deutete auf den Knoten. »Jetzt haben wir Ley, mit der wir arbeiten können.«

»Hernande!« Alle drehten sich um. Paul stand oben am Beginn der Schutthalde. »Wir werden in Muld gebraucht. Bryce und Sophia wollen mit uns reden.«

Raven trat näher an Hernande heran. »Sie werden den Umzug in die Höhlen abbrechen wollen. Sie werden sagen, es sei wegen des Erdbebens nicht sicher. Und sie haben recht.«

»Wir können die Höhlen nicht aufgeben. Nicht, ohne von den Plünderern abgeschlachtet zu werden. Ich werde dafür sorgen, dass sie das begreifen. Du stellst sicher, dass dieser Knoten gefestigt wird. Wir wollen kein weiteres Beben wie das letzte. Und wir wollen auch nicht den Zugang zur Ley verlieren, wenn wir ihn jetzt schon haben.«

Damit begann er, die Schutthalde zu erklimmen. Paul wartete oben geduldig. Der betagte Ratsherr ergriff Hernandes Hand und half ihm den letzten, steilsten Abschnitt hoch. »Wir müssen hier irgendeine Treppe bauen, entweder aus Stein oder aus Holz. Wir können nicht alle über den Steinrutsch klettern, erst recht nicht, wenn wir den Rest von Muld hierherholen.«

Hernande klopfte sich den Staub ab. »Du hast immer noch vor, Muld hierher zu übersiedeln?«

»Das Beben ändert nichts an den Gründen, die uns hierher treiben. Es sei denn, hier geht noch etwas vor sich.« Er spähte zur Ley, die innerhalb des Kreises der Stelen brodelte.

»Hier geht tatsächlich noch etwas vor sich, aber ich denke, auch das ändert nichts.« Hernande bewegte sich an Paul vorbei in den Korridor. Paul zögerte kurz, bevor er ihm folgte. »Ich werde erklären, was unserer Meinung nach passiert ist – mit der Ley und dem Beben –, sobald wir mit Bryce und Sophia zusammentreffen.«

Paul blieb stehen, um einer Gruppe die zusätzliche Anweisung zu erteilen, eine Treppe in die Knotenhöhle zu bauen, dann trabten sie in den von den Wagen geschaffenen Furchen zurück nach Muld. Hernande zeigte auf den aufgewühlten Boden und erwähnte, dass er die Studenten von der Universität die Spuren mit derselben Technik beseitigen lassen würde, mit der sie die Eingänge der Höhlen zu tarnen gedachten. Paul stimmte ihm zu.

Sie betraten Muld aus westlicher Richtung, überquerten die Weiden, auf denen die Hirten die Schafe grasen ließen, dann die Felder, wo Mais, Tomaten und Gemüse der ersten Frühlingspflanzung zu sprießen begannen. Es würden noch Wochen vergehen, bevor der Großteil richtig gedieh – in einigen Fällen Monate –, aber die Pflänzchen sahen gesund aus. Einige der Mulder arbeiteten gerade auf den Feldern. Hinter den Gemüsebeeten wogten bereits kniehoch gewachsene Abschnitte mit Gras, Weizen und Gerste in der böigen Brise.

In Muld herrschte emsiges Treiben. Zwei schwer mit Vorräten beladene Wagen steuerten den Weg zurück hinauf zu den Höhlen, drei weitere wurden gerade beladen und würden den anderen in Kürze folgen. Janis befand sich mit Morrell im Garten vor der Hütte. Allans Tochter saß auf einem kleinen Hocker und pflückte Basilikum. Das Mädchen wirkte erschöpft und zerstreut, schaute nicht einmal flüchtig auf, als Hernande und Paul vorbeigingen, aber Janis winkte und bedeutete dem Mentor, dass es Morrell gut ging, als er sie mit einem fragenden Blick bedachte.

Bei Logans Hütte hielten sie kurz an, um nach Cory zu sehen. Hernandes Schüler war noch nicht erwacht, doch das schien Logan kein Kopfzerbrechen zu bereiten.

»Er erholt sich gerade. Ich verstehe nichts von Morrells Heilkraft, aber ich vermute, sie verlangt dem Patienten oder der Patientin genauso viel Tribut ab wie dem Heiler oder der Heilerin. Ich habe das Bein gesäubert, sonst hat mir Morrell nicht viel zu tun gelassen. Er braucht Zeit, das ist alles. Genau wie sie. Ich werde ihn im Auge behalten.«

»Gib mir Bescheid, sobald er aufwacht.«

Mit dem Versprechen, dass er das tun werde, scheuchte Logan die beiden aus seiner Hütte.

Sie durchquerten die Dorfmitte von Muld zur Versammlungshalle. Sobald sie eingetreten waren und sich Hernandes Augen nach dem hellen Sonnenlicht draußen an die Schatten gewöhnt hatten, bemerkte er Sophia und Bryce am gegenüberliegenden Ende der Halle ins Gespräch mit Claye, Braddon und einem Fährtensucher namens Quinn vertieft.

»Was ist denn jetzt wieder?«, murmelte Paul.

»Finden wir es heraus.«

Bryce verstummte, als er sie kommen sah, der Rest drehte sich um, als sie stehen blieben.

»Was ist in den Höhlen passiert? Wir haben gehört, es hat Einstürze gegeben. Und wir haben gesehen, was Cory widerfahren ist.«

»Drei Tote. Alle sind erschüttert, aber wir haben bereits Gruppen, die mit dem Aufräumen beschäftigt sind. Andere arbeiten daran, die Korridore und Decken für den Fall weiterer Beben abzustützen.«

Sophias Augen weiteten sich leicht vor Überraschung. »Du schlägst nicht vor, diese Höhlen aufzugeben?«

»Ich denke, das können wir uns nicht leisten. Wo sollen wir denn sonst hin? Ihr habt mich davon überzeugt, dass wir hier nicht bleiben können, jedenfalls nicht, wenn wir in Sicherheit sein wollen.«

»Und unter Umständen müssen wir uns nicht wegen möglicher weiterer Beben sorgen.« Hernande ließ sich auf einem Stuhl nieder. »Wir glauben, dass dieses Beben von einer Verlagerung im Ley-System verursacht wurde. Der inaktive Knoten, auf den wir da unten gestoßen sind, ist zu neuem Leben erwacht. Es fließt jetzt Ley hindurch; so stark, dass sie sichtbar ist. Raven und die anderen Lumagier versuchen gerade, sie zu festigen. Wenn es ihnen gelingt und die Ley stabil bleibt, sollten wir hier keine weiteren Erdbeben dieser Stärke erleben müssen.«

»Also sind die Beben eine Folge davon, dass sich das Ley-System neu anordnet?«

»Das vermuten wir, ja.«

»Können wir die Höhle denn nach wie vor als Zuflucht verwenden?«

»Raven hat mir versichert, dass die Ley eingedämmt ist. Außerdem kann ich das Geflecht benutzen, um das noch mehr abzusichern, solange die Ley nicht zu stark ist. So haben die Mentoren der Universität den Ober-Lumagiern in Erenthrall vor der Zersplitterung geholfen.«

»Ich werde mich mit der Ley so nahe nicht wohlfühlen.«

»Dann kannst du ja tiefer in der Höhle schlafen!« Als Paul

dazu ansetzte, in Rage zu geraten, hob Sophia eine Hand, um ihn zu bremsen. »Nicht. Du hast dabei keine Wahl. Bryce?«

»Sie hat recht. Sag ihnen, was du auf den Ebenen gesehen hast, Quinn.«

Der Fährtensucher Quinn – einen Kopf größer als Hernande und mit zerklüfteten, pockennarbigen Zügen – hörte auf, an seinem Bogen herumzufingern. »Eine Streitkraft von ungefähr zweihundert Mann ist in unsere Richtung unterwegs. Ich habe sie bei einem unserer Aufklärungsausflüge in die Ebenen gesichtet. Gestern haben sie zwei Tagesritte vom Rand der Hügel entfernt gelagert.«

Bryce übernahm. »Das ist kein bunt zusammengewürfelter Haufen von Banditen. Der Kern besteht aus einer Truppe von gut ausgebildeten Kämpfern. Daran angegliedert sind mehrere Gruppen wie jene, die uns angegriffen hat. Sie sind organisiert und unterhalten ein Hauptlager, mit dem sie stetig in unsere Richtung vorrücken. Sie besitzen Pferde, Schwerter, Bögen und genug Männer, um dieses Dorf innerhalb einer Stunde zu überrennen, selbst wenn sie sich dabei so dämlich wie zuletzt anstellen. Und nach allem, was mir berichtet worden ist, werden sie sich nicht noch einmal so verhalten. Diese Truppe hat einen Anführer, der etwas von Disziplin versteht.« Sein Blick fiel auf Hernande. »Unter Umständen brauchen wir deine Studenten und ihre Verknotungen eher als erwartet.«

»Sie werden bereit sein, wenn man sie braucht.«

»Hoffen wir es.«

»Wie lange noch, bis diese Truppe hier eintrifft?«

»Unsere beste Schätzung lautet eine Woche. Kommt darauf an, wie schnell sie vorrücken. Seit wir begonnen haben, sie zu beobachten, haben wir zwei Gruppen gesehen, die zu ihnen gestoßen sind – eine aus Nordwesten, die andere aus Osten. Jedes Mal, wenn das passiert, werden sie langsamer.«

»Eine Woche.« Paul sah Sophia an. »Wir werden die Übersiedlung in die Höhlen beschleunigen müssen.«

»Das schaffen wir. Behaltet ihr diese Streitkraft im Auge. Gebt uns ungefähr einen Tag vor ihrer voraussichtlichen Ankunft Bescheid. Wir müssen ernten, was immer wir können, auch wenn wir das Gras vorzeitig mähen und einen Teil des Gemüses in den Höhlen reifen lassen müssen. Ich gehe nicht davon aus, dass sie die Felder unangetastet lassen werden, wenn sie angreifen.«

»Nein, das werden sie nicht.«

Damit gingen Sophia und Paul und besprachen bereits, welche Arbeiten wie beschleunigt werden konnten. Hernande wartete, bis sie die Versammlungshalle verlassen hatten und auch ihre Schatten verschwunden waren, bevor er sich an Bryce wandte.

»Unter Umständen können wir jetzt noch etwas mehr tun, um Muld zu verteidigen.«

»Ich dachte, wir hätten bereits alles in Erwägung gezogen.«

»Das hatten wir. Aber vorher hatten wir noch keinen Zugang zur Ley.«

* * *

Allan kroch zur Kuppe der niedrigen Erhebung hoch und teilte das Gras vor seinem Gesicht, damit er über die von der Sonne erhellten Ebenen blicken konnte, die sich nach Westen zum Horizont erstreckten. In der Ferne ragten Berge auf, die unter dem Blau des Himmels und über dem Gelbgrün der Grassteppe purpurn schimmerten. Die Straße, der die Weißmäntel folgten, verlief in leicht südwestlicher Richtung als gerade Linie durch das zerknittert wirkende Gelände. Früher war dies eine stark bereiste Karawanenroute gewesen, bis Baron Arent und Ober-Lumagus Augustus den Nexus geschaffen hatten. Dadurch hatte sich der Handel von Wagen und Fahrern auf Barkassen und Piloten entlang der Ley-Linien zwischen allen größeren Städten des Kontinents verlagert.

Allan kannte sich ein wenig im Gebiet westlich von Erenthrall aus – das Dorf Canter, seine Heimat, lag in den Ausläufern der sich an die Ebenen anschließenden Berge. Doch er hatte keine Ahnung, was weiter im Süden lag. Die Ley-Hauptlinie, die Erenthrall mit Tumbor verband, verlief den Fluss entlang. Er wusste von einer anderen Ley-Linie, die davon in Richtung der Lehensgebiete und der West-Halbinsel abzweigte. Aber seit der Zersplitterung waren die Ley-Linien zu gefährlich, um sie für Beförderungszwecke zu verwenden.

Er versuchte, sich alles ins Gedächtnis zu rufen, was er über die alten Straßen und ihren genauen Verlauf wusste. Die Wege um Canter waren ihm so vertraut wie die Brunnen und Quellen, die Bäche und Flüsse, die das Grasland und die Hügel sprenkelten und durchzogen, jedenfalls in der Umgebung seines alten Dorfes. Doch Allan konnte sich an nichts Bedeutsames über die Routen dort erinnern.

Plötzlich drang ein barscher Befehl von den Ebenen zu ihm hoch. Sein Blick schnellte zurück zu den Weißmänteln und ihrem kleinen Tross von Wagen und Gardisten. Sie hatten ein gutes Stück entfernt – so weit entfernt, dass Allan die Augen zusammenkneifen musste – einen aus dem Boden ragenden Wegweiser aus Stein erreicht, der so alt war, dass er sich zur Seite neigte. An der Stelle musste sich die Straße verzweigen. Von Allans Aussichtspunkt aus ließ es sich schwer beurteilen.

Die Wagen verlangsamten ihre Fahrt. Einzelne Personen konnte er nicht ausmachen, doch aufgrund der Beobachtungen der letzten Tage wusste er, dass sich Kara und die anderen in der Mitte befanden, umgeben von Gardisten, einem Wagen vor ihnen und zwei hinter ihnen. Dylan war im vorderen Wagen.

Bei Einbruch der Dunkelheit würde die Gruppe anhalten und lagern. Man würde Dylan zwingen, aufzustehen und um die Wagen zu gehen oder zu humpeln. Die anderen würde man in der Nähe eines der von den Weißmänteln entfachten

Feuer festsetzen. Beobachter würden um die ringförmig abgestellten Wagen postiert werden, nah genug beisammen, dass sie sich gegenseitig sehen konnten, so wachsam, dass Allan keinen Versuch wagen konnte, sich an ihnen vorbeizuschleichen. Dann würden alle mit Essen versorgt werden, und man würde den Gefangenen Schlafplätze zur Verfügung stellen. Sie schliefen immer in der Dunkelheit unter den Sternen.

Doch an diesem Tag war es noch zu früh, um anzuhalten. Der Himmel präsentierte sich klar, wenngleich aus Süden Gewitterwolken aufzogen, durch die gelegentlich grelle Blitze zuckten. Viel weiter westlich zeichneten sich Ansätze einer Front von Himmelslichtern ab, obwohl es sich vielleicht auch nur um Hitzeflimmern handeln mochte. Fast direkt im Süden loderte das weiße Licht der Verkrümmung über Tumbor, das immer noch drohte, sich wie in Erenthrall zu entfalten.

Allan wurde unruhig, als die Gruppe am Wegweiser nach wie vor zögerte. Wenn sie weiterhin überwiegend nach Westen reisten, könnte er ihnen noch ein, zwei Tage folgen, ohne den Anschluss an Artras, Glenn und den Rest zu verlieren. Aber wenn sie nach Süden abbogen …

Er stieß einen leisen Fluch aus, als der Tross begann, nach Südwesten zu schwenken, und beobachtete frustriert, wie die Kolonne in der Ferne entschwand. Die Weißmäntel bewegten sich in nahezu direkt entgegengesetzter Richtung zu Artras und dem Wagen, der in Richtung Muld rollte.

Allan zögerte, dann stand er auf und trabte die Rückseite der Erhebung hinunter. Als er flacheres Gelände erreichte, verfiel er in vollen Lauf, um zu Glenn und den anderen aufzuschließen.

Er musste ihnen mitteilen, dass die Weißmäntel weiter nach Süden geschwenkt waren.

Und dass er immer noch keine Ahnung hatte, wohin sie wollten oder wie sie Kara und die anderen retten könnten.

SECHZEHN

»Hast du irgendetwas gesehen?«

Kara schabte mit dem Löffel im Versuch, die letzten Reste der Soße zu erwischen, über den Boden des Tellers, ohne zu Adder aufzuschauen. Er hatte im Flüsterton gesprochen, damit die Vollstrecker der Weißmäntel, die keine zehn Schritte hinter ihnen in der Nähe der ringförmig abgestellten Wagen standen, sie nicht belauschen konnten. Mittlerweile hatten sie gelernt, bestimmte Unterhaltungen unter sich zu behalten, und bemühten sich, so vorsichtig wie möglich zu sein, wann immer sie miteinander redeten. Kara wusste, wenn sie aufschaute, würde sie Adder halb von ihr abgewandt vorfinden, und er würde ihr Geschirr in dem kleinen Eimer abwaschen, den man ihnen dafür bereitstellte.

»Nichts.« Kara schob sich die Soße in den Mund. Mittlerweile bedauerte sie, das Brot so schnell verschlungen zu haben. Soße schmeckte immer besser, wenn man sie mit Brot auftunkte, gerade wenn es sich um die zwar genießbaren, aber harten Brötchen handelte, die sie von den Weißmänteln bekamen.

Kara spielte mit dem Gedanken, den Teller sauber zu lecken.

»Tim und Carter haben auch nichts gesehen.«

Sie reichte Adder den Teller mit einem halbherzigen Lächeln, dann sank sie auf ihre Pritsche zurück.

Adder wurde mit dem Abwasch der Teller fertig und reichte die groben Tonscheiben zusammen mit dem Eimer mit nunmehr schmutzigem Wasser zurück an den Vollstrecker, der ihnen das Essen gebracht hatte. Kara lauschte den vertrauten Geräuschen, als sich Adder auf seiner Liegestatt niederließ, die sich nah genug bei Karas befand, damit sie sich unterhalten konnten, aber nicht so nah, dass es Verdacht erregte.

»Mittlerweile hätten sie angegriffen, und zwar, bevor wir nach Süden abgebogen sind.«

Die Worte kamen dem zu nahe, was Kara durch den Kopf gegangen war.

Adder blieb stumm und verlagerte auf der Pritsche mehrmals die Position, bevor er sich aufsetzte. Eine Weile tastete er herum, im Feuerschein nur halb sichtbar, dann hob er mit der Hand etwas auf, das er über die Schulter warf, ehe er sich wieder hinlegte.

»Blöde Steine.«

Kara schnaubte. Sie rollte sich mit dem Rücken zum Feuer auf die Seite und bettete den Kopf auf einen ausgestreckten Arm. Ihr Gesicht blieb in den Schatten. So konnte sie unter dem Wagen hinter ihrer Gruppe hindurchsehen. Ein Vollstrecker stand am Heck des Gefährts auf ihrer Seite. Dahinter, mindestens zwanzig Schritte entfernt, beobachteten wenigstens zwei weitere Vollstrecker die Ebenen, wie Kara wusste.

»Warum sind sie nicht gekommen, um uns zu holen?«

»Sie sind nur zu fünft. Und selbst das nur, falls alle überlebt haben. Wir werden von fünf Weißmänteln und fast vierzig Vollstreckern festgehalten. Sie sind hoffnungslos in der Unterzahl. Und wir haben in Erenthrall keine Verbündeten.«

»Ich hatte gedacht, die Tunnler wären Verbündete.«

»Hatte ich auch gedacht.«

»Wir hätten ihnen nie vertrauen sollen.«

»Wir hatten keine andere Wahl.«

Kara ließ ihren Zorn eine Weile brodeln, doch nach und nach kehrten ihre Gedanken zu den Weißmänteln zurück. Seit Erenthrall hatten sie nur mit ihren Gefangenen gesprochen, um ihnen zu befehlen, dass sie anzuhalten, sich auszuruhen oder sich in Bewegung zu setzen hatten. »Wohin bringen sie uns?«

»Zur Nadel. Immer noch keine Ahnung, was das sein könnte?«

»Ich dachte, es könnte sich um irgendwas in Tumbor handeln, aber wenn dem so wäre, hätten wir am Wegweiser direkt nach Süden biegen müssen. Wir sind immer noch in westlicher Richtung unterwegs.«

Adder verlagerte das Gewicht und ließ sich so nieder, wie es seiner Schlafposition entsprach, wie Kara mittlerweile wusste. »Ist mir aufgefallen. Was immer es sein mag, es hat etwas mit den Lumagiern zu tun. Sie sind diejenigen, die am meisten darüber reden. Die Vollstrecker sprechen kaum davon und erwähnen es höchstens als Zielort.«

Kara durchforstete ihr Gedächtnis nach etwas, das sie an der Lumagierschule oder während ihrer Aufenthalte in den verschiedenen Knoten in Erenthrall gelernt hatte, das mit einer *Nadel* zu tun hatte, doch ihr fiel nichts ein. Neben ihr wurde Adders Atmung ruhig und gleichmäßig. Ihr eigener Geist fand keine Ruhe. Sie verfluchte die Ober-Lumagier für ihre verdammte Geheimniskrämerei, während die Sorge über das Schicksal von Allan und den anderen an ihr nagte. Sie hoffte, dass sie sich wohlbehalten auf dem Rückweg nach Muld befanden, sofern sie nicht immer noch versuchten, sie zu retten.

Aber wenn sie nicht darauf zählen konnten, dass Allan sie retten würde, wie sollten sie selbst es tun?

* * *

Als Kara am nächsten Morgen die Augen aufschlug, sprangen sie die Fragen nach wie vor unbeantwortet an. Sie lauschte, wie das Lager abgebaut wurde, wie die Vollstrecker Befehle riefen, wie die Spieße und Vorräte verpackt und zurück auf die Wagen geladen wurden. Drei der Weißmäntel zankten angespannt am Heck des vordersten Wagens. Iscivius lauschte mit verkniffener Miene, während Okata auf Irmona deutete, um seinen Standpunkt klarzumachen. Niemand von ihnen sah glücklich aus.

»Nein!«, fauchte Okata laut genug, um von so gut wie jedem gehört zu werden. Rings um sie hielten Vollstrecker inne. »Er wird für sich beanspruchen, was wir getan haben. Du kennst ihn.«

»Vater wird Bescheid wissen.«

»Und wie? Durch göttliches Eingreifen?«

»Er wird es wissen, weil ich es ihm mitteilen werde! Mir schenkt er zumindest Gehör.«

»Genug.« Iscivius sah sich um, und die Vollstrecker, die innegehalten hatten, um zu lauschen, machten hastig mit dem weiter, was sie zuvor getan hatten. Sein Blick wandte sich Okata zu. »Vater wird es nicht kümmern, wer sie wie gefunden hat. Ihn wird nur interessieren, was sie zu tun vermögen und wie sie unsere Sache vorantreiben können. Das sollte auch unsere einzige Sorge sein. Die anderen werden uns abfangen und …«

Seine Worte verloren sich, als er sich umdrehte, Kara den Rücken zuwandte und zur Vorderseite des Wagens zu gehen begann. Okata lief neben ihm, Irmona folgte hinterdrein.

Kara verharrte regungslos, hielt Ausschau nach einer Gelegenheit.

Es bot sich keine, und wenige Minuten später stupste sie einer der Vollstrecker von hinten mit dem Fuß. »Aufwachen. Zeit, aufzubrechen.«

Kara rollte sich herum, als er weiterging, um auch Tim und Carter zu wecken. Ein anderer Vollstrecker half Aaron bereits dabei, Dylan um das kleine Lager laufen zu lassen. Der Lumagus humpelte immer noch, aber er konnte jeden Tag ein Stückchen weiter gehen und das Knie mit mehr Gewicht belasten.

Kara setzte sich auf. Plötzlich stand Adder vor ihr. Er streckte sich nach unten, half ihr auf die Beine und reichte ihr ein Brötchen. Dankbar nahm sie es entgegen und biss hinein.

»Werden die immer härter?«

»Jedenfalls eindeutig trockener.«

Kara streckte sich. »Ich brauche dringend ein Bad und frische Kleidung. Die hier mieft.«

»Jetzt werd' nicht zu persönlich.« Jemand brüllte von der anderen Seite der Wagen, und seine Miene wurde ernst. »Die sind heute Morgen sehr angespannt.«

»Hast du die Weißmäntel vorhin gehört? Sie trauen weder einander noch den Vollstreckern. Klingt, als gäbe es einiges an Rivalität in ihren Rängen.«

»Sie vertrauen den Vollstreckern schon, sie wollen bloß nicht, dass sie ihre Streitgespräche mit anhören. Aber ich gebe dir recht, dass sich nicht alle Weißmäntel gegenseitig freundlich gesinnt sind.«

»Es hat so geklungen, als würden sie damit rechnen, heute – oder zumindest sehr bald – auf irgendjemanden zu stoßen. Wir müssen fliehen, bevor das geschieht, ob Allan und die anderen nun da draußen sind, um uns zu helfen, oder nicht.«

»Das können wir nicht. Dylan kann immer noch kaum laufen. Wir würden es niemals schaffen.«

»Wir sollten Dylan zurücklassen.«

Adder begegnete ihrem steten Blick, und sie erkannte, dass er bereits über die Möglichkeit nachgedacht hatte; vermutlich schon, als sie Erenthrall verlassen hatten. Aber er hatte darüber geschwiegen.

»Du siehst es also genauso.«

»Wenn wir hoffen wollen, irgendeine Chance zu haben – ja, dann müssen wir Dylan zurücklassen.«

Kara stellte fest, dass sie Adder nicht länger in die Augen sehen konnte. Sie starrte stattdessen hinaus auf die leicht hügelige Graslandschaft ringsum, deren Einzelheiten langsam deutlicher wurden, als die Sonne höher über den östlichen Horizont stieg.

»Ich rede mit ihm und erkläre ...«

»Nein! *Ich* erkläre es ihm. Zumindest das verdient er.«

Sie rieb sich mit der freien Hand die Augen, als sie sich von Adder löste, ohne ihn noch einmal anzusehen. Er versuchte nicht, ihr zu folgen. Unvermittelt blieb sie vor Aaron stehen. Der jüngere Mulder half Dylan gerade, hinten in den Wagen zu steigen.

»Lass mich heute auf Dylan aufpassen, Aaron.«

Der Junge schaute zu dem Vollstrecker, der sie bewachte, dann nickte er und entfernte sich. Kara schluckte den letzten Bissen des Brötchens hinunter, der einen Kloß in ihrem Hals bildete, dann flocht sie die Finger so ineinander, dass Dylan ihre Hände als Einstiegshilfe in den Wagen benutzen konnte.

»Bereit?«

»Wann immer du es bist.«

Mit ihrer Hilfe hievte er sich hoch und schob sich auf der Ladefläche nach hinten, lehnte sich dort gegen eine Kiste, während Kara nach ihm einstieg. Der Vollstrecker beäugte sie beide, dann jedoch kam einer der Weißmäntel vorbei und lenkte seine Aufmerksamkeit ab. Der Weißmantel – Okata, wie Kara erkannte, als er sich umdrehte – überprüfte die beiden anderen Wagen, ehe er eine Hand in Richtung des vorderen Endes ihres Trosses schwenkte. »Bereit!«

Mit einem Ruck setzte sich der Wagen auf dem glatteren Steinpflaster der Karawanenroute in Bewegung, und der Vollstrecker trat beiseite und verschwand außer Sicht.

Sofort sagte Dylan: »Ihr müsst es wagen.«

»Was wagen?«

»Die Flucht! Ihr müsst es versuchen. Du und die anderen.«

»Aber ...«

»Ihr werdet mich zurücklassen müssen. Das ist mir bewusst.« Zornig deutete er auf sein Knie. »Dafür haben die

400

verfluchten Flussratten gesorgt, nicht wahr? Und es war auch nicht besonders hilfreich, dass ich es mir noch einmal verdreht habe, als ich beim Angriff der Halbwölfe von der Trage gefallen bin.« Er sackte gegen die Kiste zurück. »Mir ist schon vor Tagen klar geworden, dass ich zurückbleiben muss.«

»Wir dachten, dass Allan uns vielleicht folgt und er und die anderen uns alle herausholen würden, aber uns läuft die Zeit davon.«

»Ich habe gehört, wie sie davon gesprochen haben, sich mit einer anderen Gruppe von Weißmänteln zu treffen. Sie rechnen damit, ihnen noch vor Einbruch der Nacht zu begegnen.«

»Dann hast du mehr belauscht als ich.« Kara streckte die Hand aus und ergriff seinen Unterarm, drückte ihn. »Wenn es irgendwie möglich ist, kommen wir zurück, um dich zu holen.«

Er legte die freie Hand über die ihre. »Nein. Falls sich euch die Gelegenheit zur Flucht bietet, ergreift sie und schaut nicht zurück. Rettet Muld. Du wirst dort dringender gebraucht als ich.«

»Ehrlich, ich wünschte, die Leute würden aufhören, das dauernd zu sagen! Muld braucht jeden – jede Frau und jeden Mann –, wenn der Ort überleben soll. Niemand ist wichtiger als jemand anders. Ich weiß, dass ich in Artras' Augen so etwas wie eine Ober-Lumaga bin, aber sie irrt sich. Ich mag auf dem besten Weg zur schwarzen Jacke gewesen sein und hätte letzten Endes vielleicht eine bekommen, aber es ist nicht passiert. Der Nexus ist explodiert, was bedeutet, dass ich nie dafür ausgebildet worden bin. Also bin ich nur so gut wie der Rest von euch.«

Dylan umklammerte ihre Hand fester. »Nein, das stimmt nicht. Du bist stärker. Und nicht nur im Umgang mit der Ley.«

Kara zog die Hand zurück. Der Vollstrecker kehrte zurück, und sie verkniff sich eine Erwiderung. Stattdessen lehnte sie sich ebenfalls gegen die Kisten. Aber trotz ihrer Verärgerung wegen Dylans unerschütterlichen Glaubens an sie – eines Glaubens, der von Artras geschürt worden war, wie sie wusste – fiel ihr keine Möglichkeit zur Flucht ein, mit der auch Dylan gerettet werden könnte.

Zwei Stunden später, als Iscivius den Tross für eine Pause anhalten ließ, hatte sie immer noch nichts. Als sie in Richtung des Hecks des Wagens rutschen wollte, fing Dylan ihren Arm ab, und obwohl sie von zwei Vollstreckern beobachtet wurden, raunte er: »Ihr müsst es wagen. Für mich.«

Kara wusste nichts zu erwidern.

Sie hopste vom Heck des Wagens und ließ sich von ihren Bewachern zu einem Bach führen, der unterhalb der Straße verlief. Die Brücke war durch Überflutungen in der Vergangenheit in leichte Schieflage geraten und erwies sich als nicht ganz bündig mit der Straße. Zu beiden Seiten führten Steinstufen zum Ufer. Das Wasser entpuppte sich als klar, kalt und erfrischend. Es tropfte von Karas Kinn, und sie schauderte, als es unter ihr schweißfleckiges Hemd rann. Sie spritzte sich mehr Wasser über den Kopf, ließ es ihr Haar und die Kleidung durchnässen und watete drei große Handbreiten weit hinein, bevor die sie beobachtenden Vollstrecker Protest erhoben und sie vom Ufer zurückzogen. Sie stießen sie auf das Heck des Wagens zu, wo Adder stand.

»War das nötig?«

»Du hast ja keine Ahnung.«

Adders Blick schwenkte unauffällig zu ihren Bewachern. »Sie beobachten uns gerade nicht. Hast du mit Dylan geredet?«

»Er war bereits selbst darauf gekommen, dass er zurückbleiben muss, wenn wir zu fliehen versuchen.«

»Gut.«

»Mir gefällt es trotzdem nicht.«

»Es ist notwendig. Wir werden tun, was wir können, um ihn zurückzuholen. Sobald sich eine Gelegenheit bietet, lenken Tim und ich sie ab. Dann unternehmen du, Carter und Aaron den Fluchtversuch. Haltet auf die Ebenen im Westen zu, wenn ihr könnt. Falls wir getrennt werden, treffen wir uns an dem Wegweiser, den wir vor ein paar Tagen passiert haben. Aaron und Carter habe ich schon Bescheid gesagt.«

»Ich werde bereit sein.«

Adder wollte sich gerade abwenden, hielt dann aber inne. »Kannst du vielleicht helfen, sie abzulenken, indem du die Ley benutzt? Wie es die Weißmäntel in Erenthrall mit den Halbwölfen gemacht haben?«

Kara entsandte die Sinne, suchte nach Ley-Linien, die vielleicht in der Nähe verliefen. »Es könnte mir gelingen, die Ley auf dieselbe Weise zu beeinflussen, allerdings nicht hier. Dafür ist sie in der Umgebung nicht stark genug.«

»Dann liegt es bei Tim und mir.«

Adder entfernte sich ein Stück. Als Tim sie ansah, nickte er knapp, bevor er sich abwandte. Tim, der jüngste der Rüden, kam Kara nicht mehr so jung vor wie zuletzt in Muld, bevor sie von dort aufgebrochen waren.

Iscivius befahl den Wagen, sich wieder in Bewegung zu setzen. Kara steuerte auf Dylans Gefährt zu, aber bevor sie zurück auf die Ladefläche springen konnte, fing Adder ihren Arm ab und schüttelte den Kopf. Dylan bedeutete ihr mit einer Hand, zurückzubleiben, eine Geste, die für die Vollstrecker verborgen blieb.

Kara ließ sich zu den anderen zurückfallen.

Für den Rest des Vormittags folgten sie der Straße. Die Vollstrecker und Weißmäntel ließen keine vernünftige Möglichkeit aufkommen, die Adder hätte nützen können, nicht einmal, als sie zu Mittag für eine Mahlzeit aus geräuchertem Fleisch, Käse und den allgegenwärtigen Brötchen anhielten. Es fühlte sich an, als würden sie bei diesem Essen von mehr Aufpassern bewacht als in der Vergangenheit, und alle wirkten angespannt.

Dann jedoch bemerkte Kara, dass ihre Anspannung nach außen gerichtet war, als rechneten sie mit einem Angriff von außerhalb der Gruppe. Ihre Ränge zogen sich eng zusammen. Kara dachte daran zurück, was Dylan von dem Gespräch zwischen Iscivius, Irmona und Okata belauscht hatte, nämlich dass sich ihnen eine andere Gruppe anschließen sollte, vermutlich am gleichen Abend.

Ihnen lief die Zeit davon.

Als sich die Wagen wieder in Bewegung gesetzt hatten und die Gefangenen dahinter einher stapften, näherte sich ihr Carter und marschierte eine lange Weile schweigend neben ihr. Ein paar Mal holte er Luft, als wolle er etwas sagen, doch jedes Mal hielt er den Atem einige Herzschläge lang an, bevor er ihn wieder ausblies.

Schließlich schüttelte er den Kopf und entfernte sich unauffällig, wirkte dabei zornig und elend.

Vor lauter Verwirrung hätte ihn Kara um ein Haar zurückgerufen.

Dann jedoch huschte Adder plötzlich nach links. Im einen Moment ging er ein paar Schritte vor ihr hinter Dylans Wagen her, im nächsten stürmte er mit geducktem Körper zwei Schritte zur Seite und rammte einen der Vollstrecker. Der Mann grunzte, als Adder ihn zu Boden stieß. Die Umstehenden, darunter Kara, blieben verdutzt stehen. Staub kräuselte sich empor, als die beiden Männer miteinander rangen und hin und her rollten. Dann landete Adder zwei harte Treffer im Gesicht seines Gegners und brach ihm die Nase. Der Gardist der Weißmäntel schrie auf, als Blut spritzte, seine Hände flogen hoch …

Und dann hatte Adder das Schwert des Mannes gepackt. Er zog es mit einem metallischen Zischen aus der Scheide und sprang gleichzeitig in einer geduckten Haltung auf und stand über dem Körper des Vollstreckers. All das hatte sich in gespenstischer Stille vollzogen, die nur vom angestrengten

Grunzen, vom Rascheln und von den dumpfen Schlägen des Handgemenges unterbrochen wurde.

Dann brüllte Iscivius: »Ergreift ihn!«

Adder griff die Vollstrecker an, die sich ihm am nächsten befanden. »Die Kormanley müssen sterben!«

Kara zuckte zurück, als er die Klinge in der Brust eines Gardisten versenkte und wieder herauszog. Der Mann taumelte mit einem Ausdruck der Überraschung im Gesicht, bevor er fiel, doch Adder hatte sich bereits weiterbewegt. Er stach einem anderen Mann in den Arm, schlitzte tief hinein, und der Getroffene schrie auf. Dem Nächsten hieb er quer über die Brust, während Tim zu dem bereits an der Brustverletzung gestorbenen Vollstrecker hechtete. Der jüngere Rüde zog das Schwert des Toten und begab sich mit Adder Rücken an Rücken in Position. So drehten sie sich im Kreis, als hätten sie das Manöver zuvor geübt.

Allerdings hatten die restlichen Vollstrecker mittlerweile genug Zeit gehabt, um ihre Verblüffung abzuschütteln und zu reagieren. Schwerter wurden gezogen und die nächststehenden Gardisten griffen an.

Beim ersten Klirren von Stahl auf Stahl wirbelte Kara herum und hielt Ausschau nach Carter und Aaron. Der jüngere Mulder stand wie gelähmt mit offenem Mund zwei Schritte hinter ihr. Carter umklammerte mit einer Hand und weiß hervortretenden Knöcheln das Heck von Dylans Wagen.

Kara preschte in Richtung der Ebenen los, packte Aarons Arm, als sie an ihm vorbeirannte. »Komm.« Sie wagte nicht, lauter zu werden. Dadurch hätte sie vermutlich die Aufmerksamkeit der Vollstrecker erregt. Aber Carter rührte sich nicht. Nicht einmal, als er sah, wie sie geradewegs auf ihn zugestürmt kamen. Sein gesamter Körper versteifte sich, als Kara vor ihm stehen blieb und Aaron weiter in Richtung der Ebenen stieß. »Lauf!«

Aaron preschte in die Graslandschaft davon.

Während hinter ihnen Schwerter klirrten, packte Kara mit festem Griff Carters Arm. »Komm jetzt. Wir haben nicht viel Zeit.«

Carter starrte ihr mit fassungsloser Miene ins Gesicht. Sein Mund arbeitete.

Dann jedoch verhärteten sich seine Züge, und er straffte die Schultern. Seine Hand weigerte sich, den Wagen loszulassen. »Ich komme nicht mit.«

»Was?«

»Ich komme nicht mit! Ich bleibe bei den Weißmänteln. Sie brauchen Lumagier. Sie brauchen mich. Niemandem in Muld liegt irgendetwas an uns. Ihnen liegt nur etwas an *dir*.«

Entgeistert fasste ihn Kara an beiden Schultern. »Carter, hör mir zu. Uns liegt sehr wohl etwas an dir. Muld braucht dich. Du kennst die Kormanley nicht. Du weißt nicht, wozu diese Leute fähig sind. Du musst sofort mit uns kommen. Das ist unsere einzige Chance!«

Sie spähte über die Schulter. Adder und Tim wehrten sich noch ihrer Haut, Tim bereits blutig, aber sie waren von den Vollstreckern aussichtslos umzingelt. Vorläufig schenkte keiner der Weißmäntel oder der Gardisten den Lumagiern Beachtung. Dieser Zustand würde nicht mehr lange anhalten.

Sie wirbelte zurück herum zu dem anderen Lumagus. »Carter, die werden dich zerstören!«

»Ich bleibe.«

Er meinte es ernst. Kara konnte es in seinen Augen sehen.

Sie nahm die Hände von seinen Schultern und rannte los auf die Ebenen. Der Stein der Straße ging in den weicheren Untergrund von Erde über, als hohe Grashalme gegen ihre Oberschenkel peitschten. Kara rannte ohne Ziel, trieb sich an, so sehr sie konnte, obwohl ihre Beine nach den langen, erschöpfenden Märschen hinter den Wagen scharf protestierten. Die Luft brannte in ihrer Lunge, Schweiß brach ihr auf der Stirn aus. Ihre immer noch feuchte Kleidung schabte auf der Haut, aber sie verdrängte jedes Gefühl von Unbehagen. In ihrem Geist kochten Bilder dessen hoch, was die Kormanley in Erenthrall angerichtet hatten, seit sie jung gewesen war. Die Explosion im Seeley-Park, bei der ihre Eltern umgekommen waren. Der Bombenanschlag bei der Versammlung der Barone, der ausschlaggebend für die Säuberungen gewesen war, während derer man Ischua getötet hatte. Die Aufstände, die Erenthrall Jahre danach erschüttert hatten.

Sie wollte mit den Kormanley oder den Weißmänteln nichts zu schaffen haben – oder wie auch immer die entschieden haben mochten, sich neuerdings zu nennen. Dies war ihre einzige Chance zu fliehen. Zuvor hatte sich ihnen keine Gelegenheit geboten, doch Adder und Tim hatten eine geschaffen …

Adder.

Kara bremste so jäh ab, dass sie um ein Haar vorwärts ins Gras gestürzt wäre, dann schaute sie zurück. Sie hatte es vielleicht hundert Schritte weit auf die Ebenen geschafft. Adder und Tim kämpften immer noch, und plötzlich wurde ihr klar, dass die beiden gar nicht die Absicht hatten, Aaron und ihr zu folgen. Sie kämpften ausschließlich, um ihnen zur Flucht zu verhelfen. Aber am Wagen rief Carter dem bei Dylan im Wagen verbliebenen Vollstrecker etwas zu und deutete in Karas Richtung.

Der Vollstrecker stand auf und zeigte auf sie.

Dann fasste er hinter den Kutschbock des Wagens und zog einen bespannten Bogen hervor. Er griff sich einen Pfeil, legte ihn an und spannte die Sehne.

Kurz, bevor er schoss, sprang Dylan auf und schwang einen Wasserschlauch auf den Rücken des Schützen. Der Pfeil stieg in die Luft und schlug harmlos links neben Kara ein, als der Bogenschütze vom Wagen zu Boden fiel. Dylan klammerte sich an die Stirnwand zwischen der Ladefläche und dem Kutschbock. Er brüllte etwas in Karas Richtung, das sie durch das Rauschen des Blutes in ihren Ohren nicht hören konnte, dennoch wusste sie, was er sagen wollte.

Der Fahrer des Wagens hieb Dylan auf den Hinterkopf, als Kara herumwirbelte und auf wackeligen Beinen weiterlief. In die Gedanken an die Kormanley mischte sich Übelkeit angesichts dessen, was Adder und Tim getan hatten. Tränen ließen Karas Sicht verschwimmen, und sie wischte sie zornig weg. Mund und Kehle fühlten sich staubtrocken an. Sie drohte, an den eigenen Atemzügen zu ersticken. Vor ihr rannte ihr Aarons Gestalt davon, befand sich bereits mindestens hundertfünfzig Schritte entfernt und zeichnete sich nur noch als dunkler Schemen vor dem grüngelben Gras ab.

Dann verschwand er hinter einer Erhebung im Gelände und geriet plötzlich außer Sicht.

Kara preschte weiter, ohne den Lauf zu verlangsamen. Ihre Beine wurden müde, ihre Brust schmerzte. Sie konnte nur an Adder und Tim denken, an Dylan, der bewusstlos zusammengesackt war. An Carters Verrat. Aaron und sie würden nach Muld zurückkehren, Bryce und einige der Rüden holen und dann wieder herkommen müssen, um die anderen zu retten. Sofern sie bis dahin noch lebten.

Dann schoss plötzlich vor ihr eine Gestalt empor, eine Faust flog heran und landete mit betäubender Wucht mitten in ihrem Gesicht.

Ihr letzter Gedanke, bevor sie mit dem Rücken auf dem Boden landete und von Dunkelheit umfangen wurde, war, dass sie die Kundschafter der Vollstrecker vergessen hatten.

***

Abrupt erwachte sie und schrie vor Schmerz auf, als ihr die Hände hinter dem Rücken gefesselt wurden und das Seil tief ins Fleisch schnitt. Ein Knebel in ihrem Mund dämpfte den Schrei. Er schmeckte nach jemandes Schweiß; salzig und widerlich. Sobald der Knoten festgezogen war, packten sie Hände von hinten am Hemd und hievten sie in sitzende Position.

Sie blinzelte, während ein Pochen durch ihren Kopf pulsierte. Auch ihr geschwollener Kiefer schmerzte. Die Sonne hatte sich nicht weiterbewegt. Dylan lag immer noch schlaff über der Stirnwand, der Fahrer des Wagens über ihm stehend. Adder lag ausgestreckt da, und Karas Herz setzte vor Grauen einen Schlag aus, bis sich einer der Vollstrecker rittlings auf seinen Körper kauerte, die beiden schlaffen Arme packte und sie so zu fesseln begann wie die von Kara. Was die Vollstrecker nicht tun würden, wenn er tot wäre. Adder rührte sich nicht. Hinter ihm kniete Tim vornübergebeugt. Blut troff von seinem Mund, die blond-braunen Haare hingen ihm strähnig ins Gesicht. Auch vorne an seinem Hemd prangte eine Menge Blut, und ein Streifen baumelte herab, wo ihn jemand geschnitten hatte. Er spuckte aus, bevor er den Kopf hob und Karas Blick begegnete.

»Aber ich habe euch gewarnt!« Carter wurde vor Kara zu Boden geworfen. »Ich bin geblieben! Ich wollte mich euch anschließen!«

Ein Vollstrecker stemmte ein Knie auf seinen Rücken, und Carter konnte nicht mehr atmen. Fuchtelnd setzte er sich zur Wehr, bis ein anderer Vollstrecker – der Hauptmann – seine Hände packte und mit einigen flinken Bewegungen fesselte. Dann rollten sie ihn herum und setzten ihn neben Aaron. Der junge Mulder saß nach vorn gebeugt und wirkte abwesend.

Iscivius, Irmona und Okata traten in Sicht. Dreck befleckte ihre weißen Mäntel, dennoch waren sie im hellen Sonnenschein geradezu schmerzhaft grell anzusehen. Oder vielleicht war auch nur Karas Sicht von dem Faustschlag ins Gesicht getrübt. Sie fragte sich, wo die beiden anderen Weißmäntel steckten.

Iscivius trat an Adders Seite und stupste ihn mit dem Fuß,

dann kniete er sich neben den Körper, der in keiner Weise reagierte. Er rollte ihn auf die Seite und schlug dem Rüden mehrmals ins Gesicht, ehe er ihn zurückfallen ließ und aufstand. Dann zeigte der Weißmantel auf Tim. »Tötet ihn.«

Karas Augen weiteten sich, als einer der Vollstrecker mit gezückter Klinge vortrat. Sie schrie »Nein!« durch den Knebel, als der Gardist Tims Kopf an den Haaren zurückzog und ihm mit einer flinken Bewegung die Kehle aufschlitzte. Blut spritzte in hohem Bogen hinaus auf die staubige Straße. Tims Augen wurden vor Schreck groß, während er röchelte und gurgelte. Dann stieß ihn der Vollstrecker nach vorn. Sein Körper sackte neben Adder auf den Steinboden, zuckte noch einmal und lag still.

Kara schluckte den Drang hinunter zu schluchzen. Die Anstrengung ließ ihre Brust anschwellen. Sie wollte schreien, wollte das Schluchzen ihren Körper durchschütteln lassen, als in ihr das aufgestaute Grauen all dessen, was sich in Erenthrall ereignet hatte, einen Siedepunkt erreichte. Aber stattdessen biss sie auf den Knebel, atmete heftig durch die Nase aus und bündelte ihre Wut, ihren Zorn auf Iscivius, als er vortrat. Tims Blut hatte seinen Mantel bespritzt, doch er schien es nicht bemerkt zu haben. Seine Aufmerksamkeit galt ausschließlich Kara.

Er sank auf ein Knie, wodurch er sich auf Augenhöhe mit ihr befand. »Ihr hättet nicht versuchen sollen zu fliehen. Und die da hätten nicht versuchen sollen zu kämpfen.« Er deutete auf Tim und Adder. »Kein Lumagus kann so kämpfen. Ich hatte schon vermutet, dass sie Rüden sind, konnte es aber nicht beweisen. Jetzt haben sie sich verraten.«

Er zeigte auf den bewusstlosen Adder. »Tötet ihn.«

Kara verbiss sich den Aufschrei der Frustration, der aus ihr explodieren wollte, so heftig, dass sie ihre Zunge erwischte. Der salzige Geschmack von Blut flutete ihren Mund, als sich zwei Vollstrecker näherten, je einen Arm des Rüden packten und ihn hochzogen. Derselbe Mann, der Tim getötet hatte, krallte die Finger in Adders Haar und riss seinen Kopf zurück. Er hob das noch von Tims Blut verschmierte Messer und setzte es an der Kehle des älteren Rüden an.

»Iscivius! Iscivius, da kommt jemand!«

Abrupt richtete sich Iscivius auf und drehte sich in Richtung des vordersten Wagens, wo einer der anderen Weißmäntel stand und nach Süden zeigte. »Wer?«

»Es ist der Sohn.«

»Wie lange haben wir noch?«

»Nicht lange. Die Gruppe bewegt sich schnell. Wie es aussieht, sind der Sohn und eine kleine Eskorte der restlichen Streitmacht vorausgeeilt.«

Iscivius sah sich um. Sein Blick fiel auf Adder. »Lasst ihn los. Jetzt werden wir ihn dem Sohn überlassen müssen.«

Okata stand nur teilnahmslos abseits, als Iscivius den Vollstreckern mit einem Zeichen zu verstehen gab, sie sollten Tims Leiche beseitigen. Als sie den Körper des jüngeren Rüden wegschleiften, sprachen Iscivius, Irmona und Okata miteinander, allerdings mit zu leisen Stimmen, um sie zu verstehen. Dann warnte sie der Weißmantel aus dem vordersten Wagen, dass die Ankunft des Sohns unmittelbar bevorstand. Iscivius und die anderen Weißmäntel bewegten sich zusammen mit dem Hauptmann der Vollstrecker zur anderen Seite des Wagens.

Adder war immer noch bewusstlos. Der Mann, der Tim getötet hatte, stand über ihm, nach wie vor mit gezücktem Messer.

Mittlerweile hatte sich Karas Knebel mit Speichel vollgesogen, und sie bemerkte, dass er sich gelockert hatte. Sie bewegte den Kiefer, und es gelang ihr, den Knebel auszuspucken. »Wer ist dieser Sohn, vor dem ihr euch so fürchtet?«

Der Blick des Mannes schnellte zu ihr.

Kara schaute zum Rest der Vollstrecker. »Also, wer ist er? Was hat er getan, dass ihr ihn so fürchtet? Warum hassen ihn die Weißmäntel?«

411

»Das wirst du gleich schon sehen«, murmelte jemand.

»Ruhe!« Tims Henker unterband, dass noch jemand etwas zu sagen wagte, dann wischte er mit dem Ärmel das Blut von seinem Messer.

Kara drehte sich Aaron und Carter zu. »Was ist mit euch? Habt ihr je von diesem Sohn gehört? Oder von diesem Vater?«

Carter senkte den Blick, die Schultern trotzig angespannt. Aber er schaute nicht schnell genug weg, dass Kara das Aufflackern von Zweifeln in seinen Zügen entging. Er zerrte an den Fesseln seiner Hände, während sich die Muskeln in seiner Kieferpartie verkrampften.

»Ich habe von beiden noch nie gehört«, ergriff Aaron das Wort.

Einer der Vollstrecker trat vor und hieb ihm über den Hinterkopf. Der Mulder zischte vor Schmerz und krümmte sich vorwärts, doch dann erblickte er die Blutlache, die in den Boden sickerte, wo Tim gefallen war. Vorsichtig, mit steifem Rücken und starrer Haltung, richtete er sich auf. Stoischer Trotz als Kontrast zu Carters Schmollmiene.

Auf der anderen Seite des Wagens wurde das donnernde Klappern von Hufen lauter, dann verstummte es, als die Pferde anhielten. Kara konnte nichts sehen und wagte nicht, sich zu rühren, zumal die Vollstrecker sie so eingehend beobachteten, vor allem Tims Mörder. Aber sie hörte, wie Stiefel schwer auf dem Boden landeten, als die soeben eingetroffenen Männer abstiegen. Geschirr klirrte, eines der Pferde schnaubte.

»Was habt ihr in Erenthrall gefunden?«

Kara versteifte den Körper. Iscivius antwortete, doch seine Worte gingen im Tosen des laut durch Karas Ohren rauschenden Blutes unter. Aaron warf ihr einen fragenden Blick zu. Sie wusste, dass ihr Gesicht kreidebleich vor Entsetzen sein mussten, aber sie konnte keine Worte hervorpressen. Dafür fühlte sich ihre Kehle wie zugeschnürt an. Das konnte nicht sein!

Iscivius, Irmona und Okata näherten sich von der Seite des

Wagens, gefolgt von Vollstreckern und einem anderen Mann, der den Kopf leicht weggedreht hatte, weil er mit den Weißmänteln sprach. Er war wie sie in grelles Weiß gekleidet und genauso staubig wie sie, wenngleich nicht blutverschmiert.

Als er um die Ecke des Wagens bog, drehte er sich um und erblickte Kara. Unvermittelt erstarrte er, und was immer er gerade gesagt hatte, brach mitten im Satz ab.

»Kara?« Dann lachte er. Der Laut wurde von Ungläubigkeit erstickt, als er sich mit einer Hand durch das dichte, zerzauste braun-blonde Haar fuhr. Er zögerte. Die anderen Weißmäntel starrten ihn verwirrt an. Er schien es nicht zu bemerken. Stattdessen beugte er sich ihr entgegen, stimmte erneut ein Lachen an und fragte schließlich: »Bist das wirklich du?«

Durch so fest zusammengebissene Zähne, dass es im Kiefer schmerzte, presste Kara hervor: »Marcus.«

SIEBZEHN

Marcus schrak vor ihr zurück. Die Vollstrecker um ihn herum spannten sich an, und der Mann, der Tim getötet hatte, trat vor, bis Iscivius ihn mit einer Handbewegung innehalten ließ. Marcus schien von all dem nichts mitzubekommen, weil seine Aufmerksamkeit allein Kara galt. Nach dem ursprünglichen Schritt zurück erstarrte er und ließ die Hände an den Seiten sinken.

»Kara?« Immer noch färbte Hoffnung seine Stimme, wenngleich sie eigenartig tonlos geworden war.

Nichts davon minderte Karas rasende Wut.

»Du warst es, nicht wahr? Du warst derjenige, der die Ausfälle der Ley verursacht hat. Du warst derjenige, der den Nexus manipuliert hat. Alles für die Kormanley? Du hast Erenthrall zerstört. Du hast *alles* zerstört!«

»Ich wusste, du würdest es nicht verstehen. Deshalb habe ich dir nie etwas davon erzählt.« Er bemerkte die Anspannung der Gardisten, der anderen Weißmäntel und sogar den Zorn der restlichen Gefangenen. Und die Lache der roten Flüssigkeit, die in die Erde sickerte, wo Tim verblutet war, doch sein Blick kehrte zu Kara zurück. »Du verstehst es nicht. Aber das wirst du noch.«

Dann deutete er auf das Blut am Boden. »Was ist passiert?«

»Sie wollten fliehen. Zwei von ihnen haben unsere Vollstrecker angegriffen, während die anderen versucht haben, auf die Ebenen zu entkommen. Unsere Kundschafter haben sie aufgehalten.«

»Nicht alle von uns haben zu fliehen versucht«, warf Carter

mürrisch ein. »Ich habe euch gewarnt. Vielleicht wären sie sogar entkommen, wenn ich nicht gewesen wäre.«

Iscivius bedachte den jungen Lumagus mit einem abfälligen Blick. »Unsere Kundschafter hätten sie so oder so gefunden.«

Marcus schenkte dem Wortwechsel keine Beachtung. »Was also ist passiert? Wurde einer von ihnen während des Angriffs getötet?«

»Nein, wir haben ihn danach getötet. Er war kein Lumagus. Dafür hat er zu gut gekämpft.«

Marcus ballte die Hände zu Fäusten. »Das könnt ihr nicht gewusst haben. Nicht alle Lumagier sind wie wir. Manche wissen durchaus, wie man mit Waffen umgeht. Habt ihr Chekla schon vergessen? Sie hatte keine Ahnung, dass sie die Ley beeinflussen konnte, weil die Menschen im Archipel nicht getestet werden. Und doch sagt Lecrucius, dass in ihr sogar mehr Talent geschlummert hat als in dir. Wir brauchen jeden Lumagus, den wir finden können.«

»Er war kein Lumagus.«

»Das werden wir jetzt nie erfahren, oder?« Marcus ließ den Blick über Kara und die anderen wandern. »Waren das die Einzigen, die in Erenthrall zu finden waren? Ich dachte, es wären mehr.«

Irmona trat vor. »Waren es auch. Die Unterirdischen haben zwölf von ihnen zum Treffpunkt gebracht. Iscivius hat einen ihrer Bogenschützen töten lassen, der zweite ist nur verwundet worden. Wir hätten sie alle bekommen, wenn diese verfluchten Halbwölfe nicht in dem Moment angegriffen hätten. Auf dem gesamten Platz ist heilloses Chaos ausgebrochen. Wir mussten die Ley heraufbeschwören, um uns die Halbwölfe vom Leib zu halten. Aber davor sind sie über unsere Vollstrecker hergefallen. Fünf der Leute, die uns die Unterirdischen gebracht haben, sind mit einem unserer Wagen entkommen. Es ist uns gelungen, die hier zu überwältigen und die Halbwölfe zu vertreiben.«

Marcus betrachtete den Rest der Gruppe, die zu Kara gehörte. »Welche dieser Leute sind abgesehen von ihr Lumagier?«

»Der Mann im Wagen namens Dylan und der Verräter, dieser Carter.«

Carter richtete den Blick auf Marcus. »Ich will mich euch anschließen. Ich will ein Weißmantel werden.«

Marcus trat näher, bis er über ihm aufragte. »Warum?«

»Weil bei meinen Leuten niemand auf mich hört. Sie lassen mich nichts tun. Es dreht sich alles immer nur um sie.« Mit vorgestrecktem Kinn deutete er in Karas Richtung. »Ich bin besser als sie, aber sie räumen niemandem die Gelegenheit ein, irgendetwas zu tun.«

Marcus zog die Augenbrauen hoch. »Besser als sie? Bist du sicher?«

Carter richtete den Blick zu Boden. Er sammelte sich, dann hob er den Kopf und verengte die Augen zu Schlitzen. Sein Gesichtsausdruck wurde hart. »Ich weiß, dass ich besser als sie sein kann. Man muss mir nur eine Chance geben.«

Kara fand nicht, dass man ihn in Muld oder bei dem Unterfangen in Erenthrall übergangen hatte, doch offensichtlich hatte Carter das anders gesehen. Verbitterung mischte sich in den Schmerz in seinen Augen, als er zu Marcus empor starrte.

Die Szene erstarrte einen unangenehmen Herzschlag lang. Die Vollstrecker verlagerten unbehaglich das Gewicht von einem Bein aufs andere. Irmona und Okata wechselten einen Blick. Iscivius versteifte pikiert seinen Körper.

Schließlich streckte Marcus die Hand aus. Zuerst zuckte der junge Lumagus zu seinen Füßen zurück, als fürchte er, von Marcus geschlagen zu werden, aber als Marcus nur mit ausgestrecktem Arm die flache Hand vor ihn hielt, bewegte sich Carter zurück nach vorn.

Marcus legte die Hand auf den Kopf des Lumagus. »Durch mich, seinen Sohn, nimmt der Vater die Worte dieses jungen

Mannes an. Er wird bei unserer Rückkehr vom Vater beurteilt.« Damit ließ er die Hand sinken und wandte sich an Iscivius. »Nehmt ihm die Fesseln ab. Bis Vater Gelegenheit hatte, mit ihm zu sprechen, gilt er vorläufig als einer von uns.«

Iscivius holte tief Luft, als wolle er widersprechen, aber Irmona räusperte sich hinter ihm, und nach einem kurzen Zögern winkte er den Vollstrecker vorwärts, der Tim getötet hatte. Der Gardist trat hinter Carter und durchschnitt das Seil um seine Handgelenke. »Was ist mit den anderen?«

Marcus sah Kara unverhohlen an. »Lasst sie gefesselt. Ladet sie hinten auf die Wagen und schließt euch mit unserer Gruppe zusammen. Lasst sie ständig bewachen.«

»Wohin reisen wir?«

»Zurück zur Nadel. Die jüngsten Beben im Norden haben die Ley-Linien erneut verlagert. Aus Norden kommen ein paar neue, stärkere Linien herunter, die wir vielleicht zu unserem Vorteil nutzen können. Wir müssen mit Vater beratschlagen.«

Iscivius zeigte auf den Gardisten, der Tim ermordet hatte. »Riley, schaff sie in den Wagen. Dann sicherst du ihn. Ich will ständig ein halbes Dutzend Vollstrecker um sie haben. Sobald ihr bereit seid …«

Abrupt verstummte er. Seine Augen weiteten sich, er wirbelte nach Südosten herum und hob die Hände, als wolle er einen Angriff abwehren. Die gesamte Gruppe erstarrte mitten in der Bewegung. Die Vollstrecker wirkten hoffnungslos verwirrt. Aaron sog scharf die Luft ein. Rileys Hand schnellte zu seinem Schwert.

Dann spürte es Kara. Ihre Haut kribbelte, als wuselten Tausende Ameisen darüber. Nur kribbelten diese Ameisen nicht auf ihrer Haut, sie brodelten darunter. Ihr Kopf drehte sich jäh nach Südosten. Gleichzeitig fuhr ihr ein stechender Schmerz wie ein Speer in den Schädel, genau zwischen die Augen. Sie stöhnte, und ihr Mund klappte auf, als sie sich nach vorn krümmte. Jemand in ihrer Nähe – Okata, glaubte sie – schrie auf und brach auf den Boden zusammen. Sie konnte sehen, wie er sich auf der Erde hin und her warf, während er etwas in seiner Muttersprache brüllte, dann jedoch blendete sie ein grelles Gleißen gelblichen Lichts. Ihre Stirn berührte den Boden, aber der Druck ließ nicht nach, drang schmerzhaft in ihre Ohren. Eines der Pferde wieherte kreischend, schrill und panisch.

»Was ist los?« Riley – der unmittelbar neben Kara stand – klang, als befände er sich tausend Schritte weit weg, gedämpft und fern. »Was passiert gerade?«

Kara presste die Stirn in die Erde, versuchte krampfhaft, dem Schmerz ein Ende zu bereiten. Kies bohrte sich in ihre Haut, ein scharfkantiger Schein schnitt ihr ins Fleisch. Dieser Schmerz jedoch fühlte sich im Vergleich zu dem weißglühenden Schürhaken in ihrem Schädel wie ein kühler Lufthauch an. Die Qualen bohrten sich tiefer, immer tiefer …

Und dann verpufften sie so abrupt, wie Rileys Messer Tims Kehle aufgeschlitzt hatte.

Kara brach zusammen. Etwas Warmes lief ihr über die Stirn. Etwas anderes kroch über ihre Wange und tropfte von ihrem Nasenrücken. Sie wusste, dass es sich um Blut handelte – ihr eigenes Blut. Rings um sie wurde gestöhnt. Es dauerte einen Augenblick, bis sie erkannte, dass sich darunter auch ihre Stimme befand. Ihre Brust schmerzte. Ihr Schädel fühlte sich hohl an. Aber das Gefühl von unter ihrer Haut wuselnden Ameisen hatte sich ebenso jäh gelegt, wie der Schürhaken aus ihrem Kopf verschwunden war. Alles hallte mit einem stumpfen Gefühl von Vertrautheit in ihrem Körper nach, als hätte sie etwas Ähnliches schon einmal erlebt: Eine rasant anschwellende Empfindung, die abrupt endete.

Nur war das, was sie schon einmal erlebt hatte, nichts Körperliches gewesen. Sondern ein Geräusch.

Sie rollte sich zurück auf die Stirn und die Knie, dann richtete sie sich mühsam auf. Überall um sie herum lagen Lumagier in verschiedenen Stadien von Schmerz oder Erholung auf dem Boden – Okata anscheinend bewusstlos, Irmona auf dem Rücken und in den Himmel starrend. Carter mühte sich gerade auf die Beine, während Iscivius mit kerzengeradem Rücken auf den Knien kauerte. Von den Weißmänteln stand nur Marcus noch aufrecht und starrte nach Südosten. Die Vollstrecker hingegen zeigten sich unbeeinträchtigt. Riley hatte sich schützend an Marcus' Seite gestellt.

Kara erfasste all das mit einem schnellen Blick, bevor ihre Aufmerksamkeit in die Richtung schwenkte, in die Marcus und Iscivius starrten.

Nämlich zu dem grellen Licht, das über Tumbor schwebte.

Jenes Licht hatte sich zu einem in den Augen schmerzenden Weiß gesteigert, das Kara zwang, sofort wieder wegzuschauen, sobald sie direkt hinsah. Sie blinzelte. Das Bild hatte sich in ihre Sicht gebrannt.

Dann nahm sie mit nach wie vor abgewandtem Gesicht das Auflodern wahr. Der Impuls badete den Boden um sie herum, während in der Umgebung eine gespenstische Stille herrschte, genau wie damals in Erenthrall, als sich die Verkrümmung entfaltet hatte. Ihre Haut kribbelte vor dem Grauen der Erinnerung – das Knurren der Halbwölfe, die auf sie und Allan, Artras und den Rest zustürmten, die Hilflosigkeit angesichts ihrer eigenen Erschöpfung, die Angst, in der Verkrümmung eingeschlossen zu werden. All das fegte durch sie hindurch, während das weiße Lodern die Welt jeglicher Farben beraubte. Dann jedoch erstarb es, und ihre Aufmerksamkeit schwenkte zurück in Richtung Tumbor.

Das weiße Licht, das seit der Zersplitterung wie eine winzige, vibrierende Sonne über der Stadt geschwebt hatte, schrumpfte zu einem Nichts zusammen, hielt kurz inne und explodierte dann plötzlich zu einer gewaltigen Umhüllung lebendiger Farben. Ranken aus Gold, feurigem Rot und sattem Purpur streckten sich nach außen, strebten dem Himmel und der Erde gleichzeitig entgegen, ein tosender Strudel erlesener Schönheit. Die Verkrümmung wuchs und wuchs, schwoll größer an als jene, die Erenthrall verschlungen hatte. Natürlich war sie größer. In Tumbor gab es niemanden, der versuchte, der Entfaltung Einhalt zu gebieten, keine Lumagier, die sich bemühten, sie zu bändigen – sie zu reparieren –, wie es Kara, Artras, Dylan und Nathen in Erenthrall getan hatten. Dieser Verkrümmung setzte niemand etwas entgegen.

Sie verhüllte den Horizont, raste auf sie zu. Alle standen still. Aber als der rasende Vormarsch der Erscheinung nicht nach einigen Atemzügen endete, wichen einige der Vollstrecker unwillkürlich zurück. Einer der Gardisten drehte sich Marcus zu und fragte: »Wird es anhalten? Oder sollen wir fliehen?«

»Wohin würdest du denn fliehen wollen?«

Aber schließlich wurde die Verkrümmung langsamer und kam zum Stillstand. Ein Lichtimpuls flutete durch die gezackten Blitze, die zwischen den dicken, bunten Bändern der Ranken verliefen, und dann erstarrte die Erscheinung. Eine Kugel zehnmal so breit wie jene in Erenthrall. Kara schauderte beim Gedanken daran, wie viel Land, wie viele Menschen sie erfasst haben musste. Mit Sicherheit jeden, der in Tumbor geblieben war, so viel stand fest. Die Verkrümmung musste die Stadt innerhalb von Lidschlägen verschlungen haben. Sie konnte sich zwar nicht vorstellen, warum irgendjemand hätte bleiben wollen, nachdem man gesehen hatte, was Erenthrall widerfahren war. Aber sie wusste, dass nach dem ersten Schrecken der Zersplitterung, nach dem Überleben des Winters die Menschen nach und nach zu den vertrauten Straßen und Gebäuden zurückkehren würden. Das pulsierende weiße Licht, das drohend über ihnen schwebte, würde seinen Schrecken mit der Zeit verloren haben. Sie würden sich eingeredet haben, dass die Gefahr gebannt sei, dass sich die Verkrümmung inzwischen längst entfaltet hätte, wenn sie sich überhaupt je entfalten würde. Und einige würde schiere Verzweiflung in die Stadt getrieben haben, ungeachtet aller Gefahr.

Sie alle saßen nun in den gesplitterten Scherben der Verkrümmung fest. Gefangen wie Insekten in Bernstein.

Kara rappelte sich auf die Beine und zuckte zusammen, als Schmerzen durch die Stelle ihres Schädels schossen, die sie zuvor in den Boden gepresst hatte. Einen Moment lang drehte sich die Welt, dann festigte sie sich. Klebriges Blut, vermischt mit Kies vom Boden, beschichtete ihre Stirn, doch da ihre Hände nach wie vor hinter dem Rücken gefesselt waren, konnte Kara den Dreck nicht wegwischen.

Als sie wieder klar sehen konnte, erblickte sie Riley zwischen ihr und Marcus mit einem Messer in der Hand. »Ich kann kaum aufrecht stehen, und du denkst, ich will jemanden angreifen?«

Er setzte zu einer Erwiderung an, aber Marcus legte ihm eine Hand auf die Schulter und hielt ihn davon ab. »Tu, was Iscivius vor der Entfaltung befohlen hat. Ich bezweifle, dass im Augenblick irgendein Lumagier in der Lage ist, Widerstand zu leisten.«

Die Vollstrecker luden Aaron und Adder in den Wagen, in dem Dylans Körper immer noch zusammengesunken lag. Carter beachteten sie nicht weiter, außer um ihn beiseite zu drängen, als drei von ihnen Adders schlaffe Gestalt auf die Ladefläche hievten. Zwei andere zogen Dylan von der Stirnwand. Als sie ihn fallen ließen und sein Kopf gegen eine der Kisten schlug, schrie Aaron empört auf und sprang vor, um sich schützend über den Lumagus zu kauern.

»Geht es dir gut?«

»Dich scheint die Entfaltung nicht beeinträchtigt zu haben, Marcus. Woran liegt das?«

»Es hat sich angefühlt, als würde sich mein gesamter Körper verkrampfen. Meine Muskeln waren so angespannt, dass ich mich nicht bewegen konnte. Ich war gelähmt. Das ist der einzige Grund, warum ich nicht umgekippt oder zusammengebrochen bin wie der Rest von euch. Bei der Entfaltung der Verkrümmung über Erenthrall habe ich nicht so reagiert.«

Ein Schwächegefühl flutete durch Kara. Sie wusste nicht, ob es an den Auswirkungen der Verkrümmung lag oder ob es seine Ursache in dem schieren Überdruss hatte, den Marcus in ihrem Gemüt bewirkte. »Das hat keiner von uns. Aber Tumbors Verkrümmung war bedeutend größer.«

»Das könnte der Grund sein.« Er starrte in die Ferne, wo die orange-rot-purpurne Kugel einen beträchtlichen Teil ihrer Sicht auf den Süden versperrte.

»Man braucht sie sich nur anzusehen! Sie ist zehnmal so groß wie die in Erenthrall!«

»Kein Grund, sich aufzuregen. Ich denke bloß laut nach.« Er deutete mit einer ausladenden Geste in Richtung der Verkrümmung. »Sie ist weiter weg, als es wirkt. Auf den Ebenen kann der Eindruck von Entfernungen täuschen.«

»Und du denkst, das macht einen Unterschied? Sie hat alles verschluckt, was von Tumbor übrig ist. Und sie muss sich zehn Meilen oder mehr in jede Richtung außerhalb der Stadt erstrecken. Wenn das in Tumbor geschehen ist, nachdem die Verkrümmung ganze sechs Monate damit gewartet hat, sich zu entfalten, was wird dann erst in Farrade passieren? Oder in den Städten im Norden?« Kara taumelte, und Marcus streckte die Hand aus, um sie zu stützen, ohne darüber nachzudenken. »Bei den Göttern, Marcus. Wir kommen nicht mal dahinter, wie wir die Verkrümmung in Erenthrall reparieren können. Wie sollen wir da erst die in Tumbor beheben?«

Marcus' Züge wurden abrupt ausdruckslos. »Vater wird einen Weg finden.«

Kara starrte ihn an, dann zog sie den Arm aus seinem Griff, obwohl sie sich immer noch schwach fühlte. Sie wich einen

Schritt zurück. »Was ist mit dir passiert, Marcus? In Erenthrall warst du nicht so verblendet.«

»Du meinst damals vor der Säuberung? Bevor der Baron Ischua getötet und all die angeblichen Kormanley-Aufständischen auf den Marktplätzen überall in der Stadt hat hinrichten lassen?« Bei der Erwähnung Ischuas zuckte Kara zusammen. Marcus bemerkte es und musste sichtlich an sich halten. »*Ich* bin nicht derjenige, der verblendet wegen dem ist, was in Erenthrall passierte. Seit der Säuberung bin ich nicht mehr verblendet.«

»Seit Dierdre, meinst du wohl.«

»Seit Dierdre, ja. Seit sie mir zeigte, was in Erenthrall mit dem Baron und den Ober-Lumagiern wirklich vor sich gegangen ist und wie sie uns alle mit der Ley manipuliert haben.«

»Ich bin sicher, sie hat dir mehr als nur das gezeigt.«

Marcus erwiderte nichts. Stattdessen wirbelte er herum und stapfte davon. »Iscivius! Sind wir schon bereit zum Aufbruch?«

Einer der Vollstrecker trat an Karas Seite und beorderte sie mit einem Fingerschnippen zu dem Wagen, in dem Aaron, Adder und Dylan bereits warteten, alle außer Aaron nach wie vor besinnungslos. Kara ließ zu, dass sie auf die Ladefläche zu Aaron gehoben wurde, der neben Adders Körper kniete.

»Wie geht es ihm?«

»Er ist völlig weggetreten. Wahrscheinlich hat er eine Gehirnerschütterung.«

Kara drehte Adders Kopf zur Seite, bis sie die Stelle blutiger Haare fand, an der er getroffen worden war. Eine große Beule war knapp unter der Schädelbasis angeschwollen, die Haut war aufgeplatzt. Wären sie in Muld gewesen, hätte Logan die Wunde wahrscheinlich genäht, aber hier konnte Kara nichts unternehmen.

Sie ließ den Kopf zurückrollen, dann stützte sie sich ab, als sich der Wagen ruckelnd in Bewegung setzte. Die Weißmäntel brüllten durcheinander, die Vollstrecker verteilten sich, wenngleich ein rascher Blick ihr bestätigte, dass Iscivius doppelt so viele Aufpasser wie zuvor im Wagen gelassen hatte. Weiter vorn entlang des Weges warteten die Reiter, die Marcus begleitet hatten. Marcus selbst ritt dem Wagen voraus, um zu seinen Leuten zurückzukehren.

Als sich Kara zurücklehnte, fiel ihr Aarons aschfahles Gesicht auf.

»Wie geht es dir?«

Aaron öffnete und schloss mehrmals den Mund, bevor Worte herausdrangen. »Es ist alles so schnell gegangen. Der Kampf, die Flucht, Carter und dann Tim …«

Sie gestattete Aaron, sich an sie zu lehnen, um Trost bei ihr zu suchen, bis er sich von selbst zurückzog.

Er starrte Carter an. »Wie konnte er das nur tun? Wie konnte er sich nach allem, was in Erenthrall passiert ist, gegen uns wenden?«

»Er hat getan, was er geglaubt hat, tun zu müssen.«

»Er ist schuld an Tims Tod.«

»Ja, das ist er.«

»Und fast auch an Adders. Wenn die Weißmäntel nicht unterbrochen worden wären …«

Kara stupste ihn, zwang ihn dadurch, die Aufmerksamkeit auf sie zu richten. »Ja, und er wird damit leben müssen. Du musst dich auf uns konzentrieren, nicht auf ihn. Er hat seine Wahl getroffen. Also, was ist jetzt mit Dylan?«

»Er ist besser dran als Adder. Ihn haben sie nicht so hart geschlagen.« Durch den Scheitel in Dylans Haar konnten sie die Schwellung sehen, wo er getroffen worden war. Bei ihm saß sie höher und auf einer Seite, außerdem war die Haut nicht aufgeplatzt. Aber die Beule hatte sich in einer zornigen Mischung aus Rot und Purpur verfärbt.

Kara untersuchte die Wunde, als Aaron wieder gegen die Kisten im Wagen zurücksank. Dann besah sie Adder und Dylan von Kopf bis Fuß, so gut es in immer noch gefesseltem Zustand ging. Abgesehen von einigen Platzwunden und Kratzern, die Adder von dem Kampf davongetragen hatte, und Dylans Knie schienen beide in vergleichsweise guter Verfassung zu sein.

Kara lehnte sich ebenfalls zurück. Der Wagen holperte unter ihr, als sie den Weg die Straße entlang in Richtung der Nadel fortsetzten. Ihre Gedanken trieben umher und kehrten zu Tim zurück, zu dem nackten Grauen des Anblicks, wie ihm vor ihren Augen die Kehle aufgeschlitzt worden war. Was hatten sie mit seinem Leichnam gemacht? Ihn einfach am Straßenrand zurückgelassen?

»Ist er es wirklich?«

Kara brauchte einen Augenblick, um zu begreifen, dass Aaron gesprochen hatte, und dann wusste sie zunächst nicht, wen er meinte.

»Ist dieser Mann wirklich Marcus? Derjenige, von dem es heißt, er habe die Zersplitterung verursacht?«

Einen ausgedehnten Herzschlag lang konnte Kara nicht antworten, weil ihr die brodelnde Masse der Emotionen, die der Name heraufbeschwor, die Brust zuschnürte.

Schließlich jedoch erwiderte sie: »Ja. Er ist es wirklich.«

* * *

Cory humpelte gerade auf den Eingang der Höhlen zu, als er spürte, wie die Welt um ihn herum erschauderte. Es fühlte sich wie ein heftiger Windstoß aus dem Süden an, der als Welle durch die Realität fegte. Nur bog er nicht die Äste der Bäume oder brachte auch nur die Blätter zum Flattern. Und doch drückte er Corys Brust zusammen. Er schnappte nach Luft und stützte sein Gewicht auf den behelfsmäßigen Krückstock, den er seit zwei Tagen benutzte, obwohl er ihn nicht wirklich brauchte – sein Fußgelenk war bereits wieder fast vollkommen heil.

Von den Leuten, die am Eingang zur Höhle emsig arbeiteten, ließ niemand eine Reaktion auf den seltsamen Schauder erkennen. Sie schleppten weiter Vorräte von den Wagen in die Kammern und Tunnel – laut Sophia die letzten Vorräte. Übrig war jetzt nur noch, was es auf den Feldern zu ernten galt.

Sofern ihnen dafür genug Zeit bleiben würde.

Cory hatte gerade entschieden, dass der Schauder lediglich eine Nachwirkung seiner Verletzung gewesen sein musste – ein Anflug eines Schwindelgefühls vor Überanstrengung –, als Paul plötzlich aus dem Eingang der Höhle gestürmt kam. »Wo ist Logan?«

Jemand antwortete, und die Gesichtszüge des betagten Ratsherrn von Muld verfinsterten sich in seiner Panik. »Lass den Sack fallen und renn ins Dorf! Schleif Logan hierher, wenn es sein muss. Sag ihm, irgendetwas ist mit den Lumagiern passiert!«

Cory eilte vorwärts. Kurz danach erreichte er die Öffnung der Höhle. Mittlerweile war Paul von wild drauflosplappernden Dorfbewohnern umgeben. Der Ratsherr hatte die Hände erhoben, um alle zurückzuhalten, dann winkte er Cory zu sich. Cory drängte sich durch die Umstehenden an seine Seite.

»Geht alle zurück an die Arbeit. Ihr habt Bryces letzten Bericht gehört. Die Plünderer wurden zuletzt vor drei Tagen gesichtet, seither haben wir sie nicht mehr gesehen. Wir müssen die Höhlen sofort sichern!«

Die Leute murrten zwar, aber die meisten begannen, wieder Säcke und Fässer zu schleppen.

Paul beobachtete sie, bis er sich davon überzeugt hatte, dass sie weiterarbeiteten, dann richtete er seine Aufmerksamkeit auf Cory. »Komm mit. Die meisten sind in der Hauptkammer mit den Stelen ...«

Jäh verstummte er, als über ihnen ein Licht wie ein Blitz aufflammte. Nur befand sich am Himmel kein einziges Wölkchen, und das Licht loderte greller und länger als ein Blitz, bevor es verblasste. Alle schauten auf, ein paar schirmten die Augen ab, als sie die Blicke suchend über das Firmament wandern ließen, auch Paul.

»Was bei allen Flammen der Höllen war das?«

»Ich weiß es nicht.« Allerdings fiel Cory nur eins ein, was ein solch grelles Auflodern von Licht hervorzubringen vermochte. »Ich gehe der Sache später auf den Grund, sofern es Bryce und Hernande bis dahin noch nicht getan haben. Was ist jetzt mit den Lumagiern passiert?«

Paul ließ die Hand sinken. »Richtig. Die Lumagier. Was immer es war, es hat nicht alle auf dieselbe Weise beeinträchtigt.« Zusammen betraten sie die Höhle, und Paul führte Cory auf die tiefergelegenen Kammern zu. »Zwei sind einfach ohnmächtig geworden und wie Säcke voll Steinen auf den Höhlenboden geknallt. Raven hat sich den Bauch gehalten, als wäre sie geschlagen worden, dann musste sie sich übergeben. Mareane und ein anderer sind mit einer Art Anfall zusammengebrochen.«

»Hat es nur die Lumagier betroffen?«

»Einer der Universitätsstudenten hat gemeint, ihm wäre übel. Aber die anderen in der Kammer haben nur erschrocken ausgesehen. Ich dachte, es läge an dem, was mit den Lumagiern passiert war.«

Sie eilten durch den Durchgang in die Hauptkammer. Die Stelen präsentierten sich unverändert, das weiße Licht der Ley blubberte nach wie vor aus dem Steinboden. Was immer geschehen sein mochte, auf die Ley hier unten hatte es sich nicht auf erkennbare Weise ausgewirkt. Vom Boden der Kammer war das gesamte Geröll vom vorherigen Erdbeben geräumt worden, abgesehen von den Steinbrocken, die zu schwer waren, um sie zu bewegen, wie jener, der Corys Bein zerquetscht hatte. Sein Blick strich flüchtig darüber, als er sich in dem Raum umsah. Paul begann bereits, die Stufen hinunterzusteigen, die man über die Schutthalde gebaut hatte. Die äußeren Ränder der Kammer waren mit Holzrahmen verstärkt worden, und man hatte Decken, Tücher und Planen aufgehängt, um ein geringes Maß an Ungestörtheit in den einzelnen Abschnitten zu schaffen. Die Flüchtlinge aus Erenthrall hatten sich auf Anhieb mit der Blöße der Unterkünfte abgefunden – immerhin waren sie seit der Zersplitterung Zelte und Ruinen gewohnt –, aber die Menschen aus Muld fanden es noch schwierig.

»Paul! Cory! Hier drüben!«

Cory erblickte Raven, die links der Stelen beide Hände schwenkte. Paul und er wandten sich in diese Richtung, und Cory sichtete zu beiden Seiten auf dem Steinboden liegende Körper. Raven war neben Mareane zurück in kauernde Haltung gesunken.

»Was ist passiert?«

»Mareane hatte einen Anfall. Die anderen entweder auch, oder sie sind einfach ohnmächtig geworden.« Sie fuhr sich mit dem Unterarm über die Stirn. Erst da erkannte Cory die Blässe ihrer Haut unter dem verschmierten Dreck und trocknenden Blut.

»Was ist mit dir?«

»Es hat sich angefühlt, als hätte mir jemand mit einem heißen Schürhaken in den Bauch gestochen. Ich bin auf die Hände und Knie gefallen, und dann …« Vage deutete sie auf eine Pfütze Erbrochenes etwas abseits. »Im Kopf hatte ich auch Schmerzen, genau hier.« Sie zeigte auf die Mitte der Stirn zwischen den Augenbrauen. »Nachdem ich mich davon erholt hatte, wurde mir klar, dass ich aus der Nase blutete.«

Cory ließ den Blick über die anderen wandern, die auf dem Boden lagen. Mareane verharrte regungslos und schien zu schlafen, die Hände züchtig über der Brust gefaltet.

Logan und Morrell tauchten oben an der Schutthalde auf. Paul winkte, und sie begannen herunterzusteigen. Logan kniete sich sofort neben Mareane und streckte die Hand aus, um ihre Stirn sanft mit den Fingerspitzen zu betasten, während er Morrell gleichzeitig zu den anderen beorderte.

Cory beobachtete sie schweigend, dann wandte er sich wieder an Raven. »Was hat das verursacht?«

»Ich weiß es nicht.« Aber sie beugte sich zu ihm, um seine Hand zu drücken. »Überprüf Erenthrall.«

Dann schob ihn Logan von ihr weg, nachdrücklich zwar, aber nicht unwirsch. »Lass mich mal sehen.«

Cory wich zurück. Er wollte mit den anderen Universitätsstudenten sprechen, aber sie waren alle damit beschäftigt, den Heilern zu helfen.

Plötzlich erschien Jerrain. Der betagte Mentor beugte sich vor Corys Gesicht. »Hast du es gespürt? Hast du gefühlt, wie sich das Geflecht gekrümmt hat?«

»Mentor! Du hast mich erschreckt.«

»Die Grundfesten des Geflechts sind gerade erschüttert worden, und ich habe dich erschreckt? Wozu verkommt das System der Universität nur?«

»Was meinst du damit, dass die Grundfesten des Geflechts erschüttert worden sind?«

»Genau das, was er gesagt hat.«

Cory drehte sich um, als Hernande neben sie beide trat. Sein Mentor schaute zu Logan und Morrell, die an den Lumagiern arbeiteten.

»Das Geflecht … Es erzitterte.«

»Hat es sich für dich nicht so angefühlt?« Hernande sicherte sich Jerrains Aufmerksamkeit und winkte ihn und Cory weg von den Versammelten. »Oder hast du gar nichts gefühlt?«

»Ich habe etwas gefühlt. Mit den anderen habe ich noch nicht geredet, aber Paul meinte, sie hätten alle erschrocken ausgesehen, also müssen sie irgendetwas bemerkt haben.«

»Das überrascht mich nicht. Sie sind nicht so gut ausgebildet wie du. Sie wissen noch nicht, wie sie auslegen sollen, was sie sehen oder fühlen.« Jerrain bedachte sie mit einer wegwerfenden Handbewegung. »Aber es war unbestreitbar eine umfassende Verzerrung des Geflechts. Etwas hat das gesamte Gefüge auf grundlegender Ebene erschüttert.«

»Und was?«

»Sehe ich so aus, als hätte ich alle Antworten? Könnte alles Mögliche gewesen sein!«

»Ich kann mich nicht erinnern, dass ein solches Ereignis je bei einer der Vorlesungen an der Universität erwähnt wurde«, sagte Hernande. »Ich bin mir nicht sicher, ob sich so etwas je zuvor ereignet hat.«

»Praktisch nichts von allem, was seit der Zersplitterung passiert ist, hat sich je zuvor ereignet.«

»Was ist mit Sovaan und Jasom? Hast du mit ihnen schon gesprochen? Was meinen sie?«

»Sovaan ist in Panik verfallen und losgestürmt, um Sophia zu warnen, obwohl ich nicht weiß, was er sich von ihr erwartet. Jasom hilft beim Verladen der Vorräte. Ich glaube nicht, dass er damit aufgehört hat.«

Sie erreichten die über die Schutthalde hinaufführenden Stufen und begannen, sie zu erklimmen.

»Wohin gehen wir?«, fragte Cory.

»Nach draußen, um nachzusehen, ob wir herausfinden können, was die Erschütterung verursacht hat.«

Sie bahnten sich den Weg durch die Tunnel zur äußeren Kammer. Alle murmelten über die seltsamen Vorkommnisse, abgesehen von einigen der jüngeren Kinder, die nahe dem Eingang umherrannten. Eine Menge Leute hielten inne, um Hernande und Jerrain Fragen zu stellen. Der eine oder andere rief ihnen auch aus der Ferne zu. Jerrain schenkte fast niemandem Beachtung, schwenkte zerstreut eine Hand und murmelte etwas Unverständliches, Hernande hingegen bemühte sich, beruhigend aufzutreten.

Als sie sich draußen befanden und das Haupttreiben am

Höhleneingang hinter sich zurückgelassen hatten, schaute Hernande nachdenklich zum Himmel. »Aus welcher Richtung ist die Störung deiner Meinung nach gekommen, Cory?«

Er rief sich seinen Marsch den Hang des Hügels herauf zu den Höhlen in Erinnerung, drehte sich in die Richtung, in die er dabei gegangen war, und zeigte dann nach Südwesten. »Sie ist von dort gekommen.« Kurz verstummte er und dachte über das Gleißen des Lichts nach. »Ich glaube, das aufflammende Licht hatte seinen Ursprung in derselben Richtung.«

»Licht?«, hakte Jerrain nach.

»Ein grelles Auflodern von Licht.«

»Ich war in den Höhlen. Beschreib es mir.«

Während Hernande sie weg vom Hauptpfad, der zurück zum Dorf verlief, in Richtung der Hügel im Südosten führte, erklärte Cory dem älteren Mentor, was er gesehen hatte, und beantwortete dessen weitere Fragen, so genau er konnte. Hernande ergänzte, was er im Dorf gesehen und gefühlt hatte. Sowohl er als auch Jerrain hatten dasselbe wie Cory wahrgenommen, aber auf grundlegenderer Ebene, wie es klang – sie hatten nämlich erkannt, was es bedeutete.

»Ich denke, es ist ähnlich wie das, was den Lumagiern zufolge mit der Ley passiert.« Cory bemerkte einen bedeutungsvollen Blick, der zwischen Hernande und Jerrain ausgetauscht wurde. Solche Blicke kannte er aus seiner gesamten Zeit an der Universität als Student von den Mentoren. »Was ist? Was entgeht mir?«

»Die Ley-Linien sind unterbrochen. Was wir derzeit mit der Ley erleben, ist ein System, das festgefahren ist und gerade versucht, sich neu zu ordnen. Nach dem zu urteilen, was wir beim Knoten in den Höhlen gesehen haben, halte ich die Theorie für zutreffend, dass die Beben von Ley-Linien ausgehen, die sich auf der Suche nach Stabilität neue Wege erschließen. Aber was wir gerade mit dem Geflecht erlebt haben, war etwas grundlegend anderes.«

»Warum?«

»Weil das Geflecht, soweit wir wissen, nicht unterbrochen ist.«

Mittlerweile hatten sie die Kuppe des Höhenzugs erreicht, doch die Sicht wurde immer noch von Bäumen eingeschränkt. Cory dachte über Hernandes Worte nach, als sie dem Höhenzug dorthin folgten, wo der Wald zurückwich und ihnen ein Felsausstrich einen klaren Blick in Richtung Südosten ermöglichen würde. Cory konnte nicht nachvollziehen, inwiefern sich die Beben und die Ley so deutlich von der verzerrten Erschütterung unterschieden, die er im Geflecht gespürt hatte …

Bis er plötzlich begriff, was Hernande gemeint hatte.

»Das Geflecht ist nicht unterbrochen … Du betontest, dass es *noch nicht* sei.«

»Was wir gefühlt haben, könnte das erste Anzeichen darauf sein, dass auch das Geflecht unter einer Belastung leidet und dass es, wie das Ley-System in Erenthrall, auf grundlegender Ebene versagen könnte.«

»Aber wir missbrauchen es nicht, jedenfalls nicht so, wie der Baron und die Ober-Lumagier es in Erenthrall mit der Ley gemacht haben.«

»Wirklich nicht? Wir haben es genauso manipuliert, wie sie die Ley manipulierten.«

»Aber doch nicht im selben Ausmaß!«

Hernande hob eine Hand, um ihn zu bremsen. »Dem stimme ich grundsätzlich zu. Und ich denke nicht, dass der Schauder, den wir gespürt haben, etwas mit unseren Manipulationen des Geflechts zu tun hatte.«

»Aber das bedeutet nicht, dass sich das, was mit den Ley-Linien passiert ist, nicht irgendwie auf das Geflecht auswirkt«, warf Jerrain ein.

»Erinnert euch daran, was wir mit den Sanden untersucht haben. Wir haben die Verbindung zwischen dem Geflecht und der Ley untersucht, und wir haben diese Verbindung benutzt, um eine Karte des Ley-Systems zu erstellen. Mentoren wissen seit Jahrzehnten, dass die zwei Systeme untrennbar miteinander verknüpft sind. So, wie wir diese Verbindungen in Erenthrall zu nutzen wussten, um den Ober-Lumagiern beim Aufbau des Ley-Systems zu helfen. Alle Ley-Linien – die Leitungen, die Ley-Barkassenstrecken, die Knoten – wurden durch Manipulationen des Geflechts so stabilisiert, dass die Lumagier nicht ständig jede Verbindungsstelle und Linie beaufsichtigen mussten. Sogar die Schaffung der Türme in Grass kam durch die Zusammenarbeit von Ober-Lumagiern und Mentoren von der Universität zustande. Die Mentoren haben das Geflecht zu geeigneten Kanälen geformt, die Ober-Lumagier haben die Ley durch diese Kanäle geleitet, um die Türme auszusäen. Bis zum Abschluss deiner weiterführenden Studien wäre dir noch beigebracht worden, wie man das Geflecht verwenden kann, um künstliche Vorrichtungen und Felder zu erschaffen, mit denen sich die Ley in beliebige Anordnungen trichtern lässt. Eben so, wie sie die Ober-Lumagier benötigten. Da erscheint es mir eine sinnvolle Hypothese, dass beides in Mitleidenschaft gezogen wird, sobald man eins davon beschädigt.«

»Aber das Geflecht schien in Erenthrall nach der Zersplitterung nicht beeinträchtigt zu sein.«

»Nicht auf offensichtliche Weise.« Die Bäume wuchsen allmählich lichter. Vor ihnen schob Jerrain die tieferen Äste beiseite, als sie sich dem Rand des Waldes und dem Felsausstrich näherten. »Aber die Zersplitterung war direkt mit dem Nexus verknüpft. Seine zerstörerische Kraft wurde durch das System der Ley-Linien geleitet. So hat sie sich von Stadt zu Stadt ausgebreitet, bis sie das gesamte, über den Kontinent gespannte Netzwerk erfasst hat, soweit wir das anhand des Anblicks der über die Ebene sichtbaren Städte beurteilen können. Ich denke, man kann getrost davon ausgehen, dass jede an das Ley-System angeschlossene Stadt und Ortschaft in großem, höchstwahrscheinlich katastrophalem Ausmaß von dem Energiestoß getroffen wurde.«

»Aber wenn sich die Zersplitterung vorwiegend auf die Ley-Linien und nicht auf das Geflecht ausgewirkt hat, warum sollte es dann ausgerechnet jetzt reagieren?«

Hernande hob die Hände, um Äste abzuwehren, die auf sein Gesicht zupeitschten, als Jerrain sie losließ. Man konnte hören, wie der ältere Mentor bei sich murmelte und schimpfte, während er sich den Weg zwischen den letzten Bäumen hindurch erkämpfte. »Es muss etwas geschehen sein, das das Geflecht auf unmittelbarere Weise aufgewühlt hat. Etwas, das trotzdem mit der Ley zu tun hat, sonst hätten die Lumagier keine so negative Reaktion gezeigt. Etwas …«

»Etwas wie das.«

Hernande schob die letzten dicken Äste aus dem Weg und hielt sie fest, damit Cory sie passieren konnte. Nach der relativen Düsternis in den Schatten unter den Bäumen blendete ihn das ungefilterte Sonnenlicht, und Cory schirmte das Gesicht ab, als er blinzelnd in die Ferne blickte.

Als ihm schließlich klar wurde, dass er eine weitere Verkrümmung sah, sank sein Arm langsam an seine Seite. Diese Störung war beträchtlich größer als jene in Erenthrall, und die neue zeigte orange-rot-purpurne Töne statt der vertrauten grünen und rosa Schattierungen der alten. »Das ist über Tumbor«, sagte er mit hohler Stimme.

Hernande bewegte sich ein paar Schritte vor ihm zum Rand des Steinfingers, der in leicht nach oben gerichtetem Winkel aus der Erhebung ragte.

»Die schiere Größe dieser Erscheinung …« Jerrain sprach nicht weiter. »Man stelle sich nur die Energie vor, die nötig ist, um ein solches Konstrukt zu erschaffen. Woher ist sie gekommen?«

»Die Verkrümmung über Erenthrall hat Energie von den Überresten des Nexus und dem See der Ley unter der Stadt abgezogen. Diese einzigartige Erscheinung über Tumbor muss über die vergangenen zehn Monate dasselbe getan haben.« Hernande schaute zu Cory, als ob er bei ihm Bestätigung suchte. »Es sollte uns gar nicht so überraschen, dass sich daraus etwas so Monströses ergeben hat. Dort hat niemand den Vorgang unterbunden oder zumindest eingedämmt wie in Erenthrall.«

Kara.

Corys Blick schnellte in Richtung Erenthrall. Aber die Verkrümmung dort schien unverändert.

»Zu schade, dass wir sie nicht studieren können.« Jerrain betrachtete immer noch die Verkrümmung über Tumbor. »Offensichtlich hat ihre Entstehung eine Art Rückkoppelung oder zumindest eine beträchtliche Belastung des Geflechts verursacht. Als sich die Verkrümmung in Erenthrall bildete, muss dasselbe geschehen sein, wir haben es lediglich nicht bemerkt. Vermutlich ist es dort einfach nicht so stark ausgefallen.«

»Oder wir waren zu sehr durch den Überlebenskampf abgelenkt, um es mitzubekommen.«

»Auch möglich. Ich frage mich, ob der Schaden am Geflecht näher bei Tumbor schwerwiegender war. Vielleicht haben wir nur ein Echo davon gespürt. In welcher Form könnte sich ein solcher Schaden niederschlagen?«

Hernande begann, nachdenklich über seinen Bart zu streichen. »Die Verkrümmung selbst ist Schaden genug. Immerhin stellt sie eine Zersplitterung der Realität dar, nicht wahr? Und ist das Geflecht nicht bloß eine grundlegendere Sicht der Realität, eine Schicht unter der Oberfläche dessen, was die meisten Menschen wahrnehmen oder beeinflussen können? Wir hätten das Geflecht und seine Verbindung zur Ley wohl eingehender studieren sollen, bevor wir es verwendet haben.«

»Es liegt in der menschlichen Natur, die Werkzeuge zu benutzen, die wir entdecken, auch bevor wir sie wirklich verstehen.«

In der Ferne blitzte etwas auf. Nicht aus der Richtung von Erenthrall oder Tumbor. Dieser Blitz hatte seinen Ursprung viel näher, kam von unten aus dem Wald.

Cory trat zum Rand des Felsausstrichs und blickte hinab. Prüfend schaute er über die nächstgelegenen Hügel, sah jedoch durch das Blätterwerk nur Wipfel und dazwischen Erde und Stein.

Ein erneutes Aufblitzen lenkte seine Aufmerksamkeit nach links und ein Stück weiter in die Ferne, wo eine Schlucht die Ränge der Bäume unterbrach. Den Bach, der sich den Weg durch den Fels schnitt, konnte er nicht sehen, aber das brauchte er auch nicht. Die Plünderer befanden sich oben. Drei Mann. Einer zeigte mit dem Schwert in ihre Richtung. Die Sonne funkelte auf der Klinge.

Gleich darauf zog einer der anderen einen Bogen vom Rücken und begann, ihn zu spannen.

Cory wirbelte zu Hernande und Jerrain herum. »Plünderer! Geht zurück!« Er stürmte vorwärts und schob die beiden erschrockenen Mentoren Richtung Wald. Jerrain stolperte und fiel mit einem spitzen Schmerzensschrei auf die Seite. Hernande taumelte ebenfalls, zögerte aber nicht, sondern preschte durch die nahen Äste davon, während sich Cory hinabbeugte und Jerrain auf die Beine zog, ehe er den leichtgewichtigen, betagten Gelehrten praktisch zwischen die Bäume schleuderte. Zweige kratzten über sein Gesicht, Blätter peitschten über seine Wangen, aber der erwartete Schmerz eines Pfeils, der sich in seinen Rücken bohrte, blieb aus.

»Was bei allen Höllen soll das?« Jerrain drückte sich den Arm an die Seite. »Was ist denn in dich gefahren? Du hättest mir beinah den Ellbogen gebrochen, indem du mich so zu Boden gestoßen hast!«

»Plünderer. Sie sind am Rand der Schlucht im Osten. Einer von ihnen hat einen Bogen gespannt.«

Hernande drehte sich um und spähte zwischen den Bäumen hindurch. »Cory hat recht. Wie viele hast du gesehen?«

»Drei.«

»Jetzt sind es mehr als drei. Ich sehe mindestens zwei Dutzend. Und sie sind unterwegs nach Muld.«

ACHTZEHN

Cory fluchte, als ihm ein Zweig ins Gesicht peitschte. Das kribbelnde Brennen sagte ihm, dass er blutete, doch bevor er hinfassen konnte, um sich zu vergewissern, rutschte sein Fuß auf dem feuchten Laubboden des Hanges aus, und er stürzte mit einem Aufschrei.

Vor ihm machte Hernande kehrt und eilte zurück, um ihm aufzuhelfen. Sie konnten hören, wie sich Jerrain fluchend und begleitet vom Knacken brechender Zweige den Weg bahnte. Sein Alter, die Bäume und das steile Gefälle des Hügels hielten ihn auf.

»Alles in Ordnung?« Hernande zog Cory am Arm auf die Beine.

Cory wischte sich Blätter und Erde vom Hosenboden. »Es geht mir gut. Wir haben keine Zeit …«

Aus nordwestlicher Richtung ertönte die Alarmglocke von Muld.

»Sie sind in der Nähe des Dorfes!« Jerrain schlug die Zweige um ihn herum weg, bevor er schwer atmend neben ihnen zum Stehen kam. Tief sog er die Luft ein, um weiterzusprechen, aber das ferne Geläut der Glocke verstummte nach einem letzten durchdringenden Ton.

Alle drei erstarrten.

»Ich glaube, sie sind schon im Dorf.«

»Wir müssen unseren Leuten helfen.«

Hernande verlagerte den Griff von Corys Ellbogen zur Schulter. »Du kommst schneller voran, wenn du uns zurücklässt, selbst mit deinem lädierten Bein.«

»Mentor …«

Hernande ließ ihn mit einem Kopfschütteln verstummen. »Wir haben keine Zeit zum Diskutieren. Wir kommen ja nach. Geh und tu, was du kannst.«

Er betonte die Worte mit einem Stoß. Cory stolperte, dann fand er das Gleichgewicht wieder und hastete unter den nächsten Ästen hindurch. Anfangs bewegte er sich noch langsam, unwillig, die beiden alten Gelehrten zurückzulassen. Außerdem wollte er vorsichtig mit seinem Fuß sein, aber als ihre Stimmen und die Geräusche der peitschenden Äste hinter ihm nach und nach leiser wurden, beschleunigte er seine Schritte zunehmend.

Er pflügte den Hügel hinunter, wich Windbruch und Baumstümpfen aus, rutschte an weichen Stellen über den lehmigen Untergrund und stolperte mehrmals beinahe über versteckte Steine, hielt sich aber auf den Beinen. Sein Atem brannte in der Lunge, und nach ein paar Minuten bekam er Seitenstechen. Während er eine Hand erhoben ließ, um die Zweige abzuwehren, presste er die andere Handfläche gegen das Stechen und kämpfte sich weiter. Die Landschaft wurde zu einem verschwommenen Gewirr aus Baumstämmen, denen es auszuweichen galt, Gesteinsbrocken, um die er herumlief, und kahlen Felsvorsprüngen, die er umrundete. Er überließ es seinen Instinkten, ihn nach Muld zu führen.

Platschend durchquerte er einen Bach, der seine Füße und Beine bis zur Mitte der Waden hinauf durchnässte, dann vernahm er die ersten Schreie. Auf halbem Weg die andere Uferböschung hinauf hielt er inne, streckte eine Hand nach der Wurzel einer Birke aus, um sich festzuhalten, und lauschte. Über die rauen Laute seines Keuchens drang das Klirren von Waffen durch die Bäume, so leise, dass es vom Rascheln der Blätter über ihm hätte übertönt werden können, wenn der Wind geweht hätte.

Cory verstärkte den Griff um die Wurzel und zog sich daran die Böschung hinauf, dann verfiel er in einen stockenden

Laufschritt. Er bewegte sich vorsichtiger weiter, hielt aufmerksam Ausschau nach Spuren von den Plünderern. Die Kampfgeräusche schwollen an, doch es war der Geruch von Rauch, der ihn abermals bewog anzuhalten.

»Nein.«

Er preschte weiter und hätte beinah den Mann übersehen, der am Rand des zur Dorfmitte von Muld verlaufenden Pfads Wache stand. Der Fremde trug abgewetzte, schwarze und graue Kleidung. Eine notdürftige Rüstung bedeckte seine Schultern und den Großteil von Brust und Rücken. Der Mann fuhr herum, als Cory ungeschickt auf ihn zu stolperte, dann grinste er durch den ungepflegten Bart und hob das Schwert an. Wunde rote Stellen übersäten seine Haut, vom linken Ohrläppchen baumelte ein goldener Ring.

»Ich wusste, dass schon jemand hier vorbeirennen würde. Deshalb hab' ich mich auch nicht beschwert, als ich zum Wachdienst eingeteilt worden bin.«

Mit einem gehässigen Grinsen der Vorfreude setzte der Mann einen Schritt nach vorn.

Ohne nachzudenken, streckte Cory unnötigerweise eine Hand aus, während er gleichzeitig seinen Geist entsandte. Mit seinen Gedanken packte er das Geflecht, dann verdrehte er es abrupt. Die Bewegung der Hand veranschaulichte den Vorgang trefflich.

Der Bandit japste und schlug sich mit der freien Hand gegen die minderwertige Rüstung, als er versuchte, sich an die Brust zu fassen. Er stolperte vorwärts, ließ die Schwertspitze zu Boden sinken und fiel auf die Knie. Mit bang geweiteten Augen starrte er Cory an und stieß ein grauenhaftes, gurgelndes Krächzen aus, als fülle sich seine Lunge mit Flüssigkeit.

Dann plumpste er auf die Seite, zuckte noch einmal – ein Krampf, der seinen gesamten Körper durchlief – und lag anschließend still.

Cory ließ den Arm an die Seite sinken.

Er sah sich um, nahm wahr, dass der Geruch von Rauch stärker wurde, dann wankte er vorwärts und sank neben dem Mann auf die Knie. Er ergriff das Schwert des Banditen und stieß es außer Reichweite, bevor er den Körper zur Seite rollte. Dabei pressten seine Finger hart seitlich knapp unter dem Kiefer in den Hals des Mannes, doch Cory wusste, dass er bereits tot war. Die blasse Haut wurde vor Corys Augen zunehmend grauer. Ein einzelner Blutstropfen bildete sich in dem schwarzen Bart unter einem Nasenloch, merkwürdig schwarz und irgendwie lebendiger als der Rest des Mannes.

»Es hat geklappt.« Cory hockte sich auf die Fersen zurück. Ein Zittern durchlief ihn. Die anderen Universitätsstudenten und er hatten die Verknotungen tagelang geübt und dabei Verderben über die Hänge und die Wälder in der Umgebung der Höhlen gebracht. Aber Stein zu zerschmettern und einen Mann zu töten, indem man eine Verknotung mitten in seiner Brust formte, erwiesen sich als zwei völlig unterschiedliche Erfahrungen. Wenn Gestein in Fragmente gesplittert war, hatte sich Cory nie wie betäubt gefühlt oder dieses merkwürdige, flüssige Empfinden in den Eingeweiden verspürt, als würden sich seine Gedärme gleich zwangsentleeren.

Ein gellender Schrei riss ihn aus seiner Benommenheit und ließ ihn mit einem Ruck aufschauen. Er zuckte von der Leiche weg und stolperte über das Schwert, konnte aber das Gleichgewicht halten. Halb geduckt fuhr er sich mit dem Arm über den Mund, während sein Blick den Wald absuchte und sich dann auf den dichter werdenden Rauch heftete. Zwischen den Bäumen herrschte gespenstische Stille, der Pfad erwies sich als menschenleer.

Cory stand auf, wischte sich die Hände an der Hose ab und atmete beruhigend ein.

»Dafür haben wir geübt.« Beim Klang der eigenen Stimme zuckte er zusammen.

Er setzte sich ein paar Schritte in Bewegung, dann hielt er

an und kehrte um, holte das Schwert. Die Waffe fühlte sich zugleich vertraut und unangenehm in seinen Händen an. Er lief zum Pfad zurück und rückte in den mittlerweile dichteren Rauch vor.

Innerhalb von zwanzig Schritten war er gezwungen, sich den freien Arm über Mund und Nase zu halten, um nicht an dem Qualm zu ersticken. Seine Augen brannten und tränten, während er hustete, aber er hörte durch die wirbelnden Schwaden Schreie und Stöhnen. Die Kampfgeräusche klangen eigenartig verzerrt.

Dann stolperte er über einen Leichnam, einen der Dorfbewohner mit einer zerklüfteten Wunde seitlich am Hals. Im Gesicht des Mannes war ein überraschter Ausdruck erstarrt, als hätte er den Angriff nicht kommen gesehen. Cory hielt gerade lange genug an, um sich zu vergewissern, dass er tot war, dann bewegte er sich weiter, duckte sich tief, wenn der Rauch lichter wurde. Ein weiterer Körper lag wenige Schritte entfernt. Cory schlich darauf zu, doch es handelte sich um einen der Banditen mit einem Loch in einer Seite des Kopfes, die Haare an der Stelle blutig und verkrustet mit Gehirnmasse und Knochensplittern. Cory würgte und stolperte nach links ...

Und aus dem Rauch heraus. Überrascht fiel er auf ein Knie, hustete und blinzelte mit verschwommener Sicht im Sonnenlicht. Vor ihm kämpften Gestalten. Das Klirren von Klingen auf Rüstung und das Grunzen körperlicher Anstrengung drangen verstörend nah und laut zu ihm.

Er erkannte die Anordnung der Dorfmitte, mit dem Gemeinschaftsofen und den Hütten links und der brennenden Versammlungshalle rechts. Mindestens zwei andere Gebäude standen in Flammen, doch der Großteil des Qualms stammte von der Versammlungshalle. Cory vermochte nicht zu sagen, wie viele Dörfler und Plünderer auf dem Platz waren, doch es schienen nicht viele zu sein. Deutlich weniger, als er erwartet hatte.

Vielleicht hatte das kurze Warnsignal gereicht, das sie aus der Ferne gehört hatten.

Dann sah er mit immer noch wässrigen Augen, wie von rechts aus der Richtung der Versammlungshalle ein Schemen anstürmte. Cory blieb keine Zeit für Überraschung. Er hob das Schwert an, um den nur halb erspähten Hieb abzuwehren, von dem er wusste, dass er auf ihn zukam. Eine Klinge sauste auf seine Verteidigung herab, betäubte durch ihre Wucht seinen Arm, und er fiel ausgestreckt zurück, als er die Sinne entsandte und das Geflecht verknotete.

Ein matschiges Knacken – wie das Splittern eines Astes, nur nasser – ertönte. Der Angreifer heulte gequält auf und stürzte zu Boden. Cory robbte weiter zurück, während sich der Mann hin und her wand. Endlich wurde seine Sicht wieder klar. Bryce, Braddon und eine Handvoll der Männer und Frauen, die von den Rüden zur Ausbildung rekrutiert worden waren, hackten und schlitzten auf die Angreifer ein, während sie langsam zurückgedrängt wurden. Die Dorfmitte präsentierte sich übersät mit Gefallenen, nicht alle davon Dörfler. Jene Angreifer, die nicht mit Bryce und den anderen beschäftigt waren, plünderten die Hütten, warfen Möbel, Steingut und alles Sonstige, das keinen unmittelbaren Nutzen hatte, achtlos auf den Platz heraus. Nur in Logans Hütte gingen sie vorsichtiger vor, brachten Heilbedarf und Arzneien ins Freie und stapelten alles in der Nähe eines Wagens. Beaufsichtigt wurden sie von einem großen, dünnen Mann mit einem zottigen Bart. Er trug die Jacke eines Lehnsherrn.

Der Mann beobachtete ihn.

Cory schluckte mit trockenem Mund, und sein Blick fiel auf den Mann zu seinen Füßen, dessen Geheul sich zu einem leisen Stöhnen gelegt hatte. Er schrak zurück, als er erkannte, dass sich der Mann die untere Hälfte seines Arms, die nur noch durch Hautfäden am Rest hing, an die Brust drückte.

Blut pulsierte aus dem zerklüfteten Loch, wo sich einst Muskelmasse und Knochen befunden hatten.

Cory hatte das Herz des Mannes verfehlt, als er das Geflecht geknüpft und die Verknotung anschließend entfesselt hatte. Sie war im Arm des Mannes explodiert und hatte ihn fast vom Körper abgerissen. Cory schmeckte Galle in der Kehle, aber der Anführer der Plünderer hatte ihn bemerkt und schickte drei der Männer bei Logans Hütte in Corys Richtung los. Das Stöhnen des Verwundeten ließ nach, seine Atmung wurde stockender. Cory warf einen Blick zu Bryce und den anderen, aber sie hatten sich hinter den Gemeinschaftsofen und zu den Scheunen und Feldern dahinter zurückgezogen. Cory konnte ihnen ohnehin nicht helfen. Es sei denn …

Er schluckte die Galle zurück hinunter und drehte sich in die Richtung des Anführers. Dann streckte er die freie Hand aus, entsandte die Sinne ins Geflecht und setzte dazu an, es zu verknoten. Plötzlich jedoch verstummte der Mann mit dem abgetrennten Arm. Kein Stöhnen mehr, keine stockende Atmung.

Überhaupt keine Atmung.

Cory schluchzte und zog seine Hand zurück.

Die drei Plünderer hatten Waffen ergriffen und steuerten auf ihn zu. Er rappelte sich auf die Beine und wankte in den Rauch, der aus der Versammlungshalle strömte, bevor er die Seite des Steingebäudes entlang stolperte. Schweiß lief ihm über das Gesicht, als er am anderen Ende der Rauchwolke hervorbrach und zu den Bäumen dahinter eilte. Er lehnte sich an den ersten Stamm, zu dem er gelangte, beugte sich vornüber und hustete rau. Seine Lunge brannte, aber er wusste, er durfte nicht länger verharren.

Cory stieß sich von dem Stamm ab und stolperte tiefer in den Wald hinein. Nach und nach wurde seine Sicht klarer, er war von Bäumen umgeben. Er zuckte zusammen, als hinter ihm Geschrei ausbrach, und duckte sich hinter einen gezackten Baumstumpf. Aber die Plünderer hatten ihn nicht gesehen. Vielmehr hatten sie mit einer planvollen Suche begonnen und verteilten sich in der Absicht, ihn aufzuspüren. Der Rauch behinderte ihren Vormarsch, trieb sie immer wieder ein Stück zurück.

Cory umklammerte den Griff des Schwertes fester. Seine Atmung wurde allmählich ruhiger, sein Sehvermögen war fast vollständig zurückgekehrt. Er wartete, bis ihn der Rauch vor seinen Verfolgern verbarg, dann stürmte er über die nächstgelegene Erhebung los. Halb rannte er, halb hinkte er, als er sich tiefer zwischen die Bäume kämpfte, und bald ertappte er sich dabei, dem Lauf eines der zahlreichen Bäche zu folgen. Er hatte von Reiss und Quinn genug gelernt, um zu wissen, dass es schwierig war, einer Fährte durch Wasser zu folgen, also watete er eine längere Strecke platschend in der Mitte des Baches, dann kehrte er ans Ufer zurück, die Hosenbeine triefnass und mit feucht schmatzenden Schuhen. Das frostige Wasser half, die Schmerzen in seinem Fuß zu dämpfen. Er erklomm den nächsten Höhenzug und stellte fest, dass er das Dorf umging und in Richtung der Höhlen steuerte.

Als sich plötzlich eine Hand um seinen Schwertarm legte, schrie er auf. Eine andere Hand klatschte über seinen Mund, würgte den Laut ab, und er hörte Jerrain fluchen. »Sorg dafür, dass er still ist! Er hetzt sie uns noch alle auf den Hals!«

»Wir sind es.« Cory spürte Hernandes Atem im Genick. »Kann ich die Hand von deinem Mund nehmen?«

Cory nickte.

Hernande ließ ihn los, und Cory sog stockend die Luft ein. Er wich einen Schritt zurück und wirbelte zu den beiden Mentoren herum. Sie hatten sich hinter einem kleinen Erdhügel versteckt, auf dessen anderer Seite vermutlich Wild lagerte. Cory rieb sich den Arm an der Stelle, an der ihn Hernande ursprünglich gepackt hatte, und erkannte, dass sich der Mentor für jenen Arm entschieden hatte, damit Cory nicht das Schwert zum Einsatz bringen konnte.

»Du bist stärker, als du aussiehst.«

Hernande zog nur die Augenbrauen hoch. »Hast du es zum Dorf geschafft?«

Cory holte zu tief Luft und bedauerte es sofort, da er heftig husten musste, bis sich seine Kehle wund anfühlte. Nachdem er sich über den Mund gewischt hatte, antwortete er schließlich: »Ja. Bryce und einige seiner neuen Rüden haben es verteidigt, waren aber im Rückzug begriffen. Zu den Höhlen, vermute ich.«

»Nein, so dumm sind sie nicht. Sie werden die Angreifer nicht geradewegs zu unserer Zuflucht führen.« Jerrain begann, auf und ab zu laufen. »Meinst du, Sovaan kann den Eingang tarnen? Er ist nicht so gut wie der Rest von uns.«

»Er wird es schaffen. Unter Druck arbeitet er immer am besten.«

»Was bedeutet, dass er dann besonders gut ist, wenn es darum geht, den eigenen Hintern zu retten.« Jerrain schwenkte wegwerfend eine Hand und wandte sich an Cory. »Wie viele sind es? Was hast du gesehen?«

»Mehr als beim letzten Mal. Bestimmt mehr als vierzig allein im Dorf, obwohl ich nicht alle sehen konnte. Sie waren in den Hütten, haben sie geplündert. Die Versammlungshalle und ein paar der anderen Gebäude stehen in Flammen.«

»Viel von Wert werden sie im Dorf nicht finden. Jedenfalls nicht das, wonach sie wahrscheinlich suchen.«

»Richtig. Würdest du sagen, es ist bloß eine Bande von Lumpen, oder waren sie gut organisiert?«

Cory dachte daran, wie sorgfältig sie den Heilbedarf neben dem Wagen gestapelt hatten. »Viele haben schon abgerissen und verzweifelt gewirkt, aber sie waren nicht außer Rand und Band. Und ihr Anführer hat geradezu Ruhe ausgestrahlt. Er hat Männer hinter mir hergeschickt.« Cory sah Jerrain direkt an. »Ich habe Verknotungen benutzt. Gegen Menschen. Du hattest recht. Es ist grauenhaft.«

»Tut mir leid, dass du das erleben musstest.«

»Ich bin sicher, es war notwendig.« Cory setzte dazu an zu widersprechen, doch Hernande fügte hinzu: »Du hast überlebt.«

»Und was machen wir jetzt? Wenn es stimmt, was Cory sagt, wird ihr Anführer erkennen, dass im Dorf viel zu wenige Bewohner und Vorräte übrig sind. Oder in den Resten des Flüchtlingslagers.«

»Vielleicht glaubt er dann, dass alle abgewandert und weitergezogen sind.«

»So viel Glück werden wir wohl kaum haben. Außerdem waren Bryce und die Rüden noch da. Was immer wir tun, wir müssen darauf achten, dass wir die Angreifer nicht zu den Höhlen führen.«

Hernande überlegte eine Weile. »Wir müssen Bryce finden.«

* * *

Aurek beobachtete, wie der Mulder, verfolgt von seinen Leuten, zurück in den verhüllenden Rauch huschte, dann fiel sein Blick wieder auf den Leichnam auf dem Boden. Langsam rückte er in die Richtung vor, während die anderen weiter die Hütten entlang dieser Seite des Dorfes leer räumten. Kurze Zeit später stand er über Billings' Leiche. Der Mann war vor der Zersplitterung einer seiner Gardisten gewesen. Mittelmäßig, aber loyal. Billings hatte eine ihm gestellte Aufgabe stets erledigt, wenn auch nicht immer schnell. Ein paar Mal war er sturzbetrunken in örtlichen Tavernen aufgefallen. Aber das hatte etwas damit zu tun, dass er den Kummer über den Tod seiner Frau und der beiden Töchter ertränken wollte, die das vor fünf Jahren durch die nördlichen Ebenen wütende Fieber dahingerafft hatte.

447

Aurek kniete sich neben den Mann und rechnete damit, den Arm am Ellbogen abgetrennt zu sehen. So hatte es aus der Ferne gewirkt, als Billings vor Qualen gebrüllt und dadurch Aureks Aufmerksamkeit erregt hatte. Sein Schrei hatte von äußerstem Schmerz gezeugt und sich vom allgemeineren Gebrüll aus der Richtung des Hauptkampfes deutlich abgehoben. Als er sich umgedreht hatte, war Blut in der Nähe des Ellbogens aus dem Arm geschossen, den sich Billings an die Brust drückte, während der Mulder ausgestreckt auf dem Boden gelegen hatte. Dann war Billings zusammengebrochen und hatte sich gewunden. Der Mulder hatte das Schwert nicht erhoben gehabt, obwohl er eine Klinge getragen hatte. Aurek war davon ausgegangen, dass er Billings überrascht hatte.

»Das ist keine Schwertverletzung.«

Aurek zuckte bei Devins Worten nicht zusammen, obwohl er nicht gehört hatte, wie sein Stellvertreter von hinten an ihn herangetreten war. »Nein, ist es nicht.«

»Was ist es dann?«

»Sieht so aus, als wäre Billings' Arm explodiert.«

Devin zögerte, ehe er sich neben Aurek kniete und die Wunde genauer in Augenschein nahm. »Ihr habt recht. Der Knochen ist gesplittert.«

»Und die Muskeln und die Haut sind zerfetzt, nicht zerschnitten.« Ein dumpfes Pochen setzte in Aureks Hinterkopf ein. Einige Atemzüge lang betrachtete er das verheerte Fleisch von Billings' Arm. Aus dem Unterarm ragte durch das gerinnende Blut das rundliche Ende des Knochens. Dann stand er abrupt auf und drehte sich in die Richtung, in die sich die wenigen Männer und Frauen, auf die sie gestoßen waren, zurückgezogen hatten.

»Was könnte das verursacht haben?«

»Ich glaube nicht, dass es ein Was war. Ich glaube, es war ein Jemand.«

Devin löste seinen Blick von der Wunde und schaute zu Aurek auf. »Die Weißmäntel.«

»Wir wissen, dass hier Weißmäntel sind. Das hat dieser Kundschafter, Joss, zugegeben.«

»Er hat sie nur Lumagier genannt …«

»Lumagier, Weißmäntel – spielt es denn eine Rolle, wie er sie bezeichnet hat? Sie sind hier.«

»So etwas wie das haben sie vor der Zersplitterung nie gemacht.«

»Damals mussten sie das auch nicht. Sie hatten die Rüden des Barons als Beschützer. Sie waren in einer Machtposition. Jetzt sind sie das nicht mehr. Sie sind gezwungen, sich selbst zu schützen. Wir müssen sie finden und ausrotten, sie vernichten, bevor sie lernen, wie sie noch Schlimmeres verursachen können.«

Entschlossen setzte er sich zu den Wagen in Bewegung, auf die seine Männer die Vorräte stapelten. Devin verharrte noch einen Augenblick, dann folgte er ihm.

»Was sollen wir tun?«

»Sind das die einzigen Vorräte, die wir bislang gefunden haben?« Aurek hob den Deckel einer der Kisten an, entdeckte darin zerrissenes Leinen und schob die Kiste beiseite, damit er den Rest der Beute durchwühlen konnte.

»Ja, in den Hütten und in der Versammlungshalle, bevor sie in Flammen aufgegangen ist.«

Leere Fläschchen, Decken, größtenteils leere Dosen, die nach getrockneten Kräutern und Gewürzen rochen, weitere Leinen und Stofffetzen, ein paar Flaschen mit Arzneien, so alt, dass gelbliche Rückstände die Öffnungen verkrusteten.

Angewidert warf Aurek eine Flasche zu Boden. Sie zerbarst mit einem befriedigenden Klirren. »Das ist alles alt.«

»Wie meint Ihr das?«

»All diese Arzneien sind alt! Wertlos! Und der Rest dieser Sachen sind Überbleibsel. Was du hier siehst, ist der Bodensatz ihres Lebens, die Dinge, die man nicht für wichtig genug erachtet, um sie mitzunehmen.« Er wirbelte zu Devin herum. »Ruf alle zurück. Sofort. Wir müssen uns neu formieren. Die Dorfbewohner sind nicht hier. Und steckt die Hütten in Brand. Alle. Ich will, dass kein einziges Gebäude in diesem Dorf stehen bleibt!«

Devin entfernte sich und brüllte den Männern bereits zu, mit dem Plündern aufzuhören und Fackeln zu holen. Aurek stand neben einem der Wagen und starrte in die Richtung, in die sich die Verteidiger zurückgezogen hatten, auf die sie bei ihrer Ankunft gestoßen waren. Diese Leute hatten gewusst, dass sie kommen würden. Sie waren gewappnet gewesen.

Aber waren sie geflüchtet oder hatten sie sich irgendwo verschanzt?

Er blickte auf die nunmehr verstreuten Überreste der Beute aus den Hütten hinunter und dachte über die Leute nach, die sie hier vorgefunden hatten. Die Ersten waren überrascht gewesen, hatten überrumpelt gewirkt, obwohl ihre Gruppe auf dem Weg hierher von zumindest einigen der Dorfbewohner gesichtet worden war. Es war sogar jemandem gelungen, diese verfluchte Glocke zu läuten, aber das Dorf war bereits größtenteils verwaist gewesen. Aurek hatte niemanden aus der Versammlungshalle kommen gesehen, bevor sie das Gebäude angezündet hatten. Oder aus einer der Hütten. Diejenigen, die das Dorf verteidigten, hatten sich alle zusammen in der Nähe der Mitte aufgehalten …

»In der Nähe der Wagen.« Er drehte sich Devin zu. »Sie sind noch in der Nähe.«

»Woher wisst Ihr das?«

»Weil diejenigen, die wir angegriffen haben, hier bei den Wagen waren. Sie müssen gerade die letzten Dinge verladen haben, die sie mitnehmen wollten. Hätten wir ein, zwei Tage später angegriffen, wäre das Dorf vermutlich völlig leer gewesen.«

»Was, wenn sie Plünderer wie wir sind?«, fragte einer der umstehenden Männer.

Aurek schäumte sichtlich vor Zorn. »Wir sind keine Plünderer. Dieses Dorf hat Weißmäntel beherbergt. Falls irgendjemand daran zweifelt, geht rüber und seht euch Billings' Leiche an. Einer von denen hat ihn getötet, indem er seine Macht eingesetzt und ihm den Arm abgerissen hat.«

Ein halbes Dutzend Männer richtete den Blick auf die Feuersbrunst der Versammlungshalle. Mittlerweile schossen die Flammen aus dem Dach empor. Dann schauten sie zu der Leiche, die im Staub davor lag. Die meisten Männer hatten sich versammelt, es fehlten nur die Kundschafter und die Gruppe, die den abrückenden Verteidigern folgte.

»Waren es die Weißmäntel, die diesen Lichtblitz verursacht haben?«

Die Männer zuckten zusammen. Ein paar spähten bang zum Himmel.

»Sei nicht albern. Der ist aus dem Süden gekommen.«

»Aus dem Süden, ja. Aber wir wissen alle, dass irgendwo dort die Weißmäntel leben. Dass sie sich da draußen in ihrer Nadel verschanzt haben.«

»Was also machen wir jetzt?«

Alle drehten sich Aurek zu. Er dachte an die drei Leute, die sie auf dem Felsvorsprung nicht weit südöstlich des Dorfes gesichtet hatten. Konnte sich ihr Versteck so nah befinden? Nein. Sein Bauchgefühl sagte ihm, dass sie Anzeichen entdeckt hätten, wenn es so wäre – festgetretene Erde, den Rauch von Feuern. Und dann waren da noch die Verteidiger, die sich hier aufgehalten hatten. Die drei Männer waren nicht unterwegs nach Süden gewesen. Sie waren nach Westen geflohen, in dieselbe Richtung, in die sich ihre Rüden zurückgezogen hatten.

»Sie verstecken sich irgendwo im Westen.« Er drehte sich in die Richtung und nahm die Scheunen in der Ferne und die

Anzeichen von Feldern dahinter wahr. »Verteilt euch, aber nicht zu weit. Wir folgen dem Tal. Achtet auf jegliche Anzeichen frischer Spuren auf dem Boden; Wagenspuren oder frischer Dung. Sie können nicht weit sein, nicht, wenn sie ein ganzes Dorf zu befördern hatten.«

* * *

»Wer ist da?«

Cory blieb stehen und ließ den Blick suchend über die Bäume vor ihm wandern, von wo die Stimme ertönt war, doch er konnte niemanden sehen. Hernande und Jerrain traten hinter ihn.

»Ich bin's, Cory, mit Hernande und Jerrain.«

Quinn trat hinter einem dicken Stamm hervor, einen Pfeil abschussbereit angelegt, aber nicht direkt auf Cory gerichtet. »Wie bei allen Höllen seid ihr drei hier draußen gelandet?«

»Das spielt keine Rolle. Die Plünderer sind unterwegs zu dem Pfad, der zu den Höhlen führt, und es hatte noch niemand Gelegenheit, ihn wie geplant zu tarnen.«

»Was ist mit Sovaan?«

»Wir hatten nie vor, ihn diese Aufgabe übernehmen zu lassen. Wir sind nicht einmal sicher, ob er die Höhleneingänge verbergen kann. Wir sind stets davon ausgegangen, dass einer von uns zur Stelle sein würde, um sich um alles zu kümmern.«

»Aber die Mulder …«

»Bring uns zu Bryce.«

Quinn nickte angesichts des Befehlstons in Hernandes Stimme. Das war keine unterschwellige Aufforderung gewesen, wie Cory sie als einer von Hernandes Schülern so gut kennengelernt hatte – in dieser Anweisung war der Stahl eines Anführers mitgeschwungen.

Sie bahnten sich den Weg hinunter zum Ufer des Baches, wo sich Bryce und der Rest versammelt hatten. Bryce und

Braddon waren ins Gespräch mit zwei anderen vertieft. Als Quinn ihnen zurief, drehten sich alle um.

»Ihr solltet bei den anderen in den Höhlen sein«, sagte Bryce.

»Wir waren losgegangen, um nachzusehen, was den Lichtblitz aus dem Süden verursacht haben könnte. Jetzt sind wir hier, und die Angreifer steuern auf den Pfad zu, der zu den Höhlen führt.«

»Sie haben ihn schon entdeckt. Reiss ist gerade mit der Neuigkeit zurückgekehrt. Wir haben gehofft, wir könnten sie weglocken und ihre Aufmerksamkeit ablenken, wenigstens eine Zeit lang. Aber es hat nicht geklappt.«

»Ihr Anführer scheint wesentlich klüger zu sein, als man es von einer Horde Banditen erwarten würde.«

»Er ist wie ein Lehnsherr gekleidet. Vielleicht war er vor der Zersplitterung einer.«

»Was schlägst du vor, dass wir tun sollen?«

»Sie haben zwar den Weg gefunden, aber sie folgen ihm noch nicht. Anscheinend formieren sie sich neu, weil sie glauben, dass sie Zeit haben. Sie wissen ja jetzt, wohin wir verschwunden sind. Es besteht noch die Möglichkeit, sie aufzuhalten, bevor sie die Höhlen entdecken. Braddon, schick alle zur Ostseite des Pfads.«

»Zum Bachbett?«

»Das ist unsere beste Möglichkeit. Die Uferböschung wird zumindest ein wenig Deckung bieten.«

Sie rannten los. Bryce und der Rest der Gruppe zogen Cory, Hernande und Jerrain mühelos davon. Die Gestalt des Rüden zeichnete sich als verschwommener Schemen durch das Blätterwerk ab, der Rest der Männer verteilte sich weiter vor ihm und zu beiden Seiten. Sie folgten dem Bachbett, platschten fallweise auf Steinen dicht unter der Oberfläche des kalten Wassers mitten hindurch. Cory bekam wieder Seitenstechen, doch bevor es unerträglich wurde, verlangsamte Bryce seine Schritte und gab das Zeichen für Stille.

Leise schlichen sie voran. Weiter vorn fing Bryce plötzlich an, mit den stummen Handzeichen der Rüden Befehle zu erteilen. Männer verteilten sich, entfernten sich vom Bach in Richtung des Pfads mit den tiefen Furchen, die beim Befördern der Vorräte zu den Höhlen entstanden waren. Innerhalb weniger Augenblicke geriet der Rest ihrer Gruppe zwischen den Bäumen außer Sicht.

Hernande beobachtete die Bäume in der Richtung, in der die anderen verschwunden waren. »Wir müssen vor die Angreifer kommen, damit wir den Pfad tarnen können.«

»Geht ihr beide. Bryce und die Rüden werden die Angreifer eine Weile aufhalten. Ihr solltet genug Zeit haben.«

»Und was willst du tun?«

Cory zückte sein Schwert. »Ihnen helfen.«

Hernande streckte die Hand aus und legte sie Cory auf die Schulter. »Viel Glück.«

Die beiden Mentoren machten sich davon, blieben dabei neben dem Bach im Schutz der Böschung. Cory sah ihnen nach, bis sie weiter vorn um eine Biegung verschwanden, dann steuerte er auf Bryce und die anderen zu. Er bewegte sich so leise er konnte durch die Blätter und Zweige auf dem Boden und zuckte bei jedem Knacken und lauteren Rascheln zusammen. Nach kaum zwanzig Schritten erspähte er die Rücken und Schultern einiger von Bryces Leuten, die hinter Baumstämmen, Stümpfen oder Erdhügeln kauerten. Bryce hörte, wie er sich näherte. Sein Kopf drehte sich wie der einer Eule, als er ihn ansah, aber er winkte Cory nicht zurück. Stattdessen hob er den Finger an die Lippen und bedeutete ihm, sich zu ducken.

Cory ging tief in die Hocke. Sein Herz hämmerte wild in der Brust, als er das Rascheln von Bewegungen aus der Richtung des Pfads wahrnahm. Der Erdgeruch von Lehm kitzelte ihn in der Nase, und er sank noch tiefer, lag praktisch auf dem Boden.

Cory erstarrte, als Gestalten auftauchten, die sich als Gruppe den Pfad entlangbewegten. Ein paar bahnten sich an den Flanken den Weg zwischen den Bäumen hindurch. Ihr Anführer ging mit leisen, vorsichtigen Schritten voraus.

Braddon gab ein Zeichen, aber Bryce befahl ihm zu warten.

Die Gruppe der Angreifer zog an ihnen vorbei. Bryce und die anderen verlagerten ihre Position so, dass sie außer Sicht blieben. Kaum war der letzte der Fremden an ihnen vorüber, winkte Bryce alle vorwärts.

Cory stieß japsend den angehaltenen Atem aus. Er schmeckte Laub und Erde, als er die Luft einsog, dann stemmte er sich wieder in die Hocke hoch und setzte sich mit dem Rest von Bryces Leuten in Bewegung. Plötzlich kamen alle aus ihrer Deckung hervor und stürmten leise von hinten auf die Plünderer zu.

Unmittelbar bevor sie zuschlagen konnten, drehte sich einer der Plünderer um und erblickte die Verfolger. Der Mann stieß einen Ruf aus, der zu einem Gurgeln verkam, als ihn einer der Pfeile der Fährtensucher mitten in den Hals traf. Aber die kurze Warnung hatte genügt. Die anderen Plünderer wirbelten herum, als Bryce und der Rest der Rüden wildes Gebrüll anstimmten und sich auf sie stürzten.

Schwerter prallten von notdürftiger Rüstung ab, Männer schrien, als Blut in hohem Bogen durch die Luft spritzte. Nach der Stille wirkte der plötzliche Lärm ohrenbetäubend. Cory verlangsamte die Schritte. In dem Waldabschnitt vor ihm, durch den sich die Furchen des Pfads zogen, war ein heilloses Chaos ausgebrochen. Männer hackten aufeinander ein und brüllten und wogten hin und her wie eine launische Flutwelle. Gefallene übersäten schon den Boden, Blut pumpte aus Brustverletzungen. Cory ließ das Schwert sinken und entsandte die Sinne, hielt die Finger bereit, um das Geflecht zu verknoten – doch plötzlich blitzte der verheerte Arm des Mannes von vorhin vor seinen Augen auf. Ein erstickter Schrei entrang sich seiner Kehle.

Er hatte sich bemüht, mit den Rüden zu üben, weil er bei der Verteidigung von Muld helfen wollte, doch er konnte mit der Klinge kaum einen Hieb abwehren, geschweige denn, damit töten. Dass er den Angreifer auf dem Höhenzug damals besiegt hatte, war ein Glücksfall gewesen. Danach hatte er gedacht, er könnte stattdessen das Geflecht zu Mulds Verteidigung einsetzen. Nun jedoch stellte er fest, dass er nicht einmal das schaffte. Er war nutzlos, schlimmer als Sovaan, da er trotz ständiger Versuche nie in der Lage zu sein schien, sein Wissen umzusetzen. Sovaan ging wenigstens offen mit seiner Engherzigkeit und dem ihm eigenen Selbsterhaltungstrieb um.

Dann spürte er, wie sich das Geflecht verknotete, und hörte einen ohrenbetäubenden Knall. Cory taumelte rücklings, als Erdreich und Menschen wie ein Geysir in die Luft spritzten. Erde und Stein prasselten herab, als zwei weitere Explosionen durch die Ränge der Plünderer fegten. Cory spürte bei jeder Verknotung, wie sie sich bildete – wenige Augenblicke, bevor sie entfesselt wurde. Ihr Mittelpunkt lag jeweils tief unter der Erde. Die Verknotungen erwiesen sich als sehr dicht. Die Energie und die Spannung wurden auf Faustgröße zusammengeballt, wie sie es seit dem letzten Überfall der Plünderer geübt hatten.

»Dämonen!«, brüllte jemand aus den Reihen der Fremden. »Hexer! Sie setzen die Erde selbst gegen uns ein! Kämpft! Tötet sie, bevor sie uns alle vernichten!«

Eine weitere Explosion erschütterte den Pfad, so nah, dass Cory den Schwertarm hob, um den Kopf vor der auf ihn herabprasselnden Erde zu schützen. Dann tauchte auch er ins Geflecht, griff tief unter der Erde in der Nähe der Mitte des wilden Handgemenges vor ihm zu und knotete.

Weiteres Erdreich stob hoch empor, schleuderte die Banditen in die Luft und ließ im Kampfgeschehen eine Lücke entstehen. Die von der Druckwelle Erfassten krachten in ihre Gefährten hinein, stießen weitere um. Bevor sie sich davon erholen konnten, schuf Cory erst links, dann rechts zwei neue Explosionen, um die lose Formation des Feindes aufzubrechen. Wenige Lidschläge später folgten vier weitere trommelfellerschütternde Knalle weiter vorn entlang des zerfurchten Pfads.

Mittlerweile schrien einige Banditen wie am Spieß, manche vor Schmerz, andere vor Panik.

»Bleibt hier! Verteidigt Baron Aurek! Bleibt bei euren Einheiten!«

Aber die unheimlichen Angriffe der Mentoren und ihrer Schüler setzten sich fort. Manche Explosionen fielen stärker aus als andere. Jene Banditen, die gerade gegen Bryce und den Rest der Rüden kämpften, wurden als einzige nicht ins Visier genommen. Cory konnte beobachten, wie sich schlagartig Angst in die Formation der Plünderer fraß. Diejenigen weiter vorn auf dem Pfad traten plötzlich kopflos den Rückzug an und prallten gegen jene, die gegen die Rüden kämpften. Als Bryce und der Rest seiner Truppe die Stellung hielten und sich nicht zurückdrängen ließen, löste sich eine Gruppe von ungefähr zwanzig Banditen von den anderen und steuerte auf den Wald rechts von Cory zu. Cory entsandte abermals die Sinne und spürte, wie die anderen Universitätsstudenten dasselbe taten. Erde spritzte hoch, Baumstämme explodierten. Drei Bäume, deren Stämme durch Verknotungen gesplittert waren, ächzten und begannen zu fallen. Die zwanzig Männer schrien auf und stoben auseinander, hechteten aus dem Weg, während unablässig Geysire aus Erdreich um sie herum in die Luft spritzten.

Die Anführer der Plünderer brüllten Befehle, nannten die Flüchtenden Feiglinge und Mistkerle, ihre Rufe immer wieder von Flüchen und von angestrengtem Grunzen unterbrochen, da sie zugleich weiterkämpften. Cory richtete sich mit dem in seiner Hand baumelnden Schwert auf und stellte fest, dass die Hauptgruppe der Kämpfer die Position gehalten hatte. Eine andere Gruppe hatte sich zwischen den Bäumen hindurch zu dem Bach auf der linken Seite davongemacht. Die meisten preschten durch das Chaos aus Erdgeysiren und splitternden Baumstämmen, ohne innezuhalten oder auf das Knacken und Knirschen von Ästen zu achten, als weitere Bäume kippten. Als es einige unbeschadet durch den Gefahrenbereich schafften, flüchteten weitere in die Sicherheit der umliegenden Hügel.

Aber nicht alle. Diejenigen, die blieben, waren Bryce und seinen Leuten zahlenmäßig immer noch überlegen und kämpften mittlerweile mit einer der nackten Angst entsprungenen Leidenschaft. Cory entfesselte eine weitere Verknotung, als er sah, wie zwei von Bryces Rüden fielen. Durch die Lücke, die entstand, als ihre Körper zu Boden sackten, erspähte er den Anführer der Plünderer mit seiner von Blut bespritzten Lehnsherrenjacke. Der Mann kämpfte mit ruhiger Konzentration und verbissener Kieferpartie, die Augen zornig und entschlossen verengt. Der Anführer brüllte weder den Befehl, sich neu zu formieren, noch verfluchte er seine Männer dafür, dass sie die Flucht ergriffen. Er kämpfte einfach.

Bis er Cory erblickte. Da hielt er inne. Er hob das Schwert an und richtete es auf Cory.

Cory hob seinerseits die freie Hand – der Gedanke, stattdessen das Schwert zu heben, kam ihm gar nicht – und entsandte die Sinne zum Erdreich unter den Füßen des Lehnsherrn.

Bevor er das Geflecht zu einer Verknotung formen und entfesseln konnte, schoss ringsum auf allen Seiten Ley empor. Sich kräuselnde Ranken und durchgehende Vorhänge von blendendem Weiß stiegen himmelwärts und kesselten die Plünderer auf drei Seiten ein. Das ließ ihnen nur einen einzigen Fluchtweg.

Sogar jene, die sich als hartgesotten genug erwiesen hatten, um den Erdgeysiren standzuhalten, schrien angesichts des Ansturms der Ley vor plötzlichem Grauen auf. Sie brandeten gegen Bryce und seine Leute vorwärts, versuchten jedoch nicht mehr, sich freizukämpfen, sondern nur noch, panisch zu flüchten. Die Wenigen, die versuchten, die Stellung zu halten, darunter der Anführer, wurden beiseitegestoßen. Einige fielen und wurden zertrampelt, als Bryces Verteidiger schließlich überwältigt wurden. Die Brandschatzer stürmten den Pfad herunter geradewegs auf Cory zu. Er wich zur Seite zwischen die Bäume aus, bereit, bei Bedarf eine Verknotung zu entfesseln, aber niemand schaute auch nur in seine Richtung, als die Flüchtenden an ihm vorbeirasten.

»Feiglinge!«, brüllte einer der verbliebenen Plünderer von seiner Position in Aureks Nähe. Den Anführer umgab ein Dutzend unerschütterlicher Kämpfer, die bei ihm ausharrten. »Feiglinge! Kommt zurück und kämpft wie die Rüden, die ihr vorgebt zu sein!«

Aurek hob eine Hand, um den Brüllenden zum Schweigen zu bringen. »Lass sie gehen, Devin.« Er ließ den Blick über den zerfurchten Pfad wandern, der mittlerweile zudem von den Kratern der Verknotungen übersät war, die Cory und die anderen entfesselt hatten, und gepflastert mit mehr als zwanzig Leichen. Die Wand der Ley verlief gekrümmt um seine Position, schloss ihn und seine Männer ein, wenngleich sie sich nicht bewegt hatte. Keiner der Lumagier besaß das Können, die Ley in neue Bahnen zu zwingen. Ohne ein stabiles Netzwerk wie das in Erenthrall waren sie beim Üben kaum in der Lage gewesen, sie überhaupt zu bändigen.

Aureks Blick wanderte von der Ley zu Bryce, Braddon und den anderen, die mit angespannten Schultern und fest um die Griffe ihrer Schwerter geballten Händen kampfbereit dastanden. Die Rüden von Muld hatten sich neu formiert, nachdem sie von Aureks Flüchtenden beiseitegedrängt worden waren.

Die zwei verbliebenen Gruppen hielten sich zahlenmäßig ungefähr die Waage.

Aurek und Bryce verhakten die Blicke ineinander. Die Anspannung in beiden Gruppen wuchs, Männer verlagerten leicht die Stellung, Devin schob sich ein wenig vor Aurek.

»Ihr helft Lumagiern.« Aurek deutete auf die Ley-Barrieren hinter ihm. »Versteckt sie. Jetzt haben wir den Beweis.«

»Na und?«

»Diese Leute hätten uns alle beinah vernichtet. Sie müssen ausgelöscht werden, bevor sie es zu Ende bringen können. Liefert uns die Weißmäntel und eure Hexer aus, dann lassen wir euch in Ruhe. Wir wollen nur die Lumagier und ihresgleichen.«

»Von wegen. Du vergisst, dass ihr unsere Wagen schon angegriffen habt, bevor ihr auch nur vermuten konntet, dass wir Lumagier haben. Ich glaube keinen Moment lang, dass ihr uns in Ruhe lasst, wenn wir sie euch ausliefern. Und ich würde sagen, im Augenblick sind sie unser bester Schutz gegen euch.«

»Dir werd ich's zeigen, du kleiner Pisser.« Devin trat mit gezücktem Schwert vor.

Aurek streckte die Hand aus, fing ihn am Arm ab und hielt ihn zurück. »Du begehst einen Fehler. Ich habe dich kämpfen gesehen, Rüde. Wir könnten Männer wie dich in Anfurt gebrauchen.«

»Auf Kosten derer, die mich in Erenthrall gerettet und seither beschützt haben.«

»Sie werden sich letzten Endes gegen dich wenden, wie sie sich gegen uns alle gewandt haben.«

»Niemand weiß, was wirklich in Erenthrall passiert ist. Am wenigsten du, *Baron*.« Den Titel spie Bryce mit verächtlichem Unterton hervor.

Devin zog erneut die Schultern hoch, und die Spannung spitzte sich weiter zu, als auf beiden Seiten alle die Schwerter hoben und Haltung für einen weiteren Kampf einnahmen. Doch Aurek zog Devin stattdessen auf den Pfad zu.

»Wir rücken ab. Kampflos.«

Die beiden wechselten einen Blick, und Devin gab nach.

Die Plünderer folgten dem Pfad in Richtung der Überreste von Muld. Alle bewegten sich vorsichtig, bereit, auf etwaige jähe Bewegungen der anderen Gruppe sofort zu reagieren. Braddon gab Bryce ein Zeichen, mit dem er fragte, ob sie angreifen sollten, doch Bryce schüttelte den Kopf, ohne den Blick von Aurek oder Devin zu lösen. Als die Angreifer aus Anfurt an ihnen vorbeigezogen waren, stellten sich die Rüden mit der Ley als fließendem weißem Hintergrund auf den Pfad und beobachteten, wie Aurek und seine zwanzig Gardisten in die Ferne davontrotteten.

Cory trat zwischen den Bäumen hervor. »Lässt du sie einfach gehen?«

»Wir haben nicht genug Männer, um sie zu verfolgen. Es sei denn, du bist auf einmal ein Meister im Schwertkampf geworden.«

»Nicht, dass ich wüsste.«

»Was also machen wir jetzt?«, fragte Braddon. »Sie mögen abrücken, aber die sind noch nicht fertig mit uns.«

»Nein, sind sie nicht.« Bryce erhob die Stimme. »Aber sie sind vorläufig weg. Wer ist da draußen?«

Hinter ihnen sank die Ley und versickerte spurlos im Boden wie Wasser, das nach heftigen Regenfällen von der Erde aufgesogen wird. Verdutzt stellte Cory fest, dass hinter dem verschwindenden Vorhang der Ley Sovaan zum Vorschein kam, flankiert von Jasom, Raven und Mareane. Mareane sah blass aus. Sie hatte sich offensichtlich noch nicht vollständig von ihrem Anfall erholt. Als die Ley verebbte, ließ sie die Arme sinken und sackte gegen Raven, die sie stützen musste. Hinter ihnen wischten sich zwei Dutzend Mulder mit Mistgabeln und Messern – angeführt von Paul – den Angstschweiß von den Stirnen. Von links tauchten Hernande und Jerrain auf.

»Wo seid ihr gewesen?« Sovaan schnaubte vorwurfsvoll. »Ich musste den Höhleneingang ganz allein tarnen!«

»Wir wollten der Störung im Geflecht auf den Grund gehen. Forschung. Hast du vielleicht auch schon das eine oder andere Male gemacht.«

»Ihr feigen … Die Höhlen zu tarnen, war eure Aufgabe!«

Hernande trat zwischen die beiden Mentoren. »Ich bin mir sicher, du hast es in unserer Abwesenheit wunderbar hinbekommen, Sovaan.«

Der aufgeblasene Mentor beruhigte sich, straffte die Schultern und schob die Brust vor. »Natürlich. Es war nicht allzu …«

Hernande wartete den Rest nicht ab, sondern trat an Bryces Seite. »Was sollen wir tun? Was brauchst du von uns?«

»Die werden sich nicht zurückziehen. Ich vermute, sie formieren sich in Muld neu, bevor sie uns wieder angreifen. Wir müssen alle, die hier verwundet worden sind, zu den Höhlen bringen und anschließend den Pfad und die Eingänge bestmöglich tarnen.«

»Paul, Sovaan und ihr anderen, kümmert euch um die Verwundeten und schafft alle zu den Höhlen. Jerrain, Cory und ich kümmern uns darum, den Pfad zu verbergen. Raven und Mareane. Ihr bleibt für den Fall bei uns, dass sie schneller als erwartet zurückkommen.«

Paul bedeutete allen, sich zu bewegen, und sie begannen, die Gefallenen zu untersuchen und alle wegzubringen, die noch lebten. Raven vergewisserte sich, dass sich Mareane ausreichend erholt hatte, um aus eigener Kraft zu stehen, dann half sie dabei, alle sichtbaren Wunden zu überprüfen. Mareane zitterte immer noch, zu schwach, um mitzumachen. Ihre Züge wirkten grau.

Bryce wandte sich an seine Männer. »Quinn, du und Reiss, ihr folgt Aurek.« Die zwei Fährtensucher brachen auf und trennten sich. Jeder übernahm eine Seite des Pfads und ver-

schwand im Wald. Bryce hatte sich bereits Hernande zugewandt. »Wir ziehen uns langsam zu den Höhlen zurück. Bist
du sicher, dass ihr den Pfad tarnen könnt?«

»Können wir.«

Bryce ließ den Blick mit einem zweifelnden Stirnrunzeln
über den aufgerissenen Boden wandern. »Haben das alles du
und deine Schüler angerichtet?«

»So ist es.«

»Gut gemacht. Ich bezweifle, dass wir in der Lage gewesen
wären, sie ohne euch zu vertreiben.«

»Vertrieben hat sie die Ley. Wir haben ihnen nur Angst
eingejagt.«

»Stimmt.« Bryce wandte sich an Mareane, da Raven noch
damit beschäftigt war, sich um die Verwundeten zu kümmern.
»Ich wusste, dass ihr Lumagier euch als praktisch erweisen
würdet.«

Mareane wirkte unsicher, als könne sie nicht recht entscheiden, ob sie darauf zornig, gekränkt oder dankbar reagieren sollte.

Doch Bryce richtete das Wort schon wieder an Hernande:
»Ich dachte, ihr anderen könntet diese Verknotungen auch
verwenden, um zu töten, nicht nur, um Erde aufzuwirbeln
und Bäume zu fällen.«

»Das ist zu riskant. Menschen bewegen sich, das Erdreich
und Bäume nicht. Eine Verknotung, die für ein feindliches
Herz vorgesehen ist, könnte dadurch stattdessen im Arm,
nutzlos in der Luft oder gar in einem der eigenen Leute enden.«

Bryce dachte einen ausgedehnten Herzschlag lang darüber
nach. »Daran werdet ihr noch arbeiten müssen.«

Paul näherte sich. »Wir haben alle, die noch leben, darunter zwei Männer dieser anderen Gruppe.«

»Gut, dann können wir sie über diesen ›Baron‹ Aurek und
sein Anfurt befragen. Vielleicht gelingt es uns herauszufinden,

wo sein Hauptlager ist. Aber vorerst: Wie viele Tote haben wir?«

»Vier unserer Leute, zehn der Angreifer.«

»Wenn man bedenkt, dass sie uns zahlenmäßig drei zu eins überlegen waren, muss man damit zufrieden sein.« Der Rüde betrachtete den Abschnitt des Pfads zwischen dem Wald und den Hügeln. »Wir sind hier fertig. Bringen wir alle zu den Höhlen.«

Als sie sich dazu anschickten, den Weg zu den Höhlen anzutreten, wies Mareane in den Himmel hinter ihnen in der Richtung von Muld. »Schaut.«

Cory drehte sich zusammen mit vielen der anderen um. Über den Bäumen verhüllte eine dichte, schwarze Rauchsäule das Blau des Himmels und die Front schwerer Wolken, die auf sie zukam.

»Das ist zu nah, um von den Gebäuden in Muld zu stammen.«

»Das sind die Felder. Sie verbrennen die Ernte auf den Feldern.«

NEUNZEHN

Ein Beben ging durch den Wagen, das Kara als Kontrapunkt zum einlullenden Rattern der Räder auf der gepflasterten Straße aus ihrem leichten Dösen riss. Wie bei jedem Erdbeben seit der Entfaltung der Verkrümmung über Tumbor vor drei Tagen raste Geschrei durch die Gruppe der Kormanley, und der Wagen kam abrupt zum Stehen. Die Vollstrecker umringten die Gefangenen, während alle anderen die Aufmerksamkeit auf die gold-rot-purpurne Verkrümmung richteten, die im Verlauf der Fahrt am Horizont gewachsen war.

»Was ist los?« Adder, der geschlafen hatte, stemmte sich in sitzende Position hoch. Dabei zuckte er zusammen angesichts der Verletzungen aus dem Kampf mit seinen Bewachern. Er hob eine Hand an die Beule, die von dem Stein stammte, der ihn zu Fall gebracht hatte. Immer noch eine garstige Wunde, obwohl die Schwellung inzwischen merklich zurückgegangen war.

Dylan reichte ihm eine Flasche mit Wasser. »Ein weiteres Beben. Nicht so schlimm wie die direkt nach der Entfaltung, aber immer noch so, dass man es auf jeden Fall bemerkt.«

»Verhalten sich die Weißmäntel immer noch so?«

»Sie haben einen Kreis gebildet, diesmal nach Osten gerichtet.« Kara deutete in die Richtung, wo sich die Vollstrecker schützend um Iscivius und die anderen aufgebaut hatten, mit Marcus in der Mitte. Er hatte einen Stab der doppelten Länge seiner Körpergröße mit einer Metallspitze am Ende in den Boden getrieben, so tief er konnte. Dann hatte er den anderen im Kreis die Hände gereicht. Nun stand er mit geneigtem Haupt und geschlossenen Augen da, als betete er.

»Irgendeine Ahnung, was sie da machen?«

»Ich habe über etwas nachgedacht, was Marcus bei unserer Gefangennahme gesagt hat – etwas darüber, dass die Beben die Ley-Linien umleiten. Ich vermute, sie überprüfen, ob sich seit dem letzten Beben etwas verändert hat.«

»Und was hat es mit diesem Stab mit der Metallspitze auf sich?«

»Vielleicht so etwas wie eine Wünschelrute.« Sowohl Kara als auch Adder drehten sich Dylan zu. Der zuckte mit den Schultern. »Früher haben wir für die Suche nach Wasserquellen gegabelte Äste verwendet. Warum sollte man nach der Ley nicht auf ähnliche Weise suchen?«

»So, wie Hernande und Cory die Sande verwenden. Die Stange hilft ihnen vielleicht, die Ley-Linien zu orten.«

»Das kann allerdings unmöglich besonders genau sein. Wahrscheinlich hilft ihnen der Stab, den Linien weiter zu folgen, als sie es könnten, wenn sie es ohne diese Hilfe versuchten. Allerdings wüsste ich nicht, wie er ihnen das Gesamtbild vermitteln könnte.«

»Wir könnten ja Carter fragen.«

Karas Blick schwenkte von Marcus zu Carter, der bei den Weißmänteln mit Iscivius auf einer Seite und Irmona auf der anderen im Kreis stand. Beide Weißmäntel hatten Carter aufmerksam im Auge behalten, seit ihn Marcus zu einem Mitglied ihrer Gruppe erklärt hatte. Aber Carter wahrte Abstand zu Kara und den anderen, näherte sich dem Wagen nie auf weniger als sieben Schritte, und unter den Vollstreckern und Weißmänteln verhielt er sich unscheinbar. Sogar Riley hatte aufgehört, ihn zu beobachten, und überließ das stattdessen Iscivius.

»Ich glaube nicht, dass Carter es uns sagen würde, selbst wenn er noch geneigt wäre, überhaupt mit uns zu reden.«

Plötzlich durchlief Marcus ein Schauder, und er hob den Kopf. Einen Herzschlag lang verhakte sich sein Blick mit dem ihren, bevor er wieder wegschaute und die Verkrümmung anstarrte. Dann löste er die Verbindung mit dem Kreis der Lumagier und zerrte den Stab aus dem Boden. Er reichte ihn Okata und begann, Anordnungen zu erteilen.

»Das war jetzt schnell. Sonst verbringen sie doppelt so viel Zeit mit diesem Ding.«

»Vielleicht hat es nicht so viele Veränderungen gegeben. Es war ja auch nur ein kleines Beben.«

»Irgendwie beruhigt mich das nicht.«

Der Kreis der Weißmäntel löste sich auf. Okata und Irmona kehrten mit Marcus zum vordersten Wagen und zu den Pferden zurück, der Rest verteilte sich innerhalb der Gruppe. Die Vollstrecker eilten auf neue Positionen.

Kara zögerte, dann bahnte sie sich den Weg zum Heck des Wagens.

»Wohin gehst du?«

»Ich will mit Marcus reden.«

Aber bevor sie aus dem Gefährt klettern konnte, packte Riley sie am Arm und stieß sie zurück. Überrascht – man hatte ihnen im Verlauf der vergangenen drei Tage mehrfach gestattet, vom Wagen zu steigen, um sich die Beine zu vertreten – plumpste sie auf den Hintern und stieß sich mit schmerzhafter Wucht den Ellbogen. Adder bewegte sich schützend an ihre Seite.

»Ich muss mit Marcus reden.«

»Nicht jetzt.« Riley zeigte auf den Wagen. »Bleib hier.«

»Können wir aussteigen, um uns die Beine zu vertreten?«

»Nein, bleibt im Wagen. Wir haben die Nadel fast erreicht.«

Damit stapfte er davon, und zwei andere Vollstrecker nahmen seinen Platz ein. Die beiden winkten sie weg vom Rand des Wagens, und sowohl Adder als auch Kara rutschten zurück.

Als sie sich im vorderen Bereich wieder Dylan und Aaron angeschlossen hatten, meinte Adder: »Riley hat vor irgendetwas Angst.«

»Hatten die Weißmäntel auch. Sie machen alle einen hektischeren Eindruck als sonst.«

»Riley meinte, dass wir uns der Nadel nähern. Vielleicht liegt es daran.«

Niemand erwiderte etwas darauf.

Mit einem Ruck setzte sich der Wagen wieder in Bewegung. Aaron richtete sich ein wenig auf, um nach vorn spähen zu können. »Schaut.«

Kara, Adder und Dylan verlagerten die Position so, dass sie über den Kutschbock und um den Fahrer und dessen Beschützer herumsehen konnten. Der Gardist blickte zu ihnen zurück, sagte aber nichts.

Vor ihnen im Süden ragte ein dünner Turm aus den Ebenen empor, schwarz mit einem kalten Glanz an den Seiten, wie Obsidian. Scharfkantig wie eine Klinge stach er in den Horizont und den blauen Himmel, und als der Wagen über eine kleine Erhebung in den Ebenen rollte, konnten sie in eine weitläufige, flache Senke am Fuß des Turmes sehen. Er erhob sich aus einem gewaltigen, dreistufigen Tempel, der in einem düsteren Granitgrau schimmerte und sich vom gelben Gras und der rötlichen Erde abhob, die ihn umgaben. Der Tempel strahlte selbst auf die Entfernung ein Gefühl hohen Alters aus. Er war offensichtlich von Steinmetzen errichtet worden, nicht von Lumagiern geformt. Man hatte ihn aus Steinen gebaut, die aus einem Bruch in einiger Entfernung stammten und mühsam dorthin gekarrt worden sein mussten. Die ohne die Ley zum Formen des Steins nötige Arbeit musste unvorstellbar gewesen sein.

Tempel und Turm waren von einem Ring von weltlicheren, lange Zeit danach gebauten Häusern umgeben, um die herum eine Zeltstadt aus dem Boden geschossen war. Turm, Tempel, Gebäude und Zelte lagen hinter einer kreisförmigen Steinmauer. Grellweiße Banner wehten von den Mauern und am Tempel, und überall waren Wachen zu sehen, vor allem in der Nähe der nördlichen Tore. Innerhalb der Umfriedung wimmelte es von weiteren Leuten. Rauch stieg von Kochfeuern und Kaminen auf, und Kara spürte, wie ihre Haut vor Ley kribbelte. Sie japste, als sie Ley-Kugeln erkannte, die an verschiedenen Stellen des Schutzwalls schwebten wie jene, die sich auf den Mauern der Universität in Erenthrall befunden hatten, wenngleich sie derzeit nicht leuchteten. Das mussten sie auch nicht – es war erst mitten am Nachmittag und die Sonne stand noch hoch am Himmel. Aber wenn man nach der Energie ging, die sie bereits von der Anlage ausgehen spürte, würden sie bei Einbruch der Dunkelheit angehen.

»Das muss die Nadel sein.«

»Das ist eine verdammte Festung.«

»Nein. Es ist ein Knoten. Ein aktiver Knoten.« Kara versuchte, die Position so zu verlagern, dass sie mehr erkennen konnte. »Und danach zu urteilen, was ich gerade davon ausgehen fühle, ist es der Ballungspunkt aller Ley-Linien in dem Gebiet.«

»Wie der Nexus?«

Kara packte die Vorderseite von Dylans Hemd mit einer Faust. »Haargenau wie der Nexus. Erinnerst du dich an all die Knoten und Ley-Linien, die wir in und um Erenthrall gefunden haben?«

Dylan nickte und hielt mittlerweile mit einer Hand ihr Handgelenk, wenngleich er sich nicht gegen ihren Griff wehrte. »Sie haben die Ley in eine eigenartige Richtung geleitet. Nicht auf Erenthrall zu, sondern weiter nach Westen.«

Kara ließ Dylan los, der gegen die Kisten zurücksackte, die sie alle als Sitze benutzt hatten. Kara bewegte sich nach hinten, um vom Heck des Wagens nach Nordosten zu starren, wo die Verkrümmung über Erenthrall am Horizont kauerte, neuerdings in den Schatten gestellt von der erheblich größeren – und viel näheren – Verkrümmung über Tumbor. »Die waren alle verändert.«

»Wegen der Zersplitterung.«

»Nein! Sie waren von der Zersplitterung unterbrochen, aber sie sind seither verändert worden. Wir dachten, es läge daran, dass die Ley-Linien versuchen, sich irgendwie zu stabilisieren, in eine Art natürliche Ordnung zurückkehren, und ich denke, das versucht die Ley auch. Aber es gelingt ihr nicht, weil die Verkrümmung die uralten Knoten in Erenthrall wie den im Halliel-Park blockiert hat. Nur ist das nicht der Fall. Die Ley-Linien, auf die wir in Erenthrall gestoßen sind, haben sich nicht selbst neue Verläufe gesucht. Sie sind vorsätzlich umgeleitet worden. Von den Weißmänteln. Sie erschaffen sich hier an der Nadel ihren eigenen Nexus und lenken alle Ley-Linien zu diesem Punkt.«

»Und wenn es zutrifft, dass die Beben eine Nebenwirkung der Neuordnung von Ley-Linien sind ...«

»Dann ist der Grund, warum die Weißmäntel sie nach jedem Beben überprüfen, weil sie sicherstellen wollen, dass keine der Linien ihre Richtung geändert hat.«

Alle dachten verblüfft schweigend darüber nach, während der Wagen über die Anhöhe holperte und den Abstieg hin zur Nadel begann. Vorne eilte ein Kontingent berittener Vollstrecker der Hauptgruppe voraus – um ihre unmittelbar bevorstehende Ankunft anzukündigen, vermutete Kara.

Ihr kam ein weiterer Gedanke. »Die Entfaltung der Verkrümmung über Tumbor muss ein verheerendes Chaos im System angerichtet haben. Sie muss eine beträchtliche Anzahl der mit der Nadel verbundenen Ley-Linien abgeschnitten haben. Die Beben werden von jenen Ley-Linien ausgehen, die sich anzupassen versuchen, da die Knoten in Tumbor jetzt blockiert sind.«

»Und wenn man daran denkt, was nach der Verkrümmung in Erenthrall passiert ist, werden sich die Beben fortsetzen und womöglich noch heftiger werden.«

»Das muss der Grund sein, warum die Beben um Erenthrall in den vergangenen Monaten schwächer geworden sind. Die Kormanley haben das Gebiet stabilisiert, indem sie die Linien hierher gelenkt haben.«

»Aber das ergibt keinen Sinn. Die Kormanley haben versucht, den Nexus zu zerstören. Was sie immer wollten, war die Rückkehr der Ley zu ihrer natürlichen Ordnung. Warum sollten sie sich jetzt auf einmal ihren eigenen Nexus schaffen?«

Kara holte Luft, um zu antworten, hielt den Atem jedoch an, als ihr klar wurde, dass Adder recht hatte. Es ergab wirklich keinen Sinn. »Das weiß ich nicht. Vielleicht haben sie erkannt, dass sich die Ley nicht von allein festigen kann, weil ihre natürlichen Knoten blockiert sind. Und jetzt versuchen sie, es selbst zu richten.« Aber auch das fühlte sich nicht richtig an. Noch verwirrter als zuvor schüttelte sie den Kopf. »Was immer sie zu erreichen versuchen, sie brauchen mehr Lumagier. Und nun, nach der Entfaltung in Tumbor, vermutlich dringender als je zuvor.«

Ein Ruck lief durch den Wagen, und Kara klammerte sich hinten am Kutschbock fest, um sich zu stützen. Der Vollstrecker, der darauf saß, wurde durchgeschüttelt. »Setz dich wieder hin und bleib, wenn du keine Hand verlieren willst.« Um der Drohung Nachdruck zu verleihen, legte er die eigene Hand auf den Griff seines Schwertes.

Kara wich zurück und ließ sich neben Adder nieder. Dylan und Aaron saßen ihnen gegenüber. Sowohl Dylan als auch Adder wirkten nachdenklich. Beide grübelten darüber, was sie nun, da sie die Nadel gesehen und eine Vorstellung davon hatten, worum es sich handelte, über die Weißmäntel wussten.

»Was werden sie mit uns machen, wenn wir die Nadel erreichen?«

Kara antwortete Aaron nicht. Carter hatte Iscivius und Marcus wahrscheinlich bereits verraten, dass Aaron bloß einer der Mulder war, der ihre Gruppe ergänzt hatte, um mit den Pferden und Wagen zu helfen. Was würden sie mit Leuten tun, die nicht die Gabe besaßen, die Ley zu beeinflussen?

Gebrüll ertönte, als sie sich den Toren näherten. Vollstrecker auf dem Wall befahlen jenen unten, aus dem Weg zu gehen. Eine Glocke läutete atonal, als wäre sie gesprungen, und kündigte ihre Ankunft an.

Kara bemühte sich, nach vorn zu sehen, aber der Vollstrecker neben dem Kutscher forderte sie abermals auf zurückzubleiben. Trotzdem konnte sie noch an den Seiten vorbeispähen und erkennen, dass sich eine Linie von Vollstreckern gebildet hatte, die eine Schar von Männern, Frauen und Kindern zurückhielt, damit der Wagen vorbeifahren konnte. Die Vollstrecker trugen dieselben roten Hemden und schwarzen Hosen wie jene, von denen sie gefangen genommen worden waren, wenngleich sauberer. Die Menschen hingegen kleideten sich so, wie es Kara aus den Bezirken Eld und Stän in Erenthrall vor der Zersplitterung kannte. Der Stoff war zwar ausgebleicht und abgetragen, aber erst unlängst gewaschen worden. Die Menschen schienen gesund und gut genährt zu sein, und alle zeigten aufgeregt auf die Weißmäntel, insbesondere auf Marcus. Dabei hellte eine Mischung aus Ehrfurcht und Hoffnung ihre Züge auf, als ob einer der Lehnsherren oder Barone unter ihnen wandelte. Die meisten trugen Körbe oder Stoffballen, einige waren mit Kisten auf ihren Schultern beladen.

»Sie sehen zufrieden aus.«

»Sogar zufriedener als diejenigen von uns aus Muld.« Und entschieden zufriedener als die Gruppen, die Kara über ganz Erenthrall verteilt gesehen hatte.

»Vielleicht ist dieser Vater, von dem alle reden, gar nicht so übel, wie wir denken.«

»Erenthrall war auch einmal eine zufriedene Stadt, trotzdem standen alle Menschen dort unter der Fuchtel des Barons.«

Als sie in den Schatten des Tors gerieten, schaute Kara nach oben. Der Steinbogen war dick und massiv, mindestens drei Schrittlängen breit, und gesprenkelt mit kleinen Löchern von der Größe ihrer Faust. Das Klappern der Pferdehufe hallte darin merkwürdig wider, leicht gedämpft von dem schweren, eisenbeschlagenen Holztor, dessen Flügel zu beiden Seiten aufgeschwungen worden waren. Sie fuhren unter einem Schlitz hindurch, aus dem die scharfen Spitzen eines in den Schatten verborgenen Eisengitters hervorlugten.

Kara hatte Ähnliches überall in Erenthrall gesehen – in den Toren der Universität in Konflux, als Zierspitzen auf den Mauern um die Anwesen der Lehnsherren, sogar als Motive in den Zwischengeschossen der Ley-Stationen. Aber in all diesen Fällen hatte es sich entweder um Dekor oder um vor Alter oder Vernachlässigung rostige Gitter gehandelt. Dieses Gitter wirkte sauber, und die Spitzen, die in Löcher im Steinboden sinken würden, über den sie gerade rollten, hatte man offenbar erst unlängst geschärft.

Sie gelangten auf den Hof der Nadel.

In dem offenen Bereich hinter dem Tor drängten sich Zelte aneinander wie auf einem Marktplatz, aber als sie weiter auf die Gebäude um den Tempel und den Turm zuhielten, erkannte Kara, dass es sich nicht um einen Markt handelte. Die Zelte dienten als Unterkünfte wie jene, die im vergangenen Winter von den Flüchtlingen als Unterschlupf benutzt worden waren, nur schien die Zeltsiedlung hier dauerhafter angelegt zu sein. Ley-Kugeln schwebten in den wenigen, deren Klappen offen standen, und Kara erhaschte flüchtige Blicke auf Heizsteine sowohl in den Zelten als auch außerhalb. Sie passierten einen mit Ley betriebenen Ofen, der vor Hitze flimmerte, als ein Bäcker mit einem langen Holzpaddel in die mittlere Kammer fasste und zwei frische Brotlaibe herauszog. Der drehende Wind trug das durchdringende Aroma des Brotes zu ihnen. Karas Magen verkrampfte sich mit einem jähen, heftigen Anflug von Hunger, während ihr gleichzeitig das Wasser im Mund zusammenlief. Dylan verrenkte sich den Hals, um einen Blick auf den Ofen zu erhaschen.

Weitere Gerüche bestürmten sie, als sie tiefer zwischen die Zelte vorrückten: der würzige Duft bratenden Fleischs, sowohl Geflügel als auch etwas Saftigeres wie Wildschwein; ein Hauch von Lauge und Seife; der Mief einer Schlachtung; der Gestank von Dung und Vieh. Es mutete an, als hätte man alle Bezirke Erenthralls hinter die Mauern um die Nadel gepfercht. Eine Zeit lang reihte sich hinter ihnen ein Mann ein, der fünf Ziegen und ein Schaf hütete. Kinder tollten um sie herum. Sie hielten sich zwar von Riley und den anderen Vollstreckern fern, tobten sich aber abgesehen davon nach Herzenslust aus. Eine Frau vor einem Zelt rührte einen tiefen Kessel um, aus dem es nach etwas wie Rindfleischeintopf duftete, und sang dabei leise vor sich hin. Eine Gruppe aus zwei betagten Frauen und einem jungen Mädchen saß um einen Haufen Kleidung und nähte. Zwei Männer arbeiteten daran, ein Joch und Zaumzeug zu reparieren.

Und über all das verteilt sichtete Kara mindestens fünf weitere Weißmäntel.

»Das ist unglaublich.« Dylan konnte die Sehnsucht in seiner Stimme nicht verschleiern. »Die verhalten sich alle, als wäre nichts geschehen, als hätte sich überhaupt nichts verändert.«

»Wie sind die hierher gelangt? Von wo sind sie gekommen? Das muss schon vor der Zersplitterung ein Knoten gewesen sein. Oder eine Verbindungsstelle, wo Ley-Linien zusammenflossen, bevor sie nach Tumbor und in die Lehensgebiete auseinandergeströmt sind. Womöglich bis nach Horn im Süden. Dann wären hier vielleicht zwanzig Lumagier für die Wartung zuständig gewesen, dazu ihre Familien. Unter Umständen noch genug andere, um es eine Ortschaft zu nennen, wenn es zudem als Wegposten für die Ley-Barkassen diente. Aber bestimmt nicht so viele Leute.«

»Sie müssen nach der Zersplitterung hergekommen sein. Hierher geflüchtet, wie wir nach Muld flüchteten.«

Kara sank im Wagen zurück. »Genau das wollte ich für Erenthrall. Ich wollte die Verkrümmung beseitigen, den Nexus stabilisieren, Grass und die inneren Bezirke wiederaufbauen, damit die Menschen zurückkehren könnten.« Bestürzt ließ sie den Blick über die blühende Zeltstadt wandern. »Die Kormanley haben das vollbracht?«

Niemand antwortete. Ihr Wagen rollte durch die Menschenmassen, und die anderen wirkten genauso verdattert, wie Kara selbst sich fühlte.

»Woher beziehen die all ihre Lebensmittel?« Sie kamen an einem Spieß vorbei, auf dem drei saftige, knusprige Hasen brieten. Dylans Blick folgte ihnen. »Ich habe keine Felder gesehen, als wir uns dem Ort hier genähert haben, auch keine Scheunen oder Stallungen für auf den Ebenen grasendes Vieh.«

»Weil sie so etwas nicht haben.«

Dylan und Aaron schauten verwirrt drein, doch Kara merkte, dass Adder es sich bereits zusammengereimt hatte.

»Sie bekommen es aus den Städten – aus Erenthrall und Tumbor. Sie müssen sie seit der Zersplitterung plündern. Aber hier hatten sie mehr Leute und waren besser organisiert. Das muss der Grund sein, warum die Ressourcen in Erenthrall so schnell so knapp geworden sind. Erinnert ihr euch an die reparierten Scherben, auf die wir gestoßen sind? Die haben hier Lumagier. Offenbar plündern sie Vorräte aus den Scherben, genau wie wir. Und sie haben uns für Lebensmittel eingetauscht. Die Tunnler wollten die Vorräte, die auf diesen Wagen sind.« Sie klopfte auf die Kisten um sie herum. Die meisten enthielten Säcke mit Getreide und Nüssen, Leinen und sonstige Stoffe sowie Einmachgläser mit eingelegten Waren. Nichts kurzfristig Verderbliches – das wäre allein wegen der Hitze ungenießbar geworden. »Genau wie der Baron. Die

Weißmäntel haben alles gestohlen und benutzen es jetzt, um die Menschen zu kontrollieren.«

»Lassen sie jeden hierherkommen?«, fragte Dylan, bevor er selbst die Antwort lieferte. »Nein, das können sie nicht. Muld hat sein Fassungsvermögen erreicht. Die müssen hier auch an ihre Grenzen gestoßen sein.«

»Deshalb haben die Tunnler uns gegen Lebensmittel getauscht. Vergesst nicht, sie schienen darüber nicht glücklich zu sein.«

»Anscheinend wissen sie nicht, wo die Weißmäntel zu Hause sind oder wie sie an die Lebensmittel herankommen. Und sie sind verzweifelt genug, um sich an die Regeln der Weißmäntel zu halten.« *An Marcus' Regeln*, dachte Kara, *oder an die dieses Vaters, von dem er sprach.*

Sie fragte sich, wie viele der in Erenthrall lebenden Gruppierungen noch gezwungen waren, mit den Weißmänteln Handel zu treiben. Kara konnte sich nicht vorstellen, dass Flussratten etwas gegen Lebensmittel eintauschen oder zulassen würden, dass irgendjemand sie auf solche Weise kontrollierte. Aber die Temeriten? Und was war mit den Gruppen südlich und östlich der Verkrümmung – mit den Gorrani und anderen? Wie viele Gruppen mochte es in Tumbor gegeben haben, bevor sich die dortige Verkrümmung entfaltet hatte?

Kara fiel beim Nachdenken erst gar nicht auf, dass sie die Zelte hinter sich gelassen hatten und in den mittleren Teil des Knotens gelangt waren, bis ein Schatten über sie fiel. Dann schaute sie zu den Steingebäuden zu beiden Seiten und zu den Gassen und Straßen dazwischen und bemerkte erst angesichts der relativen Stille, wie laut es auf dem äußeren Platz gewesen war. Auch hier befanden sich Menschen auf den Straßen, aber die Bauwerke dämpften einen Großteil des Gebrülls und der Unterhaltungen. Hinter Fenstern leuchteten Ley-Kugeln und der wärmere Schein von Kerzen, was sie an Erenthrall vor der Zersplitterung erinnerte. Die Gebäude waren nur wenige

Stockwerke hoch, ihre Architektur mehrere Jahrzehnte alt. Der Stil entstammte der Zeit, bevor die Lumagier den Nexus in Erenthrall erschaffen und begonnen hatten, ihre eigenen Türme auszusäen und ihren Bau auf der Ley zu begründen. Die Häuser erinnerten Kara an die Wohnung in Eld, in der sie aufgewachsen war. Nur schienen diese Gebäude hier noch älter zu sein, eher wie die Unterkünfte in der Universität oder der alte Herrensitz eines Barons im Herzen des Universitätsgeländes.

Ihr Blick streifte über die Menschen auf der Straße zu den schattigen Gestalten, die sich durch einige der offenen Fenster abzeichneten, dann weiter nach oben zu dem schwarzen Turm, der über allem thronte. Er ragte hoch in den Himmel, allerdings nicht so hoch wie die Türme von Grass in Erenthrall. Dieser Ort war nur ein Knoten. Der Turm kennzeichnete die Lage der Verbindungsstelle der Ley in diesem Gebiet. Er war nur so hoch, wie es die Unterstützungstürme des Fliegerturmes gewesen waren. Dennoch jagte die vollkommen flache, schwarzglänzende Oberfläche einen Schauder über Karas Schultern. Er war schmal und verjüngte sich zu einem noch dünneren Ende, ohne sichtbare Öffnungen oder Balkone. Der Anblick erinnerte sie an die penibel zugefeilten Spitzen des Torgitters.

Der Wagen kam mit einem Ruck zum Stehen. Plötzlich tauchte Riley mit sechs anderen Vollstreckern am Heck auf.

»Raus.« Er deutete mit einer Hand, die andere ruhte auf dem Griff seines Schwertes.

Alle vier zögerten, doch dann spürte Kara, wie Adder sie mit einer Hand auf ihrer Schulter vorwärts schob. »Versucht, nicht getrennt zu werden.«

Kara rutschte zum Ende der Ladefläche des Wagens und hinaus. Riley trat zurück. Adder sprang hinter ihr her aus dem Gefährt. Dylan und Aaron folgten ihm, wobei sich Dylan schwer auf Aarons Schulter stützte.

»Kannst du ihm nicht etwas besorgen, das er als Gehhilfe benutzen kann?«, fragte Kara den Vollstrecker.

Riley bedachte Dylan mit einem abschätzigen Blick. »Nein.«

Er stieß einen Pfiff aus und klopfte mit der Handfläche auf das Heck des Wagens. Der Fahrer rollte los und forderte brüllend dazu auf, aus dem Weg zu gehen.

Sie befanden sich auf einem kleinen Platz, am Fuß einer Reihe breiter Stufen, die hinauf zum Tempel führten, der die Nadel umgab. Aus dieser Nähe konnte Kara erkennen, dass der Tempel selbst älter als der äußere Ring der Gebäude war. Sein Stein sah pockennarbig aus. Ihr kam der Gedanke, dass es sich wirklich um einen Tempel handeln könnte, wahrscheinlich errichtet, bevor die Barone auf den Ebenen an die Macht gekommen waren. Jedenfalls war das Gebäude sicher deutlich älter als Baron Arent, der mit dem Nexus die Kontrolle an sich gerissen hatte.

Das bedeutete, dass dies einer der natürlichen Ley-Knoten sein musste, eine Energiequelle für das Ley-System, bevor Ober-Lumagier Augustus den Nexus in Erenthrall erschaffen und die Ley für seine eigenen Zwecke missbraucht hatte. Symbole und Meißelarbeiten überzogen die Architektur, doch bevor Kara mehr feststellen konnte, als dass der Rand jeder Abstufung von Statuen von Vögeln und anderen Tieren gesäumt wurde, stieß Riley sie vorwärts. Der Vollstrecker wies auf eine Stelle, wo sich Marcus mit den anderen Weißmänteln am Fuß der Treppe geschart hatte.

Auf dem Platz herrschte reges Treiben, das vorwiegend von Vollstreckern ausging. Eine Gruppe übte etwas abseits. Männer und Frauen gingen Paraden, Abwehrtechniken und die Beinarbeit ohne Schwerter durch, konzentriert allein auf die Form. Eine weitere Gruppe reinigte, schärfte und reparierte Waffen, Rüstung sowie Sattel- und Zaumzeug. Da Vollstrecker auch das Gebäude hinter ihnen betraten, vermutete Kara, dass es sich um Kasernen handelte. Die Männer pöbelten und scherzten miteinander, einige zogen bereits ihre Uniformen aus. Ein paar hielten draußen neben einem Fass an, das sie benutzten, um sich den Dreck von den Gesichtern zu waschen. Offensichtlich waren sie außerhalb der Mauern gewesen. Die am Fass wirkten im Gegensatz zu jenen, die das Gebäude bereits betreten hatten, erschüttert und mitgenommen.

Der Wind trug den Duft von Hammelfleisch und geröstetem Gemüse von der gegenüberliegenden Seite des Platzes zu Kara. Dort kam gerade ein Koch durch eine Tür heraus und leerte einen Eimer mit Schmutzwasser in ein anderes Fass. Durch die Tür drangen die Geräusche eines Speisesaals heraus – das Klappern und Klirren von Pfannen, Geschirr und Besteck.

Schließlich erreichten sie Marcus und die anderen.

»… der Rand der Verkrümmung ungefähr fünf harte Tagesritte im Südosten«, berichtete ein Vollstrecker, als sie ein kurzes Stück entfernt anhielten. Sein Rücken wirkte steif, sein Ton klang förmlich, Gesicht und Uniform waren von Staub und Dreck verkrustet. Kara, die ein paar Schritte hinter Iscivius stand, konnte deutlich seinen Schweiß riechen. Carter schaute zwischen Irmona und Okata kurz zu ihr, dann jedoch richtete er den Blick rasch zu Boden. »Die Verkrümmung hat Tumbor und alle Menschen darin vollkommen umhüllt, zusätzlich einen Radius von knapp zwanzig Meilen auf jeder Seite.«

»Größer, als wir von unserer Perspektive im Norden aus dachten. Was ist mit unseren eigenen Leuten? Wie viele haben wir verloren?«

»In Tumbor selbst waren zu dem Zeitpunkt drei Patrouillen und zwei Beutezuggruppen unterwegs, um den Zehnten zu erheben und Vorräte zu sammeln. Die sind alle verloren. Vier weitere Patrouillen haben außerhalb der Stadt gekundschaftet oder waren auf dem Weg zu oder von ihren Runden.

Nur eine Gruppe davon hat es geschafft, und selbst das war knapp. Als sich die Verkrümmung entfaltete, haben sie die Flucht ergriffen und waren gerade mal hundert Schritt von ihrem Rand entfernt, als sie endlich innehielt. Wir haben sie gefunden und mit zurückgebracht.«

»Ich gebe Darius und Vater Bescheid. Geh und kümmere dich um deine Männer.«

Der Mann legte eine Faust über sein Herz und kniete mit geneigtem Haupt vor Marcus nieder. Marcus legte die Hand leicht auf den Kopf des Mannes, als segne er ihn. Als er die Hand entfernte, stand der Vollstrecker auf und steuerte auf die Kasernen zu.

Marcus wandte sich an Iscivius. »Vater wird deinen Bericht darüber wollen, was in Erenthrall passiert ist. Der Rest von euch geht zur Nadel. Helft dabei, den Schaden einzudämmen, den die Entfaltung verursacht hat. Ich komme hinunter, sobald ich kann, um mir genau anzusehen, wie schlimm unser Netzwerk beeinträchtigt ist und was wir tun können, um es wiederherzustellen.«

»Was ist mit denen?« Irmona deutete auf Kara, Adder, Dylan und Aaron.

»Wir bringen sie zu Vater.«

Irmona machte auf dem Absatz kehrt. Okata und die anderen Weißmäntel trabten hinter ihr drein davon und ließen Marcus, Iscivius, Carter, Riley und eine Eskorte der Vollstrecker zurück.

Marcus wandte sich erneut an Iscivius. »Vater wird wahrscheinlich in der Planetenmaschine sein.« Er begann, die Stufen des Tempels hinaufzusteigen. Iscivius lief wenige Schritte hinter ihm. Der Weißmantel schaute kurz zurück zu Kara, dann konzentrierte er sich wieder auf Marcus' Rücken.

Riley stieß Kara und Adder vorwärts, um Iscivius zu folgen. Dylan, Aaron und Carter blieben hinter ihnen. Am Kopf der ersten Abstufung bogen sie nach rechts und überquerten einen weitläufigen Platz. Die steinernen Statuen von Tieren wurden von dicken runden Gefäßen getrennt, die Kara vom unteren Platz aus für Zinnen gehalten hatte. In den Gefäßen wuchsen keine Pflanzen, obwohl sie mit Erde gefüllt waren. Sie konnte sich vorstellen, wie der Tempel mit Ziergras oder sogar kleinen Bäumen darin als deutliche Abgrenzung jeder Ebene ausgesehen haben musste. Auch die Verwendung von Tieren als Motive für die Statuen ergab dadurch mehr Sinn. Als sie sich auf eine Doppeltür aus Holz mit Metallangeln auf einer Seite der Stufen zubewegten, stellte Kara fest, dass der Platz selbst kein flaches Feld aus monotonem Stein darstellte. Die Platten waren in verschiedenen Braun-, Grün- und Gelbtönen gehalten und wiesen alle unterschiedliche Größen auf. Sie waren zu einem Muster angeordnet wie ein Mosaik. Insgesamt ergab sich daraus ein eigenartig beruhigender, fließender Eindruck von Farben in der Mitte eines weißen Steinkreises. Weitere Gefäße säumten die Mauer der nächsten Abstufung zwischen den Fenstern und einigen Eingängen, manche mit Türen, andere ohne. Außerdem gab es Bänke und vereinzelte, in die Mauern eingelassene Nischen. Alles wirkte verschlissen und verblasst vor Alter und Vernachlässigung.

Marcus schob die Tür auf. Die Angeln ächzten, und sie betraten den uralten Tempel. Der Korridor hinter dem Eingang wurde auf beiden Seiten von Ley-Kugeln erhellt, die in Nischen untergebracht waren. Das Licht offenbarte, dass es sich nicht um einen üblichen rechteckigen Gang handelte. Stattdessen neigten sich die Wände leicht nach innen, wodurch die Decke schmaler als der Boden war. Der Gang erwies sich als breit genug für zwei Personen nebeneinander. Dennoch hatte Kara das Gefühl, von den sich über ihr neigenden Wänden erdrückt zu werden, als Adder und sie Marcus und den anderen Weißmänteln folgten. Die Geräusche ihrer Schritte, das Rascheln von Kleidung und das Schaben der Rüstungen der Vollstrecker erfüllten den Gang. Der unheimliche Widerhall brachte Karas Haut zum Kribbeln. Sie passierten Türen und abzweigende Korridore, die meisten in Dunkelheit gehüllt, einige auch von weiteren Ley-Kugeln erhellt. Doch obwohl die Gänge offensichtlich regelmäßig sauber gehalten wurden, legte sich das Gefühl eines verlassenen Ortes schwer auf ihre Schultern. Hier hatte seit Jahrzehnten, wenn nicht noch länger niemand mehr gelebt. Sie konnte Geschichte in der Luft riechen; trocken, staubig und körnig wie Stein.

Sie betraten eine riesige Kammer, doppelt so breit wie tief. Die gegenüberliegende Wand verlief gekrümmt, die offenen Fenster wiesen hinaus auf den hellen Sonnenschein und die glänzende schwarze Oberfläche der Nadel. Ohne hinzusehen, wusste Kara, dass sich unter den Fenstern eine Vertiefung befinden würde, vermutlich mit Stelen wie jenen gefüllt, die sie im Halliel-Park mit Ischua besucht hatte. Nur nahm hier die Nadel die Mitte der Vertiefung unmittelbar über dem natürlichen Ley-Knoten ein. Bevor es sie quer durch die Kammer zum Knoten zog wie Eisen zu einem Magnetstein, schaute sie nach oben, und das Herz hüpfte ihr in den Hals, schnitt ihr fast die Luftzufuhr ab.

Im Hohlraum der höhlenartigen Decke loderte eine große Ley-Kugel in schillerndem Rotgold. Sie sah aus wie Magma, strudelnd und brodelnd. Acht andere Ley-Kugeln umkreisten sie in immer größeren Umlaufbahnen. Jede Kugel wies eine andere Farbe auf: wirbelndes Blau, pulsierendes Grün, düsteres Rot, in Wolken gehülltes Blau-Grün-Braun, Orange gestreift mit Violett, hässliches Eitergelb, kaltes, strahlendes Weiß und ein Purpur so dunkel, dass es beinah wie Schwarz anmutete. Der Umfang reichte von der purpurnen Kugel, die nicht größer als Karas Faust war, bis zur Orange-Violetten, die ihren gesamten Körper zu umhüllen vermocht hätte. Die rote und die gelbe Kugel wurden von Ringen umkreist, während sich um die vier größten kleinere Kugeln auf Umlaufbahnen bewegten. Zwischen den Umlaufbahnen der orange-violetten und der blau-grün-braunen Kugel pulsierte ein blauweißes Licht in der Größe des letzten Glieds von Karas Daumen und zog einen funkelnden weißen Lichtschweif hinter sich her.

»Was ist das?«, fragte Adder, als Marcus und die Weißmäntel zu einer Gruppe von vier Männern davongingen, die an einem großen Tisch saßen. Riley setzte dazu an, ihnen zu folgen, drehte sich jedoch um, als ihm klar wurde, dass die fünf Gefangenen aus Muld unmittelbar nach dem Betreten der Kammer angehalten und sich seither nicht gerührt hatten. Der Rest der Vollstrecker harrte um sie herum aus. Die Soldaten wirkten unruhig.

»Das ist eine Planetenmaschine.« Kara zeigte hoch. »Das in der Mitte ist unsere Sonne, die anderen acht Kugeln sind die Planeten. Die Kleineren sind Monde, und der Lichtschweif muss ein Komet sein. Das da mit den Wolken ist Grimm Suvane. Durch die Wolkenhülle kann man sogar die Kontinente sehen.«

Karas Blick senkte sich auf Riley. »Wie konnten wir nicht wissen, dass es das hier gibt?«

»Wie meinst du das?«

Kara deutete auf den Tempel. »Dieser Tempel fühlt sich so an, als hätte ihn seit Jahrzehnten niemand mehr bewohnt oder benutzt. Und doch ist diese Planetenmaschine die wunderschönste Darstellung des Himmels, die ich je gesehen habe. Die Kugeln ahmen in allen Einzelheiten die Farben nach. Alle Monde sind da, sogar dieser Komet. Und ohne es jetzt überprüfen zu können, vermute ich doch, dass die Lage der Planeten in ihren Umlaufbahnen sowie jene der Monde ungemein genau ist. Das ist ein verblüffendes Beispiel für die Beeinflussung der Ley. Wie kann es sein, dass in Erenthrall nie etwas von der Planetenmaschine erwähnt wurde? Wir Lumagier hätten bei unseren Studien davon erfahren müssen.«

»Es sei denn, die Ober-Lumagier haben es absichtlich geheim gehalten«, murmelte Dylan hinter ihr, zu leise, als dass Riley es gehört haben könnte.

Dylan hatte recht. Die Ober-Lumagier hatten eine Menge Geheimnisse bewahrt. Eine verborgene Planetenmaschine in einem der alten Knoten hätte haargenau der Art von Dingen entsprochen, die sie für sich behielten.

Aber Riley zuckte mit den Schultern. »Hier war nichts aktiv, als wir eingetroffen sind. Und jetzt genug gegafft.« Seine Absätze klapperten über den Steinboden, als er auf den Tisch zusteuerte. Die anderen Vollstrecker stupsten die Mulder von hinten.

Als sie die Kammer durchquerten, fiel Kara auf, dass die Wände gar nicht aus Stein bestanden. Sie waren holzgetäfelt und bemalt. An manchen Stellen war die Farbe vor Ewigkeiten abgeblättert und als Staub auf den Boden gerieselt. Das Holz wirkte trocken und rissig. Das Ende des Raumes, wo Marcus mittlerweile bei den anderen stand und mit den Leuten am Tisch sprach, wurde von weiteren der gewöhnlichen, weißen Ley-Kugeln erhellt.

Sie näherten sich dem Tisch, dem größten, den Kara je zu Gesicht bekommen hatte, geeignet für mindestens zwanzig Personen und im Gegensatz zum Holz an den Wänden geölt und auf Hochglanz poliert. Verschiedene Gegenstände zierten die Oberfläche – glatte Steine, poliertes Holz, kleine Figuren. An einem Ende standen Tabletts mit Krügen voll Wasser oder Wein, dazu Teller, Gläser, Obst und Käse. Die Sitzenden hatten einige Getränke und Essen vor oder leicht neben sich stehen. Der Mann, mit dem Marcus gerade sprach, saß mit dem Rücken zu Kara, sodass sie nur den Hinterkopf und das schwarze, von Grau durchzogene Haar sehen konnte. Er trug eine braune Robe, die Kara an die Kluft von Hütern erinnerte, wie Ischua einer gewesen war. Die anderen drei Männer lauschten Marcus, als er ihnen das Ende ihrer Reise zur Nadel schilderte. Bei einem handelte es sich um einen Weißmantel, die beiden anderen hingegen trugen Vollstreckerkleidung. Der Schnitt und die Kennzeichen an den Schultern und auf der Brust dieser Uniformen wirkten allerdings förmlicher als bei der Aufmachung von Riley und den anderen Soldaten, die Kara seit Erenthrall gesehen hatte. Der Älteste schien über fünfzig zu sein, das Gesicht zernarbt und pockig wie bei den Rüden aus der Stadt, die Augen grausam. Kara schätzte ihn auf Anhieb als den Alpha ein, den Befehlshaber der Vollstrecker. Sein Stellvertreter war mindestens zehn Jahre jünger und nicht so von Narben gezeichnet. Seine schwieligen Hände wiesen darauf hin, dass er an schwere Arbeit gewöhnt war, und er kam Kara überhaupt nicht wie ein Kämpfer vor. Der Weißmantel besaß das schmale Gesicht und den Körperbau eines Temeriten, einschließlich des im Osten verbreiteten, gestutzten Bartes.

»… als wir mit Iscivius und den anderen aus Erenthrall zusammengetroffen sind. Da hat sich die Verkrümmung über Tumbor entfaltet. Danach sind wir geradewegs zurück zur Nadel und haben unterwegs mehrfach die Ley-Linien überprüft.«

»Und was habt ihr dabei gesehen?« Der Mann – Kara vermutete, dass es sich um denjenigen handelte, den alle Vater nannten – hatte eine brüchige, raue Stimme, als wäre seine Kehle zernarbt. Außerdem klang sie schwächer, als Kara vermutet hätte, zwar fest, aber irgendwie ausgefranst an den Rändern.

»Unter den Linien herrscht wieder Chaos. All unsere Erfolge seit der Zersplitterung sind verpufft.«

Vater verlagerte auf dem Sitz das Gewicht und richtete sich höher auf. »Nicht alles. Die Linien aus dem Norden, die erst unlängst unter Verwendung der alten Knoten eingerichtet wurden, sind noch aktiv. Nur die Linien aus Tumbor und Farrade sind durchtrennt. Die anderen – Erenthrall und die Knoten im Süden und Westen – sind geschwächt und unregelmäßig, aber sie halten noch. An unserem Ziel hat sich nichts geändert. Das ist nur ein Rückschlag.«

»Trotzdem ein Rückschlag.«

»Aber einer, den wir überwinden werden.«

»Du bist ja nicht derjenige, der sich mit den Knoten auseinandersetzt und versucht, die Ley-Linien so umzuschichten, dass sie sich für unsere Zwecke eignen.«

»Nein, aber ich habe den festen Glauben, dass alles, was passiert ist und gerade passiert, einem einzigen Ziel dient – *unserem* Ziel. Ich kenne dich seit vor der Zersplitterung, Marcus. Ich weiß, dass auch du diesen Glauben teilst. Oder irre ich mich?«

»Natürlich nicht.«

»Du warst schon immer ungeduldig, wenn ich so zurückdenke. Lass dich von diesem Rückschlag nicht aus der Bahn werfen. Ich brauche dich, wie ich dich schon davor gebraucht habe.«

Iscivius wurde einen Schritt hinter und neben Marcus zappelig. »Vater, ich haben Neuigkeiten über unsere Reise nach Erenthrall ...«

Vater hob eine Hand.

»Du sagst, die Entfaltung ist zu dem Zeitpunkt aufgetreten, als du mit der Gruppe aus Erenthrall zusammengetroffen bist?«, hakte Vater bei Marcus nach.

»Ja. Unmittelbar danach.«

»Ich verstehe.«

Niemand sprach ein Wort. Dann: »Ich glaube, das war ein Zeichen.« Vater erhob sich von seinem Sitz und stützte die Finger einer Hand gespreizt auf den Tisch. »Ich denke, es ist an der Zeit, dass ich die Leute kennenlerne, die du aus Erenthrall mitgebracht hast, Iscivius.«

Er drehte sich um. Kara wusste nicht, was sie erwartet hatte – einen runzligen alten Mann? Einen hartgesottenen Krieger, zu dem die raue Stimme gepasst hätte? Doch er entpuppte sich als nichts davon. Sie verdrängte einen Anflug von

Enttäuschung. Dieser Vater, von dem alle in höchsten Tönen sprachen, seit sie von den Weißmänteln gefangen genommen worden waren, sah vollkommen gewöhnlich aus. Sie hätte ihn auf Mitte vierzig geschätzt, wäre da nicht der Eindruck um seine Augen gewesen. Dort zeugten Runzeln von jemand Älterem, vielleicht Anfang fünfzig. Abgesehen davon war seine Haut glatt. Um die Ohren wuchsen die Haare rein grau, darüber waren sie durchzogen von grauen Schlieren. Das runde Gesicht wies schlichte Züge auf. Wären die Augen nicht völlig von Weiß verschleiert gewesen, wäre er in jeder Menschenmenge in Erenthrall untergegangen.

Aber diese Augen … Trotz der milchigen Schicht über den Pupillen bohrte sich sein Blick in Kara, als er sie ansah. Eigentlich hätte er mit so fortgeschrittenen Katarakten blind sein müssen, doch sie wusste, dass er sie sehen konnte. Tatsächlich sog sie unwillkürlich scharf die Luft ein, als sich ihre Blicke begegneten.

Plötzlich begriff sie, warum ihn alle so verehrten. Die Eindringlichkeit seines Blickes, der Grimm und die Kraft dahinter erfüllten sie mit einer ungewissen Ehrfurcht.

Er löste den Blick von ihr, ließ ihn über Adder, Dylan, Carter und Aaron schweifen, bevor er zu ihr zurückkehrte. Dann rückte er näher zu ihr, so nah, dass sie seine Kleidung riechen konnte. Sie verströmte ein durchdringendes Weihraucharoma über einer Schicht schweren Rauchs. In seiner sauberen Robe prangten kleine Brandlöcher, vor allem in der Nähe der Aufschläge der Ärmel.

In Karas Hinterkopf nagte etwas. Da war etwas Vertrautes am Gesicht dieses Mannes. »Wer bist du? Warum hast du uns entführt?«

»Ich bin der Vater, der Anführer der Kormanley. Oder der Weißmäntel, wie wir begonnen haben, uns gegenüber Außenstehenden zu nennen. Die eigentliche Frage lautet: Wer bist *du*?«

Kara schaute zu Marcus. »Er hat es dir nicht erzählt?«

Vater verlagerte leicht das Gewicht, löste aber nicht den Blick von ihr. »Nein, hat er nicht.«

»Kara. Kara Tremain.«

»Kara.« Er sprach ihren Namen ohne Betonung aus und sah Marcus an.

»Sie ist es.«

Vater wandte sich Kara wieder zu. »In der Tat ein Zeichen. Ich glaube, alles, wofür wir seit der Zersplitterung gekämpft haben, ist im Begriff, Früchte zu tragen. Wie ich es vorhergesehen habe.«

Hinter ihnen rührte sich Iscivius. »Sie wird nicht mit uns zusammenarbeiten. Auf dem Weg hierher hat sie zu fliehen versucht.«

»Und du hättest das nicht getan, Iscivius? Das bezweifle ich.« Iscivius starrte mit finsterer Miene auf Vaters Hinterkopf. Kara beschlich der Eindruck, dass der das durchaus bemerkte. »Ich glaube zwar nicht, dass es nötig ist, jedenfalls nicht in Karas Fall, aber Lecrucius, würdest du sie testen?«

Der Temeriten-Weißmantel stand auf und bahnte sich den Weg um den Tisch herum. Er war etwas kleiner als Kara, musste den Kopf leicht in den Nacken legen, als er Kara in die Augen sah. Sein Gesichtsausdruck vermittelte Strenge. »Du wirst vielleicht ein Kribbeln spüren.« Damit streckte er die Hand aus und legte sie auf Karas Kopf.

Kara bemühte sich, nicht zurückzuzucken, aber ihr Körper spannte sich an, obwohl sie genau wusste, was Lecrucius vorhatte. Sie hatte die Durchführung des Tests an Hunderten Schülern bezeugt, als sie noch die Schule in Erenthrall besucht hatte, und nach dem Tod ihrer Eltern im Seeley-Park war sie ihm selbst unterzogen worden. Lecrucius war ein Ober-Lumagier. Er testete sie, um herauszufinden, ob sie die Gabe besaß, die Ley zu beeinflussen.

Sie spürte, wie sich ein Kribbeln durch ihren Körper ausbreitete, doch es legte sich bereits, bevor sie ein weiteres Mal durchatmen konnte.

Lecrucius entfernte die Hand. »Sie ist stark. Stärker als alle anderen, die wir bisher gefunden haben. Unbestreitbar eine Lumaga. Höchstwahrscheinlich eine Ober-Lumaga.«

Adder ergriff besorgt ihren Arm.

»Es geht mir gut«, beruhigte sie ihn. »Es war nicht wie beim ersten Test. Damals habe ich nur ein leichtes Prickeln im Genick gespürt. Wie ein Jucken. Das eben war intensiver.«

»Du hast seither an Stärke dazugewonnen.« Lecrucius wandte sich Adder zu – mit gerunzelter Stirn.

Der Rüde ließ den Blick über die unmittelbare Umgebung wandern, als plane er die Flucht, dann jedoch sackten seine Schultern herab. Er neigte das Haupt, als Lecrucius die Hand ausstreckte, und plötzlich erkannte Kara, woran die Geste der Segnung sie erinnerte, die sie bei Marcus draußen auf den Ebenen und innerhalb der Wände der Nadel beobachtet hatte.

Nach einem atemlosen Augenblick zog Lecrucius die Hand zurück. »Nichts. Er ist bloß ein Rüde.«

Lecrucius machte bei Dylan, Carter und schließlich Aaron weiter.

»Die beiden sind Lumagier«, verkündete der Ober-Lumagier und zeigte auf Dylan und Carter. »Nicht so stark wie Kara, aber stärker als die meisten. Der Junge besitzt einen Hauch von Macht, aber nicht genug, um die Mühe zu rechtfertigen, ihn auszubilden. Vor der Zersplitterung wäre er niemals als Lumagus ausgewählt worden.«

Aaron wirkte erschrocken von der Bekanntgabe. Kara musste sich vor Augen halten, dass er in Muld geboren und aufgewachsen war. Niemand wie er würde in Muld getestet worden sein. Einige Menschen draußen auf dem Land konnten durchaus das Potenzial haben, Lumagier zu werden, und würden es nie erfahren, es sei denn, ihr Talent zeigte sich von allein, wie es bei Kara der Fall gewesen war. Aber warum sollte es das? Immerhin gab es in der Nähe von Muld keinen Ley-Knoten, der die Gabe erwecken könnte, wie es der im Halliel-Park bei Kara bewirkt hatte. Niemand aus Muld war überhaupt je einer größeren Menge Ley ausgesetzt gewesen. Bestimmte Menschen in den Dörfern und sonstigen Ansiedlungen fernab der Ley-Linien konnten leben, altern und sterben, ohne jemals zu erfahren, dass sie eigentlich Lumagier gewesen wären.

Aber für jemanden aus Muld, wo die Bewohner die Ley scheuten, war es sicherlich keine willkommene Offenbarung, herausfinden zu müssen, dass er die Ley beeinflussen konnte.

»Das hätte ich dir auch sagen können«, meldete sich Iscivius zu Wort. »Wir haben sie beobachtet, seit wir sie in Erenthrall von den Unterirdischen übernommen haben.«

»Es ist besser, es bestätigt zu haben. Danke, Lecrucius. Wir werden erörtern, wie wir diese neuen Ressourcen am besten einsetzen können, sobald sich Marcus selbst vom Ausmaß des Schadens in der Nadel überzeugt hat.«

Lecrucius kehrte zu seinem Sitz zurück, ließ jedoch den Blick mit abwägender Miene auf Kara gerichtet.

Marcus räusperte sich. »Carter hat auf dem Weg hierher seine Absicht erklärt, ein Weißmantel zu werden. Ich habe angenommen, ihm aber gesagt, dass du das endgültige Urteil fällen würdest, Vater.«

»Ich verstehe.« Ansatzlos trat er auf Carter zu. »Du bist Carter?«

Der Lumagus schluckte. »Ja.«

Vater hob die Hand, packte ihn unter dem Kinn und zwang ihn, ihm in die weißen, milchigen Augen zu sehen. Der Mann drehte Carters Kopf erst nach links, dann nach rechts. Der junge Lumagus zitterte am ganzen Körper, bis er schließlich zurückgestoßen wurde.

»Seine Absicht ist echt – er will sich uns wirklich anschließen. Aber sein Selbstvertrauen und seine Fähigkeiten sind mangelhaft.« Vater kehrte ihm den Rücken zu. »Befehlshaber Ty.«

Der ältere Mann mit den Narben stand auf. »Ja, Vater?«

»Bring die beiden, die keine Lumagier sind, in eine Zelle. Um die kümmern wir uns später. Marcus, begleite unsere Lumagier in ihre neuen Zimmer.«

Ty setzte sich vorwärts in Bewegung, Riley und der Rest der Vollstrecker rückten von hinten nach. Als Riley sie am Arm packte, riss sich Kara von ihm los und brüllte: »Nein! Ihr könnt uns nicht trennen. Das lasse ich nicht zu.«

Riley versuchte erneut, sie zu packen, und sie schlug nach ihm. Auch Adder und die anderen begannen, sich zu wehren. Adder trat zu. Sein Fuß krachte in die Brust eines Vollstreckers, dann schlug er einen anderen so hart, dass Kara ein Knacken hörte und sah, wie Blut aus dem Mund des Mannes spritzte. Ein anderer Vollstrecker griff sich Aaron von hinten. Der Mulder schrie auf und wand sich hin und her. Dylan drehte sich um und wollte flüchten, aber mit seinem verletzten Knie konnte er kaum aufrecht stehen.

Kara ließ den Blick auf Riley gerichtet, wich zur Seite aus, als er sich nach ihr streckte, um sie zu ergreifen, und schlug seinen Arm weg. Marcus bemerkte sie nicht, bis er um sie herumfasste und ihre Arme an ihre Seiten drückte. Sie spie einen Fluch hervor und setzte sich heftig zu Wehr, warf sich hin und her, doch Marcus verstärkte den Griff um sie und brüllte ihr ins Ohr: »Genug! Wenn du dich weiter wehrst, werden beide getötet.«

Kara zuckte noch ein letztes Mal, als die Worte in ihr Bewusstsein sickerten, dann erschlaffte sie in seinem Griff. Aaron und Dylan hatten sich bereits gefügt. Nur Adder war noch frei und stand Ty gegenüber. Die beiden Rüden funkelten einander finster an, bereit zu kämpfen.

»Das wirst du noch bereuen. Ich werde euch niemals helfen, was immer ihr vorhabt.«

Eigentlich hatte Kara die Worte für Marcus gedacht, doch die Erwiderung kam von Vater. »Ich denke, das wirst du doch. Ich habe es vorhergesehen.«

Niemand sagte dazu etwas. Die angespannte Aufmerksamkeit in der Kammer verlagerte sich von Kara, Marcus und Vater auf Ty und Adder.

»Ich war einer von Daedallens Stellvertretern. Willst du mich wirklich auf die Probe stellen, Rüde?«

Adders Fäuste hoben sich leicht, dann ließ er sie sinken. »Heute nicht.«

Ty winkte den Rest seiner Vollstrecker vorwärts. Sie umzingelten Aaron und Dylan. Riley selbst nahm sich Adders an, dann wurden alle drei zur Tür geführt. Carter trottete hinterdrein. Marcus lockerte den Griff um Kara nicht. Sein Atem blies heiß auf ihren Hals, seine ineinander verschränkten Hände hielten sie unter ihren Brüsten fest, sein Körper presste gegen ihren Rücken. Sie wand sich erneut, als die anderen mit Riley, Ty und den Vollstreckern zur Tür hinaus verschwanden.

»Lass mich los.«

»Wenn du versprichst, nichts Dummes anzustellen.«

Kara nickte.

Marcus lockerte den Griff. Sobald er die Hände von ihr löste, stieß sie sich von ihm ab und wirbelte zu ihm herum.

»Wie in alten Zeiten, was, Kara?«

Sie zuckte zusammen.

»Genug!«, ging Vater dazwischen. »Darius, begleite Marcus und unsere neuen Lumagier zu ihren Zimmern. Ich glaube nicht, dass Kara uns weitere Schwierigkeiten bereiten wird. Sie kennt jetzt den Preis, den ihre Freunde dafür bezahlen müssten.«

Der jüngere Befehlshaber am Tisch erhob sich und geleitete Kara und Marcus in den äußeren Korridor.

Marcus führte sie nach links in einen Nebengang, der kaum merklich gekrümmt verlief. Wieder passierten sie Türen und Quergänge. Nur ein Viertel der Korridore wurde von Ley-Kugeln erhellt. Die meisten Türen zu beiden Seiten erwiesen sich als geschlossen. Jene Räume, deren Türen offen standen oder die gar keine Türen besaßen, schienen alle leer zu sein oder präsentierten sich in Dunkelheit gehüllt.

Kurze Zeit später betraten sie einen offensichtlich benutzten Bereich. Die Korridore erwiesen sich als weniger staubig, der Geruch von uraltem Stein wurde von Weihrauch, dem Duft von bratendem Fleisch und anderen Kocharomen sowie dem säuerlichen Mief von Schweiß überlagert. Kara hörte Stimmen hinter einigen der Türen, und gleich darauf passierten sie zwei Weißmäntel. Sie nickten Marcus zu, ließen die Häupter jedoch geneigt, als er an ihnen vorbeiging, und schauten Kara anschließend nach. In einem Raum rechts befand sich eine Frau, die Messer an einem Wetzstein schärfte, ein anderer beherbergte zwei Kinder, die unbeaufsichtigt Maiskolben schälten.

Sie passierten einen wesentlich breiteren Korridor, setzten den Weg auf dessen anderer Seite fort, und die Atmosphäre der Umgebung veränderte sich. Hier trieben sich Vollstrecker in den Gängen herum oder entspannten sich in ihren Kammern, und der Luft haftete ein ranziger Beigeschmack an. Kara vermutete, dass es sich um die Unterkünfte für die Befehlshaber handelte, zentraler gelegen als die Kasernen für die gemeinen Gardisten, die sie unten gesehen hatte. Die Männer und Frauen, denen sie begegneten, beäugten Kara argwöhnisch, wogen ihr Potenzial als Bedrohung ab, doch die meisten schenkten ihr nach wenigen Sekunden keine weitere Beachtung.

Dann blieb Marcus stehen, schob eine Tür zur Linken auf und winkte Kara hinein.

Als sie zögerte, erinnerte er sie: »Du hast keine Wahl.«

Die Kammer erwies sich als klein, enthielt eine Pritsche an einer Wand, einen Tisch mit einem Krug und einem Becher daneben sowie einen Stuhl in einer Ecke. Über allem schwebte eine Ley-Kugel, doch durch das offene Fenster an der gegenüberliegenden Wand strömte noch Sonnenlicht herein. Nachdem Kara zunächst unmittelbar hinter der Tür stehen geblieben war, steuerte sie auf das Fenster zu und blickte hinab auf einen weitläufigen, runden Bereich auf Bodenhöhe. Aus der Mitte ragte der schwarze, perlmuttartige Stein der Nadel so hoch empor, dass Kara die Spitze nicht einmal ausmachen konnte, wenn sie den Kopf hinausstreckte und nach oben starrte. Der Bereich um die Nadel war mit Stein gepflastert, die Stelen, mit denen sie gerechnet hatte, muteten wie emporgereckte Finger aus Stein an. Sie wiesen kein offenkundig erkennbares Muster auf, obwohl Kara aufgrund ihrer Ausbildung wusste, dass die Stelen an allen uralten Knoten von ihren Vorvätern mit geradezu ehrfurchtgebietender Präzision perfekt ausgerichtet worden waren.

Zumindest waren sie das *gewesen*, bevor Ober-Lumagus Augustus den Nexus in Erenthrall erschaffen hatte. Wer konnte schon wissen, wie die Ley-Linien nach dessen Zerstörung und mit mindestens zwei inmitten von Verkrümmungen festsitzenden Städten mittlerweile aussehen mochten.

Unten kam eine Gruppe von drei Weißmänteln durch eine Tür in der untersten Abstufung des Tempels, überquerte den sandfarbigen Bereich mit den Stelen und betrat durch eine Öffnung in der Seite die schwarze Nadel. Kara hatte nicht einmal bemerkt gehabt, dass es diese Öffnung gab.

»Ich kann nicht fassen, dass du einen weiteren Nexus erschaffst, Marcus. Nach allem, was die Kormanley in Erenthrall getan haben, um den dortigen zu zerstören, nach allem, was sie über die Rückkehr der Ley zur natürlichen Ordnung gepredigt haben. Und doch stehst du jetzt hier und erschaffst einen neuen. Reicht dir der Schaden nicht, den du bereits angerichtet hast?«

Sie drehte sich um, als sie Schritte hinter sich hörte. Marcus hatte den Raum betreten. Darius beobachtete das Geschehen von draußen. Marcus sah aus, als wolle er ihr am liebsten die Hände auf die Schultern legen, wie er es einst in Erenthrall vor der Zersplitterung getan hatte, bevor die schwarzhaarige Frau namens Dierdre die Verbindung zwischen ihnen zerrissen hatte. Doch er tat es nicht, weil Darius an der Tür stand.

»Du verstehst es nicht. So einfach ist es nicht.«

»Dann hilf mir, es zu verstehen. Was ist nicht so einfach? Mir kommt es ziemlich klar vor.«

»Du hast recht. Wir sind dabei, einen weiteren Nexus zu erschaffen. Oder wir versuchen es zumindest.«

Hinter ihm versteifte sich Darius' Körper sichtlich. »Marcus.«

»Ich weiß, was ich tue. Sie muss es erfahren, vor allem, wenn wir sie dazu bekommen wollen mitzuhelfen.«

Marcus wartete, doch Darius schwieg.

»Ja, ich habe die Ley in Erenthrall vor der Zersplitterung manipuliert. Es gab noch andere, aber ich war derjenige, der den Nexus an jenem Nachmittag verändert hat.«

Karas Magen sackte ihr zu den Knien. Obwohl sie nach der Zersplitterung allen erzählt hatte, Marcus sei verantwortlich dafür gewesen, und obwohl sie in den Sanden an der Universität gesehen hatte, dass die Manipulation aus Eld kam, hatte sie die kleine Hoffnung gehegt, sie könnte die Ereignisse irgendwie falsch gedeutet haben, die Hoffnung, dass Marcus doch nicht darin verstrickt gewesen war.

»Du gibst es also zu. Du gibst zu, den Nexus zerstört zu haben – Erenthrall und alles andere, was an das Ley-Netzwerk angeschlossen war, zerstört zu haben.«

»Ich gebe zu, dass ich den Nexus vor der Zersplitterung verändert, neu ausgerichtet habe. Aber ich habe ihn nicht zerstört. Der Energiestoß ist nicht aus dem Knoten in Eld gekommen. Der Energiestoß kam aus Tumbor.«

Karas Mund öffnete sich, aber es drangen keine Worte heraus. Sie wusste nicht, was sie erwidern sollte, war sich nicht sicher, ob sie ihm glaubte. Er sagte es voller Selbstsicherheit, andererseits war er schon immer selbstsicher gewesen, sogar dann, wenn er falsch gelegen hatte. Sie kehrte in sich, doch sie fühlte sich innerlich leer, ausgehöhlt.

Marcus trat mit einer ausgestreckten Hand einen Schritt vor, aber Kara wich zurück und stolperte gegen den kleinen Tisch. Aus dem Krug schwappte Wasser, der Becher klapperte.

Marcus ließ die Hand sinken. »Es war Baron Leethe. Dalton hat gesagt, dass er derjenige war, der die Kormanley bei ihren Anschlägen in der Stadt unterstützt hat. Er war derjenige, der Baron Arents Kontrolle über den Nexus zu brechen trachtete.«

»Und du hast ihm geholfen.« Und dann überkam sie das volle Ausmaß seines Verrats. »Du hast den Kormanley geholfen, der Gruppe, die meine Eltern getötet hat. Du Mistkerl!«

Sie stieß sich vom Tisch ab, brachte den Krug endgültig zu Fall und schaffte es halb durch die Kammer, bevor Marcus brüllte: »Nein!«

Kara blieb stehen. Nicht wegen Marcus, sondern weil Darius plötzlich im Raum stand, das Schwert gezogen hatte und auf sie gerichtet hielt.

Sie ballte die Finger zu Fäusten und heftete die Aufmerksamkeit auf Marcus. »Du hast gerade zugegeben, dass du für die Kormanley gearbeitet hast!«

»Es gab damals zwei Arten von Kormanley in der Stadt, Kara! Eine Sekte hat den Bombenanschlag im Seeley-Park verübt und deine Eltern umgebracht. Diese Leute waren gewalttätig. Sie waren fest entschlossen, Baron Arents Würgegriff um Erenthrall zu beenden, indem sie die Stadt in Brand steckten. Sie haben all die Bomben gelegt. Auch die im Bernsteinturm, die der Auslöser für die Säuberung war. Zu dieser Gruppe habe ich nicht gehört. Genauso wenig wie Ischua.«

Kara schrak zurück. »Ischua?«

»Ja, Ischua. Er war auch Mitglied der Kormanley, der *echten* Kormanley, der Gruppe, die von Vater Dalton angeführt wurde.«

»Ich glaube dir nicht.«

Marcus trat vor, bis er sich nur noch einen Schritt von ihr entfernt befand. »Hast du ihn nicht wiedererkannt?«

»Wen?«

»Dalton. Vater. Er ist der Mann, der auf dem Markt mit uns zusammengestoßen ist – an dem Tag, an dem Ischua gestorben ist. Dalton wurde damals von den Bluthunden verfolgt. Er hat gerade versucht, ihnen zu entkommen, als er auf dem Markt über Ischua gestolpert ist. Wir waren beide dabei. Er hat Ischua gewarnt, hat ihm gesagt, er soll fliehen, und ist dann weitergerannt. Gleich darauf sind die Rüden mit dem Bluthund aufgetaucht, und der gesamte Markt hat sich in ein einziges Massaker verwandelt.«

Bilder von jenem Tag blitzten über Karas inneres Auge, und sie wandte sich ab. Dass Darius das Schwert gesenkt hatte, nahm sie bestenfalls am Rande wahr. Sie konnte die Schreie wieder hören, als die Rüden begannen, wahllos Menschen abzuschlachten. Sie sah Ischua, der ihnen die Stirn bot, hatte den Bluthund vor Augen, wie er die Klinge im Bauch ihres Mentors versenkte.

Und plötzlich erinnerte sie sich an den Mann, der alles ausgelöst hatte, an den Mann, der über den Markt gestürmt und mit Ischua zusammengestoßen war, den Mann, der gesagt hatte …

Du musst fliehen. Die Rüden haben mich gefunden … Wenn sie mich gefunden haben, dann werden sie auch die anderen finden. Sie werden dich *finden. Du musst sie warnen. Warn alle, sie müssen raus aus Erenthrall!*

»Nein.« Sie streckte die Hand aus, um sich am Tisch abzustützen. Ihre Finger landeten in dem Wasser aus dem Krug, das sich über die Tischfläche ergossen hatte und auf den Boden tropfte.

»Der schwarzhaarige Mann, das war Dalton. Er hat von den Kormanley geredet, Kara. Er – und Ischua und Dierdre und dann auch ich … Wir haben alle versucht, die Ley von der Kontrolle des Barons zu befreien. Das ist alles.«

Wie heraufbeschworen tauchte Dierdre an der Tür auf und räusperte sich, um auf sich aufmerksam zu machen. Karas Körper versteifte sich. Sie war außerstande, den Anflug alter Kränkung zu unterdrücken, als sie die Frau erblickte. Sie war gealtert, seit Kara sie zuletzt gesehen hatte, damals vor der Zersplitterung – vor allem um die Augen und am Hals –, aber die dichte, lange Mähne war noch immer schwarz.

»Vater will wissen, was so lange dauert. Er wartet in der Nadel auf dich.«

»Er erzählt ihr gerade von Vater«, petzte Darius. »Und von der Nadel.«

»Ohne Vaters Einverständnis?«

Marcus wirbelte zu ihr herum. »Sie wird uns nur helfen, wenn sie versteht, was wir hier zu vollbringen versuchen. Ich kenne sie, Dierdre. Ihren Freunden zu drohen, wird sie nicht zur Zusammenarbeit bewegen. Damit stoßen wir sie nur noch weiter ab.«

»Was hast du ihr verraten?«

»Nichts Wichtiges.«

»Nur, wer Vater in Wirklichkeit ist. Und Baron Leethes Rolle bei den Kormanley. Und was er von Eld aus vor der Zersplitterung am Nexus gemacht hat.«

Dierdre dachte schweigend über Darius' Worte nach. Dann wandte sie sich an Marcus: »Nichts Wichtiges?«

»Wir werden ihr noch wesentlich mehr als das erklären müssen, wenn wir ihre Hilfe wollen. Und wir können sie nicht belügen. Ich habe sie früher belogen, über dich, über die Kormanley, und es hat sie nur von mir weggetrieben.«

498

Kara schwenkte den Blick von Dierdre zu Marcus' Rücken. »Erklär das Vater.«

Marcus schaute mit beunruhigtem Gesichtsausdruck über die Schulter zurück zu Kara, dann bewegte er sich auf Dierdre zu. »Wir sollten ihn wohl besser nicht noch länger warten lassen.«

Dierdre hängte sich mit dem Arm bei ihm ein und verflocht ihre Finger mit den seinen, bevor sie beide den Korridor hinunter außer Sicht verschwanden. Kara hörte noch, wie sie mit scharfer Stimme etwas sagte, doch die Worte konnte sie nicht verstehen.

Sie richtete den Blick auf Darius. Der Vollstrecker steckte sein Schwert zurück in die Scheide, dann ging er und schloss die Tür hinter sich. Ein Riegel rastete mit einem Klicken ein.

ZWANZIG

»Halt.« Die Haut an Allans Unterarmen und Schultern kribbelte. Er blieb stehen. Der Bach, dessen Lauf sie in Richtung Muld folgten, gurgelte zu seiner Rechten, hinter ihm knarrte der Wagen. Ein Windstoß brachte die Blätter der Bäume über ihm zum Rascheln, Vögel tschilpten die letzten Töne ihres morgendlichen Chors, Gaven und Glenn plapperten aufgeregt am Wagen mit Artras. Muld war nahe, und alle wussten es.

Trotzdem überzog eine Gänsehaut seine Arme.

Zischend forderte er die anderen auf, still zu sein, eine Hand nach hinten ausgestreckt. Artras verstummte erschrocken mitten im Satz und riss eine Hand an die Brust. Das Leuchten in ihren Augen, das strahlender geworden war, je weiter sie sich Muld genähert hatten, erlosch so plötzlich wie eine ausgeblasene Kerze. Glenns Wandlung erfolgte noch schneller – der Rüde glitt bereits mit einem Messer in der Hand vom Kutschbock. Gaven brachte das Pferd mit einem Ruck zum Stehen. Das Tier schnaubte protestierend. Von der Ladefläche des Wagens hörte Allan ein leises Knurren des Halbwolfs, nur wenige Herzschläge, bevor Cutters Kopf auftauchte. Der Fährtensucher ließ den Blick prüfend durch den Wald wandern, bevor er geräuschlos vom Heck des Wagens stieg. Er trug den Arm immer noch an der Brust verbunden, aber er hatte ein wenig Kraft zurückerlangt. Noch nicht genug, um einen Bogen zu spannen, doch er hatte stur an sich gearbeitet, seit sie Erenthrall verlassen und die Ebenen betreten hatten.

Sowohl Glenn als auch er glitten an Allans Seite.

»Was ist?«

»Wir sind Muld nahe. Nah genug, dass wir hören können sollten, wie Bryce die neuen Rüden ausbildet – oder wie die Flüchtlinge an den neuen Hütten arbeiten, wenn schon sonst nichts. Aber ich höre nicht das Geringste.«

»Bei den Rüden hat man uns beigebracht, unseren Instinkten zu vertrauen. Was willst du tun?«

»Ich kann das Dorf auskundschaften.« Beide drehten sich um und starrten auf Cutters Arm. »Ich kann zwar keinen Bogen spannen, aber ich kann mich immer noch besser als jeder von euch beiden durch den Wald schleichen.«

»Geh nicht zu weit. Ich will nicht zu lange ungeschützt mit dem Wagen auf offenem Gelände warten.«

Cutter machte sich davon, sprang über den Bach, eilte die Böschung am anderen Ufer hinauf und verschwand innerhalb von fünf Atemzügen. Allan stand bei Glenn. Der Blick des Rüden strich suchend hin und her.

»Ich muss sagen, nun, da du mich darauf aufmerksam gemacht hast, gefällt mir das auch nicht.« Glenn schnupperte die Luft. »Ist das Rauch?«

»Ja, ist es.«

Beide drehten sich zum Wagen, zu Artras um. Sie kletterte vom Kutschbock.

»Ich dachte, es wäre bloß ein Kochfeuer.«

»Kein Kochfeuer. Das da ist stärker und dunkler. Älter. Ich schnappe es nur auf, wenn der Wind genau richtig weht, aber es kommt aus der Richtung von Muld.«

»Was kann hier passiert sein?«

»Alles Mögliche. Wir sind fast drei Monate weg gewesen.«

Alle drei verstummten und warteten.

Sie erschraken, als der Halbwolf grunzte und sich auf die Beine rappelte. Er war an beiden Seiten des Wagens festgebunden, so verzurrt, dass er Gaven vorne nicht erreichen konnte, aber mit genug Spiel, um vom Heck hinunterzuspringen und hinter dem Gefährt herzulaufen, wenn er wollte. Sie konnten seine Leine von der Vorderseite des Wagens einholen, ohne sich ihm zu nähern, und ihn so zurück auf die Ladefläche zwingen. Nach ein paar Tagen mit fehlgeschlagenen Fluchtversuchen hatte sich der Halbwolf resignierend mit der neuen Anordnung abgefunden. Er ließ Artras mit Essen an sich heran, aber niemand sonst konnte sich ihm nähern, ohne ihm ein leises, Tod verheißendes Knurren zu entlocken.

Gaven drehte sich um und sah ihn an, doch der Halbwolf schenkte ihm keine Beachtung. Allan wusste, er hatte die Reichweite seiner Leine ausgeschöpft.

Die Nasenflügel des Halbwolfs blähten sich und witterten die Luft. Dann zogen sich seine Lefzen zurück, und das Fell entlang des Rückgrats sträubte sich. Ein leises Knurren drang aus seiner Brust, als er den Kopf senkte.

»Das klingt nicht gut.«

Glenn trat zur Seite und zog das Schwert. Allan bewegte sich in die entgegengesetzte Richtung und zog die eigene Klinge. Minuten vergingen, aber das Knurren des Halbwolfs blieb konstant. Er hatte sich vorwärts gebeugt, die Leine straff gespannt, die Ohren angelegt. Gaven griff nach dem Knüppel, den er neben seinen Füßen verwahrte, und legte ihn sich auf den Schoß. Das Pferd tänzelte, das Geschirr klirrte.

Dann schwoll das Knurren des Halbwolfs an. Gleich darauf ertönte aus dem Wald ein flüssiges Gurgeln, gefolgt von einem Rascheln, einem dumpfen Aufschlag und dem Knistern von Laub, über das etwas geschleift wurde. Das Knurren des Halbwolfs endete mit einem Schnauben, und er ließ sich auf den Bauch nieder.

Cutter tauchte wieder auf und zog einen Körper hinter sich her. Er brachte ihn zum Ufer des Baches und ließ ihn fallen, bevor er das Wasser zu ihrer Seite hin überquerte. Die Kehle des Mannes war aufgeschlitzt worden. Durch die Neigung des Kopfes und die Schräglage der Böschung klaffte die

Wunde auseinander. Der Fremde war Mitte dreißig, besaß einen dichten, knotigen Bart und von Holzkohle oder Asche geschwärzte Augen. Über Brust und Oberschenkeln trug er eine notdürftige Lederrüstung, an den Armen und unteren Beinen jedoch nichts. Allan erkannte ihn nicht.

»Wer ist das?«

»Der Mann auf Wachdienst. Er hatte uns gesichtet.«

»Er ist nicht aus Muld. Oder zumindest hat er nicht zu Muld gehört, als wir aufgebrochen sind.«

»Nein, nicht aus Muld. Das Dorf ist zerstört worden. Niedergebrannt. Dieser Mann hat zu der Gruppe gehört, die es getan hat. Sie haben das Lager auf der Flüchtlingswiese aufgeschlagen. Besonders ausgerüstet sind sie nicht, aber wohlorganisiert. Plünderer wie jene, denen wir auf den Ebenen begegnet sind. Sieht so aus, als wären sie schon mehrere Tage hier, vielleicht eine Woche. Ein paar der Gebäude im Dorf glimmen nach wie vor, obwohl alles nur noch Asche und Stein ist. Ein Großteil der Versammlungshalle steht noch, aber eine Wand ist eingestürzt. Von den Scheunen und Hütten sind bloß verkohlte Träger übrig. Sogar die Seite des Gemeinschaftsofens haben sie eingeschlagen.«

Allan dachte an seine Tochter, an Cory und Hernande, an alle, die sie zurückgelassen hatten. Artras schaute betroffen drein.

»Was ist mit den Dorfbewohnern? Hast du Sophia oder Paul gesehen? Hernande? Irgendwelche Leichen?«

»Im Dorf liegen einige Leichen.« Der Fährtensucher warf Allan einen gequälten Blick zu. »Ich konnte zwar nicht nah genug ran, um sie genau zu erkennen, aber ich glaube nicht, dass Morrell unter ihnen war. Es waren ungefähr zwanzig, über den Platz verstreut. Man hat sie dort liegen gelassen, wo sie gefallen sind. Ich habe niemanden aus Muld im Lager der Angreifer gesehen. Entweder haben sie alle, die sie gefangen haben, getötet, oder sie haben keinen gefunden, den sie gefangen nehmen konnten. Ich habe eine schnelle Runde um ihr Lager und das Dorf gemacht, aber niemanden außer Aufpassern wie diesem hier gesehen. Ich glaube nicht, dass er den anderen schon über uns Bescheid gegeben hatte, außer er hatte einen Partner dabei. Aber sie sind an keinem anderen Wachposten paarweise aufgestellt.«

Allan zwang sich nachzudenken. »Das ergibt keinen Sinn. Wohin sind denn alle Mulder verschwunden?«

»Vielleicht sind sie geflüchtet, bevor die Angreifer eingetroffen sind.«

»Und warum sind dann Leichen im Dorf?«

»Weil Paul und die anderen Mulder ihr Dorf nicht so einfach verlassen würden.«

»Dann wurden die Dörfler vielleicht überrumpelt. Die meisten sind geflohen, während ein paar zurückgeblieben sind, um ihnen Zeit zu erkaufen. Das würde die Toten erklären. Aber warum sind die Brandschatzer noch hier? Du hast gesagt, sie lagern schon seit mehreren Tagen.«

»Um ihren Sieg zu feiern?«, schlug Glenn vor.

Cutter überlegte. »Von Feierei habe ich nichts gesehen. Tatsächlich habe ich überhaupt nicht viel in dem Lager gesehen. Kaum Lebensmittel oder sonstige Vorräte. Nicht genug für das, was sie im Dorf hätten finden müssen. Und sie haben überall Wachposten, vor allem im Westen. Fast so, als würden sie …«

»Suchen«, warf Allan ein. »Sie suchen. Bryce wird nicht untätig geblieben sein; nicht, nachdem wir auf den Ebenen angegriffen worden sind. Er hat bestimmt Patrouillen gehabt. Immerhin hatte er schon angefangen, sie zu organisieren, als wir aufgebrochen sind. Und das bedeutet, das Dorf muss vorgewarnt worden sein. Vielleicht nicht viel, aber zumindest ein wenig. Muld ist nicht einfach zu verteidigen – zu offen, zu viele Richtungen, aus denen man angreifen kann. Er würde nach einem Platz gesucht haben, um abzutauchen, sich zu verstecken. Die Mulder müssen in die Zuflucht geflohen sein, die er gefunden hat, wo die auch liegen mag, und diese Plünderer suchen jetzt nach ihnen.« Er drehte sich Cutter und Gaven zu. »Wohin könnten sie gegangen sein? An welchem Ort könnten sie sich verstecken, der nicht weit vom Dorf entfernt liegt?«

Gaven und Cutter sahen sich gegenseitig an.

»Es müsste im Westen sein. In der Richtung suchen die Plünderer offenbar.«

»Im Westen gibt es Höhlen nicht weit vom Dorf. Kinder gehen dort zum Spielen hin. Erwachsene auch.« Gaven räusperte sich verlegen. »Für, äh, Spiele anderer Art.«

»Aber die Höhlen sind nicht so tief. Ich weiß nicht, ob sie das gesamte Dorf …«

»Könnten sie sonst noch irgendwohin gegangen sein?« Als sowohl Cutter als auch Gaven den Kopf schüttelten, sagte Allan: »Dann sind sie dort, wenn auch nur vorübergehend. Können wir hin, ohne den Brandschatzern über den Weg zu laufen?«

»Ich finde einen Weg.« Cutter eilte in die Wälder im Süden und Westen los.

»Was ist mit dem?« Glenn deutete auf den toten Plünderer. »Irgendwann werden sie merken, dass er verschwunden ist.«

»Wir haben keine Zeit, ihn zu verscharren, aber wir können versuchen, seinen Leichnam zu verstecken.«

* * *

Sie mussten umkehren. Cutter wollte nicht das Wagnis eingehen, den Weg von Patrouillen zu kreuzen, und sie hatten das Suchgebiet seit seinem ersten Erkundungsgang ausgeweitet. Allan bändigte seine Ungeduld – er wollte zu Morrell, wollte sich davon überzeugen, dass sie in Sicherheit und unversehrt war –, als sie den Wagen wendeten und wieder nordwärts fuhren. Der Abend brach allmählich an, als Allan anhalten ließ.

»Bist du sicher, dass wir in der Nähe sind?«

»Die Höhlen sollten auf der anderen Seite dieses Höhenzugs sein.«

»Zeig sie mir.«

Sie ließen Glenn, Gaven, Artras und den Halbwolf zurück, beschrieben einen Bogen nach Norden und erklommen dann den Hang des Höhenzugs. Cutter hielt auf einen Knick im Gelände mit einem besonders steilen Hang zu. Die Schatten wurden länger, während sie unterwegs waren. Allan bemühte sich, so leise wie Cutter zu sein, doch das erste verstreute Herbstlaub gestaltete das nahezu unmöglich.

Die Dunkelheit verdichtete sich, als sie durch den Knick eilten und in den Windschatten des Höhenzugs gelangten. Der Ruf einer Eule ertönte, abendliche Geräusche hielten Einzug und nachtaktive Tiere begannen, sich zu regen. Cutters Gestalt nahm etwas Gespenstisches an, ließ sich nur noch erkennen, wenn er von Baum zu Fels zu Baum huschte.

Dann hielt er inne, und Allan verlangsamte die Schritte, bis ihn der Fährtensucher weiter winkte.

Lautlos deutete Cutter zu einer Lichtung, zum Boden dort.

Allan rückte verwirrt vor, bis ihm der Gestank von Tod in die Nase stieg.

Es handelte sich weniger um eine Lichtung als vielmehr um einen Pfad. Furchen von Wagenrädern hatten sich in den Untergrund gegraben, abgesehen von einem langen Abschnitt, an dem sie unterbrochen waren. Die Erde sah aufgewühlt und zernarbt aus, Bäume mit gesplitterten Stämmen waren quer über den Weg gefallen. Zwischen den Trümmern verstreut lagen von einer dünnen Blätterschicht bedeckte Leichen. Über einigen glänzte das Gefieder von Aaskrähen. Einer der Vögel stimmte ein heiseres Krächzen an, während weiter entfernt ein Wolf irgendetwas tiefer in den Wald schleppte.

Allan wollte weiter, aber Cutters Hand umklammerte seine

Schulter und hielt ihn zurück. Er wirbelte zu dem Fährtensucher herum und wand sich aus dessen Griff, aber Cutter beugte sich dicht zu seinem Ohr. »Die sind seit Tagen tot. Und die Stelle ist zu ungeschützt, um sich die Leichen aus der Nähe anzusehen.«

Allan war bereit, es trotzdem zu tun – was, wenn sich Morrell unter ihnen befand? Allerdings wusste er auch, dass Cutter recht hatte. Selbst, wenn sie von niemandem beobachtet wurden, sie würden die Aasfresser aufscheuchen, und jemand könnte ihren Radau hören, wenn sie sich in die Lüfte erhöben.

Also blieben sie zwischen den Bäumen, bewegten sich an der sonderbar aufgebrochenen Erde vorbei und durch einen Wald gesplitterter Stämme, als wäre das Holz von innen heraus explodiert. Sie ließen die letzten Anzeichen der Zerstörung hinter sich und folgten weiter den Furchen.

Weniger als zwanzig Schritte nach dem letzten Leichnam verschwand der Pfad. Die Furchen verliefen sich im Unterholz, der Boden präsentierte sich unberührt.

Allan warf Cutter einen fragenden Blick zu, aber der Fährtensucher wirkte genauso verdutzt wie er selbst. Eine lange Weile zögerten sie, dann setzte Cutter den Weg fort.

Der Hang wurde steiler, Allans Atem ging in schwereren, angestrengteren Stößen. Das Unterholz wich Fels, Kieseln und knorrigen Baumwurzeln. Allan zog sich höher, indem er herabhängende Äste benutzte oder sich an den Stämmen der dünneren Bäume festhielt. Einmal rutschte er aus und schlug sich das Knie an scharfkantigem Granit an.

Dann verflachte das Gelände zu einem groben Absatz mit einer von herabhängenden Baumwurzeln verdeckten Felswand auf einer Seite, bevor es in vierzig Schritten Entfernung wieder steil anstieg.

Allan beugte sich vor, um zu Atem zu gelangen, während sich der Fährtensucher verwirrt umsah. Suchend näherte er sich der Felswand, bevor er sich umdrehte und zwischen die Bäume und auf die umliegenden Hügel starrte, als versuche er, sich zu orientieren.

Allan richtete sich auf. »Wo sind sie abge…«

Die Spitze einer gegen seinen Rücken gedrückten Klinge ließ ihn mitten in der Frage jäh verstummen. Seine Hand zuckte zu seinem eigenen Schwert, hielt jedoch inne, als mehr Druck ausgeübt wurde. Cutter drehte sich um. Sein Blick wanderte von einer Seite zur anderen. Danach zu urteilen, befanden sich mindestens drei Leute hinter Allan.

»Wir sind genau hier, Allan.« Die vertraute Stimme ertönte dicht bei seinem Ohr.

Dann entfernte sich das Schwert von seinem Rücken, und als sich Allan umdrehte, erblickte er hinter sich Bryce und drei andere, die breit grinsten. Zwei konnte er im Schatten der Bäume nicht erkennen, doch beim Dritten handelte es sich um Claye.

Zuletzt hatte Allan den Rüden gesehen, als er auf einer Pritsche in Logans Hütte gefiebert hatte. »Schön zu sehen, dass ihr es geschafft habt. Schön, überhaupt jemanden von euch zu sehen. Cutter hat mir berichtet, was mit dem Dorf passiert ist. Wo sind die anderen? Wo ist meine Tochter?«

Bryce deutete in Richtung der Felswand. »In den Höhlen, nach denen ihr gesucht habt, wie ich vermute. Die verdammten Hexer haben die Eingänge und alle hier heraufführenden Spuren mit ihren Sinnestäuschungen getarnt. Ohne sie wären wir wahrscheinlich schon vor Tagen gefunden und ausgelöscht worden. Wir sollten uns aber trotzdem nicht hier draußen unterhalten. Im Augenblick sind zwar keine Plünderer in der Nähe, aber ich bin sicher, Paul und Sophia werden mit dir reden wollen.«

»Und ich will Morrell sehen.«

»Seid nur ihr beide hier?«

»Nein. Artras, Gaven und Glenn warten beim Wagen. Außerdem haben wir einen Halbwolf dabei.« Bryce zog die Augenbrauen hoch. »Lange Geschichte.«

»Claye und Ritter, geht mit Cutter und holt die anderen her. Ich bringe dich hinein, Allan. Dann kannst du uns erzählen, was passiert ist.«

»Nachdem ich Morrell gesehen habe.«

Claye und Ritter traten an Cutters Seite, bevor alle drei in die Dunkelheit aufbrachen. Sterne tauchten funkelnd am Himmel auf, als das letzte Licht der Sonne verblasste.

»Hier lang.« Bryce hielt an, um Quinn Anweisungen zu erteilen – Allan erkannte ihn, sobald er aus den Schatten trat –, dann steuerte er geradewegs auf die Felswand zu. »Die ersten paar Mal, wenn man hindurchgeht, ist es ein bisschen beunruhigend.« Damit duckte er sich und verschwand. Er schien sich durch die Wurzeln und Ranken direkt in den Fels geschoben zu haben.

Allan zögerte kurz, dann streckte er die Hand aus. Sie fuhr durch den Stein, als wäre er nicht vorhanden, und seine Haut kribbelte leicht. Dann trat er vor …

In den Eingang einer Höhle. Bryce erwartete ihn auf der anderen Seite. Als er zurückschaute, konnte er hinaus auf den flachen Bereich und zu den Bäumen dahinter sehen, als wäre die Illusion der Ranken und des Felsens nicht vorhanden.

»Willst du jetzt deine Tochter sehen oder nicht?«

Der Rüde führte ihn einen Tunnel hinab, der aus tieferen Gefilden der Höhle von flackerndem Fackellicht erhellt wurde. Nachdem sie um eine Kurve gebogen waren, weitete sich der Tunnel zu einer großen Kammer, in der sich zu beiden Seiten Kisten, Truhen, Fässer und Säcke stapelten. Vier Männer hielten Wache, als sie in einen anderen Tunnel auf der gegenüberliegenden Seite gelangten, der tiefer in den Höhenzug hinabführte. Alle vier Männer bedachten sie mit flüchtigen Blicken, bis sie Allan erkannten. Überraschung ließ sie aufspringen, aber keiner von ihnen verlor ein Wort, obwohl Allan die Fragen aus ihren Gesichtern förmlich ablesen konnte.

»Das ist der Lagerbereich. Es gibt noch eine zweite Höhle mit einem eigenen Eingang, wo wir das Vieh halten. Die Plünderer haben uns ein paar Wochen, nachdem ihr aufgebrochen seid, das erste Mal angegriffen. Aber da waren sie lange nicht so gut organisiert, und wir haben sie zurückgeschlagen. Ich dachte mir schon damals, dass es nicht ihre Haupttruppe gewesen sein könnte. Es war klar, dass sie wiederkommen würden, also haben wir angefangen, in diese Höhlen zu übersiedeln.«

»Cutter hat gemeint, sie könnten nicht alle Dorfbewohner beherbergen, geschweige denn all diese Vorräte.«

»Dafür hätten die ursprünglichen Höhlen auch nicht gereicht. Aber eine der Wände ist eingestürzt. Dahinter und darunter haben wir noch mehr weitläufige Kammern sowie die Ruinen einer Art von Ley-Knoten gefunden. Die Lumagier waren völlig aus dem Häuschen. Als wir wussten, dass wir alle hier unterbringen können, haben wir den Umzug beschleunigt. Wir haben es nicht ganz geschafft, damit fertig zu werden, bevor sie uns erneut angriffen. Doch wir hatten immer noch genug Vorwarnung, um so gut wie alle aus dem Dorf zusammen mit dem Großteil der Vorräte hierherzubringen. Aber ein paar Leute haben wir beim ursprünglichen Angriff und dem anschließenden Rückzug trotzdem verloren. Die Verluste wären wesentlich höher ausgefallen, wenn wir die Hexer von der Universität und die Lumagier nicht gehabt hätten. Sie haben die Erde und die Bäume als Waffen benutzt, während die Lumagier die Ley als Schild eingesetzt haben. Die sind echt gefährlicher, als ich je gedacht hätte.«

Mittlerweile hatten sie den gegenüberliegenden Tunnel betreten und stiegen einen leichten Abhang hinab. Ein weiterer Tunnel kreuzte den ihren und beide verschmolzen miteinander. Weiter vorn flackerte ein grelles Licht aus einer Öffnung auf der rechten Seite an der Wand.

Bryce duckte sich durch die Öffnung. »Die meisten Dorfbewohner leben hier oder in der Kammer weiter unten im Tunnel. Aber Morrell ist hier, weil hier auch der Ley-Knoten ist.«

Allan trat durch die Öffnung an die Spitze einer Schutthalde, doch man hatte Stufen eingebaut, die zum Boden der Kammer hinunterführten. Wie Zelte gespannte Laken und Decken füllten den Raum aus, durchsetzt von Gehwegen, Kochfeuern und Gemeinschaftsbereichen zum Essen. Nur die Mitte der Kammer lag offen da. Dort ragten die Steinfinger von Stelen aus dem vergleichsweise flachen Boden, und weißes Ley-Licht quoll innerhalb ihres groben Kreises aus dem Fels. Den Rest der Höhle erhellten Fackeln, von denen einige anscheinend mithilfe der Ley geschaffen worden waren.

Aber Allan nahm all das nur flüchtig wahr, während er die Gesichter in der dicht bevölkerten Kammer unten absuchte. Männer, Frauen und Kinder kauerten über Kochfeuern, flickten Kleidung, schabten Häute, plauderten rings, während sie um Eimer mit Spülwasser saßen. Einige hatten innegehalten, um aufzuschauen, als Bryce die Stufen hinunterzusteigen begann. Manche zeigten nach oben – Menschen, mit denen Allan jahrelang in Muld zusammengelebt hatte, vermischt mit den Flüchtlingen, die er aus Erenthrall hergeführt hatte. Außerhalb der Höhlen hatten sie in getrennten Bereichen gelebt, hier jedoch waren sie zu einer einzigen Gruppe verschmolzen. Unterhaltungen verstummten, als sich die Neuigkeit von ihrem Eintreffen herumsprach, aber immer noch konnte Allan seine Tochter nicht sehen. Oder Cory oder Hernande oder irgendjemanden der Dorfältesten von Muld.

Dann rief jemand überschwänglich: »Papi!« Und plötzlich stürmte Morrell zwischen den Zelten hindurch, dicht gefolgt von Karas kläffendem Hündchen. Leute sprangen aus ihrem Weg, Mütter hoben zitternde Hände an den Mund, Väter zogen die eigenen Kinder an sich.

Morrell flog die Stufen förmlich herauf, und wenige, kurze Atemzüge später warf sie sich in Allans Arme. Allan war auf ein Knie gesunken und umarmte sie innig. Seine Augen brannten, während er ihr Haar streichelte und murmelte: »Ich bin zurück, Püppchen, ich bin zurück.«

Max hopste und tollte um sie herum, strampelte mit den Vorderpfoten durch die Luft und versuchte, die Nase zwischen sie zu zwängen. Morrell schluchzte an Allans Brust, hielt ihn so fest, dass er kaum atmen konnte, doch das machte ihm nichts aus. Für einen winzigen Augenblick, der sich wie eine Ewigkeit anfühlte, war sie wieder ein Kind, *sein* Kind, sein Püppchen. Er atmete den Honigduft ihrer Haare ein, beruhigte ihren durchgeschüttelten Körper, linderte ihre Ängste mit gemurmelten Beschwichtigungen und unsinnigen Lauten.

Schließlich legte sich ihr Schluchzen, und sie löste sich von ihm. Morrell hatte sich in den wenigen Monaten verändert, die er weg gewesen war. Die Linien in ihrem Gesicht wirkten härter, abgebrühter. Sie strahlte mehr Selbstsicherheit aus, und ihre Augen waren reifer, ernster geworden. Zwar konnte er immer noch das Kind erkennen, das sie gewesen war, doch es verblasste allmählich.

Sie wurde erwachsen – schneller, als Allan es für möglich gehalten hätte.

»Wo ist Kara?« Morrell hob die Hände, um sich die Tränen abzuwischen. Sie benutzte dafür nicht die Handrücken wie ein Kind, sondern die Finger, mit denen sie von den Augenwinkeln über die Nase nach unten und quer über die Wangenknochen fuhr. Die Geste wirkte entschlossen, wegwerfend. Herzzerreißend erwachsen. »Ist sie tot?«

Der Stich der Erkenntnis, dass er im Begriff war, die Tochter zu verlieren, die er gekannt hatte, fuhr in die plötzliche Leere in seiner Brust, als er sich ins Gedächtnis rief, wofür er nach Muld gekommen war.

Er fasste nach unten, um Max zu beruhigen, der nach wie vor völlig aus dem Häuschen war, dann stand er auf. »Nein. Nein, sie ist nicht tot. Zumindest glaube ich das nicht.« Er schaute durch die Kammer und stellte fest, dass ihn nahezu alle Anwesenden beobachteten. Rasch sichtete er Cory, hinter dem Hernande, Paul und Sophia zusammen mit Bryce standen. Janis wartete geduldig weiter hinten.

Allans Hände ruhten auf Morrells Schultern, und er drehte sich zu ihr zurück, um ihr in die Augen zu sehen. Ihm fiel auf, dass sie auch größer geworden war. »Keine Sorge. Ich werde dir alles erklären.«

Schritte von hinten kündigten die Ankunft von Artras, Glenn, Gaven, Claye und Ritter an.

»Der Halbwolf?«

»Den haben wir bei den Vorräten angebunden. Wir haben uns nicht getraut, ihn dorthin mitzunehmen, wo wir das Vieh haben. Die Männer draußen behalten ihn im Auge. Außerdem haben wir angefangen, die spärlichen Sachen abzuladen, die wir aus Erenthrall mitbringen konnten.«

»Dann gehen wir mal besser runter und berichten, was den anderen widerfahren ist.«

Sie stiegen die Stufen hinab. Menschen umringten sie, als sie sich den Weg zum Ley-Knoten in der Mitte bahnten, zu der Stelle, wo Allan von oben Cory und die anderen gesichtet hatte. Die meisten hießen sie willkommen und erkundigten sich nach dem Rest der Gruppe, aber Allan antwortete nicht. Er war nur darauf bedacht, Cory zu erreichen. Am Rande nahm er wahr, dass sich Artras von ihrem Tross gelöst hatte und mit Jacks Mutter beiseitegegangen war. Kurz danach drang ein Aufheulen zu ihm, dennoch ging er unbeirrt weiter. Jemand würde auch mit Kents Familie reden und ihr mitteilen müssen, dass er dabei gestorben war, sie in Erenthrall zu beschützen. Allan fragte sich, ob irgendwelche Mitglieder ihrer Familien hier in Muld beim Angriff der Plünderer umgekommen waren. Hatte Gaven Angehörige verloren? Oder Cutter? Was sollte er Aarons Familie sagen?

Was sollte er *Cory* sagen?

Dann teilte sich die Menge vor ihm, und da stand Cory. Hernande befand sich einen Schritt schräg hinter ihm, bereit, ihn zu stützen.

Fünf Schritte entfernt hielt Allan an und richtete die Aufmerksamkeit allein auf Cory. Er hielt dem Blick des Mannes stand, ohne mit der Wimper zu zucken.

»Sie lebt, aber sie ist in Gefangenschaft. Und ich habe vor, sie zu retten.«

***

»Ich komme mit«, sagte Cory. Es ließ sich nicht übersehen, dass es niemandem gelingen würde, ihn davon abzubringen.

Allan hatte nicht die Absicht, es zu versuchen.

Er ließ den Blick über den Rest der um das Feuer Versammelten wandern. Er, Artras, Cutter und Glenn – Gaven war zu seiner Familie gegangen – hatten die letzten Stunden damit verbracht, ihre Reise nach Erenthrall zu schildern, während sie dazwischen an Essen und Trinken verschlungen hatten, was die anderen für sie auftreiben konnten. Der gebratene Mais hatte wie Ambrosia geschmeckt, das frisch gebackene Brot mit Erdbeermarmelade hatte Glenn gar ein verzücktes Stöhnen entlockt. Während der Rückkehr hatten sie sich von gebratenem Fleisch und den Knollen und Nüssen ernährt, die unterwegs zu finden gewesen waren. Grünes Gemüse hatte es darunter nicht gegeben. Allan konnte nicht genug davon bekommen, nicht einmal vom gekochten Kohl.

Er suchte erst Bryces, dann Hernandes und Pauls Blick. »Ich nehme mit, wen immer ich kriegen kann, allerdings glaube ich nicht, dass eine Handvoll Männer und Frauen reichen werden. Ich werde eine ganze Horde brauchen, wenn nicht noch mehr. Diese Weißmäntel hatten eine eigene Garde. Voll ausgebildete Kämpfer, wie die Rüden damals in Erenthrall. Keine Bande von Raufbolden, die kaum ein Schwert halten, geschweige denn es führen können.«

»Also willst du alle Kämpfer mitnehmen, die wir haben? Wer soll dann den Rest von uns beschützen, solange ihr weg seid? Hast du die Plünderer vergessen?«

Pauls Stimme war angeschwollen, während er gesprochen hatte, aber Sophia beruhigte ihn, indem sie eine Hand auf sein Bein legte. »Natürlich hat er die Plünderer nicht vergessen. Du etwa?«

»Nein, ich habe sie nicht vergessen. Und ich weiß auch nicht, was wir gegen sie unternehmen sollen.«

»Wir können keine Truppe losschicken, um eine verdammte Lumaga zu retten, wenn wir jeden, der kämpfen kann, hier brauchen, um uns zu beschützen!«

»Sie ist nicht irgendeine verdammte Lumaga! Aber du wolltest ja von Anfang an niemanden von uns hier haben.« Cory drehte sich erst Hernande, dann Allan zu. »Wir sollten einfach gehen – *alle* Flüchtlinge. Wir sollten losziehen, um Kara und die anderen zu finden, und Muld sich selbst überlassen.«

Hernande räusperte sich. »Das meinst du nicht ernst.«

Corys harter Gesichtsausdruck splitterte. »Nein. Nicht wirklich. Aber es geht um Kara.«

Hernande legte ihm eine Hand auf die Schulter. »Wissen wir. Und wir werden sie nicht im Stich lassen. *Ich* werde das nicht. Und Allan auch nicht.«

Paul verdrehte die Augen. »Es ist ja schön und gut, wenn ihr eure Absichten erklärt, aber ihr wisst ja noch nicht mal, wo sie ist.«

»Wir wissen, dass sie jene Straße entlang nach Süden unterwegs waren. Die Kreuzung finde ich mit Sicherheit wieder. Danach können wir der Straße folgen.«

»Und woher weißt du, dass sie die Straße nicht eine Stunde, nachdem du sie zuletzt gesehen hast, verlassen haben? Sie könnten überall sein.«

»Die Weißmäntel sind Lumagier, und sie benutzen die Ley. Also werden sie sich irgendwo bei einer aktiven Quelle wie dem Knoten hier niedergelassen haben.«

»Also ein weiterer Knoten. Das ist ein Anfang. Wir können die Sande benutzen, um herauszufinden, wo sie stecken.«

»So einfach wird das nicht. Der ›Süden‹ ist ein großes Gebiet, und die Sande können immer nur einen kleinen Bereich auf einmal anzeigen. Es könnte Wochen dauern, einen einzelnen Knoten aufzuspüren, und es gäbe keine Gewähr, dass es wirklich der Knoten ist, den die Weißmäntel benutzen.«

»Ganz zu schweigen davon, dass die Knoten derzeit nicht besonders stabil sind. Ein Knoten, den man über die Sande aufspürt, könnte längst wieder tot sein, bis man hingelangt, weil sich die Ley-Linien so stark verschieben.«

Artras sog hörbar die Luft ein, als sie eine Erkenntnis ereilte, und alle drehten sich ihr zu. »Das ist es. Die Weißmäntel würden sich keinen Knoten aussuchen, der nicht stabil ist. Und sie würden aktiv daran arbeiten, ihn zu stabilisieren.« Die Lumaga wandte sich an Allan. »Erinnerst du dich an Erenthrall? Wir haben dort Anzeichen dafür gefunden, dass jemand die Ley-Linien manipuliert, sie umleitet. Wir haben solche Anzeichen sogar schon gesehen, bevor wir die Stadt erreichten. In jener Ortschaft, wo der alte Knoten aktiviert worden war. Alle Linien werden nach Südwesten umgeleitet. Ich würde wetten, dass sie sich alle an derselben Stelle bündeln, und zwar an dem Ort, den die Weißmäntel zu ihrer neuen Heimat auserkoren haben.«

»Sogar dieser Knoten hier wird südwärts geleitet«, warf Raven ein.

»Der größte Knoten südwestlich von Erenthrall ist Tumbor.«

516

Einen Herzschlag lang verstummten alle.

»Die Weißmäntel sind nicht in Tumbor. Die Linien, die wir in Erenthrall gesehen haben, fließen nicht in diese Richtung. Sie weichen weiter nach Westen ab. Sie müssen auf einen anderen Knoten gerichtet sein, auf eine der Verbindungsstellen des Ley-Systems von vor der Zersplitterung.«

»Und wo sind die Verbindungsstellen westlich von Erenthrall und Tumbor?«

Artras starrte ihn an. »Ich weiß es nicht. Das weiß niemand von uns. Nur die Ober-Lumagier haben das Ley-System außerhalb von Erenthrall gekannt. Die meisten von uns hatten ausschließlich mit der Ley innerhalb unserer jeweiligen Bezirke zu tun.«

»Dann sind wir wieder an dem Punkt, dass wir nicht wissen, wo die Weißmäntel stecken.«

Hernande kaute mit nachdenklich gerunzelter Stirn am Ende seines Bartes. »Nicht unbedingt.« Er griff in eine Tasche und holte ein paar Kiesel hervor. Allan hatte keine Ahnung, woher sie stammten, aber es schien sich lediglich um Flusssteine zu handeln, ausgewählt wahrscheinlich wegen ihrer Farbe. Hernande legte zwei der größten auf den flachen Granitboden zwischen ihm und dem Feuer. Er zeigte erst auf den einen, dann auf den anderen. »Erenthrall. Tumbor.« Dann platzierte er einen weiteren westlich und leicht nördlich von Erenthrall. »Muld.« Er reichte einen Stein Artras, die sich vorbeugte und ihn ablegte, noch ehe er sagte: »Leg den dahin, wo deiner Schätzung nach diese Ortschaft mit dem aktiven Knoten ist, den ihr gefunden habt, bevor ihr in Erenthrall eingetroffen seid.«

»Hier.« Sie legte den kleinen weißen Kiesel nordwestlich des Stadtsteins ab, nicht ganz entlang einer geraden Linie zwischen ihm und Muld.

»Gut.« Hernande ergriff drei der übrig gebliebenen Spieße, mit denen ihr Abendessen über dem Feuer gebraten worden war. Zwei gab er Artras, den dritten Raven. »Platziert die Spieße so, dass sie in die Richtung der Ley-Linien von Muld, der Ortschaft und Erenthrall zeigen.«

Raven runzelte die Stirn. »Ich weiß nicht, ob ich das so genau hinbekomme.«

Hernande schwenkte eine Hand. »Es muss nicht ganz genau sein.«

Artras hatte sich bereits hingekniet und einen der Spieße platziert. Sie hatte mit Erenthrall begonnen. Raven beobachtete sie, als sie den zweiten mit einem Ende in der Ortschaft hinlegte. Dann setzte sich die ältere Lumaga zurück, und Raven ergänzte die Anordnung um den dritten Spieß, dessen Lage sie noch nachbessern musste, weil er ein Stückchen wegrollte.

Als sie aufstand, beugten sich alle vor.

Die drei Spieße trafen in einem Bereich westlich und leicht südlich von Erenthrall und nördlich von Tumbor zusammen.

»Der Knoten der Weißmäntel muss in diesem Gebiet liegen. Dort werden Cory und ich mit den Sanden suchen. Mal sehen, was wir finden können.«

Paul verschränkte die Arme vor der Brust. »Das löst immer noch nicht das Problem der Plünderer. Die warten draußen und suchen nach uns. Und sie werden nicht einfach verschwinden, weil ihr diese Lumaga retten wollt.«

»Warum sind die eigentlich immer noch hier? Wenn ihr euch mittlerweile schon tagelang versteckt, warum sind sie dann nicht weitergezogen?«

»Sie wollen die Lumagier haben. Sie wollen unsere ›Weißmäntel‹ und unsere Leute von der Universität. Sie wollen uns alle töten, weil wir angeblich die Zersplitterung verursacht haben.«

»Wer sind ›sie‹? Wisst ihr das?«

»Ihr Anführer heißt Aurek. Er bezeichnet sich als Baron eines Ortes namens Anfurt.«

Allan wechselte einen Blick mit Cutter.

»Der Wagentross«, sagte der Fährtensucher.

»Welcher Wagentross?«

»Als wir auf den Ebenen waren, kurz nach unserem Aufbruch, da haben wir in der Ferne ein Feuer gesichtet. Kent, Adder und ich sind hin, um es uns anzusehen. Es war ein Wagentross, der gerade von Plünderern angegriffen wurde. Wir haben zwar nie den Namen des Anführers gehört, aber nachdem sie alle abgeschlachtet und die Wagen niedergebrannt hatten, haben sie gemeint, sie würden nach Anfurt zurückkehren.«

Artras schaute entsetzt drein. »Uns habt ihr erzählt, es wäre harmlos gewesen, nur ein einsamer Wagen mit totem Fahrer, und die Banditen wären längst verschwunden gewesen.«

»Hättest du dich denn besser gefühlt, wenn du die Wahrheit gekannt hättest?«

»Nein. Aber ich hätte mit dem Messer in Reichweite geschlafen.«

»Also sind das dieselben Leute, die uns schon zuvor angegriffen haben«, hielt Sophia fest. »Wie wir vermuteten.«

»Ja. Und nach allem, was ihr gesagt habt, werden sie wohl nicht verschwinden, bevor sie bekommen haben, was sie wollen.«

Allan starrte nachdenklich ins Feuer. Die anderen schwiegen. Artras stocherte mit einem Stock in den Kohlen, Glenn kaute auf einem Hühnerflügel. Sein Bart war von Fett durchtränkt.

Nach einer langen Weile schaute Allan auf und begegnete erst Hernandes, dann Bryces Blick. »Ich muss mit diesem Baron Aurek reden.«

Alle außer Bryce starrten ihn bestürzt an. Allan fragte sich, ob sich der Rüde bereits zusammengereimt hatte, was Allan vorhatte.

»Nicht jetzt sofort. Es ist mitten in der Nacht.«

»Nein. Morgen. Ich muss mich erst ein wenig ausruhen. Und ich will ein bisschen Zeit mit Morrell verbringen.« Er drehte sich Hernande und Cory zu. »Ihr beide müsst diesen Ley-Knoten finden.« Er machte Anstalten aufzustehen.

Paul verzog verwirrt das Gesicht. »Mit ihm reden? Was hast du vor? Was willst du zu ihm sagen?«

»Ich werde ihm geben, was er will.«

* * *

Kurz nach Sonnenaufgang kam Allan aus den Wäldern entlang des Baches hervor, der nah an den Überresten des Dorfes Muld verlief. An einer Stelle, an der das Wasser durch die Ritzen eines Felsüberhangs floss, überquerte er ihn und kletterte die Böschung des anderen Ufers hinauf.

Zu seiner Rechten befanden sich die verkohlten Träger einer der niedergebrannten Hütten. Der Garten um die Ruine war geschwärzt und zertrampelt. Über die kaum noch erkennbaren Wege umging er die Überreste und gelangte auf die Hauptstraße durch das Dorf. Einmal hielt er kurz inne, als er das erreichte, was von seiner eigenen Hütte übrig war, doch es handelte sich nur noch um Ruß und Asche. Auf dem Weg zur Dorfmitte passierte er den rundlichen Gemeinschaftsofen, eine Seite eingeschlagen wie bei einem aufgebrochenen Ei, dann Sophias Hütte, die von Logan und andere. Schließlich hielt er in der Nähe einer der noch stehenden Wände der Versammlungshalle an. Auf dem kleinen offenen Platz in der Mitte des Dorfes stank es nach Rauch und Tod. Er zählte sieben Leichen, an zweien pickten Krähen. Allan hielt den Blick abgewandt. Bryce hatte ihm erzählt, wer hier gestorben war.

Allan entschied sich für eine Stelle nahe der Mitte des Platzes, trat hinaus ins offene Gelände und wartete.

Zwanzig Minuten später, als die Sonne von einer Seite in schrägem Winkel auf den Platz schien, tauchten zwei Plünderer auf. Sie trugen Eimer und plauderten miteinander. Einer beendete gerade einen Witz, woraufhin der andere in schallendes Gelächter ausbrach. Und dann erblickten sie Allan.

Beide erschraken und erstarrten. Der auf der rechten Seite fluchte, ließ die leeren Eimer fallen und zog sein Schwert. Der andere folgte seinem Beispiel. Sie trennten sich und umkreisten Allan, um ihn aus zwei verschiedenen Richtungen angreifen zu können.

Was Allan zwang, seine Einschätzung ihrer Intelligenz höherzuschrauben.

»Ich will mit Aurek reden.«

Die zwei Brandschatzer hielten inne. »Wer bist du?«

»Allan Garrett, ehemaliger Rüde und Mitglied der Gemeinschaft von Muld. Dieser Senke hier. Ich habe ein Angebot für ihn.«

Die Männer wirkten nervös, als er angab, ein Rüde zu sein. Keiner von ihnen sah aus, als hätte er eine umfassende Kampfausbildung genossen. Beide trugen zerlumpte Kleidung und hatten ungepflegte Bärte. Ihren Gestank konnte Allan sogar über den anhaltenden Mief des Rauchs riechen. Aber sie *waren* ausgebildet worden, wenn man danach ging, wie sie sich gebärdeten und ihre Schwerter hielten.

Sie wechselten einen weiteren Blick, sprachen sich stumm miteinander ab. Dann senkte einer von ihnen das Schwert und entfernte sich rücklings, ließ die Eimer dort zurück, wo sie gelandet waren. Er verschwand in Richtung des Flüchtlingslagers zwischen den Bäumen.

Allan richtete die Aufmerksamkeit auf den anderen, der zuvor gesprochen hatte.

Der Mann verlagerte unruhig das Gewicht von einem Bein aufs andere. »Er gibt Aurek Bescheid.«

Allan erwiderte nichts, was den Plünderer nur noch nervöser zu machen schien.

Während sie warteten, raschelte links von Allan etwas zwischen den Bäumen. Er wusste, dass ihm Cutter, Bryce und zwei andere gefolgt waren, aber sie würden außer Sicht bleiben. Allan verlagerte die Haltung und versuchte, die Bewegung aus dem Augenwinkel zu erspähen. Ein weiterer Plünderer? Hatte sich der Unbekannte bereits zu seiner Flanke herumbegeben?

Ein Schatten huschte hinter einem Baum hervor durch das Zwielicht im Wald zu einem blickdichten Gebüsch. Kein Mensch – zu nah am Boden, die Bewegungen zu fließend. Ein Wolf?

Oder ein Halbwolf?

Er wirbelte nach links herum und ließ eine Hand auf den Griff seines Schwertes sinken. Aber im Wald herrschte wieder Stille. Nichts rührte sich, nicht einmal die Blätter der Bäume.

»Was ist? Was hast du gesehen?«

Allan drehte sich zurück. Der Brandschatzer hatte die Ablenkung genützt, um sich ihm zu nähern. Mittlerweile stand er nur noch zehn Schritte entfernt. Sein Blick schnellte argwöhnisch von Allan zum Wald und wieder zurück.

»Nichts.« Aber Allan nahm die Hand nicht vom Schwertgriff.

Da kam hinter dem Plünderer zwischen den Bäumen der Mann hervor, den Allan dabei beobachtet hatte, wie er seelenruhig den Tod aller Mitglieder jenes Wagentrosses angeordnet hatte – Männer, Frauen und Kinder. Ein Dutzend weiterer Plünderer umgab den Anführer. Als er näher kam, verteilte sich seine Leibgarde. Bei der Hälfte handelte es sich um Bogenschützen, die angelegt hatten und auf Allan zielten. Er vermutete, dass ihn noch andere umzingelten, die er nur nicht sehen konnte. Unwillkürlich fragte er sich, ob sie Bryce und den Rest finden würden. Oder den Halbwolf.

Wie auf den Ebenen trug Aurek die Prunkgewänder eines Lehnsherrn. Der Stoff wirkte leicht abgewetzt, nicht ganz so edel wie das, was Allan als Rüde in Erenthrall üblicherweise zu sehen bekommen hatte. Seine Aufmachung entsprach dem, was die Lehnsherren der umliegenden Gebiete vielleicht in die Stadt mitgebracht hätten, wenn sie vom wahren Baron zur Teilnahme an einer Feier eingeladen worden wären.

Aurek blieb einen Schritt vor dem ersten Plünderer stehen, der seinerseits einen Schritt zurücktrat.

»Aurek.«

»*Baron* Aurek.«

»Lehnsherr von Anfurt vielleicht, vor der Zersplitterung. Kein Baron.«

»Du hast gesagt, du hättest ein Angebot.«

»Ihr habt uns grundlos angegriffen. Habt unsere Gebäude niedergebrannt, geplündert, was ihr konntet, getötet, wen ihr in die Finger bekommen habt, und doch lagert ihr weiterhin hier. Offensichtlich haben wir immer noch etwas, das du willst.«

»Ihr beherbergt Weißmäntel. Liefert sie uns aus, und wir verschwinden.«

»Du irrst dich. Wir haben hier keine Weißmäntel. Wir haben nur Lumagier.«

»Lumagier *sind* Weißmäntel. Sie haben die Welt um uns herum mit ihrem Nexus und ihrer Ley zum Einsturz gebracht. Wir wollen sie für das, was sie getan haben, bezahlen lassen.«

Die Männer um ihn herum nickten zustimmend. Allan musterte prüfend ihre Gesichter. Er konnte ihren Hass nachvollziehen. Wahrscheinlich hatten sie friedlich zu Hause gearbeitet, als der Nexus explodiert war und Schockwellen durch das Ley-Netzwerk gerast waren. Sie würden das Aufflammen der Explosion in der Ferne am Horizont gesehen und sich gefragt haben, was passiert sein mochte, was die Lumagier und der Baron jetzt wieder im Schilde führten. Aber danach würden sie sich wieder ihrer Arbeit zugewandt haben, ahnungslos, dass Erenthrall in Trümmern lag oder dass der Impuls von der Zersplitterung in ihre Richtung raste. Wenn sie in der

Nähe eines der kleineren Knoten gelebt hatten, würde jener Impuls eine Energiespitze, vielleicht sogar eine weitere Explosion wie in Erenthrall verursacht haben. Ihr Leben hatte sich wegen der Lumagier und des Barons jedenfalls drastisch verändert.

Und sie hatten Aurek, der dafür sorgte, dass ihr Hass frisch blieb.

Allan richtete die Aufmerksamkeit wieder auf den Lehnsherrn. »Wir werden die Lumagier brauchen, wenn wir beheben wollen, was geschehen ist. Sie können die Verkrümmung über Erenthrall beseitigen. Sie können den Beben und den Himmelslichtern ein Ende setzen.«

»Warum haben sie es dann nicht längst getan?«

»Weil jemand sie alle tötet.«

»Du lügst.«

»Bei der Zersplitterung sind sämtliche Ober-Lumagier umgekommen. Die gewöhnlichen Lumagier, die entkommen konnten, sind nicht so mächtig. Sie formieren sich gerade neu und versuchen herauszufinden, wie man die Verkrümmung reparieren und wie man die Ley-Linien festigen kann, die all die Erdbeben verursachen. Sie brauchen mehr Zeit, um ...«

»Lügen! Alles nur Lügen, um sie vor der Gerechtigkeit zu bewahren, die ihnen gebührt. Seit der Zersplitterung sind Monate vergangen. Sie haben nichts in all der Zeit getan, sich nur zurückgelehnt und sich die Verwüstung und das Chaos angesehen, in die sie die Welt gestürzt haben. Sie verdienen keine Chance, den Schaden zu beheben, den sie angerichtet haben. Mit der Zeit wird sich die Welt selbst heilen.« Er spuckte auf den Boden zu seinen Füßen. »Du hast gar nichts für mich. Tötet den Mann. Wir finden diese Lumagier auch ohne ihn.«

Allan zuckte mit keiner Wimper, als die Bogen knarrten und die Schützen die Muskeln anspannten, die sich während der Unterhaltung gelockert hatten. »Ich weiß, wo sich die

Weißmäntel verstecken. Diejenigen, die du in Wirklichkeit suchst.«

Aureks Hand schoss in die Höhe, bremste die Bogenschützen und die Männer, die sich mit gezogenen und gezückten Schwertern in Bewegung gesetzt hatten. Langsam drehte er sich zurück.

»Du weißt, wo die Nadel ist?«

»Unsere Lumagier können sie finden.«

»Die Lumagier. Warum erzählst du mir das? Warum schließen du und deine Lumagier euch dann nicht einfach den Weißmänteln an und macht Jagd auf uns?«

»Weil sie die Hälfte unserer Gruppe in Erenthrall gefangen genommen haben. Sie haben mindestens einen von uns getötet, der kein Lumagier war. Ich weiß nicht, was sie mit den anderen gemacht haben, aber sie waren noch am Leben, als ich sie zuletzt gesehen habe. Diejenigen von uns, die entkommen konnten, sind ihnen gefolgt, bis sie nach Süden gebogen sind, vermutlich zurück zu dieser Nadel. Wir konnten unsere Leute wegen der Gardisten der Weißmäntel nicht selbst retten – es waren einfach zu viele. Also sind wir hierher zurückgekehrt, um eine größere Truppe zu holen, haben aber stattdessen dich angetroffen.«

»Also könnt ihr die Weißmäntel auch nicht leiden. Ich glaube, das trifft auf viele Menschen zu, vor allem auf die in Erenthrall. Wie früher die Ober-Lumagier missbrauchen sie ihre Macht, um andere zu kontrollieren.« Er hob das Kinn. »Du willst verhandeln. Bietest den Aufenthaltsort der Weißmäntel für euer Leben und das eurer Lumagier und Hexer.«

»Nein, ich will deine Männer. Ich will meine Lumagier und den Rest meiner Leute aus den Händen der Weißmäntel retten. Dafür brauche ich deine Männer. Unsere Lumagier und Hexer kommen mit. Ich bezweifle, dass ihr den Weißmänteln und ihrer Nadel ohne sie nah genug kommt. Du hast ja bereits gesehen, wozu sie fähig sind.«

Aureks Männer wurden zappelig. Ein paar sahen sich ängstlich um, als rechneten sie damit, die Lumagier würden mit von ihren Händen brodelnder Ley aus dem Nichts erscheinen. Die meisten jedoch drehten sich Aurek zu und starrten ihn verunsichert an.

Der Lehnsherr von Anfurt rührte sich nicht. Allan konnte seine Gedanken praktisch sehen, während der Mann das Angebot abwog. Er wollte seine Position hier nicht aufgeben – er wusste, dass er die Mulder in der Falle hatte, dass er ihr Versteck mit genug Zeit finden und sich ihre Lumagier holen konnte. Allerdings wusste er nicht, wie lange sie durchhalten mochten oder wozu die Lumagier in der Lage wären, um sich zu verteidigen. Er hatte bereits Männer verloren und hatte keine Ahnung, wie viele weitere nötig waren, um den Widerstand der Mulder zu brechen. Und wofür? Nur, um ein paar Lumagier zu töten? Und dadurch vielleicht die Chance zu verlieren, die Weißmäntel zu finden?

All das blitzte in Aureks Augen auf. Allan sah den Moment, in dem der selbst ernannte Baron entschied, den Vorschlag anzunehmen. Seine Haltung entspannte sich, als er kaum merklich das Gewicht verlagerte.

Und er erkannte auch den Moment, in dem Aurek entschied, sie zu betrügen.

»Wir könnten euch auch einfach angreifen, gefangen nehmen und zum Reden bringen. Irgendjemand würde am Ende einknicken. So wie Joss.«

»Das wirst du nicht wagen. Nur wenige von uns kennen ihren Aufenthaltsort. Wenn du uns alle tötest, hast du nur noch eine Handvoll Lumagier, und die Weißmäntel sind für dich verloren.«

»Letztlich finden wir sie ja doch.«

»Vielleicht.«

Aureks Worte dienten dazu, den Schein der Überlegenheit für seine Männer zu wahren, und sie beide wussten es.

»Na schön. Den Aufenthaltsort der Weißmäntel für euer Leben, und wir lassen euch mitkommen, wenn wir ihre Nadel stürmen und ihnen die Kehlen aufschlitzen. Also, wo sind sie?«

»So einfach bekommst du das nicht von uns. Wir treffen uns hier mit all unseren Leuten und reisen zusammen nach Süden. Du bläst die Suche nach den Muldern ab. Wenn wir Leute von dir irgendwo westlich des Dorfes antreffen, ist die Abmachung geplatzt.«

»Einverstanden. Aber ich bin kein geduldiger Mann. Wir brechen innerhalb von drei Tagen zur Nadel auf. Oder ich fange wieder an, nach deinen Dörflern zu suchen.«

»Dann also drei Tage.«

Allan drehte mit einem Kribbeln zwischen den Schultern Aurek und seinen Männern den Rücken zu. Er rechnete jeden Moment mit einem Pfeil.

Doch nichts geschah, als er um die verbliebenen Wände der Versammlungshalle bog und aus ihrem Sichtfeld verschwand. Allan beschleunigte seine Schritte und passierte einige weitere ausgebrannte Hütten, bevor er zwischen die Bäume gelangte. Dann ging er länger als nötig in nördliche Richtung, um etwaige Verfolger in die Irre zu führen. Allerdings hörte er von hinten nichts, also bog er nach ungefähr zwanzig Minuten nach Westen. Einmal hörte er ein Knacken im Unterholz und blieb stehen, um nach den Brandschatzern – und dem Halbwolf – Ausschau zu halten, sah jedoch nichts.

Er hatte es halb zurück zu den Höhlen geschafft, als Bryce hinter einem Baum hervortrat. Cutter tauchte weiter hinter ihm auf.

»Dir ist niemand gefolgt. Aurek hat gewartet, bis du weg warst, dann hat er seinen Männern die Rückkehr ins Lager befohlen. Cutter hat sich umgesehen. Er hat auch seine Patrouillen zurückgerufen.«

»Wie viele Männer hat er eigentlich?«

»Wir haben knapp zweihundert gezählt. Aber er hat einige Leute nach Osten losgeschickt, nachdem sie sich im Flüchtlingslager niedergelassen hatten. Wir glauben, dass es Kuriere waren; möglicherweise, um Verstärkung anzufordern.«

»Oder Vorräte. Er könnte entschieden haben, abzuwarten, bis er euch in die Finger bekommt.«

Bryce widersprach nicht. »Dir ist schon klar, dass er sich in dem Moment, in dem er hat, was er will, gegen uns wenden wird, oder? Er wird unsere Lumagier und die Leute von der Universität nicht aufgeben – nicht nach dem, was sie und Cory und die anderen während ihres Angriffs gemacht haben.«

»Ich weiß. Ich bin nie davon ausgegangen, dass er sich an die Abmachung halten wird. Aber er wird uns nicht betrügen, bevor er weiß, wo diese Nadel ist. Wir werden einfach dafür gewappnet sein müssen.«

»Solange dir das nur bewusst ist.« Bryce schien das Wissen, dass Aurek ihnen in den Rücken fallen würde, nicht zu beunruhigen, als er sich neben Allan einreihte, aber Allan hielt sich vor Augen, dass Bryce ein Rüde war. Andere zu verraten, hatte zu seinen Aufgaben gehört, wann immer es dem Baron dienlich gewesen oder ihm von seinem Alpha befohlen worden war.

Als Cutter zu ihnen stieß, fragte Allan: »Hast du in der Umgebung sonst noch etwas entdeckt?«

»Was meinst du?«

»Etwas anderes als Aureks Männer.«

Cutter bedachte ihn mit einem eigenartigen Blick. »Nichts.«

Vielleicht war es *wirklich* nur ein schlichter Wolf gewesen.

»Wir haben drei Tage. Trommelt so viele Mulder und Flüchtlinge zusammen, wie wir eurer Meinung nach entbehren können. Aber zwingt niemanden mitzukommen, sie

sollen sich freiwillig dafür melden. Wir müssen auch genug
Leute zurücklassen, damit sie Muld verteidigen können. Alle
anderen, alle, die können und wollen, werden wir mitnehmen.«

EINUNDZWANZIG

»Es widerstrebt mir zutiefst, auf sie zu verzichten, aber ihr werdet ein paar Wagen brauchen. Was bedeutet, ihr werdet auch alle unsere Pferde mitnehmen müssen, außer ein paar der Stuten und dem Deckhengst natürlich.«

»Wir können auch ohne sie überleben. Es ist nicht nötig …«

Paul schnitt Allan das Wort ab. »Du kannst nicht mit vierzig oder noch mehr Leuten in den Kampf ziehen, ohne etwas mitzunehmen, um sie durchzufüttern.«

Allan setzte erneut zu einem Protest an, bremste sich aber. Paul beobachtete mit finsterer Miene das Treiben in der Vorratshöhle, wo Frauen und Kinder das durchsahen, was sie hatten zurücklegen können, und schon dabei waren, zwei Wagen zu beladen. Gaven beaufsichtigte sie mit knappen, selbstsicheren Anordnungen. Dies war nicht mehr derselbe zaghafte, sanftmütige Mann, der vor Monaten mit ihnen aufgebrochen war, um in Erenthrall Vorräte zu suchen.

Auch Paul hatte sich während ihrer Abwesenheit verändert. Er zeigte sich unruhig und reizbar wie immer, aber danach zu urteilen, wie er Allans Blick mied, lag es nicht daran, dass er Streit suchte. Vor drei Monaten wäre er mit Freuden bereit gewesen, sämtliche Flüchtlinge aus Muld zu werfen. Ohne weiter darüber nachzudenken, einfach froh darüber, sie los zu sein, vor allem die Lumagier. Aber jetzt nicht mehr. Er wollte ihnen tatsächlich helfen und wusste, dass es doch nur wenig gab, was er tun konnte.

Fast alle, die Bryce seit dem Angriff auf den Wagen, bei dem Terrim getötet worden war, ausgebildet hatte, meldeten sich freiwillig, um sich Allan dabei anzuschließen, Kara und die anderen zu retten. Bryce war gezwungen gewesen, einen beträchtlichen Teil abzulehnen, damit genügend Leute zurückblieben, um die Mulder zu verteidigen. Er hatte Braddon als Alpha für sie ausgewählt, denn er selbst war fest entschlossen mitzukommen.

Dadurch hatte Allan zweiundvierzig Männer und Frauen sowie Artras, Mareane und Jude als Lumagier und Cory, Hernande, Jasom und Jerrain von der Universität. Raven, nach Artras die Älteste der Lumagier, würde mit den anderen Lumagiern bleiben, um Muld zusätzlichen Schutz zu bieten. Sovaan würde die Leitung der zurückbleibenden Universitätsstudenten übernehmen.

Einundfünfzig in ihrer Gruppe. Zweihundert in der von Aurek. Allen hoffte, es würde reichen.

Ihm wurde bewusst, dass er Paul nach wie vor anstarrte. Der betagte Ratsherr zuckte unruhig, wo er stand. Allan streckte die Hand aus und ergriff den Unterarm des Mannes, schüttelte ihn leicht, um ihn dazu zu bewegen, ihn anzusehen.

»Du weißt, dass du hier gebraucht wirst. Hier kannst du mehr bewirken als bei einem Versuch, auf den Ebenen zu kämpfen.«

»Vor einem Jahr hätte ich es nicht geglaubt, aber eure Lumagier und die Leute von der Universität haben uns da draußen das Leben gerettet. Und ohne Bryce und seine Rüden hätten sie dazu erst gar keine Gelegenheit bekommen. Ohne all diese Leute wäre niemand von uns noch am Leben. Bryce hat uns praktisch gezwungen, in die Höhlen zu übersiedeln, und hätten wir das nicht getan, wären wir alle abgeschlachtet worden.«

Allan ließ den Arm sinken, weil ihm bewusst wurde, dass Paul die Berührung als unangenehm empfand. »Vielleicht wären die Brandschatzer gar nicht hergekommen, wenn wir nicht hier gewesen wären.«

»Letzten Endes wären sie auf jeden Fall gekommen, wenn

stimmt, was ihr bei jenem Wagentross beobachtet habt. Sie sind nicht nur auf der Jagd nach Lumagiern. Das sind schlicht und einfach Banditen, auch wenn sich ihr Anführer als Baron bezeichnet und zusätzlich ein Ziel verfolgt.«

Allan widersprach nicht, denn er vertrat dieselbe Ansicht.

Paul drehte sich ihm zu. »Geht. Rettet Kara. Und wenn ihr sie zurückhabt – und all die anderen, die sich diese Mistkerle geholt haben –, dann kommt hierher zurück. Ihr werdet in Muld immer willkommen sein.« Sein Blick zuckte über Allans Schulter, bevor er sich wieder auf ihn richtete. »Da ist jemand für dich.«

Allan drehte sich um und erblickte Janis, die wartend hinter ihm stand. Er wollte Paul noch danken, doch der ältere Mann hatte sich bereits entfernt und watete in das rege Treiben um die Wagen, wo er einen Knaben rügte, der eine der Kisten fallen gelassen hatte. Er forderte den Jungen auf, langsamer zu machen, es sei schließlich kein Wettrennen. Dann half er ihm, die Kiste auf die Ladefläche des nächsten Wagens zu hieven, und zerzauste ihm lächelnd das Haar.

»Er ist milder geworden.«

»Anscheinend.« Allan deutete auf den Tunnel, der tiefer in die unteren Höhlenkammern führte. »Ich muss zu Hernande und Cory, um zu sehen, ob sie die Nadel schon aufgespürt haben. Brauchst du etwas?«

»Nur ein paar Minuten deiner Zeit.«

»Natürlich. Du hast dich den Großteil ihres Lebens um Morrell gekümmert, warst ihr mehr eine Mutter als irgendjemand sonst. Was brauchst du?«

Janis antwortete nicht sofort, sondern lief zunächst schweigend neben ihm einher, als sie die Lagerhöhle hinter sich ließen und die Wände des Tunnels zu beiden Seiten näher rückten. Sie hatten schon beinahe die Stelle erreicht, an der dieser Gang in die Kammer mündete, in der das Vieh gehalten wurde, als sie damit herausrückte. »Es geht um Morrell.«

Unvermittelt blieb Allan stehen. »Was ist mit ihr? Ist irgendetwas passiert, während ich weg war? Sie hat nichts gesagt.«

»Ich bin auch nicht davon ausgegangen, dass sie es erwähnen würde. Und offenbar hat auch niemand sonst daran gedacht, es dir zu sagen. Deine Tochter ... sie hat Leute geheilt. Zuerst Claye, dann Harper und zuletzt Cory.«

»Sie arbeitet schon eine ganze Weile für Logan. Ich bin sicher, sie hat noch viele mehr geheilt.«

»Du verstehst nicht. Sie hat sie nicht einfach behandelt, sie hat sie *geheilt*. Morrell hat die Hände auf ihre Wunden gelegt, und innerhalb von wenigen Augenblicken waren sie wieder völlig oder zumindest fast völlig gesund. Claye hatte eine Infektion, die ihn laut Logan umgebracht hätte. Morrell hat ihn berührt, und am nächsten Tag war die Infektion verschwunden. Wie aus ihm herausgespült. Und wenige Tage später lief er wieder herum. Schwach und wackelig auf den Beinen zwar, aber er konnte aus eigener Kraft gehen. Harper hatte ein gebrochenes Bein, aus dem der Knochen geragt hat. Sie hat ihn berührt, und wenig später war der Knochen gerichtet. Corys Bein war unter einem Felsbrocken eingequetscht, der während des Erdbebens von der Höhlendecke gestürzt ist, aber Morrell ...«

»Hat ihn geheilt.«

»Einige der Mulder halten sie für eine Heilāri wie aus den Geschichten. Eine *wahre* Heilāri. Andere munkeln hinter ihrem Rücken über sie, haben Angst vor ihr. Abergläubische Heiden.« Janis legte Allan die Hand auf die Schulter. »Aber am meisten Sorgen bereitet mir Morrell selbst. Sie hört das alles, die guten und die schlechten Dinge. Und sie weiß nicht, was sie davon halten soll. Ich habe versucht, mit ihr darüber zu reden, nur ist es manchmal so schwer, in ihr zu lesen. Sie behält so viel für sich.«

Allan wusste nicht, was er darauf erwidern oder wie er sich

fühlen sollte. Einerseits war er froh, dass es sich um nichts Schlimmes handelte, andererseits bereitete ihm Sorgen, was es für Morrell bedeuten mochte. Aurek war wegen der Lumagier und der Universitätsmentoren gekommen, wegen ihrer Fähigkeiten. Was würde er denken, wenn er wüsste, dass Morrell die Gabe besaß, Wunderheilungen zu vollbringen? Kara und Dylan schwebten in Gefahr, weil sie anders waren, weil die Weißmäntel mehr Lumagier wollten. Er konnte sich mühelos vorstellen, wie sich jede der Gruppen, denen sie in Erenthrall begegnet waren – die Flussratten, die Tunnler, sogar die Temeriten und die Gorrani –, auf eine wahre Heilāri stürzen würden. Einfach nur, um sie zu haben, sie benutzen zu können.

»Ich rede mit ihr. Später.« Er setzte sich wieder in Bewegung und steuerte auf die Kammer mit dem Ley-Knoten zu, denn er wusste, dass er Cory und Hernande dort antreffen würde.

Janis folgte ihm.

Sie fanden die beiden in der entfernten Ecke der Kammer, hinter dem Knoten selbst, wo man die von der Decke gestürzten Steintrümmer gestapelt hatte. Einen Teil davon hatte man benutzt, um eine niedrige, etwa einen Fuß hohe Mauer zu errichten, die einen Bereich von der Größe einer Wagenladefläche abgrenzte. Das Areal war mit Sand und Kieseln von der Schutthalde und dem Gesteinshaufen hinter ihnen aufgefüllt worden. Sowohl Cory als auch Hernande standen über den Sanden, die sich bereits mit einem trockenen Rieseln in Bewegung befanden.

»Ich sehe hier nichts von Bedeutung.«

»Westlich von uns tut sich weniger, als ich erwartet hatte, obwohl wir uns noch nicht besonders weit vorgearbeitet haben. *Irgendetwas* muss doch in den Lehensgebieten verblieben sein.«

»Irgendjemand wird dort überlebt haben, ja. Aber wer

kann sagen, wie viel vom Ley-System noch aktiv ist? Die Lehensgebiete waren nie so dicht bevölkert wie die Lande der Temeriten im Osten oder auch nur die Gorrani-Ebenen und der Archipel im Süden. Ihr Ley-System war längst nicht so umfassend wie das in Erenthrall. Es könnte von der Zersplitterung sogar einfach abgeschnitten worden sein.« Hernande schaute auf, als Allan und Janis an die Sandgrube traten.

»Was habt ihr gefunden?«, erkundigte sich Allan.

»Der Sand, den wir gesammelt haben, ist rauer als der, den wir in der Universität – oder auch oben in Muld – hatten, daher sind die Karten nicht so genau. Trotzdem denke ich, dass wir die Nadel aufgespürt haben«, erklärte Cory. Er schaute zu Hernande, der ihm bedeutete fortzufahren.

Cory kniete sich neben die Sande, streckte die Arme aus und fuhr mit einer Hand darüber. Die Bahnen der sich bewegenden Sandkörner und Steinchen, die aktive Flüsse der Ley anzeigten, hielten inne, allerdings nicht lange. Zögerlich rieselte der Sand wieder los, als ertaste er neue Pfade. »Es war schwieriger, als es eigentlich hätte sein sollen.«

»Benutzt ihr die Ley dafür?«

»Einen kleinen Teil, um das Geflecht und die Ley selbst miteinander zu verbinden.«

»Dann war es wahrscheinlich meine Anwesenheit. Obwohl ich dem Knoten bestmöglich ausgewichen bin, um keine Störung zu verursachen.«

»Interessant.« Hernande betrachtete Allan mit zusammengekniffenen Augen. »Du beeinträchtigst die Ley, aber nicht das Geflecht. Zum Beispiel hast du unsere Sinnestäuschungen nicht beeinflusst. Ich frage mich, warum das so ist.«

Cory stand auf, als sich die Bewegungen der Sande festigten. »Wir haben das hier in der Nähe des Gebiets gefunden, das Artras und Raven vor zwei Nächten am Feuer auf der behelfsmäßigen Karte ermittelt haben.« Er zeigte auf eine Stelle, an der die Sande in der Nähe der Mitte der Grube wirbelten.

Sieben getrennte Sandlinien liefen auf den Strudel zu. »Wir glauben, das dies die Nadel ist. Diese zwei Ströme hier kommen aus Erenthrall; einer vom Norden der Verkrümmung, der andere vom Süden. Wir glauben, diese dünnere Strömung stammt von dem alten Knoten, den Artras und Kara in dieser Ortschaft entdeckt haben. Und die hier geht von dem Knoten da aus. Die anderen kommen von Knoten, die westlich der Nadel liegen müssen.«

Allan beugte sich vor, ging jedoch nicht näher hin. »Was sind diese schwächeren Linien hier?«

Hernande übernahm die Antwort. »Die stammen aus Tumbor. Vor der Entfaltung der Verkrümmung waren sie wesentlich stärker, wahrscheinlich sogar stärker als die aus Erenthrall, aber sie sind abgeschnitten worden. Sie versuchen gerade, sich neu zu ordnen, allerdings befinden sich ihre Ankerknoten jetzt innerhalb der Verkrümmung. In der Gegend um Tumbor herrscht ein heilloses Chaos, schlimmer als in Erenthrall nach der Zersplitterung. Wahrscheinlich treten dort heftige Erdbeben zusammen mit Ley-Eruptionen auf, wie wir sie in der Stadt gesehen haben.«

»Werdet ihr in der Lage sein, den Ort zu finden, sobald wir Muld verlassen haben?«

»Wir können zwar die Sandgrube nicht mitnehmen, aber Artras sagt, sie kann der Ley-Linie folgen, da wir ja jetzt wissen, dass sie zur Nadel führt.«

»Und ihr seid sicher, dass die Weißmäntel dort sind?«

»Es ist die stärkste Ballung der Ley in dem Gebiet.«

Plötzlich kauerte sich Cory hin. »Seht nur.«

In den Sanden erstarb eine der schwächeren Linien aus Tumbor. Etwas nördlich davon erschien eine neue, stärkere Linie, die sich von der Nadel nach außen erstreckte …

»Farrade. Der Anker in Tumbor ist verschwunden, also hat sie sich nach Farrade verlagert.«

»Oder jemand hat sie dazu gezwungen.«

Cory und Hernande wechselten einen Blick. »Wenn wir mit unserer Theorie richtig liegen, dass die Erdbeben von den sich verändernden Ley-Linien verursacht werden, dann …«

Bevor er zu Ende gesprochen hatte, begann die Erde zu beben. Es fing ganz leicht an, ehe es sprunghaft anschwoll. Allan kauerte sich hin, zog Janis mit nach unten und schirmte sie mit seinem Körper ab. Menschen in der Höhle schrien auf. Der Boden bäumte sich einmal, zweimal auf. Die Ley des Knotens schoss höher, spritzte an die Decke der Höhle, blieb aber innerhalb des Kreises der Stelen. Ein Schauer von Felsgeröll prasselte zusammen mit Erdreich von der Decke, und ein dünner Staubschleier füllte die Kammer. Aber die Erschütterungen endeten, und die Erde setzte sich wieder.

Das Schluchzen mehrerer Menschen hallte durch den Raum, unterbrochen von heftigem Husten. Vorsichtig begannen die Leute wieder, sich zu bewegen. Andere riefen nach ihren Angehörigen, um sich zu vergewissern, dass es ihnen gut ging.

Allan stand auf. Staub und kleine Steinchen fielen von seinen Schultern. Er half Janis auf die Beine, dann drehte er sich Hernande und Cory zu, die sich beide vom Boden aufrappelten; Cory blass und sichtlich erschüttert. »Geht es allen gut?«

»Es war nicht so schlimm, weil die betroffenen Ley-Linien so weit entfernt sind. Die entstandene Kraft muss das Ley-Netzwerk entlanggereist sein und sich auf die Gebiete entlang jeder Linie und jedes Knotens ausgewirkt haben. Und diese Kraft scheint sich mit jeder Veränderung im System zu steigern. Wenn das so weitergeht …«

»Was?«

»Das Ley-System könnte am Ende den gesamten Kontinent zerreißen.«

Allan starrte ihn an, außerstande zu verarbeiten, was das bedeutete. Die Auswirkungen erschienen ihm zu gewaltig, zu unfassbar.

Also wandte er sich ab und steuerte auf den Zeltbereich zu, wo er seit seiner Ankunft neben Janis und Morrell schlief. Janis folgte ihm.

»Wohin gehst du?«

»Meine Tochter suchen!« Dann rief er über die Schulter zurück: »Stellt unbedingt sicher, dass Artras die Nadel finden kann.«

Er umrundete den Ley-Knoten, um den sich einige Lumagier geschart hatten, darunter Raven. Allan vermutete, dass sie die Ley nach dem Beben überprüfen wollten. Die Lumaga schlug die Augen lang genug auf, um in seine Richtung zu nicken, ehe sie ihre Arbeit fortsetzte. Als Allan den Rand des Zeltbereichs erreichte, fand er ein paar Verletzte und einige in sich zusammengefallene Zelte vor. Die Menschen rappelten sich gerade auf und klopften sich den Staub ab, die meisten zwar erschrocken, aber unversehrt.

Allan beschleunigte die Schritte, bis er sich seinem eigenen Zelt näherte, das noch stand. Er duckte sich durch den Eingang hinein. »Morrell?«

Ein Blick verriet ihm, dass sie nicht da war. Fluchend eilte er zurück hinaus und ließ den Blick verkniffen durch die Höhle wandern. »Morrell!«

Eine Frau einige Zelte weiter schaute auf. »Ich habe sie seit dem Beben nicht mehr gesehen, aber sie ist vielleicht los, um Logan zu suchen und ihm bei den Verwundeten zu helfen.«

»Danke.«

»Logan hat in der anderen Höhle einen behelfsmäßigen Krankenbereich eingerichtet«, meldete sich Janis zu Wort. »Ich zeige dir den Weg.«

Sie stiegen die um die Schutthalde errichteten Stufen hinauf, die sich auch nach dem Beben als robust erwiesen, dann begaben sie sich tiefer in den Berg auf die zweite Höhle zu. Nach mehreren Biegungen und einem steilen Abhang mündete der Tunnel in eine Kammer der doppelten Größe jener, die den

Ley-Knoten beherbergte. Von Fackeln und Kochfeuern erhellt hauste hier die Mehrheit der Menschen aus Muld sowie eine beträchtliche Anzahl der Flüchtlinge aus Erenthrall. Ein Großteil des Kleinviehs – Hühner, Ziegen, Schafe – wurde auf der linken Seite hinter hastig errichteten Lattenzäunen gehalten. Rechts strömte Wasser aus einem Spalt in der Felswand und sammelte sich darunter, ehe es durch eine Ritze ablief.

Logan hatte den Krankenbereich in der Nähe des Wassers eingerichtet. Mindestens ein Dutzend Menschen wartete darauf, versorgt zu werden, darunter eine Frau mit einer Platzwunde am Kopf, der Blut vom Kinn tropfte, und ein Mann, der bewusstlos neben ihr lag. Eine weitere Frau hielt ein heulendes Kind. Sie wiegte das Mädchen hin und her, während sie der Kleinen beruhigend zuflüsterte und einen blauen Fleck an ihrem Arm untersuchte.

Logan nähte gerade den aufgeschlitzten Oberschenkel eines Mannes. »Jedes Mal, wenn du dich bewegst, tut es nur noch schlimmer weh.« Logan erblickte Allan und Janis, die auf ihn zukamen. »Wo bei allen Höllen ist Morrell? Ich könnte ihre Hilfe wirklich gebrauchen.«

»Sie ist nicht hier?«

»Nein, ich habe sie seit heute Morgen nicht mehr gesehen. Wahrscheinlich ist sie oben und starrt wieder diesen Halbwolf an.«

Allan stockte der Atem. »Was sagst du da?«

»Den verdammten Halbwolf! Seit ihr ihn hergebracht habt, treibt sie sich ständig in der Nähe seines Pferchs herum!«

Aber Allan hörte schon nicht mehr zu. Er hatte die Kammer bereits halb durchquert. In seiner Hast rempelte er eine Frau an, die aus ihrem Zelt hervortrat. Bei ihrem Aufschrei rief er eine Entschuldigung zurück, wurde aber nicht langsamer.

Logan brüllte ihm hinterher: »Sag ihr, sie soll ihren Hintern hier runterschwingen und helfen, wenn sie eine Heilerin sein will!«

Dann erreichte Allan den Tunnel und stürmte hinauf in Richtung der äußeren Kammern. Unterwegs passierte er Paul und erschreckte den Ratsherrn des Dorfes.

In vollem Lauf erreichte Allan den Lagerbereich, in dem nach wie vor Männer daran arbeiteten, die Wagen zu beladen. Er preschte auf das kleine Gehege zu, in dem sie den Halbwolf untergebracht hatten. Morrell stand am Eingang und starrte wie gebannt hinein. Ihr Mund bildete eine störrische Miene, die Allan so sehr an ihre Mutter erinnerte, dass er unvermittelt stehen blieb.

Morrell drehte sich um und sah ihn an. »Ich kann ihn heilen.«

Allan befand sich dem Gehege nah genug, um den Halbwolf sehen zu können, der darin auf und ab lief, so nah bei Morrell, wie es die Leine zuließ. In seiner Brust rumorte ein gefährlich klingendes Grollen, die Augen blickten wild, die Lefzen hatte die Kreatur zurückgezogen. Blut von dem Fleisch, mit dem man den Halbwolf gefüttert hatte, verkrustete einen Teil seines Fells. Im Augenblick war nichts von der Menschlichkeit erkennbar, die zu sehen Artras ihn gezwungen hatte; es handelte sich ausschließlich um ein Tier.

Allan streckte die Hand nach Morrell aus. »Wie meinst du das?«

»In dem Halbwolf ist ein Mann gefangen. Ich kann ihn sehen. Ich kann ihn heilen.«

Sie bewegte sich auf den Halbwolf zu, doch Allan zog sie mit einem Ruck zurück, als die Kreatur vorsprang, röchelnd, als die Leine sie zurückhielt. Die Seile ächzten unter der Belastung. Mit einem gereizten Schnauben lief der Halbwolf wieder auf und ab.

»Das darfst du nicht, Püppchen. Es ist zu gefährlich.«

»Ich bin kein Püppchen. Und ich bin kein Kind mehr.«

Allan schnappte nach Luft, als hätte er selbst eine Leine um den Hals, die sich gerade enger gezogen hatte. Er ließ die

Hände auf die Knie sinken. »Ich weiß, Morrell. Aber ...« Allan verstummte. Er konnte es ihr nicht einfach verbieten. Dafür war sie zu alt. Er musste vernünftig mit ihr reden. Wie mit einer Erwachsenen.

»Woher weißt du, dass du ihn heilen kannst? Wie willst du wissen, dass es funktionieren wird?«

»Ich weiß, dass ich es kann. Ich habe Claye geheilt. Und dann Harper und Cory. Und Corys Fuß war zerquetscht. Ich hätte nicht in der Lage sein sollen, das zu richten. Aber das habe ich. Und der Halbwolf – der Mann in dem Halbwolf –, er leidet. Ich kann ihm helfen.«

Allan sah ihr lange in die Augen und dachte an Morrells Mutter Moria, an alles, was Artras bei ihrer Diskussion darüber, ob sie den Halbwolf töten sollten oder nicht, gesagt hatte, an den Funken Menschlichkeit, den er selbst während der Reise hierher in den Augen des Halbwolfs wahrgenommen hatte, bevor wieder das Tier die Kontrolle übernommen hatte.

Schließlich hob er den Blick zur Felsdecke über ihnen. »Verzeih mir, Moria.«

Dann fasste er Morrell an den Schultern. »Wir lassen es dich versuchen. Aber wir müssen ihn erst sichern, damit er dich nicht verletzen kann.«

* * *

Es dauerte den restlichen Tag und bedurfte dreier zusätzlicher, wüst fluchender Männer, um den Halbwolf im Gehege zu fesseln und ihm die Schnauze zuzubinden. Allan stand zwei Schritte entfernt, Arme und Rücken zerkratzt. Blut befleckte sein zerrissenes Hemd, aber die Wunden waren oberflächlich. Er stank nach Schweiß, seine Haut fühlte sich körnig und klebrig an. Mit dem Handrücken wischte er sich über die Stirn, wodurch er den Dreck allerdings lediglich verteilte, dann wandte er sich vom keuchenden Halbwolf ab und schaute nach hinten.

Eine Menschenmenge hatte sich eingefunden. Morrell stand in der vordersten Reihe und wartete geduldig. Sie hatte beobachtet, wie die Männer versucht hatten, den Halbwolf zu schnappen, um ihn zu fesseln, hatte ihnen Anweisungen zugerufen, damit sie ihn nicht verletzten. Sogar dann noch, als er die Zähne in den Arm eines Mannes geschlagen hatte, bevor dieser sich befreien konnte. Morrell hatte die Verletzung geheilt, während der Rest weiter daran gearbeitet hatte, den Halbwolf zu bändigen.

Hinter Morrell sahen Paul, Sophia, Artras, Cory, Hernande und gefühlt das halbe Dorf zu. Größtenteils schwiegen sie, unterbrochen nur von vereinzelten, gemurmelten Unterhaltungen. Die Menschen saßen da oder standen auf den Wagen. Einige hatten die Stapel der Kisten und Fässer an der gegenüberliegenden Wand erklommen, um besser zusehen zu können. Und alle beobachteten Allan.

Er musterte Morrell. »Mir ist überhaupt nicht wohl bei der Sache, aber wenn du es wirklich versuchen willst ...«

»Das will ich.«

Allan trat beiseite, um sie vorbeizulassen, aber er wich nicht zurück. Er wollte bereit sein, um sie zurückzureißen, sollte der Halbwolf auch nur falsch zucken. Die Augen zu hasserfüllten Schlitzen verengt, begann der Halbwolf zu knurren, als sie sich ihm näherte. Er kämpfte gegen die Fesseln um die Schnauze an, knirschte mit den Zähnen, zog die Lefzen zurück. Allan bewegte sich unwillkürlich ruckartig nach vorn, als die Kreatur mit den Pfoten zu krallen versuchte. Aber die Seile hielten stand.

Das Knurren wurde tiefer, als sich Morrell neben den Halbwolf kniete. Er warf sich hin und her, so gut er konnte. Allans Tochter nahm sich daneben so zerbrechlich aus. Ihre zierliche Gestalt betonte die merkwürdige Größe des Ungeheuers. Als sie sich jedoch vorbeugte und beide Hände behutsam auf die sich hebende und senkende Flanke legte, jaulte der Halbwolf spitz auf. Das Knurren verstummte, wurde von einem herzzerreißenden Winseln abgelöst. Er hörte auf, sich hin und her zu werfen, lag still und keuchte heftig.

Morrell schaute zu Allan zurück, als suche sie Bestärkung, dann drehte sie sich wieder dem Halbwolf zu und schloss die Augen.

Als eine lange Weile mit angespannter Stille nichts geschah, legte Morrell die Stirn in Falten. Dann entspannte sie sich und öffnete die Lider, ohne die Hände vom Fell des Halbwolfs zu nehmen. Sie schaute über die Schulter. »Etwas blockiert mich.«

»Das muss der Halbwolf sein. Vielleicht will er nicht geheilt werden. Vielleicht ...«

»Nein, Papi.« Morrell begegnete seinem Blick. »Du bist es.«

Allans Mund klappte einen Herzschlag lang verständnislos auf, dann schloss er ihn wieder. Offenbar störte er die Heilkräfte seiner eigenen Tochter genauso, wie er die Ley beeinträchtigte. Was erklären würde, weshalb sich ihre Gabe erst vor so Kurzem gezeigt hatte. Morrell und er waren vom Augenblick ihrer Geburt an ständig zusammen gewesen. Längere Zeit voneinander getrennt waren sie nur während seiner Reisen nach Erenthrall gewesen, sowohl vor als auch nach der Zersplitterung. Auch hatte sie erst unlängst begonnen, mit Logan zusammenzuarbeiten. Hatte er ihre Fähigkeiten die letzten Jahre allein dadurch unterbunden, dass er sich in ihrer Nähe aufgehalten hatte?

Ein Anflug von Schuldgefühlen fuhr ihm tief ins Gedärm, als er widerwillig zurückwich. Die Ränge der Versammelten teilten sich, um ihn durchzulassen, bis er rund zehn Schritte entfernt stand. Bryce nahm seinen Platz ein, ohne zu zögern. Janis bahnte sich einen Weg nach hinten, um sich neben Allan zu stellen. Wortlos ergriff sie seine Hand.

Morrell wandte die Aufmerksamkeit wieder dem Halbwolf zu. Sie schloss erneut die Augen, neigte den Kopf nach oben.

Alle schnappten nach Luft, als die Himmelslichter um ihre Hände zu flackern begannen, purpurn und rot mit goldenen Einsprengseln. Der Halbwolf stimmte ein weiteres Winseln an, das sich steigerte, bis ein tiefes, klägliches Geheul daraus wurde. Die Himmelslichter breiteten sich aus, worauf ein Übelkeit erregendes Knirschen und Knacken folgte. Die Geräusche klangen so, als würden Knochen brechen und splittern. Das Geheul schlug in ein Knurren um, und der Halbwolf begann, wieder gegen seine Fesseln anzukämpfen, während sich die grausigen Laute fortsetzten. Die Menschen um Allan herum würgten, ein paar schrien vor Grauen auf. Eine Frau kreischte und fiel in Ohnmacht.

Dann wandelte sich das Knurren von Geräuschen, die von den Qualen eines Tieres zeugten, in ein menschliches, schmerzerfülltes Stöhnen. Unter den Himmelslichtern wurde das Fell des Halbwolfs kürzer und wich zurück, bis Flecke nackter Haut erschienen. Die Vorderläufe schrumpften mit einem schaurigen Knirschen, die Pfoten verlängerten sich zu Fingern und Händen. Der Brustbereich blieb größtenteils unverändert, aber der Unterkörper verzog sich knackend. Allan verspürte Dankbarkeit dafür, dass Morrell und die zwischen ihnen stehenden Menschen ihm die Sicht auf den Großteil dessen versperrten, was vor sich ging. Die Schnauze des Halbwolfs verkürzte sich ebenso wie der Hals.

Aber bevor die Verwandlung abgeschlossen war, wurden die Himmelslichter trüber, verblassten, als würden sie in den Leib des Halbwolfs sickern. Morrells Hände rutschten vom Rumpf des Tiermenschen, und sie begann, zur Seite zu kippen.

Allan drängte sich durch die Menge und fing sie auf, bevor sie fallen konnte, dann zog er sie zurück, als die Leute hinter ihm in aufgeregtes Geplapper ausbrachen. Allan konnte kaum sprechen, als er Morrell zu sich herumdrehte, damit er sie begutachten konnte. »Alles in Ordnung?«

»Es geht mir gut, Papi.« Er umarmte sie fest, bis sie anfing, sich zu wehren. »Du zerdrückst mich ja.«

Er küsste sie auf die Stirn. »Was ist passiert? Konntest du ihn nicht vollständig zurückverwandeln?«

Sie schauten beide hinüber zum Halbwolf. Nur war er kein Halbwolf mehr. Ein Großteil war zu seiner menschlichen Gestalt zurückgekehrt, doch es waren hie und da Flecken von Fell verblieben, und die Finger endeten nach wie vor mit spitzen Krallen statt mit Nägeln. Der Schwanz war verschwunden. Mit dem Stummel einer Schnauze und spitzen, pelzigen Ohren hatte das Gesicht die meisten Wolfsmerkmale jedoch behalten. Der Hals war bis auf eine Stelle immer noch mit schwarzbraunem Fell bedeckt.

Aber als er sich rührte und die Augen aufschlug, wirkten sie menschlich, nicht mehr wild.

»Mir ist die Kraft ausgegangen. Ich kann es morgen beenden, nachdem ich mich ausgeruht habe. Hilf mir zurück zu meiner Pritsche.«

Als sie sich umdrehten, stellten sie fest, dass alle sie beobachteten, nicht wenige mit Tränen in den Augen. Morrell errötete und zog den Kopf ein, als jemand zu klatschen begann. Es war ein Applaus, in den viele einstimmten, bevor eine Flut von Gesprächen ausbrach.

Bevor es vollends drunter und drüber gehen konnte, bahnte sich jemand durch die Menge den Weg nach vorn und trat zwischen Cory und Sophia. Alle verstummten wieder. Paul streckte die Hand aus, um Devitt aufzuhalten, der sich weiter vorwärtsbewegte, doch Artras hielt den Ratsherrn zurück.

Devitt trat langsam an Morrell heran. Zwei Schritte vor ihr blieb er stehen und präsentierte ihr seinen entstellten rechten Arm. Allan erinnerte sich daran, wie Devitts Körper von den Himmelslichtern in Erenthrall unmittelbar nach der Zersplitterung verzerrt worden war. Die Kleidung, die er trug, verbarg einen Großteil des Schadens, nicht jedoch die unnatürliche Krümmung seines Arms.

»Ich habe nicht zu hoffen gewagt, als ich gehört habe, was du mit dem Halbwolf versuchen willst.« Er schaute zu der nach wie vor gefesselten Gestalt hinter ihnen, dann wieder zurück zu Morrell. »Meinst du, dass du das hier richten kannst?«

Morrell entfernte sich von Allan und ergriff den entstellten Unterarm. »Im Augenblick nicht – ich bin einfach zu erschöpft. Aber ja, ich denke schon.«

Devitt brach in Tränen aus, und seine Frau löste sich aus der Menge, eilte an seine Seite. Dankbar nickte sie Morrell und Allan zu, bevor sie ihren Ehemann wegführte.

Paul trat vor, gefolgt von einigen anderen. Die meisten dahinter begannen auseinanderzutreiben, um zu ihrer Arbeit oder in die tiefer gelegenen Kammern der Höhlen zurückzukehren.

»Verdammt gute Arbeit, junge Dame.« Paul deutete in Richtung des Halbwolfs. »Was machen wir jetzt mit ihm?«

»Bindet ihn los. Bringt ihm etwas zum Anziehen. Findet heraus, ob er reden kann, ob er Hunger hat. Ich glaube nicht, dass er jemanden verletzen wird, obwohl ich trotzdem vorsichtig wäre. Seine Zähne sehen immer noch verheerend aus.«

»Und erst diese Krallen«, fügte Artras hinzu. »Ich kümmere mich um ihn. Er kennt mich von der Reise aus Erenthrall.« Sie rief zwei anderen etwas zu und trat an ihnen vorbei, redete bereits mit dem Halbwolf.

Allan berührte Morrell an der Schulter. »Ich bringe sie zurück zu unserem Zelt, damit sie sich ausruhen kann.«

»Wir haben noch eine Unmenge an Arbeit zu erledigen, bevor ihr zur Nadel aufbrechen könnt.«

»Ich weiß, aber das kann bis morgen warten.«

***

Am folgenden Tag war Allan kein ruhiger Augenblick vergönnt. Cutter berichtete, dass Aurek und seine Männer aus Anfurt wie vereinbart östlich des Dorfes blieben, also führte Bryce fast alle, die vorhatten, zur Nadel zu reisen, nach draußen, um an ihrem Kampfgeschick zu feilen. Quinn arbeitete mit den Bogenschützen, da Cutter immer noch keine Sehne spannen konnte. Allan bewegte sich unter den Männern und Frauen – mehr Frauen, als er gedacht hätte, und eindeutig mehr, als sich hatten ausbilden lassen, als er nach Erenthrall aufgebrochen war. Er wies sie auf Haltungsfehler hin, erteilte Ratschläge oder ermutigte sie, je nach Bedarf. Irgendwann jedoch überließ er die Ausbildung Bryce, Claye, Braddon und Glenn.

In den Höhlen wollte er nach Paul sehen, der die Wagen beaufsichtigte. Zwei waren bereits vollgeladen und nach draußen gebracht worden, zwei weitere wurden gerade unter Pauls wachsamem Blick mit Vorräten bestückt. Seine Helfer bestanden größtenteils aus Kindern und älteren Leuten sowie einigen anderen aus Muld und ein paar Flüchtlingen, die sich dafür entschieden hatten zu bleiben. Allan nahm es Letzteren nicht übel – immerhin konnten sie den Ort nicht aller jungen und kräftigen Arbeiter berauben.

Er nahm eine Bewegung im Gehege des Halbwolfs wahr und steuerte dorthin, winkte Paul nur grüßend zu. Allan musste nicht mit ihm sprechen – der Ratsherr hatte alles gut im Griff.

Im Gehege fand er Morrell und Sophia vor, die vor dem Halbwolf knieten. Er lag eingerollt in einer dicken Decke und zitterte. Die Kreatur mit Krallen und dem nach seiner Rückverwandlung am Vortag verbliebenen Ansatz einer Schnauze gab es nicht mehr. Sie war von einem dunkelhaarigen jungen Mann ersetzt worden, vielleicht dreißig Jahre alt. Er besaß eine scharf geschnittene Nase, ein schmales Gesicht und grüne Augen. Die Ohren muteten noch etwas spitz an, eine letzte Erinnerung an den Halbwolf, der er gewesen war. Die blasse Haut hatte einen gräulichen Einschlag, unter den Augen prangten dunkle Ringe, aber abgesehen von Haarbüscheln an den Armen und der Brust hatte sich das dunkle Fell zurückgezogen.

Der Mann erschrak, als Allan hinter den beiden Frauen auftauchte. Seine Nasenflügel blähten sich. Allan fragte sich, ob neben den Ohren noch andere Eigenschaften des Halbwolfs erhalten geblieben waren, vielleicht der Geruchssinn.

Morrell schaute zu ihm auf. »Sein Name ist Drayden. Drayden Orilson. Er ist siebenundzwanzig, und vor der Zersplitterung hat er mit seiner Frau und zwei Söhnen in Erenthrall gelebt.« Ihr Tonfall wurde nüchtern. »Sie haben die Zersplitterung überlebt, aber er weiß nicht, wo sie sind. Er ist in eines der Himmelslichter geraten, bevor sie gemeinsam aus der Stadt fliehen konnten.«

Allan kniete sich hin und sah Drayden in die Augen. »Wie fühlst du dich?«

»K-k-kalt.« Eine tiefe, kehlige Stimme, in der Ansätze des Knurrens des Halbwolfs mitschwangen.

»Er hat einen Schock«, sagte Sophia, »und er ist geschwächt. Die Verwandlung ist für den Patienten genauso hart wie für die Heilerin oder den Heiler. Es wird ein paar Tage dauern, bis er sich davon erholt, vielleicht auch länger.«

»Ich will mitgehen … mit dir. Um zu töten … die Weißmäntel.«

»Wir brechen morgen auf. Ich glaube nicht, dass du dich bis dahin schon erholt hast.«

Drayden knurrte und bleckte die Zähne, bevor er einen Hustenanfall bekam.

Sophia griff nach einem in warmes Wasser getränkten Tuch und tupfte ihm damit die Stirn ab. »Wir füttern ihn mit etwas guter Suppe. Das sollte helfen. Trotzdem denke ich nicht, dass er bis morgen kräftig genug sein wird, um zu reisen.«

Drayden bleckte erneut die Zähne, widersprach jedoch nicht.

»Die Halbwölfe. Hast du in Erenthrall einem Rudel angehört?«

»Ja.«

»Und wer ist dein Alpha?«

Drayden zögerte misstrauisch. »Grant.«

»Er ist nicht ganz ein Halbwolf, oder? Ich habe ihn gesehen. Er hat mich durch die Straßen gejagt, aber ich bin entkommen.«

»Durch die Verkrümmung. Er hat nie aufgehört, dich zu jagen. Er hat uns befohlen, dich zu finden, nachdem du in die Verkrümmung geflüchtet warst. Er hat uns losgeschickt, um nach deiner Witterung zu suchen. Wir haben es bemerkt, als du zurückgekommen bist, aber er wollte uns weder dich noch die Menschen in deiner Gruppe angreifen lassen.« Ein verächtlicher Unterton verzerrte die Worte, doch er ertappte sich selbst dabei, und ein Ausdruck des Entsetzens huschte über seine Züge, als ihm klar wurde, was er gerade gesagt hatte und was das bedeutete. Der Halbwolf war längst noch nicht völlig verschwunden. »Wir sind dir gefolgt, sind im Verborgenen geblieben, haben dich beobachtet.«

»Warum?«

»Um herauszufinden, was du tun würdest. Du konntest die Verkrümmung betreten. In der Verkrümmung sind Dinge, die Grant will. Menschen.«

»Was zum Beispiel? Wer?«

Drayden kämpfte gegen das heftige Zittern an. »Das hat er dem Rudel nicht gesagt. Dann hat er erkannt, dass ihr Weißmäntel hattet. Weißmäntel töten Halbwölfe sofort, wenn sie welche sehen, und sie bieten den anderen Gruppen in Erenthrall Essen und Vorräte für unsere Pelze an. Also jagen die uns auch. Und doch waren sie keine Weißmäntel. Sie haben nicht richtig gerochen. Also haben wir abgewartet, sind euch

gefolgt, und dann haben euch die Wühlmäuse und die Flussratten gefangen genommen.«

»Wühlmäuse? Du meinst die Tunnler. Sie haben uns zu
den Weißmänteln gebracht, wollten uns gegen Vorräte eintauschen. Grant muss gedacht haben, dass wir doch zu den
Weißmänteln gehören, und hat euch bei der Übergabe befohlen, uns alle anzugreifen. Oder er wollte sicherstellen, dass wir
uns ihnen nicht anschließen.«

»Ja.«

»Aber wir gehören nicht zu den Weißmänteln. Wir haben
nie zu ihnen gehört. Wir wurden eingetauscht, wie Reis oder
Fisch.«

»Inzwischen weiß ich das. Keine Ahnung, ob es auch unser
Alpha erkannt hat.«

Allan dachte an den Halbwolf, den er vor zwei Tagen im
Wald zu sehen vermeint hatte. »Ich glaube, das hat er. Ich
glaube, er lässt uns seit Erenthrall verfolgen. Würde er das
tun?«

»Vielleicht. Für ein Mitglied des Rudels.«

Allan fragte sich, was Grant tun würde, wenn Allan Muld
mit zweihundertfünfzig zum Kampf gerüsteten Männern verließ und in Richtung der Nadel steuerte.

Wieder blähten sich Draydens Nasenflügel, und er hob den
Körper halb von der Pritsche mit rauem Stroh, auf der er lag.
»Sie kommt.«

Gleich darauf tauchte Artras mit einer Schüssel Suppe in
den Händen auf. Das Aroma füllte das Gehege aus, als sie
Sophia die Schüssel reichte und Allan mit einem Nicken be-
grüßte. »Geradewegs aus dem Kessel.«

Allan stand auf, als Morrell und sie Drayden in sitzende
Position halfen und begannen, ihn zu füttern. Er wirkte bereits stärker, obwohl er immer noch bei fast jeder Bewegung
zusammenzuckte.

In den zwei Haupthöhlen bereiteten Angehörige Reisebedarf für diejenigen vor, die zu gehen gedachten. Schlafsäcke, Kleidung, Blechbecher, Teller – alles, wovon sie glaubten, ihre Ehefrau, ihr Ehemann oder ihr Kind könnte es unterwegs brauchen oder wollen. Einige Tränen wurden vergossen, leise zwar, aber innig. Allan beobachtete ein paar Leute, die Figuren der Götter aus Holz oder Ton küssten, bevor sie sie in einem Ranzen oder Rucksack verstauten. Andere packten ihren Lieben ähnliche Glücksbringer oder Schutzbehelfe ein – Haarsträhnen, einen Stein, ein besonderes Tuch.

Im Krankenbereich kümmerte sich Logan um die beim Beben am Vortag schwerer Verwundeten, während er gleichzeitig ein ähnliches Bündel mit Heilbedarf zusammenpackte. Er hob warnend eine Hand, als er Allan erblickte.

»Versuch erst gar nicht, mit mir zu diskutieren. Das hat Paul bereits hinlänglich übernommen, und Sophia schaut mich seit heute Morgen nur noch finster an.«

»Wovon redest du?«

»Ich komme mit euch. Ihr werdet einen Heiler brauchen.«

»Und wer kümmert sich um die Mulder?«

»Morrell ist überaus fähig, außerdem arbeite ich mit Sara, seit ihr Ehemann getötet worden ist. Vertrau mir, Muld wird in guten Händen sein. Ihr werdet mich dringender brauchen.«

»Ich vermute, das werden wir.« Allan wollte Logan gar nicht davon abbringen. Bis sie fertig wären, würden sie wirklich mit allergrößter Wahrscheinlichkeit einen Heiler benötigen.

Er sah erneut nach Bryce und arbeitete für einige Stunden mit den Kämpfern – so viel hatte er selbst nicht mehr geübt, seit sie Erenthrall betreten hatten –, danach kehrte er zu Paul und Sophia zurück.

Die Wagen standen bereit. Während er bei Morrell und dem Halbwolf saß – Drayden, erinnerte er sich –, kreuzte Cutter mit einem Bericht der Kundschafter auf. Eine weitere Gruppe von Brandschatzern war eingetroffen und zu jener gestoßen, die in der Nähe der Überreste von Muld lagerte. Damit stieg deren Zahl auf fast dreihundert.

»Aurek muss irgendwo im Osten ein zweites Ausgangslager gehabt haben, dass diese Gruppe so schnell hier ankommen konnte. Wahrscheinlich das Lager, das sie aufgeschlagen haben, als sie auf der Suche nach Muld waren. Und jetzt hat er seine Reserve hergeholt.« Allan betrachtete eine lange Weile mit gerunzelter Stirn den Boden und dachte nach, ehe er wieder zu Cutter aufschaute. »Gib Quinn Bescheid. Er soll jemanden losschicken, um sicherzustellen, dass sich nicht noch mehr in der Gegend herumtreiben. Ich will nicht erleben müssen, dass wir mit Aurek von hier aufbrechen und dann eine zweite Gruppe von Plünderern aus Anfurt angreift, sobald wir weg sind. Ich warne Paul und die anderen.«

Cutter nickte und verschwand, als alle, die draußen geübt hatten, in die Höhlen zurückfluteten; verschwitzt und müde, aber guten Mutes. Die Leute scherzten miteinander und klopften sich gegenseitig auf den Rücken, während sie in die Kammern unten davontrotteten. Glenn winkte und Bryce nickte in ihre Richtung, als sie vorbeigingen.

Als sie weg waren, wandte sich Allan an Morrell. »Heute Abend gibt es laut Sophia ein Festmahl, weil wir morgen früh aufbrechen. Sollen wir auch nach unten gehen?«

Sie sah Drayden an. Mittlerweile trug der Mann gespendete Kleidung, trotzdem saß er immer noch mit einer Decke um die Schultern da. Er hatte kaum etwas gesagt, Allan und Morrell nur beim Reden zugehört. Überwiegend Allan, der noch einmal geschildert hatte, was in Erenthrall alles vorgefallen war. Beim ersten Mal war Morrell nämlich eingedöst. Gelegentlich hatte sie ihn mit Fragen unterbrochen. An einer Stelle hatte sie ihrerseits stockend vom ersten Überfall der Plünderer auf Muld berichtet. Damals hatte sie mit den anderen gewartet, und alle hatten in ihren Hütten gekauert, während sich der Großteil ihrer Kämpfer im Regen oben auf dem

Höhenzug auf die Lauer gelegt hatte. Sie selbst war bei Logan in dessen Hütte gewesen, um zur Stelle zu sein, falls Verletzte gebracht wurden.

Nun fragte sie Drayden: »Kommst du mit?«

Der Mann zog die Decke enger um die Schultern. »Ich schätze, irgendwann muss ich mich wieder der Menschheit anschließen. Also kann ich auch gleich damit anfangen.«

Am Eingang zur Kammer mit dem Ley-Knoten jedoch hielt er inne, und seine Nasenflügel blähten sich. Die Lippen zogen sich von den Zähnen zurück, als Morrell umkehrte und ihn über die Schwelle drängen wollte. »Zu viele Leute. Zu viele Gerüche.« Dennoch ließ er zu, dass sie seinen Arm ergriff und ihn über die notdürftigen Stufen nach unten geleitete. Allan folgte ihnen. Die Menschen wichen zurück, um sie vorbeizulassen, und behielten Drayden dabei im Auge.

Kaum hatten sie ihr Zelt erreicht, trottete Janis davon, um ihnen etwas zu essen zu besorgen. Sie kehrte mit Cory und Hernande zurück. Jeder der beiden trug einen großen Teller mit geschnittenem und geschnetzeltem Wild, das an diesem Morgen erlegt und jetzt frisch gebraten worden war. Brot tunkte die Säfte auf, und jemand hatte Kartoffeln und Mais in den Kohlen des Feuers gebraten, deren Hüllen jetzt geschwärzt, aber appetitlich duftend auf den Tellern lagen. Janis steuerte einen Tontopf mit Sauerrahm und einen weiteren mit Butter bei.

Alle schmausten genüsslich, außer Drayden, der bei den Kartoffeln und beim Mais die Nase rümpfte. Er fiel stattdessen über das Fleisch her, doch schon nach dem ersten Bissen hätte er es beinah ausgespuckt, bevor er es langsam kaute und sichtlich mühsam hinunterschluckte. »Ich bin an gegartes Fleisch nicht mehr gewöhnt.«

Die anderen sahen sich gegenseitig an, dann stocherte Cory in seiner Portion, beugte sich zur Seite und schaufelte einen Teil davon auf Draydens Teller. »Das ist das roheste Fleisch, das ich habe.«

Die anderen folgten seinem Beispiel und tauschten den Großteil dessen, was Drayden hatte, gegen die blutigsten ihrer Stücke. Er dankte ihnen nicht, sondern zog sich an den Rand ihres Feuers zurück und verschlang, was er konnte. Dabei schirmte er das Essen mit dem eigenen Körper ab, als müsse er es beschützen.

Morrell machte sich über ihre eigene Mahlzeit her. Sie saß nah bei Allan, zwischen ihm und Janis.

»Wie geht es mit den Vorbereitungen voran?«, erkundigte sich Hernande.

»Paul und Gaven haben gemeldet, dass die Wagen bereit sind. Ich weiß nicht, was Aurek mitnimmt, aber seine Leute durchzufüttern, ist sein eigenes Problem. Was ist mit den Lumagiern und deinen Hexern?«

»Ich hasse diese Bezeichnung, aber irgendwie scheint sie sich festgesetzt zu haben. Die Lumagier und die ›Hexer‹, die dich begleiten, sind vorbereitet. Es widerstrebt mir zwar, Sovaan als Anführer der verbleibenden Studenten zurückzulassen, aber ich sehe keine andere Möglichkeit. Jerrain besteht darauf mitzukommen, obwohl er wahrscheinlich in einem der Wagen beim Kutscher mitfahren muss, und die anderen sind zu jung, um sie aufs Spiel zu setzen.«

»Dann sind wohl alle bereit, denke ich.«

Die Gruppe saß da und lauschte dem ausgelassenen Treiben in den Höhlen, dem Lachen der Menschen. Die Klänge von mindestens zwei Fiedeln, einer Flöte und einer Trommel untermalten die Geräusche. Das Stampfen von Füßen und vereinzeltes Jauchzen wiesen darauf hin, dass jemand tanzte. Die Atmosphäre mutete fieberhaft und angespannt an, durchwirkt von Besorgnis und Beklommenheit. Allan zweifelte nicht daran, dass jeder Winkel in den Höhlen, in dem man ungestört sein konnte, im Augenblick gerade genutzt wurde. Das erinnerte ihn an die verschiedenen Andenken, die zuvor eingepackt worden waren.

Morrell rückte näher und lehnte sich an ihn, als er das Gewicht verlagerte und einen Arm um ihre Schultern schlang. Sie ergriff sein Handgelenk und schmiegte sich eng an ihn.

Bald danach begann Hernande, ein Märchen aus den Lehensgebieten zu erzählen. Offensichtlich versuchte er, die plötzlich düstere Stimmung aufzulockern. Als er fertig war, schloss Janis nahtlos mit einer Geschichte aus ihrer Kindheit an. Eine Reihe von Tänzern bahnte sich den Weg durch ihre Mitte, angeführt von den Fiedlern. Der Flötenspieler bildete die Nachhut. Morrell versuchte, Cory zu bewegen, sich ihnen anzuschließen, doch er schüttelte nur den Kopf.

Cory und Hernande entschuldigten sich ein paar Stunden später und zogen sich in ihr eigenes Zelt zurück. Janis erhob sich und beschäftigte sich in ihrer Unterkunft, nachdem sie sich um die Becher und Teller gekümmert hatte. Drayden war unmittelbar vor ihrem Eingang eingeschlafen, eingerollt wie ein Hund.

Morrell schrak hoch, als Allan sich rührte, dann löste sie sich von ihm und rieb sich die Augen. »Wo sind denn alle hin?«

»Ins Bett. Wir müssen morgen früh raus.«

Morrell stand auf und verschwand wortlos im Zelt.

Schweigend bereiteten sie sich zum Schlafen vor. Janis rollte sich auf ihrer Pritsche herum, vergewisserte sich, dass niemand mehr etwas brauchte. Morrell warf sich auf ihr Bett und wandte Allan den Rücken zu. Er und Janis wechselten einen Blick. Allan ließ sich mit einem dumpfen Laut auf die eigene Pritsche plumpsen. Erschöpfung senkte sich über seinen Körper. Mit einem Arm über den Augen lag er auf dem Rücken.

Morrells Decken raschelten. »Ich weiß, du musst es für Kara tun, aber ich will nicht, dass du gehst. Ich will, dass du hier bei mir bleibst.«

»Ich weiß, Püppchen. Aber jemand muss Kara, Dylan und den anderen helfen.«

Morrell erwiderte zunächst nichts. Dann: »Ich will Kara auch helfen. Und nenn mich nicht Püppchen.«

Allan versuchte einzuschlafen, aber die Dunkelheit wollte ihn nicht ins Land der Träume entlassen. Stunden später, als sowohl Janis' als auch Morrells Atmung längst tief und gleichmäßig geworden war und die Feierlichkeiten in der Höhle so gut wie geendet hatten, stand er auf und trat aus dem Zelt. Sein Rücken knackte, als er sich streckte.

Drayden rührte sich und spähte mit einem Auge über einer Armbeuge zu ihm hoch. »Mach dir keine Sorgen, ich werde sie beschützen, solange du weg bist.« Dann schloss sich das Auge wieder.

Allan war nicht restlos beruhigt.

***

Eine Stunde nach Sonnenaufgang am nächsten Morgen fand sich Allan zusammen mit Bryce, Gaven, Logan, Hernande und Artras vor dem Höhleneingang wieder. Paul, Sophia, Raven, Sovaan und Morrell standen ihnen gegenüber.

»Möge Korma euch behüten.« Paul schüttelte Allan die Hand. »Oder welche Götter du auch verehrst. Bring alle wohlbehalten zu uns zurück.«

»So viele, wie ich kann.«

Der Ratsherr trat zurück. Gaven rief den Kutschern zu, und alle vier trieben ihre jeweiligen Pferde an. Der Rest der Gruppe reihte sich rings um sie ein, als sie den Weg nach Muld und zum Treffpunkt mit Aurek antraten.

Plötzlich preschte Morrell vor und umarmte Allan innig. Er drückte sie an sich, atmete den frischen Lavendelduft ihres Haars ein, bevor er sie losließ.

»Bring sie zurück, Papi.«

»Das werde ich.« Eine Bewegung in der Nähe der Höhle erregte seine Aufmerksamkeit, und er erspähte Drayden in den Schatten. Der Halbwolf schlich in der Nähe des Eingangs herum und beobachtete das Geschehen.

Allan drehte sich Bryce zu. »Gehen wir zu unserem Treffen mit Aurek.«

Als sie im niedergebrannten Muld eintrafen, erwies sich das Dorf als leer. Sogar die Leichen, die über den Boden verstreut gelegen hatten, waren verschwunden. Man hatte sie weggeschleift und vergraben oder verbrannt. Allans Trupp scharte sich in der Nähe der Versammlungshalle mit den Wagen hinter ihnen. Cutter tauchte kurz auf und gab ihnen winkend zu verstehen, dass alles in Ordnung sei – es handelte sich nicht um einen Hinterhalt. Sie warteten so lange, dass die Kämpfer allmählich unruhig wurden, bis Aurek plötzlich erschien.

Zuerst tauchte er allein auf und näherte sich mit selbstbewussten Schritten. Seine Männer folgten einen Atemzug später, strömten in Rängen zu je zwanzig Mann zwischen den Bäumen und den Überresten der Hütten hinter ihm hervor. Allans Leute traten rastlos von einem Bein aufs andere, als Aureks Truppe wuchs und wuchs, zuerst drei Ränge tief, dann fünf, schließlich neun oder zehn. Alle trugen abgewetzte, verbeulte Rüstungen und Waffen sowie ihre jeweiligen Bündel. Die meisten wirkten hartgesotten und abgebrüht und beäugten die Menschen aus Muld mit verächtlichen, finsteren Blicken. Ein paar kicherten oder grinsten.

Aurek trat vor. Einer seiner Männer folgte einen Schritt hinter ihm. Allan gab Bryce ein Zeichen, und die beiden begegneten ihnen auf halbem Weg.

»Aurek.«

»Allan. Allan Garrett, glaube ich. Ehemals einer der Rüden von Erenthrall.«

Allan konnte sich nicht entsinnen, Aurek seinen vollen Namen genannt zu haben. Dann jedoch strich sein Blick flüchtig über Aureks Männer. Zwar entdeckte er nicht auf Anhieb

557

jemanden, der ihm vertraut vorkam, doch es schien wohl so, dass ihn jemand von früher aus seiner Zeit als Rüde erkannt hatte.

Er versuchte, sich zu entspannen. Allan wollte nicht zulassen, dass ihm Aurek unter die Haut ging; nicht schon so früh.

»Wie ich sehe, hast du mehr Männer mitgebracht.«

»Ein paar, von unserem ursprünglichen Ausgangslager. Die anderen bauen jenes Lager gerade ab und werden zu uns stoßen, sobald ich ihnen Bescheid gebe, wohin wir gehen.«

»Nach Süden.«

»Das ist nicht besonders genau.«

»Das ist alles, was du vorerst bekommst.«

»Na schön. Dann also Süden.« Er hob eine Hand, und einer seiner Männer – schlanker als die anderen und mit einem Bogen bewaffnet – brach auf und schlug sich zwischen die Bäume, vermutlich zu den Resten ihres Ausgangslagers, nahm Allan an.

Er richtete die Aufmerksamkeit wieder auf Aurek. »Wahrscheinlich ist es am besten, unsere beiden Gruppen getrennt zu halten. Wir wollen doch keine Unfälle oder Toten durch irgendwelche Missverständnisse.«

»Nein. Wollen wir nicht.« Aurek betrachtete ihre Gruppe abwägend. Allan wusste, dass er versuchte, die Lumagier und Hexer unter ihnen zu erkennen, doch Allan hatte ihnen aufgetragen, sich unter die anderen zu mischen. Da ihnen Aureks Truppe zahlenmäßig weit überlegen war, verkörperten sie den einzigen Vorteil, über den die Mulder verfügten. Nackte Angst würde Aureks Plünderer vielleicht im Zaum halten – immerhin hatten sie schon einmal hautnah erlebt, wozu die Lumagier und Hexer in der Lage waren.

Aurek wandte seine Aufmerksamkeit wieder Allan zu. »Da du ja weißt, wohin wir müssen, kannst du die Führung übernehmen.«

Bryce steckte sich die Finger in den Mund und stieß einen

durchdringenden Pfiff aus. Gaven brüllte Befehle, und die Wagen setzten sich in Bewegung, wendeten in Richtung Süden. Allan und Bryce verschmolzen mit der Gruppe, marschierten unter den anderen, suchten Cutters Blick. Der Fährtensucher nickte, löste sich vom Rest und verschwand im Wald. Er würde Aurek und seine Männer im Auge behalten. Ein weiterer Kundschafter war bereits vorausgelaufen, um die Strecke vor ihnen auf einen möglichen Hinterhalt zu überprüfen.

»Er wird uns allen in dem Moment in den Rücken fallen, in dem er meint, dass es ihm zum Vorteil gereicht.«

»Ich weiß. Wir haben einen langen Weg vor uns. Aber wir haben die Lumagier und die Hexer. Sie werden auf der Hut sein. Und wir wissen, wohin sie wollen.«

»Unser Ziel zu kennen, bleibt nur für begrenzte Zeit ein Vorteil.«

»Ich hoffe, dass sich Aureks Aufmerksamkeit von uns auf die Weißmäntel verlagert haben wird, bis wir in die Nähe der Nadel kommen.«

ZWEIUNDZWANZIG

Das Beben rumorte durch die Nadel und erschütterte den Steinboden unter Karas Füßen. Sie stützte sich an der Wand ab, dann schnappte sie mit einem Fluch schnell den Wasserkrug, bevor er vom Tisch fallen und zerbrechen konnte.

Sie hatte gesehen, wie die Weißmäntel den schwarzen Turm vor einer Stunde betreten hatten, und sich für die Beben gewappnet, von denen sie mittlerweile wusste, dass sie folgen würden. Diesmal war es nicht so schlimm wie beim ersten Mal vor einigen Tagen ausgefallen. Damals war sie so hart zu Boden geschleudert worden, dass ihre Schulter immer noch schmerzte, obwohl der blaue Fleck inzwischen verblasst war. Es hatte einen Moment gegeben, da war sie überzeugt davon gewesen, der gesamte Tempel würde um sie herum einstürzen. Nach den panischen Schreien zu urteilen, die vom Gang draußen zu ihr hereingedrungen waren, hatten wohl einige Bewohner dasselbe gedacht. Sie war sich auch ziemlich sicher, dass etwas in der äußeren Stadt eingestürzt war, denn sie hatte die Staubwolke von ihrem Fenster aus gesehen.

Die Erschütterungen endeten, und Kara stieß sich von der Wand ab, stellte den Krug zurück. Jemand rannte an ihrer Tür vorbei, als sie die Kammer durchquerte und das Ohr an das Holz presste, um zu lauschen. Eine Unterhaltung, die dringend klang, dann weitere rennende Schritte, als Anweisungen erteilt wurden. Kara konnte nicht erkennen, um wen es sich bei den Sprechern handelte, doch die Stimmen hörten sich hart an, das Pochen ihrer Schritte schwer. Vollstrecker.

Kara trat zurück und verschränkte die Arme vor der Brust. Man hielt sie seit vier Tagen in diesem Raum fest. Niemand hatte sie besucht, außer einer Frau mittleren Alters aus den Lehensgebieten, die ihr Essen und frisches Wasser brachte. Sie sprach nie ein Wort, antwortete nicht auf Karas zunehmend drängende Fragen über Marcus oder die Weißmäntel, auch nicht, wenn sich Kara danach erkundigte, was man mit Dylan, Adder und Aaron gemacht hatte. Mit strenger Miene und Farbtupfen entlang der dunklen Haut der Stirn und um die Augen stellte sie nur die Tabletts mit Essen und den neuen Krug auf dem Tisch ab. Dann drehte sie sich mit raschelndem buntem Wickelkleid um und ging an dem vor Karas Tür postierten Vollstrecker vorbei, der erst Platz machen musste, um sie durchzulassen.

Kara hatte mit dem Gedanken an Flucht durch das offene Fenster gespielt, das hinaus auf den Knoten wies, doch es ging zu weit in die Tiefe, um zu springen, und sie hatte nichts, was sie benutzen konnte, um sich einen Ersatz für ein Seil zu basteln. Die Decke auf ihrer Pritsche reichte dafür schlichtweg nicht aus.

Kara stapfte zum Fenster und blickte hinab auf die Stelen des Knotens, beobachtete den Eingang zum schwarzen Turm. Kurze Zeit später grollte ein weiteres Beben durch den Tempel, diesmal weniger heftig, lediglich ein Nachbeben.

»Was macht ihr nur da unten?«

Das Klopfen an der Tür überraschte sie. Die Frau, die ihr das Essen brachte, klopfte nie an.

»Wer ist da?«

»Ich bin's. Marcus.« Der Riegel klickte, und die Tür schwang auf. Marcus stand draußen auf dem Gang, umgeben von einer Eskorte aus mindestens drei Vollstreckern. In den Armen trug er ein Bündel aus weißem Stoff. Die Vollstrecker traten hinter ihm ein, wenngleich nur er sich Kara näherte.

»Ich habe dir saubere Kleidung gebracht.«

»Ich will Dylan, Adder und Aaron sehen.«

Marcus legte die Kleidung auf Karas Pritsche. »Denen geht es gut.«

»Davon will ich mich selbst überzeugen.«

»Wenn ich dich zu ihnen bringe, wirst du dann mit uns zusammenarbeiten?«

Kara zögerte. Aber sie musste die anderen sehen, und die Enge ihrer Zelle begann allmählich, an ihr zu nagen. Ihre Schultern juckten, und sie hatte den Großteil des Vortags damit verbracht, rastlos in der kleinen Kammer auf und ab zu laufen. »Kommt darauf an, was ihr von mir verlangt.«

»Ich habe nicht die Absicht, von dir zu verlangen, irgendetwas zu tun. Du sollst nur zusehen und zuhören.« Er deutete auf die Kleidung.

Kara ging hin. Als sie das Hemd ergriff, versteifte sich ihr Körper. »Das ist Weißmäntel-Kleidung. Die werde ich nicht tragen. Ich bin kein Weißmantel.«

»Willst du lieber dein eigenes Hemd und deine eigene Hose behalten? Die fangen allmählich an zu miefen.«

»Das liegt daran, dass man mir keine Gelegenheit gibt, sie zu waschen. Oder mich selbst.«

»Ich sorge dafür, dass sich Marta darum kümmert und dir eine Waschschüssel mit warmem Wasser bringt.«

Kara musterte suchend sein Gesicht, fand jedoch nur unterdrückte Ungeduld. »Geht hinaus.«

Kopfschüttelnd winkte er alle nach draußen.

Kaum hatte sich die Tür geschlossen, zog sich Kara aus, warf ihre eigene Kleidung beiseite und schlüpfte in das Hemd und die Hose, die Marcus ihr gebracht hatte. Der Stoff erwies sich als überraschend weich. Das Hemd ähnelte dem, was sie bei Iscivius und den anderen gesehen hatte, aber es befand sich kein Mantel bei ihrem Bündel, und das Kormanley-Symbol fehlte. Die Hose kam eher dem nahe, was die Vollstrecker trugen. Sogar neue Schuhe hatte Marcus ihr gebracht. Durch die frische Kleidung fühlte sich ihre Haut rau und körnig an. Sie brauchte wirklich dringend ein Bad.

Als sie sich fertig angezogen hatte, klopfte sie an die Tür, die sich sofort öffnete.

Marcus musterte sie anerkennend von Kopf bis Fuß. »Hier entlang.«

Er musste den Umweg zu den Räumen, in denen man Dylan, Adder und Aaron festhielt, arrangiert haben, während sie sich umgezogen hatte, denn die Wachen bei jeder der beiden Zellen waren auf sie vorbereitet. Dylan lag auf einer Pritsche in einer ähnlichen Kammer auf der anderen Seite des Korridors, nur ohne Fenster. Man hatte sich um sein Knie gekümmert und es geschient.

Er ergriff ihre Hand, als sie sich neben ihn kniete, drückte sie fest. »Bastion sei Dank, dass es dir gut geht. Man wollte mir nichts sagen.«

»Mir auch nicht. Das ist das erste Mal, dass man mich aus meiner Zelle lässt.« Sie musterte ihn von oben bis unten, begutachtete die Schiene. »Wie behandelt man dich?«

»Gut. Um mein Knie hat man sich fast sofort gekümmert. Der Heiler kommt zweimal am Tag vorbei. Das Essen ist auch gut.« Er zupfte am Ärmel ihres Hemds und zog die Augenbrauen zu einer stummen Frage hoch.

»Ich musste zustimmen, das zu tragen, damit ich dich sehen durfte.«

Marcus räusperte sich.

Kara ergriff wieder Dylans Hand, hielt sie fest, beugte sich näher zu ihm. »Ich hole uns hier raus.«

Marcus betrat den Raum. »Jetzt hast du ihn gesehen. Gehen wir weiter.«

Adder und Aaron hatte man in einer Zelle der halben Größe von Karas Kammer untergebracht. Sie enthielt nur zwei Pritschen und wurde nicht so sauber gehalten. Der Raum lag in der untersten Abstufung des Tempels, die man über eine schmale Treppe erreichte. Ein gesprungener Krug mit Wasser stand auf dem Boden, eine trübe Ley-Kugel flackerte unregelmäßig in einer Ecke.

Kara schleuderte Marcus einen finsteren Blick zu, als sie die Hände hob, um die Ley-Kugel zu stabilisieren und zu stärken. Adder und Aaron setzten sich derweil auf die Ränder ihrer Pritschen. Adder hatte ein blaues Auge und einen frischen Bluterguss entlang der Kieferpartie, was ihm ein erschreckendes Aussehen verlieh.

»Was ist mit dir passiert?«

Adder fing ihren Arm ab, bevor sie ihn berühren konnte. »Eine kleine Tracht Prügel von den Vollstreckern. Bist du jetzt eine von denen?« Sein Blick heftete sich auf ihr Hemd.

»Natürlich nicht. Er zwingt mich, das zu tragen. Ich weiß nicht, was sie von mir wollen. Bis heute hat man mich nicht aus meiner Zelle gelassen.«

Adder ließ sie los. »Was machen die? Warum gibt es so viele Beben?«

»Es hat etwas mit dem Knoten zu tun. Mehr weiß ich allerdings auch nicht. Bekommt ihr zu essen?«

Aaron übernahm die Antwort. »Ein bisschen. Größtenteils Brot und Käse. Hin und wieder Fleisch.«

»Der einzige Grund, warum wir überhaupt noch leben, bist du. Sie vertrauen uns nicht, aber sie brauchen dich so dringend, dass sie nicht das Wagnis eingehen wollen, uns zu töten. Du musst herausfinden, was sie wollen. Das ist unsere einzige Chance.«

Draußen erschien ein Weißmantel und murmelte Marcus etwas zu, dessen Mund sich daraufhin zu einer schmalen Linie zusammenpresste. »Genug jetzt. Zeit zu gehen.«

»Wohin?«, wollte Adder von Kara wissen.

»Ich weiß es nicht.«

»Sei vorsichtig.«

Kara wich aus der Tür und blieb vor Marcus stehen, während die Vollstrecker sie schlossen und verriegelten. »Wohin jetzt, Marcus?«

»Zum Knoten. Ich möchte, dass du dir ansiehst, was wir hier machen.«

Damit führte er sie weg und weigerte sich, weitere Fragen zu beantworten. Nach einer Weile verstummte sie und versuchte, sich vom Tempel so viel wie möglich einzuprägen. Aber die seltsamen Korridore verzweigten sich zu oft, und sie hatte nicht ausreichend auf die Umgebung geachtet, als sie in die untere Ebene hinabgestiegen waren.

Es war eine Überraschung, als die vordersten Vollstrecker eine Doppeltür öffneten und strahlender Sonnenschein in den Gang hereinfiel. Kara hob eine Hand, um die Augen abzuschirmen, und blinzelte Tränen weg.

Dann folgte sie Marcus und trat hinaus auf den Steinboden des Knotens.

Sobald ihre Füße den hellbraunen Stein berührten, der das kreisförmige Muster um den schwarzen Turm bildete, strömte Energie durch ihre Beine. Sie schnappte nach Luft und erkannte den Tempel als das, was er in Wirklichkeit darstellte – eine Grube wie im Knoten in Erenthrall, allerdings in größerem Ausmaß. Der gesamte Tempel war so errichtet worden, dass er die Energie des Knotens enthielt, wobei die Nadel selbst einen Brennpunkt bildete. Die Ley strömte durch das Gebilde um sie herum, und sie entsandte die Sinne danach, ohne nachzudenken, tauchte darin ein, wie sie es früher in Erenthrall gemacht hatte.

Aber im Gegensatz zum Ley-Netzwerk in der Stadt vor der Zersplitterung erwies sich die Ley hier als chaotisch – eingeschlossen zwar, aber wild. Kara ließ sich davon durch ihre Kanäle treiben und bemerkte die Linien, die nach Nordosten abzweigten. Instinktiv wusste sie, dass sie eine Verbindung mit dem bildeten, was von Erenthralls Ley-Struktur noch übrig war. Eine weitere starke Linie schoss nach Osten, und zunächst vermutete sie, nach Tumbor. Dann jedoch fiel ihr ein, dass es angesichts der unlängst entfalteten Verkrümmung nicht Tumbor sein konnte, dafür war diese Linie zu fest verankert. Sie musste sich stattdessen nach Farrade erstrecken. Wieder eine andere Leitung verlief nordwärts, was für Kara keinen Sinn ergab – in dieser Richtung kannte sie keine Knoten, denn sämtliche Städte in der Steppe lagen weiter östlich –, und zwei schwächere Linien wiesen nach Westen.

»Ich wusste, du würdest eine Verbindung zur Ley herstellen, sobald wir den Knoten betreten. Du hast sie schon immer auf einer instinktiveren Ebene als irgendjemand sonst verstanden.«

Marcus' Worte klangen gedämpft, als kämen sie aus weiter Ferne, und Kara zwang sich, die Aufmerksamkeit darauf zu richten und sich der wilden Ley zu entziehen, die um sie herum gefangen strudelte.

Sie zentrierte sich und stellte fest, dass sie sich nach den ersten paar Schritten in den Knoten nicht mehr gerührt hatte. Die Vollstrecker hatten sie umzingelt, wirkten aber verunsichert. Marcus stand ein paar Schritte entfernt und beobachtete sie eingehend.

»Was habt ihr gemacht?«

»Wie ich schon sagte, wir versuchen, das Netzwerk zu stabilisieren, indem wir einen weiteren Nexus errichten. Keiner der wirklich starken Ober-Lumagier hat die Zersplitterung überlebt – zumindest keiner, den wir bisher gefunden haben. Also haben wir mit dem, was uns zur Verfügung steht, unser Bestes geben müssen.«

Er wandte sich ab und steuerte auf den Eingang der Nadel zu, überquerte den Platz zwischen den Stelen hindurch. Kara konnte fühlen, wie sie wegen der sie durchströmenden Kräfte vibrierten. Kara zögerte, doch wenngleich sie nicht zugestimmt hatte mitzuarbeiten, musste sie sehen, was Marcus und der Rest der Lumagier hier getan hatten.

»Nach der Zersplitterung …«

»Wie hast du überlebt? Ich habe gesehen, wie du den Nexus vom Knoten in Eld aus verändert hast. Du warst dort, bevor der Nexus explodiert ist.«

»Ich war in der Grube. Wäre ich noch dort gewesen, als sich der Impuls von der Explosion durch das Netzwerk ausbreitete, wäre ich jetzt tot. Ich wäre so rückstandslos verbrannt wie die Menschen, die sich Grass am nächsten befunden haben, als es passierte. Aber als der Impuls Eld erreicht hat, war ich bereits aus der Grube gestiegen und hatte die Tür hinter mir zugeworfen. Die Knoten in Erenthrall sind dafür gebaut worden, großen Energiespitzen standzuhalten. Deshalb haben sie so wenige oder gar keine Fenster, und deshalb werden die Gruben von Stahltüren geschützt.«

»Also hast du genug Zeit gehabt zu fliehen, nachdem du die Zersplitterung ausgelöst hattest.«

»Das war Leethe!« Mittlerweile hatten sie den Eingang zur Nadel erreicht, und seine Stimme hallte von den umliegenden Wänden des Turmes wider. Er wirbelte zu ihr herum und packte sie an den Oberarmen. Beinah hätte er sie geschüttelt, aber er hielt sich im Zaum. »Es war Baron Leethe. Ich habe es dir schon einmal gesagt, der Impuls, der den Nexus in Erenthrall zerstört hat, ist aus Tumbor gekommen. Ich habe ihn gespürt, bevor er eingetroffen ist.«

»Aber du hast ihm durch die Kormanley geholfen. Du warst ein Teil davon.«

»Das wusste ich damals nicht. Ich dachte …«

Aber er sprach nicht weiter, ließ sie los und drehte ihr den Rücken zu.

Kara massierte sich die gequetschten Muskeln. Ihr Hass auf Marcus seit der Zersplitterung hatte tief in ihr Wurzeln geschlagen. Als sie ihm nun in die Augen gesehen und den Schmerz erkannt hatte, der sich darin verbarg, war ihr klar geworden, dass sie ihm glaubte. Er hatte die Zersplitterung nicht verursacht, jedenfalls nicht vorsätzlich. Und er war fest davon überzeugt, dass der Impuls aus Tumbor gekommen war.

»Und was hast du gemacht, nachdem du die Zersplitterung überlebt hattest?«

Zunächst antwortete Marcus nicht, stand nur da und starrte in die Tiefen der Nadel. Dann jedoch: »Wie viele andere bin ich aus der Stadt geflüchtet. Ich bin vor der Entfaltung entkommen.« Er drehte sich ihr zu. »Schließlich habe ich gehört, dass die Kormanley auch überlebt und den Knoten hier übernommen hatten. Dalton war überrascht, mich zu sehen. Er hatte bereits ein paar Lumagier, größtenteils Überlebende aus Tumbor. Nach einer Weile haben wir erkannt, dass sich die Ley nicht von selbst begradigte. Sie hat zwar versucht, zu ihrer natürlichen Ordnung zurückzukehren, konnte es aber nicht, weil die Knoten in Erenthrall durch die Verkrümmung blockiert waren. Wir mussten die Verkrümmung in der Stadt reparieren. Zu dem Zeitpunkt hatten wir vielleicht zwanzig Lumagier gefunden. Wir sind nach Erenthrall gereist, doch es hat nicht ausgereicht. Wir hatten keine Ober-Lumagier, und die Ley war zu chaotisch. Zudem war es in der Stadt nicht sicher. Gewalttätige Gruppierungen haben sich dort gebildet – die Flussratten, die Gorrani im Süden. Wir haben getan, was wir konnten.«

»Die reparierten Scherben, auf die wir gestoßen sind. Das wart ihr.«

»Wir dachten, wir könnten eine Scherbe nach der anderen heilen. Aber die Verkrümmung ist einfach zu groß. Es würde Jahrzehnte dauern, damit fertig zu werden, und wir waren ständig der Gefahr ausgesetzt, die Schließung der Verkrümmung auszulösen und alles darin zu verlieren.«

»Wir sind zum gleichen Schluss gelangt.«

»Als wir zur Nadel zurückkehrten, hatte Dalton einen Ober-Lumagus gefunden, Lecrucius. Er hat vorgeschlagen, einen eigenen Nexus hier bei der Nadel zu erschaffen, um zu versuchen, die Ley zu stabilisieren. Wenn wir die Knoten in Erenthrall nicht befreien können, müssen wir sie umgehen. Daran arbeiten wir seit drei Monaten sowohl hier als auch in Erenthrall. Wir hatten bereits ein einigermaßen gefestigtes System, bis sich die Verkrümmung in Tumbor entfaltet hat. Jetzt müssen wir auch noch Tumbor umgehen, und ich bin nicht sicher, ob wir das schaffen können. Nicht ohne weitere Hilfe.«

Kara wollte ihm nicht vertrauen. Aber sie hatte gesehen, was bereits in Erenthrall vollbracht worden war – die reparierten Scherben, die umgeleiteten Ley-Linien. Es passte alles zusammen. Und sie musste widerwillig zugeben, dass sinnvoll klang, was er von sich gab. Er hatte dieselben Schlüsse wie sie über die Reparaturen in Erenthrall gezogen, nur schneller, und er hatte sich eine Alternative einfallen lassen.

Aber einen neuen Nexus zu erschaffen …

»Die Beben …«, setzte sie an.

»Ich weiß. Jedes Mal, wenn wir eine Ley-Linie verschieben, hat das Nachwirkungen. Und sie werden schlimmer. Aber die Ley-Linien verschieben sich auch von selbst, ohne dass wir sie beeinflussen.«

»Es muss eine andere Möglichkeit geben. Selbst wenn wir alles mit der Nadel als neuem Nexus stabilisieren, was passiert, wenn sich die Verkrümmung über Farrade entfaltet? Oder die über Ikanth? Jeder neue Ausbruch wird zunichtemachen, was ihr hier tut. Jeder wird weitere Schäden verursachen. Jede einzelne Entfaltung könnte einen weiteren Impuls, eine neue Zersplitterung auslösen.«

»Das weiß ich! Aber was hätten wir denn sonst tun sollen? Herumsitzen und abwarten, bis die Ley uns von sich aus vernichtet? Das kann ich nicht! Ich muss etwas unternehmen. Aber ich schaffe es nicht allein. Auch mit Lecrucius und den Lumagiern, die wir hier versammelt haben, reicht es nicht. Wir brauchen noch mehr Hilfe.«

Und plötzlich erkannte Kara, dass unter seiner Wut und Frustration Schuldgefühle verborgen lagen. Wegen dem, was er in Erenthrall vor der Zersplitterung getan hatte, wegen der Rolle, die er bei der Zerstörung des Nexus gespielt hatte. Er wollte Wiedergutmachung für jenen Fehler leisten, hatte versucht, die Verkrümmung in Erenthrall Scherbe für Scherbe als Buße zu reparieren. Und weil das nicht funktionierte, arbeitete er nun als Ersatz dafür an der Nadel.

Sie dachte über alles nach, was Marcus gesagt hatte, über alles, was sie in Erenthrall gesehen hatten, über alles, was davor geschehen war.

Dann forderte sie ihn mit Resignation in der Stimme auf: »Zeig mir, was ihr bisher gemacht habt.«

***

Marcus führte sie tiefer in die Nadel. Innen entpuppte sie sich als ebenso schwarz wie außen, allerdings durchzogen von Adern aus Ley-Licht in den Mauern. Hier waren keine Ley-Kugeln nötig, denn sämtliche Gänge wurden von den Wänden selbst erhellt. Kara fuhr mit den Händen über die Oberfläche. Ihre Finger kribbelten vor Energie, doch der Stein erwies sich als glatt wie Glas und kalt.

Die Treppe verlief spiralförmig entlang der Außenseite des Turms in die Tiefe wie beim Knoten in Eld. Als sie hinabstiegen und den Boden des Erdgeschosses über sich zurückließen, tat sich eine große Grube auf. Der Obsidian des Turms wich älterem Sandstein, der Karas Vermutung nach verwendet worden war, als dieser Knoten nur als religiöse, geheiligte Stätte gedient hatte. Der Raum erwies sich als tiefer als jene Knoten, in denen sie in Erenthrall gearbeitet hatte. Von unten wurde er durch Prismen mit schillerndem Licht erhellt, von oben durch den Schein der mit Ley geäderten Decke des schwarzen Turms. Kara hatte noch nie ein solches Licht wie das in der Grube unten gesehen. Sie entsandte die Sinne dorthin, versank in den Strömen, als sie sich dem Boden der Grube näherten. Ley schoss von unten empor wie ein Springbrunnen, und als ihre Sinne den Boden erkundeten, stellte sie fest, dass die Grube genau wie jene unter dem Nexus in Erenthrall wesentlich tiefer reichte, als es den Anschein hatte.

Tunnel strahlten in scheinbar willkürlichen Richtungen davon aus – Ley-Linien, die einst mit den Knoten in den größeren Städten der Ebenen und jenen im Süden und Westen verbunden gewesen waren. Einige dieser Linien waren noch aktiv, vorwiegend jene in südlicher und westlicher Richtung, die zu den Gorrani-Ebenen, den Lehensgebieten und zum Archipel verliefen. Die beiden größten Tunnel entpuppten sich als tot. Kara spürte ihre Gegenwart nur durch die Ley, da sie zu tief lagen, um sie zu sehen. Aber es waren neue Ley-Linien gebildet worden. Die Ley strömte an einigen Stellen in der Nähe der alten, nunmehr leeren Öffnungen durch die Felswände. Kara vermutete, dass die vorhandenen toten Kanäle die ursprünglichen Verbindungen nach Erenthrall und Tumbor gewesen waren. Bei den neuen, leicht versetzten Linien musste es sich um jene handeln, die Marcus und die Weißmäntel eingerichtet hatten, um die Knoten in jenen Städten zu umgehen. Ober-Lumagus Augustus musste die Tunnel erschaffen haben, als er das verstärkte Ley-System um den Nexus errichtet hatte, denn obwohl die Ley durch Stein fließen konnte, hemmte sie der feste Untergrund auch. Augustus würde die Ley so stark wie möglich gewollt haben.

Schließlich endeten die Stufen und mündeten in einen breiten Sims, der rings um die Grube verlief. Die Weißmäntel, die Kara zuvor dabei beobachtet hatte, wie sie den schwarzen Turm betraten, standen um den Sims verteilt. Sie trat ansatzlos zum Rand vor, kniete sich hin und legte die Hände auf die Kante, damit sie sich vorbeugen und das Wechselspiel der Ley unter ihr beobachten konnte. Es dauerte eine Weile, bis sie erkannte, dass Kristallscheiben in der Mitte der Grube schwebten, mindestens sechs an der Zahl, präzise so angeordnet, dass sie die Ley erfassten und brachen. Ihre Ausrichtung verstärkte die Energie der Ley, während sie die geballte Kraft zur gleichen Zeit sicherer hier in der Nadel verankerte. Ein Großteil der Ley strömte durch den Knoten unter den Kristallen, aber von jenem See wölbten sich auch dicke Ranken der Ley empor, angezogen von den Kristallen.

»Hat der Nexus vor der Zersplitterung so ausgesehen?«

»Nein, der Nexus in Erenthrall war zehnmal größer. Und in ihm waren Dutzende Kristalle so platziert, dass sie eine hundertfach stärkere Kraft als hier erzeugten. Außerdem war das Gebäude dort eigens für diesen Zweck gebaut worden. Der Knoten hier ist uralt und wurde von Ober-Lumagus Augustus lediglich angepasst, um als Verbindungsstelle zu dienen, mehr nicht. Von den Lumagiern hier hat nur Lecrucius je die Kristalle zu Gesicht bekommen. Und er und ich sind die Einzigen, die je damit gearbeitet haben. Er und Iscivius haben herausgefunden, wie man sie und ihre Anordnung nachbilden kann. Aber weil die Ley nicht stabil ist, müssen wir sie ständig neu ausrichten.«

Kara schaute zu den anderen Weißmänteln und entsandte dabei neuerlich die Sinne. Sie konnte diese Männer in der Ley spüren; beobachtend, wartend. Gelegentlich griffen sie ein und brachten einen der Kristalle in eine geringfügig andere Position. »So erschafft ihr die neuen Ley-Linien.«

»Das Anpassen der Kristalle verstärkt bestimmte Linien, während es andere abschwächt. Es steigert die Energie in bestimmten Richtungen. Sogar mit nur sechs Kristallen ist es unheimlich kompliziert. Und wir lernen hier alles völlig neu und haben nur das, was Lecrucius als Ober-Lumagus erfahren hat, als Anleitung. Der Nexus in Erenthrall war ... Ich habe ihn nie mit eigenen Augen gesehen, ihn nur durch die Ley gespürt, aber er war wunderschön. Beinah lebendig. Ich habe keine Ahnung, wie es Augustus und den anderen Ober-Lumagiern gelungen ist, ihn zu bändigen, ihn zu beherrschen.«

»Und trotzdem macht ihr euch daran zu schaffen.« Die Worte mochten barsch und vorwurfsvoll klingen, doch Kara konnte nachvollziehen, was Marcus meinte. Sogar hier mit nur sechs Kristallen konnte sie sich der Faszination nicht entziehen.

»Ja. Baron Arent musste aufgehalten werden. Er war ein Tyrann. Was sich während der Säuberung zugetragen hat, war Beweis genug dafür. Zumindest für mich.«

Kara stand auf und löste mühsam den Blick vom fesselnden Anblick der Ley, um sich Marcus zuzuwenden. »Ihr scheint hier einiges ohne zusätzliche Hilfe vollbracht zu haben. Wozu braucht ihr mich?«

Marcus antwortete nicht sofort, sondern trat zunächst an ihre Seite, um in die Grube hinabzustarren. »Wir haben nicht speziell nach dir gesucht. Wir haben allgemein nach weiteren Lumagiern gesucht, die uns helfen, die Ley-Linien zu kontrollieren. Wir haben alle Möglichkeiten dessen, was wir mit jenen tun können, die wir bereits hier haben, inzwischen erreicht. Wir haben gehofft, einige weitere Ober-Lumagier zu entdecken. Stattdessen sind wir auf dich gestoßen.« Er drehte sich ihr zu. »Du warst auf dem Weg, eine Ober-Lumaga zu werden. Das haben alle gesagt, sogar Ischua. In wenigen weiteren Jahren wärst du von der Arbeit in den Knoten abgezogen worden, um zur Meisterin ausgebildet zu werden. Und ich habe zuvor weder gelogen noch geschmeichelt, als ich gesagt habe, du hättest ein besonderes Gespür für die Ley. Du warst diejenige, die erkannt hat, dass man die Verkrümmungen reparieren kann. Niemand vor dir hat es versucht, kein Mensch hat es vor dir auch nur in Erwägung gezogen. In dem Moment, da ich dich gesehen habe, wusste ich, dass du geschickt worden warst, um uns zu helfen. Du kannst erst den Nexus hier stabilisieren, dann die Ley selbst.«

»Ich habe noch nie mit solchen Kristallen gearbeitet.«

»Wir bringen dir alles bei, was wir wissen. Und ich denke, von da an werden dich deine Instinkte leiten.«

Kara konnte ihm in Hinblick auf ihre Instinkte nicht gut widersprechen. Praktisch alles, was sie mit der Ley je gemacht hatte, beruhte auf Instinkt – das Reparieren jener ersten Verkrümmung, in der die Hand der Schneiderin gefangen gewesen war, das Heben der fliegenden Barkasse mit den von Ley gesättigten Segeln während des Ausfalls, sogar der Versuch, die Verkrümmung über Erenthrall vor ihrer Entfaltung zu heilen.

Jemand räusperte sich laut aus der Richtung der Stufen, und als sie sich umdrehten, erblickten sie Dierdre, die dort wartete.

»Marcus, Dalton will dich sehen. Wir haben einen Notfall.«

Marcus gab den Vollstreckern ein Zeichen. »Bringt sie zurück in ihre Unterkunft.«

Die Vollstrecker traten auf Kara zu, als er auf die Stufen zulief und begann, sie an Dierdres Seite zu erklimmen.

Kara warf einen letzten Blick zurück in die Grube, sehnte sich danach, die Sinne zu entsenden und die Kristalle zu berühren, mit der Ley zu arbeiten. Aber sie beherrschte sich, bändigte den Drang. Sie war noch nicht sicher, ob sie Marcus vertrauen konnte, nicht sicher, ob sie ihm seine Geschichte abkaufte.

Sie brauchte Zeit zum Nachdenken.

* * *

»Was ist passiert?«, wollte Marcus von Dierdre wissen, als er die Stufen erreichte. »Geht es um Iscivius? Lecrucius?«

»Nein, es hat nichts mit den Weißmänteln zu tun.«

»Was ist dann los? Ich war gerade dabei, Fortschritte bei Kara zu erzielen. Sie hat mit dem Gedanken gespielt, uns zu helfen, das war ihr anzumerken. Diese Unterbrechung jetzt könnte uns Tage zurückgeworfen haben, wenn nicht noch länger.«

»Sie hat uns vor der Zersplitterung nicht geholfen, wie kommst du also darauf, dass sie uns jetzt unterstützen würde?«

»Weil sich die Umstände geändert haben.«

Mittlerweile waren sie oben angekommen und hatten das Erdgeschoss des Obsidian-Turmes betreten. Dierdre blieb stehen und verschränkte schützend die Arme vor der Brust. »Muss ich mir Sorgen wegen dir und *Kara* machen?«

»Natürlich nicht.« Marcus trat dicht zu ihr, legte ihr die Hände auf die Schultern. Sie standen beinah Nase an Nase, nur Dierdres Arme bildeten eine Barriere zwischen ihnen. »Kara und ich haben unsere Beziehung vor Jahren beendet. Das weißt du. Immerhin warst du dabei.«

»Sie hat dich wegen deiner Verbindung zu mir, zu den Kormanley verlassen.«

»Richtig. Und ich hätte für sie die Kormanley aufgeben können. Habe ich aber nicht. Ich habe mich für dich entschieden.«

Dierdre weigerte sich, ihn anzusehen, starrte stattdessen über seine Schulter hinweg, aber er konnte fühlen, wie sich die Anspannung in ihrem Körper lockerte.

Er beugte sich vor, um sie zu küssen, und sie entspannte sich vollends, ließ die Arme sinken und zog ihn zu sich heran.

Marcus konnte die Vollstrecker mit Kara auf den Stufen hören. Rasch brach er den Kuss ab – er wollte nicht, dass Kara sie so sah. Mit einem leichten Schubs scheuchte er Dierdre in Richtung der Tür und hinaus in den äußeren Garten des Knotens, wo sie greller Sonnenschein erwartete. »Also, was für ein Problem gibt es, wenn es nicht um die anderen Weißmäntel geht?«

Dierdre zögerte, als hege sie den Verdacht, dass er sie abzulenken versuchte. »Es geht um die Gorrani, die südlich von Tumbor ihr Lager hatten.«

»Was ist mit ihnen?«

»Darius berichtet, dass sie die Zelte abgebrochen haben und unterwegs sind.«

Inzwischen befanden sie sich im Tempel, stiegen hinauf zur zweiten Ebene und steuerten auf die Planetenmaschine zu, Daltons Besprechungsraum. »Was hat das mit uns zu tun?«

Dierdre blieb vor der Tür stehen und schaute ihm in die Augen. »Sie sind unterwegs *hierher*.«

Damit riss sie die Tür auf und trat ein. Marcus folgte ihr einen Herzschlag später.

Drinnen hatten sich bereits Vater, Ty, Darius, Lecrucius und Iscivius versammelt. Eine Eskorte der Vollstrecker hielt in angemessenem Abstand von dem großen Tisch Wache. Ty und Darius diskutierten, Lecrucius stand einen Schritt entfernt und lauschte aufmerksam, mischte sich aber nicht ein. Lecrucius hatte sich schleichend immer tiefer in Daltons Vertrauen vorgearbeitet. Marcus war verdutzt darüber gewesen, ihn bei der Besprechung anzutreffen, als er mit Kara und den anderen zurückgekehrt war. Ihn nun hier zu sehen, bereits ein Teil des Rats, noch bevor Marcus eingetroffen war …

Er war der Sohn, der Anführer der Weißmäntel, nicht Lecrucius.

»… nähern sich aus Südosten«, sagte Befehlshaber Ty gerade zu Iscivius, als sie eintraten. »Sie marschieren geradewegs auf die Nadel zu. Meiner Ansicht nach besteht kein Zweifel daran, dass sie gedenken, uns anzugreifen.«

»Was hat dazu geführt?«

Ty antwortete nicht sofort und ließ den Blick auf die behelfsmäßige Landkarte gerichtet, die sie auf dem Tisch geschaffen hatten. Große Steine kennzeichneten die wichtigsten Knoten in der unmittelbaren Umgebung – Schwarz für die Nadel ungefähr in der Mitte, Sandstein für Tumbor, Erenthrall und Farrade. Kleinere Quarze markierten die ungefähre Lage der Knoten in den Lehensgebieten und auf den Gorrani-

Ebenen, von denen sie wussten, während verschiedene Kiesel für die Knoten standen, die keinen bestimmten Städten zuzuordnen waren.

Unter den Steinen befanden sich Holzblöcke als Platzhalter für die verschiedenen Gruppierungen, die sich seit der Zersplitterung gebildet hatten. Sechs Blöcke verteilten sich über Erenthrall, drei im Norden, zwei im Süden, einer im Osten. Weiter nördlich kennzeichnete ein weiterer Block die Lage von Anfurt und den Anführer des Ortes, Aurek, der dort seine eigene Baronie begründet hatte, wenngleich sie mit dieser Gruppe bislang wenig zu tun gehabt hatten. Der Umgang miteinander hatte sich auf überwiegend gewalttätige Zusammenstöße auf den Ebenen rings um Erenthrall beschränkt.

Mehr Markierungen befanden sich um Tumbor herum. Der größte gemaserte Block im Südwesten stand für die Gorrani-Enklave, die sich außerhalb der Stadtgrenzen zwischen Tumbor und den südlichen Landrouten zu den Gorrani-Ebenen niedergelassen hatte. Aber als sich Marcus und Dierdre dem Rand des Tisches näherten, fiel Marcus auf, dass jener Block entfernt worden war.

»Ich würde sagen, die Verkrümmung, die Tumbor verschlungen hat, zwang sie, sich in Bewegung zu setzen. Vorher haben sie innerhalb der Stadt geplündert, um Lebensmittel und sonstige Ressourcen zu erlangen, wie jede andere Gruppe, die sich in und um Tumbor gebildet hat. Viele dieser Gruppen wurden von der Verkrümmung erfasst, als sie sich entfaltete, aber die Gorrani-Enklave war wesentlich weiter außen am Ganges. Die Verkrümmung hat den Fluss abgeschnitten, und er hat sich noch keinen festen neuen Lauf gesucht. Im Umfeld von Tumbor herrschen weitläufige Überflutungen. Ihre Trinkwasserquelle könnte verschwunden sein.«

»Für ihre Nahrungsquelle gilt das auf jeden Fall.«

»Sie haben sich auf Tumbor verlassen und sogar einen Teil

der Lebensmittel in ihre Heimat geschickt. Jetzt brauchen sie neue Vorräte.«

»Aber warum sind sie ausgerechnet hierher unterwegs? Warum überfallen sie nicht die anderen Überlebenden der Entfaltung?«

»Das haben sie bereits. Laut unseren Patrouillen haben sie die meisten Gruppen angegriffen, die außerhalb der Verkrümmung waren, nachdem sich die Lage beruhigt hatte. Die Mehrheit dieser Gruppen war klein und schwach. Die Größeren sind in der Verkrümmung gefangen. Nur zwei wurden in Ruhe gelassen, vorwiegend aus dem Grund, dass sie sich zu gut in einfach zu verteidigenden Gebieten eingebunkert haben. Die Gorrani gehen ein Wagnis nur dann ein, wenn sie mit einem reichen Lohn rechnen. Sie wissen, dass wir hier jede Menge Lebensmittel haben. Immerhin haben wir in Tumbor genauso sehr geplündert wie sie. Und sie wissen, dass es hier Lumagier gibt. Vielleicht glauben sie ja, dass wir die Entfaltung vorsätzlich ausgelöst haben.«

»Was also machen wir?«

Ty und Darius wechselten einen Blick. Sie mochten sich gezankt haben, als Marcus und Dierdre eingetroffen waren, doch es herrschte Einigkeit, als Ty sagte: »Wir wappnen die Nadel für einen Angriff.«

»Werden unsere Vollstrecker mit ihnen zurechtkommen? Wie viele sind es?«

»Wir haben ungefähr tausend Menschen innerhalb der Mauern der Nadel, dreihundert davon Vollstrecker. Laut Berichten sind geschätzte fünftausend Gorrani auf dem Weg zu uns.«

Eine längere Weile sprach niemand ein Wort. Die betroffene Verblüffung senkte sich wie ein schwerer, düsterer Mantel auf Marcus' Schultern.

»Wir haben die Mauern.« Dierdre sah ihren Bruder an, suchte bei ihm Rückhalt.

»Richtig. Und wir haben innerhalb der Mauern genug Lebensmittel, um bei Bedarf monatelang damit auszukommen. Wir können einer Belagerung standhalten.«

»Aber nicht für immer.«

»Nein, nicht für immer.«

Plötzlich erhob sich Vater und ging zur gegenüberliegenden Wand, wo er an die Seite der Nadel starrte.

»Ich hatte vor zwei Nächten eine Vision. Ich habe sie nicht erwähnt, weil ich sie nicht verstand. In dieser Vision kam eine braune Schlange aus der Wüste über den Sand gekrochen. Ihre Zunge hat unterwegs die Luft geschmeckt und gelegentlich hielt sie inne. Ihre Augen waren von Gold umkränzt, der Hals war gelb und weiß. Sie traf auf einen im Sand vergrabenen schwarzen Stein, und als sie ihn sah, da schlang sie sich um ihn, umhüllte ihn vollständig.«

Vater verstummte. Diejenigen am Tisch wechselten Blicke. Dierdre und Darius gingen in Vaters Vision auf. Lecrucius zeigte sich unverhohlen skeptisch. Iscivius folgte dem Beispiel des Ober-Lumagus.

Dierdre trat vor. »Was ist dann passiert?«

Vater drehte sich ihnen zu. »Die Schlange ist in Flammen aufgegangen. In weißen Flammen. Und damit hat die Vision geendet.«

»In weißen Flammen?«

»Genau. Jetzt ist die Vision klar. Die Schlange sind die Gorrani, und die Ley wird uns beschützen.«

Ty schob sich vom Tisch zurück. »Die *Vollstrecker* werden uns beschützen. Wir können sie uns so lange vom Leib halten, wie es nötig ist. Wir brauchen die Weißmäntel nicht.«

Auch Darius wirkte zweifelnd. »Kann die Ley überhaupt für Angriffszwecke benutzt werden?«

Alle drehten sich Marcus zu. »So ist sie noch nie eingesetzt worden.«

Lecrucius trat an den Tisch und klopfte mit den Knöcheln

auf die Platte, um sich die Aufmerksamkeit aller Anwesenden zu sichern. »Sie *kann* für Angriffszwecke benutzt werden, ja. Das war nur den Ober-Lumagiern bekannt, ein gut gehütetes Geheimnis. Wir wollten nicht, dass die gemeinen Lumagier davon erfuhren.«

»Das war vor der Zersplitterung.«

»Ja, war es.«

»Warum hast du das nicht schon früher erwähnt?« Aber Marcus wusste es bereits.

»Mir ist bis jetzt gar nicht in den Sinn gekommen, dass niemand sonst hier davon wissen konnte. Außerdem haben die Vollstrecker völlig genügt, um unsere Sicherheit zu gewährleisten. Aber nun, da es notwendig ist, könnte ich wohl damit anfangen, die Weißmäntel in Angriffs- und Verteidigungstechniken zu unterrichten.«

Marcus holte Luft, um dagegen Einwände zu erheben, aber Vater hatte bereits eine Entscheidung gefällt. »Tu es.«

Lecrucius nickte, dann gab er Iscivius ein Zeichen. Die beiden Weißmäntel verließen den Raum, hatten die Köpfe schon zusammengesteckt und unterhielten sich angeregt. Marcus hatte gewusst, dass Iscivius einen Hang zu Lecrucius hatte – tatsächlich hatte er sich wie eine Klette an den Ober-Lumagus geheftet, seit der aus Tumbor in der Nadel eingetroffen war. Aber Marcus war nicht klar gewesen, wie heimtückisch Lecrucius' Einfluss geworden war. Wie viele andere Weißmäntel hatte der Ober-Lumagus inzwischen auf seine Seite gezogen? Wie viele beherrschte er?

»Marcus?«

Dierdre berührte seinen Arm, und Marcus erschrak. »Was?«

Sie zeigte auf Vater, der zum Tisch zurückgekehrt war, dort stand und ihn mit finsterer Miene anstarrte.

»Ich sagte: Du hast diese Lumaga also heute zur Nadel gebracht. Wird es dir gelingen, sie zu zwingen, uns zu helfen?«

Marcus stützte sich ab, indem er sich an der Rückenlehne eines Stuhls festhielt. »Ich denke schon. Sie ist zwar noch nicht restlos überzeugt – was an der Vorgeschichte zwischen uns liegt –, aber ich kenne sie. Kara will die Ley ebenso sehr stabilisieren wie wir.«

»Dann kannst du weiter an ihr arbeiten. Falls sie einen Rückzieher macht und sich weigert, uns zu unterstützen, tötest du sie.« Er wandte sich an Ty. »In dem Fall werden sie alle getötet.«

Der Befehlshaber der Vollstrecker nickte zur Bestätigung knapp. »Was sollen wir wegen der Gorrani unternehmen?«

»Ruf alle Mann außer den üblichen Patrouillen zurück. Zieh alles, was wir an Ressourcen haben, innerhalb der Mauern zusammen. Und dann schließ die Tore.« Er winkte Dierdre vorwärts. »Bereite den Platz für eine Predigt vor. Ich muss die Menschen auf die bevorstehende Belagerung einstimmen. Da ich jetzt verstehe, was diese jüngste Vision bedeutet, kann ich ihnen glaubhaft unseren Sieg über die Schlange der Gorrani versichern.« Er legte einen Arm um Dierdres Schultern und steuerte mit ihr auf die Tür nach draußen zu. »Ich will die Predigt gegen Abend halten, wenn die Sonne untergeht. Und ich will Trommeln dabei haben.«

Marcus hasste die Predigten – ihm widerstrebten alle religiösen Aspekte der Kormanley, wenngleich er manche davon nützlich fand, beispielsweise die Segnungen, die jedermann vom Sohn erwartete. Die Versammlungen auf dem Platz jedoch empfand er als schier unerträglich.

Normalerweise bemühte er sich, nicht daran teilzunehmen. Doch nach allem, was er an diesem Tag von Lecrucius gesehen hatte, würde er dort sein müssen, um seine Gegenwart spüren zu lassen und die Weißmäntel daran zu erinnern, wer der wahre Sohn des Vaters war.

Ty und Darius standen bereits über den Tisch gebeugt und verschoben Holzblöcke. Einer der Gardisten wurde gerufen und mit Befehlen zur Mauer losgeschickt. Marcus beobachtete das Geschehen eine Weile mit teilnahmsloser Miene, bevor er auf dem Absatz herumwirbelte und ging.

***

Zwei Tage später stand Marcus am Rand des Daches der ersten Abstufung des Tempels, als die Sonne blutrot am Horizont unterging. Eine steife Brise aus Osten ließ die Banner flattern, die Flammen der Leuchtfeuer in den riesigen Gefäßen toben und jagte Funkenschauer hoch in den Himmel. Marcus' weißer Mantel zerrte an seinem Hals und würgte ihn geradezu. Doch er rührte sich nicht, während Vater – der am Ende eines Steinvorsprungs über einem Meer leidenschaftlicher Gesichter unten auf dem Platz stand – vollmundig verkündete, das weiße Feuer werde die Schlange verschlingen. »Korma wird euch beschützen! Die Weißmäntel werden euch beschützen!«

Die Menge unten stimmte einen Sprechgesang an. »*Va-ter! Va-ter! Va-ter!*« Dazu ertönte das dumpfe Wummern eines Dutzends Trommeln. Weitere Leuchtfeuer brannten auf dem an allen Seiten von den Gebäuden der äußeren Stadt begrenzten Platz. Soweit es Marcus beurteilen konnte, hatte sich nahezu jeder eingefunden, der bei der Nadel lebte, ausgenommen die Vollstrecker auf den Mauern und an den Toren. Vater hatte sichergestellt, dass sich unter das Volk auch Vollstrecker und Weißmäntel gemischt hatten; Marcus konnte sie mühelos anhand ihrer Mäntel und Uniformen erkennen.

Wer hatte diesen Befehl erteilt?

»Wir werden sie auf jeden Fall beschützen, nicht wahr?«

Marcus bemühte sich, nicht zusammenzuzucken, als Lecrucius neben ihn trat. Iscivius tauchte auf seiner anderen Seite auf.

»Wo seid ihr gewesen?«, fragte Marcus.

»Wir haben eine kleine Demonstration organisiert.«

Marcus beugte sich vor, um den Bereich besser zu sehen, auf den sich Lecrucius und Iscivius konzentrierten. Ein Abschnitt des Platzes war von den Vollstreckern abgesperrt worden. In der Mitte ragte ein Dorn aus schwarzem Stein von den Bodenplatten auf. Während er hinsah und sich Vaters Predigt dem Ende zuneigte, kamen drei Männer aus einer nahen Tempeltür gerannt. Sie trugen eine Schlange aus Papier und Holzstreben, die beinahe wie ein Drachen aussah. Die Männer ließen die Schlange auf die Menge zusteuern, die erschrocken zurückwich, bevor sie wieder nach vorn brandete, als sich die Männer mit der Schlange tänzelnd entfernten. Dann umkreisten sie den Stachel aus Stein – der offensichtlich für die Nadel stand – und legten die Schlange davor ab, bevor sie im Laufschritt zurück in den Tempel verschwanden.

Gleich darauf verspürte Marcus ein Anschwellen der Ley vonseiten Lecrucius', und aus dem Steinboden unter der Schlange blubberte weißes Licht empor. Es schoss rings um den Stachel hoch, verhüllte die Papierschlange zur Gänze, und als es zurückwich, war die Schlange verschwunden, vollständig ausgelöscht.

Die Versammelten verfielen geradezu in Raserei, und ihr tosender Jubel hallte von den Gebäuden wider. Vater streckte beide Arme himmelwärts, und der donnergleiche Lärm wurde noch lauter.

Der Ober-Lumagier trat vom Rand des Daches zurück. »Jetzt brauchen wir nur noch dafür zu sorgen, dass sich seine Prophezeiung bewahrheitet.«

DREIUNDZWANZIG

»Jetzt halte den da stabil und dreh den anderen Kristall ganz leicht nach links.«

Kara hörte Marcus' Anweisungen kaum zu. Mit geschlossenen Augen galt ihre Konzentration ausschließlich den Kristallscheiben, die in den Tiefen der Grube der Nadel unter ihr schwebten. Vor Anstrengung bildeten sich Schweißtropfen auf ihrer Stirn.

Sie konnte die Wirbel und Strömungen der Ley um sich herum fühlen. Die Scheibe, die sie festhielt, vibrierte leicht, als sie sich streckte, um den Rand einer anderen näher zu sich zu ziehen. Als sie sich bewegte, reagierten die Strömungen der Ley, und es bildeten sich neue Wirbel. Sie berührte die verbliebenen vier Scheiben und versuchte, ihre Orientierungen zu ändern, doch jede wurde von einem der Weißmäntel überwacht, die in der Nähe um die Grube standen. Sie hielten die Scheiben in Position, während Kara arbeitete. Sie konnte sie in der Ley spüren und wusste, dass sie von ihnen noch aufmerksamer beobachtet wurde als von Marcus hinter ihr, und zwar überwiegend mit Argwohn. Alle waren bereit, die Kontrolle über die Kristalle an sich zu reißen, sollte Kara auch nur ansatzweise die Absicht erkennen lassen, sie zerstören zu wollen.

Die Situation fühlte sich auf merkwürdige und zugleich beruhigende Weise vertraut an: Marcus, der neben ihr stand und sie unterwies, während sie etwas Neues über die Ley, über ihre Aufgabe als Lumaga lernte. So hatten sie Jahre zusammen als Partner verbracht, beide mit Purpurjacken in Erenthrall. Und aus jener Partnerschaft war mehr entstanden, etwas, das tiefer gereicht hatte. Einige jener alten Emotionen durchströmten Kara gerade, während sie seine Gegenwart sanft und unterstützend wahrnahm. Sie wollte sich an ihn lehnen, ihn die Arme um sie schließen, sich von ihm festhalten lassen.

Mit einem Ruck zog sich Kara von den behaglichen Gefühlen zurück und stählte sich. Allerdings entging ihr nicht, wie Marcus kaum merklich das Gewicht verlagerte.

»Vorsicht!«, warnte er. »Du musst die Scheiben festhalten, wenn du eine von ihnen veränderst. Andernfalls fangen sie an, sich zu neigen und unkontrolliert zu drehen. Das löst eine Kettenreaktion aus. Sobald die Scheibe in ihrer neuen Position ist, musst du sie fixieren, bis du spürst, dass die neue Anordnung einrastet und sich festigt.«

»Ist es das, was bei der Zersplitterung passiert ist?« Sie spürte, wie die Scheibe, an der sie arbeitete, die gewünschte Stellung einnahm. Aber noch während Kara sie festhielt, nahm sie einen Hauch von Misstönen in der neuen Konfiguration wahr. Die Anordnung würde zwar halten, sobald sie die Scheiben losließe, aber sie war noch nicht perfekt.

Erneut entsandte sie ihre Sinne und suchte nach dem Fehler. Es war wie bei den Steinen, mit denen Ischua sie vor so vielen Jahren im Halliel-Park auf die Probe gestellt hatte. Auch damals konnte sie spüren, was wohin gehörte und was nicht und dass die Anordnung der Steine nicht ganz richtig war – alles aufgrund der aus dem Boden durch ihre Füße strömenden Energie.

»In gewisser Weise. Soweit wir es hier in der Nadel nachträglich rekonstruieren konnten, hat sich in Tumbor etwas Katastrophales ereignet. Das hat dann eine Energiespitze durch das gesamte Ley-System gejagt. Der Ausbruch traf den Nexus in Erenthrall so schwer, dass die heikle Konfiguration der Kristalle durcheinandergeraten ist. Ich bin sicher, die Ober-Lumagier haben versucht, die Stabilität wiederherzustellen, aber sie waren zu langsam. Oder vielleicht war die Energiespitze auch zu gewaltig, um sie zu bewältigen. Die

Kristalle sind zersplittert, und damit war jede Chance dahin, die geballte Kraft der Ley zu bändigen.«

Kara öffnete die Augen und drehte sich ihm zu. »Bumm.«

»Bumm.«

Stirnrunzelnd schaute sie zurück zu den Kristallen. »Die neue Ausrichtung ist nicht ganz richtig.«

»Zeig es mir.«

Seine Gegenwart flutete den Nexus unten, als er sie umströmte. Kara unterdrückte einen angenehmen Schauder. »Da. Die Scheibe, die Irmona überwacht. Die untere Ecke sollte einen Hauch nach links schräggestellt sein.«

»Ich spüre keinen Fehler«, meldete Irmona von ihrer Position zwanzig Schritte entfernt.

»Kannst du es beheben, ohne die Kontrolle über den Nexus zu verlieren?«

»Marcus! Sie ist keine von uns. Sie ist kein Weißmantel.«

Marcus achtete nicht auf den warnenden Ton in Irmonas Stimme und ließ den Blick stet auf Kara gerichtet. »Kannst du es?«

Kara entsandte die Sinne zu Irmonas Scheibe. Irmona leistete Widerstand, weigerte sich loszulassen, bis Marcus sagte: »*Ich* bin der Sohn.«

Da stieß sie Kara die Scheibe praktisch entgegen und zog sich zurück, wenngleich nicht weit. Kara packte den Kristall, bevor er außer Kontrolle schwingen konnte, und brachte ihn wieder in Position, neigte die untere Kante dabei jedoch einen *Hauch* anders.

Ein Schauder durchlief den Nexus mit der neuen Ausrichtung. Die Ley brandete empor und wirbelte in dickeren Ranken und mit beträchtlich verstärkter Energie. Alle spürten die Auswirkungen, während sie sich durch die kleine Stadt ausbreiteten. Hoch oben pulsierten die Adern der Ley in der Nadel heller. Zweifellos leuchteten auch alle Ley-Kugeln im gesamten Tempel und auf den Straßen unten stärker.

In der Grube herrschte Stille, bis: »Es hat schon einen Grund, warum du nicht dafür vorgesehen warst, eine Ober-Lumaga zu werden, Irmona.«

Die Lumaga holte Luft für eine bissige Erwiderung, doch bevor sie ihr Ausdruck verleihen konnte, ging ein Grollen durch die Kammer. Alle spannten die Körper an. »Seht nur! Sie hat ein weiteres Beben ausgelöst! Absichtlich!«

Eine Welle von Ley schwappte aus der Richtung von Erenthrall in den Nexus.

Die gesamte Grube bäumte sich auf, schleuderte die Weißmäntel und Kara auf den Steinboden. Okata schrie auf, als seine Beine über den Rand des Simses rutschten. Er krallte sich mit beiden Händen an der Kante fest, als Ley von unten emporschoss. Kara rappelte sich auf die Knie. »Das war ich nicht! Das ist aus Erenthrall gekommen!«

Ein weiterer Ruck erschütterte das Gebäude. Irmona kroch auf die Treppe zu. Die Ley stieg höher und spritzte auf der Kara gegenüberliegenden Seite über den Sims. Der dort postierte Weißmantel wurde von ihr verhüllt, bevor er schützend die Arme heben konnte. Sie brannte ihn aus dem Dasein.

Marcus packte Karas Arm und zog sie auf die Stufen zu, doch sie entriss sich ihm. »Okata!«

Stolpernd rappelte sie sich auf die Beine und wankte auf Okata zu. Sein Körper war in die Grube gerutscht, sodass er nur noch an den Ellbogen hing, die Kante des Simses unter den Achselhöhlen. Die Finger hatte er mit weiß hervortretenden Knöcheln in eine Ritze im Sandstein gekrallt, aus dem der Sims bestand. Kara streckte sich ihm entgegen, als seine rechte Hand den Halt verlor. Sie bekam sie zu fassen und zog. Gleich darauf tauchte Marcus an ihrer Seite auf, hechtete flach auf den Stein und streckte sich über den Rand. Er packte eine Handvoll von Okatas weißem Hemd. Zusammen zerrten sie ihn zurück über den Rand.

Alle drei hasteten auf die Treppe zu, wo der Rest der Weiß-

587

mäntel kauerte. Niemand traute sich, die Stufen zu erklimmen. Bevor sie die Hälfte des Weges zurückgelegt hatten, bäumte sich die Erde erneut auf. Ein scharfer, urtümlicher Knall hallte durch die Grube, und Geröll prasselte von oben herab. Kara bedeckte den Kopf mit den Armen und warf sich auf den Steinboden, als rings um sie herum Gesteinsbrocken einschlugen. Staub wirbelte durch die Luft, und sie sog eine Ladung davon in die Lunge, bevor sie hustend den Mund mit dem Hemd abdeckte.

Aber das Beben hatte geendet. Die Erde setzte sich, das Grollen verhallte. Jemand in der Gruppe der Weißmäntel schluchzte. Hinter Kara beruhigte sich der zornige Geysir der Ley.

»Irmona, Okata, Chekla – überprüft den Nexus. Stabilisiert ihn bei Bedarf. Alle anderen, fangt an, die Linien zu überprüfen.«

Die zusammengedrängt kauernden Lumagier lösten sich voneinander und eilten zur Grube. Marcus wandte sich Kara zu. »Bist du verletzt?«

»Ein paar blaue Flecke, aber nichts Ernstes.«

»Kannst du helfen?«

»Ich kenne die Anordnung der Ley-Linien nicht, die ihr eingerichtet habt ...«

»Aber du kannst ihnen trotzdem folgen und nachsehen, ob sie stabil sind oder nicht.«

Marcus wartete keine Antwort ab, sondern marschierte geradewegs auf die Grube zu. Die anderen ordneten sich bereits den Sims entlang an, sogar Okata. Kara konnte spüren, wie sie die Sinne entsandten und die Ley packten, die Kristalle neu ausrichteten. Einige streckten sich weiter, reisten die Ley-Linien entlang aus der Nadel in die Richtung ihrer Quellen.

Kara rappelte sich auf die Beine und klopfte sich ab, dann hielt sie kurz inne. Ein gewaltiger Sprung verlief die Steinwand der Grube entlang, eine vielleicht handbreite Spalte, die sich durch die Stufen zog und gezackt über den Sims erstreckte, auf dem sie alle standen, bis vor zur Kante. Sie konnte nicht sehen, wo der Riss endete.

Kara wandte sich davon ab und steuerte auf die Grube zu. Ihre Füße knirschten in dem Kies, der die Plattform bedeckte.

Marcus bedachte sie mit einem Seitenblick, als sie neben ihm stehen blieb, sagte aber nichts. Sie entsandte selbst ihre Sinne und fand die Ley in Aufruhr vor, doch Okata, Chekla und Irmona schienen die Kristalle im Griff zu haben. Also tauchte Kara in die Ley-Linien unten, fand diejenige, die nach Erenthrall führte, und folgte ihr. Unterwegs fiel ihr auf, dass die Linie nicht mehr so stark war wie vor dem Beben.

Dann erreichte sie Erenthrall und erkannte, woran es lag. »Eine der Linien in Erenthrall ist abgeschnitten.«

»Woher weißt du das?«

»Ich bin unlängst dort gewesen. Ich kenne einen Teil von dem, was ihr geändert habt, um den Nexus hier einzurichten.«

»Wie es aussieht, ist der Knoten in Dunlap ausgefallen. Er hat uns eine Linie aus der nördlichen Steppe zugeführt – aus Ikanth, Severen und Dunmara.«

»Wurde sie absichtlich abgeschnitten?«

»Kann ich nicht sagen.«

Kara folgte ihm in der Ley, streckte sich von dem Netzwerk aus, das sie um die Verkrümmung in Erenthrall herum eingerichtet hatten, zu einem Knoten im Nordwesten. Mit einem Stich im Herzen erkannte sie, dass es sich bei dem Knoten, von dem er sprach, um jenen handeln musste, den Artras und sie in jener kleinen Ortschaft entdeckt hatten, kurz bevor sie in Erenthrall eingetroffen waren. Eine kleine Ley-Linie verlief von der Nadel dorthin, endete dort jedoch. Weiter nach Norden floss keine Ley mehr.

Ohne Verbindung konnte Kara nicht sehen, was im Norden vor sich ging, und nicht sagen, ob es sich um etwas Natürliches handelte oder nicht.

Kara kehrte zu den Knoten um Erenthrall zurück. Die Leere der Verkrümmung glich einer klaffenden Wunde in ihrem eigenen Körper, die sie einfach nicht in Ruhe lassen konnte. Während sie sich den Weg durch das Netzwerk bahnte, tastete sie fortwährend daran, konnte dem Drang nicht widerstehen. Am liebsten hätte sie damit begonnen, die Verkrümmung zu reparieren, doch sie war schlichtweg zu groß. Es hatte in Muld nicht genug Lumagier gegeben, um …

Plötzlich hielt sie inne. Ihr war bewusst, dass sich ihr Körper in der Nadel versteifte.

»Was ist?«

Sie stieß einen leisen Fluch aus. Marcus hatte ihre plötzliche Anspannung bemerkt. Sie schüttelte sie ab, suchte verzweifelt nach einer Ablenkung, als sich Marcus' Aufmerksamkeit auf ihre Position verlagerte.

»Es geht um das Netzwerk der Knoten, das ihr um Erenthrall errichtet habt.« Kara räusperte sich und zwang sich, langsamer zu sprechen. »Es ist nicht stabil.«

»Keine der Linien irgendwo ist stabil.«

»Das ist das Problem. Ganz gleich, welche Konfiguration ihr den Kristallen im Nexus gebt, es wird nie genug sein, um das gesamte Ley-System zu festigen. Irgendwann verlagert sich eine Linie, oder ein Knoten fällt aus. Das schlägt dann in Wellen durchs System, und diese Wellen treffen den Nexus hier und schleudern die Kristalle wieder aus ihrer Ausrichtung.«

»Deshalb haben wir Weißmäntel hier, die das System ständig überwachen.«

»Wie viele Weißmäntel habt ihr?«

»Wir hatten dreiunddreißig. Aber wir haben heute Sanderson verloren.«

Dreißig würden vielleicht genügen. Sogar, wenn sie nicht so stark wie Marcus oder auch nur Dylan wären. Und sie hatten einen Ober-Lumagus.

Aber konnte sie Marcus vertrauen? Oder Lecrucius? Sie waren Lumagier. Aber genügte das?

Zwischen Marcus und ihr gab es zu viel an Vorgeschichte, zu viel böses Blut.

»Siehst du eine Möglichkeit, die Knoten um Erenthrall zu stabilisieren?«, fragte Marcus.

»Ich weiß es nicht. Es ist schon sehr chaotisch, und die Ley-Linien sind aufgeteilt. Sie versuchen, den Verlust des Nexus auszugleichen, doch sie finden nicht genug Knoten.« Sie benötigten die in der Verkrümmung festsitzenden Ley-Knoten. Also mussten sie die Verkrümmung reparieren, damit sie das beschädigte Netzwerk wiederherstellen konnten. Oder zumindest flicken. Erenthrall allein würde nicht mehr genügen, jetzt, da Tumbors Verkrümmung noch mehr Knoten abgekapselt hatte, aber es wäre ein Anfang.

Kara zog sich zur Nadel und in ihren Körper zurück. »Ich muss mir genau ansehen, was ihr in Erenthrall bereits eingerichtet habt, um herauszufinden, was ich tun kann, um es zu beheben, aber uns bleibt nicht viel Zeit. Die Beben werden immer stärker.« Sie zeigte zu dem gezackten Riss, der die Seite der Grube entlang verlief. »Wir müssen eine Lösung finden, bevor die Nadel um uns herum einstürzt.«

* * *

Das erste Anzeichen, dass etwas nicht stimmte, kam von einem der Pferde in Aureks Gruppe, das kreischend wieherte, sich aufbäumte und mit den Vorderbeinen austrat.

Allan spähte von seinem Platz auf dem Kutschbock des vordersten Wagens der Mulder bei Artras zur Gruppe der Männer des Barons. Da es in den ersten drei Tagen der Reise, die sie nah beisammen verbracht hatten, zu drei Raufereien und um ein Haar zu einer Vergewaltigung gekommen wäre, die nur von Bryce und Aurek zusammen verhindert werden konnte, hielten die Plünderer seither etwas Abstand und bildeten eine eigene Kolonne weiter östlich. Allan und Aurek hatten nach den Zwischenfällen vereinbart, die beiden Truppen mindestens hundert Schritte voneinander getrennt zu halten. Seither hatte es keine Schwierigkeiten mehr gegeben, wenngleich sich die beiden Gruppen über die Entfernung immer noch argwöhnisch beäugten.

Allan stand auf und stützte sich mit einem Bein am Sitz ab, um das Gleichgewicht zu halten, als sich sein Pferd zurück auf alle viere fallen ließ. Das Geschrei der Leute in der Nähe drang zu ihnen. »Was passiert da gerade?«, fragte Artras.

Bevor Allan antworten konnte, schlingerte der Wagen. »Was bei allen Höllen ist das?«

Ihr eigenes Pferd begann, den Kopf hin und her zu werfen und wild zu schnauben. Mit einem Ruck schnellte es vor, als versuche es, aus seinem Geschirr auszubrechen, dann bremste es so abrupt ab, dass Allan um ein Haar nach vorn und auf das Hinterteil des Tieres geschleudert worden wäre. Gaven fluchte.

Alle vier ihrer Pferde verhielten sich merkwürdig, und von Aureks Gruppe tönte weiteres Gebrüll herüber. Weit entfernt begann ein Wolf zu heulen, und auf den Ebenen vor ihnen erhob sich plötzlich ein Schwarm von mindestens vierzig Gänsen zornig quäkend in die Lüfte. Drei noch gesattelte Pferde rissen auf Aureks Seite aus, eines davon mit einem Mann, der sich im Steigbügel verheddert hatte. Während sie hinsahen, krümmte sich das Pferd hin und her und trat ihn von sich. Der Gestürzte blieb liegen und rührte sich nicht.

An der Spitze ihrer kleinen Kolonne wirbelte Bryce plötzlich herum und rief: »Erdbeben!«

Gleich darauf sog Artras scharf die Luft ein. »Es kommt die Ley-Linie entlang.«

Dann traf es ein.

Die Erde bäumte sich auf. Ein heftiger Ruck durchlief den

Wagen, auf dem Allan stand. Das Pferd kreischte schrill, ein abscheulicher Laut, von dem Allan nie gedacht hätte, ihn je von einem Tier zu hören. Hätte er sich nicht so gut abgestützt, nachdem das Pferd so unverhofft stehen geblieben war, er wäre zweifellos vom Kutschbock geschleudert worden. Artras klammerte sich an der Seite fest, als das gesamte Gefährt unter den nachfolgenden Erschütterungen erzitterte. Männer schrien wie am Spieß, alle kauerten sich auf den Boden. Aureks Leute taten dasselbe.

Nach einer weiteren, geringeren Erschütterung legte sich das Beben. Alle rappelten sich nach und nach auf und klopften sich den Staub von der Kleidung.

Artras richtete sich auf. »Das kam von der Nadel.«

»Stärker als die paar, die wir in der vergangenen Woche erlebt haben.«

»Und die Beben setzen in immer kürzeren Abständen ein.«

Allan wusste nicht, was er dazu sagen sollte. Ihnen lief die Zeit davon. »Wie weit ist es noch bis zur Nadel?«

»Schwer zu sagen. Bei dieser Geschwindigkeit mindestens drei Tage, vielleicht auch mehr.«

»Dann sollten wir besser einen Zahn zulegen.«

»Schaut!« Gaven zeigte nach Westen, wo eine Staubwolke vom Gelände aufstieg und von ihnen weggeweht wurde. »Was ist das?«

»Ich weiß es nicht.« Allan bemerkte, dass Bryce auf ihn zusteuerte, aber er winkte den Rüden nach Westen, bevor er über Artras' Beine hinwegstieg und vom Wagen sprang. Er drehte sich den anderen zu. »Bleibt alle hier. Bryce und ich sehen uns das an.«

»Von Aureks Gruppe kommt jemand zu uns herüber.«

»Kümmert euch um sie.«

»Sollen wir für den Rest des Tags hier anhalten?«

»Nein! Setzt alle wieder in Bewegung, sofern Aureks Männer mitspielen.« Damit bahnte er sich den Weg durch die um die Wagen versammelten Männer und schenkte ihren fragenden Blicken keine Beachtung.

»Ein weiteres Beben«, murmelte Bryce, als sie einander erreichten und zusammen in Richtung der entfernten Staubwolke trabten, die allmählich begann, sich zu setzen. »Sie werden immer stärker.«

»Woher hast du gewusst, dass es kommt?«

»Die Tiere zu Hause in Muld haben sich vor einem der letzten stärkeren Beben genauso verhalten.«

Die beiden verstummten und bewegten sich schnell voran. Der Staub setzte sich endgültig. Allans Brust begann, vor Anstrengung zu brennen, seine Muskeln beschwerten sich …

Dann schoss Bryces Hand vor und zog ihn zurück, ließ ihn anhalten. »Was …«

Doch dann sah er es selbst.

Vor ihnen hatte sich die Erde aufgetan. Ein mehr als drei Schritte breiter Riss erstreckte sich quer über ihren Weg. Von den Rändern bröckelte Erde in die Tiefe. Allan hörte zwar, wie Steinchen von den Seiten abprallten, aber er vermochte nicht zu sagen, wann sie unten ankamen.

Hernandes Worte hallten durch seinen Kopf: *Das Ley-System könnte am Ende den gesamten Kontinent zerreißen.*

»Wie lang ist das?«

Bryce trat vor, dann sprang er jäh zurück, als sich wenige Schritte vor ihnen ein grasbewachsener Brocken löste und über den Rand fiel. »Schwer zu sagen. Ziemlich lang jedenfalls. Das ist kein Senkloch.«

»Nein, ist es nicht. Hernande hat uns gewarnt, dass so etwas passieren könnte. Ich kann nicht behaupten, dass ich ihm geglaubt habe, jedenfalls nicht wirklich. Bis jetzt.«

Sie starrten in die Spalte. Keiner der beiden rührte sich, bis auf der anderen Seite eine Bewegung Allans Aufmerksamkeit erregte.

Ein Halbwolf tauchte plötzlich hinter einem Knick im Gelände auf. Mit unnatürlich wirkenden Bewegungen trabte er zu dem Riss. Die Zunge baumelte aus dem hechelnden Maul. Schließlich blieb er stehen und drehte sich ihnen zu, starrte Allan an.

»Sag mir, dass du das auch siehst.«

»Tu ich.« Bryce rührte sich nicht. »Da ist ein Zweiter.«

Ohne die Augen vom steten Blick des Halbwolfs zu lösen, nahm Allan auf einer Seite weitere Bewegung wahr. Der zweite Halbwolf besaß ein dunkles, braungraues Fell. Die erste, größere Kreatur hatte ein schwarzes Fell mit frostigweißem Einschlag um die Schnauze und Ohren. Beider Augen waren gelb.

Plötzlich erinnerte sich Allan an das Wolfsgeheul, das er vor dem Erdbeben gehört hatte. Es hatte nicht aus dieser Richtung gestammt.

Ungewisse Zeit später schnaubte der Halbwolf und wandte sich ab, lief den Riss im Gelände entlang nach links, dicht gefolgt von seinem Gefährten.

»Wo zwei davon sind, gibt es in der Regel noch mehr.«

»Das ganze Rudel ist hier. Die folgen uns. Aber sie haben noch nicht angegriffen.« Allan dachte daran zurück, was Drayden ihm berichtet hatte. Die Halbwölfe wollten die Weißmäntel genauso sehr wie Aurek.

»Was führen sie im Schilde?«

»Schwer zu sagen. Aber wenn sie uns etwas antun wollten, hätten sie uns in der vergangenen Woche an jeder beliebigen Stelle überfallen können. Denn ich glaube, so lange sind sie mindestens hinter uns her. Ich dachte schon in Muld, dass ich einen gesehen hätte, noch bevor ich zum ersten Mal mit Aurek sprach.«

»Es gibt aber doch keinen Grund für sie, sich uns zu zeigen. Warum wollen die, dass wir von ihrer Gegenwart wissen.«

»*Er* will, dass wir es wissen.«

»Er? Wen meinst du?«

Allan wandte sich von seiner eingehenden Beobachtung der westlichen Ebenen ab und gab die Suche nach weiteren Halbwölfen auf. Die Wagen hatten sich bereits wieder in Bewegung gesetzt. »Grant, ihr Rudelführer.«

Er verfiel in leichten Laufschritt, um zur Kolonne aufzuschließen.

* * *

Kara stützte sich an Dylans Pritsche ab, als ein weiteres Erdbeben den Boden erzittern ließ. Die Erschütterungen rumpelten durch den Stein, bevor sie sich legten. Dylan, der sich seinerseits an der Wand abgestützt hatte, beugte sich vor.

»Ein Kleines.« Als er die Beine über den Rand der Pritsche schwang, zuckte er zusammen.

Draußen auf dem Gang spähte bei der Bewegung einer der Wachleute der Vollstrecker herein, wandte sich aber schnell wieder ab.

»Aber sie treten häufiger auf. Es muss bald etwas unternommen werden.«

Dylan massierte sich das Knie, dann stand er mit Karas Hilfe auf. Die beiden begannen, in der Kammer auf und ab zu laufen, wobei sich Dylan bei Bedarf auf Kara stützte. »Und du sagst, der Nexus, den sie hier erschaffen, wird nicht funktionieren?«

»Der Nexus an sich ist schon beständig, nur wird er die Ley nicht reparieren. Ich würde sagen, er hat sie kurzzeitig stabilisiert. Sie haben ihn langsam aufgebaut. Ungefähr vier Monate nach der Zersplitterung haben sie damit begonnen, als ihnen klar wurde, dass sie nicht genug Lumagier hatten, um die Verkrümmung von außen zu heilen. Sie erkannten, dass es zu gefährlich und schon aufgrund der schieren Menge unrealistisch wäre, sich eine Scherbe nach der anderen vornehmen zu wollen.«

»Da haben wir angefangen zu glauben, die Ley würde sich vielleicht von selbst heilen. Die Beben hatten damals nachgelassen.«

»Die Ley war *nicht* im Begriff, sich selbst zu heilen, das hat an diesem Nexus hier gelegen. Allerdings ist er nur eine Notlösung. Er hat gar nichts behoben, und jetzt reagiert die Ley, und zwar schlimmer als zuvor. Marcus weiß das auch. Aber er hat keine Ahnung, was er sonst tun soll. Und das weiß anscheinend auch dieser Ober-Lumagus Lecrucius nicht.«

»Aber du hast eine Idee?«

Mittlerweile hatten sie zwei Runden durch die Kammer hinter sich. Dylan hatte nur einmal geschwächelt und sich an Karas Arm festgeklammert. »Keine neue Idee. Aber mit uns beiden haben sie genug Lumagier und einen Ober-Lumagus hier, dass ich denke, wir können die Verkrümmung genauso reparieren, wie wir es vor der Zersplitterung versuht haben.«

Dylan blieb mit einer Hand auf ihrer Schulter stehen und schaute zweifelnd drein. »Sie ist *riesig*, Kara. Wie viele Lumagier haben die Weißmäntel?«

»Einunddreißig, darunter Ober-Lumagus Lecrucius. Laut Marcus besitzen sie unterschiedlich starke Kräfte, sind aber überwiegend durchschnittlich oder schlechter. Einige von ihnen wären früher nie für die Fachschule ausgewählt worden, aber die Weißmäntel sind verzweifelt. Ich habe Lecrucius mit der Ley arbeiten gesehen. Er ist stark, und Marcus ist seit Erenthrall um einiges besser geworden. Mit uns allen – und mit dem Nexus, den sie gebaut haben – könnte es unter Umständen reichen.«

»Du meinst, mit dir und dem Rest von uns als Unterstützung zur Ergänzung.« Dylan sank auf seine Pritsche zurück und schenkte sich einen Becher Wasser ein. Er trank einen Schluck, bevor er sich wieder hochstemmte und an die Wand lehnte. »Du hast Marcus noch nichts davon gesagt. Warum nicht?«

»Ich vertraue ihm nicht.«

»Spielt das denn noch eine Rolle?« Dylan schwenkte ungewiss die Hand. »Hier geht es nicht mehr um die Weißmäntel oder die Kormanley oder darum, was zwischen Marcus und dir vor der Zersplitterung vorgefallen ist. Es geht nicht einmal mehr darum, ob Marcus die Zersplitterung selbst herbeigeführt hat. Wenn wir nicht sofort etwas wegen der Ley unternehmen, könnte sie uns alle vernichten. Uns *alle*.«

»Aber …«

»Kara, gibt es eine bessere Möglichkeit?«

»Nein.«

»Dann sag es ihm.«

Kara dachte an den Sprung, der sich durch die Grube der Nadel erstreckte. Das war nicht bloß ein harmloser Sprung in irgendwelchem Mauerwerk, sondern ein handflächenbreiter Riss mitten durch das Gestein der Wände. Und die Erdbeben wurden zunehmend stärker. Das Nächste konnte unter Umständen schon stark genug ausfallen, um die Nadel um den Nexus herum einstürzen zu lassen und den Knoten vollständig zu zerstören. Damit hätten sie die seit über einem Jahr beste Gelegenheit verloren, die Verkrümmung über Erenthrall zu reparieren.

»Selbst wenn wir Erfolg damit hätten, würde es gar nichts beheben. Immerhin gilt es mittlerweile auch noch, die Verkrümmung über Tumbor zu berücksichtigen.«

»Aber es könnte uns mehr Zeit verschaffen.«

Kara wünschte, sie hätte Artras hier und könnte mit ihr darüber reden. Sie hoffte, die ältere Lumaga hatte es aus Erenthrall und zurück nach Muld geschafft. Sie und Allan und all die anderen.

»Wem mehr Zeit verschaffen?«

Kara erkannte Marcus' Stimme. »Uns. Uns allen.«

Marcus blickte zwischen den beiden hin und her. »Wovon redest du?«

»Kara glaubt, dass sie mit dem Nexus, den ihr hier erschaffen habt, und den Lumagiern, über die ihr hier verfügt, die Verkrümmung über Erenthrall reparieren kann.«

»Wir müssen uns zwar mit der Verkrümmung über Tumbor auseinandersetzen, aber wir könnten das Netzwerk mit den Knoten in Erenthrall stabilisieren, zumindest eine Zeit lang. Allerdings müssten dafür alle hier zusammenarbeiten. Und ich sehe keine andere Möglichkeit, die wir hätten.«

»Wie würdest du das anstellen?«

Kara war davon ausgegangen, dass er die Idee ohne jedes Federlesen verwarf. »Ich würde die im Nexus gespeicherte Energie anzapfen, sobald wir die Ausrichtung optimiert hätten. Dann würde ich mit der Unterstützung aller die Verkrümmung so reparieren, wie wir die Verkrümmungen in Erenthrall vor der Zersplitterung geheilt haben. Dabei musst auch du helfen. Ebenso Lecrucius. Ich würde sie umhüllen und von außen nach innen in Angriff nehmen.«

Marcus zögerte.

»Du glaubst nicht, dass ich es schaffen kann.«

»Nein. Ich *weiß*, dass du es schaffen kannst.«

»Was ist dann?«

»Lecrucius. Er wird nicht wollen, dass du so viel Energie anzapfst. Er wird nicht damit einverstanden sein, dass du den Versuch leitest.«

»Ich habe ihn mit der Ley arbeiten gesehen. Ich bin stärker als er.«

»Das spielt keine Rolle. Er will die Kontrolle über die Nadel, über die Weißmäntel hier. Er untergräbt meinen Rang als Sohn des Vaters, wahrscheinlich schon, seit er hier eingetroffen ist. Er wartet schon lange geduldig auf seine Gelegenheit. Einen beträchtlichen Teil der Weißmäntel dürfte er bereits unter seiner Fuchtel haben, unter anderem Iscivius und Irmona. Wenn er die Mithilfe verweigert, werden es die anderen auch tun.«

»Es wird keine Nadel mehr zum Beherrschen geben, wenn nicht schleunigst etwas unternommen wird.«

»Ich bin mir nicht sicher, ob ihn das interessiert.« Kurz verstummte Marcus. »Und da ist noch ein Problem.«

Kara hatte schon vor Jahrzehnten gelernt, in Marcus zu lesen. Bei dem Ausdruck in seinen Augen versteifte sich unwillkürlich ihr ganzer Körper. »Was?«

»Die Gorrani.« Als sie verwirrt dreinschaute, fügte er hinzu: »Eine Streitkraft von ungefähr fünftausend Gorrani umzingelt in diesem Augenblick die Nadel.«

∗ ∗ ∗

»Wo sind sie hergekommen?«

Marcus hatte Kara zur Nadel gebracht, aber statt mit ihr in die Grube hinunterzusteigen, hatte er sie nach oben zu einem der höchsten Fenster geführt, das nach Südosten auf die Ebenen hinauswies. Im Augenblick standen sie an jenem Fenster, während ein kalter, böiger Wind Kara das Haar um die Schultern peitschte. Unten lag die kleine Stadt rings um die Nadel als kreisförmiges Muster, das sich vom Tempel und vom Knoten weg erstreckte. Sie bildete einen Ring aus Steingebäuden, die weiter außen mit der Zeltstadt verschmolzen, die Kara bei der Ankunft vom Wagen aus gesehen hatte. Die Zelte reichten bis an die Außenmauer, deren Tore mittlerweile verschlossen waren. Der Wall selbst wurde von etlichen Vollstreckern bemannt.

Jenseits der Mauer hatte sich eine riesige Gruppe von Menschen versammelt, die gerade genug Abstand wahrte, um nicht in die Reichweite von Bogenschützen zu gelangen. Sie hatten begonnen, die Nadel zu umzingeln, und breiteten sich schon zu beiden Seiten der Haupttore aus. Unzählige weitere Ränge von Pferden und Gorrani erstreckten sich in der Ferne. Sie marschierten aus Richtung Tumbor auf sie zu. Hinter der

Kolonne stieg eine Staubwolke auf, ein durchgehender Vorhang, der nach Westen geweht wurde, der untergehenden Sonne entgegen. Die Bruchflächen der Verkrümmung um Tumbor herum schimmerten mit dem orangefarbigen Licht des Sonnenuntergangs.

»Sie kommen aus dem Süden von Tumbor. Dort haben sie nach der Zersplitterung eine Gemeinschaft errichtet, um in den Ruinen der Stadt zu plündern und die Gruppen zu überfallen, die dort ums Überleben kämpften. Sie waren weit genug entfernt, dass sie nicht in der Verkrümmung gefangen wurden, als die sich entfaltet hat.«

»Was genau wollen sie?«

»Was wir haben.«

Kara trat einen Schritt näher ans Fenster und starrte mit zusammengekniffenen Augen hinunter auf die wachsende Zahl der Gorrani-Truppen. Sie hatten Wagen, Pferde und Kamele. Es wurden bereits Zelte errichtet. In vom Wind unterbrochenen Geräuschfetzen waren Trommeln und vereinzelt Gebrüll zu hören, das wie ein Sprechgesang anmutete. Die untergehende Sonne funkelte auf Rüstungen und Schwertern. Kara musste unwillkürlich daran zurückdenken, dass so gut wie jeder Gorrani in Erenthrall schon früher eine ihrer unverwechselbaren Klingen in seinem Haushalt gehabt hatte, obwohl es verboten gewesen war, sie auf den Straßen zu tragen. Jeder junge Gorrani wurde an den Krummschwertern ausgebildet, lernte, Blut mit ihnen zu lecken, um zum Mann erklärt zu werden.

»Können sie herein?«

»Wir haben die Tore versiegelt. Laut Befehlshaber Ty sind wir in der Lage, sie draußen zu halten, wenngleich nicht ewig. Vater will, dass wir die Ley gegen sie einsetzen. Er will sie aus dem Dasein brennen.«

»Das dürfen wir nicht tun! Dafür ist die Ley nicht da.«

»Aber es war in Ordnung, dass Baron Arent und Ober-Lumagus Augustus sie benutzt haben, um Erenthrall zu beherrschen? Um sämtliche Baronien zu kontrollieren und Macht über die Nationen jenseits der Ebenen auszuüben?«

»Sie haben damit keine Menschen getötet!«

»Mit den Rüden und den Bluthunden schon. Die Menschen von Erenthrall wurden unter dem Absatz des Barons zerstampft. Die Säuberung hat das bewiesen. Und alles für die Herrschaft über die Ley. Und du warst bereit mitzuspielen, als Lumaga ein Teil davon zu sein. Letzten Endes wärst du sogar eine Ober-Lumaga geworden. Und dann? Hättest du dich aufgelehnt, wenn du erfahren hättest, was sie in Wirklichkeit getan, was sie geheim gehalten haben? Oder hättest du dich eingereiht und wärst ins Lager der Unterstützer von Augustus gewechselt?«

Damit hatte Marcus einen triftigen Punkt getroffen. Nur wusste er nichts von Hernande, Cory und den Sanden. Kara war mit diesem Wissen nicht zu den Ober-Lumagiern gerannt. Stattdessen hatte sie es für sich behalten. Kara redete sich gern ein, dass dieser kleine Akt der Rebellion bedeutete, sie hätte in größerem Rahmen zurückgeschlagen, sobald sie erst mehr gewusst hätte. Immerhin war es bereits ein Anfang gewesen.

Vielleicht lag ihre Einstellung gar nicht so weit von Marcus' Idealen entfernt, wie sie dachte, auch wenn es sie ärgerte, sich das einzugestehen, und sei es nur sich selbst gegenüber.

»Das werden wir nie erfahren, oder? Aber ich werde die Ley nicht zum Töten benutzen.«

»Wir werden sehen.« Er winkte die Vollstrecker vorwärts, die sie begleitet hatten.

»Wohin gehen wir?«

Marcus wandte sich ab und sprach über die Schulter zurück, als er sich bereits in Bewegung gesetzt hatte. »Zur Grube. Lecrucius ist schon dort, um sich für morgen vorzubereiten.«

***

»Allan! Allan, sieh nur!«

Allan schaute über die Schulter zurück zu Artras, dann folgte er der Richtung ihres Fingers. Sie war im Wagen aufgestanden und zeigte nach Süden. Die Sonne war am westlichen Horizont beinahe vollständig untergegangen, am Himmel im Osten funkelten bereits Sterne. Im Südosten ragte die Verkrümmung über Tumbor massig empor und machte mit ihren gezackten purpurroten Blitzen dem Sonnenuntergang seinen Rang streitig, aber unmittelbar südlich …

Er kniff die Augen zusammen.

»Ist das ein Turm?«, fragte Glenn.

»So sieht es für mich zumindest aus.«

Im Osten erhob sich ein Aufschrei von Aureks Gruppe. Kurz darauf sah Allan, wie Aurek selbst und ein weiterer Reiter in Richtung des Turmes aufbrachen. Der Rest seiner Männer kam zum Stehen.

»Sie haben ihn auch bemerkt. Bryce, bleib hier bei der Truppe. Schlag das Lager auf. Keine Feuer!« Allan hoffte, auch Aureks Männer würden nicht so dumm sein, Lagerfeuer anzuzünden. »Glenn, du kommst mit mir.«

Sie setzten Aurek und seinem Begleiter nach, die eine forsche Geschwindigkeit vorgaben, und folgten der von den beiden Reitern aufgewirbelten Staubwolke. Die Sonne geriet langsam außer Sicht, die letzten Strahlen des Tages färbten die Wolken am Himmel, ehe sie der einsetzenden Dunkelheit wichen.

Als sie sahen, wie die zwei Pferde voraus auf einem Höhenzug zum Stehen kamen, schnauften sowohl Glenn als auch er bereits heftig. Schweiß lief Allan den Rücken hinunter, sein Gesicht fühlte sich körnig vor Staub an. Er verlangsamte die Schritte, während er zu den anderen schaute.

Aurek spähte zu ihnen zurück, als sie sich näherten. Sein Gesicht zeichnete sich in der zunehmenden Dunkelheit nur als fahler, verschwommener Schemen ab. »Wir haben Ärger.«

Allan und Glenn zogen mit den beiden anderen gleich und blickten auf die Ebene unter ihnen hinab.

Der gesamte Bereich wurde von Flammen und Ley-Licht erhellt. Eine Armee umzingelte die Mauern einer kleinen Stadt. Ein schwarzer Turm, sicherlich die Nadel, wie Allan dachte, ragte aus der Mitte des Ortes empor. Ähnliche Türme hatte er in Erenthrall vor der Zersplitterung gesehen – die Untertürme, die von den Ober-Lumagiern als Ergänzung des Fliegerturms gesät worden waren. Ley-Kugeln säumten die Mauern der Stadt und erhellten einige der Gebäude im Inneren. Auch Feuer zeichneten sich auf den Mauern ab, doch der Großteil der Flammen züngelte in einem Ring um die Mauern und ließ erkennen, wo die Armee lagerte. Ein breiter Kreis von Dunkelheit erstreckte sich zwischen den Mauern und dem Lager.

»Bei den Göttern. Das müssen Tausende sein. Wer sind die?«

»Gorrani.« Aurek spuckte zur Seite aus. »Ich habe die Banner erkannt, bevor die Sonne untergegangen ist.«

»Und ihre Trommeln«, warf Aureks Stellvertreter Devin ein.

Allan spitzte die Ohren und nahm vereinzelt ein hohles Trommeln wahr.

»Wie sollen wir an denen vorbei und über die Mauer?«, fragte Glenn.

»Wir haben die Lumagier und die Hexer.« Auf die Hexer legte Allan besondere Betonung und beobachtete Aurek dabei. Nun, da der selbsternannte Baron wusste, wo sich die Weißmäntel befanden, brauchte er einen anderen Grund, um Allan und die Mulder bei sich zu behalten. Und der einzige Vorteil, über den sie verfügten, war die Macht der Lumagier und der Leute von der Universität. »Sie werden in der Lage sein, diese Armee und die Mauern zu überwinden. Danach liegt es an uns.«

»Sobald wir innerhalb der Mauern sind, seid ihr auf euch allein gestellt.« Aurek wendete mit einem Ruck sein Pferd. »Bleibt uns aus dem Weg. Wenn ihr eure Lumagier findet, dann verschwindet. Wenn wir sie zuerst finden …«

Er sprach nicht zu Ende, sondern trat sein Reittier in Bewegung und steuerte zurück zu ihrem Lager. Devin folgte seinem Beispiel.

Die beiden Rüden beobachteten den Abgang der beiden Reiter schweigend. »Können uns Hernande und die anderen wirklich hineinschaffen?«

»Das spielt keine Rolle. Die bloße Möglichkeit ist das Einzige, was Aurek und seine Männer davon abhält, uns sofort anzugreifen und samt und sonders zu töten.« Allan drehte sich mit nachdenklich gerunzelter Stirn der Nadel zu, dann kehrte er um. »Wir müssen mit Hernande, Artras und Bryce reden.«

Auf halbem Weg zurück zum Lager erzitterte die Erde unter einem weiteren Beben. Allan wurde kaum langsamer.

VIERUNDZWANZIG

»Sie werden heute angreifen. Sie bereiten ihre Männer in diesem Augenblick darauf vor, die Mauern zu stürmen. Die ganze Nacht über haben sie Leitern gebaut.«

»Und uns mit ihren Trommeln in den Wahnsinn getrieben.« Befehlshaber Ty ging nicht auf Lecrucius' Anmerkung ein. Marcus verlagerte an ihrem Aussichtspunkt auf der höchsten Abstufung des Tempels unbehaglich das Gewicht. Er stand dort mit Vater, Ty, Darius, Lecrucius und Dierdre. Eine Eskorte von Vollstreckern umgab die kleine Gruppe. Vater blickte am gegenüberliegenden Rand über seine Stadt zu den Mauern und auf die Armee der Gorrani dahinter. Sie konnten sie von hier aus nicht sehen, der Winkel reichte dafür nicht aus, doch sie konnten sie hören. Bei Sonnenaufgang hatten sie mit einem Sprechgesang begonnen, und die Trommeln, die während der gesamten Nacht einen steten Takt geschlagen hatten, waren schneller geworden. Der Gesang schwoll in Wellen zu einem Höhepunkt an und begann danach wieder von vorn. Er dröhnte von allen Seiten in die Stadt.

Der Wind ließ die Ärmel von Marcus' weißem Hemd und seinen Mantel flattern. Hinter ihm peitschten die Banner der Weißmäntel in der böigen Luft.

»Sind die Weißmäntel bereit?«, fragte Vater.

Marcus holte Luft, um zu antworten, aber Lecrucius kam ihm zuvor.

»Das sind wir, Vater. Wir haben uns die ganze Nacht lang vorbereitet. Die weißen Feuer aus deiner Prophezeiung werden die Gorrani auf Befehlshaber Tys Zeichen hin von unseren Mauern brennen.«

Ein nagender Schmerz kroch durch Marcus' Magen. Seit seiner Konfrontation mit Kara in der vergangenen Nacht fühlte er sich unbehaglich. Fünftausend Gorrani. *Fünftausend.* Konnte er so viele mit der Ley töten? Er hatte noch nie einen Menschen umgebracht.

Doch es gab keine andere Wahl. Wenn die Gorrani die Mauern überwanden, würden sie ihrerseits alle Bewohner niedermetzeln.

Befehlshaber Ty schaute zu Marcus. »Bis es so weit ist, sind die Vollstrecker bereit, die Nadel zu verteidigen und die Gorrani fernzuhalten.«

Unten erreichte der Sprechgesang der Gorrani erneut einen Höhepunkt und brach ab.

»Dann geht auf die Mauern. Marcus, Lecrucius, zur Nadel. Dierdre, was ist mit den Menschen innerhalb der Mauern?«

»Die meisten haben sich auf dem Platz versammelt, Vater. Sie haben Angst.«

»Dann gehen du und ich hinunter auf den Platz, um sie zu beruhigen. Bis zum Ende des Tages wird die Bedrohung durch die Gorrani ausgelöscht sein, und unser Unterfangen wird sich als rechtschaffen erwiesen haben. Der Gott Korma wird die Oberhand behalten!«

Lecrucius, Darius, Dierdre und die meisten Gardisten riefen wie aus einer Kehle: »Korma!« Marcus und Ty hingegen schwiegen.

Als sie sich abwandten, um die Gruppe aufzulösen, ging eine Erschütterung durch den Tempel, so heftig, dass einige zu Boden geschleudert wurden, wenngleich Marcus auf den Beinen blieb. Er fing Dierdre auf, hielt sie aufrecht, und sie warf ihm einen besorgten Blick zu.

»Das ist das vierte Beben seit gestern Nacht und stärker als die letzten drei.«

»Ich weiß.« Während sich die anderen auf die Beine rappelten, hielt er sie beruhigend fest. »Keine Sorge. Sobald die

Gorrani erledigt sind, konzentrieren wir uns auf den Nexus. Ich weiß, dass wir ihn stabilisieren können.«

»Wegen Kara? Dafür fehlt ihr die Kraft.«

»Sie ist stärker als Lecrucius und eindeutig stärker als ich.«

»Das habe ich nicht gemeint.« Sie packte ihn an den Schultern, sah ihm fest in die Augen. »*Du* bist stärker als Kara. Sieh dir nur an, was in Erenthrall passiert ist. Sie hatte nicht den Mut, etwas gegen den Baron oder Ober-Lumagus Augustus zu unternehmen, du hingegen schon. Lass dich nicht von ihr kontrollieren. Und auch nicht von Lecrucius.« Die letzte Äußerung betonte sie mit einem wilden Kuss, bevor sie sich von ihm abstieß. Vater stieg bereits die Stufen hinunter, gesäumt von Ty und Darius links und rechts. Ein Dutzend Vollstrecker umgab die drei. Dierdre rannte, um zu ihnen aufzuschließen.

Marcus schaute ihren Gestalten nach, dann drehte er sich Lecrucius zu.

»Wollen wir, Sohn des Vaters?«

»Nach dir.«

***

»Mist.«

Besser hätte Allan die Lage auch nicht zusammenfassen können.

Im Schutz der Erhebung des Geländes, die sie schon in der vergangenen Nacht benutzt hatten, blickten Allan, Bryce, Hernande und Glenn auf die riesige Armee der Gorrani hinab. Die Truppen hatten die Nadel vollständig umzingelt – Cutter hatte Kundschafter losgeschickt, die das während der Nacht überprüft hatten –, wenngleich es Stellen mit einer weniger dichten Konzentration gab; vorwiegend abseits der drei Tore. Der Sprechgesang von der Ebene stieg in Wellen auf, hatte sich stetig gesteigert, seit der Sonnenaufgang den Osten mit einem zarten, aber atemberaubenden Orange überzogen hatte. Das rhythmische Schlagen der Trommeln mit seinem Gegentakt in Form des Echos von den Mauern erweckte etwas Wildes in Allan. Aus der Ferne sah er im Sonnenlicht Gestalten über den Wehrgang laufen. Sogar ein paar Menschen auf den Dächern des Tempels und der Gebäude im Inneren konnte er erkennen, doch sie zeichneten sich lediglich als bewegliche Farbtupfen ab, mehr nicht. Gesichter waren nicht auszumachen, teilweise nicht einmal einzelne Personen.

»Können uns die Mentoren hineinbringen, Hernande?«

»Wir können die Mauern durchbrechen, nur bin ich nicht sicher, wie lange es dauern wird. Die Verwendung der Verknotungen, die wir in Muld eingesetzt haben, ist keine exakte Wissenschaft. Es könnte Minuten dauern. Oder Stunden. Kommt auf die Mauern an, woraus sie gemacht und wie dick sie sind.«

»Aber ihr könnt uns hineinbringen.«

»Ja.«

Ihre Sicherheit vor Aurek und seinen Männern hing davon ab, dass sie ihren Teil der Vereinbarung erfüllten, auch wenn Allan nicht damit rechnete, dass Aurek seine Seite der Abmachung einhielt. »Also geht es darum, unsere Hexer zu den Mauern zu schaffen und lang genug zu beschützen, damit sie einen Durchbruch erschaffen können.«

»Ich dachte, dafür wären Aureks Männer da.«

Allan hatte zwar daran gedacht, die Ley als Schutzschild zu verwenden, wie es die Lumagier in Muld getan hatten, aber Bryces Vorschlag hatte etwas für sich. »Sind sie jetzt auch.«

»Und wenn wir innerhalb der Mauern sind, was passiert dann?«

»Wir suchen Kara und die anderen, schnappen sie uns und verschwinden.«

»Wie einfach. Und wo bei allen Höllen sollen wir nach ihnen suchen?«

Hernande zuckte mit den Schultern. »Im Knoten. Kara wird nah beim Knoten sein, es sei denn, man hält sie bewusst davon fern.«

»Wir fangen dort an. Bei Bedarf arbeiten wir uns nach außen vor.«

»Es ist unwahrscheinlich, dass Adder, Tim oder Aaron bei den Lumagiern sind. Falls sie überhaupt noch leben.«

»Aber Kara oder jemand von den anderen könnte wissen, wo sie stecken. Das ist unsere beste Chance.«

Kaum hatte Allan zu Ende gesprochen, erzitterte die Erde erneut. Die Erschütterung wanderte von seinen Knien in die Brust hoch. Alle erstarrten und warteten ab, ob das Beben anschwoll, doch stattdessen legte es sich.

Niemand verlor ein Wort darüber.

Hinter ihnen ertönte das Klappern einzelner Steine. Glenn schaute zurück. »Aurek und Devin.«

Allan kroch zu den beiden, blieb dabei tief geduckt im Schutz der Erhebung des Geländes. Niemand auf der Ebene unten wusste von ihrer Anwesenheit, und es brachte nichts, ihre Gegenwart zu früh zu verraten.

»Wie lautet der Plan?«, fragte Aurek ohne Einleitung.

»Die Gorrani haben die Nadel umzingelt, aber am weitesten von den Toren entfernt sind ihre Truppen am schwächsten aufgestellt. Wir warten auf eine Gelegenheit, wenn sich ihre Ränge lichten, nachdem sie mit dem Angriff begonnen haben, dann rücken wir zur Mauer vor.«

»Und wie überwinden wir die Mauer?«

»Darum kümmern sich unsere Hexer.«

Aurek und Devin wechselten einen Blick. »Bist du sicher, dass sie uns hineinbringen können?«

»Ja. Aber sie werden Zeit brauchen. Deine Männer – und unsere – werden ihnen die Gorrani vom Leib halten müssen, während sie arbeiten.«

Devin schaute zweifelnd drein. »Die Gorrani sind wild. Ich

bin in ihren Ländern im Süden gewesen, habe sie kämpfen gesehen. Wird nicht einfach werden, sie abzuwehren.«

Aurek blickte zur Nadel, obwohl alles außer dem schwarzen Turm selbst hinter der Erhebung verborgen lag. »Wenn sie uns hineinschaffen können, ist es die Mühe wert.«

Allan verstand Aureks Hass auf die Lumagier nicht, doch er spürte, dass die Empfindung über den schlichten Wunsch nach Gerechtigkeit wegen der Zersplitterung hinausging. Sie reichte tiefer, war persönlicher.

Bevor er sich erkundigen konnte, was dahintersteckte, veränderte sich der Takt der Trommeln der Gorrani, beschleunigte sich. Der Sprechgesang folgte dem Tempo, schwoll ebenfalls an, schraubte sich in eine höhere Tonlage, prallte gegen die Mauern und hallte zu der Erhebung im Gelände hoch. Allan drehte sich um und erklomm den niedrigen Hang. Er hörte, dass ihm Aurek und Devin dicht folgten. Dann warf er sich flach auf den Boden und ließ den Blick über die Ferne wandern ...

Und die Trommeln und der Sprechgesang verstummten wie mit einem Messer abgeschnitten.

Alle hielten den Atem an. Sogar die Luft selbst schien zu erstarren.

Dann stürmten die Gorrani mit einem Gebrüll, das die Erde erzittern ließ, auf die Mauern los, dem plötzlichen Pfeilregen von den Wehrgängen trotzend. Sie strömten von allen Seiten gleichzeitig zu den Mauern. Das Pochen ihrer Füße vereinte sich zu einem Donner, der sogar ihren Schlachtruf übertönte. Etliche Angreifer trugen Leitern. Die wurden aufgerichtet, indem man ein Ende in die Erde pflanzte und Männer mit Seilen nach vorn rannten, um die anderen Enden hochzuziehen. Noch bevor sie gegen die Mauern prallten, kletterten Gorrani-Krieger die Leitern hinauf. Aus der Ferne schien sich alles schier unerträglich langsam abzuspielen, und sämtliche Geräusche wurden von dem allgegenwärtigen Donner überlagert.

Neben Allan leckte sich Bryce über die Lippen und fluchte erneut: »Mist.«

∗ ∗ ∗

Marcus und Lecrucius standen im äußeren Steingarten des Knotens, als der Sprechgesang der Gorrani anschwoll und dann abrupt verstummte. Beide hielten inne und schauten auf, während sie angestrengt darauf lauschten, was als Nächstes kommen würde.

Das Gebrüll erwies sich als ohrenbetäubend. Marcus zuckte zusammen, obwohl er wusste, dass es durch die Gebäude und die Entfernung zwischen dem Knoten und den Mauern gedämpft wurde. Die Erde erzitterte, nur diesmal nicht aufgrund eines Bebens.

Es lang an den Schritten von fünftausend Gorrani-Kriegern.

»Sie greifen die Mauern an.«

Lecrucius wandte sich wortlos ab und schritt vor ihm in die Nadel.

Sobald Marcus durch die Doppeltür trat, wurden seine beiden Arme ergriffen. Er schrie vor Überraschung auf und wehrte sich kurz, doch Vollstrecker hatten ihn gepackt, keine Weißmäntel.

»Was hat das zu bedeuten?«

»Ist das nicht offensichtlich? Ich denke, es ist an der Zeit für den Aufstieg eines neuen Sohns. Für den Anbruch einer neuen Zeit sozusagen.« Lecrucius nickte den Gardisten zu. »Führt ihn ab. Bringt ihn zum Rest.«

»Zum Rest?« Lecrucius erwiderte nichts. Er hatte sich bereits wieder abgewandt und die Treppe betreten, die hinunter in die Grube führte. Marcus wehrte sich erneut kurz, bis ihm einer der Gardisten den Arm verdrehte und Schmerzen ihm in die Schulter schossen. Taumelnd setzte er sich in Bewegung. Der Gardist lockerte den qualvollen Griff erst, als sie die Stufen erreichten.

Die Grube erwies sich als aktiv. Ley spritzte in Schwallen aus der Tiefe empor. Weißmäntel umringten sie auf allen Seiten, über zwei Dutzend. »Iscivius, ist alles bereit?«

»Der Nexus ist wie von dir gewünscht ausgerichtet, Ober-Lumagus Lecrucius. Und diejenigen, die du ausgesondert hast, sind gesichert.«

Marcus' Blick schwenkte zu einer kleinen Gruppe, die an der Wand der Grube von einem Dutzend Vollstreckern bewacht wurde. Sie standen in der Nähe des Risses, der sich vom Sims über die Treppe bis hinauf zu der von Ley geäderten Obsidian-Decke zog. Auf Anhieb erblickte er Kara, zusammen mit Dylan und Carter. Der jüngere Lumagus aus Muld hielt die Arme vor der Brust verschränkt und hatte eine finstere Schmollmiene aufgesetzt. Zwei andere – Hartman und Jenner – befanden sich bei ihnen. Keine Überraschung, da sie beide als leidenschaftliche Verfechter von Marcus galten. Der Sechste jedoch erschütterte Marcus bis ins Mark: Okata.

Schließlich erreichten sie den Fuß der Treppe, und Lecrucius entfernte sich, steuerte auf Iscivius zu, während die Vollstrecker Marcus zu der anderen Gruppe schleiften. Sie stießen ihn hinter einen Kreis von Vollstreckern, die dort bereits Wache hielten. Um ein Haar wäre er gegen die Wand geprallt. Er sammelte sich und nickte den anderen zu, ließ den Blick jedoch auf Okata geheftet.

»Ich dachte, du gehörst zu Lecrucius' Anhängern.«

»Er vertraut mir nicht, weil ich ein Gorrani bin.«

»Was ist eigentlich los? Wir waren mitten in den Vorbereitungen für den Angriff auf die Nadel, als plötzlich Vollstrecker aufgekreuzt sind und Jenner, Okata, Carter und mich von den anderen weggezerrt und zu denen verfrachtet haben.« Hartman deutete auf Kara, die Dylan teilweise stützte. »Iscivius hat gesagt, sie wollen nicht, dass wir uns einmischen.«

Marcus richtete einen vernichtenden Blick auf Lecrucius. »Wie es scheint, hat unser einziger Ober-Lumagus beschlossen, meinen Platz als der neue Sohn einzunehmen. Ohne Vaters Wissen.« Hartman glotzte ihn verblüfft an, was bewies, dass Lecrucius gut daran getan hatte, ihn auszusortieren. Jenner presste die Lippen zu einer schmalen Linie zusammen, wirkte mehr zornig als entsetzt.

»Mir hätte er vertrauen können«, meldete sich Carter zu Wort, ohne dass ihm jemand Beachtung schenkte.

»Was ist mit uns?«, fragte Kara. »Warum hat er uns hier herunterbringen lassen?«

»Er weiß, dass du ihm nicht gegen die Gorrani helfen wirst. Selbst, wenn du dich damit einverstanden erklärt hättest, würde er dir nicht vertrauen. Aber mir scheint, es wäre sicherer gewesen, dich und Dylan in euren Zellen zu lassen.«

Okata erstarrte. »Es sei denn, er hat vor, all seine Probleme mit einer Art bedauerlichem Unfall auf einen Schlag zu lösen.«

Marcus erinnerte sich, was Sanderson widerfahren war. Er konnte dieselbe Erkenntnis in Karas Augen sehen. »Das dürfen wir nicht zulassen.«

»Ich kann sie überwachen, während sie arbeiten …«

»Kannst du nicht. Lecrucius würde dich spüren. Er ist ein Ober-Lumagus. Er würde denken, dass du versuchst einzugreifen.« Okata holte tief Luft. Sein geknoteter Gorrani-Bart streckte sich vor. »Ich beobachte für uns. Er wird mich zwar in der Ley spüren, aber solange ich weit genug zurückbleibe, wird er nichts sagen.«

»Was ist mit uns anderen? Warten wir einfach ab?«

Der Stein unter ihren Füßen erzitterte.

Okata hatte die Augen geschlossen und die Sinne bereits in die Ley entsandt. »Sie ziehen die Ley aus anderen Städten an und haben die Konfiguration des Nexus geändert.«

»Was? Wie sieht das aus?«

»Das kann ich nicht sagen, ohne Lecrucius' Aufmerksamkeit zu erregen. Aber die neue Ausrichtung zieht die Ley hierher.«

Ein weiteres Grollen erschütterte die Kammer, und alle drehten sich der Grube zu, als die Ley emporströmte, der Decke entgegen. Sie stieg in kontrollierten Stößen auf, anders als bei dem Unfall mit Sanderson, dennoch beobachtete Marcus das Geschehen mit wachsender Beklommenheit.

Kara rückte näher zu ihm. »Er stärkt sie mit dem Nexus, bereitet sich darauf vor, sie einzusetzen.«

»Die Gorrani haben die Mauern bereits angegriffen.«

»Also wollt ihr sie immer noch mit der Ley vernichten?«

»Wir haben keine andere Wahl! Wir können sie nicht ewig abwehren. Sie müssen aufgehalten werden.«

»Ihr werdet Tausende töten!«

Die Antwort wurde Marcus durch einen heftigen Ruck erspart, als sich die Erde aufbäumte. Einige der Weißmäntel unmittelbar an der Grube schrien auf. Zwei fielen in Lecrucius' Nähe auf den Steinboden. Der schrie: »Haltet an der Ley fest! Bändigt sie, bis wir das Zeichen von Befehlshaber Ty bekommen! Iscivius, halte die Kristalle in der Ausrichtung, sonst sind wir alle tot.«

Das Beben setzte sich fort, Staub rieselte von der gesprungenen Felswand auf sie herab.

»Ihr Halt an der Ley ist beim ersten Ruck ins Wanken geraten.«

Bei Okatas Meldung streckte Kara die Hand aus und ergriff Marcus' Arm. Ihre Finger bohrten sich in seine Haut, als das Grollen des Bebens stärker wurde. »Er bezieht zu viel Ley von den äußeren Knoten. Das System versucht, das auszugleichen, aber es ist bereits instabil. Wir müssen ihn aufhalten.«

»Du willst doch bloß verhindern, dass er die Ley gegen die Gorrani einsetzt!«

»Hierbei geht es nicht um die Gorrani! Hier geht es um die

Ley, um die Knoten und um das System. Wenn er zu viel Ley hierherholt, wird das zerbrechliche Gerüst, über das die Ley noch verfügt, zusätzlich geschwächt!«

Die Kammer erzitterte um sie herum. Mittlerweile prasselte von oben mehr als nur Staub herab. Marcus wusste, dass sie recht hatte. Er wollte an Vater und dessen Vision glauben, an Dierdre und die Kormanley, aber die Ley auf solche Weise gegen die Gorrani einzusetzen, war ...

Es war schlichtweg *falsch*.

Niedergeschlagen ließ er kurz den Kopf hängen, ehe er ihn voll neuer Entschlossenheit wieder hob. Er sah erst Hartman an, dann Jenner. »Sie hat recht. Wir müssen ihn aufhalten, bevor er das gesamte Ley-Netzwerk um uns herum zum Einsturz bringt.«

Doch bevor irgendjemand etwas unternehmen konnte, stieß das Geheul eines mächtigen Horns durch das tiefe Rumoren des Bebens, und Okata verkündete verkniffen: »Es ist zu spät.«

***

Auf dem Kamm, der die Nadel überblickte, zog Allan an den Zügeln des Pferdes, als der Boden unter ihnen erzitterte. Das Tier warf den Kopf zurück, und die Augen zeichneten sich weiß vor panischer Angst ab, als es versuchte, von ihm weg zu tänzeln. Doch es gelang ihm, es zu bändigen.

»Halt ihn ruhig, Allan!« Glenn und der Rest der Gruppe aus Muld hatten sich schützend um den Wagen angeordnet. Hernande saß auf dem Kutschbock neben Allan, während Cory, Jason und Jerrain dicht gedrängt hinten bei Artras, Mareane und Jude kauerten. Mareane und Jude hielten sich aneinander fest, als ein heftiger Schauder die Ladefläche durchlief, die anderen klammerten sich an die Seitenteile. Die Vorräte hatte man entfernt. Außerhalb des Kreises der Mulder stan-

616

den Aureks Männer mit gezückten Schwertern. Alle beobachteten Bryce und Aurek, die beide vorne die Schlacht an den Mauern der Nadel im Auge behielten.

»Was denkt er denn, dass ich zu tun versuche?«

Hernande, der sich verbissen an den Brettern vor ihnen festklammerte, antwortete nicht. Allan hatte ursprünglich vorgehabt, einfach zu Fuß die Mauern zu stürmen, sobald sich eine Öffnung auftäte. Doch Artras hatte darauf hingewiesen, dass weder sie noch Jerrain oder Hernande in der Lage sein würden, mit dem Rest der Männer im Laufen Schritt zu halten. Also hatten sie hastig die Vorräte von dem Wagen abgeladen und ihn hergebracht. Dadurch würden sie zwar langsamer sein – und wahrscheinlich mindestens ein Rad verlieren, bis sie die Mauern erreichten –, doch es war die einzige Möglichkeit.

Mit dem Erdbeben allerdings hatten sie nicht gerechnet.

»Es beruhigt sich nicht«, stellte Hernande fest.

»Richtig. Es wird eher heftiger.«

Da hob Aurek die Hand und brüllte etwas, das Allan wegen des steten Grollens der Erde nicht hören konnte. Es spielte keine Rolle. Der Schlachtruf der Plünderer und ihr plötzlicher Sturm vorwärts verriet ihm alles, was er wissen musste. Er schnalzte mit den Zügeln, schrie »Hüa!«, obwohl es das Pferd vermutlich nicht hören konnte, und ließ das Tier lospreschen.

Mit einem Ruck schossen sie vorwärts, und der Wagen holperte über den rauen Untergrund. Allan wurde hochgeschleudert. Sein Hintern landete mit einem knochenerschütternden Aufprall, dann hielt er sich mit einer Hand am Kutschbock fest, während er mit der anderen die Zügel umklammerte. Hinten auf der Ladefläche schrie jemand auf, doch er wagte nicht, zurückzuschauen.

Vorn spähten die Männer, die sich vor dem Wagen befunden hatten, über die Schultern zurück, dann scherten sie nach links und rechts aus, um ihn vorbeizulassen. Allan zerrte an den Zügeln, um das Pferd zu bremsen. Vergeblich.

Sie rasten den zu Fuß Rennenden voraus. Nur Aurek und die wenigen Berittenen blieben vor ihnen. Der unregelmäßige Schlachtruf der Plünderer war verstummt, während sie auf die nächstgelegene Mauer zustürmten. Allan konnte sehen, worauf Aurek abzielte, nämlich einen Abschnitt, wo sich die Gorrani zu beiden Seiten aufgeteilt hatten. Auf der einen Seite attackierten sie eines der Tore, auf der anderen war es den Kriegern aus dem Süden gelungen, sich mit den Leitern auf der Mauerkrone festzusetzen. In der Mitte präsentierte sich ein Abschnitt der Mauer im Augenblick als frei.

»Da! Sind wir schon nah genug?«

»Nein!«

Allan war nicht überrascht. Der Kamm, hinter dem sie sich während der Vorbereitungen versteckt hatten, lag mindestens eine Meile von der Mauer entfernt. Sie hatten noch nicht einmal ein Viertel davon zurückgelegt.

Der Wagen hob ab. Allan vermochte nicht zu sagen, ob durch das Beben oder ob er über eine Unebenheit des Geländes sprang. Jedenfalls landete er hart, seine Zähne klackten aufeinander und bissen seitlich in die Zunge. Er schmeckte Blut, wirbelte es im Mund herum und spuckte es dann zur Seite aus, als die Gorrani vor ihnen sie letztlich bemerkten. Eine Gruppe von mindestens einhundert löste sich von den hinteren Rängen derer, die auf der rechten Seite Leitern hielten, und bildete eine Linie, die ihnen entgegenkam. Mittlerweile befanden sie sich nah genug, um den Lärm der Schlacht trotz des laut rumpelnden Wagens zu hören und einzelne Gesichter auszumachen. Die Linie war schräg, und Allan erkannte, dass die Gorrani dachten, sie hätten vor, ihre Flanke anzugreifen.

Er schaute zurück, um zu sehen, wo sich der Rest ihrer Leute befand. Zu weit hinter ihnen. Der Wagen und Aureks Pferde würden die Linie der Gorrani erreichen, bevor irgendjemand zu ihnen aufschließen konnte.

Er wirbelte zurück herum und riss an den Zügeln des Pferdes, versuchte nicht mehr, es zu verlangsamen, sondern lediglich, es zum Beidrehen zu bringen. Von den Mauern weit links aus der Nähe des Haupttors ertönte ein Horn. Allan brüllte, so laut er konnte: »Aurek!« Er sah, wie der Lehnsherr zuckte, doch er wurde nicht langsamer. Allan riss erneut an den Zügeln, und diesmal begann das Pferd, nach links zu scheren und zu bremsen. »Aurek!«

Jemandes Hand klatschte neben ihm auf den Kutschbock. Erschrocken fuhr er herum. Artras klammerte sich an der Stirnwand aus Holz zwischen der Ladefläche und dem Kutschbock fest. »Bleib von den Mauern weg! Irgendetwas passiert gerade mit der Ley!«

Allan drehte sich jäh nach vorn. Mittlerweile hatte der Wagen die Fahrt ausreichend verlangsamt, dass er aufstehen konnte. »Aurek! Rückzug!«

Der selbst ernannte Baron drehte sich im Sattel. Sein Gesichtsausdruck wirkte düster vor Wut, doch er zügelte das Pferd, als er sah, dass der Wagen vom Kurs abgekommen war. Devin und die anderen bei ihm bremsten alle verwirrt ab, die Pferde tänzelten planlos umher. Hinter ihnen schauten auch die Gorrani verdattert drein.

Und dann wallte weiße Ley wie Flammen aus dem Boden rings um die Mauern, quoll an ihrem Fuß hervor und stieg höher und höher, als sie sich ausbreitete. Als sie gleichzeitig greller wurde, brach von drinnen Geschrei aus, und Allan zuckte voll Grauen zusammen. Aureks Pferd bäumte sich vor nackter Angst auf, obwohl die Flammen noch weit entfernt waren. Die Miene des selbst ernannten Barons spiegelte Allans eigene Furcht wider, als er darum kämpfte, sich im Sattel zu halten. Die Gorrani, die sich ihnen zugewandt hatten, schauten über die Schultern zurück, die Arme erhoben, als wollten sie sich abschirmen. Dann brachen sie aus der Linie aus und rannten blindlings davon.

Die Krieger auf den Leitern rechts wurden innerhalb eines Atemzugs von den Flammen ausgelöscht. Die auf dem Boden wandten sich zur Flucht, doch nur jene, die sich von den Mauern am weitesten entfernt aufhielten, entkamen den brandenden Flammen in vollem Lauf. Die Hälfte der Männer bei Aurek trat die Pferde in Bewegung und lenkte sie von den Mauern fort, zurück zu Allans Wagen. Gleich darauf folgten Aurek und der Rest ihrem Beispiel.

Innerhalb von fünf Herzschlägen wurden die Mauern der Nadel in beiden Richtung vollständig von den gespenstisch stillen Flammen verhüllt.

Der Lärm der Schlacht legte sich fast völlig.

Der Wagen kam zum Stehen, und Allan sackte auf den Kutschbock zurück. Sein Körper fühlte sich wie betäubt an, als er auf die durchgehenden Wände aus Ley starrte. Obwohl sie angehalten hatten, erzitterte der Wagen immer noch von dem Erdbeben. Alle auf der Ladefläche krochen nach vorn, um das Geschehen zu beobachten.

»O ihr Götter«, hauchte Artras neben Allan.

Aurek traf bei ihnen ein und wendete scharf das Pferd, als Devin die anderen, die an ihnen vorbeigeritten waren, mit barschen Worten und Flüchen zurückbeorderte. Die Ersten der zu Fuß Laufenden, die hinter ihnen nachgekommen waren, fanden sich keuchend und schnaufend um den Wagen ein.

»Was ist das?«, fragte Aurek.

»Was glaubst du wohl? Eine Wand aus Ley.«

»Die verfluchten Weißmäntel.«

Die Gorrani unterhalb der Mauer, die dem Feuer entronnen waren, kümmerten sich nicht länger um ihre kleine Gruppe aus dreihundert Mann und einem Wagen. Die verbliebenen Krieger aus dem Süden formierten sich in sicherem Abstand zum nach wie vor lodernden weißen Feuer neu, insgesamt vielleicht drei- oder vierhundert auf dieser Seite der Nadel.

Aurek wirbelte zu Artras herum. »Kannst du uns hindurchbringen?«

»Ich bezweifle, dass irgendetwas, das von der Ley erfasst worden ist, nach den ersten paar Augenblicken noch existiert. Die Konzentration der Ley ist so stark, dass alles Lebendige, das mit ihr in Berührung kommt, sofort ausgelöscht wird. Möglicherweise könnte ich einige von uns eine Weile gegen sie abschirmen, aber ich würde mein Leben nicht darauf verwetten, geschweige denn das von anderen.«

»Was ist mit den Gorrani, die darin gefangen waren?« Hernandes Tonfall legte deutlich nahe, dass er die Antwort kannte.

»Weg. Tot und verschwunden. Nicht einmal Baron Arent ist auf die Idee gekommen, die Ley auf eine solche Weise zu benutzen. Es ist eine Abscheulichkeit.«

Aurek stimmte raues Gelächter an. Der Lehnsherr drehte sich ihnen zu, sein Pferd schabte mit einem Huf über den Boden. »Genau deshalb jagen wir die Weißmäntel.« Er zog das Schwert, und plötzlich senkte sich Anspannung über die gesamte Gruppe – über die Mulder ebenso wie über die Brandschatzer. Sie waren alle bunt durchgemischt, und Nachzügler von dem Sturmlauf trafen immer noch ein, aber als mehr und mehr Klingen gezogen wurden, traten die Mulder schützend auf den Wagen zu, während Bryce im hinteren Bereich in Position ging.

Allan rührte sich nicht, ließ den Blick fest auf Aurek geheftet. »Nicht alle Lumagier sind wie die Weißmäntel.«

»Das hast du schon einmal behauptet. Ich werde das Wagnis lieber nicht eingehen.«

Artras rappelte sich auf die Beine, stützte sich dabei an der Stirnwand des Wagens ab. Der Boden bebte immer noch, obwohl Allan nicht glaubte, dass im Augenblick irgendjemand darauf achtete. »Wenn wir wie die Weißmäntel wären und so viel Macht besäßen, glaubst du nicht, dass wir sie dann bereits eingesetzt hätten? Warum hätten wir dann zugelassen, dass ihr Muld plündert? Warum hätten wir euch nicht einfach verbrannt, bevor ihr überhaupt dort eingetroffen wärt?«

»Weil ihr eben *nicht* so viel Macht besitzt!«

»Narr! Weil wir entschieden haben, sie nicht zu benutzen!« Sie beugte sich über die Stirnwand nach vorn und senkte die Stimme. »Wir hätten euch tatsächlich in Muld verbrennen können. Wir hätten euch während der Reise hierher jederzeit vernichten können. Und wir können euch jetzt sofort auf der Stelle auslöschen, auf der ihr steht, wenn wir wollen.«

Weitere Ley schoss aus dem Boden, nur diesmal unmittelbar vor Aureks Ross. Aurek schrie auf, als sein Pferd davor zurückscheute. Der Rest der Plünderer sprang furchtsam davon weg. Die Mulder rückten näher an den Wagen. Einige schauten genauso angsterfüllt drein wie die Brandschatzer.

Aurek bekam sein Pferd wieder in den Griff, weigerte sich jedoch, zurückzuweichen. »Du lügst.«

Die weiße Ranke der Ley stieg höher und begann, sich zu allen Seiten auszubreiten. »Bring mich nicht in Versuchung.«

Allan schaute zurück und stellte fest, dass Mareane und Jude die Augen geschlossen hatten. Cory stützte Mareanes schlaffen Körper, während Jasom die Arme um Jude geschlungen hatte.

Aureks Männer wurden zunehmend unruhiger. Sogar Devin, sein Stellvertreter, wirkte vorsichtig. Er ließ zwar nicht das Schwert sinken, aber als die Ley anschwoll und näher zu seiner Position züngelte, trat er einen Schritt zurück.

Aurek begegnete Artras' Blick und verengte die Augen, während er versuchte, die Wahrheit in ihren Worten abzuwägen …

Dann verzog er die Lippen zu einem grausamen Lächeln. »Du lügst«, wiederholte er. »Tötet sie. Tötet sie alle!«

Allan spie einen Fluch aus, ließ die Zügel des Wagens fallen, sprang auf und zog das Schwert.

Im selben Augenblick ertönte aus der Richtung der Nadel ein donnergleiches Grollen, und die Erde erzitterte – einmal, zweimal –, dann bäumte sie sich mit solcher Wucht auf, dass Allan vom Wagen geschleudert wurde. Er krachte auf den Boden. Ein Arm war sofort taub, das Schwert glitt ihm aus den Fingern. Seine Sicht verschwamm, und er stöhnte, als er versuchte, sich auf die Beine zu stemmen, doch die Erde wogte weiter unter ihm, schien allen Halt zu verweigern, den der Grund sonst hergab.

Stein brach und teilte sich mit einem erschreckenden Geräusch, das sich in seiner Brust wie ein dumpfer Schlag anfühlte und ihm den Atem aus der Lunge presste. Ein Pferd wieherte kreischend. Plötzlich war die Luft von Staub erfüllt. Hustend kroch Allan auf einen Körper zu, der im zertrampelten Gras lag – Hernande – und geriet beinah unter die Räder des Wagens, als das Pferd in Panik verfiel und Reißaus nahm. Mareane rollte mit einem Kreischen von der Ladefläche und landete zwei Schritte entfernt, aber er konnte Cory, Artras und ein paar andere sehen, die immer noch flach hinten auf dem davonrasenden Wagen lagen.

»Mareane!« Allan sicherte sich ihre Aufmerksamkeit, während er weiter auf Hernande zukroch. »Bist du verletzt?«

Sie antwortete, indem sie ihrerseits in seine Richtung robbte, ohne überhaupt zu versuchen, sich auf die Beine zu rappeln. »Es hört nicht auf.«

Allan rollte Hernande herum. Blut rann von einer Wunde über seiner Stirn, aber der Mentor rührte sich. »Sieh zu, ob du ihm helfen kannst.« Er richtete die Aufmerksamkeit auf den Rest der Gruppe.

Die Wand aus weißem Feuer loderte noch immer vor den Steinmauern der Nadel. Darunter flüchteten die Gorrani vor einem gewaltigen Riss in der Erde. Der Spalt sah aus wie jener, den Bryce und Allan zuvor gesehen hatten, und strahlte von der Mauer in die Ebenen aus. Noch während Allan hinsah, schlängelte er sich immer weiter und verbreiterte sich gleichzeitig.

Die Plünderer und die Mulder stolperten umher, ein paar lagen regungslos über den Bereich verstreut. Mindestens die Hälfte der Plünderer war in Richtung Norden losgerannt, weg von der Nadel, einige Mulder mit ihnen. In ihrer Panik waren ein paar geradewegs auf den Spalt zugestürmt und davon verschluckt worden, bevor sie beidrehen konnten. Unter den Männern befanden sich drei oder vier reiterlose Pferde. Der Wagen hatte sich bereits ein gutes Stück entfernt und raste Richtung Nordosten. Zwei Gestalten klammerten sich aneinander fest, hechteten von der Ladefläche und landeten außer Sicht. Einen Atemzug später prallte der Wagen gegen etwas Hartes. Die Ladefläche wurde hoch in die Luft geschleudert, Holzsplitter spritzten umher. Als das Gefährt auf den Boden krachte, fehlten die Hinterräder. Staub wallte auf, als das Pferd die Überreste weitere dreißig Schritte weit mitschleppte, bevor sie sich vollständig auflösten. Dann preschte das Tier in die Ferne davon und schleifte nur noch einen Teil des Geschirrs hinter sich her.

Aurek oder Devin sah Allan nicht, aber Bryce wankte zu ihm, das Schwert nach wie vor gezogen. Mit der freien Hand ergriff er Allans Schulter. Glenn tauchte hinter ihm auf.

»Glenn, geh und sieh nach, wer vom Wagen überlebt hat. Ich habe sie abspringen gesehen, bevor er zertrümmert worden ist.« Glenn nickte und trabte in Richtung Nordosten davon – stolpernd, da die Erde weiterhin bebte. »Bryce, trommle so viele der verbliebenen Mulder zusammen, wie du kannst.«

»Was ist mit den Plünderern?«

»Lass sie, es sei denn, sie greifen uns an.«

Er wandte sich wieder Mareane und Hernande zu, als er hörte, wie Bryce davoneilte. Mareane hatte den Mentor inzwischen aufgesetzt. Er hielt eine Hand an der Stirn und betastete die Wunde. Blut lief zwischen seinen Augen herab und die Nase entlang in den Schnurr- und Kinnbart. Er zuckte zusammen, löste die Finger vom Kopf und starrte auf das dunkle Rot, das seine Hand überzog. Benommen wirkte er nicht.

»Ich muss auf einem Stein gelandet sein, als ich vom Wagen gefallen bin.« Er schaute auf. Sein gesamter Körper erstarrte.

Allan spürte, wie sich die Spitze eines Schwertes leicht in seinen Rücken bohrte.

»Ich hätte euch alle schon in eurem erbärmlichen Dorf töten sollen«, murmelte Aurek.

Allan erwiderte nichts. Mit jedem Beben der Erde bohrte sich die Spitze tiefer, nur eine Fingerbreite von seinem Rückgrat entfernt und eine Haaresbreite unter seinem Schulterblatt. Er konnte fühlen, dass das Blut sein Hemd durchnässte. Wenn Aurek fest genug zudrückte, würde die Klinge ihn geradewegs durchstoßen und vermutlich sein Herz erwischen.

»Rühr dich nicht.«

Allan dachte, Hernande würde mit Aurek reden, dann jedoch erkannte er, dass der Mentor ihn ansah. »Habe ich nicht vor.«

Hernandes Aufmerksamkeit schwenkte zurück zu Aurek. »Nimm deine Männer und verschwinde sofort, sonst töte ich dich.«

»Die Weißmäntel werden uns alle töten. Aber ich glaube, dass du wie zuvor dieses Lumaga-Miststück lügst.«

Durch die leicht in seinen Rücken gebohrte Klinge konnte Allan spüren, wie Aurek den Körper anspannte. Er hechtete vorwärts und wirbelte zurück herum, griff instinktiv nach dem Schwert, das er nicht mehr hatte.

Aurek stand mit erstarrter, schmerzverzerrter Miene da und presste die freie Hand auf die Brust, die Finger zu Klauen verkrümmt.

Er schnappte einmal nach Luft, dann brach er auf die Seite zusammen und rührte sich nicht mehr.

Allan stützte sich auf einen Ellbogen. »Was ist passiert?«

»Ich habe sein Herz gesprengt. Ich lüge nicht.« Hernande sah sich um, betrachtete die Mauern, die weißen Flammen und den sich weiter ausbreitenden Riss westlich von ihnen. »Aber Aurek hatte recht. Die Weißmäntel werden uns alle töten.«

»Wir haben andere Probleme«, meldete Bryce, der sich von der Seite mit einem Dutzend Männern und Frauen aus Muld näherte. Er deutete hinter sich in Richtung der Ebenen. »Devin treibt die Plünderer zusammen, denen die Flucht noch nicht gelungen ist.« Er blickte auf Aureks Leiche hinab. »Ich vermute, er wird ziemlich verärgert darüber sein, dass du seinen Baron getötet hast.«

***

Kara spürte, wie Lecrucius die Ley entfesselte. Es ermutigte sie ein wenig, festzustellen, dass Marcus fassungslos dreinschaute. Sogar Carter wirkte bestürzt.

»Was sollen wir jetzt tun?«

»Wir müssen ihm die Kontrolle über den Nexus entreißen.« In den Worten schwang mehr Überzeugung mit, als Kara verspürte.

»Und wie?« Marcus ließ den Blick zu den sechzehn Vollstreckern wandern, die ihre Gruppe umzingelten, und zu dem halben Dutzend weiterer Gardisten in der Grube. Fragend zog er die Augenbrauen hoch. Die Aufmerksamkeit der meisten galt der emporschießenden Ley und den um die Grube verteilten Weißmänteln, aber zwei schauten immer wieder zu der Gruppe der Lumagier, die sie bewachten, und bedachten sie mit wachsamen Blicken.

Carter, der sogar von Kara und den anderen abgekapselt stand, war rastlos geworden. Plötzlich platzte er hervor: »Ich werde nicht zulassen, dass ihr mir das vermasselt!« Und damit stürmte er zur Grube los. »Lecrucius! Lecrucius, sie haben vor …«

626

Okatas Faust prallte gegen das Kinn des jüngeren Lumagus, und Carters Kopf schnellte zurück. Er sackte als schlaffer Haufen zusammen. Der nächststehende Gardist stieß hervor: »He!« Aber Okata hatte sich bereits in Bewegung gesetzt. Er packte den Vollstrecker an der Kehle und hob ihn hoch, während er das Schwert des Mannes mit einem metallischen Zischen aus der Scheide riss. Schon warf er ihn gegen die zwei nächsten Gardisten, die erst jetzt zu reagieren begannen.

»Geht hinter mich.« Okata wartete nicht ab, ob die anderen Lumagier seiner Aufforderung nachkamen. Mit einem einzigen Schritt stand er über den drei nunmehr auf dem Boden liegenden Vollstreckern und stach einmal, zweimal, dreimal zu. Nur einer der Gardisten stieß einen Schrei aus.

Kara stand stockstill, bis Marcus sie am Arm packte und sowohl sie als auch Dylan zurück nach hinten schob, wo Carter besinnungslos auf dem Steinboden lag. Hartman schloss sich ihnen an, aber als Okata über die Gefallenen hinwegstieg, um den restlichen Vollstreckern entgegenzutreten, von denen die Hälfte mittlerweile die Waffen gezogen hatten, schnappte sich Jenner die Klinge eines der toten Gardisten und schloss zu Okata auf.

Zusammen marschierten die beiden voran. Schwerter prallten aufeinander und klirrten, und ein weiterer Vollstrecker fiel durch Okata, bevor Marcus plötzlich vor Kara hintrat und ihr die Sicht versperrte. Die Züge ihres ehemaligen Geliebten wirkten eindringlich.

»Er ist ein Gorrani.« Er fasste Kara an einer Schulter und bohrte die Finger in ihre Haut, um sich ihre Aufmerksamkeit zu sichern. »Überlass ihm die Gardisten. Du musst dich um Lecrucius kümmern.«

Kara drehte sich Hartman zu. »Übernimm Dylan. Unter Umständen brauche ich euch alle als Unterstützung.«

Noch bevor ihr Dylans Gewicht abgenommen wurde, tauchte sie in die Ley und zielte geradewegs auf den Nexus.

Aber die Weißmäntel erwarteten sie bereits. Sie spürte ihre Gegenwart einen Lidschlag, bevor sie in ihren Verstand krachten und sie zur Seite stießen. Sie warfen sie weiter hin und her, hielten sie von den Kristallen fern und von der Grube, wo Lecrucius und die anderen die Ley in die feurige Wand draußen leiteten, die Kara rings um die Nadel wahrnahm. Sie kreiste tastend durch die Grube, suchte nach einem Schwachpunkt. Hinter ihr schlossen sich ihr Marcus, Dylan und Hartman in der Ley an, wahrten jedoch Abstand, und die Weißmäntel ließen sie in Ruhe. Kara hörte das Klirren von Schwertern, wo Okata und Jenner die anderen Vollstrecker aufhielten, doch es klang gedämpft und weit entfernt.

Sie sank tiefer in die Ley, nach unten, wo die Linien die Verbindung mit der Grube herstellten, sogar unter den Nexus selbst. Die zur Nadel gezogene Energie entpuppte sich als gewaltig und hätte Kara um ein Haar zurückgeschleudert. Sie brandete vorwärts und stellte fest, dass die Weißmäntel, die sie bis hierhin behelligt hatten, ihr nicht folgen konnten, weil die Strömung für sie zu stark war, um ihr zu widerstehen. Sie reiste im Fluss der vereinten Linien aus Erenthrall, Farrade und den Knoten im Süden, Norden und Westen aus der Tiefe der Grube aufwärts in Richtung Nexus. Niemand versuchte, sie aufzuhalten – keiner der Weißmäntel konnte es.

Kara wappnete sich dafür, in den Nexus einzudringen …

Und spürte die aus Erenthrall nahende Energiespitze hinter ihr.

Sie wirbelte herum und schaffte es gerade noch, aus der Erenthrall-Linie in die aus Farrade zu huschen und darin Schutz zu suchen, einen Herzschlag, bevor die Spitze eintraf.

Ihr blieb nicht einmal Zeit, Marcus und die anderen zu warnen.

Die rasende Welle der Ley traf den Nexus heftig. Die zu seiner Stabilisierung eingeteilten Weißmäntel schrien auf, als sie versuchten, den jähen Anstieg der Macht zu bändigen. Mindestens drei starben sofort. Ihre Gegenwart in der Ley verpuffte, als sie verbrannt wurden. Kara wusste, dass ihre Körper oben auf den Boden sackten, so besinnungslos wie Carter, nur würden sie sich nie wieder erheben. Ihre Geister waren ausgelöscht, auch wenn ihre Herzen noch schlugen.

Der Rest jedoch bewahrte die Kontrolle. Lecrucius' Herrschaft über das verheerende weiße Feuer geriet nie ins Wanken.

Dann setzte das Beben ein.

Es brodelte mit einem Grollen aus der Erde, schauderte um Kara herum durch die Grube und entlud seine volle Wucht weiter oben, wo die Erde aufbrach und explodierte, bis eine Bruchlinie die Stadt der Nadel in zwei Hälften teilte.

Die Weißmäntel, die den Ansturm der Energiespitze überlebt hatten, wurden zu Boden geschleudert, und letztlich geriet auch Lecrucius' Kontrolle ins Wanken. Zwei Weißmäntel wurden in die Grube selbst geschleudert und schrien im Fallen wie am Spieß, bis die Ley sie erfasste. Karas Sinne schossen aus dem Farrade-Tunnel zurück zum Rand der Grube und fuhren wuchtig in ihren Körper, während die Erde weiter heftig bebte.

Sie stellte fest, dass sich Marcus, Dylan und die anderen auf den Boden pressten, während von der Felswand ringsum Gesteinsbrocken herabprasselten. Nur Okata stand noch mit gespreizten Beinen aufrecht, das Schwert immer noch mit einer Hand gezückt. Die verbliebenen Vollstrecker krochen mit blankem Grauen in den Gesichtern von ihm weg, während das Beben die Stadt weiter in Stücke riss. Der Abstand der durch das vorherige Beben entstandenen Spalte vergrößerte sich um weitere zwei Handbreiten.

»Irgendetwas ist in Erenthrall passiert!«, brüllte Kara über das Tosen des mahlenden Gesteins hinweg. Die Erschütterungen hatten auch ihren Körper zu Boden geworfen, doch sie packte Dylan und schleifte ihn auf die Wand der Grube zu.

Marcus und Hartman versuchten bereits, zu ihnen zu gelangen. Hartman schnappte sich unterwegs Carters immer noch besinnungslosen Leib. Jenner tippte Okata von hinten gegen ein Bein und bedeutete ihm, dass sie den anderen folgen sollten. Die zwei Lumagier zogen sich von den zurückweichenden Vollstreckern zurück.

»Wir müssen die Kontrolle über den Nexus zurückerlangen. Das ist unsere einzige Chance, dieses Beben zu beenden. Lecrucius hat das gesamte Netzwerk aus dem Gleichgewicht gebracht.«

»Ich habe einen Weg hinein gefunden, aber ich werde die Hilfe aller brauchen.«

»Dann los! Wir unterstützen dich.«

Auf halbem Weg um die Grube brach ein Teil des Simses, auf dem sie und die Weißmäntel kauerten, plötzlich ab, fiel in die Tiefe und riss einen der Weißmäntel mit sich. Kara tauchte zurück in die Ley. Ihre Gefährten folgten ihr einer nach dem anderen. Sie erreichte wie zuvor den Nexus, stellte jedoch fest, dass die Linie aus Erenthrall mittlerweile in einem steten Takt pulsierte. Diese Energie nährte das Erdbeben, nährte den Nexus, und die Macht steigerte sich mit jedem verstreichenden Herzschlag.

Kara musste den Zyklus unterbrechen, bevor er seinen Höhepunkt erreichte.

Sie bündelte die Stärke der anderen um sie herum, zielte durch den Strom der Ley-Energie geradewegs nach oben und stach dem Nexus mitten ins Herz.

Ein heilloses Chaos herrschte darin, denn die Kristalle hatten sich der Kontrolle durch Iscivius, Irmona und die restlichen Weißmäntel fast schon entzogen. Aber Kara achtete nicht auf sie, sondern konzentrierte sich ganz auf Lecrucius. Der Ober-Lumagus hielt immer noch die Wand der Ley um die Stadt herum aufrecht.

»Helft ihnen, den Nexus zu stabilisieren!« Kara war nicht

sicher, ob die anderen sie hören konnten, doch dessen ungeachtet streckte sie sich durch die Ley und packte Lecrucius.

Er brüllte trotzig auf. Obwohl der Lärm des Erdbebens den Laut dämpfte, hallte er in der Ley wider. Die beiden krallten sich aneinander fest, rangen miteinander, während die Ley um sie herum tobte. Lecrucius gelang es trotz der Auseinandersetzung, den Schutzwall draußen aufrechtzuerhalten. Jeder Versuch, den Kara unternahm, die Herrschaft über die Linien an sich zu reißen, die den Wall versorgten, wurde mit einem Energiestoß abgewehrt, der sie beiseite schlug. Und da er nun wusste, dass sie durch das Netz seiner Weißmäntel geschlüpft war, begann er, einen Schild um sich zu errichten. Zunehmend verzweifelter versuchte sie, ihn daran zu hindern.

Doch dann tauchte Marcus auf. Aus weiter Ferne, wo ihr Körper an der Felswand der Grube lehnte, hörte sie ihn sagen: »Es ist keine Zeit mehr.«

Marcus sammelte die überschüssige Ley, die der Nexus abstrahlte, bündelte sie und leitete sie geradewegs auf Lecrucius.

Die Energie traf den Ober-Lumagus mit voller Wucht, zerschmetterte den noch nicht vollendeten Schild und sengte sich in seinen leiblichen Körper auf der Plattform um die Grube. Der Schrei, mit dem er noch kaum begonnen hatte, brach unvermittelt ab, und nur ein Echo davon hallte um sie herum durch die Ley.

»Beende den Wall der Ley!« Marcus wandte sich wieder dem Nexus zu, wo zwei der Kristalle zitterten. Iscivius und Irmona konzentrierten sich so verbissen, sie hatten noch gar nicht bemerkt, dass Lecrucius tot war.

Kara stürzte sich auf die Linien, die den Wall der Ley um die Nadel herum aufrechterhielten. Mit nüchterner Sicherheit kappte Kara den Energiefluss und leitete die Ley zurück zum Nexus.

Was sich als zu viel erwies. Irmona kreischte und brach auf den Steinboden zusammen, als die Energie sie überwältigte und sie die Kontrolle über ihren Kristall verlor. Marcus sprang in der Ley vor und packte die Scheibe, bevor sie vollends außer Rand und Band geraten konnte. Kara eilte ihm zu Hilfe. Sogar zusammen hatten sie Mühe, den Kristall zu halten. Allerdings kämpften sie dabei gegeneinander an – Kara drückte, während Marcus zog. Beide dachten, sie wüssten, wie er ausgerichtet werden musste, und wirkten sich dabei entgegen …

Bis Marcus plötzlich zurückwich.

Kara stürmte vor, kämpfte nunmehr allein und rang die Scheibe in eine neue Anordnung. Sie hätte es auch ohne Hilfe geschafft, doch als sie Marcus hinter sich spürte, bereit, ihr seine Kraft zu leihen, ließ sie das zu.

Es war wie bei ihrer Zusammenarbeit damals als Lumagier in Eld. Auf einmal ergänzten sie sich gegenseitig, und ihre Macht verschmolz nahtlos miteinander. Kara schnappte nach Luft, als sie sich zusammenschlossen, aber die Scheibe forderte ihre gesamte Aufmerksamkeit. Mit vereinten Kräften brachten sie die wilden Bewegungen der Scheibe unter Kontrolle, bis sie sich beruhigte. Sie rastete ein, und mit einem Schlag legte sich das Chaos des Nexus. Die Weißmäntel erschlafften erleichtert.

Aber die aus Erenthrall kommenden Impulse hatten nicht geendet.

Neben ihr auf der bebenden Plattform presste Marcus hervor: »Ich bändige sie. Geh du los und sieht nach, was in Erenthrall passiert ist.«

Kara widersprach nicht. Sie zog ihre Verbindung vom Nexus – und von Marcus – zurück und hielt kurz inne, um sich zu wappnen …

Dann tauchte sie ein in die Ley-Linie, die nach Erenthrall führte.

FÜNFUNDZWANZIG

»Wie viele Leute haben wir übrig?« Allan hätte sie wahrscheinlich auch selbst zu zählen vermocht. Die Verbliebenen bildeten in seinem Rücken eine dichte Gruppe. Glenn behielt am hinteren Ende die Gorrani in der Nähe der Mauern im Auge, während Allan selbst und Bryce vorne die Aufmerksamkeit auf Devin gerichtet hielten, der seine Brandschatzer um sich scharte.

»Vierunddreißig einschließlich der Lumagier und der Hexer.«

Allans Faust schloss sich um den Griff seines zurückerlangten Schwertes. Er fragte sich, wen sie wirklich verloren hatten und wer lediglich in Panik verfallen und weggerannt war. »Devin hat dreimal so viele.«

»Vorher hatte Aurek sechsmal mehr Männer.«

»Aber er hatte auch einen Grund, uns am Leben zu lassen. Devin nicht.«

»Vielleicht rücken sie ja einfach ab.«

Allan begegnete seinem Blick mit einer ungläubig hochgezogenen Augenbraue, und Bryce grinste. Der Rüde schien Spaß zu haben.

»Wir sind hier zu ungeschützt.« Allan schaute über die Ebenen, entdeckte keinen vernünftigen Platz, der sich als Deckung für einen Kampf anbot, dann jedoch fiel sein Blick auf die weiße Ley-Wand hinter ihnen. Die Gorrani tummelten sich östlich davon. »Bringen wir alle zu den Mauern. Ich will nach Möglichkeit die Ley im Rücken und die Gorrani an unserer Flanke haben.«

Bryce stimmte einen schrillen Pfiff an, um sich die Aufmerksamkeit aller zu sichern. »Fangt an, zu den Mauern vorzurücken! Behalte die Gorrani im Auge, Glenn. Wenn sie plötzliche Ausfälle in unsere Richtung machen, dann schrei.«

Devin entging nicht, dass sie sich in Bewegung setzten, aber er war noch mit dem Versuch beschäftigt, wenigstens einen Anschein von Ordnung in die eigene Truppe zu bringen. Einige seiner Männer diskutierten mit ihm. Allan konnte hören, wie er zurückschrie, sie beschimpfte und ihnen drohte, während er das Pferd hin und her lenkte, das Schwert dabei erhoben. Als zwei seiner Männer aus den Rängen ausbrachen und auf die Ebenen fliehen wollten, ritt er ihnen hinterher und hieb auf den einen ein, während der andere unter die Hufe des Gauls geriet. Keiner der beiden stand wieder auf. Niemand sonst versuchte wegzurennen.

»Könnte sein, der ist noch schlimmer als Aurek.«

Allan musste dem Rüden insgeheim zustimmen.

Sie ließen sich in Richtung des Walls der Ley zurückfallen. Vereinzelt bäumte sich die Erde immer noch unter ihren Füßen auf, und die Beben verursachten ständige Schwingungen, die durch Allans Zähne gingen. Auf halbem Weg zur Mauer begann Devins Gruppe, auf sie zu zu trotten. Dann stießen sie auf Aureks Leichnam, der noch dort im Gras lag, wo er gefallen war, und etwaig verbliebene Zweifel der Männer, die Devin anführte, verpufften jäh. Er zeigte mit dem Schwert auf Aurek hinab und brüllte seinen Kämpfern etwas zu. Allan schnappte im Wind nur Fetzen davon auf, »Ehre« und »euer Baron« …

Dann heulten die Brandschatzer vor blanker Wut auf und rannten los.

Bryce wirbelte herum. »Zur Ley-Wand!«

Die Mulder beschleunigten in vollen Lauf. Allan befand sich mittlerweile hinter seinen Leuten und stürmte ihnen nach. Flüchtig erblickte er Cory, der an Hernandes Seite wachte, und Mareane und Jude bei Artras. Einer der anderen hob sich Jerrain auf die Arme, was dem betagten Mentor lautstarken Protest entlockte. Jasom hatte das Schwert gezogen und rannte mit den Kämpfern an den äußeren Rändern. Alle trieben die Lumagier und die Hexer an.

Die Gruppe blieb stehen, als sie sich dem feurigen Wall bis auf dreißig Schritte genähert hatte. Allan schaute hinauf. Die Flammen reichten hoch in den Himmel und loderten vollkommen lautlos. Kurz fragte er sich, ob er wohl unbeschadet hindurchschreiten könnte, so, wie er in die Verkrümmungen einzudringen vermochte, doch ihm blieb keine Zeit, es auszuprobieren.

Er drehte sich um und zog die Klinge.

Die Plünderer hatten sie beinah erreicht. Devin führte den Angriff an. Aureks Stellvertreter lenkte sein Pferd geradewegs auf Allan zu. Ihm blieb nur ein Lidschlag Zeit, um den plötzlichen Schlachtruf der Plünderer zu vernehmen, dann musste er aus dem Weg des herangaloppierenden Pferdes hechten. Im Fallen zupfte etwas an seiner Schulter, worauf sofort ein heißer Schmerz durch den Knochen folgte, dann rollte er durch das bereits niedergetrampelte Gras.

Bevor er sich aufrichten konnte, überrannte ihn der Rest der Brandschatzer.

Jemand stolperte über ihn, der Fuß desjenigen krachte herzhaft gegen seine Seite. Heiß lodernder Schmerz flammte auf, und er ließ das Schwert fallen, griff stattdessen nach dem Dolch, als die brüllenden Männer ihn umzingelten. Er hieb um sich und versuchte, sich in geduckte Haltung aufzurappeln, bevor ein Fuß einen Glückstreffer gegen seinen Kopf landen konnte. Seine kurze Klinge schabte über Rüstung und fand Haut. Männer brüllten vor Schmerz auf, als Blut von ihnen auf Allan spritzte. Mit zu Klauen verkrümmten Fingern krallte er sich in die Hose eines Mannes, zog sich daran hoch, rammte das Messer in den Rücken des Plünderers und wirbelte ihn herum, benutzte ihn als Schild. Jemand rammte ihm einen Ellbogen in die Nieren – Allan zischte den Schmerz zwischen zusammengebissenen Zähnen hinaus und orientierte sich mit einem schnellen Rundumblick. Er saß inmitten der Brandschatzer aus Anfurt fest, deren Hauptaugenmerk allerdings der dicht gedrängten Gruppe der Mulder in der Nähe der Ley galt, wo Bryce und die anderen die Lumagier und die Mentoren verteidigten.

Aber die Mentoren blieben selbst nicht untätig. Während Allans Blick über ihn glitt, zeigte Jerrain mit einem krummen Finger rechts an Allan vorbei, und die Erde stob heftig auf. Männer flogen mit schauerlichen Schreien durch die Luft. Cory und Hernande standen schützend vor den Lumagiern und taten dasselbe. Devins Pferd kreischte mit einem Laut, der durch Mark und Bein ging, als der Boden vor den Hufen des Tieres explodierte, und Devin wurde aus dem Sattel geschleudert.

Dann erkannte jemand, dass Allan nicht zu den Plünderern gehörte. Ein graubärtiger Mann schwang ein tödlich aussehendes Messer, aber Allan drehte geschickt den Körper des Toten herum, den er erstochen hatte. Der Graubärtige heulte auf, als sein Messer tief in die Brust seines einstigen Gefährten sank. Bevor er es herausreißen konnte, stieß Allan den Leichnam nach vorn und brachte seinen Angreifer aus dem Gleichgewicht. Beide Körper fielen vor seine Füße, und Allan hechtete bereits hinab, um das eigene Messer in die Seite des Graubärtigen zu rammen.

Aber es war ein aussichtsloser Kampf. Er konnte sich nicht alle Plünderer vom Leib halten, zumal er völlig umzingelt war. Nicht einmal Bryce und seine Rüden konnten alle Männer abwehren, die Devin in die Schlacht geschickt hatte.

Dann veränderte sich der Tenor des Gebrülls um Allan herum. Es dauerte einige Augenblicke, bis es ihm bewusst wurde, aber zwischen den Schreien ertönte deutlich hörbar ein wildes Knurren.

Das Augenmerk innerhalb der Plünderer verlagerte sich. Statt in die Richtung zu drängen, wo Bryce mit seinen Rüden die Mulder verteidigte, wandten die Männer um Allan herum plötzlich die Aufmerksamkeit hinaus auf die Ebenen. Allan schaute ebenfalls hin und erkannte, dass die Brandschatzer in den hinteren Rängen von Devins Gruppe zu fliehen versuchten, da sie von Halbwölfen in Stücke gerissen wurden.

Einen Augenblick lang stand Allan verdattert da. Dann stach er dem Mann vor ihm in die Schulter. Dreißig Schritte entfernt stieß ein riesiger, silbergrauer Halbwolf mit einer mächtigen Pranke einen Plünderer flach auf den Boden und riss dem Mann mit den Zähnen die Kehle heraus. Das Blut spritzte auf alle Umherstehenden. Fünf weitere Halbwölfe sorgten für Verwüstung unter der Nachhut der Brandschatzer, während Grant, der Anführer des Rudels, mit einer Eskorte von fünf weiteren Halbwölfen auf sie zuging. Auf ein Zeichen von ihm lösten sich drei von der Gruppe, stürzten sich ins Getümmel und sorgten auf der rechten Seite für frische Schreie. Der silbergraue Halbwolf hatte sich von seinem Opfer abgewandt und auf die Schar der Plünderer links von Allan gestürzt. Arterienblut schoss in hohem Bogen durch die Luft und landete warm auf Allans Wange, doch er ließ den Blick fest auf den Rudelführer gerichtet.

Bis ihn ein graubrauner Halbwolf von links ansprang, ihn mit einer Pfote an der Brust erfasste und zu Boden drückte. Krallen bohrten fünf Löcher durch sein Hemd und in seine Haut, aber Allans Aufmerksamkeit galt vielmehr der schmalen, vor seinem Gesicht schwebenden Schnauze. Gelbe, wilde Augen starrten zornig auf ihn herab, Geifer troff von schwarzroten, von vergilbten, blutigen Zähnen zurückgezogenen Lippen. Allan konnte nicht atmen, der Druck des Gewichts der Kreatur auf seiner Brust war zu groß. Winzige schwarze Pünktchen fingen an, vor seinen Augen zu tänzeln, während ihm der heiße, widerliche Atem des Halbwolfs ins Gesicht wehte. Sein Knurren vibrierte durch die Pfote, die Allan festhielt, direkt in seiner Brust.

Dann brüllte jemand einen Befehl, und der Halbwolf zuckte zusammen. Seine Nasenflügel blähten sich, als er tief die Luft samt Allans Witterung einsog.

Gleich darauf wich er zurück, wandte zuerst den Kopf ab, bevor er das Gewicht von Allans Brust nahm und die Vorderpfote entfernte. Aber er zog sich nicht zurück. Stattdessen stand er über Allan, schaute finster hin und her und knurrte weiter.

Grant trat in Sicht und starrte von oben auf Allan herab. »Steh auf. Die Gorrani kommen.«

Allan brauchte einen Augenblick, um die Worte zu verstehen, da sie mehr nach Knurren als nach Sprache klangen, doch er konnte sich ohnehin nicht rühren.

Grant fasste nach unten, zog die Lippen zu einem halben Knurren zurück, packte ihn am blutigen Hemd und hievte ihn auf die Beine, zog ihn dicht zu seiner missgebildeten, unfertigen Schnauze. Durch Allans Brust loderten die Schmerzen von den Wunden, die ihm die Krallen des anderen Halbwolfs zugefügt hatten. »Die Gorrani.« Der Rudelführer deutete mit der anderen Hand.

Im Osten hatten die Gorrani, die den Wall der Ley überlebt hatten, letztlich eine Einheit gebildet und rückten in ihre Richtung vor.

Allan schaute zurück zu Bryce und den Muldern, die näher zu den Lumagiern und Mentoren gerückt waren und völlig verwirrt beobachteten, wie die Halbwölfe die Plünderer zerfetzten, während sie selbst von den Kreaturen in Ruhe gelassen wurden. Hinter ihnen stieg immer noch feurige Ley auf.

Allan drehte sich wieder Grant zu. »Wir können nirgendwohin fliehen.«

Grants Faust krallte sich fester in sein Hemd. In den Augen des Rudelführers flammte ein funkelndes Gelb auf …

Doch dann brach der Wall der Ley, der die Nadel umgab, auf einmal in den Boden zusammen. Zurück blieben nur die kahlen Steinmauern und die Erde darunter, übersät von Hunderten Waffen, Gürtelschnallen, Ohr- und Nasenringen sowie verschiedenem sonstigem Metall. Sogar die Leitern waren verschwunden.

Alle wirbelten herum, und das Kampfgeschehen hielt mehrere Herzschläge lang inne.

Dann rief Allan: »Jerrain! Hernande! Die Mauer!«

Die Hexer drehten sich jäh um – Jerrain, Hernande, Cory und Jasom –, und kaum einen Atemzug später explodierte die Steinmauer um die Nadel mit einem einzigen, ohrenbetäubenden Donnerschlag nach außen. Der Laut hallte über die Ebenen in die Ferne. Bryce befahl den Muldern brüllend, sich in den Durchbruch zurückzuziehen, wo gewaltige Steinbrocken in den von Metall übersäten Schlamm des Bereichs stürzten, in dem der Großteil der Gorrani-Armee gestorben war. Die Kämpfer aus Muld scheuchten die Lumagier und die Mentoren auf das in die Mauer geschlagene Loch zu. Sie alle kletterten über die Steinhaufen, die an die Schutthalde in der Nähe ihres Dorfes erinnerten, zu der von ihnen geschaffenen Öffnung.

Grant stieß ein Grunzen aus und stellte Allan knochenerschütternd heftig auf den Boden, ließ ihn aber nicht los. Der Rudelführer knurrte und bellte Befehle, woraufhin die Halbwölfe von ihren Opfern abließen und sich mit den Muldern zurückzogen, aber unterwegs nach jeglichen Plünderern schnappten, die ihnen zu folgen versuchten. Leichen, kaum mehr als zerrissene, zerfetzte Fleischhaufen, übersäten das Gelände. Der Anblick drehte Allan den Magen um, dennoch zwang er sich hinzusehen.

Devin konnte er nirgendwo entdecken.

Dann stieß ihn Grant auf die Öffnung in der Steinmauer zu. »Bewegung.«

Allan rannte, Grant preschte neben ihm einher. Der ehemalige Rüde kletterte über den Schutt und fluchte, als das lose Gestein unter ihm nachgab, entweder wegen seines Gewichts oder aufgrund der immer noch zitternden Erde. Bryce schob die letzten Mulder durch die Lücke, dann huschte er selbst hindurch. Auch die Halbwölfe erklommen die Steinbrocken und sprangen durch das Loch. Allan hörte, dass sich die Gorrani im Laufschritt von hinten näherten. Ihr Schlachtruf dröhnte lauter und lauter durch die Luft.

Als er die Öffnung erreichte, drehte er sich um. Grant hielt einen Schritt unter ihm inne. Die restlichen Brandschatzer verteilten sich in Richtung der Ebenen, würden es aber nicht schaffen. Die Gorrani – mittlerweile über tausend – näherten sich rasch und schnitten ihnen den Fluchtweg ab. Auf dem Schlachtfeld vor den Trümmern des gesprengten Mauerabschnitts waren immer noch zwei Halbwölfe mit ihren Opfern beschäftigt.

Grant stimmte einen schrillen Pfiff an. Einer der Halbwölfe stellte die Ohren auf und hob den Kopf, die Schnauze schwarz vor Blut. Er schaute zu den nahenden Gorrani, dann preschte er auf seinen Rudelführer zu, erklomm mit kräftigen Sprüngen den Steinhaufen.

Der andere schenkte dem Befehl keine Beachtung.

Grant wandte sich ab und stieß Allan durch die schmale Öffnung. Allan stieg durch den rauen Durchbruch. Feiner Staub und kleine Steinchen rieselten von oben herab, als er sich den Weg durch die dicke, gesprengte Mauer bahnte. Er sog die Lungen voll Luft und erreichte heiser hustend die andere Seite.

»Runter!« Bryce, der sich auf halber Höhe der wesentlich kleineren Schutthalde auf dieser Seite befand, winkte ihn mit eindringlichen Bewegungen hinunter. Allan stolperte immer noch hustend auf ihn zu, und Bryce hievte ihn vom Gestein, sobald er in Reichweite geriet. Grant und der letzte

Halbwolf von der anderen Seite sprangen hinterher. »Jetzt versiegeln!«

Allan zog den Kopf ein, als ein weiterer ohrenbetäubender Donnerschlag über den weitläufigen Hof dröhnte. Gestein prasselte herab. Ein Brocken von der Größe seines Rumpfs schlug auf der Bodenplatte neben ihm ein und brach entzwei. Den Arm schützend über den Kopf gehoben drehte er sich um und beobachtete, wie die Steinmauer über der von den Mentoren geschaffenen Lücke bröckelte und in sich zusammenfiel. Männer auf dem Wehrgang taumelten davon weg, viele zeigten mit den Fingern oder mit Schwertern zu ihnen nach unten.

»Allan!«

Als er sich umdrehte, winkte ihn Bryce zu dem Meer von Zelten, das den Hof hinter der Mauer ausfüllte. »Bleib in Bewegung. Die Vollstrecker der Weißmäntel sind unterwegs hierher.«

Allan rannte von der Mauer zu den Zelten, folgte Bryce und den anderen, die sich den Weg durch die behelfsmäßige Stadt bahnten. Zwischen den willkürlich angeordneten Unterkünften verteilten sich Feuergruben zum Kochen, auf gespannten Leinen trocknete Wäsche; das verstreute Allerlei bescheidenen Lebens. Allan musste unwillkürlich an die zu Hause in den Höhlen in der Nähe des Dorfes kauernden Mulder denken. Aber er hatte keine Zeit für Erinnerungen, nicht einmal für die an Morrell.

Mit brennender Lunge rannte er und achtete darauf, Bryce nicht aus den Augen zu verlieren. Aus dem Augenwinkel nahm er flüchtig Grant und ein paar der Halbwölfe wahr und hörte spitze, entsetzte Aufschreie, wenn sie den Menschen über den Weg liefen, die hier lebten. Aber insgesamt erwies sich die Zeltstadt als überraschend verwaist. Er selbst schreckte nur drei Menschen auf; eine Frau, die mit einer Eisenpfanne in einer Hand und einem Korb voll Eiern in der anderen aus ihrem Zelt kam, schrill kreischte und zurück hineinhuschte, als Bryce an ihr vorbeiraste – und zwei Männer, die um einen Butterstampfer saßen und sich an der Kurbel abwechselten, obwohl die Stadt angegriffen wurde und die Erde immer noch bebte. Beide hielten inne und schauten ihnen stirnrunzelnd nach, als sie vorbeiliefen.

Weiter vorn schwoll ein Lärm, der sich nach tausend Stimmen anhörte, erst an und dann ab. Allan wäre um ein Haar gestolpert, als die Zelte unvermittelt endeten und einem offenen Platz wichen, der sich zu mehr als der Hälfte leer vor ihnen erstreckte. Mitglieder ihrer eigenen Gruppe standen an diesem Ende oder kamen zu beiden Seiten zwischen den Zeltreihen hervor. Manche keuchten, manche hielten sich die Brust oder die Seite. Grant trat auf den zwanzig Schritte entfernten Platz. Die Halbwölfe tappten leise hinter ihm her, allesamt mit Blut verschmiert. Der Rudelführer ließ den Anblick auf sich wirken, dann drehte er sich zu Allan um, näherte sich ihm jedoch nicht.

Am gegenüberliegenden Ende des offenen Bereichs, den zu beiden Seiten Gebäude aus Stein säumten, waren die Menschen versammelt, von denen Allan erwartet hatte, sie würden in die Zeltstadt gerannt kommen. Die meisten knieten und hatten die Hände zu einer Gestalt erhoben, die auf der ersten Abstufung von etwas stand, das nach einem Tempel aussah. Der Mann streckte seinerseits die Hände dem Himmel entgegen. Seine weißen Gewänder umflatterten ihn, während er zur Menschenmenge herunterbrüllte.

Glenn trat mit beunruhigter Miene zu Bryce und Allan. »Das ist irgendeine religiöse Versammlung. Klingt verdammt ähnlich wie das, was die Kormanley vor der Zersplitterung gepredigt haben, dazu noch irgendetwas von Schlangen, einem Feuer und Vergeltung.«

»Irgendeine Spur von Kara oder den anderen?«

»Keine. Abgesehen von dem Priester da oben sehe ich auch

keine Weißmäntel, es sei denn, die hätten sich in bürgerlicher Kleidung unters Volk gemischt.« Glenn geriet ins Wanken, als die Erde schlingerte. Von den Versammelten vor ihnen erhob sich jähes, ängstliches Geheul. Der Priester erhob die Stimme, als könnte er die Beben durch schiere Lautstärke beenden. »Ich sehe hier nur ein paar Gardisten der Weißmäntel, größtenteils oben auf der Plattform bei dem Priester. Der Rest muss sich wohl auf den Mauern aufhalten.«

»Kara wird beim Knoten sein.« Cory zeigte zu dem Obsidian-Turm, der hinter dem Priester aufragte. »Sie wird in dem Ding sein, in der Nadel selbst.«

»Bist du dir sicher? Als wir sie zuletzt gesehen haben, war sie nicht bereit, mit den Weißmänteln zusammenzuarbeiten.«

»Sie wird dort sein.«

Bryce, Glenn und Allan wechselten einen Blick.

»Ist so gut wie jeder andere Ort, um mit der Suche zu beginnen.«

»Richtig.« Allan ließ den Blick über ihre Gruppe wandern. Nur vierundzwanzig Köpfe übrig. Dann waren da noch die Halbwölfe. Ohne den Rudelführer zählte er ein glattes Dutzend. »Mal sehen, ob wir einen Weg in den Turm finden.«

* * *

Kara erkämpfte sich den Weg durch die aus Erenthrall kommenden Impulse. Jeder Einzelne drohte, sie die Ley-Linie entlang zurück zur Nadel zu drängen. Je weiter sie sich von der Nadel entfernte, desto mehr musste sie auf die vereinte Kraft der anderen Lumagier dort und auf die vom Nexus erzeugte Energie zurückgreifen.

Aber als sie Erenthrall endlich erreichte, schnappte sie nach Luft. »Bei den Göttern ...«

»Was ist?«

Obwohl sie sich Hunderte Meilen entfernt befand, ertönte

643

Marcus' Stimme klar und deutlich durch ihr Entsetzen. Sie schüttelte sich und begann, den Schaden abzuwägen. »In Erenthrall herrscht Chaos. Die Stadt leidet unter gewaltigen Erdbeben, noch schlimmeren, als wir sie erleben. Das Ley-System, das du und die anderen Weißmäntel eingerichtet haben, ist weg.« Kara wünschte, es wäre eine Untertreibung, doch die Knoten, die Marcus und die anderen gebildet hatten, waren in Stücke gerissen worden. Aktive Knoten waren abgestorben, und inaktive wiesen nun Verbindungen zu Ley-Linien auf, die es vor wenigen Tagen noch gar nicht gegeben hatte. Sie hantelte sich von einem Knoten zum nächsten und versuchte, sich einen Gesamteindruck von dem zu verschaffen, was geschehen war, doch es ergab einfach alles keinen Sinn.

»Hier ist zu viel Ley.« Sie passierte eine Verbindungsstelle nach der anderen. Einige Linien prallten gegen die Verkrümmung. Die Ley stieg daran hoch und ergoss sich in die Stadt. Andere trafen auf Knoten und verzweigten sich, brandeten um die Verkrümmung herum oder schossen zu entfernteren Orten wie der Nadel davon. Alle Leitungen erwiesen sich als prall durchwirkt von Ley, als hätte das System irgendwie einen riesigen Speicher angezapft ...

Plötzlich dachte Kara an den See aus Ley, der tief unter der Stadt ruhte. Der Nexus, den Ober-Lumagus Augustus erschaffen hatte, war von Ley aus jenem See gespeist worden. Als sich die Verkrümmung nach der Zersplitterung ursprünglich als stechend strahlendweißer Lichtball über Erenthrall gebildet hatte, da hatte sie davon gezehrt. Kara hatte dies Reservoir bei ihrem Versuch benutzt, die Verkrümmung zu reparieren, bevor sie sich entfaltet hatte.

Aber die Verkrümmung hatte den See vom verbliebenen Ley-System abgeschnitten. Die Hauptleitung zum See lag in der Nähe der Mitte der Verkrümmung, im Zentrum von Erenthrall, in Grass.

Jetzt nicht mehr. Schon als sie unter die Stadt tauchte, unter die Verkrümmung, tief unter die Erde, um den Ley-Linien dort zu folgen – den natürlichen und den von den Ober-Lumagiern erschaffenen –, wusste sie, was sie vorfinden würde.

Nahe des Bodens der Verkrümmung, wo die ursprüngliche Leitung von der Verkrümmung blockiert wurde, hatte sich ein zweiter See in einer gewaltigen, unterirdischen Höhle gebildet. Er wurde von dem noch wesentlich tiefer darunterliegenden See genährt und hatte wahrscheinlich angefangen, sich zu füllen, sobald die Verkrümmung den ursprünglichen Weg versperrt hatte. Aber das neue Reservoir hatte sein Fassungsvermögen erreicht, quoll nun über und suchte nach einem neuen Abfluss.

Gefunden hatte es ihn in dem Durcheinander des Ley-Netzwerks, das die Ober-Lumagier um Erenthrall herum errichtet hatten. Wie Wasser hatte sich die Ley die einfachsten Wege gesucht, nachdem das Reservoir bis zum Bersten gefüllt gewesen war, und das zerstörte Netzwerk hatte nur auf sie gewartet. Nun flutete sie das System.

Niedergeschlagen erschlaffte Karas Körper. Rauer Stein presste durch ihre Kleidung und schabte über ihre Wange. »Sie wird uns alle vernichten.«

»Kara!« Marcus' Stimme klang entfernt, was seltsam anmutete, da sich ihr Körper so nah anfühlte. Ihr Puls pochte heiß und schwer durch ihre Arme, den Hals. Er toste durch ihre Ohren. Ihr Atem rasselte in der Lunge, erstickt vom feinen Abrieb, den das Erdbeben aufgewirbelt hatte. Und doch klangen die Schreie und das Stöhnen der anderen Lumagier und Weißmäntel merkwürdig gedämpft.

Dann ergriff jemand mit einer Hand ihren Unterkiefer. Finger bohrten sich in die Haut, Schmerzen brachen durch das Gefühl der Taubheit. »Kara! Unternimm etwas! Der Nexus wird nicht mehr lange halten!«

»Ich … ich …« Sie wollte sagen, dass sie nicht wusste, was

sie tun sollte. Das Problem erschien zu gewaltig, genau wie die Entfaltung der Verkrümmung nach der Zersplitterung. Aber damals war es ihr gelungen, etwas zu unternehmen, obwohl nur sie und vier andere Lumagier zur Stelle gewesen waren.

In Gedanken raffte sie sich auf. Tief unter Erenthrall wich sie von der Wand der Ley-Linie zurück, an der sie sich seit der Entdeckung des zweiten Sees festgeklammert hatte. Sie erdete sich, zwang sich nachzudenken. Nicht wie eine Lumaga, sondern wie eine Ober-Lumaga.

Es war zu viel Ley vorhanden. Das System konnte sie nicht bewältigen, weil die einzigen in Erenthrall verbliebenen Teile des Systems die Nebenlinien außerhalb des Stadtzentrums waren. Dabei handelte es sich um die Knoten, die zur Versorgung der äußeren Bezirke gedient hatten: der Barkassen, der Wärmeleitungen, der Ley-Kugeln entlang der Straßen und im Inneren der Gebäude jener Menschen, die es sich leisten konnten, dafür zu bezahlen. Alle größeren Verbindungsstellen und der Nexus selbst befanden sich versiegelt in der Verkrümmung.

»Es ist nichts mehr übrig, das stark genug als Anker für so viel Ley sein könnte.« Kara nahm wahr, dass Marcus sie nach wie vor anbrüllte, dass die Grube in der Nadel unter einem weiteren Beben erzitterte und dass ein Teil der Grubenwand eingestürzt war. »Alles, was wir benutzen könnten, um die Ley zu kontrollieren, ist in der Verkrümmung gefangen.«

Sie wandte sich vom ehrfurchtgebietenden Anblick des Nebenspeichers ab, der über seine Grenzen trat und der Verkrümmung oben entgegenströmte.

»Es läuft alles auf die Verkrümmung hinaus. Wir müssen die Verkrümmung reparieren.«

Sie war immer noch nicht sicher, ob die Energie im Nexus und die Stärke der verbliebenen Weißmäntel und Lumagier dafür reichen würde, ungeachtet des so nahen Ley-Speichers – aber sie mussten es versuchen. Erenthrall wurde buchstäblich in Stücke gerissen.

Weit entfernt in der Grube der Nadel ergriff sie Marcus'
Arm. »Ich werde versuchen, die Verkrümmung über Erenthrall zu heilen. Das ist der einzige Weg, um die aus der Stadt
kommenden Energiespitzen aufzuhalten. Wir brauchen die
in der Verkrümmung gefangenen Knoten. Du musst so viel
Energie aus dem Nexus zu mir leiten, wie du und die anderen Weißmäntel bewältigen können.« Sie verstärkte den Griff.
»Schickt sie mir, selbst wenn sie mich verbrennen könnte.«

Er versteifte den Körper, schien drauf und dran zu sein, mit
ihr darüber zu streiten, wobei sie die Emotionen mehr durch
ihre Finger spürte, als sie in seinen Zügen zu sehen. Ihr Augenmerk galt der Verkrümmung in Erenthrall, ihren Rändern
und dem eigenen Versuch, sich nicht davon einschüchtern zu
lassen. Dann atmete Marcus aus, und der Lufthauch blies ihr
ins Gesicht.

»Also gut.« Ein alter Schmerz schwang in seiner Stimme
mit. »Gib uns einen Augenblick.«

Er beugte sich vor und küsste sie, eine zarte Berührung auf
ihren Lippen, bevor er sich aus ihrem Griff löste. Kara konzentrierte sich auf die Verkrümmung und streckte sich nach
außen, wie sie es als Lumaga vor der Zersplitterung getan
hatte. Sie dehnte sich so, dass sie die Ränder der gesplitterten
Realität fühlen konnte, die Bruchflächen und Facetten, die gezackten Blitze und die Ranken in ihren schillernden Farben.
Als sie in die Oberfläche eintauchte achtete sie besonders auf
die Brüche, die kleiner waren und als Erste repariert werden
sollten, sowie auf die Feinheiten der Scherben und darauf,
welche in eine andere einstürzen würde, wenn Kara zu schnell
an ihr arbeitete. Dabei zogen Bilder von der sich bildenden
Verkrümmung durch ihren Geist. Damals hatte Kara auf den
Steinstufen außerhalb des Nexus gelegen, die von Hagger an-
geführten Halbwölfe hatten sich genähert, und all ihre Kraft
war geschwunden gewesen. Artras hatte schützend über ihr
gestanden, der Dolch der älteren Lumaga hatte im reinweißen

Licht der Verkrümmung gefunkelt. Zu dem Zeitpunkt hatte jenes Licht geflackert. Das durchdringende, hohe Geheul der Verkrümmung war jäh verstummt, und das Licht hatte sich erst auf die Größe einer Nadelspitze, dann zu nichts zusammengezogen.

Und war anschließend nach außen explodiert. Die dicken Ranken hatten sich wirbelnd und gierig der Stadt entgegengestreckt. Die Wirklichkeit war in einem eleganten, wunderschönen Energiestrudel zerbrochen, der die Hälfte von ihnen dort auf den Stufen verschlungen hatte – Allan, Artras, Dylan, Hagger, die Halbwölfe und auch Kara.

Danach hatte sich das Gebilde verlangsamt und war zum Stillstand gekommen. In ihrer Scherbe war die Wirklichkeit, die Zeit erstarrt. Nur Allan war unbeeinträchtigt geblieben. Ohne Allan wären sie alle verloren gewesen.

Wie viele andere Menschen mochten noch immer in den Scherben festsitzen? Es war nicht mehr dieselbe Verkrümmung wie zuvor. In den Rändern prangten nun zerklüftete Löcher, wo Kara und die Weißmäntel einzelne Scherben repariert hatten, bevor ihnen die Nutzlosigkeit ihres Tuns klar geworden war. Sie hatten gesehen, was sich in einigen dieser Scherben ereignet hatte – zum Beispiel jene Gruppe, die ihre Lebensmittel gehortet, sich aber letztlich selbst umgebracht hatte, als ihnen bewusst geworden war, dass niemand kommen würde, um sie zu befreien. Doch es gab Tausende Scherben, und es musste tausende darin gefangene Menschen geben, die in jenen Scherben, in denen sich die Zeit verlangsamt hatte oder stehen geblieben war, noch lebten.

Karas Ziel seit dem Überleben der Entfaltung hatte immer darin bestanden, sie auf jede nur mögliche Weise zu befreien. Allerdings war dieser Antrieb ins Hintertreffen geraten, als sie selbst ums Überleben hatte kämpfen müssen und sich die Wirklichkeit der neuen Welt nach der Zersplitterung ausgebreitet hatte. Nun *musste* sie die Verkrümmung reparieren.

Und nicht bloß, um die darin gefangenen Menschen zu retten, sondern auch alle auf den Ebenen, bevor das zersplitterte Ley-System das gesamte Land in Stücke reißen konnte.

Kara nistete sich um die kugelige Verkrümmung herum ein, dehnte sich über jenen Rand, von dem sie wusste, dass die Weißmäntel und sie dort schon Scherben geheilt hatten. Diese Stellen würden am schwächsten sein und bargen daher die größte Gefahr, die Verkrümmung zu destabilisieren und einen katastrophalen Einsturz zu verursachen, während Kara arbeitete.

»Wir sind bereit.«

Sie holte mehrmals tief Luft, um sich zu wappnen. Wieder bäumte sich der Boden in der Nadel auf, doch Kara achtete nicht darauf. Durch die Ley konnte sie fühlen, wie sich auch die Erde rings um Erenthrall bewegte, dass Gebäude in sich zusammenfielen, als sich Risse quer durch die Straßen auftaten. Seltsamerweise erwiesen sich die der Verkrümmung am nächsten gelegenen Bereiche als die stabilsten.

Die Verkrümmung selbst blieb unbeeinträchtigt.

»Ich bin so weit.«

Weit entfernt sagte Marcus: »Jetzt.«

Kara spürte, wie die Flutwelle der Ley von der Verbindungsstelle der Nadel auf sie zuraste. Sie wurde durch den Nexus zu ihr geleitet, von den Weißmänteln und Lumagiern die Ley-Linie entlanggeführt, die den Knoten mit Erenthrall verband. Sie stählte sich für den Aufprall …

Und wäre dennoch um ein Haar mitgerissen worden, als die Energie eintraf. Kara schrie. Sie wusste, dass sie schrie, aber das alles unter sich begrabende Tosen der Ley, die Kara durchschüttelte, übertönte ihre Stimme völlig. Mit unvorstellbarer Anstrengung bemächtigte sie sich der ihr zugesandten Macht und bündelte sie auf die Verkrümmung. Ihre Reichweite verdoppelte sich erst, dann verdreifachte sie sich, weitete sich um die Verkrümmung herum aus, bis Kara sie vollständig umschloss. Aber anders als bei ihrem Versuch, sie zu reparieren, bevor sie sich entfaltet hatte, stand ihr diesmal keine Unterstützung zur Verfügung. Da war kein einziger anderer Lumagier, der ihr Kraft verleihen oder sie anleiten konnte. Sie konzentrierten sich alle darauf, den neuen Nexus zu stabilisieren. Also griff sie auf alles zurück, was sie als Lumaga gelernt hatte, auf alles, was sie sich an Feingefühl bei den Uhren angeeignet hatte, bei deren Reparatur sie ihrem Vater immer helfen durfte. Und sie begann mit der Arbeit.

Zuerst nahm sie sich die unebenmäßigen Ränder vor, an denen bereits Scherben geheilt worden waren. Den Rest der Verkrümmung hielt sie zusammen, als sie anfing, die Kanten zu glätten. Vorsichtig befreite sie erst eine Scherbe, dann die nächste. Die Ranken, die das Rückgrat der Verkrümmung bildeten, erzitterten bei der Befreiung jeder Scherbe, und Kara hielt inne, bis sie sicher war, dass sie keinen Zusammenbruch ausgelöst hatte. Anschließend fuhr sie fort, während die vom Nexus stammende Energie sie immer noch umtoste. Kara leitete sie ab, verteilte sie über die Verkrümmung, ließ sie nach außen, um die Kugelform herum und zurück zu sich fließen, bis sie die Energie verwenden konnte.

Drei Bereiche, derer sich die Weißmäntel angenommen haben mussten, hatte sie bereits geglättet, als sie die Aufmerksamkeit auf einen neuen Abschnitt richtete. Eine kleine Scherbe befand sich abgekapselt vom Rest der Verkrümmung, und sie erkannte, dass es sich um jene handelte, die den Wagen und die von Halbwölfen angegriffene Familie beherbergte. Als sie die Scherbe zum ersten Mal gesehen hatte, war ihnen keine Möglichkeit eingefallen, die Verkrümmung zu reparieren, ohne die Halbwölfe zu befreien. Es hätte kaum eine Möglichkeit bestanden, die Halbwölfe aufzuhalten, bevor sie die Familie in Stücke rissen. Deshalb hatten sie die Scherbe vorerst unangetastet gelassen – und danach waren sie in den Krieg zwischen den Flussratten und den Tunnlern geraten.

Kara zögerte an der abgeschiedenen Scherbe, scheute sich davor, sie zu heilen, da dies den fast sicheren Tod der Familie darin verheißen würde. Dann entschied Kara, sie sich vorerst aufzuheben, und kehrte zur Verkrümmung zurück. Sie würde sich später darum kümmern.

Abermals nahm sie die Verkrümmung in Angriff, führte die Ley-Energie über die Bruchlinien, versiegelte vorsichtig Risse, schmolz Scherben zurück in die Wirklichkeit, als sich die Sprünge darin zurückzogen. Ihr Selbstvertrauen wuchs, und sie begann, schneller zu arbeiten, während die Ley um sie herum pulsierte. Ohne nachzudenken, griff sie nach mehr, bezog Ley aus dem überquellenden Speicher, der die gegenwärtige Krise ausgelöst hatte, vermengte die beiden Ströme von unterhalb der Verkrümmung und von der Ley-Linie aus der Nadel. Sie fing an, in Wellen über die Verkrümmung zu fegen, als wolle sie das Gebilde polieren. Die Bruchstellen lichteten sich und wichen zurück, während sie arbeitete, aber die Gesamtheit war so unheimlich groß.

Und die Verkrümmung, die Tumbor verhüllte, war sogar noch gewaltiger.

Kara weigerte sich zuzulassen, dass der Gedanke sie entmutigte.

Alles lief gut, bis ein weiterer heftiger Erdstoß in der Grube der Nadel ihren Körper zu Boden schleuderte. Schwindelerregende Schmerzen sengten durch ihre Schulter, und in ihrer Brust brach etwas, das eine Lanze weißglühender Pein durch ihre Lungenflügel jagte. Unwillkürlich zuckte sie von der Verkrümmung zurück, als ihre Konzentration unterbrochen wurde. Die Störung waberte durch die Ley …

Und die Verkrümmung erzitterte.

»Nein.« Kara streckte sich schon, um die Kontrolle wiederzuerlangen.

Doch es war zu spät.

Das Zittern nahm zu, dann begann die gesamte Verkrümmung, in sich zusammenzufallen.

»Nein, nein, nein, nein, nein!« Die Menschen in der Nadel schrien, als mehr und mehr von der Grube um sie herum einstürzte, doch in Erenthrall fing die Verkrümmung an, die Straßen und Gebäude in den Scherben zu verschlingen, die sich plötzlich um sie herum schlossen. Bilder von der zerfetzten Hand der Näherin, von dem Blut, das ihr auf die Wange gespritzt war, und von jener Verkrümmung, die den ursprünglichen Besitzer von Karas Hündchens Max getötet hatte, zogen rasend durch ihren Verstand. Und dabei waren das damals alles winzige Verkrümmungen im Vergleich zu dieser gewesen.

Diese Verkrümmung würde das gesamte Zentrum von Erenthrall – Grass, Stän, Konflux und ihren Heimatbezirk Eld – dem Erdboden gleichmachen.

Und der Zusammenbruch beschleunigte sich.

Kara vergeudete kostbare Augenblicke damit, die Macht der Ley in der Hoffnung zu dehnen, damit die Verkrümmung zu umhüllen und sie auf diese Weise zu stabilisieren. Allerdings hatte das schon früher nie funktioniert. Der Einsturz erfolgte nämlich nach innen, zur Mitte hin. Sie hingegen befand sich außen. Es gab keine Stelle, die Halt an der Verkrümmung bot, um der Trägheit entgegenzuwirken, die das Gebilde implodieren ließ. All ihre Bemühungen von außen leisteten dem Zusammenbruch nur zusätzlich Vorschub.

Panisch raste sie einmal, zweimal um die gesamte Verkrümmung, suchte eine Ritze, einen Spalt, irgendetwas, das sie aufzwängen könnte, um ins Innere zu gelangen, während die Verkrümmung weiter schrumpfte. Aber sie fand nichts.

»Nein!« Wieder züngelten weißglühende Qualen durch ihre Brust.

Alles in Erenthrall, was sich innerhalb der Verkrümmung befand, würde zerstört werden. Alles, was sie von dem Moment an befürchtet hatte, als sie ihren Klauen entronnen war, spielte sich vor ihren Augen ab.

Das durfte sie nicht geschehen lassen. Sie musste der Vernichtung Einhalt gebieten. Kara musste *hinein*, musste die Verkrümmung von innen nach außen heilen, nicht umgekehrt.

Sie stählte sich, sammelte so viel von der Ley zusammen, wie sie konnte, und bündelte die Energie zu einer einzigen Klinge. Nein. Zu einer Nadel, schmal, dünn, spitz. Ein Weg. Sie brauchte einen Weg des geringsten Widerstands. Eine Leitung.

Die Quelle des ursprünglichen Nexus.

Kara tauchte tief unter die Verkrümmung, hinunter zu dem Reservoir der Ley, umklammerte die Nadel aus reiner Energie, die sie erschaffen hatte …

Und trieb sie nach oben durch die Ley-Linie, die den ursprünglichen Nexus mit dem See der Ley tief darunter verband. Die Wand der einstürzenden Verkrümmung zerbrach, als Kara sie durchstieß. Die Scherben zersplitterten, während sie die Nadel tiefer und tiefer hineintrieb, bis sie ins Herz der Verkrümmung schoss, hinein in die Scherben rings um die gesprungene Kristallkuppel des Gebäudes, das den Nexus beherbergt hatte. Sie schwebte über der gezackten Öffnung jener Kuppel, über den gekappten Türmen von Grass – darunter der Bernsteinturm –, die wie Dornen unter ihr aufragten. Hätte sie hingesehen, sie hätte die Körper von Hagger und den Halbwölfen unten auf den Stufen entdeckt, doch dafür nahm sie sich keine Zeit. Stattdessen leitete Kara die geballte Ley durch sich hindurch und schickte sie in einer Explosion purer Energie hinaus in die Verkrümmung. Hier im Zentrum hatte sie Zugang zum Gerüst all der Ranken, zu den gezackten Rändern, den Facetten und Bruchflächen. Alles stand in Verbindung mit diesem einen Ort, und so sandte sie die Ley durch jene Ranken, sandte sie tosend nach außen auf die Zerstörung zu, die sich ihr stetig aus allen Richtungen näherte.

Die gesamte Verkrümmung leuchtete von innen mit einem gleißenden Glühen auf, das wie eine weiße Sonne anmutete. Knisternd sengte es durch ihren Geist, schmorte durch ihren Körper und brannte sich in ihre Knochen.

Und dann wurde alles schwarz.

***

In Erenthrall erzitterte die Verkrümmung, eine Bewegung, die sich kaum von den Erschütterungen der Erde um sie herum unterscheiden ließ. Dann durchlief das Gebilde ein Schaudern, und es begann zu schrumpfen. Langsam zog es sich in sich zusammen und ließ zerwühlte Gebäude, Brücken, Straßen und Parks zurück. Die Implosion beschleunigte sich, als die wirbelnden Ranken, die das Zentrum von Erenthrall beherrscht hatten, wirbelnd in sich selbst zurückschnellten. Das Bersten von Stein übertönte sogar die gequälten, mahlenden Laute der Beben ringsum.

Dann flammte in der Mitte der Verkrümmung ein feurigweißes Gleißen auf. Das Licht weitete sich als jäher Blitz aus, brannte greller als die Sonne. Es verschlang die Verkrümmung samt und sonders und erstrahlte noch darüber hinaus. Eine zweite Sonne wurde weit über die Ebenen sichtbar, von der kleinen Ortschaft Anfurt über Muld bis hin zu den versprengten Gruppen rings um die neue Verkrümmung in Tumbor.

Befehlshaber Ty und seine Vollstrecker auf den Mauern der Nadel schauten von ihrem Gefecht gegen die Gorrani unter ihnen auf, schirmten die Augen ab, bevor sie gezwungen waren, den Blick abzuwenden, weil das Licht zu grell wurde. Trosse von Temeriten-Flüchtlingen weit im Osten kauerten sich angesichts jenes Gleißens am westlichen Horizont bang neben ihre Wagen. Im Norden unter den strahlenden weißen Augen der Drei Schwestern sengte das Licht durch die grauschwarzen Wolken und die Lagen der Himmelslichter, die durch die Berge trieben. Das Licht verlieh den gequälten Seelen dort einen flüchtigen Anflug von Hoffnung. Und im Westen hielten die Menschen der Lehensgebiete bei ihren Gebeten in den Basiliken inne oder ließen ihre marschierenden Armeen anhalten, als die Wolken im Osten mit einem verblüffenden Weiß erstrahlten, das in den Augen schmerzte.

In Erenthrall verzagten die Überlebenden der Erdbeben, fielen auf die Knie, schrien dem Himmel entgegen oder neigten die Häupter und weinten. Alle – Flussratten, Tunnler, Temeriten, Gorrani – waren überzeugt, dass es sich um eine zweite Zersplitterung handelte.

Aber das intensive Licht gleißte nur weiter über ihnen. Diejenigen, die direkt hinstarrten, wurden geblendet, manche für Tage, andere für Wochen, einige dauerhaft.

Dann schrumpfte das Licht, zog sich auf einen winzigen Punkt, einen funkelnden Stern zusammen.

Und schließlich erlosch es.

Danach bebte die Erde zwar weiter, aber die Verkrümmung war verschwunden. Das Zentrum der Stadt – gesäumt von einem Ring aufgerissener Erde – blieb unversehrt. Jene Gebäude, die der Zersplitterung standgehalten hatten, waren von der Verkrümmung befreit. Nach und nach ließen die Beben nach.

Die unbehagliche Stille hielt knapp eine Stunde an, bevor ein grauenhafter, nachhallender Knall die gesamte Stadt erschütterte; eine Schallwelle, die man noch Hunderte Meilen entfernt hören konnte. Mit einem trägen, stockenden Mahlen sank die Stadt Erenthrall samt und sämtlich über dreihundert Schrittlängen tief in die Ebenen. Das Grasland ringsum brach, wurde von Hunderten Rissen zerklüftet. Gebäude und Türme, die der Zersplitterung, den Erdbeben und der Verkrümmung

widerstanden hatten, fielen in sich zusammen, hohe Staub-
säulen stiegen auf. Feuer brachen aus. Ley-Geysire schossen
empor.

Aber die Erde setzte sich, und die Beben endeten.

Und nach einem Tag der Stille – ohne Erschütterungen,
ohne Nachbeben – begannen die Überlebenden, sich zu rühren.

SECHSUNDZWANZIG

»Dieser Tempel ist ein von den Göttern verfluchter Irrgarten!«
Bryces Stimme hallte Cory in dem eigenartigen Korridor
weit voraus. Das gesamte Gebäude erzitterte unter den Erdbeben, die mittlerweile ein durchgehendes Tosen mahlenden Steins und zähneklappernder Erschütterungen bildeten.
Er wankte gegen eine Seitenwand und streckte unbewusst
die Hand aus, um Hernande zu stützen, als sie Allan, Bryce,
dem Anführer der Halbwölfe und zwei Mitgliedern seines
Rudels sowie einem halben Dutzend von Bryces Rüden tiefer
in das Bauwerk folgten. Eine Tür zu finden, hatte sich nicht
als schwierig erwiesen – die meisten Gardisten schienen auf
den Mauern zu sein, um die Nadel gegen die Überreste der
Gorrani-Armee zu verteidigen, oder in der Nähe des Platzes,
wo sich der Großteil der Bürger versammelt hatte.

Ein weiteres Aufbäumen des Bodens unter ihnen entlockte jemandem weiter hinten einen Aufschrei, doch Cory
hielt nicht inne, um nachzusehen, von wem der Laut stammte.
Sie verteilten sich den Korridor entlang, Cory bei Hernande
und Jerrain, ein paar weitere Mulder unmittelbar hinter ihnen, dann die Lumagier und der Rest der Mulder, dazwischen
die Halbwölfe. Jedes Mal, wenn sie einen querenden Korridor
oder einen Nebenraum erreichten, schnupperten die Halbwölfe die Luft. Gelegentlich rannte einer von ihnen in die von
flackerndem Ley-Licht erhellten Gänge, um zu kundschaften,
bevor er zurückkehrte. Die Hauptgruppe blieb nicht stehen,
sondern bahnte sich unbeirrt den Weg geradewegs zur Mitte
und zum schwarzen Turm. Die dunklen Räume ringsum wür-
digte kaum jemand eines Blickes. Staub rieselte von der Decke

herab, während die Erde bebte, einige Male prasselte ein Kiesel auf Corys Kopf oder Schulter.

Er nahm es kaum wahr, denn sein gesamtes Augenmerk galt dem schwarzen Turm und Kara. Er musste sie finden, musste sie sehen, sie festhalten, sie riechen. Er musste wissen, dass sie noch lebte. Der Drang trieb ihn sogar dann weiter, wenn einige der anderen verzagten und zauderten. Er trieb ihn schon an, seit sie die verkohlten Überreste von Muld hinter sich gelassen hatten, seit Allan mit Artras, Cutter, Gaven und Glenn am Kopf der Stufen in den Höhlen aufgetaucht war, seit er ihnen allen von der Gefangennahme durch die Tunnler berichtet und geschildert hatte, wie sie verraten und Kara und der Rest an die Weißmäntel ausgeliefert worden waren.

Plötzlich blieben die vordersten Gestalten stehen. Jerrain und Hernande schlossen zu ihnen auf.

»Was ist? Warum habt ihr angehalten?«

»Die Halbwölfe sind unter Umständen auf etwas gestoßen. Auf einen Geruch.«

»Ja.« Die Stimme des Rudelführers glich dem tiefen Knurren eines Wolfs. »Eure Lumaga ist durch diesen Quergang gekommen. Ich kann sie riechen.«

»Wie lange ist das her?«

»Höchstens einen Tag.«

Ein Schwächeanfall ließ Corys Knie weich werden, und er stützte sich an der schrägen Wand ab. Nun war es Hernande, der nach hinten fasste, um ihm Halt zu geben. »Sie ist noch am Leben.«

»Aber ich kann nicht sagen, welche Richtung uns zu ihr führt. Wir müssen die Gruppe aufteilen.«

Allan räusperte sich. »Bryce, geh mit Grant und vier anderen den linken Korridor entlang. Der Rest von uns übernimmt die rechte Seite.«

Ohne weitere Worte teilten sie sich auf. Bryce bog nach

links in einen Gang, der genau wie jener aussah, der nach rechts führte. Da somit die Hälfte der Männer vor ihm verschwunden war, konnte Cory weiter voraus besser sehen. Allan trottete mit einem Halbwolf an der Seite dahin, gefolgt von zwei Muldern und dann Jerrain, Hernande und Cory. Türen und Quergänge säumten den neuen Korridor genau wie jenen, den sie gerade verlassen hatten, doch dieser erwies sich als leicht gekrümmt.

Und die Räume wurden benutzt.

Allan fiel das plötzliche Auftauchen von Pritschen und Stühlen und allgemeiner Wohnlichkeit kurz vor Cory auf. Er verlangsamte seine Schritte, allerdings nicht schnell genug, und so pflügte er in eine Frau, die mit einer Ladung zusammengeknüllter Wäsche aus einem der Räume kam.

Sie schrie auf, als beide zu Boden fielen. Die Kleidung flog in hohem Bogen durch die Luft, der Halbwolf stimmte ein tiefes, bedrohliches Knurren an, das Cory trotz des ständigen Rumorens der bebenden Erde nicht überhören konnte. Die Frau kreischte weiter, als sie und Allan auf dem Boden zappelten, während die zwei Mulder mit gezückten Schwertern über ihnen standen. Dann jedoch verstummte der Schrei der Frau wie abgeschnitten.

Allan hatte eine Hand auf ihren Mund geklatscht und den anderen Arm um ihre Mitte geschlungen, doch ihr verängstigter Blick klebte an den beiden nur wenige Fingerbreit vor ihrem Gesicht schwebenden Schwertern. Dann schaute sie zu dem Halbwolf, und ihre Augen weiteten sich noch mehr. Kurz setzte sie sich zur Wehr, dann fügte sie sich. Ihre Brust hob und senkte sich heftig. Cory fiel ihre dunklere Haut auf, die von einer Herkunft aus den Lehensgebieten zeugte, und er stupste Hernande.

»Der Halbwolf wird dir nichts tun«, versprach Allan. »Niemand von uns will dir wehtun. Wir sind nur wegen unserer Lumagier und deren Begleitern hier. Wo sind sie?«

Allan entfernte die Hand von ihrem Mund. »Ich sage euch gar nichts.«

Hernande trat vor und ging vor der Frau in die Hocke. Er zog den Ärmel seines linken Arms zurück. Zum Vorschein kam eine verteilte Anordnung von Tätowierungen über den Bizeps, die wie eine Konstellation kleiner Sterne aussah. Cory hatte sie noch nie zuvor gesehen, sie waren immer von Hernandes Kleidung verdeckt gewesen.

Furcht flammte in den Augen der Frau auf. »Oransai! Aber Prinz Valladolid hat alle Oransai und deren Familien in Barakaldo hingemetzelt.«

»Nicht alle. Ein paar sind entkommen.«

Der Boden bäumte sich auf, ein Staubvorhang senkte sich auf sie herab, alle taumelten. Cory schaute auf und bemerkte einen Sprung, der sich über die Decke erstreckte, bevor er den Blick wieder entschlossen auf Hernande richtete.

»Sag uns, wo die Lumagier sind.«

Trotzig versteifte die Frau den Körper, dann jedoch senkte sie den Blick auf die Tätowierungen. »Meine Eltern haben immer gesagt, es sei falsch gewesen, was Valladolid getan hat. Sie sagten, die Oransai hätten etwas Besseres verdient.« Sie begegnete Hernandes Blick. »Die Lumagier sind im Knoten. Ober-Lumagus Lecrucius hat sie dorthin bringen lassen.«

»Ober-Lumagus?« Artras war hinter Cory getreten. Die anderen Lumagier drängten sich hinter ihr.

Die Frau aus den Lehensgebieten schniefte. »Ja. Ober-Lumagus.«

»Wo ist der Knoten? Wie gelangen wir dorthin?«

»Ich führe euch.«

Allan ließ sie los, und sie folgten ihr durch die Gänge. Nach und nach erkannte Cory, dass es sich bei diesem Bereich um die Unterkünfte von Bediensteten handelte. Sie passierten eine Küche, in der Männer und Frauen emsig an dampfenden Kesseln und Bratspießen arbeiteten. Niemand nahm die

Gruppe der Fremden wahr, als sie vorbeieilten. Unterwegs huschten einige Menschen erschrocken aus dem Weg, und die Frau aus den Lehensgebieten rief ihnen etwas zu. Dann erreichten sie einen wesentlich breiteren Quergang, der zu einer Tür führte, die von der Frau schwungvoll aufgerissen wurde.

Das Sonnenlicht erwies sich als verblüffend grell. Alle blieben stehen und hoben die Hände, um die Augen abzuschirmen. Cory trat vor und wischte Tränen weg, als die Frau über ein Feld aus Stein mit Stelen zum Fuß des schwarzen Turmes zeigte. »Dort!«

Kaum hatte Cory die Öffnung im Turm erblickt, stürmte er los.

Hinter ihm brüllten Hernande und Allan: »Warte!«

Er schenkte ihnen keine Beachtung, preschte durch den Eingang und hielt in der Dunkelheit dahinter an, damit sich seine Augen wieder an das pulsierende Ley-Licht gewöhnen konnten, das durch die Wände des Turms verlief. Verzweifelt wirbelte er herum, bis er links eine Treppe erblickte und darauf zuraste. Er hörte das Klicken von Krallen auf glattem Stein und wusste, dass sich der Halbwolf unmittelbar hinter ihm befand. Dann kamen die Geräusche von ausgestoßenen Flüchen und das Pochen von Stiefeln hinzu.

Als er die riesige Kammer der Grube erreichte, bäumte sich die Erde abermals heftig auf. Unten standen Gestalten in weißen Mänteln um die aus der Mitte der Grube emporschießende Ley verteilt. Sie schrien auf. Die Hälfte von ihnen wurde zu Boden geschleudert, einige rührten sich schon nicht mehr. Eine andere Gruppe kauerte auf dem Boden in der Nähe der Wand der Grube. Corys Blick heftete sich auf Kara, die schief an der Felswand lehnte. Dylan hielt sie halb aufrecht, eine weitere Gestalt hockte mit dem Rücken zu ihm vor ihr. Um sie herum hielten sich noch mehr Menschen auf.

»Kara!« Er klammerte sich an den Stufen fest, als der Boden abermals wild bebte ...

Dann bröckelte die Felswand neben Kara und den anderen und explodierte nach außen. Steinbrocken stürzten auf den Sims der Grube hinab, manche so groß wie ein Mensch. An einem Abschnitt, der bereits abgebrochen war, fielen sie weiter in die Tiefe. Kara wurde zu Boden geschleudert, ihr Körper wirkte dabei eigenartig schlaff. Sie knallte hart mit der Schulter auf den Untergrund und kam auf dem Rücken zum Liegen. Dann begrub sie herabfallendes Gestein unter sich, und eine aufsteigende Staubwolke raubte Cory die Sicht auf sie.

»Kara!« Cory raste die Stufen hinunter, sprang über einen Spalt darin hinweg, ohne nachzudenken, und wäre auf der anderen Seite beinahe gestolpert.

In vollem Lauf überquerte er den Sims, stieß jemanden aus dem Weg, fiel auf die Knie und begann, in den Steinen zu wühlen, die den Großteil von Karas Körper bedeckten. Nur ihr Kopf, eine Schulter und ein Teil eines Arms und Beins lugten aus dem Haufen hervor. Er warf die Steine beiseite, grub sich durch das lose Geröll darunter, nahm am Rande wahr, dass ihm andere halfen und einige in der Nähe unter weiterem Geröll nach Verschütteten suchten.

Dann hustete Kara, ein grauenhafter, nasser, erstickter Laut. Cory hielt mit einem halb von ihrem immer noch größtenteils verschütteten Körper gehobenen Stein inne.

Kara sog abgehackt die Luft ein, bevor sie langsam ausatmete. Ihr Kopf sank zur Seite.

Cory schleuderte den Stein weg und beugte sich über Karas Kopf und Schultern. Tränen tropften auf ihr Gesicht, dunkle Flecken in dem Staub, der sich darauf gesetzt hatte. Seine Hände schwebten zitternd über ihren Wangen. Er scheute sich davor, sie zu berühren, weil er fürchtete, er könnte sie zerbrechen, obwohl sie bereits zerbrochen zu sein schien. Er vermochte nicht einmal zu sagen, ob sie überhaupt noch atmete.

»Cory!« Jemand schüttelte ihn, zog an seinem Arm. Immer

noch gruben um ihn herum andere Leute. »Cory, sie ist noch am Leben.«

Sein Kopf schoss hoch, doch er sah alles verschwommen. Er wischte sich mit den Armen übers Gesicht, konzentrierte sich …

»Marcus?« Cory konnte nicht klar denken. Das ergab keinen Sinn. Marcus war tot. Er war in Erenthrall gestorben, nachdem er den Nexus gestört und die Zersplitterung herbeigeführt hatte.

»Marcus.« Er sprang auf die Beine. Sein Arm schoss vor, seine Finger krümmten sich wie Klauen, als er eine Verknotung mitten in Marcus' Brust bildete. Der Lumagus – nein, der Weißmantel – sog scharf die Luft ein, riss eine Hand ans Herz und taumelte zurück …

Dann jedoch schloss sich eine andere Hand gebieterisch um Corys Arm. Hernande stand ruhig neben ihm.

»Lass es.«

Cory löste die Verknotung auf. Seine Hand verkrampfte sich, als er sie entspannte. Marcus' Schultern sackten herab. Er schleuderte Cory einen Blick reinen Hasses zu.

Doch dann sagte zwischen ihnen Artras, die an Karas Seite kniete: »Ihr Arm ist ausgerenkt, und ich glaube, ihre Rippen sind angeknackst, aber sie wird es überleben.«

Cory sank zurück auf die Knie. »Ich dachte, sie wäre tot.«

»Bewusstlos.«

Marcus blieb ein paar Schritte entfernt. Er presste immer noch eine Hand auf die Brust, doch seine Atmung hatte sich beruhigt, und die natürliche Farbe kehrte in sein Gesicht zurück. »Sie hat die Verkrümmung über Erenthrall repariert.« Seine Stimme wurde brüchig, und er räusperte sich. »Sie hätte sich dabei fast selbst verbrannt, aber sie hat es geschafft.«

Erst da wurde Cory bewusst, dass die Erdbeben geendet hatten.

Kara stöhnte. Cory streckte eine Hand aus, berührte sie an

der Stirn, schob eine verirrte Strähne beiseite. Sie wiegte den Kopf erst hin und her, dann öffnete sie die Lider. »C-Cory? Was machst du denn hier?«

»Wir sind gekommen, um dich zu retten.«

Kara versuchte, sich aufzusetzen, doch sie schnappte vor Schmerzen nach Luft und legte sich wieder zurück. Schweiß glänzte auf ihrer Haut. »Meine Schulter tut weh.«

»Sie ist ausgerenkt«, sagte Artras. »Darum müssen wir uns so schnell wie möglich kümmern. Es wird wehtun, vor allem angesichts der Blutergüsse, die du schon davongetragen hast. Aber es muss getan werden.«

»Dann tu es.«

»Haltet sie fest.«

Kara schrie kurz auf, dann jedoch würgte sie den Schrei hinunter, indem sie sich auf die Unterlippe biss, als sie zurück auf den Boden gedrückt wurde.

»Du wirst ein paar Tage Bettruhe brauchen, nur für den Fall, dass es nicht bloß Blutergüsse sind, sondern du eine gebrochene Rippe hast.«

»Im Augenblick geht niemand irgendwohin«, warf Allan ein.

Cory erschrak. Er hatte auf nichts anderes als Kara und die unmittelbare Umgebung geachtet. Aber als er zu Allan hinaufschaute, der am Kopf der Treppe stand, erkannte er, dass sich die Weißmäntel auf einer Seite geschart hatten. Marcus hielt sich zurück und musterte Allan, während einige der Weißmäntel über einem anderen standen, der ebenfalls aus dem Geröll ausgegraben worden war, einem Gorrani. Dylan saß in der Nähe an Gesteinsbrocken gelehnt und massierte sich das Knie.

Abgesehen von Hernande und zwei anderen Muldern befand sich niemand von der Gruppe, die mit ihnen gekommen war, in der Grube.

»Wo sind die anderen?«

»Bryce hat Adder und Aaron gefunden. Sie sind alle am Eingang zum schwarzen Turm und sichern ihn. Der Befehlshaber der Gardisten der Nadel will entweder mit Lecrucius oder mit Marcus reden.«

* * *

Allan begleitete Marcus aus der Grube. Die den Korridor erhellende Ley erlosch auf ihrem Weg sieben Schritte vor und sieben Schritte hinter Allan. Er hatte eigens darauf geachtet, die Grube unten nicht zu betreten, da er nicht wusste, wie er sich auf den Knoten auswirken würde. Eine Hand beließ er auf Marcus' Schulter, als sie sich durch die Schar der Mulder am Eingang der Nadel drängten. Sowohl Adder als auch Aaron blieben im hinteren Bereich der Gruppe. Grant stand im Korridor, der vom Eingang weg zur Mitte führte. Seine Nasenflügel blähten sich. Neben und hinter ihm trieben sich ein paar seiner Halbwölfe herum. Keiner der Männer befand sich dem Eingang nah genug, um durch die Öffnung von den Bogenschützen getroffen werden zu können, aber alle hatten die Schwerter gezogen. Cutter sah er nicht unter ihnen, und er fragte sich kurz, wohin der Fährtensucher verschwunden sein mochte, dann jedoch wandte er Bryce seine Aufmerksamkeit zu. Der Rüde wartete dort, wo er ihn zurückgelassen hatte.

Er zog Marcus zum Stillstand. »Irgendeine Veränderung?«

»Er wartet ungefähr auf halbem Weg zwischen der Tür zum Tempel und dem Turm. Zu beiden Seiten sind ein paar Stelen. Schwer zu sagen, ob er oben an den Fenstern Bogenschützen hat. Jedenfalls hält er an der Tür Männer bereit. Cutter hat ein paar unserer eigenen Bogenschützen mit hinauf in die höheren Ebenen des Turmes genommen, um zu sehen, ob sie von dort was tun können. Wir haben keine anderen Eingänge zum Turm außer diesem hier gefunden.«

665

»Es gibt keine anderen«, warf Marcus ein. »Das ist der einzige Weg herein oder hinaus, abgesehen von den Tunneln, die derzeit mit Ley gefüllt sind. Allerdings gibt es drei andere Zugänge zum Steingarten, einen an jedem der vier Kompasspunkte. Durch diese Zugänge könnte er Gardisten hereinschleusen, obwohl ich vermute, wenn er das vorhätte, würde euch Cutter inzwischen davor gewarnt haben.«

Bryce sah Allan an. »Vertrauen wir ihm?«

»Vorerst.«

Bryce befahl jemandem, die anderen Zugänge zu überprüfen und herauszufinden, was Cutter entdeckt hatte. Männer rückten nach, um die Lücke aufzufüllen. Allan ließ Marcus los und stellte sich seitlich neben den Eingang, bevor er den Kopf vorstreckte, um sich draußen rasch umzusehen.

Der Befehlshaber stand dort, wo Bryce gesagt hatte. Drei Schritte rechts hinter ihm befand sich ein Sockel, gerade hoch genug, um Deckung für einen Mann zu bieten. Links befand sich der nächstgelegene Stein fünf Schritte entfernt und war kürzer, aber breit genug für jemanden, um sich dahinter hinzukauern. Im Schatten der gegenüberliegenden Tür des Tempels zählte Allan sieben Mann. Darüber konnten sich an mindestens drei Fenstern Bogenschützen verstecken.

Er warf einen weiteren Blick hinaus und richtete diesmal das Augenmerk auf den Mann selbst, nicht auf dessen Umgebung, bevor er sich an Marcus wandte. »Wie heißt der Befehlshaber?«

»Ty.«

»Er war früher ein Rüde.«

»Dalton ist ihm nach der Zersplitterung begegnet«, sagte Marcus. »Er hat ihn und die anderen Vollstrecker zu seinem Schutz rekrutiert. Nur deshalb hat er die ersten paar Monate überlebt, bevor er diesen Ort hier entdeckte.«

Das klang ganz nach dem Schicksal der Flüchtlinge, bevor sie es nach Muld geschafft hatten. Allan bezweifelte, dass die

Leute von der Universität ohne Bryce und die anderen Rüden als Rückendeckung so weit gekommen wären.

Ihr Kurier kehrte zurück. »Cutter hat die Bogenschützen an Fenstern ein paar Ebenen höher postiert. Sie haben freies Schussfeld auf den Befehlshaber und die Tür dort. Die drei anderen Türen zum Steingarten sind geschlossen. Er meldet keine sonstigen Bewegungen an einem der Fenster des Tempels – keine Bogenschützen, keine Beobachter, nichts.«

Allan und Bryce wechselten einen beunruhigten Blick. »Er sollte dort oben zumindest Späher haben.«

»Ich hätte längst Männer im Steingarten selbst und Bogenschützen an allen Fenstern.« Allan wandte sich wieder dem Eingang zu und beobachtete das grelle Tageslicht und die scharf geschnittenen Schatten, die es warf, während die Sonne auf den Horizont zu sank. »Wie sieht seine Strategie aus? Wir sitzen hier in der Falle, haben keinen Weg hinaus. Das weiß er.«

Marcus räusperte sich. »Befehlshaber Ty ist ein vernünftiger Mann. Und ich glaube, im Gegensatz zu mir ist er nie auf Vater und dessen Visionen hereingefallen. Anders als sein Stellvertreter Darius.«

»Wer ist dieser Vater?«

»Dalton. Er ist der Mann, der die Nadel als Gemeinschaft begründet hat. Er hat die Menschen hier versammelt, sie hierhergebracht, alles auf der Grundlage der Visionen, die er zu erfahren behauptet. Er hat sie davon überzeugt, dass er das Ende des Nexus und die Zersplitterung vorhergesehen hätte. Und er hat ihnen gesagt, er könne sie alle retten, er könne reparieren, was zerstört worden ist, und wir könnten auf dem richtigen Weg von vorn anfangen.« Marcus' Blick schnellte zu Bryce und den anderen. »Vor der Zersplitterung war er der Anführer der Kormanley.«

Die Rüden in der Gruppe spien Flüche hervor und wurden unruhig. Die Anspannung im beengten Eingangsbereich verdoppelte sich.

Allan ließ seine Aufmerksamkeit auf Marcus gerichtet. »Aber Befehlshaber Ty ist kein Gläubiger.«

»Nein, ist er nicht.«

»Das könnte alles Mögliche bedeuten.«

Allan überlegte. »Finden wir es heraus.«

Er winkte Marcus auf die Tür zu, dann reihte er sich hinter ihm und etwas seitlich ein. Diesmal legte er Marcus keine Hand auf die Schulter, wie er es zuvor getan hatte. Zumindest diesen Vertrauensvorschuss hatte sich Marcus verdient.

Sobald Marcus hinaustrat und gesehen werden konnte, rief Allan: »Ich habe Marcus hergebracht. Wir kommen jetzt raus.«

Marcus blieb einen Schritt nach dem Eingang stehen, damit sich seine Augen an die Helligkeit gewöhnen konnten, vermutete Allan. Dann ging er auf Befehlshaber Ty zu. Allan musste wegen des grellen Scheins der Sonne blinzeln, doch er löste nie den Blick von Ty. Der Mann wirkte um die zehn Jahre älter als er, das Gesicht zernarbt wie bei jedem, der Zeit als Rüde verbracht hatte. Mit breiten Schultern und steifem Rücken stand er selbstbewusst da. In einer Scheide an seiner Hüfte steckte ein Schwert, aber er behielt die Arme vor der Brust verschränkt, während er beobachtete, wie sie den kleinen Steingarten auf dem Weg zu ihm durchquerten. Sein dünnes, lichtes helles Haar schimmerte im Sonnenlicht, der Körper zeichnete sich gegen den Schatten ab, den ein Steinsockel zu seiner Linken warf.

Marcus blieb ohne Anweisung von Allan drei Schritte vor dem Mann stehen. Eine schnelle Überprüfung offenbarte, dass sich hinter keiner der nächsten Stelen jemand versteckte.

Ty bemerkte den Blick. »Es liegt niemand auf der Lauer. Und es bereitet sich auch niemand darauf vor, euch durch die anderen Eingänge des Steingartens von den Flanken anzugreifen.« Er wartete keine Erwiderung ab, sondern richtete die Aufmerksamkeit auf Marcus. »Was ist hier passiert?«

»Was ist aus den Gorrani geworden?«

»Die sind besiegt. Die Feuer, die Vater Dalton vorhergesehen hat – und die ihr Weißmäntel bereitgestellt habt, wie ich vermute –, haben fast alle vernichtet. Die Verbliebenen haben sich nach einer Störung an den Mauern« – an der Stelle starrte er kurz Allan an – »neu formiert, aber wir konnten den kleinen Durchbruch halten. Als ihnen klar geworden ist, dass sie die Mauern mit nur tausend Mann nicht einnehmen können, haben sie sich zurückgezogen. Ich denke, sie werden wohl in die südlichen Ebenen zurückkehren. Wir lassen sie von Kundschaftern verfolgen. Also, was ist hier passiert?«

Bei der Erwähnung, dass nur tausend Gorrani überlebt hatten, war Marcus erbleicht. »Lecrucius und die anderen Weißmäntel haben den Nexus benutzt, um euch das Ley-Feuer zu bescheren, haben aber dadurch das von uns errichtete Netzwerk aus dem Gleichgewicht gebracht. Das hat dieses lang anhaltende Erdbeben ausgelöst. Um ein Haar hätten wir den Nexus völlig verloren. Da wäre eine weitere Zersplitterung draus entstanden. Nicht so zerstörerisch wie die erste, aber trotzdem verheerend.«

Tys einzige sichtbare Reaktion bestand in einem leichten Anspannen der Schultern.

»Mit Karas Hilfe – das ist die Lumaga, die Iscivius in Erenthrall gefangen genommen hat – ist es uns gelungen, den Nexus wieder in den Griff zu bekommen. Aber der Schaden war bereits angerichtet. Das Netzwerk um Erenthrall herum ist zusammengebrochen. Kara hat versucht, es zu reparieren, nur ist dabei die Verkrümmung eingestürzt. Als sie gerade in sich zusammenfiel, hat sie es geschafft, sie zu heilen. Die Verkrümmung über Erenthrall ist weg. Die Ley-Linien zu den Knoten in der Stadt haben sich wiedereingefunden und die Ley stabilisiert. Deshalb haben die Beben aufgehört, vorläufig zumindest.«

Ty zog die Augenbrauen hoch. »Sie hat die Verkrümmung in Erenthrall repariert? Allein?«

Marcus schwenkte eine Hand. »Sie hatte zwar die Unterstützung der Weißmäntel hier und den Nexus als Energiequelle, aber im Wesentlichen schon, ja.«

»Und was hatte Lecrucius dazu zu sagen?«

»Er hat den Beinah-Zusammenbruch des Nexus nicht überlebt.«

Ty nickte, als hätte er mit dieser Antwort gerechnet. Eigenartigerweise ließ die Anspannung in seinen Schultern nach.

Er wandte sich an Allan. »Was uns zu dir und deinen Leuten bringt. Ihr habt unsere Mauern durchbrochen und dann wieder versiegelt. Natürlich nicht, ohne Schäden zu hinterlassen. An der Stelle ist der Wall jetzt fast zehn Schrittlängen niedriger. Das ist eine Schwachstelle, die wir im Auge behalten und in naher Zukunft beheben müssen. Wie habt ihr das gemacht? Wir haben euch gesehen, wie ihr euch mit dieser anderen Gruppe genähert habt. Ihr hattet keine Belagerungswaffen dabei, keine Leitern. Und niemand auf den Mauern hat gesehen, dass ihr Schwarzpulver benutzt.«

»Das spielt keine Rolle.« Allan hatte nicht die Absicht, einen so offensichtlichen Vorteil aufzugeben. »Wir sind hergekommen, um unsere Leute zu holen, die dieser Iscivius in Erenthrall gefangen genommen hat. Gebt sie uns zurück, und wir ziehen ab.«

Tys Blick schwenkte auf die Brandnarbe, die sich Allan zugezogen hatte, als sich ein Kormanley-Priester bei der Aussaat des Fliegerturmes selbst in Brand gesteckt hatte.

»Allan«, sagte er, als wollte er den Namen ausprobieren. Dann ließ er die Arme sinken und legte eine Hand auf den Griff seines Schwertes. »Allan Garrett. Du warst ein Rüde. Du bist weggerannt, hast deine Brüder im Stich gelassen. Hauptmann Daedallen hat das gesamte Rudel nach dir suchen lassen, bis wir von der Säuberung abgelenkt wurden. Er hat dir sogar einen Bluthund auf den Hals gehetzt.«

»Niemand verlässt die Rüden.«

»Niemand hat es je gewagt. Du schon. Und du hast überlebt. Wie bist du dem Bluthund entkommen?«

»Bin ich nicht. Er hat mich am Stadtrand gestellt. Und er hätte mich mühelos töten können, aber er hat mich stattdessen laufen lassen.«

»Eigenartige Mistkerle, diese Bluthunde. Ich konnte es nie ertragen, mich in ihrer Nähe aufzuhalten.« Nachdenklich verstummte er, sah zuerst Allan eindringlich an, dann schaute er zu dem schwarzen Turm hinter dem ehemaligen Rüden und schließlich wieder zu Marcus.

»Ich habe ein Problem. Ich mag Vater Dalton nicht sonderlich. Ich traue weder ihm noch seinen Visionen über den Weg.«

»Seine jüngste Vision scheint wahr geworden zu sein.«

»Ist sie das? Er hat zwar vorhergesagt, dass ein Feuer die Gorrani-Schlange vernichten würde, allerdings erst, nachdem Lecrucius offenbart hatte, dass man die Ley als Waffe einsetzen könnte. Hatte er also wirklich eine Vision? Oder hat er sich das bloß ausgedacht, nachdem er erfahren hatte, dass die Gorrani kommen würden und Lecrucius sie mit der Ley auslöschen könnte?«

»Was würde dein Stellvertreter Darius zu dieser Theorie sagen?«

»Darius beaufsichtigt die Haupttore. Was würde deine Geliebte sagen, Dierdre?«

»Sie würde mir für Zweifel am Vater bei lebendigem Leib die Haut abziehen.«

»Und doch glaubst auch du ihm nicht.«

Marcus zögerte. »Nicht seinen Visionen, nein. Aber ich glaube an einiges, was er predigt, etwa an seinen Hass darüber, wie die Ley vor der Zersplitterung missbraucht wurde. Und ich teile seine Überzeugung, dass sie in ihren natürlichen Zustand zurückgeführt werden muss.«

»Und doch hast du einen neuen Nexus erschaffen.«

»Nichts wie das, was Ober-Lumagus Augustus gebaut hat. Und wir benutzen diesen Nexus hier, um das Ley-System zu reparieren. Sobald das vollbracht ist, haben wir vor, ihn zu zerstören.«

»Ich glaube nicht, dass Lecrucius diese Absicht hatte«, entgegnete Ty.

»Lecrucius ist tot.«

»Praktisch.«

Allan räusperte sich. Sowohl Ty als auch Marcus sahen ihn an. »Was also schlägst du vor, Befehlshaber?«

»Einen Waffenstillstand. Ich habe das Sagen über die Vollstrecker. Ich könnte Vater Dalton töten und die Herrschaft an mich reißen, nur ist er bei den Menschen überaus beliebt. Trotz aller Vollstrecker bin ich nicht sicher, ob ich Daltons Tod lange überleben würde. Außerdem verspüre ich gar nicht den Wunsch, zu herrschen. Ich bin als Befehlshaber der Garde rundum zufrieden. Das ist eine höhere Position, als ich sie als Rüde in Erenthrall je hatte, und sie bringt nicht halb so viel Verantwortung mit sich wie die eines Barons. Selbst, wenn ich die Menschen auf meiner Seite hätte, so unwahrscheinlich das wäre, müsste ich mich immer noch mit den Weißmänteln herumschlagen. Nach allem, was ich heute gesehen habe, würde niemand von uns überleben, wenn sie sich gegen uns wenden. Aber die Weißmäntel müssen kontrolliert werden. Ich hatte Angst davor, was passieren würde, wenn Lecrucius die Macht an sich risse, und doch habe ich keine Möglichkeit gesehen, es zu verhindern. Ich bin froh, dass er tot ist.«

»Einen Waffenstillstand. Zwischen dir, Marcus und Dalton?«

»Ja. Ich kontrolliere die Vollstrecker. Du, Marcus, kontrollierst die Weißmäntel. Und zusammen kontrollieren wir Dalton. Wir lassen ihn mit dem Predigen und seinen Visionen weitermachen. Lassen ihn die Ängste der Menschen beschwichtigen. Aber wir lassen ihn nicht herrschen. Er hat zu viel Macht erlangt, seit wir die Nadel gefunden haben. Sie muss beschnitten werden.«

»Und was ist mit meinen Leuten und den Gefangenen, für die wir uns auf diesen Weg gemacht haben?«, fragte Allan.

»Nehmt sie mit. Geht zurück, von wo ihr hergekommen seid. Wir werden euch weder verfolgen, noch später nach euch suchen.« Schärfe schlich sich in seine Stimme. »Und du willigst ein, nicht noch einmal mit dem herzukommen, was unsere Mauern so mühelos zum Einsturz bringen kann – oder mit denjenigen.«

Allan vermutete, dass Ty längst wusste, wie es ihnen gelungen war, die Mauer zu durchbrechen. »Einverstanden. Wir haben keinen Grund, hierher zurückzukommen.«

Aber Marcus schüttelte den Kopf. »Das wird nicht funktionieren.«

»Warum nicht?«

»Weil mich die Weißmäntel niemals als ihren Anführer akzeptieren werden, ob ich nun der erklärte Sohn des Vaters bin oder nicht. Diese Rolle habe ich an Lecrucius verloren, bevor die Gorrani die Nadel angriffen. Jetzt werden sie mich nicht mehr zurücknehmen.« Er drehte sich Allan zu. »Aber ich weiß, wer die Kontrolle übernehmen könnte.«

Allan starrte ihn für einen langen Herzschlag eindringlich an. »Kara.«

»Sie hat sich ihnen gegenüber heute bewiesen. Niemand von ihnen hätte den Nexus zusammenhalten und dann Erenthrall retten können. Niemand von ihnen hätte auch nur annähernd so viel Ley zu bändigen vermocht. Ich bezweifle, dass selbst Lecrucius dazu in der Lage gewesen wäre.«

»Nicht alle Weißmäntel würden sie unterstützen.«

»Iscivius und Irmona schmieden wahrscheinlich bereits Pläne, wie sie die Herrschaft an sich reißen können. Aber ich kann garantieren, dass sich nahezu jeder andere Weißmantel um Karas Banner scharen wird. Auf jeden Fall Okata, Hartman, Jenner und ich selbst. Und aufgrund der Ereignisse heute noch etliche andere.«

»Ich bin hergekommen, um sie zu retten und nach Muld zurückzuholen.«

»Wir brauchen sie hier.«

Befehlshaber Ty rührte sich und ging dazwischen, bevor sich daraus ein Streitgespräch entwickeln konnte. »Vielleicht solltet ihr diese Kara einfach mal fragen, was sie selbst eigentlich möchte.« Damit kehrte er den beiden den Rücken zu und steuerte die Doppeltür des Tempels an.

»Wohin gehst du?«

Kurz blieb er stehen und schaute über die Schulter zurück. »Ich gehe unseren guten Vater Dalton mit einer angemessenen Eskorte beschützen und sorge dafür, dass er wohlbehalten in seine Gemächer zurückkehrt, nachdem er die Ängste der Bevölkerung gelindert hat.« Er setzte sich wieder in Bewegung. »Ihr findet mich anschließend in der Planetenmaschine.«

»Planetenmaschine?« Allan hatte keine Ahnung, was das sein mochte.

»Wirst du schon sehen.«

Sie beobachteten, wie Befehlshaber Ty an den Vollstreckern vorbeimarschierte, die an der Tür Wache hielten. Seine Männer zogen sich zurück.

»Selbst, wenn wir Kara dazu überreden zu bleiben, wird es nicht so einfach, wie Ty es klingen lässt. Er wird sich mit seinem Stellvertreter Darius auseinandersetzen müssen. Und ich mich mit Dierdre.« Allan verstand nicht, warum Marcus das Gesicht verzog, aber worin das Problem auch bestehen mochte, der Weißmantel zuckte mit den Schultern, ging nicht näher darauf ein und drehte sich Allan zu. »Wir sollten Kara in ihre Unterkunft zurückbringen, dafür sorgen, dass sich eine Heilerin um sie kümmert, und sie über Tys Vorschlag aufklären.«

»Ich will, dass meine eigenen Leute ihre Tür bewachen.«

674

Allan hatte vor, die Aufgabe persönlich zu übernehmen. »Und der Rest der Mulder soll in den Räumen um sie herum untergebracht werden.«

»Selbstverständlich.« Marcus schaute zurück in Richtung des Knotens. »Es sollten auch Leute von dir hier im Knoten die Stellung halten und den Turm bewachen. Nicht unbedingt, damit die Vollstrecker draußen bleiben, sondern um darauf zu achten, dass die Weißmäntel drinnen bleiben. Ich denke, bis die Sache geklärt ist, sollten wir uns alle hier beim Nexus aufhalten. Er ist die Grundlage unserer Macht.«

»Ich lasse Bryce hier. Wir kümmern uns um Kara und alle anderen Verwundeten und warten ab, was sie dazu sagt.«

* * *

»Ich muss bleiben.«

Alle im Raum verstummten – Artras, Hernande, Cory, Allan, Grant und Marcus. Sie hatten ihr den Vorschlag von Befehlshaber Ty erklärt. Kara hatte schweigend gelauscht, und als sie fertig waren und sich Stille ausgebreitet hatte, hatten sie leise untereinander zu beratschlagen begonnen, was getan werden sollte – alle außer Grant. Der Rudelführer stand abseits in einer Ecke und beobachtete die anderen. Gelegentlich zuckten seine Gesichtsmuskeln, und seine Nasenflügel blähten sich, wenn er die Luft schnupperte.

Cory wollte alle Mulder zusammenpacken und unverzüglich nach Muld zurückkehren. Nun, da er wusste, dass Kara in Sicherheit war, sorgte er sich darüber, ob die Beben die Höhlen beschädigt haben mochten, in denen die Mulder Zuflucht gesucht hatten. Sie konnten ja langsam reisen. Die Menschen um die Nadel konnten ihnen Wagen und Vorräte bereitstellen – das schuldeten sie ihnen. Oder zumindest schuldeten sie es Kara.

Artras schloss sich seiner Meinung an. Marcus sprach sich

natürlich dafür aus, dass Kara bleiben sollte. Wenn sie es nicht täte, wenn sie Dalton nicht sofort etwas entgegensetzten, würden seine Macht und sein Einfluss weiter wachsen. Er war in letzter Zeit zunehmend unberechenbarer und seine Suche nach überlebenden Lumagiern immer verzweifelter geworden. Wer konnte schon wissen, was er tun würde, zu welcher Bedrohung er künftig für Muld werden könnte, vor allem, da er ja wissen würde, dass sich dort mächtige Lumagier versteckten.

Allan beobachtete alle, während sie diskutierten, doch Kara merkte ihm an, dass er Marcus' Meinung teilte. Dieser Dalton – dieser Vater – verkörperte eine Bedrohung und eine Bedrohung würde er bleiben, ganz gleich, ob Befehlshaber Ty glaubte, ihn kontrollieren zu können. Es wäre besser, hier präsent zu bleiben.

Hernande wusste Argumente, die für beide Seiten sprachen, und er kaute dabei die ganze Zeit auf seinem Bart herum.

Nun jedoch verstummten alle und richteten die Aufmerksamkeit auf Kara. Sie sah die anderen nicht an, sondern starrte zur Decke über ihrer Pritsche. Ihren Rumpf hatte man in Eis gepackt. Ihr gesamter Körper fühlte sich geschunden an. Die Schulter und der Arm pochten, weil sie ausgerenkt gewesen waren, und wenn sie zu tief einatmete, schoss ein stechender Schmerz durch ihre Brust. Dem Heiler zufolge war eine ihrer Rippen angeknackst. Er hatte ihr eine grausam bittere Arznei gegeben, die gegen die Qualen helfen sollte, bislang jedoch zeigte das Mittel aber noch keine Wirkung. Kara nahm das Aroma immer noch auf der Zunge und am Ansatz der Kehle wahr, obwohl sie drei Gläser Wasser getrunken hatte, um den Geschmack wegzuspülen.

»Ich muss bleiben. Die Beben mögen aufgehört haben, aber das Ley-System ist immer noch alles andere als stabil. Der Schaden in Erenthrall ist umfangreich. Knoten müssen repariert werden, und auch wegen des überquellenden Speichers, der die jüngsten Beben verursacht hat, muss etwas unternommen werden. Dann ist da noch die Verkrümmung über Tumbor. Auch die muss repariert werden. Genau wie die anderen, die wir über allen weiteren großen Städten schweben sehen, die sich nur noch nicht entfaltet haben. Die einzige Möglichkeit, das alles zu tun, besteht darin, mit dem Nexus zu arbeiten, den Marcus und Lecrucius hier in der Nadel errichtet haben.«

Sie drehte den Kopf, um die Reaktionen der anderen abzuwägen. Cory wirkte zornig, Marcus zufrieden. Allan hatte den Kopf geneigt, Hernande nickte zustimmend. Artras schürzte die Lippen.

»Außerdem: Habt ihr nicht gesagt, dass Muld bis auf die Grundmauern niedergebrannt worden ist?«

»Ja. Ja, ist es.«

»Wir haben uns schon zuvor Sorgen darüber gemacht, wie wir alle durch einen weiteren Winter bringen sollen. Können die Menschen jetzt noch überleben? Ohne Unterschlupf? Ohne Lebensmittel? Der Großteil der Ernte muss verloren sein.«

»Sie haben die Höhlen als Unterschlupf. Das heißt, sofern sie durch die Beben nicht eingestürzt sind.« Cory begegnete Karas Blick. »Wir können den Winter dort überstehen.«

»Und was ist mit Lebensmitteln?« Kara verlagerte ihr Gewicht auf der Pritsche und zuckte bei den Schmerzen zusammen, die ihr die Bewegung bereitete. »Wir sind ursprünglich nach Erenthrall gereist, um nach Vorräten zu suchen, weil sie in Muld längst knapp geworden waren. Wir haben nichts mitgebracht, Cory. Und durch den Überfall auf das Dorf bin ich sicher, dass Sophia, Paul und die anderen noch weniger als vorhergesehen haben.«

»Hier bei der Nadel haben wir reichlich Vorräte«, warf Marcus ein. »Genug, um ganz Muld durchzufüttern. Holt sie alle her.«

»Sie würden nicht mitkommen. Sophia, Paul und der Rest der wahren Mulder – nicht die Flüchtlinge, die sie aufgenommen haben, sondern diejenigen, die ihr ganzes Leben dort verbracht haben – werden den Ort nicht verlassen. Nicht einmal, wenn davon nur verkohlte Gerippe von Gebäuden übrig geblieben sind. Wahrscheinlich haben sie schon mit dem Wiederaufbau begonnen.«

»Den Knoten dort können wir ohnehin nicht aufgeben. Er ist zu wichtig. *Alle* Knoten sind wichtig, ob alt oder neu. Wir werden dort Lumagier brauchen, die über ihn wachen, und andere, die sie beschützen.« Kara streckte den Arm nach Cory aus, und als er zögerlich vortrat, ergriff sie seine Hand. Er kniete sich neben ihre Pritsche, damit sie sich nicht anstrengen musste. »Es hat in Muld nicht wirklich funktioniert. Die Flüchtlinge und die Mulder – wir haben nicht zueinander gepasst. Die Menschen aus Erenthrall waren rastlos. Wir haben nie wirklich da reingepasst. Ja, die Mulder haben uns geholfen, aber sie sind zu sehr an ihre Abgeschiedenheit gewöhnt. Genau genommen haben wir einander so gerade eben geduldet. Aber hier … Das hier ist, was ich für Erenthrall wollte, was ich gehofft hatte, nach der Reparatur der Verkrümmung aufzubauen. Ein sicherer Ort, zu dem die Leute kommen können, einer, der geschützt werden kann und den wir als Ausgangspunkt für die Reparatur der Ley nützen können. All das haben wir hier.«

Cory ergriff mit beiden Händen ihre Hand, und ihre Finger verflochten sich ineinander. »Muld hat sich verändert, nachdem du aufgebrochen warst – nach dem ersten Angriff der Plünderer. Es ist dort jetzt anders. Trotzdem hast du recht. Wir würden den Winter nicht alle überleben.« Er hob den Kopf und drückte ihre Hand. »Wir bleiben hier.«

»Dann wäre das ja geklärt.« Marcus wandte sich an Allan. »Ich gebe Befehlshaber Ty und den Weißmänteln Bescheid, dass Kara bleiben will und er sein Bündnis erhält.« Als Allan unsicher nickte, ging er.

Artras trat vor. »Ich finde, wir sollten alle aus Muld selbst entscheiden lassen, was sie tun möchten, aber ich habe vor, hier bei euch zu bleiben.«

»Wir von der Universität bleiben auch. Ich kann mir nicht vorstellen, dass Sovaan in Muld bleiben will, und Jerrain wäre hier besser dran. Die Studenten schließen sich uns natürlich an.« Hernande holte tief Luft. »Wir haben erkannt, dass die Ley und das Geflecht eine stärkere Verbindung haben, als wir ursprünglich dachten. Vergiss nicht, in Erenthrall haben die Ober-Lumagier und die Mentoren zusammengearbeitet, um ihre Türme und Verbindungsstellen zu bauen und um für den ordnungsgemäßen Betrieb des Ley-Systems zu sorgen. Ich denke, wenn du die Ley stabilisieren willst, wirst du uns brauchen. Außerdem wirst du vielleicht unseren Schutz brauchen, solange du hier bist. Das wird kein einfaches Bündnis werden.«

Kara richtete sich in sitzende Haltung auf und legte das triefnasse, um das restliche Eis gewickelte Handtuch beiseite. Es tat nicht mehr so weh, wie sie erwartet hatte – das Schmerzmittel musste seine Wirkung inzwischen entfaltet haben –, trotzdem vermeinte sie zu hören, wie Knochen an Knochen schabte, als sie sich rührte. »Wirst du hierbleiben, Allan?«

Er schaute zur Tür, zum Boden, schließlich zurück zu ihr. »Das hängt von Morrell ab. Sie kennt nur Muld. Unter Umständen möchte sie nicht weg von dort.«

Seit der Zersplitterung hatte sich Kara daran gewöhnt, Allan um sich zu haben. Wenn er in Muld bliebe …

Sie schüttelte sich in Gedanken. Allan musste das tun, was das Beste für seine Tochter und ihn wäre.

»Du bleibst also?« Nahezu alle erschraken beim Klang von Grants Stimme – sie hatten ganz vergessen, dass er sich auch mit ihnen im Raum aufhielt.

»Ja. Ja, ich bleibe.«

Grant trat vor, und die Bewegung wirkte irgendwie bedrohlich. Kara wich leicht zurück, und ihre Hand drückte die von Cory fester.

»Wir sind hergekommen, um Weißmäntel zu töten. Weil sie uns in Erenthrall gejagt, unseren Tod angeordnet haben, obwohl *sie* die Zersplitterung verursachten. Obwohl *sie* es waren, die die Himmelslichter herbeigeführt haben, durch die wir in Halbwölfe verwandelt wurden. Als wir deine Leute in Erenthrall angriffen, dachten wir, du würdest entweder zu ihnen gehören oder dich ihnen bald anschließen. Jetzt wissen wir es besser.« Er hob leicht den Kopf, und Anspannung trat in seine Schultern. »Was hast du jetzt vor, gegen uns zu unternehmen?«

»Wenn du dein Rudel bändigen kannst, gar nichts. Die Jagd endet. Ich werde sicherstellen, dass Befehlshaber Ty – und Marcus – das begreifen.«

Der Rudelführer schnaubte, zog die Lippen zurück. Seine gesamte Körperhaltung wirkte zornig. Dann jedoch trat er zurück. »Wir bleiben. Um dich zu beschützen und um dich zu beobachten. Aber wir haben Brüder in Erenthrall, die in der Verkrümmung gefangen sind. Und noch andere.«

»Wenn sie den teilweisen Zusammenbruch überlebt haben, sind sie inzwischen befreit.«

»Aber sie wissen nichts von dieser Vereinbarung. Sie sind wild. Ich möchte sie finden und hierherbringen, wenn sie zu meinem Rudel gehören wollen. Und ich will nach meiner Frau suchen.«

»Natürlich.«

Artras räusperte sich, dann sah sie Allan stirnrunzelnd an. »Sag es ihm. Er hat es sich verdient, es zu erfahren.«

»Mir was sagen?«

Allan warf Artras einen finsteren Blick zu, bevor er seine Aufmerksamkeit wieder Grant widmete. »Gehört zu deinem Rudel jemand namens Drayden?«

»Drayden hat euch in Erenthrall angegriffen und ist verwundet worden. Wir sind der Witterung seines Blutes zu eurem Muld, euren Höhlen gefolgt. Lebt er noch?«

Allan verschränkte die Arme vor der Brust. »Ja, dank Artras hat er überlebt.« Grant warf der älteren Lumaga einen Blick zu. »Aber er ist kein Halbwolf mehr.«

Grant erstarrte. »Wie meinst du das?«

»Meine Tochter hat ihn geheilt. Sie hat ihn in einen Mann zurückverwandelt.« Seine Stirn legte sich in Falten. »Größtenteils.«

Grant gab einige kurze, gedämpfte, schnaubende und knurrende Laute der Ungläubigkeit von sich. »Du lügst.« In den Worten grollte ein gefährlicher Unterton.

»Du kannst ja mit mir nach Muld zurückkommen und dich mit eigenen Augen überzeugen. Vielleicht kann sie auch dich und den Rest deines Rudels in eure menschliche Gestalt zurückverwandeln.«

Grant schnaubte erneut einige Male verunsichert, ehe er zurückhaltend einräumte: »Das würde mich freuen. Aber ein paar meines Rudels könnten dafür zu stark zum Wolf geworden sein. In einigen steckt kaum noch Menschlichkeit.«

Kara sackte leicht zur Seite, konnte das eigene Gewicht nicht mehr länger stützen. Cory fing sie auf und senkte ihren Rücken behutsam zurück auf die Pritsche. Ein von der Arznei herbeigeführter Nebelschleier senkte sich auf sie herab. Grants und Allans Unterhaltung, vor allem dem Ende, konnte sie kaum noch richtig folgen. Trotzdem protestierte sie gegen die Bemutterung durch ihren Freund. »Es geht mir gut, Cory. Setz mich wieder auf.«

»Nein, es geht dir nicht gut. Du bist verletzt und musst dich erholen. Bleib liegen und schlaf ein wenig.«

»Aber es gibt noch so viel zu tun.«

»Überlass das ruhig uns.«

Mühsam versuchte sie, sich aus eigener Kraft wieder aufzusetzen, und sie hörte die anderen hinter Cory reden, als er sich über sie beugte und das Kissen zurechtrückte, die Decke über sie zog. Doch ihr fehlte schlichtweg die Kraft. Sie zupfte nur an der Decke, und sobald ihr Kopf zum Liegen kam – mit einem leichten Zwicken von der angeknacksten Rippe –, schlossen sich ihre Augen, und sie ertappte sich dabei, auf seligen Schlaf zuzutreiben.

»Cory.« Der Name erklang undeutlich. Noch einmal streckte sie mit einem zittrigen Arm, der sich anfühlte, als gehöre er gar nicht zu ihrem Körper, die Hand aus. Sie spürte, wie er sie ergriff, wie er seine Lippen auf ihre Finger drückte, sie küsste.

»Was, Kara?«

»Bleib bei mir. Bleib ... hier.«

Cory beugte sich zu ihr und küsste sie auf die Stirn. »Natürlich.«

***

Dalton saß auf einem Stuhl vor dem riesigen Tisch im äußeren Raum der Gemächer, die er in der dritten Abstufung des Tempels für sich beansprucht hatte. Vor ihm standen ein Tablett mit Obst und Brot sowie ein Krug Wein, daneben ein bereits eingeschenktes, aber bislang unangetastetes Glas. Eingeschenkt hatte er es sich selbst, nachdem er von Befehlshaber Ty nach seiner Predigt hierher begleitet worden war.

Dalton war sogar noch auf dem Platz geblieben, nachdem die Beben längst geendet hatten. Leidenschaftlich hatte er dargelegt, wie die Weißmäntel die Menschen vor den Folgen des Missbrauchs der Ley durch Baron Arent und Ober-Lumagus Augustus gerettet hatten. Er hatte darauf hingewiesen, wie erfolgreich sie gewesen waren, den alten Knoten wieder in Betrieb zu nehmen, und es als Beweis dafür dargestellt, dass die Rückkehr zur natürlichen Ordnung der Ley die Welt heilen werde. Zu dem Zeitpunkt hatte er noch nicht gewusst, dass die Verkrümmung über Erenthrall verschwunden war. Das hätte er benutzen können.

Als er die Versammlung letztlich für beendet erklärt und die Bewohner der Nadel zurück zu ihren Zelten geschickt hatte, hatte Befehlshaber Ty ihn bereits erwartet.

Dalton widerstand dem Drang, die Hand vorschnellen zu lassen und den Wein quer durch den Raum zu schleudern. Ty hatte es nicht eigens betont, aber es hatte kein Zweifel daran bestanden, dass er und die sechs anderen Vollstrecker – keiner davon ein wahrer Gläubiger, wie Dalton aufgefallen war – beabsichtigten, ihn zu begleiten. Und es hatte nichts gegeben, was Dalton dagegen unternehmen konnte. Also hatte er die Schultern gestrafft und sich von ihnen in seine Gemächer führen lassen.

Danach waren sie gegangen. Aber bevor sich die Tür hinter ihnen geschlossen hatte, konnte Dalton noch sehen, wie die Gardisten zu beiden Seiten der Tür in Stellung gegangen waren.

Mindestens zehn Minuten lang hatte er in der Mitte der Kammer ausgeharrt, bevor er steif zum Tisch gestapft war und sich Wein eingeschenkt hatte.

Dann hatte er sich hingesetzt. Um zu warten. Um nachzudenken. Um zu planen.

Und wie erwartet erhoben sich draußen vor der Tür Stimmen. Jemand brüllte – einen Befehl –, dann wurde die Tür aufgerissen, und Darius kam hereinmarschiert.

»Wie konnte er es wagen?« Der Mann stampfte durch die Kammer, ohne Dalton auch nur anzusehen. »Dafür schlitz ich ihm die Kehle auf. Diese Unverfrorenheit! Dich in deinen Gemächern einzusperren! Wachen an der Tür zu postieren! Du bist der Vater! Ohne dich hätten wir die Nachwehen der Zersplitterung niemals überlebt. Wir wären gar nicht aus Erenthrall geflohen, bevor sich die Verkrümmung entfaltet hat. Wir wären alle tot!«

Dalton griff nach dem Wein. »Du übertreibst.« Er trank einen Schluck. All die Wut, die sich in ihm aufgestaut hatte, seit er unter Bewachung in seine Gemächer gebracht worden war, hatte sich verflüchtigt, als hätte Darius' Schimpfkanonade sie aus ihm abgeleitet. Dalton betrachtete den Wein.

Darius kam abrupt vor ihm zum Stehen. »Du nimmst das ja ziemlich gut auf.«

Dalton hob den Blick und musterte Darius' unordentliches Erscheinungsbild, die wild zerzausten Haare, den Schweiß und den Dreck, die sein Gesicht und seine Rüstung verschmierten. Und den Ruß. Er konnte Feuer riechen, und da wurde ihm klar, dass Darius geradewegs von den Mauern hergekommen war. Jemand musste ihm zugetragen haben, was Ty getan hatte.

Was bedeutete, dass sich letzten Endes nicht alle Vollstrecker auf die Seite des Befehlshabers stellen würden. Wenn es denn zu einem solchen Ende käme.

»Nein.« Er stellte den Wein ab. »Nein, ich nehme es überhaupt nicht gut auf. Aber es gibt im Augenblick nichts, was ich tun kann. Wir müssen uns in Geduld üben. Die Abrechnung für Befehlshaber Ty kommt noch. Und für Marcus.«

»Marcus. Um ihn wird sich Dierdre kümmern.«

»Ich bin sicher, das wird sie. Aber vorerst warten wir ab.«

»Abwarten!« Darius begann, rastlos auf und ab zu laufen, wobei er die Hände unablässig zu Fäusten ballte und wieder öffnete. »Ich will Ty aber jetzt gleich erwürgen.«

»Wir warten. Wir warten und beobachten und lassen uns überraschen, welche Visionen sich einstellen. Uns wird ein Weg aufgezeigt werden, dem wir folgen sollen. Bedenke nur, was mit den Gorrani passiert ist. Habe ich ihre Vernichtung nicht vorhergesehen?«

Darius warf ihm einen Blick zu, dann blieb er stehen und beruhigte sich sichtlich. »Na schön, Vater. Wir warten. Vorerst.«

684

Dalton stand auf und legte Darius beruhigend eine Hand auf die Schulter. »Wir werden obsiegen. Wir sind dazu bestimmt zu obsiegen. Jetzt geh und such Dierdre. Überrede sie, wegen Marcus nichts Überstürztes zu unternehmen. Überzeug sie, dass sie ihre Wut im Zaum halten muss. Unter Umständen kann sie ihn benutzen, um auf dem Laufenden darüber zu bleiben, was Ty und er planen.«

Darius nickte, dann neigte er das Haupt, bevor er ging. Den Gardisten draußen schleuderte er einen vernichtenden Blick zu, ehe er die Tür hinter sich schloss.

Dalton nippte erneut an dem Wein, doch das Getränk kam ihm bitter vor. Langsam bewegte er sich auf das Schlafgemach zu, um sich fürs Bett vorzubereiten. Er starrte aus dem hochgelegenen Fenster auf den schwarzen Turm der Nadel und den Sonnenuntergang dahinter. Die Dunkelheit stellte sich begleitet von einem schillernden Farbenspiel am Horizont ein.

Schließlich wandte er sich davon ab und legte sich auf den Rücken, die Augen gen Himmel gerichtet, die Arme an den Seiten.

Erst Stunden später döste er ein.

Er träumte von Schlangen und knurrenden Hunden und drei stechend strahlenden weißen Sternen, die vor einem dunklen Himmel explodierten.

***

Tief in Erenthrall, in der Mitte der Stadt unter den Überresten der Türme von Grass, hatte sich die Staubwolke gesetzt, die aufgestiegen war und alles verhüllt hatte, nachdem das gewaltige Erdbeben die gesamte Stadt unter das Niveau der Ebenen hatte sinken lassen. Nichts rührte sich unter der zerschmetterten Kuppel des Nexus. Leichen übersäten die gesprungenen Stufen – eine Gestalt mit einem durch die Brust gestoßenem Schwert, mehrere Halbwölfe, der Rest Menschen. Die

anderen Halbwölfe, die das vergangene Jahr in der Verkrümmung erstarrt gewesen waren, hatten sich nach ihrer Befreiung längst geschüttelt und das Weite gesucht. Sie hatten nur
innegehalten, um an den Kadavern zu schnuppern und vor
Kummer und Wut zu heulen.

Seither hatte sich nichts mehr gerührt. Jedenfalls nicht hier.

Bis aus den tiefen Schatten des Haupteingangs zum Bern-
steinturm ein Mann hervorkam. Er trat heraus auf die breiten
Stufen, die zum Turm empor führten. Seine Füße wirbelten
Wolken der dicken Staubschicht auf, die sich dort angesam-
melt hatte. Die böige Brise verwirbelte sie. Mit teilnahmsloser
Miene betrachtete er die Verheerung des Zentrums der Stadt.

Hinter ihm tauchten drei weitere Gestalten auf. Sie bewegten sich mit einer seltsamen, seidigen Anmut, die Gefahr und
Tod vermittelte – wie eine Klinge, die zart über Haut gezogen
wird und ihr mit silbrigem Schmerz Blut entlockt.

Am Rand der Stufen zögerten die Gestalten, dann stiegen
sie hinab auf die unlängst aus der Verkrümmung befreiten
Straßen der Stadt.

Die Bluthunde von Erenthrall waren entfesselt.